阿Q／著

山河念远

上

中国致公出版社 知音动漫

知音动漫图书·漫客小说绘出品

目录 ✿

第一章

风月平分破

【楔子】

四月的天突然起了倒春寒，一连好几个阴雨天，上海滩被笼罩在浓雾之下，冷空气在黄浦江掀起了一层又一层巨浪。

前阵子虹口公园那边发生了一起爆炸案，炸死了一个外国人，听说还是个大人物，这一下事情闹大了，整个租界被搞得人心惶惶，一到晚上，各家闭门墐户，鲜少有出来晃荡的。

湿漉漉的马路上从头到尾看不到几个人影，只有车轱辘驶过的痕迹，倒是巡捕房的警犬这几日叫个不停。

与黑黢黢的街道不同，席公馆此刻灯火通明，朱红色的大门内刚走出个洋医生，管家又领着老中医进了府。

昨天夜里，席老爷在外吃酒回来，突发脑溢血瘫倒在床，整个大上海的名医都被请去了席公馆。众力之下，席老爷捡回了一条命，但人已不再清醒，旁人都说他撑不了多少时日。

席家是上海滩有名的望族，席老爷是上海第一银行——汇丰银行的现任经理，背后不仅有外国人的庇护，还有政府的支持。

席家拥有的产业涉及范围巨大，包含丝茶经销、洋货买卖，还有多家钱庄的经营，就连主营船运的漕帮都跟他们有所牵连。

席老爷这一倒，别说席家族人各怀鬼胎，上海的那些达官显贵们的眼睛也都盯着席老爷的生死。

席老爷若死了，席家就谁掌权的事势必会掀起一场大战。席家一分家，它原本在上海滩的地位就难保了，外面那些虎狼商贾们也会伺机而动，吞并席家的产业，到时候，上海滩的商海定又要迎来一番动荡。

要知道这席老爷子嗣单薄，膝下就只有一双儿女。大少爷席晨怀早年因跟歌女私奔，辱没了门楣，被性情刚烈的席老爷从家中逐了出去，至今飘流在外，生死未卜。

席小姐在英国留学，年纪还小，别说她少不更事，难成气候，就算她有通天的本事，席家历史上也没有过女人掌权的事情，这说出去还不得让人笑话他们席家没人。

席公馆内，几个宗亲都在，个个嚷嚷着要探望席老爷。不过这探望是假，来看席老爷到底什么时候死才是真。

席太太深知那些人的黑心，让人把他们都拦在了外头，一个都不让进。

可这席老爷都快不行了，席太太底下又没个继承人，席家眼看就要分崩离析了，谁还买席太太的账？席太太不让他们见席老爷，他们就在外头闹，其中要数席二爷闹得最凶。席老爷要没了，他是最有机会继承席家家业的，这时候当然巴望着席老爷早点儿死了才好。所以看到陈管家带着医生进席老爷的卧房，他就要跟着钻进去，结果被陈管家用身子生生顶出了门。

他气不过，就朝房内喊着："大嫂，你不让我们进去看大哥，不会是心里有鬼吧？咱们大哥身子骨一向很健朗，怎么跟你弟弟出去吃个酒，回来就成了这样子？莫非是你们给他下了药？！"

席二爷净在那儿胡说八道，别说席太太听不下去了，就连躺在床上光睁着眼、四肢无法动弹的席老爷也像是被气到了，虽然神志不清，但嘴里"呜呜"着，双眼怒瞪，一副要坐起身骂人的架势。

一旁的老中医见状，连忙上前查看他的情况。

席太太就坐在床边，一边轻抚席老爷的胸口给他顺气，一边红着眼半哭半哄着说："沐笙你别恼，莫听那些王八羔子胡诌，咱们锦书就快回来了……就快回来了……"

席老爷似是听懂了她的话，不再挣扎，就嘴巴一张一合的，像是在说话。

席太太俯下身，耳朵凑到了他的嘴边，就听得席老爷口齿不清地念叨着几个字："怀儿……没了……"

席太太的眼泪当即落了下来。

席大少爷自从与父亲决裂，就带着歌女杨小小离开了大上海。他们辗转了几个城市，最终去了哈尔滨，夫妻俩开了间小药铺，也算能勉强维持生活。

没多久，战争爆发，枪林弹雨，炮火连天，"活下去"成了很多人的奢望。

一时间，国人死伤无数，丧生者中包括席晨怀夫妇。

消息传到上海的时候，已经是两个月后。席老爷跟妻舅在大富贵酒楼吃酒，无意间听到了儿子亡故的消息，一股热血直往头上涌，当场昏死了过去。

终究是血浓于水，就算是再恨再怨，儿子死了，当父亲的自然还是会痛心。

关于席大少爷被炸死的消息，席太太在宗亲面前只字未提，一是席老爷曾下了死令，不准人在家里提席晨怀，因此哪怕如今席老爷躺床上了，其他人也只敢发电报让席大小姐回来，不敢提去找席大少爷。这也怪不得席老爷心狠，当年席晨怀年少气盛，跟个来历不明的歌女搅和在一起，直接退了王三小姐的婚，让王家丢尽了颜面。

王老爷是上海赫赫有名的"面粉大王"，垄断了大半个中国的面粉生意，哪儿咽得下这口气？王家因为此事与席家决裂，王老爷带着上海滩其他商会天天跟席家作对，席家在经济上受到了不小的打击。席老爷理亏，为了让王家消气，不得不把席晨怀逐出席家，但就算是这样，这些年席王两家的关系依旧很紧张。

席太太不提儿子的第二个原因，是席晨怀死了这件事，说出来只会让席二爷他们更加高兴，讨不到半点儿怜悯。况且她派去哈尔滨确认消息的人还没有回来，她还抱着一丝幻想，希望席晨怀没死。

可这希望就跟天上的星辰一样渺茫，连五六岁的孩童都知道这会儿北方的战事有多吃紧，很多人死了，家里都没人知道，而至少，他们是知道席晨怀生死的。

天亮了，闻讯来席公馆探望的人不少，不过都没能见到席老爷，只席太太穿着一身墨绿色旗袍，心不在焉地接待着他们，那双黯淡的眼眸时不时地望向大门口，像是等着什么人归来。

旁人见状，都很同情席太太——丈夫不行了，儿子等不到，就算等回来女儿，又有什么用？

席老爷这口气比想象的要吊得久一些。

一周后，一艘从英国驶来的客船停靠在了十六号码头，下来了一批游客，有中国人，也有外国人。

陈管家一早就奉了席太太的命来这儿等候他家小姐，看到轮船上的人下来，他抻着脖子在人群中寻找席锦书的身影，生怕错过了没接到人，回去挨太太的骂。

要说这席大小姐，陈管家也算有四五年没见到她了，都说女大十八变，也不知这大小姐变成什么样了。

他隐约还记得席锦书出国前的样子，那会儿她个头不高不矮，一头黑发又长又直，肌肤雪白，面容清丽秀气，一双杏眼生得极漂亮，再多的就记不清了。只怪那小姐性子太过沉闷，不爱说话，平素总是安静地站在席太太身后，既不出门，也不爱出风头，给人一种淡淡的感觉，自然让人难记住。

遐想间，陈管家感到肩膀被人轻轻地拍了一下，然后听到有人清冷地叫了一声"陈叔"。

他转过身，看到背后站了个清瘦高挑的短发姑娘。她穿着条素色真丝连衣裙，外面披着件黑色长风衣，手中拎着个质地很好的棕色皮箱子，皮肤很白，没化妆，却遮不住那身高洁的气质。光往那儿一站，就让人有种清风拂面的感觉。

陈管家愣愣地看了她几眼。以前她才到他肩膀，如今都要高过他了，他不免有些不敢认，但看那张脸，清秀之余多了几分冷冽，颇有几分席老爷的威严，模样还是那副模样，五官倒是长开了，越发标致了。

"大小姐？"陈管家用沙哑的声音唤了她一声，听到她低低地"嗯"了声，他当即鼻头一酸，拉着席锦书的手，红了眼眶，"大少爷走了，老爷他……"

"我知道。"他还没往下说几句，席锦书就打断了他的话，冷眸微瞥了他一眼，惜字如金道，"电报上都说了。孩子呢？"

经她提醒，陈管家才想起席太太交代的事，他猛地拍了下自己的脑门，道："在和平饭店。从哈尔滨孤儿院接出来后今早刚到的上海，怕人知道，先藏着了。太太让等您回来再一道接回去，该怎么说，太太说您都知道。"

席锦书低头看了眼脚下的灰石板，脸上看不清什么表情，沉默了片刻，她抬头朝陈管家吩咐道："去饭店吧。"

席公馆的车早就等在了码头，陈管家领着席锦书上了车，没多久就到了和平饭店。

到了312房，见四下没人，陈管家才敲开了房门。开门的是个穿中山装的年轻男人，是席公馆养的打手，叫虎子。看到他们，虎子侧开身子让开了道。

陈管家弯着腰，伸出手，让席锦书先进了门。

房间内的丝绒大床上坐着个瘦小的小男孩，四五岁的样子，一个中年妇女正低着头给他穿衣打扮，穿的是极好的黑色小西装、白色长袜、棕色小皮鞋，白衬衫上打着个小领结，颇有点儿粉雕玉琢的味道。

看到席锦书进来，女人让了开来，恭恭敬敬地叫了一声："大小姐。"

"辛苦了，徐婶。"席锦书客气地对她道了声谢，然后转头默默地打量着床上的男孩子。

他也无声地看着她，眼里看不到丝毫怯懦，倒是有些好奇。

乍一看，这一大一小倒长得很是相似，特别是那双眼睛，清澈中都泛着些许冷漠。

短暂的沉寂之后，席锦书终于开了口，居高临下地朝那小男孩问道："你叫什么名字？"

"席世恩。"男孩乖乖地回答，声音软软的，小脸很是圆润。

席锦书微微地笑了一下，她弯下身子，伸手摸了摸小男孩红扑扑的小脸，继续问道："你爹叫什么名字？"

"我爹叫席晨怀，我娘是杨小小。"

说到父母，男孩子突然瘪了瘪嘴，一副要哭的样子。

"不准哭。"席锦书突然喝止住了他，声音比先前冷了一些。

席世恩被她吓到了，噙着眼泪不敢往下掉，只敢怯生生地用手背抹眼睛。

"乖。"席锦书的眼神变柔了一些，她又摸了摸席世恩的头，问，"知道我是谁吗？"

席世恩摇了摇头。

"我叫席锦书，是你爹的亲妹妹，你的小姑姑。但从现在起，我是你娘。记住，以后任何人问起你娘是谁，你要回答'我娘是席锦书'，而不是杨小小。"

"为什么？"席世恩睁着黑白分明的眼眸，不解地看着她。

"因为你要进席家的大门，你将来要继承席家的产业，你要成为这上海滩最有钱的人，你必须且只能是我的儿子，而不是杨小小跟席晨怀的儿子。如果人家问你，席晨怀是你什么人，你也要回答说他是你舅舅，而不是你爹。"席锦书像在跟大人说话一般，直截了当地对席世恩说道。

陈管家估摸这孩子听不懂，没想到席世恩却点了点头，天真地问了声："那我新爹是谁？"

这个问题问得好，在场的几位都哑巴了。

陈管家跟徐婶都侧着脸偷看席锦书的脸色，他们都知道这席大小姐还未出嫁，哪儿来的丈夫？

席太太是想让孙子进席家给自家留个后，但无奈席晨怀是被逐出去的，他的子孙后代都不得再入席家祠堂。席老爷好面子，自然不能打自己的脸，席太太就一句话，让席锦书想办法，结果这席大小姐想出的法子就是让席世恩当她的私生子。

虽说她是留过洋的，可这想法也未免太前卫了吧？席家是名门望族，大小姐未婚先孕，传出去成何体统？到时候席二爷他们又得拿此事大做文章，他们想要夺权就更容易了。

可是不这样做，他们也想不出更好的法子接小少爷进席家门。

几个人面面相觑，皆是无话。

最后还是席锦书最坦然，她直起身子，双手环在胸前，一手托着下巴，像是认真思考了一番，沉吟道："新爹吗？等回去了我再好好想想，明天告诉你，可好？"

"好。"席世恩回答道，小腿从床上蹦了下来，小手拉住席锦书的风衣，仰着头说，"那，娘，我们啥时候回家啊？我肚子饿了。"

这一声"娘"叫得陈管家脸上的表情都快绷不住了。

席锦书倒还是镇定得很，她看似心情很好地伸手将席世恩抱了起来，在他的额头上亲了一口，微笑道："不愧是我的儿子，真聪明。"

陈管家一口气卡在了喉咙口，尴尬地咳了一声。

该交代的都交代了，其他的就是听天由命了。

从和平饭店出来，席锦书一行人直接回了席公馆。

听说席大小姐回来了，席二爷他们一行人又来了，名义上说要见见侄女，商量席家产业的事，实际就是让席锦书做个主，说服席太太，对外发个声明，把产业安排安排。

结果他们一去，就听说席锦书在席老爷房里陪她爹说话，席太太不给他们见席老爷，他们自然也见不到席锦书了。一连几天都是碰壁，再然后，席二爷就从席公馆里多嘴的用人那儿得知席小姐不仅回来了，还带回了个私生子，孩子都四五岁了。席二爷一听可就怒了，这席锦书好歹也是个大家闺秀，怎么干出这种败坏门楣的事来？这席老爷英明一世，生出的儿女怎么一个比一个差劲？

作为长辈，席二爷自认决不能放任此事不管，所以得知席锦书带私生子回家的当天，他就把席家的各大宗亲都请到了席家祠堂，先是对席锦书的所作所为严词责难了一番，后又对宗亲们说："各位，大哥现在病了，没法主事，可席家的产业还得继续，汇丰银行那边经理位置总不能一直空着，咱们家的生意也不能不做。外头的那些竞争对手，一看大哥倒了，就各种欺压我们，我觉得咱们不能坐以待毙，该先推举个代理掌权人出来，主咱们席家的事。"

他这一席话说完，堂下的长辈们都觉得有理，可是，推举谁好呢？

谁都知道，席家若没了席老爷，就是一盘散沙，席家其他子弟都是些没出息的货，担不得此重任。

议论纷纷之时，席二爷准备毛遂自荐，突然，祠堂的大门被人从外面推开了。

"二叔召集叔叔伯伯们开家族会议，怎么都不知会我一声？我爹病了，我们大房却还是有人的，我来替我爹参加了。"

讥诮的冷笑声响起，席锦书穿着一件黄底绢花的旗袍，信步走进了席家祠堂，清冷的目光一一扫过堂下众人，最后落在了席二爷身上。

"你来干什么！谁准你进来的？锦书，你爹没告诉过你，这祠堂是清辉之地，一般人不得入内吗？你作风不良，道德沦丧，还未出嫁就有了私生子，你进祠堂，岂不是要让我们席家列祖列宗蒙羞！"席二爷气得指着席锦书骂道。

席锦书没有理会他，直接走到了堂中央空着的主位前坐了下来，星眸微抬，不怒反笑："谁说我儿子是私生子？"

"不是私生子是什么？你倒是说说看，他爹是谁？"席二爷冷笑道。

席锦书端起身侧的茶杯，掀起杯盖，低头抿了口茶，将杯子放了回去，敛了神色："聂家三公子，聂莛宇。"

台下一片惶然。

黄浦江畔的聂公馆内，聂三公子正在陪长辈们打麻将，突然重重地打了个喷嚏。聂太太瞥了他一眼，没好气地数落道："让你没事少往外跑，你非要在外折腾，这不，伤风了吧？这阴雨天，寒气一入体，指不定什么时候才好呢。"

"大姐别担心，三公子体质好着呢，这喷嚏啊，指不定是哪家姑娘想他了呢！"说话的是聂家二姨太，嗲声嗲气的。

她一开口，聂太太的脸就沉了下来。

"可不是！就我家莛宇这相貌，姑娘想他也是正常的。"就连聂老太太也跟着起哄道。

她这话倒是一点儿都没说错，聂三公子是上海滩有名的俊哥儿，可真正让他出名的可不是那张俊脸，而是他狠辣的行事作风。

说起聂三公子，上海滩的人第一时间想到的就是两个字：奸商。

聂家是豪门世家，聂公馆在黄浦区赫赫有名。聂三公子的祖父是上海滩举足轻重的大人物，祖母与诸多名媛交好，聂家大公子聂莛煊也在政府当差。

聂老爷希望子孙都能走上仕途，可偏偏聂三公子不喜欢从政，独爱经商。

聂老爷嫌这儿子丢人，可上海滩的很多人都很看好这位聂三公子。不说其他，就说这年纪轻轻就能赚个盆满钵满的，全上海滩也就只聂三公子一人了。

被拿来说笑的聂三公子此刻正懒洋洋地看着众人，嘴角噙着笑，一双凤眼天生媚惑，眼下是一粒细小的泪痣，白皙的右手轻叩着桌板，一下，两下，自带一番节奏。

旁人都说聂三公子生得好看，最好看的是那双手，白玉葱葱，别有风骨。但没人知道，聂三公子这双手不仅翻得了风雨，还守得了山河。

【1】

凌晨三点多，一阵急促的电铃声在聂公馆一楼的楼梯处响起，睡在楼梯口储物间的刘管家立刻被惊醒，赶忙起身拉开门去接电话。

这个时间点所有人都在睡觉，打电话的人多半是有急事。

被他猜得正着，对方是个女人，声音很是清冷，语气听起来有些焦灼，她快速地把话说完，都没等刘管家回话，就把电话给挂了。

刘管家握着话筒愣了一会儿，而后猛然回过神来，回屋套了件长衫就疾步跑上了三楼，直奔聂三公子的房门。

丝丝冷风从半敞的窗户吹了进来，风中带着淡淡的花香。

许是真的感冒了，聂莛宇睡得并不大熟，一晚上打了好几个喷嚏，最后连鼻子都堵了。

伤风者不宜吹冷风，可聂三公子实在觉得呼吸困难，他从床上爬起，把雕花的纱窗打开了些，还未来得及回到床上，就听到了敲门声。

他眉头微皱，趿拉着拖鞋，朝门口走去。

拉开门，看到一脸慌张的刘管家，聂莛宇的眉头皱得更深了。他咳了一声，不耐地问道："这么晚，出什么事了？"

聂莛宇此刻穿着一套法国蓝丝绒睡衣，领口微敞，露出白玉般的肌肤。天花板上镶嵌的小夜灯发出幽幽的光，照在他的身上，落下了一层淡黄色的光芒。

刘管家顾不得看三公子脸上阴郁的表情，急着解释道："不好了，三公子，出事了！席公馆那边刚打电话过来说席老爷不行了！"

刘管家本就嗓门大，这一嚷嚷，把整个宅子的人都惊醒了大半。其他房间的人听到响动，也都披了衣服出了屋，站在门口看着他们。

"席老爷不行了，你跟我们家老三说什么？"住在二楼的聂二姨太率先不解地开口。

在三楼的聂太太隔着楼梯瞪了她一眼，整理了一下身上的披肩，朝聂莛宇他们走了过去，面带忧愁地道："我刚迷迷糊糊听到电铃声，原来是席公馆的电话。他们说席老爷走了吗，是不是通知我们去奔丧啊？要的，虽然我们这辈跟席家交情不多，但祖上还是有点儿渊源的，莛宇现在又在做生意，日后难免要跟席家打交道，咱们去吊唁也是应该的。"

"不是，太太，人还没走，但是快不行了。打电话来的是席小姐，不是通知我们奔丧，她是找三公子，让三公子立刻赶去席公馆。"刘管家额头出汗。

"席小姐？"聂太太脸上闪过一丝狐疑，"她找莛宇做什么？"

说完，她又看向聂莛宇，探询地问："你跟她认识？"

聂莛宇摇了摇头，一阵冷风吹过，他又咳了一声，伸手捂住脸，不道："我认识好几个席小姐，可席公馆那个，真的不认识。"

"那她找你做什么？"聂太太很是疑惑地道。

聂莛宇放下手，精致的脸上露出无辜的表情："我也很好奇。"

"她还说了什么吗？"聂莛宇收起嘴角的微笑，眼神凌厉地朝刘管家问道。

"她没说几句话，只是让您务必尽快赶去。还有，她还说了，您要的东西只有她能给。"刘管家连忙回道。

"我要的东西？"聂莛宇眯了眯眼，令人玩味地一笑，"有点儿意思。去给我备车。"

几分钟后，聂公馆的车停在了花园外。

聂莛宇从屋内走出来，他换了一身西装，外面套了件黑色长大衣。因为受了寒，出门前，他还拿了一块方格丝绸的蓝手帕放进了大衣口袋。

刚走到二楼，聂老太太的房门开了，聂书涵扶着老太太走了出来，一脸担忧地望着他道："三哥，你真的要去席公馆吗？听说席家最近挺乱的，席老爷一走，上海滩很多人都会去，你这个点去，会不会不大好？要不等明早再去吧？这三更半夜的，席老爷还病危，席小姐找你不是很奇怪吗？"

聂书涵是聂家的养女。

聂家一共有三个儿子，大公子聂莛煊在政府当差，三公子聂莛宇从商，而这二公子，已经不在了。

聂二公子聂莛明自幼体弱多病，聂家迷信，买了桥头边老赌鬼家的小女儿过来，打算给聂莛明当童养媳，就是如今的聂书涵。只可惜这二公子命薄，不到十岁就夭折了。聂太太心善，没有将聂书涵赶出去，而是将她收作了养女，让她跟其他两个儿子一起长大。

认真说来，这聂书涵其实跟聂太太亲生的没什么两样。她来聂家的时候才三四岁，对老家的事都不记得了，加上性格外向活泼，嘴巴成天跟抹了蜜似的，哄得聂家人都高高兴兴的，所以聂家人都喜欢她，久而久之，也就没人提她曾经是聂家童养媳的事了，对外他们都直接称她是聂家大小姐。

大公子聂莛煊比聂书涵年长好几岁，又因为在北平当差常年不在家，所以聂书涵平素接触的哥哥就只有聂莛宇。她跟聂莛宇年龄相近，两个人自幼一起长大，感情也自然最好。看到聂莛宇急匆匆地要出门，她忍不住为其担心起来。

聂莛宇闻声回头朝她看了一眼，笑眯眯地道："就是因为奇怪，我才更要过去。"

聂老太太看他嬉皮笑脸的样子，拄着拐杖不由得唠叨了几句："你别没个正形，最近世道乱，还是小心点儿好，让老刘跟你一块儿去，也好有个照应。"

聂莛宇不以为意地笑了笑，转身几步下了楼，出了聂公馆。

聂公馆离席公馆不远，都在法租界。十多分钟后，聂公馆的车就停在了席家门口。

聂莛宇刚下车就看到席公馆的大门敞着，几个小厮正忙里忙外地搬丧礼要用的东西。

虽说他来之前还听说这席老爷没死，但应该是挨不过今晚了，不然席家的人也不会急着把那些东西给拿出来。

聂莛宇孤身走进了聂公馆，发现馆内聚了不少人，席家的宗亲老老少少都在，但不知什么原因都被堵在了底楼的院子里。他们围在一起，眼睛都往楼上瞄着。

这群人中，属席二爷最急躁，连凳子都坐不住，一直在院子里走来走去，就是不知道这席老爷什么时候咽气。

突然听到自门外传来的脚步声，院子里的人都惊了，齐齐转过头朝聂莛宇望了过去。

这个点来人本来就很稀奇，看到来人后，席家几个宗亲的脸上都露出了惊愕的表情。

"聂三公子，你怎么来了？"问话的是席三爷的儿子席礼，他以前跟聂莛宇是同校生，在学校有过几面之缘，所以第一个认出了他。

听到"聂三公子"这四个字，席家的人眼睛都亮了，特别是席二爷，两只眼睛都瞪成了牛眼。好个聂三公子，今天席锦书刚跟他们摊牌说她跟聂莛宇生了个私生子，这三公子就找上门来了。怎么，一听说席老爷不行了，连他个外姓人都要赶着来分家产了？

席二爷看着聂莛宇，气得咬牙切齿，其他人见了聂三公子也没什么好脸色。

聂莛宇还不清楚情况，一进门就被一群人虎视眈眈，脊背有点儿发凉。正尴尬得不知道要怎么回时，就看到二楼主屋的门开了，一个穿着黑色长袖旗袍的姑娘从里面走了出来，冷着张脸看向他。

许是刚哭过，那姑娘红着双眼，看他的眼神虽有些漠然，但竟有点儿楚楚可怜的意味。

看那姑娘的年纪也不大，肯定不是席太太。再看眼前席家人的脸色，聂莛宇心里已经猜到了那姑娘的身份。

他礼貌性地朝她颔了颔首，刚要打招呼，就听到她很熟稔地叫他："莛宇，上来吧，我爹要见你。"

聂莛宇突然呛了一下，他咳了一声，抬头，一双凤眼惊愕地看向席锦书。什么情况？

席锦书直接无视了他疑惑的目光，说完转身回了主屋，重新关上门，都没跟席家其他人多说一句。

011

席二爷看着聂莛宇的眼睛恨不得能冒出火来。

聂莛宇一头雾水地舔了舔嘴唇，对着众人干笑了下，就跟着陈管家上了二楼。

【2】

席公馆的卧室内部装饰与聂公馆完全不同，看得出来席老爷是个比较守旧的男人。主卧内的家具选用的都是上好的红木，入门的木地板处铺着块硕大的白虎皮，门口立着两个一人高的青花瓷瓶，瓶中插着几卷丹青卷。

离门两三米远的地方立着块红木雕刻的镂花屏风，屏风中间镶嵌着两幅花鸟画，席老爷的床就在那屏风后。

聂莛宇刚进门就看到了坐在席老爷床头掩面哭泣的老妇人的身影。妇人身旁站着个中年女仆，还有个粉雕玉琢的小男孩，男孩不过四五岁的年纪，穿着一身黑色小西装，正依偎着席夫人啜泣着。

说是席老爷要见他，可聂莛宇跟着陈管家走到屏风后，却发现席老爷已经咽气了。

席太太看到陈管家，站起了身，手拿着帕子抹了把眼泪，都没顾得上看聂莛宇一眼，直接朝管家道："沐笙走了，你去把准备好的衣服给他换上，先不要声张，看锦书的意思。"

"哎。"陈管家应了声，老眼红了些，转身去一旁的衣柜拿寿衣。

聂莛宇被晾在一旁，尴尬得不知道该如何是好。

他明明亲眼看见席小姐进屋的，这会儿房间里竟然不见她人。他想问但又不好问。

这时席太太注意到了他，朝他看了一眼，话还没说出口，眼眶又红了。

聂莛宇暗自叹了口气，礼貌性地上前，对着席太太鞠了个躬，道了声："太太节哀。"

席太太点了点头，拿着锦帕又一次擦拭眼泪。

倚在她身旁的小男孩此刻站直了身体，正睁着一双大眼睛定定地看着聂莛宇。

聂莛宇被他看得浑身不自在，喉咙一阵发痒，忍不住又咳了一声，别过头去，正好看到管家抱着寿衣走过来。

他让开道，在旁看着陈管家跟女仆搬弄着席老爷的身体，小心翼翼地给他解身上的衣服。

他拘谨地站在旁边，正犹豫着要不要上前帮忙时，床旁边的书架动了一下，露出间偏房来，消失的席锦书从里面走了出来，对他招了招手，冷声道："你进来下。"

旁人见了聂莛宇，起码会称呼一声"聂三公子"，再不济也会叫一声"聂先生"，可这个席大小姐倒好，连称呼都给他省了。

聂珏宇暗自笑了下，看在她刚丧父的分上没有同她计较，乖乖跟着席锦书进了偏房。

偏房内摆放着席老爷生前收藏的多幅古字画，席锦书站在书桌旁，拿着一支狼毫笔在一张信纸上写着什么。

聂珏宇站在离她三米远的地方，眯着眼细细地打量她。

这是他第一次见这位席大小姐。早前听说这席小姐在英国留学，他以为会见到洋派美人，可这席小姐的穿着打扮倒还是很中式，就连她的长相也是，典型的中国古典美人脸，柳叶眉，一双杏眼清澈明亮。

聂珏宇见过的美女不少，席锦书这样的姿色在他见过的女人中只能算是中等，可是她身上那股不符合她年龄的从容淡定是他在其他女人身上从未见过的。没有任何花样装饰的黑色旗袍穿在她身上，非但没有显得土气，反而衬得她的气质更加清冷。

有些东西是与生俱来的，她光站在那里，不声不响，都能让人感觉到一股冷意与压迫感。

约莫几分钟后，聂珏宇终于忍不住开口问道：“不知道席小姐这个时候找聂某所为何事？”

她之前在席家宗亲面前说席老爷有话要跟他说，现在看这个情形，有话跟他说的未必是席老爷，而是她席大小姐。

闻言，席锦书抬头看了他一眼，而后道：“我找聂三公子，是想谈笔交易。”

“哦？”聂珏宇饶有兴致地挑了挑好看的眉毛，“席小姐这个时候找聂某谈交易，未免有点儿不合常理吧？席老爷刚走，席小姐这会儿应该是给亡父料理后事才对。”

“后事我自然会料理，但也得等我跟三公子的交易谈妥了才行。”

席锦书放下手中的笔，拿着写好的书信纸朝聂珏宇走了过来，递给了他。

“我听说聂三公子的纱厂办得不错，短短两年时间，就成了上海第一大纱厂，就连王老爷开办的纱厂生意都被抢了不少。不过我也听说，三公子最近想要将纱厂扩建，资金上有些困难，各家银行碍于与王老爷的交情，都不愿意发放贷款给三公子。我可以帮三公子筹到想要的钱，只要你签了手上这份合约。”席锦书坐到了一旁的檀木椅上，倒了一杯茶，一边喝着一边有条不紊地朝聂珏宇说道。

“席小姐对聂某挺了解的啊！”聂珏宇眯着眼微笑，眼眸里闪着危险的光。

跟聂三公子做过生意的人都知道，宁可与狼共舞，也不可与虎谋皮。想跟聂三公子做生意，那得做好被坑的准备。聂三公子会给你赚钱，但前提是得他自己先赚足。人家做生意是不做亏本买卖，而聂三公子做生意是只做大买卖，不做小买卖。聂珏宇能在这么短的时间内，不靠家族势力打拼到现在这番光景，凭的可不是他这张欺骗性十足的脸，而是他的手段。

席锦书既然敢跟聂莛宇谈交易，那自然是清楚这一点的。聂莛宇要的数目不小，而她所谋的东西也不廉价。

"既然席小姐这么有诚意，那我就先看看席小姐的合约吧，要是席小姐要的聂某给不起，那交易也就做不了了。"聂莛宇笑着说道，目光落在了手中的信纸上。

看到上面的内容后，他的笑容顿时凝住，一脸难以置信地看向了身旁静静喝茶的席锦书——席锦书给他的根本就不是什么合约，而是一张婚书！

"嘉礼初成，良缘遂缔，同心同德，宜室宜家，相敬如宾，风月平分破……"

婚书的落款处用正楷写着她的名字，"席锦书"三个字清隽有力，如同她这个人一样。

"席小姐，你这是什么意思？"聂莛宇拿着婚书，不明所以地问她。他与人谈过很多生意，这是他第一次看不透对方的意图。

席锦书将手中的茶杯放回茶几上，站了起来，清冷的眸子直接对上他那双桃花眼："我想席家的事三公子定有所耳闻吧，家父生前叱咤上海，荣辱一生，无愧他人，如今与世长辞，家有豺狼，外有虎豹，上海滩无数双眼睛盯着他遗留下来的产业，等着家父咽气来瓜分席家。在这偏房之外，躺在床上的是亡父，哭泣的是孤母，懵懂的是幼子。家父福薄，独剩锦书一女，锦书虽为女儿身，但也势必要维护家父一生的心血。世恩才五岁，是个私生子，无法进席家的门，所以我必须得嫁人，给他找个爹，让他名正言顺地进席家，培养他成为席家的新掌权人……"

"等等，所以你就找上我了？"聂莛宇听得差点儿惊掉下巴。

他惊讶地上下打量席锦书一番，摇了摇头，啧啧道："席小姐，我看你年纪也不大，你说你怎么就这么想不开，年纪轻轻就生了个私生子呢？我能好奇地问下，孩子的生父是谁吗？"

"那不关你的事。"席锦书板着脸道。

"怎么就不关我的事呢！你既然要跟我结婚，我要接盘，我总归得知道是给谁的儿子当爹吧？"聂莛宇一脸真挚地看着席锦书，坏笑道。

上海滩的名媛，有故事的多了去了，不过像席大小姐这么有故事的，聂莛宇还是头一次见。

席锦书定定地望了挑衅的聂莛宇一会儿，突然冷笑一声："看来聂三公子是答应做这个交易了，作为交易双方，应该讲究公平，那么大家都坦诚相待好了，我告诉三公子世恩亲爹是谁，三公子也告诉我先夫人沈妍筠到底是为何被休出聂家的，可好？"

听到"沈妍筠"三个字，聂莛宇脸上的笑容顿时不见了。

整个上海滩的人都知道，在聂三公子面前绝对不能提他的第一任太太，更加不能提她离开聂家的原因，因为这原因说起来很不光彩。

说到沈妍筠这个人，她是谁呢？

她曾是上海百乐门舞厅的头牌，红极一时，很多达官显贵都愿意一掷千金，只为博她一笑。

两年前，她突然跟聂莛宇相好，聂莛宇不顾家里人的反对，一意孤行把她娶进了聂家。沈妍筠一下子从舞女变成了聂太太。

不过这个聂太太可并不安分，嫁进聂家没多久，就被人撞见红杏出墙，给聂莛宇戴了绿帽子。再后来，就听说她得了"花柳病"，被聂家休了。

聂三公子丢不起这个脸，直接把她送出了上海。说是送，但大家都在说，人是聂莛宇赶走的，毕竟被戴了绿帽子谁都不会高兴，更何况还是要面子的聂三公子。

这沈妍筠现在是生是死谁也不知道，但上海滩的人很快就忘却了她。因为大上海永远不缺她这样的交际花，而聂三公子身边也永远不缺女人。

"席小姐既然这么说，那么过去的事，咱们彼此就不要问了，我们还是来聊聊生意吧。席小姐打算用一个纱厂的融资来让我娶你，这嫁妆会不会少了点儿？"聂莛宇坐到了先前席锦书坐过的檀木椅上，直接就着她喝过的茶杯倒了一杯茶，微微抿了一口，是上好的雨前龙井，味道不错。

"婚后等我掌了席家的权，可以每年给你席家所有产业利润的百分之二十。但前提是，你要确保我成为席家的掌权人。"席锦书看着他说道。

"成交。"聂莛宇放下茶杯，朝席锦书伸出手来。

她没有回握。

聂莛宇无所谓地笑了笑，收回手，起身走到了书桌旁，拿起她之前用过的狼毫笔，在那纸婚书上签下了自己的名字。

"席锦书""聂莛宇"，这两个日后在上海滩赫赫有名的名字被书写在一起。对所有人而言，那是一段传奇婚姻的开始，可是当事人都很清楚，那只不过是一桩没有感情的交易。

聂莛宇将婚书递还给席锦书，看着她清秀的脸庞，实在按捺不住好奇又问了一句："席小姐是怎么确定我不会嫌弃你有私生子的呢？万一我不答应合作，你一个女孩子，岂不是很丢脸？"

席锦书抬起头，面无表情地看着他："你会答应的，因为这上海滩再没有比聂三公子更贪的人了。还有，我都没有嫌弃你是个二婚头，你凭什么嫌弃我有私生子？"

聂莛宇又咳了一声，看来有些人比他想象的还要牙尖嘴利。

交易谈妥，接下来就是公之于众了。

离开偏房前，席锦书突然回头问聂莛宇："三公子可会唱戏？"

聂莛宇大概明白她是什么意思，勾唇微笑道："虽不擅长，但应该不会比席小姐唱得差。"

"那最好不过。"她冷然道，一双清眸淡淡地扫了他一眼。

书架重新被关上，主卧内，陈管家已经给席老爷换好了衣服，席太太他们都守在床前。

看到席锦书出来，席太太踉跄着走了过来，拉着女儿的手，问："谈好了吗？"

席锦书伸手握住母亲颤抖冰冷的手，安抚性地揉捏了一下，说："母亲放心。"

说完，她看向陈管家："开门，让二叔他们进来吧，消息放出去，准备迎客。"

"是。"陈管家领命而去。

主卧的大门再度被拉开，席太太跟席锦书的哭声突然传了出来，被堵在院子里的席家宗亲们听到哭声，全都扑上了楼来。为了显示他们有多"痛心"，他们是一路哭着进来的。

聂莛宇就站在席锦书的身后，作为席小姐私生子的"亲爹"，他此刻正很体贴地将手放在席小姐的肩膀上安抚着，脸上的神情也十分悲痛，可他的内心却很是迷惑。

看着跪在席老爷床前握着父亲的手突然号啕大哭的席锦书，他突然有些看不明白，前一秒还冷若冰霜的女子，下一秒就能哭得梨花带雨，也不知道是席小姐演技太好，还是她这个人城府太深。

【3】

席老爷走了，要通知的人很多。陈管家又是打电话又是跑邮局发电报，忙得不可开交。家里的小厮们忙着布置灵堂，席家的几个宗亲还聚在席老爷的卧房里大哭不已。

席二爷率先走了出来，下了楼，喊了人从后院抬了口檀木制的棺材进来。

待灵堂布置好，席老爷的几个侄子抬着他的尸身小心翼翼地下了楼。席锦书携着伤心过度的席太太走在他们后头，后面跟着聂莛宇以及席家的其他人。

铜钱垫背，口里含珠，躺在棺材里的席老爷面容慈祥得就像睡着了一样，可是在外的所有人都知道，他这一睡，睡塌了席家的一片天。

席老爷咽气前，席二爷一直等着他咽气，可真看到席老爷咽气了，席二爷站在席老爷的棺材前，竟然忍不住大哭起来。一来他是真的舍不得他这大哥。席老爷在世时，对他们兄弟几个虽很严厉，但平日里也没少帮衬他们，他们一家老小能有现在的安稳日子过，全都倚仗着席老爷，席老爷没了，他自然是伤心的。二来他是在忧心席老爷走了，先甭管谁掌席家权，这席家日后在上海滩的地位肯定大不如前，他们的好日子也不知道还能撑多久。

他越想哭得越伤心。

他一哭，其他人也都跟着又哭了起来。不一会儿，席公馆内就哭声四起。

小厮在公馆门口挂上了白灯笼。没多久，一辆黑色的普利茅斯轿车停在了席公馆门口，下来的是汇丰银行的副经理龚子桥，也是席老爷的徒弟。席老爷卧床那会儿，他正在东北帮席老爷打理那儿的钱庄。

得知席老爷脑溢血后，他当即放下手中的事，这不，昨晚刚到的上海，正准备天亮了就来席公馆探望席老爷，结果就接到了刘管家的电话，说席老爷走了，他便立刻赶了过来。

龚子桥刚走进灵堂，看到席老爷的棺材，立刻跪了下来，对着席老爷的灵位哭着叫了好几声："恩师，庆生来晚了。"

席太太刚止住眼泪，看到他哭得如此悲痛，又忍不住跟着一起抹泪。

席锦书从棺材边站了起来，走到龚子桥身旁，将他扶到了一旁的座位上。她沙哑着喉咙，道："师哥，路上辛苦了。"

龚子桥愣愣地盯着她看了会儿，才认出来，赶忙摇了摇头，道："不辛苦不辛苦，只是没赶上见恩师最后一面。"

席锦书轻拍几下他的肩膀，算作安慰。

席家的其他人以席二爷为首，看到龚子桥出现，都沉了脸，抿着嘴没说话。

席老爷一走，龚子桥是最有可能接任汇丰银行经理一职的。上海滩的那些商行老板先前之所以巴结席家，就是因为席老爷是上海第一银行汇丰银行的经理，大家都想通过他来办贷款。现在好了，席老爷死了，经理就要易主，以后谁还来巴结席家？

想到这儿，席二爷他们连带看龚子桥的眼神都变得嫉恨起来，好像是他逼死席老爷一般。再看席锦书，还对龚子桥和颜悦色的，果真是丫头片子，不知大局，人家都要骑到你头上来了，竟还把人家当自己人。

哭过几巡，天渐渐亮了。席太太哭晕了过去，被人扶进了卧房休息，就剩下席锦书跟龚子桥还跪坐在席老爷的灵位前，两人一边烧纸，一边不时地接嘴说上几句，大多是些客套话。

此刻，整个公馆里最无所事事的就是聂莛宇了，虽说他已经答应陪席小姐唱戏了，可是这戏，着实不怎么好唱。

看席家人看他的眼神，他能猜到席二爷他们已经知道他跟席小姐"关系匪浅"了，只不过大家现在都忙着葬礼的事，抽不出工夫来盘问他。

没人理会他，聂珏宇也乐得清闲。等天再亮点儿，大半个上海滩的人都会来席公馆吊唁，他正好可以趁这个时间想个说法，到时好跟那些人解释他跟席小姐的关系。

要知道，他俩一个是黄金单身汉，一个是未出阁的大家闺秀，突然有了个四五岁的孩子，要编个像样的故事让人信服可不是件容易的事。

不过这事再难也难不倒聂三公子，说什么，怎么说，聂珏宇心里已经有了想法，反正横竖不过就是个不要脸面——他都已经是个被戴过绿帽子的二婚头了，脸面这种东西哪儿有钱来得重要？至于那席小姐，他朝灵堂那儿看了一眼，瞥见那人一身清冷素服，侧对着他跪坐在那儿。他无奈地摇了摇头。那可是他未来的财神爷，岂能丢她的脸面。

天方出现了鱼肚白，天色越来越亮，停在席公馆门口的汽车越来越多了。

席太太休息了会儿，回了灵堂。席锦书跟着席二爷还有几个长辈一同去门口迎接前来吊唁的宾客。

经过聂珏宇身旁时，席锦书朝他看了一眼。

聂三公子收到席小姐的眼色，立刻心领神会，打起精神，不顾席二爷吹胡子瞪眼，厚着脸皮跟着他们一道去迎宾。

来的都是上海滩的商贾权贵，席大小姐才回国，都没见过，不过聂三公子却熟悉得很，好几个还一道喝过酒。

那些人一来，先是礼节性地慰问了下席小姐，让她节哀，后由聂珏宇领着，去席老爷的灵堂拜祭。其中不乏熟人话多的，半路上就跟聂三公子唠起嗑来，大笑着调侃聂珏宇："以前只知道三公子人脉广，竟不知你跟席老爷还认识。三公子来得可真早，这是又嗅到什么钱味了？"

说话的是城南洋布行的小开金永书，自聂珏宇开纱厂以来，没少跟他做生意。金家跟席公馆很近，不过两条马路，所以天一亮，他就来了。

聂珏宇看着他，不怒反笑道："不早，昨儿半夜就来了。"

金永书惊呆了，以为自己听错了，他停下脚步，一脸诧异地盯着聂珏宇打量了一番，只见聂三公子一脸的倦容，白皙的脸上可见青黑色的黑眼圈，下巴上还有点点青色胡茬冒出。都知道三公子注重仪表，这种胡子拉碴的样子倒真不像他。难不成真是昨晚就来了？

"昨天半夜在这儿的都是席家自己人，你来这儿干什么呀？"因为太惊讶了，金永书连尊称都给聂珏宇省了。

聂珏宇轻咳了一声，回头朝还在门口迎宾的席小姐看了过去，发现席小姐也正看着他们，他偷偷朝席小姐抛了个媚眼，转过头正要跟金永书解释，突然感觉大衣的衣摆被人给拽住了。

"爹，我饿了。"一个怯生生的声音从下方响起。

聂莛宇循声低下头去，就看到一个穿着丧服的小男孩正仰头睁着双黑白分明的眼眸，可怜兮兮地望着他。不是他之前在席老爷床前看到的那个小孩子还能是谁！

这席家的难不成个个都是戏精，这么小的孩子都会唱戏了，瞧这声"爹"叫得多溜啊！

金永书怔怔地看着突然出现的席世恩，咧着嘴，用胳膊撞了下聂莛宇，小声道："三公子，这孩子叫谁爹呢？"

聂莛宇没有直接回他，而是弯腰将抱着他大腿的席世恩从地上给抱了起来，然后微笑着跟金永书解释道："见笑了，金老板，这是我儿子。"

"三公子说笑呢！你啥时候有这么大的儿子了，之前怎么没听你说过？"金永书哈哈地干笑。

"我也是昨晚才知道。怪我，之前年轻不成熟，对不住他娘，气得他娘怀了他都不告诉我，去英国待了五年，他外公走了才告诉我。"聂莛宇一脸怜惜地望着席世恩，满是自责地说道，目光时不时地瞥向门口。

席锦书已经迎完宾客朝内堂走来。金永书顺着聂莛宇的目光看向一脸严肃的席锦书，忍不住追问聂莛宇："你说的这孩子的娘，不会是席大小姐吧？"

"正是。"聂莛宇看着金永书，眯着眼答道。

金永书吞了口口水，他今天是来吊唁的，可没想到会听到这么劲爆的消息。这聂三公子什么时候跟席大小姐勾搭上的啊？五年前，席大小姐不是才女高毕业吗？这聂莛宇也太丧心病狂了啊，怎么能这么毒害良家少女，怪不得当初席老爷突然送席小姐去英国，敢情是发现女儿被三公子玩了，想遮家丑，所以才把她送出国的。什么留学念书是假，原来出去生娃才是真。啧啧，果然，这上海滩的名媛都是有故事的。

这么串起来，也就都说得过去了。

两年前，本来眼光很高的聂三公子突然跟百乐门的头牌舞女好上了，还不顾长辈反对，把人娶进了门，那时候好多人都说聂莛宇被沈妍筠下了降头，喝了她的迷魂汤，现在看来，这聂三公子不是喝了迷魂汤，而是因为跟席大小姐分手后受了情伤，找舞女治愈呢。

哎呀，我真是太聪明了！金永书忍不住称赞自己。

见金永书一副恍然大悟的样子，聂莛宇装作可惜地叹了口气，朝他道："现在金老板知道我为何昨夜就来了吧？"

金永书连连点头："了解了解。"

他们刚聊完，席锦书已经走到了聂莛宇的身旁。

席世恩见到她，伸出手，奶声奶气地叫："娘，抱抱，我饿。"

席锦书没有抱他，而是转过头冷着脸朝聂莛宇道："这会儿人多，我走不开，你先带他去厨房弄点儿吃的，然后找个人带你去我房间把脸给刮下，胡子都长出来了，一会儿还要见人呢。还有，把衣服也换了，丧服我让陈叔给你准备了。"

"晓得了。"聂莛宇一脸听话的样子。

席锦书没再理会他，绕过他们又回了灵堂。

聂莛宇含情脉脉地望着她离去的背影。

一旁的金永书看着，不由得暗自叹道："以前还真没看出来，这聂三公子竟是个'妻管严'！"

【4】

席家请的天福酒楼的厨子都到了，正在厨房里忙活着。

从天亮到现在，来席家吊唁的人络绎不绝，方才陈管家跑来要他们中午准备二十桌的酒食，也不知道晚上会不会更多，反正大家都不敢有所懈怠。

聂莛宇抱着席世恩走到厨房门口，见里面雾气腾腾，鱼肉蔬菜摆得到处都是，十来个厨子挤在里面都快没地儿转身了，便没有闯进去叨扰人家。

抱着孩子出了后院，聂莛宇在宾客中找到了闲聊的金永书，问他借了辆车，直接开车载着席世恩离开了席家。席家的人都在忙着招待客人，谁也没有注意到他的离开。

聂莛宇开着车找了家咖啡馆，领着席世恩进去买了几块西式甜点。

买完东西，他本想带着席世恩回去，后又觉得在那种场合，其他人都在哭，他跟个奶孩子却在吃蛋糕，光想想就觉得不大好，索性在咖啡馆内找了个靠窗的位置，一手端着餐盘，一手牵着席世恩坐下了。

这一大一小长得都很标致，甫一坐下，就成了道靓丽的风景。来往路人被这一幕惊艳到，总会忍不住多看两眼。聂莛宇浑然未觉，一门心思都在眼前这个专心致志埋头啃蛋糕的小男孩身上。席世恩很乖，乖得不像他这个年纪的小孩。也是，正常的小孩子又怎么会对着他这个陌生人那么熟稔地叫爹呢？

聂莛宇凤眼微眯了下，低头端起手边的咖啡，优雅地抿了一口。

突然，吃得满嘴是奶油的席世恩问他："爹，你叫什么名字呀？"

聂莛宇被咖啡呛了一下，捂着嘴巴咳了几声，抬眼定定地看着他："你娘没告诉你吗？"

席世恩一脸天真地摇了摇头，然后低下头小声地嘀咕道："她就让我以后叫你'爹'。"

聂莛宇沉默地看了席世恩一会儿，内心无奈地叹了口气。这席小姐为了掌权也是够心狠的，竟然舍得让这么小的孩子认他人作爹，真不知道这孩子亲爹知道了会做何感想。

想到这孩子的亲爹，聂莛宇的好奇心又被激了起来。真不是他爱操心别人的家事，而是他这人做生意有一个原则，那就是不管他再怎么算计坑别人，别人的女人他是绝不会碰的。这上海滩说大也是大，说小也小，万一这孩子的爹是他认识的，那就尴尬了。

所以虽然套小孩子话有点儿无耻，但聂莛宇还是对席世恩循循善诱道："那恩恩啊，你知道你亲爹是谁吗？"

席世恩眼珠儿滴溜溜地看着他，点了点头。

聂莛宇心里一喜，身子朝席世恩靠近了些，轻声继续问道："那你知道他在哪儿吗？"

席世恩伸出小手，指指他："不就是你吗？"

聂莛宇一口老血哽在喉咙里，哭笑不得地对席世恩伸出大拇指："你娘把你教得真棒！"

席世恩很是认同地点点头，说起席锦书，他小小的脸上写满了骄傲，连话都忍不住多了起来："陈爷爷说我娘是他见过的上海滩最聪明的女子，我若好好听她的话，将来一定会很有出息。"

"是吗？"聂莛宇低笑了声，饶有兴趣地问席世恩，"那将来你有出息了，要做什么呢？"

席世恩抿了抿小嘴，眼眶忽然红了。

聂莛宇皱了下眉头，刚想问这孩子怎么了，就听到弱弱的抽泣声："打敌人。"

聂莛宇惊愕地看着席世恩，在眼前这个拼命擦眼泪的五岁孩童身上，他好像看到了一个熟悉的影子。他心中顿时一软，伸手轻轻地摸了摸席世恩的小脑袋，温柔地安抚道："傻孩子，等你长大了，这里就没有敌人了。"

"为什么？"席世恩眨巴着大眼睛，不解地问道。

"因为他们都被赶走了啊！"

"真的吗？是谁会赶走他们，谁这么厉害？"席世恩激动地抓着聂莛宇的衣袖问道。

聂莛宇微笑地看着他，说："很多人，很多人都会。"

席世恩不是很明白聂莛宇的话，他还想问下去，却被聂莛宇一把抱了起来。

"好了，吃饱了，我们该回去了，不然你娘该急了。"

聂莛宇刚载着席世恩回到席公馆，就撞见席小姐带着一群人在找孩子。看到他抱着孩子进来，席锦书的脸沉了下来。

本就不见她有什么笑颜，如今又是这表情，聂莛宇不由得苦笑，在四周宾客好奇目光的注视下，自觉地抱着席世恩朝席锦书走了过去。

"我……"他刚要开口解释，席锦书就狠狠地剜了他一眼，生怕他害了孩子似的，从他怀里将席世恩抱了过去。

聂莛宇突然觉得有些无趣，不想说了。

席锦书将席世恩交给了身后的徐婶，回头朝聂莛宇冷声道："你跟我过来。"

聂莛宇伸手摸了摸后脑勺，听话地跟她走了。

一旁围观的宾客皆倒抽了口冷气，哎哟，没想到这席小姐这么厉害，把聂三公子训得服服帖帖的。

经金永书那大嘴巴一宣传，到场的宾客都已经知道聂莛宇与席小姐的关系了，相信很快，整个大上海都会知道这一桃色秘闻，聂三公子是"妻管严"的事也算是没跑了。

不过这些都不是聂莛宇所在意的事，他这会儿关心的只有这席小姐又在打什么主意，就算要训他带孩子出去，也不该是这种时候吧？

聂莛宇一路跟着席锦书到了一间厢房，房间内陈设很简单，除了几幅字画外，没看到其他装饰品，倒是床头边的梳妆台说明了这是间女子闺房。

席锦书进屋后直接朝衣柜走了过去，聂莛宇则站在门口等着她发号施令。

没一会儿，她从柜子里抱了套黑色丧服出来，送到他的面前，衣服上面还放着把刮胡刀。

"你先把胡子刮了，丧服换了，我在外头等你。"席锦书依旧冷着脸说道。

聂莛宇看了衣服一眼，勾唇道了声"谢谢"，伸手去接东西。

修长的指尖不小心触碰到她的手，掌心顿时一片微凉，他愕然地抬头朝她看去，刚想说点儿什么，她已经快速地抽开了手，一句话也没多说，走出了房间，带上了门。

不知道是不是他眼花了，他看到席锦书出去的时候耳根子有点儿红。

都是当娘的人了，怎么脸皮薄得还像个小姑娘？聂三公子无语地晃了晃头，拿着衣服去了梳妆台那儿，看到台上摆放着一本《银行大辞典》，随手拿起来翻了几页，发现里面夹了张男女合照。照片中的女孩梳着两根麻花辫，穿着一身素色锦衣，面容清冷，嘴角带着微笑，模样跟他认识的不苟言笑的席小姐很像，只是稍显稚嫩罢了；男孩穿着黑色的中山装，鼻梁上架着副金丝眼镜，同样面带微笑，一脸书卷气。

聂莛宇本来以为自己发现席小姐的男人了，后来又仔细看了会儿，这才想起照片中的男孩他以前见过，就是被席老爷赶出去的席大公子席晨怀。

他跟先前与席晨怀订婚的王家三小姐是同班同学，以前席晨怀来学校接王三小姐的时候他见过一次。那时候，所有人都觉得席晨怀跟王三小姐登对得很，都以为他俩会结婚，却没想到这么一个风流倜傥的世家公子最终会落得那样的结局。

聂莛宇将照片放回书页里，去换衣服。

他已经猜到这是谁的厢房了，为了不弄脏席小姐的梳妆台，他将先前给席世恩擦嘴的手帕从口袋里拿了出来，摊在桌上，对着梳妆镜刮了胡子。将自己收拾妥当，他将换下来的衣服整齐地叠放在席锦书的床上，大衣跟西装外套则挂在一旁的衣架上。

粗粗一看，颇有点儿真跟那人过日子的感觉。

聂莛宇摇了摇头，摸了把光洁的下巴，拉开了厢房的门。

席锦书还等在外头，听到声响，回头看了他一眼，漆黑的眼眸微微地亮了一下。

黑色的丧服在他身上竟然穿出了点儿风流的味道来。虽然这种话不适合在这种场合说，可她不得不承认，外面人说的一点儿都不假，聂三公子的确生得一副好相貌。

见她一脸阴沉地盯着自己看，聂莛宇有些不大自在。一晚上没好好休息，他的感冒似乎又严重了些。他干咳了声，吸了下鼻子，开口跟她道歉："席小姐，真对不起，都没经过你同意就把席小少爷给带出去了，害得席小姐一顿好找，是聂某的错。"

"我找的不是世恩，而是你。"席小姐直接说道。

聂莛宇脸上又一次露出令人玩味的表情来："找我？何事？"

席锦书冷冷地看着他道："聂公馆来人了，我让人把他们安置在西厢房了。这才第一天，楼下宾客多，我与三公子的事还要多劳烦你跟人解释。"

聂莛宇明白席锦书的意思，简单来说就是她跟他的合作，她只负责出钱，其他麻烦的丢脸的事都由他来做。

他不以为意地笑了笑，道："聂公馆谁来了？"

席锦书又看了他一眼，意味深长地道："聂老太太。"

聂莛宇心里一紧，终于知道刚才席锦书为什么这么生气了，八成是挨骂了。

【5】

席锦书领着聂莛宇朝西厢房走去，经过楼梯口，正碰到龚子桥上楼来寻她。

"锦书妹子，我把丧礼的账目理了下，师娘让给你瞧瞧，我就把账目给拿来了。你方便的话先看看，若哪里有漏掉的我好补上。"龚子桥气喘吁吁地跑上楼，拿着账本跟席锦书说道。

席锦书转过头，看着聂莛宇，手指了指右手边的那间厢房道："聂公馆的人就在这里头，你先进去，我过会儿就来。"

聂莛宇点了点头，扫了龚子桥一眼后就先走了。

席锦书带着龚子桥去了对面的厢房。

聂莛宇敲了几下门，门很快就被人从里面拉开了，开门的是聂公馆的刘管家。

一看到聂莛宇，刘管家的脸上立刻露出惊喜的表情来，他激动地说："三公子，你可算出现了，老太太都要急死了，你快进去哄哄她。"说罢，让开了道。

聂莛宇走了进去，看到聂老太太正拄着拐杖，气冲冲地坐在八仙桌前，聂书涵在旁给她顺着背。聂莛宇笑吟吟地朝她们走了过去。

见他靠近，聂老太太没好气地拿拐杖打了他一下，耷拉着脸道："你还笑得出来！你说你不认识席小姐，现在却平白无故弄出个孩子来。今早有人打电话给我们，你娘听到这事气得昏厥症都犯了，这会儿躺在家里休息。我心里不踏实，就带着书涵来席公馆看看，想着反正要来送帛金的，就先来探探情况。结果我刚进来，认识我的都来跟我道喜，我这老太婆的老脸都被你丢尽了。"

"奶奶，你先别生气，息怒息怒，千错万错都是孙子的错。"聂莛宇从聂老太太手里抢过拐杖，将她扶到了床边，安抚道。

聂老太太恨恨地瞪了他一眼，刚说了一大堆，她这会儿有点儿喘不过气来。聂莛宇连忙给她倒了杯茶。

一旁的聂书涵见状，忍不住问道："三哥，你跟席小姐是真的吗？我怎么从没听说过你俩有过什么接触，你是不是被她抓到什么把柄了啊？那孩子若真是你的，她为什么五年都不出现，这会儿才带着孩子出来认你作爹？她这也太不把我们聂家放在眼里了吧？"

看聂书涵急红了眼，一副要哭的样子，聂莛宇存心逗她："你希望这是真的还是假的？"

"三哥，你快别开玩笑了。这席小姐看起来就是个厉害角色，我怕你吃亏。"

聂莛宇收起了笑容，停止说笑，在聂老太太身旁站起，认真道："你们听到的事都是真的。若不是席老爷临终前还牵挂此事，席小姐还不想让孩子认我。昨晚，当着席老爷的面，我们把婚书都给签了。"

"混账！你把婚姻当成什么了？第一次，你不顾我们反对娶舞女；第二次，你又干出这等出格事来。莛宇啊，你是要把我们聂家的脸都丢光才肯罢休吗！"聂老太太气得又站了起来，捂着胸口，脸色铁青地道。

聂书涵赶忙上前扶住她。

"这次跟先前的不一样，这次是我对不起席小姐。人家好好的一个大家闺秀，因为我未婚先孕，生了孩子，我怎么着也得给席家一个交代啊！"聂莛宇很是无奈地道。

"你昨天还说不认识席小姐，你怎么就净胡说八道！"聂老太太黑着脸问。

聂莛宇连忙避了开来，辩解道："我的确不认识席小姐啊！我们认识那会儿，我还以为她就是个普通女学生。你们也知道的，我交女伴又不在乎人家家世。她平日为人低调，穿着朴素，从未提及自己是席家大小姐，我哪儿能想到？再说，我们在一块儿的时间也不长，本以为就是段露水情缘，哪儿知道就珠胎暗结了呢。"

聂老太太手抖地指着聂莛宇骂道："你……你还有理了！"

可事已至此，打骂无益，眼下解决问题要紧。

然而这事如果出在平常人家的姑娘身上倒还好，他们给点儿钱就把事了了，要不就让聂莛宇收人家姑娘进来做个小姨太太，怎么着面子上都过得去。可现在不同，聂莛宇搞大肚子的可是席家大小姐。席家是什么家族？让聂莛宇娶席锦书，已经是给他们聂家面子了！若不是席老爷没了，他要还活着，这事哪儿能这么容易就过去！

"依我看，这席小姐虽是个名门闺秀，但也算不得好姑娘，年纪轻轻跟男人搞七搞八，怪不得席老爷送她出国。你说她人都走了，还把孩子生下来，也不嫌丢人的。"聂老太太平日里最疼这个孙子，聂莛宇每次闯祸，她都是各种替他擦屁股说好话，所以就算这次明知是自己孙子的错，她也舍不得多怪罪，只将过错都算在了席锦书身上。

她越说越来气，想起方才见席小姐时她那副高冷模样，更是气不打一处来，拐杖用力地往地上一敲，恶狠狠地来了句："像她这种不知廉耻的姑娘，哪配进我们聂家的门！"

聂老太太的脾气在上海滩是出了名的刁蛮，聂莛宇深知自己祖母的坏脾气，也能想象到她对他说的那些话肯定对席小姐也说过，怪不得席小姐方才那么生气，她没当众朝他发难已经算她修养好了。

毕竟是一根绳上的蚂蚱，往后他跟席小姐的"夫妻"路还很长，他这会儿怎么着也得为席小姐说几句话。结果，他刚准备开口，厢房的门就被人推了开来，席小姐带着两个女佣走了进来。

聂老太太看到席锦书，当即冷呵了一声，翻了个白眼，别过头去。

聂莛宇一脸歉疚地朝席锦书笑了笑。

席锦书没跟他们置气，只是让用人把手里的果盘端过来，放到桌上，又让人重新换了壶热茶。待一切安置妥当，她才施施然走到聂老太太面前，微微含笑道："老太太还是少动气为好。若聂老夫人嫌弃锦书，让聂三公子入赘席家也行。家父刚走，席家正好也缺个主事的男人。"

听到"入赘"两个字，聂莛宇咳了一声，伸手扶了扶额，朝席锦书使了个眼色。

席锦书不为所动地看着聂老太太。

果然，聂老太太一听完她说的话，气得跳脚大吼："你说的什么混账话！我们聂家的男人，哪有给人入赘的道理！席小姐未免也太看不起我们聂家了！"

眼看老太太被气得快要吐血，聂书涵连忙走了过去，扶住聂老太太，一边给老太太顺气，一边拿眼瞪着席锦书，怒道："席小姐这么跟长辈说话，未免太过无礼，席家的家教就是这样的？"

"席家家教如何，还轮不到一个外人来说三道四。"席锦书面无表情地看向聂书涵，冷声说道。

"你……"聂书涵还要说，被聂莛宇一把抓住了手。

"三哥。"聂书涵一脸委屈地看向聂莛宇。聂莛宇对她摇了摇头，示意她别再说了。

席锦书扫了眼聂莛宇攥着聂书涵的手，眸光又冷了些。

"好了，都不要吵了，死者为大，席老爷在下面还没出殡呢，你们在这儿吵来吵去，被人听到了，成何体统？"聂莛宇板起了脸，难得地发火。

别看聂三公子老是一副嬉皮笑脸的样子，真发起火来，还挺让人害怕的。聂老太太跟聂书涵瞬间没了声，席锦书默默地看了他一会儿，最终也没有多话。

厢房内安静了一会儿，突然，一个小小的身影闯了进来，直接跑到了聂莛宇身前，抱住了他的腿，喜滋滋地叫了声："爹，原来你在这里。"

聂莛宇低头看了眼席世恩，目光柔和了些。

席锦书拧着眉头，朝席世恩呵斥道："世恩，我怎么教你的？走路不要横冲直撞，过来叫人。"

席锦书虽年纪不大，可训起人来自带气场。

席世恩被训得乖乖地走到了她的身旁，黑葡萄般的大眼睛滴溜溜地朝四周看了一圈，然后双手合十，先对聂老太太作揖，叫了声："太奶奶好。"

随后又对着聂书涵唤了句："小姑姑好。"

显然是事先被教过，这孩子认人认得很是精准。

聂老太太是个嘴硬心软的主，即使不喜欢席锦书，但看到突然出现的孩子，心还是软了下来，又看那孩子一副乖巧伶俐的样子，心情也好了些许，连带着脸色也缓和了不少。

楼下事情多，席锦书抽不出多少时间，见聂老太太喜欢席世恩，她便把孩子留了下来，对聂老太太道："楼下人多嘴杂，烦请老夫人在厢房多待会儿，有什么吩咐，找桂芳就行。午宴很快就开始了，夫人不忙的话，吃个便饭再走。"

聂太太傲娇地"哼"了一声，没有接她的话。

席锦书也没有再跟她一般见识，她朝聂莛宇看了一眼，嘱托道："世恩喜欢你，就劳烦你这几日辛苦些，多照看他一下。我还有事要忙，先走了。"

聂莛宇对她点了点头，客气地关心了一句："没事，你也注意休息，别太累着自己。"

席锦书没有应答，留下桂芳，转身离开了厢房。

望着席锦书那冷傲离去的背影，聂老太太又来了气，忍不住朝聂莛宇数落道："真不知道你是看上她哪点儿了，一身臭脾气，跟她爹简直一模一样。"

聂莛宇笑了笑，没有接话，低头朝身旁的席世恩看了过去。

席世恩正睁着双黑白分明的眼睛看着聂老太太，听她骂席锦书，小孩的嘴巴噘得高高的，但没有说话。

聂老太太回头看到孩子，瞬间停止了咒骂，无奈地叹了口气，道了声："真是冤孽。"

这孩子一双黑眼睛生得格外好看，就是五官比较像席锦书，不怎么像聂莛宇。聂老太太隐隐觉得有些可惜，但想想还是算了。先不管这席小姐有多可恶，她毕竟给他们聂家生了个孙子。聂老太太摇了摇头，妥协道："罢了罢了，我不操心你们这档子事了。过几日你爹跟你大哥要回来，你自个儿跟他们说吧。书涵，我们走了，还得回去跟太太说这事。"知道她们没有心情留下来吃饭，聂莛宇也就没有挽留她们。

临走时，聂老太太给了聂莛宇一个白包，里面装的是他们聂家给席老爷的帛金。

聂莛宇打开看了一眼，估摸着里面放了一万大洋。

"还好我事先留了心，多备了一些过来，这个数目作为女婿也算拿得出手了。咱们聂家虽不如他们席家家大势大，但现在席老爷走了，席家没人，莛宇啊，你可不能让那丫头骑在你头上啊！"聂老太太对聂莛宇再三叮嘱道。

聂莛宇苦笑了下，连连点头，说："我晓得。"

【6】

送走聂老太太她们，聂莛宇抱着席世恩也下了楼，在院厅处找到了在安排午宴桌椅的陈管家。聂莛宇将帛金交予他，让他送至管账处。

陈管家颠了颠手中的白包分量，一脸动容地朝聂莛宇道："三公子，您真是太客气了。"

"应该的。"聂珽宇随意地回道,朝四周张望了番,不见那人身影,便问陈管家,"你家席小姐呢?"

"应该还在灵堂,快到饭点了,三公子不要再走动了,带小少爷先找个位置用餐吧。"陈管家回道。

聂珽宇"嗯"了声,没说好与不好,把白包给了陈管家后,抱着席世恩径直朝灵堂走去。

没走多远,肩膀突然被人用力地拍了一下,聂珽宇回头,正对上李璨恒戏谑的笑脸。

他微微诧愕了下,随后嬉笑着朝来人问道:"李老板怎么也跑这儿来了?"

"来看你笑话的。"李璨恒直言道。

李家祖上也是大富大贵过的,深究起来,也算得上是高门大户。因为家族背景相似,聂李两家一直走得很近。李璨恒跟聂珽宇又是同年郎,从小就玩在一起,关系好得都可以穿一条裤子,两个人说起话来一向是直来直去,不用担心对方生不生气。

李璨恒现在是百乐门的老板,手上经营着多家俱乐部跟赌场,在上海滩也算说得上名号的人物。干他这行的,平日里最重要的就是积累人脉,上海滩的商业权贵没有一个是他不认识的。这不,掌控着上海滩大半经济的席老爷走了,作为晚辈,他理应来吊唁,更别说他在来席公馆的路上还听说了个大新闻。

说的是他的好朋友聂三公子自从被沈妍筠戴了绿帽之后,受了极大的打击,变得风流成性,号称"万花丛中过,片叶不沾身",没想到却在年少时栽在了席大小姐身上,不声不响把人家肚子搞大了不说,还不对其负责。

这席大小姐也是个倔脾气,被聂珽宇抛弃后,就算怀了孩子也不说,硬是偷偷把孩子生了下来,养到了四五岁。若不是这次席老爷出事,席小姐要带孩子进门,不想孩子被说是私生子,还不打算让孩子认聂珽宇这个爹呢。

而这聂三公子也理亏,觉得对不起席小姐,所以现在对席小姐可谓是百依百顺,席小姐说往东,他都不敢往西,活脱脱地成了"妻管严"。

这故事被描绘得有声有色,来之前李璨恒还不怎么相信,毕竟聂珽宇处过几个对象他再清楚不过,别说他不记得聂珽宇认识什么席小姐,就连他自己也不认识席锦书这人。席老爷他倒是见过几次,可这席小姐,听说年轻时读的是封闭式的私立女校,平素都见不到人,学校一放假,她也不像其他名媛一样出来玩,都是待在家里研习字画。后来又听说她刚满十八岁就被席老爷送到英国读书去了,这聂珽宇怎么可能认识人家?

可是这会儿看到聂珽宇怀里抱着的小男孩时,他又觉得这传闻有点儿可信了。

他活了二十五年,这还是头一次见聂三公子这么有父爱地抱着一个孩子。

"这孩子真是你的？"李璨恒一脸好奇地戳了戳席世恩的小脸蛋，问聂莛宇道。

聂莛宇好笑地瞥了他一眼，道："怎么，不像吗？"

李璨恒抿了下嘴，摇了摇头："说不上来，像又不像，外面那些人传的不会是真的吧？你真跟席小姐有一腿啊？"

"不是真的话，你说我为什么要拿这种事开玩笑，对我有什么好处？"聂莛宇笑嘻嘻地反问李璨恒。

李璨恒赞同地点了点头。确实，这桃色新闻爆出来，无论怎么看，对聂莛宇来说都不算件好事。堂堂聂三公子，之前因为被沈妍筠戴绿帽子的事，已经被人怀疑他到底是不是那方面有问题，才会受到如此对待，这会儿又冒出个私生子来，好吧，起码可以证明他那方面没问题了，可以后还有哪个好姑娘敢跟他，万一他又把人家肚子搞大抛弃了呢！

反正不管怎么说，这聂三公子的名声现在是臭到家了。

"聂莛宇，你这可不厚道啊！咱俩到底还是不是兄弟了，为什么你跟席小姐处对象，我一点儿都不知道啊！"李璨恒有些生气地道。

聂莛宇白了他一眼，本想说他也是刚知道时，席小姐就来了。

聂莛宇看着她，没说话。

李璨恒看了看聂莛宇的脸色，又看了看席小姐，似乎悟到了什么玄机，他手指着席锦书，侧着头问聂莛宇："这位是？"

"席小姐。"聂莛宇含笑道。

李璨恒了然似的点点头，转过头朝席锦书打招呼道："席小姐你好，久仰大名，鄙人李璨恒。"

"午宴快开始了，李老板请前往大院就座吧。"席锦书对他颔了颔首。

李璨恒嘴上连说了几个"好"，可身体却没有挪动丝毫。他盯着席锦书又看了会儿，最终忍不住好奇地追问道："不知道席小姐是什么时候跟我们莛宇处的对象呢？我以前怎么没见过席小姐？你俩第一次见面是什么时候啊？"

眼看席锦书的脸越来越冷，聂莛宇用肩膀撞了李璨恒一下，示意他别再说了。没想到席锦书突然开了口，眼眸清冷地看着李璨恒道："五年前，在王公馆门口，雨雪天，聂三公子赠了我一把伞。"

"五年前，王公馆？"李璨恒喃喃道，转头看向聂莛宇求证。

聂莛宇微愕地看着席锦书，没有说话。他对五年前在王公馆见过席锦书还真没什么印象，本以为她是信口胡说的，可是看她脸上的表情，又像是真有那么一回事。他不由得敛了神色。

旁边的李璨恒还想追问下去，龚子桥来了，看到李璨恒，他连忙殷勤地唤了声："李老板。"

李璨恒看到龚子桥后立刻跟聂莛宇他们打了个招呼，就朝龚子桥走了过去。两个人像是在商议生意上的事，有说有笑走了。

席锦书若有所思地望着他们离去的方向。

聂莛宇将席世恩放在了地上，牵着孩子的手朝席锦书凑了过去，随口说道："我只知道席小姐戏唱得好，没想到故事说得也好。不过我与席小姐的事没必要扯上王公馆，回头传出去可不大好，毕竟王老爷对我俩都不大待见。"

"三公子觉得我是在编故事？"席锦书突然回头，眼眸深深地看着他道。

聂莛宇含笑地看着她："不是吗？"

席锦书定定地看了他一会儿，忽而伸手拉走了他手里牵着的席世恩，什么话也没说，走了。

聂莛宇站在原地，习惯性地拧了拧眉头，道了声："有趣。"

【7】

通常丧事第一天来吊唁的人最多，整个上海滩不管说得上名号说不上名号的人都来了，席锦书穿着丧服迎了一天的宾客，全无休息的时间。

一同没有休息的还有聂莛宇。昨儿个他还只觉得鼻子有点儿堵，到了今天晚宴的时候，李璨恒刚拉着他喝了一杯红酒，他就觉得头晕得慌，伸手一摸，额头有些发烫。正巧有个老中医就在他们隔壁桌吃酒，看了一下，说他发烧了。

四周的宾客都让他去休息，聂莛宇一一摆手拒绝了。虽说他跟席锦书还没办过喜酒，可现在整个上海滩的人都知道他是席家的"准女婿"了，这会儿丈人仙逝，他哪有躺床上睡觉的道理。仔细想想，他头晕得更厉害了，有点儿后悔，这席小姐的钱真不好赚。

最后还是席锦书在灵堂听说他发烧了，遣了陈管家过来，让他去厢房休息会儿。他这才病恹恹地由李璨恒扶着，进了席锦书的卧房。

许是吃了药的缘故，也可能是真累着了，聂莛宇往床上一躺下就睡着了，连衣服都没脱。

等他醒来时，天已黑，外面的悲丧声小了许多，宾客们似乎都走了。出了身汗，聂莛宇感觉舒畅了些。他摸了摸额头，感觉烧退了，这才幽幽地松了口气。

聂莛宇下楼，经过灵堂旁的屋子，发现里面还有张桌子上的人没吃完，席二爷跟席家的几个宗亲还坐在那儿吃酒。老宗家的丧葬习俗，主人家都是等客人吃完再吃。

聂莛宇快速地扫一眼，席太太抱着席世恩也坐在桌子前，就是不见席小姐。

一桌子都是不相熟的，聂莛宇觉得自己进去也尴尬，遂准备去找席小姐解闷，然而他刚抬腿往前走了没几步，就撞见陈管家端着莲子羹走来。

看到他，陈管家连忙关切地问道："三公子睡醒了？身体有没有好些，用不用我让小张去请徐医生过来再给你看看？"

聂莛宇生怕他的声音引来席家其他人，连连摆手拒绝道："不用不用，我现在很好。席小姐呢？"

"小姐还在灵堂，龚先生也在，他们在聊事。"陈管家如实相告。

聂莛宇眯了眯眼睛，掂量了番，想那龚先生应该就是龚子桥了。

席锦书跟龚子桥谈事，自然谈的是席老爷生意上的事。聂莛宇正犹豫着要不要避开，就听到陈管家对他道："三公子若去找小姐的话，把这莲子羹带去给她喝吧。她忙了一天，都没见她吃什么东西，这会儿应该也饿了。"

聂莛宇本想拒绝，后转念一想，道了声"好"，从陈管家手中端着的托盘里拿走了那碗莲子羹。

等他端着莲子羹到了席老爷的灵堂，发现龚子桥已经走了，偌大的灵堂里只剩下席锦书一个人跪在席老爷的棺材前低着头烧纸钱。

听到脚步声，她警觉地回头看了一眼，看到是聂莛宇，席锦书脸上的表情才微微放松了些。

见她一副惊弓之鸟的模样，聂莛宇想起先前她那张毫无表情的脸，忍不住调侃她道："我还以为席小姐除了板着张脸就没其他表情了，原来席小姐害怕起来跟其他女人没什么两样。"

许是累过头了，席锦书连跟他生气的力气也没有，她的目光落在了他手中端着的那碗莲子羹上。

聂莛宇察觉到她的视线，拉了一把椅子坐了下来，将莲子羹放在一旁的案几上，笑吟吟地看着她："席小姐饿了吧？过来吃点儿吧。听陈管家说，你一天都没吃东西了，丧事还有好几天，席小姐这样，身体可撑不住。"

"我哪儿比得上三公子娇贵，不过站了一天就累倒了。"她讥诮他道，嘴上半句都不让。

聂莛宇已经有些摸清了她的脾气，知她这人硬得很，便不跟她计较。将那碗莲子羹拿起吹凉了些，他再度把碗放下，半哄半说笑道："好了，这会儿又没其他人，席小姐还是省点儿力气，别讽刺聂某了，过来吃吧。"

席锦书依旧跪坐在原地，一动不动地看着他，眉头微微蹙起。

聂莛宇忍不住开玩笑道："怎么，不敢吃，怕我下毒？"

席锦书摇头，低头看了眼自己的脚，沉声道："我腿麻了，一时站不起来。"

她说这话的时候，眼眸低垂着，耳根子有些泛红，看上去虽有点儿可怜，但比先前生人勿近的模样倒讨喜几分。

　　聂莛宇低笑，从椅子里站起来，走到她的身旁，俯下身来。

　　席锦书惊愕地抬头，还没弄清他的意图，聂莛宇已经伸出手，将她直接从地上抱了起来，放到了方才他坐过的红木椅上。

　　"你干什么？"席锦书涨红着脸，羞怒地说道。

　　聂莛宇手放在她的小腿上，抬起眼，目光深邃地看着她："你不是说腿麻了吗，给你捏腿。快别瞪我了，再瞪下去，你眼睛都快比脸大了。"

　　席锦书被他说得脸更加红了。

　　见她不乱动了，聂莛宇低下头去，继续忙活。

　　他的手很好看，十指修长，骨节分明，指甲修得很平整，指腹处光滑得连个茧都看不到。

　　这么好看的一双手，整个上海滩很难找出第二双来。

　　他按摩的指法算不上好，但也算熟练，想必以前没少给女人按过。

　　席锦书垂眼看着聂莛宇头顶的发旋，突然觉得心里有点儿不舒服，小腿被按了一会儿，有点儿知觉了，她将腿从他的掌心抽了出来，试图从桌旁站起来。

　　刚按摩好，不可妄动。聂莛宇还没来得及阻拦她，席锦书感到脚下一阵酸疼，她一个没站稳，整个人朝前倒下去。

　　聂莛宇连忙伸手扶住她，脸上突然感到一阵温热——她的唇不经意间轻轻擦过了他的脸颊。

　　待意识到发生了什么，两个人的神色都变了，没等聂莛宇松手，席锦书已经先一把推开了他。

　　她黑着张脸，倚着墙，一脸愤懑地瞪着他，仿佛被吃了豆腐的人是她。

　　聂莛宇哭笑不得，他觉得他有必要跟席小姐重新商量合约内容。思来想去他都觉得自己有点儿亏。

　　"你那莲子羹还喝不喝？不喝都凉了。"气氛变得有些尴尬，聂莛宇瞥了一眼桌上的莲子羹，提醒她道。

　　席锦书没有回答，堂外响起了一阵急促的脚步声，是陈管家。

　　"大小姐，不好了，二爷他们喝多了，这会儿跟夫人吵着要分家产呢！你快去看看吧！"陈管家焦急地说。

　　席锦书的脸当即白了，她一瘸一拐地要往外走。聂莛宇见状，无奈地叹了口气，上前要扶她，结果手刚伸过去，就被她打了一下。

得，好心当成驴肝肺。聂珏宇悻悻地收回手，任由她去了。

灵堂旁的偏厅内，席二爷喝醉了酒，又是拍桌子又是瞪眼睛地威胁席夫人把席老爷留下的家产给分了。

"反正日后汇丰银行的经理是龚子桥当，等大哥一下葬，上海滩的那些人很快就会忘记他，谁还像以前一样贴着我们席家？还不如趁早把家产分了，田地房契都分一分，咱们各过各的去好了。"席二爷打着酒嗝说道。

其他几个兄弟也都很认同地附和道："是啊，大嫂，以前那些人巴结我们席家，那都是因为大哥是银行经理，那些老板小开要做生意，都得找大哥帮忙。现在大哥走了，家里也没小辈跟他做事的，晨怀生死未卜，锦书又是个女孩子家，就算你想让她掌席家权，她也没大哥那本事。今天你也见了，来的宾客她一个都不认识，以后怎么代表我们席家跟人打交道？"

"这大哥还没下葬，今天来的人，表面上都是来吊唁的，实际上都围着龚子桥聊天。一旦龚子桥成了汇丰银行的经理，还有人理会我们席家吗？既然事情都已经这样了，咱们不如把家产分一下，二哥想带家人去北平，那就去北平；我想回老家苏州，那就回苏州；大嫂你可以跟锦书去聂家，反正她跟聂公馆的那个三公子连孩子都有了，你也不用怕聂家不收她。那聂家怎么说在上海滩也是一大家族呢。"

"就是！大嫂啊……"

……

席锦书进屋的时候，正好看到席二爷他们拽着席太太的手臂，你一句我一句地嚷嚷着。席太太被逼得哭红了眼，席世恩被吓得躲在席太太的怀里瑟瑟发抖。

席锦书顾不得脚上的疼痛，直接朝席二爷走了过去，伸手将他的手从席太太身上拽了开来，红着眼冷喝道："二叔，你们这是在做什么？我爹还没下葬呢，他就在隔壁躺着，你们这会儿就在这儿嚷嚷着要分家产，不觉得丢脸吗？"

"丢脸？你也知道丢脸啊！就像你说的，你爹都没下葬呢，你不也当着他的面跟聂家那小子眉来眼去吗？未婚生子本就是女子无良，败坏家风的事，你倒好，还觉得光荣了，恨不得整个上海滩的人都知道。"席二爷恶狠狠地反讽席锦书道。

虽说席二爷这话说得有些难听，但也算是事实。席锦书当然知道她把席世恩领进家，跟聂珏宇做交易，免不了要被人说闲话。女子的名声对她这种家族出身的女人来说尤其重要，可是，比起她的名声，席家的名声，更重要的是她父亲打拼了一生留下的这些家产，她父亲的心血。

曾经为了守护席家这份产业，为了巩固席家在上海滩的地位，为了养眼前这些寄生虫，他父亲不惜赶走亲生儿子向王家求和，可最终呢，他一死，所有人都急着分他的家产。

虽然很可笑，可这就是她父亲的梦想，一个从苏州小县城出来的银行家，只身跑到上海打拼，将整个家族迁入上海，成为上海经济的顶梁柱之一，只为了他们席家能在上海滩生根发芽，永远驻扎在上海，成为上海最大的家族。

而这个家族，却在他死后，直接成了一盘散沙。

五年前，席晨怀跟歌女杨小小相恋，她不忍心看着哥哥在封建礼制的束缚下痛苦绝望地挣扎，帮着他逃婚，偷了家里的钱出来送他跟杨小小离开上海。

席老爷得知后大怒，让她去王公馆向王三小姐跟王老爷认错。

她一直记得那是个雨雪交加的冬天，她在王公馆门前跪了两天两夜，乞求王三小姐原谅，却连三小姐的面都没有见到。最终她冻晕在雪地里，被王家小少爷王湛林送回了席家。

她一连发了好几天的高烧，人一直没有清醒，差点儿就没挺过去。后来不知道是不是老天爷怜悯她，她醒了过来，看到席老爷坐在她的床前。她因为怨恨父亲，一句话也没跟他说。

席老爷并没有与她置气，而是将一本《银行大辞典》放在了她的床头，对她说："锦书，这就是上海，上海从不讲人情世故，只讲权势与利益。人只有强大，才能在上海立足；上海只有强大，才能在中国立足；中国只有强大，才能在世界立足。弯腰下跪不丢人，懦弱无能才可耻。人可以生为蝼蚁，但不可以活成蝼蚁。从今以后，我席广兴没有儿子只有女儿，锦书，我给你买了去英国的船票，你去那儿学习如何强大，让自己强大，让中国强大。"

她之后才知道，在她高烧不止的那几日里，她父亲将哥哥从家族里逐了出去。

她一开始并不懂父亲那日在她床前所说的话，直到她去了英国，直到她看到了时代的进步与繁荣，她才明白父亲让她去跟王老爷道歉，并不是畏惧王老爷的权势，而是不想因为一己之私打破了上海经济的平衡。

世界不是靠一个人可以变好的，但他们席家是靠一个人撑起来的。

以前是她父亲撑起的整个席家，以后会是她。

"既然二叔那么想要分家产，那么我们就先来算算总账。陈叔，去我爹的书房把他的账本都搬来。"席锦书没有跟席二爷争辩，而是拖了椅子坐了下来。

陈管家应了一声，领命而去。不一会儿，他领着小厮搬了一堆账本进来。

席锦书让他们把桌子清理了，把账本放了上去。

席二爷跟众人一脸不耐烦地坐在一旁看着她翻阅账本。

"这账是从二叔跟其他宗亲迁入上海开始记的，二叔你们每年的花费开销，以及给席家所赚的钱，都在这里。我已经把这三十多年诸位所有的收入与支出都算好了，这本是二叔的，这本是三叔的，这是二堂哥家的，这是大姑妈家的……请你们对照着上面的数字，欠席家钱的先还上，有余利的先拿走，接下来我们再谈席家家产的事。在你们看账目之前，我要先告诉大家一声，不是姓席就可以分我爹的产业，要分家产可以，那你也得给席家做出过贡献才行。"席锦书有条不紊地说完，让陈管家把算好的账本一一发放给众人。

席二爷他们被席锦书说得一愣一愣的，待拿到账本翻开一看，皆变了脸色。

真是不算不知道，一算吓一跳，他们每一个人几十年下来，竟然都欠了席老爷不少钱。

"这些账目都是假的吧，你随便算算，谁知道你算的对不对！"席二爷第一个不认账，将账本砸向席锦书，道。

似乎早料到席二爷会是这个态度，席锦书不怒反笑道："二叔跟了我爹几十年了，自然是认得我爹的笔迹的，账目上的每一笔都是我爹亲笔所记，这钱到底对不对，你们自个儿心里有数。看在我爹的分上，我在这里承诺诸位一句，钱我可以不逼着你们还，但分家产的事以后不要再提了。只要我席锦书还在，席家就休想散。我爹说了，席家是要在上海扎根的，他已经为席家扎了根，你们想要去北平、苏州都可以，先脱离席家的根再说。"

"你话就算说得再好听，又有什么用？大哥死了，席家不是以前的席家了，就算我们不分家，外面那些人也会来分席家的产业。到时候抢地皮抢钱庄抢生意的数不胜数，你靠什么来维系席家？"席二爷过了酒劲，丧气地说。

"靠什么，当然不是靠你们了。"席锦书直白地嘲讽他道。她眼眸微转，绕过众人，最后落在了倚在门口看戏的聂珏宇身上。

"我靠的是我是席广兴的女儿，是上海滩唯一的席大小姐。"席锦书看着聂珏宇，掷地有声地说道。

聂珏宇脸上带笑，一直默默地看着这一切，他不得不承认，这个席大小姐，比他想象的还要有意思。

经过这一番折腾，席二爷他们的酒都醒了，一个个握着席小姐给他们的账本都不再说话。

席锦书扫了他们一眼，从椅子上站起，将陈管家唤来："时候不早了，诸位觉得累的话就去厢房休息，不累的话就去给我爹守灵。明日还得继续迎宾，今晚的事我希望不要再发生了。陈叔，你先带我娘跟世恩回屋休息，再沏壶热茶来，夜深天寒，二叔他们都喝了酒，祛祛寒气，身子才不会不舒服。"

席锦书说完，不等四周众人做出反应，径直离开了偏厅。

聂莛宇就站在门口，看到她出来，跟着她一道走了。

席锦书没有直接回席老爷的灵堂，而是脚步微跛地走到了院子里的凉亭处坐了下来，有些失神地望着前方的槐树。

聂莛宇走到了她的身旁，扫了眼她的脚，忍不住多嘴问道："席小姐可是脚扭了？"

席锦书愣愣地望着落叶，没应他。

得，又是热脸贴冷屁股。若不是看在她年纪轻轻就丧了父，席家宗亲又是那副没出息的样子，她一个姑娘家要扛起那么重的担子有点儿可怜，他都想甩脸走人了。

聂莛宇无奈地俯下身，要给她看脚，结果又被她避了开来。

他抬起眼，有些不悦地看着她。

她的眼神终于从树上挪到了他身上，眼眸漆黑："三公子可否让我一个人待一会儿？"

这话听起来像在赶他走，可聂莛宇是谁？作为风月场上的老手，深知一般女孩子说这话时，其实更需要被安慰。即便席小姐个性再冷傲，到底是个小姑娘罢了。所以聂莛宇没有走。

席锦书见赶不走他，索性转身背对着他，不再理会。聂莛宇没进没退，他就站在原地，安静地守着她，总觉得现在这样的距离是最好的。

半晌，身后那道目光仍在，席锦书忍无可忍地回头，恶狠狠地瞪了他一眼，然后起身离开了凉亭。

聂莛宇继续跟着她，好笑道："席小姐还是生气的样子比较正常，那种伤春悲秋的林妹妹姿态不适合你，毕竟我们上海滩唯一的席大小姐，气场跟派头都要足……"

他还没说完，席锦书猛地停下脚步，转过身来，黑着脸看着他："三公子似乎很喜欢取笑我？"

"不敢不敢。"聂莛宇连忙摆手。

"嘴上说得再好听都不如实际做的，三公子有工夫在这儿取笑我，不如想想往后的事。稳住席家不过是我们结盟的第一步，你要想拿到那六十万大洋的贷款，可得保我先当上汇丰银行的经理才行。别忘了，我请你来可不是让你来看我们席家好戏的。"

聂莛宇笑："开个玩笑而已，席小姐不必当真。放心，我也不爱做亏本的买卖。"

"那自是最好。"席锦书又瞪了他一眼，扭头而去。

这一次，聂莛宇没有再跟上去。

第二章

红酥手，黄藤酒

【1】

天一亮，席公馆又奏起了哀乐。

陪席小姐守了一晚上的灵，聂莛宇才在灵堂外的圆桌上眯了一会儿，就被陈管家给叫醒了。

"三公子，小姐说你伤风未好，让你去楼上歇息。"陈管家笑吟吟地对他说道。

聂莛宇睡眼惺忪地朝灵堂那儿看了一眼，席小姐依旧是一副精神抖擞的样子，正陪着席太太给席老爷念诵经文。

他摇了摇头，叹了口气，这席小姐是铁打的吗？一天两夜不见她合眼，她还能有这副精气神，也是神了。他自叹不如，领了席小姐的情，又去她的厢房休息了。

一觉睡到了自然醒，聂莛宇舒服地伸了个懒腰，突然右手像是碰到了什么冰凉的东西。他打了个激灵，转头朝右侧望去，发现自己身旁躺着个人，他的手正放在那人的脸上，而那人的眼睛正瞪得大大地盯着他。

这么黑的眼珠子，这么犀利的眼神，不是席锦书又能是谁？

聂莛宇吓了一跳，连滚带爬地从床上跳了下来，拾掇着自己的丧服外套，手指着席锦书激动地说："你怎么会在这儿？"

"你要嚷得楼下的人都听见吗？"席锦书黑着脸朝他说道。她伸手揉了揉自己的太阳穴，几日没有好好休息，她这会儿头疼得厉害。

经她一提醒，聂莛宇也觉得自己有些反应过度了。他连忙恢复镇定，背过身快速地将丧服套上，然后又转过脸来，微笑着问道："席小姐是什么时候过来的？"

席锦书没有看他，她边穿鞋下床，边跟他解释："客房都被用来安置宾客了，三公子是人，要休息，我也是人，自然也要休息。我看三公子睡得熟，就没叫醒你，若你计较的话，下次我提前跟三公子说，等你允了我再睡。"因为刚睡醒，她的声音有些嘶哑。

聂莛宇觉得她这话怎么听怎么别扭。睡什么睡啊！不就是穿着衣服躺一块儿吗，那能叫睡吗？！

聂莛宇本想纠正她，后又觉得有些话特意指出来反而让彼此尴尬，便索性绕了过去，道："我看席小姐脸色不怎么好，要不你再睡会儿，我先下楼？"

席锦书摇了摇头："不用了，我歇息了会儿，好多了，灵堂那边不能没人。三公子若闲着无事，就麻烦替我去这个地方跑一趟吧。"

席锦书边说着，边从丧服口袋里掏了张纸条递给聂莛宇。

聂莛宇看着纸条上面的地址，突然变了脸色，冷冷地看着席锦书："席小姐这是准备动手了？"

席锦书没有回答他，清冷的目光扫过他好看的眉眼："麻烦三公子了。"

"应该的。"聂莛宇将纸条收好放进了衣兜。

席锦书没有再多言，她将床单跟被子铺平，然后跟聂莛宇一同离开了厢房。

楼下，龚子桥正帮着席锦书接待客人。

看到席锦书跟聂莛宇一前一后地从楼上下来，有人一脸戏谑地揶揄他俩道："席小姐跟三公子真是感情好啊，走哪儿都黏在一起，连休息都一起休息。"

说到"休息"二字，那几个人笑得一脸淫邪。

席锦书被说得耳根通红，一旁的聂莛宇倒是见怪不怪地笑了笑，道："锦书见我伤风没好，过来看看我。我看她几夜没合眼，就让她陪我躺会儿，哪儿有你们想得那么龌龊？"

"真看不出来，三公子这么懂得怜香惜玉啊！"

众人笑得更欢了。

聂莛宇陪着他们打哈哈，席锦书红着脸朝灵堂走去。临走，她回头看了他一眼，眼里竟有些担忧。

聂莛宇对她眨了下眼睛，示意她放心。他这个人喜欢挑战，但不喜欢盲目挑战，简单点儿来说，聂三公子从不打没有把握的仗。

近日天气转凉，伤风感冒的人尤其多。

聂太太自从聂莛宇突然被席公馆的人叫去后就彻夜未眠，又在清晨吹了冷风，不过半晌工夫，就跟儿子一样伤了风。之后她又从聂老太太那里确认了聂莛宇所干的荒唐事，急火攻心，病情越发严重了。第二天请了洋医生一看，说她这是伤风感冒加心神不宁引起的。

心病还须心药医，聂老太太看聂太太这副模样，大手一挥，让聂书涵去席公馆把聂莛宇给叫回来。

虽说聂莛宇跟席小姐的事现在已经板上钉钉了，但他俩毕竟还没办过仪式，还算不得名正言顺，他给席老爷守了一天灵已经算是"尽孝"了，剩下几天回家里照顾老母也没什么不对。

聂书涵奉了聂老太太的命，立刻让管家备了车去席公馆接人。

聂莛宇听说母亲病了，当即跟她回了聂公馆。

席家的人谁也没有留他。

别说聂老太太不想让聂莛宇继续待在席家了，就是席二爷他们也对这聂三公子嫌弃得紧。说他一个对席小姐始乱终弃的负心汉，若不是占了儿子的便宜，这会儿能这么安稳地站在席家吗？还给席老爷守孝？若是席老爷在天有灵，知道这事，指不定棺材板都盖不住了呢。

聂莛宇这一走，一直到晚上也没见他人。

席家开了晚宴，陈管家跑去问席锦书："小姐，这三公子还没来，太太问要不要等他来了再吃饭。毕竟是新亲眷，太太说咱们不能失了礼数。"

席锦书正坐在灵堂里为席老爷抄佛经，闻言抬头朝外看了眼。天色已经黑了，外面的宾客们都已经上桌了。

"不用等了，他今晚不会来了。"席锦书淡淡地说了句，低头继续抄经书。

陈管家了然，跑去跟席太太复命。

宴席吃了一半，一个小厮急吼吼地冲了进来，直接跑到龚子桥那一桌，俯身在他耳边说了几句话。

龚子桥正跟同桌的几个商行老板聊上海滩店铺租金涨价的事，正聊得兴起，听到小厮的话后脸色大变，扔下碗筷就起身离了席。

同桌的人皆不明所以，喊他："龚先生，你急着去哪儿？"

龚子桥回头朝他们抱歉道："各位，下次再聊，行里出了点儿事，我得回去看看。"

"果真是贵人多事。"那群人表示理解。

席锦书将抄好的佛经放在挽联旁，出去准备吃点儿东西，正好在门口撞见焦急离去的龚子桥。

席锦书喊了他一声："师哥，这么急着去哪儿？"

龚子桥回头，朝她扯了扯嘴角，掩饰道："没事，就行里一个账目有点儿不对，我去看看。"

"那你路上小心。"席锦书没有追问，只是对着他叮嘱道。

"要得，要得。"龚子桥连连应了两声，带着小厮匆匆而去。

席锦书站在灵堂口望着他离去的背影，眼神冷下来。

夜幕降临，位于英法两租界的洋泾浜外滩那儿停着几辆福特牌汽车，加藤跟他的手下正凶残地审问着几个搬运工打扮的中国青年。

他们的身旁胡乱地堆放着十几个掏空的木箱，箱子里本该放着他让人从英国运来的烟土，如今却不翼而飞。

囤放烟土的仓库里发生过打斗，被打死的守卫尸体已经被销毁，几个幸存者此刻正在被问话。

"说，到底是谁抢了我的烟土？"加藤表情狰狞地拿枪指着一个搬运工头头问。

搬运工头头浑身是伤，吓得发抖："加藤先生，我真的不知道。那些人都蒙了面，我们的货刚下船，他们就出现了。他们抢烟土的手法又快又狠，抢完就走，看起来是有备而来？"

"有备而来，你是说我们的人中有内奸！"

"不……不是……我不知道，加藤先生，但真的不是我的错，我的运输路线一向保密，选的仓库地点也很隐秘。"

"不是你的错是谁的错？！"

"砰"的一声枪响，搬运工头头顿时倒地。其他人都吓得脸发白，一个劲儿地哀求饶命。

加藤的怒火烧到了极致，突然，一道刺眼的光照了过来，一辆黑色的轿车停在了加藤的面前，龚子桥从车上走下来，疾步走到了加藤的面前。

"到底发生了什么事？我们的货为什么不见了？"龚子桥焦急地朝加藤问道。

加藤红着眼看着他："你问我？我还要问你呢！你之前跟我说，这大上海没人敢抢席家的货，现在你们席家的货没了，你告诉我，谁干的？"

"席老爷去世了，席家现在群龙无首，没了他坐镇，外面那些人抢我们的货也不稀奇。我早就跟你说过了，这阵子先不要急着运货，上次你给烟馆的那批货都没消化完，好了，现在货没了，这批货的损失咱们得卖多少烟才能赚回来？"龚子桥也有些生气地摊开手道。

"别以为我不知道，你偷用席家渠道开烟馆的事，席老爷根本不知情。之前烟馆不出事，全因有我的保护，并非别人怕席老爷。昨天你是不是跟俄佬见过面？他们要做你新的烟土供应商？"加藤用枪戳着龚子桥的脑袋，咬牙切齿地说。

"加藤先生，你这话什么意思？这关俄佬什么事？我们都合作这么多年了，你现在是暗指我联合俄佬算计你吗？"

"对！我怀疑就是你们串通好抢走我的货！不然谁会知道仓库在哪儿，谁又敢在席家的码头抢席家的货！"加藤激动得要扣扳机。

龚子桥连忙制止他，安抚道："加藤先生，你先冷静一点儿，听我说，这烟土我也有份投资的，我跟俄佬合伙算计你对我有什么好处？你才是我的合作拍档啊！"

"我给你三天时间，找不回烟土，就休怪我翻脸无情了！"加藤收回了枪，对龚子桥威胁道。

龚子桥理了理衣襟，微微松了口气，跟加藤保证道："你放心，就算翻遍整个上海滩，我也会把那堆烟土给找出来。那个动我烟土的人，我绝不会轻易放过他。"

"你最好不要食言，不然你知道我的手段的。"加藤恶狠狠地说完，带着手下上了车。

那群搬运工人皆被灭了口。

龚子桥拂了拂额前的头发丝，沉声对身旁的助理道："你这就去帮我把法租界的李探长给找来，带兄弟把所有的码头仓库、烟馆都给我查一下，看看有谁在用这批新的烟土。"

"是！"

冷风一吹，江边涌起一股浓浓的血腥味。

龚子桥用手捂着嘴，坐回了自己的车里。

夜色深沉，凉风瑟瑟。

加藤的话一直在龚子桥的耳边回响着。

——"谁会知道仓库在哪儿，谁又敢在席家的码头抢席家的货？"

是啊，席老爷是死了，可那些人就算再胆大，起码也会等他下葬了再动手啊！更何况，席老爷死了，他还在啊！汇丰银行还在！

席老爷不过是个代号，谁是汇丰银行新经理，谁就是这上海滩经济新的掌权人！

到底是谁竟敢动他的东西？

【3】

"号外，号外，上海滩经济大亨席老爷病逝，独女席锦书携幼子归国，孩子生父竟是大奸商聂莛宇……"

"号外，号外……"

一个穿着粗布马褂，背着印着"淞报"二字的棉布包的报童拿着新出的报纸在衡山路的街道上叫卖着。

突然，一只粗大的手拽住了他的后衣领。

报童惊惶地回头，看到来人，面露惧色道："李探长，有什么事吗？"

"小二狗，这报纸怎么个卖法？"李红星松开了手，歪着头点了根烟问道。

"您要的话尽管拿去，不要钱。"

李红星扔了个铜板给报童，拿走一份报纸，回到了停在路边的轿车上。

开车的小弟转过头，笑着看他："没想到探长你也爱看这种花边新闻。"

李红星咬着烟，从报纸后面露出半张脸，扫了他一眼："咱们要在上海滩混，最重要的是知晓人际关系，不要随意得罪人。这新闻里的细节多了去了，学着点儿吧。"

"是，是！"小弟连连点头道。

李红星将报纸翻了个面，乜斜着眼问道："让你查的事，查得怎么样了？"

"都查过了，我们把所有烟馆、烟鬼家都查过了，就连那些烟商也查了，都没有看到龚先生丢的那批烟土。真见鬼了，那些烟土好像凭空消失了一样。"小弟头疼地说。

李红星停下手中的动作，再度从报纸后面探出头来："找不到也得找，我就不信翻遍整个上海滩还找不出那批货来。让兄弟们都抓紧点儿，三天之内找不到那批货，咱们都吃不了兜着走。"

"是。"小弟白了脸，抹了把额头上的汗，转过身去开车。

席公馆内，席老爷的丧事已经办了三天了。

第三天，龚子桥有事没有来席公馆帮忙，来席家吊唁的客人也少了很多。晚宴的时候，院子里就摆了五张桌子。

送走客人，席家人坐下来吃晚饭，席二爷终于忍不住骂了起来："这群人也太不像话了，龚子桥一不来，就没有人来这儿了。这汇丰银行的新经理现在还没定下来呢，他们就这副嘴脸，以后指不定还怎样呢！"

"龚子桥接任经理是早晚的事，二哥你这会儿再不得劲，又有什么用？还是吃饭吧，后天就要出殡了，还有一堆事要忙呢。"说话的是席三爷，他性子素来软，是个懦弱怕事的主。

席二爷经众人劝了几句后，虽没再说了，但还是气不过，一直坐在那儿喝闷酒。

倒是主事的席锦书像个没事人一样，一直忙着吃菜，没出过一声。

席二爷看她那样更加来气，酒也喝得更快了。

饭吃了一半，陈管家从屋外走了进来，径直走到席锦书的身旁："小姐，去聂公馆的人回来了，说昨儿个三公子回去后，又被聂太太传了病气，反复发烧，医生叫他卧床休息。他担心过来了把病气传给我们，所以这几日就不来了。"

"知道了。"席锦书点了点头，"陈叔，你也坐下吃饭吧。"

陈管家"哎"了一声，一旁站着的张妈赶紧拿了碗筷给他。

席二爷本就肚子里憋着邪火没处发，听陈管家这么一说，当即冷"呵"了声，借着醉意道："不就是个小伤风，瞧把他娇贵的。锦书啊，我看这聂莛宇他就是没把你放在心上，要不你爹丧葬那么大的事，你都累成这样了，他怎么舍得扔下你就走？你说你看上谁不好，偏偏看上这么一个浪荡……"

席二爷还没有说完，坐在他身旁的老婆赶紧拉了他一把，示意他别再胡说八道了。席二爷一把挣开了老婆的手，还要往下说。

其他人生怕席锦书生气，要拦，却见席锦书笑了笑，道："二叔尽管说，锦书都听着呢。"

"锦书，二叔虽说话难听，但不会害你。现在你俩的事闹得满城皆知，他不上心，你可得上心啊，别回头他赖在家里几天，就反悔不接你进门了。我看等丧事了了，让你娘赶紧去聂家把事定下来，咱们席家虽没有从前风光了，但也不是什么小家小户，该走的流程一样不能少。大嫂，你说是吧？"席二爷说完，打了个长长的酒嗝。

席太太被突然点名，一脸干笑地点点头："是，二叔说得不错，是不能委屈了我们锦书。"说完，她疼惜地朝女儿看去。

席小姐只是淡淡地笑了下，没有说话，垂着眼继续慢条斯理地吃饭。

几日睡得不好，她整个人清瘦了不少。席太太看着心疼，但又不敢多言，只偷偷抹了下眼。

吃完饭，用人们收拾餐桌，席锦书先回了自己的卧房。

席太太怕她听了席二爷的话心里难过，便不放心地跟上了楼，想安慰女儿，结果就看到席锦书换下了丧服，穿了件蓝色碎花的旗袍走出来，肩上还披了条白色钩花披巾。

"这么晚了，你是要出去吗？"席太太一脸惊愕地问道。

席锦书应了声："我去聂公馆看看聂莛宇。"

"去看望下也好。"席太太点了点头，有些担忧地道，"不过上次我看聂老太太不是很喜欢你，这么晚你又重孝在身，这会儿去那边，会不会不大好？回头她们又说你了，怎么好呢！要不，我陪你一道去？"

席锦书笑了下，伸手抱了抱席太太，贴着她的耳畔低声道："您还是留在家里吧。放心，我自然不会说是我要去。"

"那你……"席太太还想说些什么，就见徐婶领着换好衣服的席世恩走了过来。

席世恩走到席锦书身旁，牵住了她的手。

席锦书侧头对席太太道："走了，妈。"

席太太明白地应了声，目送着一大一小离去。

聂公馆内，聂太太闷了两天，觉得无聊，吃完晚饭便拉着家里的人陪她打起了麻将。

刘管家端着饭菜从三楼走了下来。

聂太太瞧了他一眼，问："三公子呢？"

"还在睡着，说头晕得厉害，不下来了。"

聂老太太闻言，耷拉着脸，哼道："都是席家给累的，本来就伤风了，又去那儿过了晦气，这病啊，不知道什么时候才能好透。"

二姨太看了下两位夫人的脸色，赶忙讨好道："老太太放心，前阵子我的小姐妹从香港回来，带了几盒西洋参给我，一会儿我就让用人熬了汤给三公子送去。"

聂老太太"嗯"了一声。

聂太太倒不是很领情，手上牌一推，板着脸道了声："和了。"

"是全风向哎。"被拉过来陪打的聂书涵惊喜地说，笑脸熠熠，"大娘好手气。"

聂太太得意地对她扯了扯嘴角。

洗牌，又打了一圈，院子外突然响起了汽车引擎声，有车灯照了进来。

"王妈，你去看看谁来了？"聂太太对身旁的女佣说道。

王妈赶紧去开门，没多久，领着两个人走了进来："夫人，是席小姐来了，说来看看三公子。"

听说席锦书来了，聂太太她们都变了脸。

席锦书牵着席世恩走了进来，身后的司机手里抱着她带来的礼品。

"不好意思，这么晚了还来叨扰各位。世恩听说莛宇又发烧了，担心他爹，吵着要来看看，我只好带他来了。"席锦书一脸歉疚地摸着席世恩的头，朝众人说道。

看到孩子，聂老太太的脸色稍微好看了些。

聂太太原来还跟其他人一样，觉得是席小姐不要脸地勾引自己的儿子，才惹出来这么多事，可现在看到席小姐一副知书达理的模样，再看黏在她身旁的孩子很是乖巧好看，顿时心里乐开了花。

其他人都没动，她第一个走到席小姐面前，拉着她的手，亲昵地说："锦书是吧？快别站在门口了，进来坐。莛宇在楼上，你去看看吧。这孩子是叫世恩吗？"

"世恩，叫奶奶。"席锦书低头朝席世恩道。

席世恩从席锦书身后走了出来，对着聂太太毕恭毕敬地叫了声："奶奶好。"

叫完，他又分别叫了先前见过的聂老太太跟聂书涵。

如此聪明伶俐的孩子，自然人人喜爱。明明说是孩子要见爹，但几位太太还是欢喜地把席世恩给留了下来，高兴地跟孩子聊天。

席锦书看了她们一眼，由聂书涵领着上了楼梯，朝三楼走去。

"听说席小姐出国前就读的是私立女校，不知道是哪所学校？"上楼梯的时候，聂书涵主动跟席锦书聊起天来。

"圣约翰女子高中。"席锦书毫不遮掩地回道，又反问了句，"聂小姐呢？"

"我读的是玛利亚女高，跟席小姐的学校就隔了一条马路，说不定以前放学时还见过席小姐。"聂书涵也大方地回道。

"有这个可能。"席锦书淡淡地笑了笑。

"席小姐去英国就读的是哪所大学？"

"牛津大学。"

"是所名校哎。敢问席小姐学的是什么专业？"聂书涵惊叹了一声，好奇地追问道。

"历史与经济。"

谈话间，两人不知不觉走到了聂莛宇的房门前。

聂书涵伸手敲了下门。

"哪位？"里头的人问。

聂莛宇正躺在床上看今天刚出的晚报，刘管家送上来的饭菜被他放在一边，都没怎么动过。

"三哥，是我，书涵。席公馆的席小姐来看你了。"聂书涵回答道。

聂廷宇手指顿了下。

屋内没了声音，不一会儿又响起窸窣声，聂廷宇开了门，微笑着站在门口，看着席锦书道："席小姐怎么突然来了？"

"听说你病了，世恩想来看看你。"席锦书依旧用方才搪塞聂太太她们的理由搪塞他。

聂廷宇不以为然地笑了下，让开了道。

"三哥，你跟席小姐先聊着，我去楼下给你们沏壶茶。"聂书涵看了他们一眼，识相地说。

聂廷宇对她挥了挥手。

聂书涵一走，房间内就只剩下他们两个人。席锦书快速地将四周扫了一番，眉宇间不见任何喜色：聂三公子的房间果真跟他这个人一样，装饰摆设都尽显奢华。

"席小姐坐一会儿？"聂廷宇拎了张椅子过来，放在席锦书的面前。

席锦书没有坐，抬眼看向他："三公子病好些了没有？"

聂廷宇笑笑，咳了一声，脸色有些苍白："死不了。席小姐不给席老爷守灵，突然跑来聂公馆，应该不只是来给我探病那么简单吧？"

"货我收到了，我来是感谢三公子，顺便看看三公子的。"席锦书直言道。

"收到就好。不过现在这批货是烫手山芋，今天巡捕房的人把大上海的烟馆都翻遍了，龚子桥都快急疯了，席小姐可得把货藏好才行。"聂廷宇目光深深地看着她，提醒道。

"这点不劳三公子费心，货在我这儿很安全。"

"那自是最好。"聂廷宇又咳了几声，疼得龇牙咧嘴。许是不想让席锦书看到他这般凄惨模样，他转过了身去，背对着她。

席锦书看着他，清冷的眼神落在他黑色睡衣的后肩处，那儿有一块布料像被水浸透了一样，颜色比其他地方深了许多。她眉头微皱了下，走上前去，伸手往聂廷宇的右后肩摸去。

突然被触碰，聂廷宇惊了一下，回头看着她："席小姐，怎么了？"

席锦书瞥了眼手上的血渍，眉头一皱，问道："你受伤了？"

聂廷宇没有回答。

席锦书已经伸手扯开了他睡衣的领子，后背瞬间露出了白玉般的肌肤，右肩背上绑着的白色纱布已经被血浸湿。

席锦书愣愣地看着染血的纱布，没了反应。

聂廷宇将睡衣穿好，无事人一般，转过身对着她调笑道："虽说我跟席小姐有协议，配合席小姐唱那郎情妾意的戏也未尝不可，但是席小姐下次脱人衣服前能不能先打声招呼？"

"怎么受的伤？"席锦书没心情跟他开玩笑，冷声问道。

聂莛宇看了下房门，怕外面有人听见，将她拽过来些，低声道："抢烟土的时候不小心被对方砍了一刀。"

席锦书的眉头皱得更紧，莫名有些生气地道："三公子做什么事都是亲力亲为的吗？"

他都受伤了，她不领情也就算了，还对他发火，这席小姐可真是……

聂莛宇无奈地暗自叹了口气，不忘贫嘴："错，只有席小姐的事才是。那么大的事，我不亲自盯着怎么行？要知道，席小姐让我抢的烟土可不是一般人的烟土，那是加藤先生跟未来汇丰银行新经理的烟土。"

席锦书咬着唇，没说话，只是一直盯着他的后肩看。

聂莛宇被她看得有些头皮发麻，心想她可能是被吓着了，便换了语气，半哄着说道："只是皮外伤，席小姐没必要这么紧张，放心，席小姐不用担心没人娶你。"

席锦书恨恨地瞪了他一眼："你这伤得去看医生，伤口太深了。"

"这会儿哪能去找医生？加藤跟龚子桥的人都在查，风声太紧，还是在家养养好了。"聂莛宇收住了笑，严肃地说道。

"那得养到什么时候才好？"

"不需要太久的。"聂莛宇安抚她。

席锦书还要说点儿什么，门外传来脚步声，她立刻噤了声。

聂莛宇从床上拿了件长毛衣往身上一套，走去开门。

是聂书涵端着沏好的茶上楼来了。

【4】

"我听说席小姐喜欢喝茶，正巧前阵子三哥托朋友从印度带了批茶叶回来，叫什么银尖御茶，名字拗口得很，但据说这茶种植的农场以及采摘的日子都很讲究，哪知道家里人都喝不惯，不知道席小姐爱不爱喝。"聂书涵微笑着，一边朝席锦书说道，一边端着茶盘走进了屋。

"聂小姐怎么知道我喜欢喝茶？"席锦书从聂书涵手中接过茶杯，奇怪地问道。

聂书涵朝聂莛宇瞥了一眼，笑着回道："自然是三哥说的。"

席小姐一脸探询地看向聂莛宇。

触及她的目光，聂莛宇转过头去对着聂书涵道："不是说世恩要见我吗，你去把他抱过来让我瞧瞧。"

"哟，三哥这是嫌我在这儿碍事了。得嘞，我这就走。不过孩子你这会儿估计瞧不着，要瞧得自己下楼去。大娘欢喜得紧，一直抱着孩子舍不得放手，都这个点了还让王妈给孩子做糖糍粑呢。"聂书涵取笑聂莛宇。

说完，她也没有立刻就走，而是红着脸，有些难以启齿般地问席锦书："我上楼前，大娘让我问席小姐，要不要留下来过夜……"

她刚说完，席锦书的脸就涨红了。

聂莛宇站在她身后尴尬地咳了一声，狠狠地瞪了聂书涵一眼。

聂书涵对他吐了吐舌头。

没等她再问一遍，席锦书就淡淡地说道："不了，时候不早了，我也该走了，还得回去给亡父守灵。莛宇还得烦请聂小姐你们多费心些。"

席锦书说着，将手中的茶杯放回了聂书涵手中的茶盘上，准备离开。

听到她在他人面前唤他"莛宇"，聂莛宇知道席小姐这是又开始唱戏了，他没有点破她，也没有出声挽留她。

见聂莛宇不动，聂书涵只好跟了出去，追上席锦书道："席小姐这么快要走了？这才来没多久呢。老太太她们跟世恩玩得正高兴，席小姐就这么带孩子走了，她们会难过的。"

席小姐听罢，停下脚步，回头看了焦急的聂书涵一眼。她算是听明白聂小姐的话了，聂家人想留的其实根本不是她，而是席世恩这个"聂家孙子"。

往后的日子还长，她跟聂三公子的合作这才刚刚开始，日后若真进了聂家的门，总免不了要经常跟聂家的这些夫人、小姐打交道，这会儿扫了人家的兴也确实不大好。

席锦书定定地看了聂书涵一眼，突然高深莫测地笑了笑，说："那就让世恩留下吧，明早我派人来接他。不知道他会不会麻烦到聂小姐跟聂夫人们？"

"不不不，一点儿都不麻烦。"聂书涵连忙摇头道。

公馆底楼的大厅里，聂夫人手里拿着糖果正在逗席世恩，不停地问他问题，什么"恩恩几岁了""之前跟妈妈在哪里啊""喜不喜欢奶奶啊"……诸如此类问得不亦乐乎。

来之前，席锦书早就教过席世恩怎么回答这些提问，所以席世恩回答起来很是流畅，听不出有什么不对劲的地方。

听到他说喜欢奶奶时，聂太太高兴得脸都笑成了一朵花。

要知道，聂大公子在北平深得长官喜欢，因而受到了不少人的敌视。去年他跟夫人上街买东西的时候，有人往他的车上扔了炸药包，若非聂大公子那会儿恰好出去打电话，那天炸死的就不止他太太一个人了。

聂大公子的夫人被炸死的时候，已经有了三个月的身孕，她这一死，就是一尸两命。出了那件事后，聂大公子一蹶不振，一直待在北平没回来过，誓死要将放炸药的人给找出来。聂家的人也不敢跟他提续弦的事。

聂二公子去得早，自然也满足不了聂夫人想抱孙子的愿望。

再说那聂三公子，之前婚是结过一次，就是千挑万选，找了个丧门星，别说给他们聂家留后了，就算真生了孩子，也不知道是谁的种呢！

所以这会儿看到席世恩，不管别人怎么说，反正聂太太是越看越欢喜，恨不得把这孩子揉进肉里去。

"瞧这孩子聪明的劲儿，跟他爹小时候简直一模一样。"聂太太捏着席世恩的小脸蛋，夸张地朝聂老太太她们说道。

聂老太太光看着，也不说是还是不是。

这时，聂书涵领着席锦书走了过来。

看到席锦书，席世恩连忙从聂太太的怀里挣脱出去，朝她扑了过去。

聂太太像丢了魂似的，看着席锦书道："席小姐这是要走了？"

席锦书应了声，解释道："家中还在丧期，锦书实在是没法在外逗留太久。最近席公馆人多事杂，也没法时时刻刻顾到孩子，既然聂太太这么喜欢世恩，那就让世恩在聂公馆留宿一晚吧，也好陪聂太太解闷，我明早再让人来接他。"

"不用接不用接。"聂太太激动地站了起来，摆手道，"既然席家事多，就让世恩在我们这儿多住几天吧，等莛宇病好一点儿，再让他们父子俩一起过去，席小姐觉得可行？"

听说要被留下，席世恩仰头，有点儿害怕地看着席锦书。

席锦书摸了摸他的头，抬眼朝聂太太道："只要聂太太不觉得世恩麻烦就行。不过三日后是亡父下葬的日子，希望聂太太能转告莛宇一声，让他那日务必带世恩出席。"

"我晓得，席小姐放心，席老爷出殡，别说莛宇，我们聂公馆的人也都会到场的。"聂太太讨好道。

"那辛苦诸位了。"席锦书礼貌地说完，弯下身子，在席世恩的耳边小声地嘱咐了几句。

席世恩对着她点了点头，松开了她的手，又回到了聂太太那儿。

将席世恩留下后，席锦书独自离开了聂公馆。

席公馆的车就停在院子外的马路边。席锦书不疾不缓地朝车走去，夜风吹得她的旗袍下摆飞扬。

聂廷宇站在自己的卧室窗户前，看着她离去。

似乎感觉到有人看她，她忽然停下了脚步，回头与他对视了一会儿，然后什么话也没说，钻进了车里，走了。

月光将聂廷宇的身影拉得很长。

直到席公馆的车彻底消失在黑幕中，聂廷宇才转身回到卧室，脱掉衣服，将被鲜血浸透的纱布拆了下来，拿了金创药跟止血膏，对着镜子涂在了肩上。待上完药，他重新给自己裹上干净的纱布，拿了个暖脚用的铜炉过来，打开盖子，把带血的纱布扔进去，烧了。

第二天一大早，席家就派人送了东西过来，里面是席世恩的一些换洗衣物。

聂太太让人把衣服送去了聂廷宇的房间。昨晚席世恩吵着要跟聂廷宇睡，这会儿人还在聂廷宇那儿。

刘管家敲门的时候，聂廷宇已经醒了，正坐在阳台上喝着咖啡看晨报。

"门没关。"聂廷宇道。

刘管家推开门，拿着衣服走了进去，跟聂廷宇解释完来意，把席世恩的衣服放在了床前的贵妃椅上，离开了。

聂廷宇起身回到了房里，本想将衣服放进衣柜里，这时，一管药膏从衣服里掉了出来，落在了地上。

聂廷宇俯身将其捡了起来，发现包装上写的都是英文。

虽没出过国，但聂三公子也是个见过世面的人，平时没少跟洋人打交道，英文自学了不少。他仔细看了一下，知道这是管伤药膏。

"这是我娘给你的，说是用了伤口不留疤。嘘，快藏起来，娘说不能让别人知道。"席世恩不知何时醒了，眨巴着眼睛对他一本正经地说道。

聂廷宇拿着药膏，看了他一眼，忽而笑道："你娘留你在这儿，原来是安插了个小间谍啊！她真是什么都算尽了，事事都教你啊！"

"娘说多动脑子有好处，以后我还得麻烦爹多来教。对了，爹，你快过来，我给你抹药，娘说你自己不好抹。"席世恩拍了拍身旁的床，说道。

将药膏拿在手里，聂廷宇笑了笑，朝席世恩走了过去。

聂太太她们说得没错，席大小姐的确生了个聪明的好儿子。

只可惜，这孩子姓席不姓聂。

席锦书从聂公馆回来的第二天，席二爷一大早就喊了几个侄子，带着三五个小厮，去了席家祖坟。

再过两天就是席老爷下葬的日子，他们得先把祖坟给修葺一下。谁知他们到了地方，刚拿铁锹往下掘了没几尺，竟然挖出了个洞穴，洞穴里藏着一大两小三条蛇。

都说祖坟里有蛇说明那是"活龙地"，后代子孙必出将帅之人。席二爷一高兴，立刻让人把刚掘的地给填好，跑去别处重新掘土造新坟。

忙活完，晚上他们一行人回到席公馆，席二爷将祖坟里有蛇一事在饭桌上拿出来说了一通。

老辈们听着，个个唏嘘不已，看来天不亡他们席家，就算席老爷走了，他们后代中也是有能人的。小辈们听着，很是激动，虽不知这异象指向的是谁，但都觉得自己就是那个未来拯救席家的人。

唯独席锦书一人，不动声色地坐在主位上，慢腾腾地吃着饭，不打击他们，也不迎合他们。所谓风水，不过就是信则有，不信则无。对席锦书而言，席家有后代争气，那自然是最好的。

席太太的头痛又犯了，连晚饭都没吃，便去歇息了。席锦书担心母亲的身子，也没吃几口便离了席，上了二楼，去看席太太。

席太太正睡着，听到脚步声，幽幽地问了声："是锦书吗？"

"哎，是我。"席锦书应了声，走到床前，伸手摸了摸席太太的额头，发现席太太的体温不是很高，她暗自松了口气，问，"娘饿不饿，我让徐婶给您弄点儿吃的？"

席太太闭着眼摇了摇头，脸色不是很好看："没什么胃口。你甭担心我，做你的事去吧，我睡会儿就好了。"

"那我喊徐婶过来在这儿候着，您有事好唤她。"席锦书道。

席太太点了点头，虚弱地说："也好。"

席锦书开门，朝楼下喊了几声："徐婶，你上来一下。"

徐婶正在厨房教丫鬟蒸黏糕，闻声赶紧跑上了楼。

看到徐婶上来，席锦书从席太太的房里退了出来，又回到了席老爷的灵堂，坐在一旁抄经书。

丧期接近尾声，上海滩那些想来吊唁的人都来过了，不来的也拉不来，他们之所以还没送席老爷入土，不过是有些在外地的亲戚还在路上没赶来。为了等他们，席锦书才让人把丧期延迟了几天。

席锦书的经书抄了没几页，席二爷他们几个长辈吃了酒都回屋睡去了，留了几个小辈，让他们来灵堂陪席锦书。

那群人到了灵堂，有一句没一句地跟席锦书搭着话，但看席锦书回得不是很热情，一个人抄书专心得很，几个人便出了灵堂，到院子里找了一张八仙桌，坐下来玩起了牌九。

不一会儿，陈管家走了进来，急声对席锦书道："小姐，聂公馆电话，说要找你。"

似乎知道是谁打来的，席锦书没有问，她放下手中的狼毫笔，从椅子里站了起来，跟着陈管家去偏厅接电话。

虽心中有数，但席锦书还是冷着语调问道："哪位？"

对方轻咳了一声说："席小姐，是我，聂莛宇。"

席锦书侧了侧身，看了下四周，见没人，才淡淡地落了声："我知道。"

聂莛宇忍不住被她这般做作给逗笑了，他嗤笑了下，继续道："我打来是想告诉席小姐一声，白俄人那边我已经处理完了，一切都很顺利，加藤现在正在去龚子桥雅居的路上。"

"谢谢，有劳三公子了。"

"席小姐不必谢我，我们是互惠互利。不过明天是加藤给龚子桥期限的最后一天，龚子桥一定会像一只疯犬一样翻遍上海滩找那批烟土，席小姐可得当心了。若席小姐实在没办法存那批货的话，不如我帮你去销了它。"聂莛宇好心提醒她道。

席锦书沉默了会儿，拒绝道："不用了，就像三公子说的，那批货在谁手上都不安全，放你那儿跟放我这儿是一样的。三公子做得已经够多了，若我真出了事，你尽管与我撇清关系就好。"

"席小姐这话就说得生分了，你我的事现在闹成这样，你觉得我们还能撇清关系吗？"聂莛宇的声音突然冷了下来，有些生气地说道。

知他是好意，席锦书也没有跟他置气，反而难得地低笑了一声，道："三公子尽管放心，就算为了三公子的安全考虑，我也会藏好那批烟土的。黄泉路好走，可我席锦书还没打算要去呢！"

他是真替她担心，她倒好，还跟他开起玩笑来。

聂莛宇还想说点儿什么，席锦书却把电话给挂断了。聂三公子握着话筒，听着里头的"嘟嘟"声，愣生生地明白了，席大小姐这个人啊，其他本事先不说，不识好歹的本领倒是一流。

谁说她脾气像席老爷的？那席老爷可比她会说话多了！

席锦书打完电话又回到了灵堂，正巧看到陈管家在帮她整理桌上她抄的那些经书。

她走上前去，从陈管家的怀里将那些手抄的佛经拿了出来，扔进了一旁的火炉子里。

陈管家一脸愕然地看着她，不解地问："小姐，我看你那佛经才抄了一半，这就烧了吗？"

席锦书回头看了他一眼，笑了笑道："该抄的都抄了，其他的不抄也罢。我都给我爹抄了那么多天佛经了，他看也看腻了。"

她看起来心情很好，连说话的语调都不自觉地变得欢快起来。

陈管家鲜少见她这般喜笑颜开，忍不住欣慰地说："小姐，你看你笑起来多好看，以后还是多笑笑，年纪轻轻的，何苦愁了自己？老爷若是还在，定舍不得你这般委屈辛苦。"

闻言，席锦书抬眼朝灵堂上放置的席老爷的遗像看了过去，突然问陈管家："陈叔，你知道我爹生前最大的愿望是什么吗？"

"老爷他一生只希望一件事，那就是席家好。"陈管家感慨地回道。

"是啊！为了席家好，哪儿能不辛苦呢！"席锦书苦笑道。

陈管家点了点头，叹了口气，看着席老爷的遗像，红了眼。

法租界的街道上，十几辆日本宪兵队的车一路朝龚子桥的雅居飞驰而去。

加藤脸色阴沉地坐在龚子桥家大厅的沙发上，将手中的文件袋砸向面前跪着的人。

龚子桥被打得鼻青脸肿，此刻他正被两个人押着，狼狈地跪在加藤的脚下。

即使是最有可能继任为上海滩最有权威的经理的人，在继任之前，加藤想要动他也根本不用顾忌太多。毕竟龚子桥没了，还会有下一个经理。

"你说你跟俄佬没有合作，那么你看看这是什么！为什么这份合约上会有你的签名？"加藤气得拿枪指着龚子桥的脑袋质问道。

龚子桥慌乱地从地上捡起文件袋，手指哆嗦地打开一看，发现里面是一份烟土交易协议，协议内容是他答应让俄佬成为他烟馆新的烟土供货商，合约底下的确是他的签名！

"加藤先生，这是误会，这合约不是我签的！除了你，我从来就没有跟其他烟土商签过这样的合约！这是伪造的，这是有人要陷害我！"

"这合约上的签名跟你以前的签名一模一样，不是你签的，还会有谁？"

"笔迹是可以模仿的，加藤先生，你得相信我，我真的从没签过这样的合约！我跟俄佬就见过一次面，没有任何合作！"

"你在撒谎。我的人今天看到你去找过那两个俄佬，你跟他们没有交易的话，你为什么去找他们？"加藤咄咄逼人。

"我今天的确是见过那两个俄佬，可不是你让我找烟土吗，我从昨天到现在把上海滩的烟馆、烟商查了个遍，那两个俄佬接触我时自称是烟商，所以我就带人去他们那儿搜了，但没找到我们丢的那批烟土。"

"所以你就杀了他们？"

"杀？我没有啊！加藤先生，您在说什么啊？我承认，我是让人把那两个俄佬揍了一顿，可我没杀他们！"龚子桥白着脸，神色慌乱地解释道。

加藤不相信地盯着他，眯着眼道："你确定你去那儿是为了找烟土，而不是为了这份合约？你怕我问罪，就去俄佬那儿想要毁约，但你找不到这份合约，所以一怒之下就杀了那两个俄佬。"

"加藤先生，我去白俄馆真的是去找烟土的，巡捕房的人可以为我做证。那两个人真的不是我杀的！我明白了，加藤先生，这里头一定是有人在搞鬼，目的就是破坏我们之间良好的合作关系。"龚子桥灵光一闪，激动地从地上站起来说道。

加藤的枪口还对着他的额头，他惊惧地往后退了几步。

加藤似乎也觉得这事有蹊跷，凝思了一会儿，慢慢地收回了枪。他阴沉着脸，表情冷峻地朝龚子桥道："不管龚先生说的是真还是假，现在那两个俄佬死了，已经死无对证了。不过看在我们过去的情分上，我提醒龚先生一句，我给你的时间只剩一天了，如果龚先生明天还是找不回那批烟土，那么我只能公事公办了！"

"是是是！加藤先生放心，我就是把整个上海滩翻过来，也一定会找出那批烟土的。"龚子桥铁青着脸，攥紧拳头，发狠地说道。

加藤冷冷地扫了他一眼，没再多言，领着宪兵队的人走了。

龚子桥擦了把额头上的冷汗，觍着脸送他离开。

待加藤他们走后，龚子桥脸上的笑容顿时凝固了，他快步回到大厅，走到电话机旁，一脸杀气地给巡捕房的李探长打了个电话。

几分钟后，龚子桥穿好大衣，脚步匆匆地离开了雅居。当晚，居住在法租界的人几乎一夜未眠——巡捕房的狗吠了一晚上，吠得那叫一个撕心裂肺。

龚子桥带着巡捕房的人挨家挨户地搜查着加藤丢失的那批烟土，就连上海滩那些大亨的宅子也不放过，因此得罪了不少人。

众人虽对他很有怨言，但又不好直接跟他呛，就怕他日后接任了经理一职，为难他们。

龚子桥的人一路搜到了王公馆。

王老爷刚从外面泡了脚回来，正在家中陪夫人听戏。听到警笛与犬吠声，他披了外衣从楼上走下来，神色严肃地问用人："外面出了什么事？"

他刚说完，龚子桥就带着巡捕房的人冲进了王公馆。王老爷的脸顿时沉了下来。

都说上海滩的经济离不开两个人，一是汇丰银行的前任经理席老爷，他负责钱财的流通；二是面粉跟纺织大王王老爷，他垄断了上海滩的吃穿，上海老百姓吃的米、穿的衣，大多是从王老爷厂里出来的。

龚子桥一进门，先对王老爷鞠了一躬，说明了来意。

这两天他闹得这般大阵仗，整个上海滩的人都知道了他跟加藤有一腿，有人抢了他们的烟土，他在找。王老爷对此也略有耳闻。

他本就因为席晨怀的事对席家人没什么好感，就连席老爷死了，他也只是让人送了帛金过去，自己连面都没露。现在倒好，他还没有借势打压席家，席家的狗竟敢先欺负到他的地盘上来了，怕不是没掂量过自己几斤几两吧？

"龚先生说笑了，先不说我这儿有没有烟土，就算有，龚先生怕也搜不得吧？所有人都知道，我王老虎最厌恶鸦片，抢你的东西，我还怕脏了手。做事不可太激进，做人不可太猖狂，今日你姑且是蛇，明日说不定就成了泥鳅，龚先生还是别把自己的路给走绝了，不然回头席老爷没了，龚先生又惹了事，席家怕是以后难在上海滩立足了。"王老爷颇具威严地朝龚子桥说道。

都说得罪谁都可以，但不能得罪衣食父母，龚子桥也深知王老爷的厉害，自然不敢真的让人搜王公馆，便皮笑肉不笑地回了句："多谢王老爷提醒，不过席家是席家，子桥是子桥。今晚叨扰王老爷，望王老爷大人有大量，不要与子桥计较，毕竟往后上海滩的经济发展还少不了王老爷，我们还要多走动才好。"

龚子桥说完，领着巡捕房的人离开了王公馆。

王老爷眯着眼盯着他离去的背影，没有阻拦。

没想到席广兴叱咤上海滩一辈子，做人做事也算是个风评极佳的人物，却培养了这么一个徒弟，死了竟还要被连累着毁了名声，这席家怕真是要完了。

【6】

龚子桥带着巡捕房的人地毯式地在上海滩又搜了一天一夜，仍旧没有找到加藤丢失的那批烟土。眼看加藤给的期限就要到了，最后一晚的时候，龚子桥的情绪几近崩溃，他就像一头得了失心疯的狼，逢人就抓，用残忍的手段逼问对方。

法租界的巡捕房牢狱里关满了他抓来的嫌疑人，那些人先后被严刑拷问，惨叫声令人心惊。

别说上海滩的老百姓被龚子桥这一行为搞得人心惶惶，就连巡捕房的警司们都有些受不了。

这样下去也不是个办法，李探长虽不敢忤逆龚子桥，但还是硬着头皮上前劝说："龚先生，我看这些人不像是在说谎，咱们用的刑也够多了，回头整死人也不见得能找回那批烟土。要不，咱们再想想还有哪里没搜过？"

他说这话的时候，自己都觉得没什么说服力。

这三天，他们把上海滩每家每户，包括角落都搜了个干净，要说哪处没搜，就只有最近在办丧事的席公馆。

想到那席公馆，李探长下意识地朝龚子桥瞥了眼，只见他双眼微眯，似乎跟自己想到一块儿去了。

"你赶紧给我调人，我们去席公馆走一趟。"龚子桥沉着脸，急切地朝李探长说道。

李探长面露难色："龚先生，这席老爷是你的老师，他丧期还没过，咱们这会儿带人去搜席公馆，不大好吧？"

"你废话那么多干什么？好不好用得着你来提醒我？我让你去搜就搜！我就不信了，这烟土会平白无故地消失。"龚子桥发狠道。

李探长见劝不过，只得点头说："是，我这就去叫人。"

十几分钟后，巡捕房再度出动，几辆黑色的别克车趁着夜色，朝席公馆的方向驶去。

明日就是席老爷下葬的日子，席公馆内又恢复了葬礼第一天的热闹，席老爷全国各地的亲朋好友都来了，院子里摆满了桌子，仍坐不下来人。

锣鼓哀乐声喧闹得很，席二爷还请了戏班子来唱戏。

龚子桥带着人冲进来的时候，众人被吓了一跳，但很快都猜到了他的来意，毕竟在场的人这几日家里都被他搜过，不过谁都没想得到他龚子桥现在竟丧心病狂到这地步，连席公馆都要搜。且不说席老爷是他的恩师，就单凭往日席家在上海滩的地位，他也不能搜吧。

见众人看到自己都没什么好脸色，龚子桥深知原因。他双手作揖，笑吟吟地打招呼道："不好意思各位，又来叨扰大家，今天子桥有事，得先请诸位离开席公馆了。"

"这饭才吃了一半，哪儿有把人遣走的道理？师哥这么做，怕是要让我们席家以后别在上海滩做人了！"

龚子桥的话刚说完，席锦书就从人群中走了出来，面无表情地望着龚子桥，冷冷地说道。

龚子桥看了她一眼，脸上挂着笑："锦书妹子，师哥知道这事做得不妥，但是师哥也是没办法。等今天事情了了，师哥定向老师下跪赔罪。师哥承诺你，就算老师走了，只要我在上海滩一天，就没人敢把席家怎么样。"

"师哥话是说得好听，可现在是师哥在为难锦书，为难席家。明日就是我爹下葬的日子，师哥这几日不来也就罢了，一来就这么兴师动众，我爹若九泉之下有知，定要被师哥气得从棺材里跳出来。"席锦书并不领情。

龚子桥也不动怒，只是朝身后的李探长一挥手，凝了笑道："给我搜。"

李探长朝身后的小弟们使了个眼色，巡捕房的人开始行动。

人与狗都冲了进来，院子里的宾客被冲得四处逃窜，无奈之下，只得纷纷告辞离去。

"慢着！谁让你们进来的？都给我出去！给我出去！"席锦书朝那群人大吼着，不顾礼仪地要上前阻拦，结果被人一把推倒在地。

躲在人堆后面的席二爷看到了，赶紧跑过来扶她起来。

见她还要拦，席二爷拉着她劝道："算了，锦书，让他们搜吧，不搜一下，他们是不会罢休的。反正咱们也没藏什么烟土，随便他们搜吧。"

"二叔这话说得，这关烟土什么事？他们这么做，是在羞辱我爹。"席锦书红着眼道。

"哎哟，人都死了，还计较那些做什么。锦书，现在咱们得保护好自己，你爹不在，别说龚子桥可以欺负咱们，以后欺负咱们的人多着呢，咱们能怎么着？只能忍啊！"席二爷咂了下嘴，道灰

席二爷虽然　了一点儿，但他说的话不无道理。席锦书听了后安静下来，挣开了席二爷的手，站在一旁眼睁睁地看着龚子桥带来的人把席公馆里里外外翻了个遍，就连席老爷的灵堂，他们都进去查看了一番。

搜到最后还是一无所获，李探长带了人退出来，走到龚子桥面前，摇了摇头。

龚子桥的脸顿时变得铁青，连这里都没有，说明这批烟土早就不在上海了。可是上海滩所有的码头都让人盯着了，倘若有烟土被送出去，他不可能不知道。

他咬紧了牙，拳头攥得嘎嘎响。

席锦书理了理被人群推乱的丧服，冷着脸朝龚子桥走了过去，不客气地道："既然没找到你们要的东西，师哥可以带人走了。明天一大早，我们还得替我爹送葬，师哥既然忙，明日就不用来了，我怕我爹瞧着师哥，走了也不安。"

知她说的是气话，龚子桥没有跟她计较。现在烟土找不到，加藤给他的期限却已经到了，他能不能挨过今晚都是未知数，还提明日做什么。

龚子桥此刻心急如焚，听到席锦书下了逐客令，他连招呼都没打一声，便气冲冲地带着人走了。

龚子桥一走，席家的人陆陆续续都冒了出来，还有一些没走的宾客又重新聚了起来，众人皆唏嘘不已，直骂龚子桥真不是个人。

席公馆被搜了一顿后乱糟糟的，陈管家遣了小厮让他们收拾了一番，然后跑去看席锦书。

"小姐，二爷说你摔了，有没有伤到哪儿？"陈管家一脸紧张地问道。

席锦书摇了摇头，没说话，有些精疲力竭地朝席老爷的灵堂走去。

陈管家跟着她一道走，看到她长旗袍外露出的丝袜破了，隐隐有血渗出，惊呼道："小姐，你的腿！"

"没事。"席锦书低头看了眼擦破皮的膝盖与小腿，不以为意地说道。

陈管家心里发紧，连忙跑去找徐婶，让她拿来医药箱过来给席锦书清理伤口。

碘酒抹上去后，席锦书坐在灵堂里，手放在席老爷的棺材上，细长的手指轻轻地抚摸着板上的细纹，连眉头都没皱一下。

遣散了巡捕房的人，龚子桥一个人失魂落魄地回到自己的雅居，心里盘算着一会儿怎么跟加藤交代。

加藤喜怒无常，不好得罪，而且这批烟土量很大，加起来少说要两三万大洋，可不是个小数目，如果要他赔钱，他也拿不出这笔钱来。

汽车驶进了别苑，龚子桥从车上走下来，发现雅居的灯亮着，屋子里传来西洋古典乐声。他以为是自己养的姘头胡小芳在家，松了口气，结果刚进屋，他的右太阳穴就被枪给抵住了。

屋内，加藤坐在客厅的沙发上，旁边躺着胡小芳。

胡小芳穿着一身鎏金色的印花旗袍，那是他上个月刚给她买的西南洋布行的新款，整个上海滩只有十件，旗袍穿在胡小芳身上，衬得她丰臀细腰，格外好看，他先前最喜欢她穿这件。

不过现在那旗袍上全是血，胡小芳的眼睛大睁着，胸口处有好几个枪眼儿，一看就知道没气了。即使不是第一次看到加藤杀人，龚子桥的手还是不由得抖了抖。

看到加藤从沙发上站起来，他想都没想，双腿一软，直接跪了下去。

"加藤先生，我已经尽力了，我把整个上海滩都翻过了，都没找到您的烟土。我猜想那烟土早就被人运出去了，您放心，您再给我几天时间，我去海上给您找。或者您等我继任了经理，我把佣金全部给您，当作赔您烟土的钱，您看成吗？"龚子桥满头是汗地乞求。

加藤把手里的一卷大烟扔到了他的面前，一脸阴鸷地道："这是你女人抽的烟，跟我丢失的烟土是一个批次的，她说是你送的，你还想解释什么？烟土分明就是被你藏起来了！"

龚子桥震惊地看着滚到他身边的烟盒，脸色发白地解释："加藤先生，这是有人陷害我，我真的没有抢你烟土！我抢你烟土得罪你，有什么好处？"

"好处就是你可以不用付那批烟土的钱。我查过你的银行账户，你前阵子在南洋输了不少钱，欠了一屁股赌债，就等着席老爷死了，继任他的职位好向银行拿钱。你没有钱付我的烟土费，就跟俄佬合作，索性抢了它们，以为我不会发现，就算发现，看在你以后的身份上也不敢动你。"加藤板着脸，把龚子桥的"意图"都说了个明白。

龚子桥自然知道自己是被人算计了，他还想解释，但加藤的耐心已经耗尽了。未等他再度开口，一颗子弹直接贯穿了他的头颅，龚子桥双眼怒睁，倒在了地上。

加藤带着他的人离开了龚子桥的雅居，临走时，他点燃了一根烟，抽了几口，扔在了门口的地毯上，地毯很快就着了。

雅居内被泼满了汽油，火苗很快就蹿了起来，引燃了龚子桥与胡小芳的尸体。

一阵枪响，聂莛宇从梦中惊醒，看了下手表上的时间，已经是凌晨五点多了。他把身旁的席世恩叫了起来，给孩子穿好衣服，又简单地收拾了下，然后抱着孩子匆匆下了楼。

聂太太她们还没有醒，只王妈跟刘管家两个人起来了，一个在做早餐，一个在打扫卫生。看到他下来，刘管家恭敬地喊了他一声："三公子醒了。"

"给我备车，我要去席公馆，今天是席老爷出殡的日子，你让太太们也早点儿起来准备一下，别误了时辰。"聂莛宇吩咐道。

"知道了。"刘管家应了一声，赶忙出去给聂莛宇备车。

聂莛宇领着席世恩到席公馆的时候，天才微微亮，但席公馆的人差不多都起来了。

陈管家领着用人们准备出殡要用的东西，席锦书坐在灵堂里跟席二爷聊天。

席二爷在问出殡时由谁来抱席老爷的牌位，席锦书说她来抱。席二爷说不成，抱灵位的都是儿子，女儿抱不吉利，让席锦书从宗亲里选一个侄子过继给席老爷。席锦书说席二爷这是老宗家思想，女儿抱、儿子抱都是一样的。

两人正争执不休，聂莛宇抱着席世恩走了进来。

席二爷看到聂莛宇就没什么好脸色，他从板凳上站了起来，阴阳怪气地朝聂莛宇道："聂三公子倒还晓得过来。"

聂莛宇只是笑了笑，跟席二爷打哈哈道："都怪我这身子不争气，家中老母又病了，真是左右走不开。不过二叔莫生气，过会儿我母亲也会过来，替我给二叔跟锦书赔罪。我爹跟大哥在回上海的路上了，要是顺利的话，也能赶上席老爷下葬。我爹一直很敬佩席老爷，回头他来了，免不了要唏嘘一番，二叔若有空，多陪他聊聊。"

听他提起聂老爷，又这般抬举自己，席二爷不由得装腔作势地清了下嗓子，拿乔道："那是自然，聂老爷先前还与我同窗过几年，我们也有几十年没见了，这次若有幸见到，自然是要多聊儿句的。"

"那有劳了。"聂莛宇客气道，眼神灼灼地看着一旁静默的席小姐。

席二爷看这小两口你看我，我看你的，觉得自个儿站那儿也碍眼，便借故抱着席世恩离开了灵堂。

待他走后，聂莛宇朝席锦书走近了些，语带担心地问："听说昨晚龚子桥来了？"

"嗯。"席锦书不咸不淡地应了声，起身理了理坐皱的丧服。

"没出什么事吧？"聂莛宇的目光落在她涂着碘酒的小腿跟膝盖上，心想自己真是问了句废话。

他刚想说点儿什么来补救，就听到席锦书低笑了声，道："若有事的话，三公子这会儿可就看不到我了。"

她说这话的时候，眉宇间竟然带着些许计划得逞的得意。

聂莛宇定定地看着她，微笑着点了点头："也是。"

这会儿不是说话的好时机，两人没聊一会儿，陈管家就走了过来，催聂莛宇过去换丧服。

天亮，等人到齐了，他们就要准备给席老爷出殡了。

聂莛宇跟着陈管家走后就一直忙碌着，先是照顾宾客跟聂家的人，之后又是带席世恩，一直到中午吃饭，他都没怎么看到席锦书的人影，更别提说上话了。

下午一点，午宴刚过，烧完纸人，做完道场，席二爷他们抬着席老爷的棺材走出了席公馆，后面跟着一行人。

出殡了。

讨论再三，最后还是由席小姐抱着席老爷的灵位走在队伍最前头，席家的宗亲跟聂莛宇跟在后头，之后就是长长的送葬队伍，人多得占据了好几条街道，还有武装队伍护送。

从席家到外滩，沿途的各个路口都设了白布帐篷。很多商家包括银行门口都设置了坛台。

死后能有这般大阵仗的，在所有银行经理中，席老爷算是第一人了。

丧乐吹了一路，到了席家祖坟，席老爷的棺材被送进了早先就砌好的陵墓内。那时候虽已经有火葬了，但席老爷是苏州人，席太太想日后把席老爷的尸骨迁回苏州，所以就没有火化。

棺材入土后，为了防盗，用生石灰封死，外面又浇筑了水泥，把陵墓彻底封好。上海滩曾经的一大经济支柱算是彻底入土为安了。

丧礼结束，来席公馆吊唁的人都走了，席二爷跟几个宗亲留在席公馆吃完晚饭后，也都各自回了府。

忙活了几日，大家都累了。席公馆安静得像座坟墓。

席太太坐在主卧，捧着席老爷的遗照，忍不住开始落泪。

这个时候，谁也没有去打扰她。因为他们都知道，有些事需要一个适应的过程。

谁也没想到，席老爷的丧礼刚结束，上海滩又死了个新的人物。

李探长带着巡捕房的兄弟们拿水扑了一夜的火，才终于把龚子桥雅居的大火给灭了，屋子里面被烧得面目全非。

李探长在里面找到了两具烧焦的尸体，经确认，是龚子桥跟他的姘头胡小芳。

一场火烧毁了杀人者留下的所有痕迹，李探长虽心里有数是谁动的手，但也不敢无凭无据就抓人，最后只能把案子定为意外失火致人死亡。

龚子桥被烧死的消息传出来后，上海滩的人有高兴的，也有失望的，不过大家很快就忽略了龚子桥的死亡，他们更关心的是，龚子桥死了，谁会成为汇丰银行的新经理……

【7】

送走席二爷他们，席锦书让陈管家带着用人把席老爷的灵堂给撤了。

丧礼已经结束，活着的人要想早日脱离痛苦，就只能往前看了。

聂珏宇把席世恩哄睡后，在席锦书的闺房里换下了丧服，穿回了自己来时的衣服。他从楼上走下来，正好看到席锦书站在主厅门口看着用人们将灵堂内的东西往外搬。

他走了过去，站到了她的身后，低声问道："席小姐，有什么我能帮上忙的吗？"

闻言，席锦书回头看向他："世恩睡了吗？"

聂珏宇盯着她消瘦不少的脸颊，轻柔地回了声："睡了。"

"说来也奇怪，他黏你比黏我还紧，看来是很喜欢你。"席锦书突兀地说道。

聂珏宇笑了笑，没有回答。

席锦书又继续道："这几日辛苦你了，一直帮我照顾他。"

聂莛宇客气地回了句："应该的。"

说完，两人互相看了对方一眼，皆是无话。终究是不太熟，撇开合作的事，两人能聊的话题也不多。

席锦书的目光闪烁了下，最终落在他身上换好的衣服上，清秀的眉毛微皱了下："三公子这是要走了？"言语之间竟有些不舍的意味。

聂莛宇目光深深地看着她，故意跟她开起玩笑来："怎么，席小姐是打算要留我？"

席锦书顿时红了脸，有些羞怒地瞪着他："三公子想多了，今日忙着父亲下葬，都没能与三公子说上几句话，有些东西还未来得及给你，不知三公子这会儿有没有时间，跟我去拿一下？"

"席小姐要给我什么东西？"聂莛宇好奇地问道。

"三公子去了不就知道了？"席锦书又恢复了以往清冷的模样，不客气地朝聂莛宇说道。

聂莛宇"好脾气"地笑笑："也罢，我正好也有几个问题要问席小姐。"

"那三公子请跟我来。"席锦书朝他伸出手，引着他离开了厅堂。

他们又一次回到了席老爷主卧内的书房。

席太太不在，席锦书给她另外安排了新卧房休息，还让人将自己的东西从闺房搬了过来，以后这间主卧就是她的房间跟办公地了。

虽说主卧象征着一家的主人地位，可聂莛宇还是觉得，这席老爷刚死，席小姐就睡他躺过的床，着实有些过不了心里那道坎，但看席锦书一副不以为意的样子，又觉得是自己瞎操心。反正不是他睡，他管那么宽做什么。

进了书房，聂莛宇在老位子上坐了下来，轻车熟路地拿起茶几上的茶壶，给自己倒了杯茶。茶水是热的，想必是刚让人换过，看来她是笃定了他会跟来。

刚喝了一口茶，聂莛宇就听得她问："三公子想要问我什么？"

他抬头，看到她站在书桌后面，怀里抱着个几寸长的木盒子，不知里面放的是不是她要给他的东西。聂莛宇眸光微动，放下茶杯，双手合十，跷着二郎腿看着她，笑吟吟道："席小姐不妨猜一猜。"

席锦书抱着盒子走向他，在离他几步远的地方停了下来："三公子是想要问我那批烟土的去向？"

没想到她一下子就说出了自己内心的疑惑，聂莛宇也就不绕弯子了："如果那些烟土被运出了上海，那么大的量，不可能逃过所有人的眼睛，所以这烟土还在上海，只是被席小姐藏起来了。可龚子桥翻遍上海滩都没有找到那批烟土。"

"那三公子说说，我把烟土藏哪儿了？"席锦书微笑着问他。

"当年林则徐大人虎门销烟，是将鸦片放在挖好的大池子里，往池中放入卤水。鸦片浸泡半日后，再加上生石灰将生水煮沸，鸦片就被销毁了。今日我看到席老爷的墓里有好几包生石灰，说是让人封墓用的，我数了一下石灰袋子的数量，远超过封墓所需要的，所以我猜那些多的生石灰是席小姐用来销毁烟土的，至于那些烟土，想必就藏在席老爷的棺木底下。"

"棺木里放了我爹，又如何放得下那么多的烟土，三公子怕是猜错了。"席锦书眯着眼，看着聂莛宇。

聂莛宇摇了摇头："装烟土的不是席老爷躺着的那副棺木，而是另一副。我听席二爷说，当初给席老爷定制棺木的时候，席小姐跟席二爷没商量就各自定好了棺木，因为席二爷定的棺木先到，而棺木又没有退货的说法，所以席小姐定的那副棺木就被安置在了后院，准备用来放席老爷的陪葬物，其实被你用来藏了加藤的烟土。"

"那天龚子桥来席公馆搜，也是开了后院棺木的，为何没搜到那些烟土呢？"

"很简单，因为你一拿到烟土，就让人把后院的棺木跟灵堂的棺木互换了。两副棺木差不多，旁人细看都未必分得清楚。龚子桥就算再丧心病狂，也不会开灵堂的棺木。"

"照你这么说，后院的棺木里放着的是我爹，可是搜查的那天，巡捕房的人打开后院的棺木，发现里面是空的啊。我就算猜得到龚子桥会来席公馆搜，也猜不到他什么时候来搜，还能事先及时地把我爹的遗体转移吧？"

"不用转移，因为下葬前，席老爷的遗体根本不在棺木里。"

"哦？那在哪里？"席锦书收起了笑，眼眸冷了下来，望着他道。

聂莛宇指了指脚下的地面："就在这间偏房里。我想龚子桥并不知道主卧有这间偏房。搜查那天，恰好席太太身子不舒服在主卧休息，他的人进去搜了，看在席太太的面子上，也不敢太过放肆，就错过了检查偏房暗门的机会，自然不会发现席老爷的遗体被藏在了里面。"

"这房间密不透风，如果我爹的遗体一开始就被我放在这里，那么短短几日就会腐败，有臭味出来，难免惹人注意，岂不很危险？"席锦书继续提问。

聂莛宇定定地看着她，笑了："那就不要让尸体腐败就行了。"

"如何做到？"

"制冰就可以。"聂莛宇用脚碾了下地上未干涸的水迹，"要保持一具尸体不腐烂，需要的冰不少，可这个天要运冰进来，本身就是件让人怀疑的事，所以只能亲手制冰。制冰不是件容易的事，可对留过洋的高才生席小姐来说，这并不难，只要清楚其化学原理就行。"

席小姐归国几天，一直躲在席老爷房里不见人，应该是那会儿就在安排这一切了吧？"

"看来我的选择没错，三公子的确是个很好的合伙人，什么也瞒不过你。"席锦书依旧镇定地望着他，漆黑的眸子在聂莛宇精致的脸上停留了一会儿，最终再度微笑起来。

"席小姐也是聪明过人，能想出这么完美的计划。龚子桥一走，席小姐只要趁无人时将两副棺木换回去，再将席老爷的遗体放回灵堂的棺木里，待第二日，两副棺木就会一同被下葬。谁能想到龚子桥苦苦搜寻的那批烟土竟被封在了席老爷的墓中。"

聂莛宇说完，目光紧紧地盯着席锦书，脊背生出几丝寒意。

太过聪明的女人一般很难讨男人喜欢。这席大小姐到底是怎样一个女人，为什么刚丧父，就能如此冷静地操控这一切，算计着每一个人，包括他？她的心到底是用什么做的，竟然这般冷硬，这般让人害怕。

"三公子这么看着我，莫不是后悔与我合作了？"似乎看出了他内心所想，席锦书脸上扬起一抹冷笑，盯着他说道。

聂莛宇直视她的眼眸，沉吟道："席小姐说错了，聂某从不为自己所做的选择后悔。只是可惜了席老爷，一生都活在阴谋权衡之中，死后也难逃算计。不知席老爷知道自己身旁装着的是烟土，还能不能'入土为安'？"

听出他语气里的嘲讽，席锦书不以为意地道："我爹曾告诉我，怎么做成一件事不重要，重要的是结果。他若泉下有知，知道那堆害人的烟土在他的身边，一定会睡得很安宁。"

"那席小姐呢，你日后能睡得安宁吗？"

"三公子此话怎讲？"

聂莛宇坐直了身子，严肃地看她："那两个俄佬，还有胡小芳，席小姐觉得他们该死吗？虽然那些人都非你亲手所杀，却是因你而死。一双手一旦沾了鲜血，以后就很难再洗清了。席小姐的经理路一旦开启，你在这上海滩就无回头路了。聂某与席小姐之间虽然只是交易，但还是忍不住要奉劝你一句，汇丰银行的经理虽然诱惑力大，但不适合一个女人当，席小姐还是就此停手吧。"

席锦书静静地听着他说话，许久没有言语。冷场了片刻，她才再度开口，朝聂莛宇问道："三公子要我不当经理，难不成是不想要银行贷款了？纱厂的融资不要了吗？"

"钱我还是需要的，不过不一定非找席小姐要。席小姐的一生该比钱更重要。"聂莛宇郑重其事地说道。

没想到一向以贪婪著称的"奸商"聂三公子会对她说出这样的话，他竟然舍得白做生意不要她的钱。席锦书愣愣地看着他，似乎要将他看穿。

聂珏宇被她这么看着，有些毛骨悚然。为了缓解这怪异的气氛，他又恢复了先前浪荡的模样，对着她笑道："若席小姐非要给聂某钱，那我也会坦然受之的。"

"我知三公子是出于好意才说这番话的，不过锦书也并非你认为的丧心病狂之人。那两个俄佬是流亡海上的强盗，在我乘坐的从英国回来的轮船上，这两人因为猥亵未成年少女，被船上的警司给抓了起来，本该被扔到海里喂鱼的，我看他们还有用，就花钱买了他们的命，留到了现在。至于胡小芳，她若不贪嘴抽大烟，我让人送去她那儿的烟土她不碰，加藤的人又怎么会找到她的头上？再者，她当年用鸦片活活毒死了龚子桥的发妻跟儿子，算不上是个无辜的人吧？要我说，这三人是死有余辜。不过我还是很谢谢三公子提醒了我，我们之间只是一场交易。"席锦书说完，将怀里一直抱着的木盒递给了聂珏宇。

聂珏宇没有伸手去接，只是抬眼看着她，带着些许怒意道："看来我刚才说那么多都是白说了，席小姐这是铁了心要当那汇丰银行的经理了。"

"这本来就是我的宿命。聂珏宇，我回上海来就是为了接受我的命运。不过，我可以放你走。这盒子里有张六十万的支票，是我先前承诺给你的数目。上海滩永远不缺八卦绯闻，我跟你的事本就是无稽之谈，就当是笑话一场，旁人说一阵子就会淡忘。你可以拿着钱就此离开，从此与席家再无瓜葛。"席锦书直接称呼他的名字，连之前的客套都省了。

没料到她突然这么爽快地给他钱，聂珏宇惊愕了一会儿，回过神来，认真地看着她，突然哂笑一声："席小姐莫不是太看不起我了？我做生意虽然贪，但是很讲诚信，席小姐既然非要当那个经理，那我也只好奉陪到底。别忘了，我们俩是签过婚书的，在法律上，我们已经是合法夫妻了，就算席小姐现在反悔不愿意嫁给我了，那我们也只能办离婚手续。"

"聂珏宇你到底什么意思？我都放你走了，你何必呢？"席锦书恼怒道，将手中的木盒子砸向他。聂珏宇伸手挡了下盒子，牵动了肩膀上的伤，他吃痛地闷哼一声，脸上露出痛苦的表情来。

念及他身上的伤，席锦书有些懊恼地朝他走去，上前想要查看他的伤势。

他却突然直起身，伸手用力地攥住了她的手腕，将她一把推到墙上，身子压着她，修长的手指捏住她瘦削的下巴，戏谑道："我的意思是，席小姐既然这么大方，那么，你的钱我要，你的人我也要。"

席锦书惶惶地抬起头，红着眼瞪向他。她终于知道聂珏宇为什么被人叫"奸商"了，他果真贪得无厌！

第三章

一重山，两重山

【1】

早上，汇丰银行的门口走来几个英国人，为首的是英商会德丰央行的大班麦克林，也是上海汇丰银行的创办人，跟在他身后的是他的首席秘书跟两个助理。

汇丰银行的大堂经理黄真一看到他们进来，立刻迎了上去，礼貌地用英文问候道："麦克林先生，旅途还顺利吗？"

麦克林没有直接回他，而是说了声"谢谢"，然后问道："席小姐到了吗？"

"半个小时前就到了，她正坐在您的办公室等您。"

麦克林没再多言，带着一行人匆匆朝办公室走去。

席锦书穿着一套黑色西装，正坐在麦克林办公室的沙发上，手里拿着她今早刚买的报纸细细地品读着。听到声响，她回头朝来人看了一眼，然后合上报纸，不慌不忙地朝来人弯腰道："好久不见，麦克林先生。"她的英语发音很标准，浓浓的英伦腔。

麦克林先是探究地打量了她一会儿，而后扬起笑脸，道："是很久不见了。中国有句话叫'女大十八变'，上次见席小姐，你还是个跟在父亲身后腼腆的小姑娘，现在却是漂亮得我都不敢认了！"

"哪里，麦克林先生谬奖了。再好看的皮囊都不如一颗有用的大脑。锦书今天来找先生，可不是来卖弄这张无用的皮囊的。"席锦书端庄而又不失礼貌地说道。

麦克林走到了自己的办公桌前坐下，秘书跟助手都被他拦在了办公室外。

"席小姐坐下谈。"他伸手朝席锦书示意道。

席锦书将随身携带的应聘资料交给了麦克林，然后才坐回沙发，开口道："麦克林先生，这是我的个人简历，请容许锦书自不量力，毛遂自荐想当您这汇丰银行的新经理。"

"我在来上海的途中已经看过席小姐的简历了，席小姐不必谦虚，以席小姐留学时获得的奖项与成就，足以证明席小姐是个不可多得的人才，应聘我们银行经理绰绰有余。何况我们汇丰银行与席家合作数十年，对于席老爷的眼光与人品，我们一向很认可。"

席锦书盈盈一笑。

麦克林继续道："之前若不是有龚先生在，席小姐的确是我们行新经理的第一人选。现在龚先生不在，席小姐能主动来这儿，我很是欣慰。我们英国人选人时虽然无所谓性别，只看中能力，但是接任经理，要应付的可不仅仅是些纸钞货币，还有错综复杂的人际关系以及难测的人心。席小姐刚回国，若不熟悉上海滩，没有人脉，就算我让你当这经理，你也难以坐稳这位置。"

麦克林说的都是事实，在上海滩，很多时候，人脉要比能力更重要。

"所谓关系都是结交了才有，锦书的确是刚回国，对上海不熟，但是只要先生愿意给我一次机会，我会用一年时间证明给您看您的选择没有错。汇丰银行曾经是上海滩第一银行，以后也会是。"席锦书从容淡定地朝麦克林说道。

麦克林定定地看了她好一会儿，脸上慢慢露出欣赏的笑容。他站了起来，伸手跟席锦书握手道："席小姐，有没有人对你说过，你自信的样子特别美丽，让我想起了年轻时的席老爷。好，我就给席小姐一次机会，希望席小姐不要辜负我的期望。"

"谢谢您，麦克林先生。"席锦书起身回握住麦克林苍老的双手。

"合作愉快，席小姐。"

"合作愉快，麦克林先生。"

签完合约，席锦书离开了麦克林的办公室，拎着牛皮包走到银行门口，等黄包车过来。

上海滩的姑娘大多喜穿眼下时兴的旗袍套装，像她这般一头短发，一身西装的男人打扮的极少，行人路过总会偷偷多看她两眼，偶尔有眼尖的认出了她，却惧于她那一身清冷的气息，没敢上前搭讪。

这几日，上海的天气阴晴不定，几分钟前还艳阳高照，一下子竟又下起雨来。

豆大的雨滴簌簌地直往人身上砸。行人纷纷伸手拦了黄包车坐上去，汽车从街道上驶过，溅起一阵水花。

见天气不对，席锦书用包挡着头，从银行里冲了出来，看见辆黄包车，刚伸手去拦，一个身材肥硕的中年男人撞了她一把，趁她踉跄之际抢先上了车。

席锦书身形本就瘦弱，被他这么一推，差点儿往后摔倒，还好有人及时扶住了她。

"谢谢。"她礼貌性地向扶她的人感谢道，抬眼，映入眼帘的却是聂莛宇那张精致帅气的脸。她的眼里闪过一丝惊愕。

来人却一副嬉皮笑脸的样子，笑吟吟地问道："席小姐这是要去哪儿？"

他手里撑着把黑格子洋伞，大半边都遮在了她身上，自己的肩头淋湿了大半。

席锦书微愣了会儿，反应过来，求证道："你是特意来接我的？"

经历了昨晚他对她的不礼貌，她现在很难有心情与他客套，以前她还三公子前三公子后的，现在连他名字都懒得叫了。

聂莛宇知她是小姐脾气犯了，没跟她计较，只是笑着，拉着她往车那边走："席小姐怎么认定我是来接你的？"

"第一，你的车里没有司机，你是自己开车过来的；第二，你的纱厂在霞飞路那边，离这儿有些远。这条街上都是些银行，你要的钱我已给你了，你没必要再跑来银行。"

"真是什么都瞒不住席小姐。来，上车，小心水坑。"聂莛宇收起伞，扶着席锦书上了车，他的语气里听不出褒贬。

席锦书本想坐车后座，但他扶她上的是副驾驶座，她坐着有些拘谨，却没有显露出来，依旧是那副淡淡的模样，等着他先说出他的来意。

给席锦书关好车门，聂莛宇回到了驾驶位，他没有急着开车，而是盯着席锦书仔细地瞧了一会儿。他其实来这儿好久了，一开始看到她出来，他还不怎么敢认。主要是看惯了她先前穿旗袍的样子，头一次见她这般西式打扮，倒觉得有几分新奇。

若不是突然下起了雨，他还想坐在车里多看她一会儿。这席小姐就像个深不见底的黑洞，看不透。可越是看不透的东西，他越是要看透，看透了，那就好掌控了。

席锦书被他看得有些不自在，她拧着眉头，稍带怒意道："三公子找我，到底所为何事？"

她只有在与一个人保持距离或者生气的时候才会叫人尊称。聂莛宇闻言低笑了一声，她这是又生气了。席小姐的脾气可真不小。

"没什么事，只是去了趟席公馆，听说席小姐来汇丰银行面试了，不知结果如何？席小姐心想事成没有？"他歪着头，坏笑道。

"谢谢关心，事情很顺利，不劳三公子费心。"她冷着脸回道。

聂莛宇看着她，黑色的眼眸闪烁着迷人的光，他故意语气暧昧地说："说什么费心呢，你的事不就是我的事？席小姐莫不是又忘了，我们可是签过婚书的人。席小姐既然如愿以偿，那莛宇日后免不了要仰仗席小姐，到时候席小姐可别顾了他人，冷落了我才好。"

知道他又在跟自己耍嘴皮，席锦书翻了个白眼，没再搭理他，直接问道："我们去哪儿？"

"席小姐不回家吗？"聂莛宇笑着反问。

席锦书终于忍不住怒目瞪向他，冷嘲道："三公子特意来银行接我，难道真是要去席家吗？"

对上她犀利的目光，聂莛宇继续笑着，只是眼神没了温度。

他喜欢跟聪明人打交道，但不喜欢太聪明的人，特别是女人。

"前阵子我爹跟我大哥因为临时有事耽搁，没能赶上席老爷的葬礼，这次终于得空从北平回来了，听说了我跟席小姐的事，想请席小姐到我们家吃顿便饭。世恩跟席太太我已经让人去接了，这会儿应该已经到聂公馆了。配角都已经上场，就差我跟席小姐了。"聂莛宇收住了笑，严肃地说道。

席锦书听完，心沉了沉。说是吃顿便饭，她跟聂莛宇都明白这顿饭是为了什么，应该是两家人要开始商量他们的婚事了。

六十万都已经给了，既然聂莛宇不愿放手，非要跟她结婚，那她何必矫情，本来这段婚姻就是一场交易。她跟席世恩都需要聂莛宇的存在，席世恩日后要执掌席家，他不能永远是个私生子。而她，要坐稳汇丰银行的经理，也需要聂莛宇在这上海滩的关系网。

"去跟你家人吃饭，我总不能穿这一身去。"沉默半晌，席锦书突然抬眼，尴尬地朝聂莛宇说道。

难得见她这发窘的样子，聂莛宇忍不住笑了一声："穿什么不重要，重要的是席小姐去就行了。"话虽这么说，聂莛宇还是载着席锦书到了一家百货商店门口，领着席锦书去了一家他常去的精品服饰店。

那儿的老板一见他进门立刻迎了上来，眯着眼笑道："聂公子，有段时间没来了。这位小姐是？"

"席小姐。"聂莛宇介绍道。

老板闻言，脸上立刻露出恍然大悟的表情，殷勤地朝席锦书道："席小姐，久仰大名。"这声"久仰"听起来意味深长得很。席锦书的脸颊顿时有些泛红。

聂莛宇瞥了她一眼，咳了一声，对老板道："我先前让你订的衣服都到了吗？拿来给席小姐试一下。"

"到了到了，两位贵客稍等一会儿，我这就去拿。"老板连忙应道，转身进了内屋。

聂莛宇挑了张椅子坐了下来，店内的小厮沏了茶端上来。

071

聂廷宇给自己倒了一杯，朝还站着四处打量的席锦书道："席小姐要不坐下来一起喝口茶？"

席锦书回头看着他，见他一脸怡然自得的样子，忍不住戏谑道："三公子在这儿熟稔得很，平素没少带姑娘来吧？"

聂廷宇正在喝茶，听她这么一说，当即呛了一口，猛咳了几声，红着脸抬头微笑地掩饰道："这茶太烫了。"

"三公子不必紧张，我就是随口问问罢了。"席锦书回他一个微笑道。

聂廷宇又咳了一声，不知为何，他总觉得席锦书这个笑，笑得他瘆得慌。

本就是协议婚姻，他也不懂自己在心虚什么。她都给人生孩子了，他不也没说什么。想到这儿，聂廷宇突然又有了底气。

没一会儿，老板拿着几套崭新的洋装走了出来，都是最近时尚杂志上流行的款式。他之前无意间在杂志上看到，就让老板订了几套，没其他意思，就想看看这老臭着张脸的席小姐穿起洋裙来会是怎样一副模样。

果然，席锦书一看到那满是碎花的裙子就皱起了眉头。

她素来喜欢穿简约的服饰，像这种花里胡哨的裙子，她几乎是看都不看的。

老板将裙子塞进她怀里，她抱着回头看聂廷宇，刚想拒绝试穿，人就被聂廷宇推进了更衣室。

"我不喜欢这……"席锦书还在努力挣扎。

聂廷宇突然掀起了更衣室的门帘，钻了进去，将她逼到了角落里，笑着道："席小姐是要自己穿还是我给你穿？"

"你！"席锦书气急，伸手就要打他，被他一把攥住了手腕。

"外面老板等着呢，席小姐演戏可是要演全套，你可别让我下不了台！"他将唇贴在她的耳畔，低声说道。

温热的气息扑在她的脸上，像风亲吻着她的肌肤，席锦书感到一阵酥麻，她红着脸瞪着聂廷宇，没了言语。

见她妥协，聂廷宇笑了笑，从更衣室里退了出去。

听他说先前的烫嘴，小斯又换了壶温热的茶水上来。

聂廷宇坐回了先前坐的位子，一边优雅地喝着茶，一边等着席锦书出来。

女人他见得多了，对付席锦书这种好面子的大家闺秀，只要耍个流氓，保准她乖乖听话。

不过话虽这么说，但聂廷宇这个人其实并不流氓。

整个上海滩的人都知道，聂三公子虽风流，身边不缺莺莺燕燕，可他待女生都礼貌得很，平日里除了带出去喝喝咖啡，跳跳舞，牵牵小手外，连亲都不乱亲一口。但凡跟过他的姑娘，说起聂三公子都只道他如何慷慨，如何体贴，就是对她们不够上心。

男人嘛，若真对一个女人上心，哪忍得住碰都不碰一下。

要说上心，她们也只见过聂莛宇对沈妍筠上心，不仅不顾流言蜚语把她娶进门，还当宝贝一样宠着，那沈妍筠也是身在福中不知福，竟然还干出那种缺德事来，枉费聂莛宇对她一片痴情。就是不知道这席小姐跟沈妍筠比起来，谁更让三公子上心。

一壶茶喝了快半壶，更衣室的门帘终于拉开了。

席锦书慢悠悠地从里面走了出来，一张清秀的脸憋得通红。

"这裙子穿在席小姐身上真是太美了，聂公子您快来瞧瞧。"

耳边传来老板兴奋的声音。闻声，聂莛宇缓缓地抬起眼，朝前望去。

白色的鱼尾裙衬得她身材极好，腰细得不盈一握，腰间别着几朵墨绿色的百合，别致得很；再往上，做工精细的白纱包裹着她的上半身，勾勒出诱人的弧度；衣领是一字型的，露出她白皙的肩膀与纤细的脖颈。她的肩胛骨很细，锁骨很性感，配着她那张清冷的脸，莫名让人有种一亲芳泽的冲动。

穿这样的衣服本就让她很羞耻了，再被他这般瞧着，席锦书只觉得两颊烫得很，转身就要进更衣室把裙子给换下来。聂莛宇见状，几步上前拽住她的手，拦下了她。

"跑什么，你穿这条裙子，很美。"他嘴角微扬，由衷地对她说道。

席锦书挣开了他的手，双手护在胸前，只觉得难堪。

"太暴露了。"席锦书羞红着脸，小声说道。

她这副娇羞的模样，倒像极了她这个年纪该有的样子，聂莛宇不禁看呆了。他低笑一声，朝身后的老板道："你去给席小姐拿个披肩过来。"

"哎。"老板应了一声，又进了里屋。

席锦书还要逃，被聂莛宇一把圈进了怀里。

"别动，小心把裙子给扯坏了。这裙子可不便宜，美国定制的。"他压低声音笑着道，手从西装口袋里掏了样东西出来。

"我赔你。"席锦书恼羞成怒道。

聂莛宇没理会她，将手中的玉坠系在了她的脖子上，这才松了口气，将她从怀里放了出来，好笑地调侃她道："知道席小姐有钱，赔得起，但是我不喜欢我的女人自己花钱。"

"你……"听他又在调戏她，席锦书脸色通红地又要骂他，忽而感到一凉，她低头一看，发现脖子上多了块翠绿色的玉坠。

"先前我还觉得这玉坠款式土，这年头时髦的姑娘谁爱玉坠，没想到它很衬你，你戴着很好看。"聂莛宇双手按着她的肩膀，将她推到镜子前，看着镜子里的她说道。

席锦书伸手摩挲着脖子上的玉坠，有些茫然地看着他，不解道："这是什么？"

"出门前聂太太给的，说是给聂家媳妇的。"聂莛宇笑着道。

席锦书的脸顿时又涨得通红。正好老板拿了披肩出来，聂莛宇接了过来，把披肩披在她的肩上。

"这么好看的地方以后还是留着我一个人看好了，其他人可看不得。"他故意开玩笑道。

明知他说这些话没用什么心，可席锦书听着，心跳还是快了几拍。

她低头，细细地摸着脖子上的玉坠，妥协了。

先前聂莛宇问她，为什么选择他。一场交易而已，她可选择的豪门公子多了去了，却唯独选了他。她只回他是因为他贪，却没有告诉他，她早在很多年前就认识了他。

五年前，王公馆门前，他驱车经过，送了她一把伞。他不记得了，可她还记得很清楚。

几经询问，才知那日那人是聂三公子聂莛宇。

聂莛宇……她撒谎了，这场交易，她是用了心的。

【2】

"走吧，席小姐。"聂莛宇朝她伸出手来。

席锦书的脸颊微微泛红，她左手提着裙摆，右手挽住了他。

服饰店的老板走了过来，送了她一个精致的镶钻手包。

席锦书道了声谢，拿着包跟着聂莛宇出了百货商场。

上了车，聂莛宇开车，席锦书坐在副驾驶座上。她不经意地松了口气，正好被他眼尖地瞧见了。

聂莛宇笑了笑："席小姐可得习惯，这小聂太太可不好当。"

听出他言语中的戏谑，席锦书有些动怒地瞥了他一眼，反唇相讥道："三公子莫不会觉得席家的女婿就很好当？"

真是一点儿都不舍得让步。聂莛宇内心哂笑了下，说了声："彼此彼此。"

话不投机半句多，纵使聂莛宇对女人一向容忍客气，可这席锦书就跟那带刺的玫瑰似的，实在扎手得很。

这扎一次两次会让男人觉得新鲜，可扎多了吧，那就让人生畏了。

他俩本就是单纯的生意伙伴，至于有没有那种情感上的交流，其实无所谓。

见席锦书还是一副冰冷面孔，聂莛宇也懒得再自讨没趣，噤了声，专心开车。之后，两个人谁也没再主动搭理谁，一路上安静得很。

十几分钟后，聂莛宇的车驶进了聂公馆的大门。

聂莛宇先下车，绕到了另一侧的车门旁，拉开，绅士地扶席锦书下车。

她这条裙子很好看，可穿着走路并不方便。

席锦书将手放进了聂莛宇的手中，被他扶着下了车。

刘管家急急忙忙地迎了上来，恭敬地跟她打招呼道："席小姐好。"

席锦书同样客气地对他点了点头，叫了声："刘叔。"

没想到自己才与席小姐说过几句话，席锦书就记住了他的姓，刘管家当即高兴地"哎"了声，转头又朝聂莛宇道："三公子，大家都到了，就等您跟席小姐了。"

聂莛宇闻言，好看的眉毛微挑："席太太他们也接到了？"

"到了到了，席太太跟小公子都来了，这会儿在客厅里跟夫人们聊天。我出来的时候，老爷还在教小公子算术呢。"刘管家如实回道。

聂莛宇将车钥匙扔给了刘管家，让他去停车，自己则带着席锦书走进了聂公馆。

二人刚进门就听到了女人们调笑的声音，其中要数聂二太太的声音最尖最细。

聂二太太坐在沙发里，看着在聂老爷跟前流利地背"九九乘法表"的席世恩，朝聂老爷拍马屁道："都说龙生龙，凤生凤，世恩不愧是我们聂家的子孙，像他爹，打小就聪明。"

她说这话的时候还不忘看一眼坐在一旁的聂太太，脸上挂着讨好的笑。

聂太太可不吃这一套，她没好气地白了聂二太太一眼，然后转过头继续与席太太闲聊。

席太太头上别着一朵白色珍珠花——席老爷的丧期刚过，她还在为丈夫守丧。

今天聂公馆突然派人来接她，请她过去吃顿便饭，她估摸是找她一起商量聂莛宇与席锦书的婚事。这种时候，她若还戴着白布花，会显得晦气，于是就让用人去饰品店买了一朵珍珠花，配着她那条素色蓝底的旗袍倒也不失优雅。

席太太带着孩子来这儿有一会儿了，因为席锦书一直没出现，她一个人在聂公馆里挺拘束的，还好有聂太太一直陪着她说话。

跟上海滩的其他太太不同，席太太是苏州书香世家的小姐出身，性子软，不大爱说话。聂太太说的那些麻将故事，她听不大懂，便只是随意地附和着。

听到聂二太太说的话，席太太面露几分尴尬——她是知道席世恩其实跟聂家一点儿关系都没有的。

聂太太以为她是因为聂二太太夸孩子的时候只点了聂莛宇的功劳，没提席小姐的，所以不得劲，便赶紧笑着找补道："世恩这么乖巧伶俐，是因为像席小姐，要是像我们莛宇，那日后有得让人头疼了。"

聂太太她们不知道席锦书跟聂莛宇之间只是交易，真当他们郎情妾意。她们说者无心，倒是聂莛宇跟席锦书在一旁听着，觉得臊得慌。

聂莛宇站在门口低咳一声，大厅里的人闻声都看了过来。

聂书涵眼尖，最先看到他，甜甜地道："三哥回来了。席小姐也来了。"

说到席小姐，聂太太她们都一脸惊艳地看着她。

之前她们也见过席锦书几次，她要么穿着丧服，要么穿着素色的旗袍，模样虽然清丽，但算不上特别出挑。这会儿头一次看见席小姐穿洋裙，倒是养眼得很。

聂太太不禁多看了席锦书几眼，而当目光落在她脖子上挂着的玉坠时，聂太太脸上的笑容更灿烂了。

"锦书来了。快，书涵去扶奶奶下来，王妈快吩咐厨房，把菜都端上来，可以准备吃饭了。"聂太太一边跟席锦书打招呼，一边吆喝着其他人。

聂书涵闻言，从沙发上站了起来，转身去二楼喊聂老太太下来。最近老下雨，聂老太太的关节痛又犯了，这几日一直躺在床上，都没下来过。

用人们开始忙活，主客们也都陆续从沙发上站了起来。

聂莛宇引着席锦书走到了聂老爷的面前，介绍道："爸，这是锦书。"

聂老爷不愧是军人出身，一身正气，带着点儿让人不寒而栗的威严。即使在家里，他身上还是穿着戎装。

席锦书朝聂老爷伸出手来，她微微一笑，优雅地道："聂老爷，久仰大名。初次见面，请多关照。"

聂正奎认真地打量了席锦书一番，而后才伸出手回握席锦书，板着脸道："我回来之前就听说莛宇找了个新媳妇，没想到竟然是席家大小姐。听说席小姐是英国留学生，怪不得这行事作风洋派得很。"

聂老爷不愧是聂老太太亲生的，说起话来都是一个味儿。所有人都听得出聂老爷是在说席锦书未婚生子有伤风化。其实也怪不得聂老爷，对于上海滩的那些名门望族来说，公子哥们在外面怎么花天酒地都无所谓，但小姐们得矜持，可不能随随便便坏了名声，不然，大家闺秀跟百乐门的小姐又有何不同？

公馆内的气氛一下子冷凝下来。

聂珏宇偷瞄了眼席锦书，皱着眉头朝聂正奎不满地道："爹，都是我的错，你说席小姐做什么。"

席太太听到聂老爷的话，本就不大高兴，也想为女儿说上几句，这会儿聂珏宇先出声了，她听着心里倒安慰不少。

"你也知道错！"聂老爷瞪了他一眼。

聂珏宇理亏，光笑笑，不说话，伸手攥住一旁席锦书的手，想要给予她一些安慰。

她的手很凉。聂珏宇有些担忧地转头看她，正对上她的目光。

黑葡萄般的双眸里闪烁着盈盈微光，她微微咬着唇，脸色发白，嘴角却还勉强地噙着笑。聂珏宇的心突然紧了一下。也许是很少见到席锦书这般示弱的样子，他竟然有点儿心疼。

席锦书出身名门，年纪轻轻的，如今因为未婚生子而被整个上海滩拿来说笑，也不知道那个让她怀孕的男人现在在哪里，怎么舍得这么糟蹋她。倘若他妹妹被如此对待，他定不会轻饶那个人。

他正想着，席锦书将手从他的掌心抽了出去。

"大家都杵在大厅里做什么，在等我吗？"一个浑厚的嗓音从门口响起，是聂大公子聂珏煊。今天一大早他就出门办事去了，听说家里要请席家人吃饭，便特意赶了回来。

聂珏煊的身形随聂老爷，也是虎背熊腰、高大健硕的样子，因为专注于事业，他很少收拾打扮自己，平素为了节省时间，他直接留起了络腮胡，不过所幸他五官长得好，像聂太太，这胡子配着他看起来倒也没那么邋遢，反而给他多添了几分男人味。

跟聂珏煊相比，聂珏宇的长相就太过精致了。

聂太太她们这些女人看着聂珏宇都觉得好，可到了当兵的聂老爷眼里，这三儿子怎么看怎么不顺眼，长得不入他眼也就算了，自己让他从政，他还偏要从商。

聂老爷本想他喜欢做生意也不错，确实给家里赚到钱了，结果生意做着做着，他翅膀硬了，娶了个舞女回家，还被人戴了绿帽子，让聂家成了上海滩的笑话。好不容易消停了一年，没人提那个事了，现在他又跟人弄出个私生子来，孩子都四五岁了，聂家也只能把人家姑娘娶进门了。想到这儿，聂老爷就气不打一处来，恨不得从腰间拔出枪直接把聂珏宇毙了，那样他就能省心了。

"这姑娘瞧着眼生，莫非就是席公馆的席小姐？"似乎看出了屋内气氛不对劲，聂珏煊笑着跟席锦书打招呼道。

听他一笑，聂太太她们几个也跟着打起马虎眼来。

"聂大公子好。"席锦书缓了脸色，朝聂莛煊微微躬了躬身道。

"都快成一家人，锦书妹子用不着这么拘谨，跟莛宇、书涵他们一样，以后直接叫我大哥就行了。"聂莛煊熟稔地说。

说完，他去了二楼，打算回屋把身上的湿衣服换下来。

聂老爷跟着聂莛煊上了楼，问了些工作上的事。

没一会儿，几个用人端着饭菜上了桌，聂书涵也扶着聂老太太下了楼，聂太太便张罗着大家就座吃饭。

吃饭的时候，氛围相比先前倒是融洽了许多。几个太太争着给席世恩喂饭，聂老爷跟聂莛煊在聊政治，聂莛宇跟席锦书坐在一边，默不作声地专心吃饭。

"听书涵说，席小姐之前在英国读的是历史与经济，不知道席小姐日后打算在哪儿高就？还是说席小姐要管理席家产业，不上班了？"聂莛煊跟聂老爷聊得好好的，突然朝席锦书问道。

席锦书诧愕地抬起头看着聂莛煊，刚准备作答，就被聂老爷给打断道："你问席小姐做什么？你这个未来做大哥的，就不能看看你们那里有什么闲职，给她留意一下？"

虽说席老爷走了，席锦书很有可能成为席家新的掌权人，可聂老爷还是希望席锦书工作简单点儿，最好直接待在家里相夫教子。

对于大男子主义的聂老爷来说，女人在外面太能干，可不是什么好事。

"今天我去外面谈事，正好听说刘处长那边招秘书，要不我把锦书介绍过去？"聂莛煊拿起手边的红酒杯抿了一口，望向众人道。

聂老爷没吭声，估摸是同意的。

聂太太们都没上班，对工作上的事也不大上心，遂都没发表意见。

倒是聂莛宇听着，"扑哧"一声讥诮道："怎么着，安排我从政这条路走不通，现在要开始安排起席小姐了？大哥、爹，你俩能不能消停些？席小姐想做什么工作就做什么工作，我都不管，也轮不到你俩来操心吧。"

"你给我闭嘴！就是你不听我们的，看看你现在都成什么德行了。"聂老爷怒冲冲地呵斥聂莛宇道。

"我什么德行啊，我不是挺好的吗？要说在这上海滩的名气，我可比你聂老爷还有聂大公子要大得多。"聂莛宇不以为然地笑道。

"你还有脸说，你看看你出的都是些什么名！"聂老爷气得伸手在桌板上用力地拍了一下，怒道。

"好了！都少说两句，一回来就吵吵吵，吵了这么多年了，还没个消停，也不看什么场合。今天席太太跟席小姐都在，你们父子俩都给我安静点儿。"说这话的是聂老太太，老太太一向护着聂莛宇，听不得儿子这么训孙子，当即发话道。

聂老爷努着嘴还想要骂，被聂莛煊拉住了。

最后还是聂书涵帮忙缓解尴尬，朝席锦书问道："听三哥说，席小姐今天去汇丰银行面试了，不知道结果如何？"

席锦书淡淡地笑了笑，轻声说："挺顺利的，明天就可以上班。"

"看来是我们多事了，席小姐已经找到工作了。不知席小姐面试的是哪个职位？"听说是汇丰银行，聂莛煊也好奇地追问道。

席锦书继续淡笑："华经理职位。"

席锦书说的这个职位，几位太太一开始都没听懂，就连聂老爷也皱了下眉头，但聂莛煊是听明白了。是个上海人都知道，汇丰银行的华经理意味着什么，那可不是一个轻轻松松就可以上任的职位。聂莛煊不由得对席锦书多看了几眼。估计谁也没有想到，这汇丰银行经理之位争来争去，大家猜了那么久，最终竟落在了席小姐的头上。

一个刚从国外留学回来的女学生，一个才二十多岁的女子，一个对上海滩来说太过稚嫩的大家闺秀，竟然成了上海滩第一银行的经理。

就连聂老爷看席锦书的目光也变得深沉了许多。

聂莛宇娶了席锦书，就等于拥有了上海滩最大的金矿，无论是对聂莛宇经商还是对聂老爷他们从政来说，都是一件如虎添翼的好事。可是，这也意味着聂老爷担心的事还是发生了：如今外面的人定要说他们聂家高攀了席家。寻思了半晌，聂老爷最终还是没了话。

一顿饭吃完，用人们收拾餐桌。

聂太太拉着席太太进了二楼的主卧说了些悄悄话。两人从房内出来的时候，聂太太一脸的喜色，席太太脸上虽挂着笑，但眉宇间隐隐透着些担忧。

聂太太他们一早就看了黄历，说下月初八是个好日子，想在那天把聂莛宇跟席锦书的婚事给办了。

现在席、聂两人的事闹得满城皆知，两个人若不办婚礼，显得名不正言不顺，但席老爷的丧期刚过没多久，这会儿兴师动众地办婚礼，又有点儿不合时宜，所以聂太太就跟席太太商量着，打算顺应时代潮流，办一场简单点儿的西式婚礼。她说的也是聂莛宇的意思。

席太太是个没主见的主，只说回去跟席锦书说下，具体得由席锦书决定。

从楼上下来，席太太去找席锦书，发现她不在，问了用人才知道聂莛宇带着她出去散步了。席太太无奈，只得耐心地等女儿回来，心里一直念叨着："下月初八，下月初八。"

下月初八，那真真是个宜嫁娶的好日子。

【3】

聂公馆毗邻黄浦江，午后能听到江边游轮货船的汽笛声。

聂莛宇开车载着席锦书往黄浦江边兜了一会儿风，最后将车停在了一家咖啡店门口。

"席小姐要不要下来喝杯咖啡？"聂莛宇撇过头，笑着问席锦书。

席锦书有些神游，闻言，她稍迟钝地点了点头，说了声："好。"

聂莛宇拉开车门，扶她下车。

这是家老咖啡馆，看着有些年头了。聂莛宇要了一杯咖啡，又问席锦书："席小姐喝什么？"

席锦书微愣了下，聂莛宇见着，觉得自己真是多嘴了——他忘了席锦书不爱喝咖啡，只爱喝茶，且茶还是越浓越好。

说来也有趣，席锦书好歹在英国待了五年，竟然不爱喝咖啡。按理说，她就算不喜欢喝，这么多年过去也该喝习惯了。

席锦书微蹙了下眉头，模样看起来有些纠结。

聂莛宇笑了笑，向店员又要了杯巧克力奶，然后回头问她："这个可以吗？"

席锦书点点头，脸上的表情有些懵懂，看起来呆呆的。

聂莛宇发现，她从聂公馆出来就一直在发呆，不知道在想什么。

点完咖啡，聂莛宇又点了两块蛋糕，一并端着，然后领着席锦书找个无人的角落坐下来。

"席小姐有心事？"刚落座，聂莛宇便直接朝席锦书问道。

席锦书正搅拌着手边的巧克力奶，闻言，她微微诧愕地抬起头看他。她喝了一口巧克力奶，微笑道："我看有心事的是三公子吧，不知三公子突然请我喝咖啡是有什么事？"

"席小姐这话说得，没事我就不能请你喝咖啡了吗？"聂莛宇戏谑道。

他往咖啡杯里加了一大包糖，拿勺子拌了下，尝了下甜味，符合他要的甜度后，他才满意地抿了一口，惬意道："家里太闷了，出来走走透个气。第一次来我家吃饭，不知道席小姐吃得好不好？"

"你是问菜还是问吃的感觉？"席锦书望着他。

聂莛宇低笑了声："看来这顿饭席小姐吃得不大高兴。"

080

"我高不高兴倒无所谓，就是聂老爷看起来不大喜欢我。"席锦书道，语气听起来像个告状的小孩子。

聂莛宇无奈地笑了笑："我爹就是这个臭脾气，虽然长得凶，但不吃人，除了让他特别佩服的，其他人他都看不上。没关系，他也不喜欢我。我还有套别苑，你要是不喜欢待在聂公馆，日后我们搬出去就好了。"

他说的日后自然是婚后，席锦书听着脸颊一阵泛红，怕他看见，她低下了头，拿着勺子继续搅弄着巧克力奶，小心翼翼地问道："你真决定要跟我结婚吗？"

"席小姐是后悔了吗？"聂莛宇凤眼微挑，含笑道。

席锦书摇了摇头，停下手中的动作，再度抬眼看向他，目光灼灼："我能问一下，你是怎么说服自己娶一个有孩子的女人的？"

"娶席小姐不需要说服，我是个生意人，看利益。席小姐先前承诺过我，婚后会给我席家所有产业利润的百分之二十。席家产业遍布上海滩，有了这些分成，我就算不赚钱，这辈子靠着席小姐都得吃了。"聂莛宇直言道。

虽然知道自己不该对他抱有任何期望，可当她亲耳听到他说这些话时，她的心还是凉了大半。她暗自笑了下，亏他还记得那分成的事，她看他真是掉进钱眼里了。不过还好，她最不缺的就是钱。选谁做这场交易不是花钱？选他，至少他是她喜欢的。

喜欢他什么呢？在这场交易之前，她就见过他一面。那日是个大雨天，她跪在雨里，他跟几个同学来王公馆探望生病的王三小姐，他们出公馆的时候，王家的人好面子，没有说她是谁，跪在那儿又是为何，所以所有人都以为她是个做错事的用人丫头，没有人理会她，唯独他下车，递给了她一把伞。

她知道那是他在可怜她，就如同可怜一只蚂蚁一样，那是对弱者天生的同情。可就是那一点儿同情，让她觉得他跟其他人是不一样的，起码他的心比别人柔软许多。

"三公子的胃口倒真不小，六十万大洋还不够填饱你。就算是纱厂扩建，也不需要这么多钱，三公子拿这些钱是另有所谋吧？"收起那些小女孩家的心思，她又成了那个理性的席锦书。

听她这么问，聂莛宇的眼里闪过几丝精光，他笑了笑，道："果真什么都瞒不了席小姐，的确，我拿这些钱不只是为了扩建纱厂，上海滩所有可以赚钱的产业我都想涉及，我想成为比席老爷和王老爷更大的经济大亨。"

"三公子野心真大。"

"席小姐不也是吗？不然又怎会与我合作？"聂莛宇皮笑肉不笑地道。

席锦书噤声，低下头抿了口巧克力奶。

太甜了，果真不如茶好喝。她喝了几口就腻了，把杯子放在一边就再也没有动过。倒是聂莛宇，把整杯甜得发腻的咖啡给喝完了。席锦书忍不住好奇地问他："三公子既然那么喜欢甜的东西，又为什么要喝咖啡呢？咖啡本就是苦的。"

聂莛宇目光深邃地盯着她，意味深长道："很多东西不是喜欢就得拥有，不喜欢就不碰。要在这尔虞我诈的上海滩长久立足，席小姐一定得明白一个道理：永远不要把喜怒表现在脸上。对于上海滩而言，席小姐还是太稚嫩了些。"

席锦书不怒反笑道："所以日后还请三公子多多赐教。"

聂莛宇笑，起身朝她凑了过来，薄唇在她的耳畔道："那就别日后了，就现在吧。"

席锦书不明白他什么意思。没等她反应过来，聂莛宇突然伸手扳过她的头，俯身吻住了她翕张的红唇。

席锦书猛地睁大眼睛，脸一阵发烫，她挣扎着想要推开他，双手却被他钳住。

"别动，有人在看我们。"他沉声对她说道。几道闪光，在离他们几张桌远的咖啡座上，一个穿着黑色中山装的青年拿起挂在胸前的相机，朝他们拍了好几下。

席锦书不再反抗，任由聂莛宇亲吻着。他的唇很软很热，唇齿间还残留着咖啡的香味，吻技也很高超。与他相比，她太过青涩，根本不会回吻，只会一味地承受。

感觉到了她的僵硬，聂莛宇的眸光深了些，然后他加深了这个吻。

"是《淞报》的记者。看来席小姐继任经理的事已经传出去了，不然那些记者也不会这么急着来偷拍。"

待那人走后，聂莛宇才松开了席锦书，伸手替她擦了下她嘴角晕染开的口红。

"你怎么确定他不是来偷拍你的？"席锦书红着脸微微气喘道，表情看上去有些恼羞成怒。

聂莛宇笑笑："我那些事都是陈年老新闻了，可没席小姐那么大的关注度，拍我的人早就拍腻了，不过正好，这次又能沾席小姐的光上报纸头条了。"

他说得轻松，然而席锦书一想到方才他对她做的事就觉得面红耳热得很，心里像有小鹿在乱撞。她幽怨地看着他，有话却不能说。

"往后这样的事还会遇到很多，你得尽快习惯。虽说我们俩的事被传得人人皆知，但到底有多少人真的信，还不知道。先前你只是席小姐，你所做的事不会引起多大关注，但现在你是汇丰银行的新经理，你的一举一动都会被无数双眼睛注视着。席锦书，这就是为什么我一开始会说经理那个职位不适合你这样的女孩。"

"适不适合，得做了才知道，今天谢谢三公子的教诲了。"席锦书咬着唇，又一次冷下脸道。

聂莛宇叹了口气，无奈道："既然席小姐这般执拗，那我也不再多说。为了不让人生疑，以后私下里你直接叫我莛宇吧，我也称呼你的名字，这样显得亲近一些。"

席锦书不答，聂莛宇就当她是默认了。

这里既然能有《淞报》记者出现，那很快也会有其他人来跟踪他们。

聂莛宇担心节外生枝，便带着席锦书离开了咖啡馆。

两人开车回到聂公馆的时候，聂老爷跟聂莛煊都出去办事了，留聂太太她们教席太太打麻将。

席太太一心都在挂念席锦书，学得心不在焉的，打了几圈也没摸出个门道来。就在她快打不下去的时候，席锦书总算回来了。

席太太借故家里有事，拉着女儿跟"外孙"离开了聂公馆。

聂莛宇让家里的司机送席小姐他们。

临别时席锦书坐在车上，他站在车外，隔着车窗，他对着席锦书耳语了几声，席小姐回了几句。这两人耳鬓厮磨的样子羡煞了旁人。

路上，席太太抱着席世恩，紧张地问席锦书："聂三公子都跟你说了什么？"

席锦书浅笑了下，说："没说什么。"

席太太内心忧虑，但又不敢多问，告诉席锦书聂家的人定了日子，准备下月初八让聂莛宇迎她过门。

席锦书听完只是简单地"嗯"了声，没再多言。

下月初八吗？离今天不过就十几天的时间了。

席锦书想起上车前与聂莛宇的对话。他说的"下月初八再见"原来是这个意思。

【4】

六月，上海进入了梅雨季，一连几天都在下雨。陈管家特意给席锦书配了辆车，让虎子给她开车，每天送她去银行上班，并保护她的安全。

自从席锦书接任汇丰银行经理的消息传开之后，席公馆又热闹了许多，经常有商业权贵上门来拜访她。

距离席锦书与聂莛宇的婚期还有几天，这几日席锦书照旧住在席公馆内，白天去汇丰银行上班，晚上回来清算席老爷名下的产业账目，婚礼的全部事宜她都交给了席太太跟陈管家负责。

昨晚下了一夜的暴雨，早上起来天气有些凉。穿着短袖的席锦书觉得有些冷，席太太见她穿得单薄，吩咐用人拿了新织的披肩给她，让她注意保暖。

披肩选用的是最好的蚕丝料子，花色烦琐精致，外面服饰店卖的都没席太太亲手织的好看，但这会儿配在席锦书的工作装外，还是有点儿不搭。

席锦书还没有说什么，倒是席太太自己先觉得不好看了，她让席锦书把披肩脱下来，回屋在衣柜里找有没有适合席锦书穿的外衣。

席锦书从英国回来的时候走得匆忙，只随身带了几套衣服，其他东西都还在学校里，等着同学给她托运回来。

席太太找了一通都没找到合适的，无奈地朝女儿摊手道："我看要不今天你别上班了，我们去百货商店给你买点儿衣服。这都快嫁人了，衣服总得多做几套。"

席锦书听了倒不以为意，道："我刚上任，银行那边还有很多事不了解，得花时间琢磨，哪儿能你说不上班就不上班？汇丰银行是请我做事，又不是我们家开的。好了，我已经让同学帮我把在英国的行李都打包寄回来了，衣服我有，不用买。"

"最近外面风声紧，外国邮轮进港口慢，国外寄的东西都不知道要多少天才到。就算有，那你嫁人了总得穿新的。你要是没空，我去给你置办，我让徐婶给你量下尺寸，这段时间你瘦了不少。"席太太心疼道。

席锦书无奈，看了眼手表上的时间——离上班还早。昨晚下雨她没睡好，今日起得早。

席太太喊了徐婶进屋，拉着席锦书量了一通。待席太太满意后，席锦书才松了口气，下楼去吃早餐。

吃完饭，陈管家领着起来的席世恩过来，席锦书依照惯例给他上了一节早课，等课结束，她才收拾东西，拎着公文包，离开了席公馆。

到了银行，一直在办公室里忙到了上午十一点，席锦书接到了秘书打来的电话，说是外面有人找她。

最近来找她的人不少，不管认不认识，只要有时间，席锦书都会接见一下。

做他们这行的，广交人脉是基础。那些生意场上的老板资金周转不灵的时候需要银行贷款，而银行也要靠贷款吃利息。所以经理与企业家之间，本就是互利互惠的关系。

席锦书问秘书来人是谁。秘书说对方只报了个名字。席锦书一听那名字，原本皱着的眉头立刻舒展开来，她语气轻快地对秘书道："让他进来吧，你沏一壶大红袍送到我办公室来。"

"好的，席小姐。"秘书恭敬地回道。

没多久，席锦书就听到了敲门声，她连忙起身去开门。

来的是一个青年男子，二十三四的年纪，个头很高，人很清瘦，脸色偏白，五官清秀，一双眼睛生得尤为好看，高挺的鼻梁上戴着一副金丝边眼镜，看上去斯斯文文的。

"周垚玉，你怎么突然回国了？"席锦书欣喜地朝来人道。

周垚玉笑了笑，将手中拎着的行李箱往她面前一放："那日你匆匆回国，只说父亲病危，也没说归期。我见你一段时间不回英国，又从家里人寄的电报里得知席先生的事，便立刻买了票赶了回来，没想到还是晚了，没来得及给席老爷送终。我想着你可能不会再回英国了，就让你的室友整理了一下你的东西，帮你一并带了回来。"

周垚玉是席锦书在英国留学时认识的校友，因为同为中国人，又读同一专业，两人走得比较近。

周垚玉祖籍浙江，现在一家人都定居在上海，其父周达成是上海滩有名的地产大亨，拥有数十套房产，其中好几套都是法租界赫赫有名的豪宅。

周家几代人都以房屋租赁、地产销售为生。周垚玉是家中独子，从小就备受宠爱，但因为自幼体弱多病，常被圈养家中，鲜少与外人来往，因此养成了腼腆羞涩、温柔内敛的性子。

周垚玉初到英国时就因为水土不服而反复生病，那时候他们整个专业也就三个中国留学生，除了席锦书和周垚玉，还有一个名叫李碧波的北京男孩。

他们三个人都寄住在一个英国老太太的屋子里。

虽然李碧波一直在生活上照顾周垚玉，但生病这种事，男生总没女生细心，买药、煎药、查体温、做营养餐这些事，都还是席锦书帮忙做的。

起初，生病的周垚玉动过回国的念头，不过还好有席锦书他们照顾，他的病情得以好转，往后的几年里虽小毛病不断，但好歹要不了人性命。

在英国那段时间里，席锦书再忙都会抽时间熬一锅养生粥给周垚玉补身体，在她的调养下，周垚玉的身子比起刚来英国那会儿的确好了许多。

要说他在家那会儿，补身体的名贵药材也吃了不少，可就是不见什么成效。到了英国，席锦书弄了点儿食材给他补身体，他吃着吃着身体竟然变好了。

不知道是因为离了家，心镜开阔了，心情变好了，身子一并变好了，还是因为认识了她，就像黑暗的、密不透风的房间里突然洒进来一束光，他被照亮了，被温暖了，开始对生活有了期盼，不再像过去那般毫无渴求。

"快进来坐。"念及他的身体，席锦书赶忙让开，将周垚玉迎进办公室。

周垚玉点了点头，弯腰去拎放在地上的行李箱。

听说里面是自己的东西后，席锦书料想到了那箱子有多重，看周垚玉一脸吃力的样子，她赶忙伸手想要帮忙，却被他给阻止了。

"不用，我可以。"他微笑地对她说道，眸子闪着明亮的光，白皙的额头隐隐冒着薄汗。

席锦书知晓周垚玉这人的脾气，别看他体弱，但自尊心强得很，尤其是在她面前。不到万不得已，他绝不会主动开口找她帮忙。

席锦书领着周垚玉进屋，亲自给周垚玉沏了杯茶，递给他："尝尝，武夷山新出的春茶，一般人来，我还不给他们喝。本打算有时间了给你寄一些过去，哪知你回来了。"

席锦书说这话的时候，语气难得地有些俏皮，周垚玉听着，笑了笑，修长的手指拿起茶杯，闻了闻，抿了一口，味道甘爽滑顺，是好茶。

他跟她一样，都喜欢喝茶。

想到她还念着他的喜好，周垚玉的心情稍微好了些。今早他刚回国就听到了一些关于她的消息，心里就像灌了铅一般难受得紧，急着想要找她问个明白，遂连家里都没有多待，就匆匆赶过来见她，就是为了纾解内心的苦闷。

喝了半盏茶，周垚玉终于还是忍不住开了口，努力装作随意地朝席锦书问道："我来之前听说你要结婚了，对方是聂公馆的三公子，因为你替他生了个孩子。虽然我不知道为什么会有这种谣言，但我知道那个孩子不是你的。你在英国的这五年，我们一直在一起，你连恋爱都没有谈过一次，哪儿来的孩子？"

席锦书听着，没说话。她早就猜到以周垚玉的性子，如果只是单纯地给她送东西，不会大中午的就急匆匆赶来，他是个极绅士且温柔的男人，若要与她见面，必然会提前约好时间地点，而不会这样招呼都不打一声的。

见席锦书低着头闷声不吭，周垚玉的心沉了沉，继续道："我想这事如今闹得满城皆知，那一定是你授意的。锦书，你到底有什么苦衷，非要自毁名声呢！我打听过，那聂莛宇的名声并不好。以你的性子，你跟这种人打交道根本讨不到半点儿好处，你犯什么糊涂要嫁给他呢？"

说到最后，周垚玉的声音变得有些激动，他忍不住咳了起来。

席锦书赶忙起身上前，伸手拍着他的背帮他顺气，道："垚玉，我知道你是在担心我，但我这么做的确有我的原因，我们朋友这么多年，我也不想瞒你。当初我爹为顾全大局，把我哥从席家逐了出去，死了也没法回。世恩是我哥留下的唯一血脉，我跟我娘绝不可能放任这个孩子独自留在外面受苦，但他不能作为席晨怀的儿子回来，所以只能变成我席锦书的孩子。"

"你一个未出阁的姑娘，你知道你说这话意味着什么吗？别人会觉得你是那种不自爱的女人，就算你是席家大小姐，你还是要被人说三道四的呀！"周垚玉气得又猛咳了几声。

"这些我都知道，但是为了世恩，为了不让席家在我这一代就断了根，我只能舍弃我的名声，选择这么做。"席锦书苦笑道。

"就算非这样不可，你也没必要选择那聂莛宇啊！锦书，为什么你不早一点儿告诉我，你如果需要帮忙的话，我也……咳咳……"周垚玉的话还没有说完，只觉得喉中一股腥甜，他咳出血来了。

席锦书见状，当即变了脸色，惊惧地问道："垚玉，你身子怎么了？怎么突然咳血了？不行，你等着，我这就让人送你去医院看看。"

席锦书急着要去打电话，却被周垚玉一把给拽住了。

他用手捂着嘴又咳了几声，制止道："不用去医院，我没事，死不了，就是坐船回来的时候遇到变天，染了风寒，支气管炎犯了。咳了一阵子了，吃了药，效果一般，可能是咳久了，伤了肺，所以出血了。"

周垚玉虚弱地说完，整张脸白得见不着一丝血色。席锦书看着，不禁心疼地骂道："你这是开什么玩笑，身子那么弱这个天还出来干什么？在家养着啊！"

周垚玉难受地看着她，右手还攥着她的手，心里有一堆话想对她说，可到了嘴边就都说不出口了。他本想说，如果她非要找一个人结婚，证明席世恩不是私生子，那他也可以，可是看着手中的鲜血，看着自己这般不经用的身子，周垚玉还是选择了沉默。

他是个不知道能活多久的人，哪里负担得了她的一生。

倘若她真愿意嫁给他，他走在了她的前头，留她一个孤零零地在世上，他也是舍不得的。

"算了，我先让人送你回去吧，再找个洋医生看看。"席锦书叹了口气道。

周垚玉摇了摇头："先慢点儿，我再坐一会儿，我还有话没有问清楚。你真决定要嫁给聂莛宇了吗？"

席锦书不明白周垚玉一直执着于这个问题是为什么，但她想着他应该是关心自己，便点了点头，直言道："我需要他的势力、人脉，他虽然做生意奸诈，可无法否认他是个很有本事的人。短短两年时间，他投资的纺织厂全年的纱出口量就比王老爷名下十几家纱厂加起来还多。如今我虽掌了席家大权，继任了银行经理，但外面很多人不信我能坐稳这个位子，所以我需要他这样的人帮我。再者，我对外宣称世恩是我的儿子，在上海贵族中，愿意娶有私生子的女人进门的人太少了，聂莛宇是个异类，他这个人不在乎那些表面的东西。"

"锦书，你何必这么说自己，就算你真的有私生子，你那么好，想娶你的人比比皆是，但不是每个人都配得上你。"周垚玉痛心道。

席锦书轻笑了一声，摇摇头，怅然道："再多也不及我中意他啊！"

简短的一句话像闪电般劈在了周垚玉的心上，他一脸震惊地望着席锦书，顿时说不出话来。这是他第一次听席锦书说她中意一个人。他们认识五年，他从未见她与一个男人有过多接触，在他的记忆中，她接触最多的男人就是自己。

在英国，追她的男生也不少，但都被她拒绝了。他以为她没跟别的男人在一起，是因为心里多少有点儿他，即使他没有对她说过自己的心意，但他以为她是知晓的。

可谁知道，原来一切都是他以为。她在英国拒绝所有的追求者，只是因为她离开中国之前，心里就藏了一个男人。那个男人就是聂莛宇。她说她中意他。

先前在英国，他听她讲过来英国留学的原因，也知晓那个雨夜她跪在王公馆前恳求王老爷原谅的悲惨经历，自然也就知道了那个送她伞的男人。

她说过一次他的名字——聂莛宇，可那时候的周垚玉并没有对此留心。直到归国后看到他们即将结婚的消息，他才恍然大悟，原来那个送她伞的人就是聂莛宇。

"你当年不过只是在王公馆见了他一面，就对他念念不忘，真不知你到底喜欢他什么？"周垚玉又咳了一声，压抑着心痛，不死心地追问道。

席锦书没有发现周垚玉言语中的悲痛，只是垂眼低低地笑了："有些人，只见一眼就够了。"

周垚玉噤了声，不再说话。他输了，输得彻底，无力反驳，因为她说得太对了。

有些人，只见一眼就够了。有些人，哪怕日日见，月月见，都无法进入她的心，就比如他。

他痛苦地闭上了眼，有些认命地道："我身子不适，就不多说了，你自己考量，我先走了。"

"好，我让司机送你。"席锦书想去扶他，被他不着痕迹地推了开来。

他睁开眼，朝她笑了笑，语气还是往常那般温柔："不用了，我带了司机过来。"

席锦书点点头，送他到了门口，看着他坐进车里，她才微微地松了口气。

【5】

农历五月初八，黄道吉日，宜嫁娶。

上海第一银行——汇丰银行新任经理席锦书今日下嫁给聂家三公子聂莛宇的消息早在十多天前就被传得沸沸扬扬，整个上海滩的人都知道了。

男人多半是羡慕、嫉妒聂三公子的好命，不仅娶了个大家族的姑娘，而且这姑娘还自带金矿。女人嘛，则觉得这席小姐忒不厚道，同为女人，何必生得这般优秀，惹人嫉恨。

在这些人中，自然也有伤情失意的——自打那日在汇丰银行见了席锦书，周垚玉一回到家就病倒了，卧病在床，咳了几日的血。中医、西医看了个遍，病情仍不见好转。最后还是了解儿子的周太太说了句，周垚玉这病是心病，估摸得等席小姐婚礼结束，他死了心，才好置之死地而后生。

席锦书大婚前一日，席家送了请帖过来，周太太只看了一眼，就让用人给烧了，并命下人们不准在周垚玉面前提起这事。

同一日，王公馆也收到了喜帖。王太太问王老爷去不去参加席小姐的婚宴。

王老爷板着张脸，光吃饭没吭声，心想这席家人可真会给他添堵。全上海滩都知道他不待见席家，也不喜聂莛宇这个无良商人，偏偏这俩人凑一对了。俗话说得好，不是一家人，不进一家门，果然讨厌的人都是像苍蝇一样聚堆的。

"这席小姐现在是汇丰银行的新经理，她既然先送了请帖过来，想必是想与我们家重修旧好的。眼下，席老爷走了，席晨怀那个不识好歹的也听说没了，席家就剩个女娃娃，我看过去的事就算了吧，反正咱们家芝心也快嫁人了。"王太太拿着请帖劝解王老爷道。

王老爷没好气地白了她一眼，不屑地哼哼道："妇人之见。那席锦书就算当了汇丰银行的经理又怎样？她爹在世时不也是经理，我们王家怕过他们席家不成？没错，我们芝心是要嫁人了，可你别忘了，当年席晨怀退婚，我家闺女在上海滩大小各报上被挂了多久，多少人在背后笑她不如个歌女。我王老虎在上海三十年了，从来没那么丢脸过，你让我如何咽得下那口气？好了，这件事不要再说了，跟上次一样，你让人包个喜钱过去，人就不用去了。"

王老爷喷着唾沫星子说完，然后阴沉着脸继续吃饭。

王太太见他这副生气的模样，也不敢再继续说下去，扯开话题道："湛林的家书到了，说是完成学业，快要毕业了，但学校那边的杨校长想留他在学校做教书先生——他们学校今年刚开了工程院，他又主攻工程，学校正缺他这样的老师。"

提到小儿子王湛林，王老爷的脸色稍微缓和了些，他停下筷子，端起茶杯漱了下口，道："他能得杨校长赏识固然是好事，可家里生意忙，他几位兄长都忙得够呛。这两年，时局不太平，还是让他回来吧，这种时候，一家人在一起才是真的。"

王老爷说的正是王太太所想的，近来战事不断，王太太自然是想儿子待在自己身边的。

"那我这就给湛林打电话，让他回来好了。"

"嗯。"王老爷应了声，起身离开了餐桌。

第二天天一亮，西摩路375号的基督教怀恩大教堂外停满了各式各样的私家车，下来的都是受邀前来观礼的人。

席老爷的丧事刚过去没多久，席锦书还在为父戴孝期间，席家的人主张婚事从简，所以这场婚礼，聂莛宇邀请的人并不多，除了走得比较近的亲戚外，上海滩的那些商业权贵他只邀请了极小的一部分。至于席小姐那边都请了谁，他没有过问。

十点刚过，教堂的钟响了一下，穿着黑色常服的约瑟夫神父抱着圣经走上了神坛。

台下宾客停止了说笑，相继落座，等着新人前来。

礼堂内的留声机开始演奏西洋的《婚礼进行曲》，教堂大门被人推了开来，光从门外洒进来，照亮了整条红地毯。穿着黑色燕尾服的新郎聂莛宇挽着头戴白纱、身穿白色婚纱的席锦书缓缓地朝众人走过来，所有人的目光都聚集在这对新人身上。

聂家那边的亲戚对聂三公子很熟悉，对席小姐则陌生得很，只闻其名，未见其人。有几个好奇心强的，伸长脖子想要看看席小姐那隐藏在面纱之下的面容，不知这年纪轻轻就能当上第一银行经理的，究竟是怎样的绝色。

翘首以盼间，新人已经走到了神父面前。

约瑟夫神父伸手在胸前画了个十字架，然后开始祷告："今天我们聚集在这里，是秉承了上帝的旨意来参加新郎聂莛宇和新娘席锦书的神圣婚礼。在这个神圣的时刻，两位新人可以结婚。"

说完，神父看向聂莛宇跟席锦书，继续道："现在你们在主的面前，坦白任何阻碍你们结合的理由。"

神父说完这句话，席锦书的双手不由得握紧了些。一旁的聂莛宇似乎察觉到了她的紧张，伸手握住了她的手，对神父道："我们没有什么可以坦白的，我们的婚姻是上帝的旨意。"

"好的，聂莛宇先生，那我问你，你是否愿意接受席锦书成为你的合法妻子，按照上帝的旨意与她同住，从今以后始终爱她，尊敬她，忠于她，至死不渝。"

"我愿意。"聂莛宇道。

也许是经历过一次婚姻，对于这种场合，聂三公子从容得很，回答得也十分干脆。

席锦书透过白纱瞥了他一眼，黑亮的眼眸闪着晶亮的光。

约瑟夫神父又将目光投向了席锦书："席锦书小姐，你是否愿意接受聂莛宇先生成为你的合法丈夫，按照上帝的旨意与他同住，从今以后始终爱他，尊敬他，忠于他，至死不渝。"

席锦书没有直接回答，她转头看向了身旁的聂莛宇，发现他也在看她，那张精致的脸上挂着让人安心的笑容。席锦书微微地扯了下嘴角，伸手拿下了自己的面纱，露出一张清秀娟丽的脸来。

台下发出了唏嘘声，众人的目光都投注在她的身上。让他们惊叹的不是席锦书的美貌，而是她的气质。上海滩不缺名媛，可底下的人不得不承认，极少有女孩子有席小姐这一身好气质，仿佛长在天山上的一株雪莲，纤尘不染，高洁冰冷。

聂莛宇之前见了席锦书很多面，虽也知道她气质好，见过她运筹帷幄的模样，也见过她板着脸凶的模样，却还是第一次见她穿着婚纱，看着他温柔浅笑的样子。

此刻在她眼里的自己是那么清晰美好，似乎都不像他了，又似乎她眼里的他就该是这个样子。有那么一瞬间，他感到心跳漏了几拍，一股室息感扑面而来。

"我愿意。"她望着他，如此说道。

比起他的敷衍，她的回答真挚极了，聂莛宇心慌了一下，有些失神。

"好了，现在新郎、新娘可以互换戒指，新郎也可以亲吻新娘了。"约瑟夫神父微笑着说道。殿堂里响起了悠扬的乐曲声。台下宾客们鼓起了掌，也有站起来起哄的。

聂莛宇将早就准备好的结婚戒指戴在了席锦书的手指上，对着她笑了笑，说："以后请多多关照，小聂太太。"

第一次听他这么称呼自己，席锦书惊讶地抬眼望着他，忽而微微一笑，将手中的戒指戴在了他那只好看到连女人都自惭形秽的手上："谢谢你，聂先生。"

聂莛宇微眯了下眼睛，朝她探进，伸手搂住了她纤细的腰，她配合地微微踮起脚尖。

俯首，他闭着眼亲吻了她。

至此，这场看似简单，却在上海滩史上留名的世纪婚礼就此结束。很多年后，当她看向他的目光越来越黯淡，聂莛宇开始怀念她眼里曾经那个明亮的自己。

在家与国之间，他选择的永远是后者；在所有的爱与情中，她永远不是他的第一位。

可是聂莛宇不知道，在神父面前发誓嫁给他之后，她所有的选择，第一位都是他。

护他，爱他，她全部都做到了。

【6】

虽说婚礼从简，但是喜宴还是免不了要办的。

早在十几天前，聂莛宇就把和平饭店的九霄厅给包了下来，用来在婚礼当天宴请宾客。

结婚典礼一结束，教堂里的所有人都驱车前往和平饭店。

和平饭店是上海的一处名流聚集地，去那儿的都是些有身份有地位的人。那儿生意本就好，又因为席大小姐与聂三公子的婚宴设在此处，很多人虽没被邀请，但都住进了和平饭店，就想届时凑个热闹，见见这位传说中的席小姐，若能借此讨声好，日后生意场上说不定也就多了个照应。

席锦书一到和平饭店，便先进房间换衣服了，一会儿得吃饭敬酒，穿着婚纱着实不方便。

席太太他们早就帮她在房间里准备了宴席穿的礼服，席家宗亲的几个姑嫂都是老派的江南姑娘，不懂西式装扮，因而聂书涵陪席锦书留在了房间里，帮她梳妆打扮。聂珽宇则跟着兄长聂珽煊还有父亲聂老爷先去了宴会厅招待客人。

刚进九霄厅，聂珽宇就被里面的人给惊到了，虽然他早就料到今日来的人不会少，但没想到会这么多。

不仅上海滩说得上名号的人物都来了，外国人也来了不少——除了汇丰银行的大班麦克林先生，上海租界英国领事馆的人也来了几个，当然，也少不了日本公使加藤先生。

那些人正围聚在一起，握着酒杯聊天。

聂珽宇站在宴会厅门口，微微地眯了下眼睛，但很快，他脸上浮起笑容，朝厅内走去。

站在门口的几位男士先发现他进门，一同举着酒杯迎了上去，热情地敬酒道："聂三公子，恭喜恭喜，春风得意，抱得美人归。"

"聂先生真是好福气，娶得席小姐这样的佳人。"

"怎不见席小姐呢？"

聂珽宇随手从一旁的酒架上拿了一杯香槟，回敬道："谢谢各位老板，人多招待不周，一会儿大家多喝几杯。锦书很快就下来了。"

"好的，好的，聂先生。"

众人欢聚一堂，聂珽宇又跟他们简单寒暄了几句，然后转头招呼其他客人。

站在他左前方的加藤目光阴郁地盯着他看了几眼。触及他的目光，聂珽宇大方地举起酒杯，朝加藤笑了笑。

加藤没有说话，只是回举了下酒杯，转头又跟身旁的其他人闲聊起来。显然，他要等的人不是聂三公子。聂珽宇心知肚明，暗自哂笑了下，转过身，眼神冷了下来。

肩上突然被人用力地拍了一下，聂珽宇警觉地回过头，是李璨恒。他紧绷的表情瞬间缓和下来。

"都不是第一次了，怎么还这么紧张？"见聂珽宇这副模样，李璨恒不由得笑着调侃道，将手中的红酒杯递给他。

聂珽宇将香槟放回酒架，接过红酒，抿了一口，微笑道："结婚这种事永远都不会有一回生两回熟的道理，李老板你是没结过，所以不懂其中精髓。"

"得了吧，不就是个二婚头，可把你给骄傲的。"李璨恒毫不客气地回了聂莛宇一句，转头看了眼大厅，继续道，"不是说换个衣服吗，怎么新娘子还不下来？难不成这换的不是连衣裙，而是金缕衣？啧啧，怪不得人家都说你娶了个宝，这席大小姐就是跟其他姑娘不同，换个衣服都比人家慢，这厅里的人大半都是来看她的，她也不怕让客人等急。"

李璨恒的语气突然变得有些刻薄。聂莛宇心知他为何这样，但没有点破，只是沉了脸，严肃地说："你对我有气直接朝我撒就行了，没必要拿锦书说笑。"

"哟，这才刚结婚呢，你就开始护犊子了，以前怎不见你这样，她不就是给你生了个孩子吗？"李璨恒阴阳怪气地朝聂莛宇嘲讽道。

估摸他是喝多了，说话才这么不着调，怕旁人听见，聂莛宇一把将李璨恒扯到了角落里，没好气地数落道："你有病啊！好好的发什么酒疯。"

"你才有病，我没喝多，我就是心里不痛快。先不提你瞒着我席小姐的事，你既然早就跟席小姐有一腿了，你当年为什么还跟我抢沈妍筠？你明知道我对她……"

"够了，璨恒，咱们早就说好谁也不提沈妍筠的。还有，你知道她心不在你这儿，你何苦这般耿耿于怀。"聂莛宇黑着脸训斥李璨恒。

李璨恒一把挣开聂莛宇的手，往后踉跄了几步，愤愤不平道："对，我知道她心不在我这儿，她喜欢的是你，可既然这样，她又为什么要给你戴绿帽子？所有人都说她跟野男人跑了，但我不信，我了解她，她多清高一女的，要是连我俩都入不了她的眼，还有谁入得了？聂莛宇，你行行好，你要还把我当兄弟，你就跟我说实话，反正你现在有席小姐了，你告诉我，沈妍筠到底去哪儿了？"

"璨恒，你别这样，她心不在这里。就像你了解的那样，她要走，谁也拦不住。她若想回来，自然会回来的。"聂莛宇无奈地拉住李璨恒的手臂劝慰道。

大名鼎鼎的百乐门老板，上海滩无数名媛想要嫁的黄金贵公子，此刻就像个迷路的孩子，一脸可怜地盯着聂莛宇，委屈地问："那她什么时候才会回来？"

聂莛宇沉默地看着他，还未开口，宴会厅的门被人推了开来，是聂书涵领着换好衣服的席锦书来了。

"新娘子来了。"不知道是谁先唤了一声，宴会厅里的所有人都朝席锦书拥了过去。

聂莛宇叹了口气，伸手拍了拍李璨恒的肩膀，转身走向了席锦书。

"席小姐，新婚快乐。"几个商行的老板皆举着酒杯祝贺席锦书道。

席锦书只是礼貌性地朝众人微笑了下，随后从服务的小厮手中接过红酒杯，径直走向了麦克林先生。

"麦克林先生,谢谢您百忙之中抽空前来,锦书先敬您一杯。"席锦书主动喝了一口红酒,朝麦克林感谢道。

麦克林一脸惊艳地望着她,脸上洋溢着和煦的笑容:"席小姐的婚礼,我岂能不来?我早就跟我妻子提过席小姐,说席小姐不仅聪明能干,还生得一副好相貌,谁娶了席小姐,就是谁的福气,看来,这福气最终还是被聂三公子占了。"

席锦书羞赧地笑了,将酒杯放回盘中,跟麦克林先生闲聊道:"先前听我父亲说起过麦克林夫人也是个传奇女子,锦书一直想见,本以为今日能见到,没想到夫人没有来。"

"凯瑟琳有了身孕,不方便远行。席小姐若想见她,改日可以来美国玩。"麦克林先生解释道。

"要的。"席锦书点点头,忽而听到身后有人叫她。

"席小姐。"

席锦书回头,看到了凑上前来的加藤,她不经意地微眯了下眼睛,装作懵懂地道:"这位是?"

"您好,席小姐,鄙人加藤贵司,初次见面,请多关照。"加藤谦逊地朝席锦书伸出手,自我介绍道。

席锦书避开了他的手没有回握,脸上虽保持着笑容,但语气冷下来:"早闻加藤先生大名,一直没能有机会相见,今日没想到会在此见到先生。"

她这话听起来恭敬,仔细揣摩起来却有些刺耳,一句"没想到",说明她没邀请加藤,对方是不请自来的。

加藤的脸当即沉了下来,但他还是面带微笑地转头从身旁的跟班手中接过一个红布礼包,递给席锦书道:"席小姐大婚是上海滩第一大事,鄙人素来喜欢凑热闹,所以这才不请自来,望席小姐见谅。这是小小心意,祝席小姐新婚大喜。"

席锦书瞥了眼加藤递过来的红包,没有接:"加藤先生客气了,是锦书还在为亡父守孝,所以没打算把婚事大办,没邀请太多人。先生既然来了,那便是客,先生一会儿多喝几杯。这红包我就不收了,加藤先生您也不用多想,今日到场各位带来的礼金,我一概不收。"

"席小姐不愧是上海奇女子,说话就是大气。既然席小姐不收礼金,那改日我做东,席小姐一定要赏脸来吃个饭。"加藤继续套近乎。

席锦书微眯了下眼,皮笑肉不笑地直接问道:"不知加藤先生请我吃饭,所为何事?"

"席小姐是聪明人,贵师兄龚子桥曾是我的生意伙伴,听闻席小姐近日关了不少龚先生经营的烟馆,我想跟席小姐谈谈这些烟馆日后的发展,不知席小姐愿不愿意……"

加藤还没有说完，席锦书就打断了他的话："我想加藤先生您误会了，龚先生过去的确是我父亲的学生，可在我亡父下葬前晚，他在席公馆的所作所为闹得满城皆知，这样目无师长的人不配做锦书的师兄。至于他偷拿我们席家店铺开烟馆的事，并未经过我父亲同意，如今席家产业落在我手里，我自然是要重新修整一番。烟土生意虽是暴利，但不适合我这种女流之辈，我既然关了烟馆，就不会再开，加藤先生不必再跟我提烟馆的事。今日我大婚，生意的事还是改日再谈吧。先生若有资金上的问题，急需现在解决，正好麦克林先生在这儿，您可以直接询问他。"

"你……"加藤来这里本就是为了找席锦书商议重开烟馆的事，先前那些烟馆虽是龚子桥在经营，但房产都在席家名下。他原本以为，龚子桥死了，席家换了个女娃娃掌权，生意能好谈一些，没想到这席小姐这般不识相。现在谁不知道，在这上海滩最赚钱的就是烟土生意，他找她合作是看得起她，她倒好，还给脸不要脸了。

虽心里有气，但席锦书的话说得太漂亮，他也不好发作。何况来日方长，席锦书今日不想跟他合作，不代表以后不想。要知道，她嫁的可是上海滩第一奸商聂廷宇，人人都说聂三公子贪，席锦书不愿意卖烟土，可聂廷宇那么贪钱，他会不愿意吗？

想到这儿，加藤咬咬牙忍了，对着席锦书道歉道："不好意思，席小姐，是鄙人唐突。"

席锦书对加藤笑了笑，道："加藤先生请自便，锦书还得去招呼其他客人。"

说完，她不再理会加藤，朝麦克林先生打了个招呼后，转身离开了。

她在人群中搜寻着聂廷宇的身影，但不见人。席锦书微皱了下眉头。

聂廷宇跟李璨恒谈完话后本来是要去找席锦书的，但是半路上，他看到聂廷煊手下的官兵走了进来，凑到聂廷煊身边耳语了几句。聂廷煊匆匆离开了宴会厅，出于好奇，聂廷宇便跟了出去，结果在外面看到了一群穿着便衣的人。

聂廷煊跟为首的聊了几句之后就准备回宴会厅，结果在拐角处碰到了靠在墙上抽烟的聂廷宇。聂廷煊走上前去，一把扯过聂廷宇嘴上叼着的烟，厌恶地教训道："好好的抽什么烟，若被弟妹看到像什么样子？别忘了，你现在娶的是席小姐，不是以前跟在你身边的那种乱七八糟的不正经姑娘。你可别丢我们聂家的脸。"

"说得好像你跟老头子不抽烟似的，跟老头子这么久，其他的没见你学着，这说话口气倒是跟他一模一样。怎么着，你公务繁忙，我大婚，你还派队兵过来，这是要保护席小姐还是保护我呀？让锦书见着了，还以为我们聂家惹了什么事，结个婚都不得安宁。"聂廷宇凤眼微挑，讥诮地朝聂廷煊道。

聂莛煊压低声音喝住他："你别胡说八道，那些不是我的人，是上头派来的。今日这和平饭店有事，你待在宴会厅护着弟妹，少出来晃悠。"

"出什么事了？"聂莛宇停止了嬉皮笑脸，一脸诧愕地朝聂莛煊问道。

聂莛煊往后看了一眼，推着聂莛宇进宴会厅："跟你说了你也不懂，赶紧回去陪新娘子。"

见聂莛煊只字不提，聂莛宇识趣地没再追问。

送走聂莛宇，聂莛煊又步履匆匆地去找聂老爷。

聂莛宇望着他离去的背影，收起了脸上的笑容，眸光黯了黯，突然喊住一旁的小厮，随手从托盘里拿了杯红酒，转身没入了人群。

他刚准备去找席锦书，席锦书也看到了他，正朝他走过来。

她身后还跟着不依不饶的加藤。

"莛宇。"几乎是求救似的，席锦书快步朝聂莛宇走过来，嘴里唤着他的名字，听起来倒有点儿娇嗔的意味。

聂莛宇心领神会地嘴角再度扬起来笑，待她离他一步之遥时，他突然伸手将她一把拽进怀里，手中的红酒装作不小心地都洒在了她那条雪白的纱裙上。

"抱歉，小聂太太，看到你我太激动，一个手抖，没注意，把你裙子给弄脏了。"聂莛宇一脸无辜地望着她，歉疚地说。

知他是故意的，席锦书没拆穿，只是垂下头盯着白裙胸口处那摊显眼的红色酒渍道："这样穿着可不行，看来又得换了，我去找书涵。"

"别找书涵了，我送你回房间换。"聂莛宇攥着她的手示意道。

席锦书虽不明白他什么意思，但还是顺从地点了点头，当着加藤的面跟着聂莛宇离开了九霄厅。

聂莛宇的脚步有些急，牵着她的手的手心里也在冒着汗。

席锦书隐约感觉到他有事瞒着自己，但顾及这里不是说话的好地方，遂忍着没有发问。

聂莛宇定的房间在三楼308，不知道是不是记错了，经过307房间的时候，聂莛宇直接拉着席锦书去开门，结果发现钥匙插进去了，门打不开。

最后还是席锦书提醒他："房间错了，在隔壁。"

聂莛宇恍惚地点了点头，对她抱歉地笑了笑，语气有些撒娇道："看我，酒喝多了，忘记了。"

席锦书看着他微微泛红的脸颊，轻轻地点了点头，反手扣住他的手，将他带到了隔壁房间。门开的那一刻，307房间里传来了几声响动。

第四章

温酒煮茶可否？

【1】

和平饭店的房间都分主外两间，除了卧室外，外面还有个大厅、独立卫生间和阳台。

一进房间，席锦书便先进了卧室换衣服，聂莛宇留在客厅。

六月天，上海滩的天气已经稍显炎热。聂莛宇穿着西装走到窗户前，打开窗，目光快速地扫过底下的街道。

街道上除了零星几辆黄包车，鲜少看到其他人影。

聂莛宇手指在窗户上轻敲两下，没多久，一个人矫捷地从隔壁房间的窗户跳到了308房间。

那人落地的一瞬间，为了不让人发现，聂莛宇快速地关上了窗。

婚宴吃两顿，午宴跟晚宴，席太太给席锦书准备了两套敬酒服，午宴上穿白色的西式洋裙，是席锦书喜欢的简单款式。晚宴上穿的是由上海滩第一裁缝亲手缝制的大红色长旗袍，那旗袍做工精巧，绣花精致，好看得不得了，可以说上海滩找不出一模一样的第二件来。

席锦书素来不喜欢那么明艳的颜色，但看席太太喜欢得紧，还是接受了这件红色旗袍。

旗袍好看归好看，但穿起来费劲，直到把衣服穿好，席锦书才想起后背的拉链需要别人帮忙拉。

这里除了聂廷宇外没有别人，她只能找他帮忙。

虽说两人已经在教堂里当着神父的面发了誓，成了夫妻了，可一想到那种亲密的举动，席锦书还是不禁红了脸。

她忍着羞涩准备喊聂廷宇进来帮忙，后脑勺突然被什么硬物给抵住了。

"别动。"耳边响起女子阴沉的嗓音，席锦书瞬间意识到抵着自己脑袋的是什么，她当即变了脸色，慢慢转过身来。

黑洞洞的枪口在她的头上绕了一圈，最后抵在了她的额头上，她双腿一软，往后跟跄了一下，倒在了床上。

一个穿着黑色中山装、戴着顶硕大的男士贝雷帽的女人拿着枪站在她的面前，女人的身后站着她的丈夫聂廷宇。

席锦书皱了皱眉头，冷着脸扫视着眼前的两人，没有说话。

"芍药，别冲动，席小姐是自己人。"聂廷宇伸手按着那女子的肩膀安抚道。

那女人闻言回头，眼神嫉恨地瞪了聂廷宇一眼，似乎在控诉他胡说八道。

聂廷宇没再说话，收回手，无奈地走到席锦书的身旁，蹲下身，脸凑在她的面前，小声道："席小姐不用怕，她不会伤害你的。我需要你帮我一个忙，外面很多人都在找芍药，我必须要送她离开和平饭店，这事需要你的配合。"

席锦书没有吵也没有闹，只是冷冷地扫了眼拿枪抵着她的女人，目光最后落在聂廷宇那张充满欺骗性的脸上。

虽然不知晓眼前女子的身份，但看聂廷宇一脸紧张的样子，席锦书料想到这女子并不是一般人。

他嘴上说请求她帮忙，其实她知道，她并没有选择的余地。她跟聂廷宇是夫妻，他若出什么事，她也难逃干系。

沉默了片刻，她声音冷冷地问他："她是谁？"

聂廷宇苦笑，没有直接作答，只将席锦书换在床上的脏礼服扔给了那个叫芍药的女人，示意她换上，然后才回头朝席锦书道："等我回来再解释，你先在这个房间里躲着，除非听到三声敲门声，不然谁来都不要开门。如果到了三点，我还没有回来，你就把房间弄乱，把自己弄点儿伤出来，再用房间电话打给前台报警，说你被人打晕了，而我被绑架了。知道吗？"

席锦书面无表情地盯着他，没点头也没摇头。

看她又变回了第一次见面时那冷漠疏离的样子，聂廷宇叹了口气，突然伸手抱住了她，给她拉上了背上旗袍的拉链，贴着她的耳畔低声讨好道："小聂太太，咱们现在是一根绳上的蚂蚱，你要不想刚新婚就丧夫，就帮我这一次吧。"

听到他再度喊她"小聂太太"，席锦书的脸色这才缓和了些。没等她开口，那个叫芍药的女人已经换好席锦书先前穿的礼服，回到了他们面前。

席锦书这才注意到，她的手里还拎着个黄色牛皮箱。

聂莛宇从梳妆台上拿起席锦书来酒店时戴的面纱戴在了芍药的脸上，遮住了她的面容。

芍药的身材跟席锦书相差不大，若不仔细看，旁人都会以为她是席锦书。

席锦书已经猜到聂莛宇这是打算把芍药当作她，明目张胆地带她离开和平饭店，所以她才只能躲着不出现。

可是，这一招太冒险，外面有那么多双眼睛在盯着她席锦书，万一芍药被人发现，她跟聂莛宇谁也走不了。

芍药是谁？什么人要抓她？聂莛宇又为什么要帮她？

席锦书脑子里充斥着无数疑问，但她都没有问，现在不是问这些的好时机。

聂莛宇拿出席锦书的行李箱，又拿过芍药的行李箱，将两个箱子里的东西对调过来，然后将芍药的箱子塞到席锦书的手中，自己则带着芍药跟换好的箱子准备离开。

席锦书注意到芍药箱子里的东西很奇怪，是十几个被封好的大纸包，纸包上的印泥她很眼熟——那是银行盖章专用的印泥。

如果她没有猜错的话，这纸包里的应该是跟钱有关的东西，说不定就是钱。

"锦书。"恍惚间，席锦书听到有人喊她。

她惊愕地回过神来，抬眼望去，才发现是聂莛宇在叫她。

他扶着"席锦书"站在房间门口，眼神期盼地看着她，等着她的回复。

席锦书不知道自己该不该相信他，但是她的心已经给出了反应，她对着聂莛宇点了点头，似乎在示意他放心。

聂莛宇深深地吸了口气，脸上带着招牌微笑，搂着"席锦书"离开了房间。

待他们走后，席锦书迅速地锁上了门，一颗心跳得极快。

七八分钟后，她没有听到外面有任何响动，没有枪声，没有警哨声，她这才松了口气，料想聂莛宇他们已经安全离开，不然外面不会这般太平。

十多分钟后，门外突然响起敲门声。席锦书警觉地拿着箱子躲进了衣柜里，双手紧紧地拉着衣柜的门。

"三哥，我是书涵，大娘她们让我来看看嫂嫂换好衣服没有。"

是聂书涵的声音。

席锦书的心都提到了嗓子眼。

见没人回应，聂书涵又敲了几下门。

"聂小姐，你怎么在这儿？"席太太的房间也在这一层，中午她被席二爷他们拉着吃了几杯酒，头晕得紧，便来房间休息会儿，看到聂书涵在席锦书房前转悠，她忍不住上前来询问。

聂书涵跟席太太说明了来意。扶着席太太的用人徐婶帮忙解释道："我家小姐跟三公子走了，说是回新屋换衣服去了。他们出门的时候我还撞见了，小姐那裙子被洒了酒，没法穿了。"

"换的衣服我不是让张妈给她放在房间里了吗？"席太太诧异道。

"三公子说那是晚宴穿的，小姐觉得太招眼，加上待在这儿又一堆人缠着她说生意，她烦得紧，就想借换衣服的便出去透口气。"徐婶继续道。

席太太听完，理解地点点头，心疼地道："也是难为锦书了。既然人不在，就劳烦聂小姐去跟聂太太说一声，我先进屋躺会儿。"

"好的，席太太，您好好休息。"

待外面人声越来越小，席锦书悬着的心才微微放松下来，未等她喘口气，走廊里突然又响起一阵嘈杂的脚步声，还有男人女人的谩骂声。

"你们是什么人？凭什么搜我们的房间？"

"小赤佬，你知道我是谁吗？敢摔我的东西，不想活了啊！"

"……"

脚步声越来越近，最后停在了席锦书的房门前。

席锦书蜷缩在衣柜里，一只手紧紧地拎着芍药留下的箱子，一只手用力地圈着衣柜，大气都不敢出。

她心里默念着几个数，暗自等待着那些人的脚步声远去。然而没有，随着一道冷厉的男音响起，"开门"两个字落下，房门被大力地撞了开来。一群人拥进了屋内。

席锦书躲在衣柜里，看不到外面的景象，只能听到那些人翻箱倒柜的声音。她死死地咬住嘴唇，尽量让自己保持冷静。

身上的旗袍太紧，她的身子又紧绷着，一道轻微的布料撕裂声响起，她紧张得牙齿咬到了舌尖，唇间顿时一股血腥味。

与此同时，一双黑色的军靴停在了衣柜的跟前，席锦书几乎停止了呼吸。

【2】

"陈贺军,你这是做什么,这是我弟弟结婚用的房间。你带着人跑来这儿搜,是存心想让我们聂家难堪不成?"聂莛煊的声音突然从门外响起。

停在衣柜前的黑色军靴转了方向。

"聂处长,你这是说的什么话!上头交代了,一定要把那个人跟他身上携带的钱一并缴获,我若搜得不仔细一点儿,回头人财两空,怎么跟长官交代?聂处长是不领这个事不操这个心,我可是提着脑袋做事的,任何地方都不得有疏忽。"回聂莛煊话的男人声音很是醇厚,喉咙间带着些许痰音,一听就是个老烟枪,估摸四十岁的年纪。

席锦书紧缩着身子靠在衣柜内侧,光洁的额头上布满了细汗,她只能通过声音判断外面的情况。

"既然这样,你的人搜也搜过了,没什么发现的话就赶紧带人出去。"聂莛煊板着脸没好气地说道。

陈贺军的手下从房间的各处钻了出来,站在一旁,对着陈贺军摇了摇头。

陈贺军微笑着咬了咬唇,回头看了眼衣柜的方向,碍于聂莛煊,最终没再上前。

聂莛煊官阶高他一级,若真得罪了此人,对自己没有好处。何况今天是席聂两家大婚的日子,新娘子席锦书现在在上海滩是什么地位,他也有所耳闻。得饶人处且饶人,这种大家族可不是他这种人惹得起的。

陈贺军手一挥,领着手下匆匆离开了308号房。

聂莛煊黑着脸目送他们离去,待那群人走光了,他才回头对身后的用人道:"找人进来把房间恢复原样,别让席家的人发现有任何不同。"

"是,大少爷。"

"莛宇呢?什么时候回来?"

"不知道,但听席家的人说他陪席小姐换衣服去了,透个气就回来,应该不会太久。"

"这小子也不看今天什么日子,还到处乱跑,你盯着点儿,要是晚宴前还不回来,就去聂公馆还有他的别苑找一下。"

"知道了,大少爷。"用人恭顺地低头。

聂莛煊攥着拳头看了眼被翻得乱糟糟的房间,恨恨地扭过头去,离开了。

没多久,聂家的用人生怕席家的人发现,偷偷喊了酒店的服务员,把房间收拾了一通。

席锦书一直窝在衣柜里不敢动弹,不知道过了多久,待人都走光了,她才微微地松了口气，四肢无力地瘫坐在柜子里，依旧不敢出来，以防再有人出现。

没戴手表，她也看不到时间，聂莛宇跟她说三点，她只能在心里估算着时间，脑子里还清楚地记得他说的听到三声敲门声再开门。

两点十分，一个穿着蓝白色格子裙、梳着短发的学生模样的女人拎着箱子登上了去往重庆的火车。同时，聂莛宇的身影没入了人群。

半个小时后，聂莛宇的婚车再度停在了和平饭店门口。

聂莛宇扶着换好衣服的"席小姐"下了车。可能是不想被人瞩目，"席锦书"脸上仍戴着面纱。

饭店门口的小厮给他俩开了门。

一进饭店，他们没有回宴会厅，而是直接上了客梯，准备回房间。

陈贺军的人遍布和平饭店各个角落，因为找不到他们要找的人，陈贺军恨得咬牙切齿。有手下提议他去外面搜一搜，说不定情报有误，上头要他们抓的人并不在和平饭店。

陈贺军掏了根烟出来点燃，吞云吐雾中理了下头绪，接着安排道："留一部分人在这里继续搜，其他人跟我走，各处火车站跟码头都给我搜一遍，看到拎着皮箱的可疑人都给我扣下来。"

"是。"底下一群人齐声回复。

陈贺军带着人下了楼，在楼梯处碰到了独自上楼的聂莛宇。

陈贺军并不认识聂莛宇，所以没怎么注意他。倒是聂莛宇，看到陈贺军的那一秒低了低头，从他的身旁擦身而过。

等有人看到聂莛宇打了声招呼叫了声"聂三公子"时，陈贺军已经走到了饭店门口，他下意识地回头看了眼，聂莛宇已经消失在了楼梯口。

陈贺军隐隐觉得哪里不对劲，但又说不上来。

黑色的别克汽车停在门口，他咬了咬牙，匆匆上了车。

聂莛宇走到了三楼，见楼道里没人，便一路朝308房间走去，刚要伸手敲门，对面的房门突然开了，里面探出个头来，是广雅布行的老板曾先生。聂莛宇记得他也是这次婚宴不请自来的宾客之一。

"聂三公子，你怎么一个人在这儿，席小姐呢？她不是跟你一道出饭店了吗？"曾孔奇怪地朝聂莛宇问道。

聂莛宇微眯了下眼睛，手握在门把手上，虽不知308房间内的情况，但他依旧保持镇定，道："我上楼的时候遇到一个熟人，就多聊了几句，她先回房间了。怎么，曾老板找我妻子有事吗？"

"也没什么事，就算有事，曾某也不敢这时候叨扰席小姐，既然席小姐身体不舒服，那三公子你赶紧去陪新娘子吧，我去楼下买包烟。"曾孔识趣地离开了。

待曾孔的身影完全消失，聂莛宇才再度抬手，准备敲门。手还没触及门板，里面的人像是听到了动静，突然打开了门。

席锦书穿着红色旗袍一脸苍白地站在门口，目光平静地扫了他一眼，然后转身朝房间内走去。

聂莛宇没敢在门口多逗留，赶紧闪身进了屋。

席锦书脚步迟缓地往前走了几步，身子突然朝前倾去。

聂莛宇眼疾手快地冲上前搂住了她，将她抱在了怀里。

"你没事吧？"聂莛宇紧张地朝席锦书问道。

席锦书瘫在他的怀里，扭过头眼神颇淡地看着他，道："没事，就是在柜子里缩久了，腿麻了。"

聂莛宇闻言低下头去，看到她露在旗袍外的两条小腿在微微发着颤。他咬了咬唇，手臂提了下力，将她横抱起来，朝床边走去。

席锦书惊了，急道："你干什么？"

"别嚷，外面人多，听见了不好。"聂莛宇低声对她说道。

席锦书噤了声，伸手推着他的胸口，但无奈使不上多少力气。

聂莛宇将她放到了床上，自己坐到一旁，给她揉了会儿小腿，发现她僵冷得厉害。

知她定是受惊不小，聂莛宇自知是自己不对，也不敢在这时候问他不在的时候都发生了什么事，只是默默地又给她揉了会儿手脚。

可没什么用，席锦书的脸色还是白得厉害。他心一横，脱下自己身上的西装外套盖在她身上，然后弯腰将她从床上抱了起来，大步朝门外走去。

席锦书一下子就慌了，扯着他的衣领惊问道："你这样抱我要去哪里，被人看到了怎么办？"

"回家。"聂莛宇简短地回道。

席锦书惊愕地看着他，有些反应不过来。半晌，她才愣愣地开口，嘟囔了一声："那晚宴呢？"

"不吃了，让他们吃去吧。"

"那怎么行，今天不是胡闹的日子。"

"你真想吃晚饭？"聂莛宇突然停下脚步，一脸戏谑地看着她。

席锦书慢慢地摇了摇头，手环着他的脖子，整个人缩在他的胸前。

"那就不吃了。"聂莛宇将她抱紧了些，迈步出门，往楼下走。

到了楼下宴会厅，里面的人看到他俩，都不由自主地看过来，不明白这对夫妻又是唱的哪一出。

聂老爷跟聂太太正好在舞厅中跳舞，见状，聂老爷的脸当即黑了下来。聂太太心知不妙，赶忙踩着碎步朝聂莛宇他们走了过来，惊诧地问道："莛宇，你们这是做什么？"

"锦书她胃不舒服，出去透个气还是不见好，我先带她回家了。宴席你们吃吧，客人那边你们帮我招待着些，我们先走了。"聂莛宇一本正经地解释道。

席锦书无力地把头埋在他的怀里，没吭声。

"好好的，怎么突然不舒服了？"聂太太不满地嘀咕道，但看席锦书的脸色，确实白得不见一点血色，她便也不好再说什么。

聂莛宇没有理会宾客们的交头接耳，抱着席锦书扭头就走。

司机把车停在了门口，聂莛宇抱着席锦书直接上了车。

他们刚出门，席太太就由用人扶着从楼上走了下来，慢腾腾地走到聂太太身旁，担忧地问道："亲家母，出什么事了？锦书她怎么了？"

"说是胃不舒服，反胃来着，也不知是不是吃了什么不好的东西。"聂太太无奈道。

席太太没说话，倒是一旁的用人们好事地说："会不会是有了？"

聂太太闻言，不知道作何表情，倒是席太太的脸色变得更忧愁了。

新人走了，客人们还在，这还是上海滩头一次有人办喜酒，新郎新娘都不在的。

聂老爷知道聂莛宇走了，气得当场暴呵："逆子！"

人群中不知道谁突然问了一声："席小姐刚透气回来的时候穿的是什么衣服？"

有人回："好像是红色旗袍吧，戴着黑色面纱。"

问的人没了声音。

倒是席太太有心，跟身旁的徐婶说："她不是不喜欢那件红旗袍吗？"

"可能是没挑到更合适的衣服吧，结婚还是穿红的好。"徐婶道。

席太太点了点头，没再多言，瞥了眼九霄厅的方向，又一次上了楼。

虽然都说席小姐是因身体不适才先走了，但客人们私下都在议论说席锦书这不舒服是装出来的，为的就是不想新婚之日被某些人烦。

说到这儿，众人都有些埋怨地看向了加藤。

虽说来这儿的都想在席锦书面前混个眼熟，可他们没有像加藤那样穷追不舍，这谈生意也没必要这般操之过急啊！

对于其他人的敌意，加藤没有做任何反应，他今天来和平饭店就是见席锦书的。既然席锦书走了，他自然没有再留下来的必要了。

跟麦克林他们聊了几句后，加藤黑着脸甩手离开了和平饭店。

【3】

从和平饭店出来，聂莛宇再度支开了司机，自己开车载着席锦书朝聂公馆的方向驶去。

聂太太早就把他的房间布置成了新房，新婚晚宴新人不出席已经够出格了，若结婚当日他还带着席锦书瞎跑不回聂公馆，聂老爷绝对会拿枪枪毙了他。

一路上，席锦书一直沉默着，她望着车窗外，脸隐在黑色面纱下，让人看不出她脸上的表情。

聂莛宇侧过头偷看了她一眼，才浅笑着开口道："小聂太太有什么想问的，现在可以随便问了，我肯定知无不言。"

席锦书闻言，侧过头来看着他，良久，她才懒洋洋地开口说道："景枫布行的成掌柜做的旗袍永远只有一件成品，一旦售出，再也不会有同款。你是怎么弄到一件一模一样的旗袍的？"

聂莛宇已经做好了席锦书盘问他芍药的事的准备，哪知道她竟然什么都没问，只是提了旗袍。他觉得有趣，笑着反问："你怎么知道我有第二件旗袍？"

"你拎着皮箱带穿脏衣服的'席小姐'出去，必然会说箱子里放着要换的新旗袍，这样人家才不会奇怪你为何带个箱子。成掌柜的旗袍识货的人一眼就能识别真假，你要瞒过其他人容易，但要骗过席家几位看过我身上这件红旗袍的女眷的眼，却不能用假旗袍。所以，你手上定有一件一模一样的红旗袍。"

"你说得没错，成掌柜的旗袍同个款式只卖一件。但他喜欢做两件一模一样的衣服，一件卖，一件收藏。下午回饭店之前，我去了趟景枫布行，问他要了那件收藏的红旗袍，说是你定做的那件弄脏了，普通款式的旗袍入不了你的眼。成掌柜是聪明人，别人讨他未必给，但谁不想在席大小姐面前讨个好，因此他很爽快地给了我那件收藏品。"聂莛宇如实相告道。

"旗袍的事算清楚了，那麻烦三公子跟我解释下你回和平饭店时带回来的第三个席小姐是谁。"席锦书掀起脸上的面纱，目光深深地望着聂莛宇问道。

她嘴角挂着浅笑，但聂莛宇还是感觉到了她眼底的寒意，脊背一阵生寒。他一边开车，一边继续微笑着回她："上海滩这么大，找个跟席小姐身形相似的姑娘不难。百乐门里很多舞女都愿意接私活，她们聪明且不爱多嘴，给个几百块大洋让她们穿个旗袍来和平饭店装个相，很多人愿意干。"

"进了和平饭店后，那姑娘去哪儿了？你就不怕她被人发现？她穿着跟我一样，别人若看见两个席锦书，会怎么想？特别是那些要抓芍药姑娘的人，如果他看到了，又会带来怎样的后果？"席锦书板着脸看着他。

见她是真生气了，聂莛宇也收起了笑，正经道："我在和平饭店的所有楼层都开了房间，回来的时候，挑个没人的楼层，让新的席小姐去房间把衣服换了，再装作饭店里的普通客人混入人群，这样就不会有人发现有两个席锦书。好了，你的问题我都回答完了。关于芍药，小聂太太就没什么想问的吗？"

"我还该问些什么？"席锦书定定地看着他，反问道。

聂莛宇回头看了她一眼，凤眼微眯，似笑非笑道："小聂太太这么说的话，那我换个方式问好了，关于芍药，小聂太太都知道些什么？"他的声音突然冷了下来。

席锦书的心又凉了一些，她眼眸幽深地望着聂莛宇，嘲讽道："你是想问我知不知道芍药姑娘的身份吧？"

聂莛宇握着方向盘的手紧了些，脸上依旧保持微笑："看来小聂太太已经猜到了。"

"能引来情报处大动干戈地在和平饭店找人，说明芍药小姐的身份不同寻常。我没猜错的话，芍药小姐应该是……共产党。"

"嘎"的一声，聂莛宇的车猛地停了下来。席锦书的手里不知何时多了把水果刀，刀尖正直直地抵在聂莛宇的腰上。聂莛宇举起双手作投降状，慢慢转过身，对着席锦书，明知故问道："小聂太太这是在做什么？"

四周空无一人，这是条林间小道，她是看准了路段才出的刀。

"不干什么，一把小水果刀，伤不了人，哪儿有枪的杀伤力大。我不过就是想问你几句真话罢了。"她倾身上前，人贴近了他，刀尖没入了他的西装内几分。

这是一把很锋利的水果刀，是她在英国留学的时候，一个瑞士的同学送给她的。当时她只是觉得这把水果刀精致又好看，一直把它别在钥匙扣上，随身携带，从来没有想过，切水果外第一次用这把刀会是在这种时候。

从小到大，她一直是个不爱吃亏的性子，独独面对他，她让了一次又一次。

她整个人都趴在了他的身上，面无表情地瞪着他，一双杏眼微微泛红，握着刀的手指依旧很凉。这是一把弹簧刀，刀抵近他一分，刀柄就弯一分，里面的刀口就切在她握刀的虎口上，隐隐有血落了下来。

刀尖没入身体的那一刻，聂莛宇倒不觉得疼，看着她出血，他却莫名有点儿疼了。

这席小姐真是个倔强的性子，他让人拿枪指了她一下，她就以这种方式讨回来。要伤他多容易，何必伤自己。

眼见刀口切入她的虎口越来越深，聂莛宇急忙伸手握住了整个刀面，从她的手里抢过刀，硬生生地把刀从身上拔了出来，扔到了窗外，然后无奈地回头看她："想问什么就问吧，何必这么伤自己？新婚日见血，是大忌，小聂太太这么聪明的人为何要犯糊涂呢？"

席锦书冷笑一声，直起身子，目光凉凉地道："我给你的六十万大洋，你是不是给芍药了？芍药箱子里放着的就是那笔钱，对不对？六十万大洋，那可不是一笔小数目，它可以用来做很多事。"

"是，芍药拿走了那笔钱。但那不是给芍药的，是我捐赠给共产党的。东三省战事吃紧，共产党打算兴建兵工厂，需要一大笔钱。六十万只能解一时之急，支撑不了多久。"聂莛宇郑重其事地回席锦书，此刻，他对她没有一点儿隐瞒。

没想到他会这么直接地告诉自己这些，席锦书有点儿动容，但她还是压住情绪，冷着脸继续道："你特意把婚宴设在和平饭店，是为了跟芍药会面，把钱给她。从你答应跟我合作开始，我就已经被你算计了。你说的要钱扩建纱厂不过是个借口罢了。没想到我千算万算，竟然还是没算过你。"

"小聂太太，我知道这事是我对不住你，但若不是为了掩护芍药离开，我真的没想把你扯进来。那日在你爹书房，我给过席小姐选择，只是席小姐拒绝了。如果现在席小姐后悔了，那还来得及，等风声过了，拖个一年半载，我们可以离婚。"聂莛宇望着席锦书，真挚地说道。他的手按着腹部，指缝间的血越渗越多，可他的脸上依旧保持着礼貌的笑容。

席锦书愣愣地望着他许久，内心矛盾不已。

他骗她，他算计她，他拿枪指着她，他不顾她安危带芍药离开……这一切都让她通体生寒，可是，她又无法怨他，因为他做的这些都是那么的有理由，而那个理由让她不得不为之动容——国强则家强，国弱则家弱。

她知道东三省的战事有多严峻，她也知道自己的兄长是怎么死的，所以她比谁都清楚，聂三公子做的是好事，他是个好人，只是骗了她。

对于他提出的离婚的提议，席锦书没有回应，她低着头，伸手帮他捂住了流血的腹部，并撕下了他的衬衫一角。

她在英国照顾周垚玉的时候学过一些护理知识，知道怎么给人止血包扎。拿刀刺他的时候，她也知道怎么不会伤他太厉害。若不是在气头上，她是舍不得伤他的。

聂莛宇任由她折腾自己的伤口，没有制止。

良久，他听得她低低地问了一句："那你也是共产党吗？"

聂莛宇笑了笑，黑亮的眼眸看着她。她也抬起了头，迎上了他的目光。

四目相对的瞬间，她看到他摇了摇头，灿烂地一笑，说："我只是个中国人。"

席锦书看着他，胸口像有什么东西爆炸开来，她感觉浑身的血液都热了起来。

对，就是这种感觉，五年前，她第一次见到他，也是这般热血沸腾。

她终于知道自己爱聂莛宇什么了，爱他对路人的怜悯心，爱他对国家的无私心。

人人都说聂三公子是个贪得无厌的奸商，只有她知道，他不是，在他故意伪装出来的丑陋面具下，有一颗比谁都温暖的心。

其实不管他是什么身份，她都想告诉他，嫁给他，她并不后悔。

他若想守国，她可以帮他一起守，他若想回家，她可以等他回家。她愿意尽她所有，把一切最好的给他，只要他能不再骗她。

"聂莛宇，以后无论什么事你都要跟我商量，能配合的我都会配合你，因为我们现在是夫妻。"包扎完伤口，席锦书抬眼，认真地朝他说道。

聂莛宇愕然地看着她，有些不明所以地道："席小姐的意思是？"

"离不离婚得我说了算，我花了那么多钱，可不能让你这么随随便便地就过河拆桥。好了，我累了，我先睡会儿，到聂公馆了再叫醒我。还有，还是叫我小聂太太吧，既然演戏，就得演全套，莫让人发现端倪才好。"说完，席锦书退回了自己的座位，头靠着窗户，再度闭目养神起来。

聂莛宇定定地看了她一会儿，嘴角再度扬起："遵命，小聂太太。"

【4】

主人们都去吃宴席了，只留几个用人看家。

忙完活，王妈拉着三个年轻女佣围坐在院子里嗑瓜子聊天，她们说的都是些公馆秘事，什么哪家老爷在外又养了姨太太啦，哪家公子哥又跟舞女好上了……

说着说着，不知道谁先说到了聂莛宇。几个人都住了嘴，异口同声地叹了口气，其中数王妈最幽怨。她是看着聂莛宇长大的，他什么德行，她再清楚不过了。

聂家三个儿子活了俩，大公子聂莛煊样样都好，行事作风、工作人品都很得聂老爷喜欢；这三公子嘛，说真话，除了脸长得好，啥都不行。

小时候，聂老爷教他们打枪，让聂莛宇扛把步枪，他都扛不动，让他耍个大刀，他上去就把手割了，见血就哇哇叫，跟个女娃娃似的。

聂老爷是越看他越来气，后来干脆不管他了，一心全在大儿子身上。

现在两个孩子长大了，娶老婆了，本想着凭聂莛宇的样貌，其他不行，娶个老婆总能讨到聂老爷欢喜的，哪知道他第一个娶的是舞女，第二个虽出身名门，样样都好，可未婚就生了个儿子。

虽说这是自家孙子，但聂老爷毕竟是封建家庭出身，实在接受不了这些。何况这席小姐各方面还压着聂家的人一头。

聂老爷享受惯了被人尊崇的生活，但自打席锦书要下嫁到他们聂家的消息一传出，他出门，所有人都在向他打听这席小姐。

聂老爷实在心里来气，可也只能憋着，谁叫自己儿子不争气呢。

说曹操，曹操就到。王妈她们这边刚聊到聂莛宇，一辆黑色的别克车就驶进了院门。

几个人探头一看，当即变了脸色。王妈暗暗地喊了句"乖乖"，慌乱地让其他几个女佣把瓜子壳收拾了，自个儿则搓着手迎了上去。

车停在了院子里，聂莛宇先下了车，然后走到另一边，打开车门，把席锦书给抱了下来。

他腰间的伤口已经被包扎好，被衬衫盖着，又套着西服，别人根本看不到，倒是那被撕坏的衬衫衣角在风中晃荡着，配着席锦书脸上的潮红，让人看着不免浮想联翩。

王妈和其他用人们看着皆一脸的促狭。

聂莛宇快速地扫了一眼众人，没有解释什么，他嘴角微扬，吩咐道："王妈，你去烧点儿热水送到我房里来，我跟小聂太太要洗个澡。"

"好嘞。"王妈应道，多嘴问了句，"三公子，你跟三少奶奶洗完澡还回饭店吗？"

"不去了，锦书身子有点不舒服，一会儿等泡完澡，你去请个老中医过来给她看看。"

身子不舒服吗？不会是又有了吧？王妈八卦地看了眼席锦书的肚子，没说话。耳边传来了聂莛宇不耐烦的声音："愣着做什么？去烧水啊！"

"是，是！"王妈忙领着用人们一同离去。

聂莛宇抱着席锦书直接回了卧室。

110

进屋后，聂廷宇将席锦书放到了床上，俯在她的耳边轻轻地道："到了，小聂太太可以醒了。"

他刚说完，席锦书便睁开了眼，羞怒地抡起床上的枕头朝他砸了过去，羞红着脸道："谁要跟你一块儿洗澡！"

聂廷宇笑了起来，扯到腰间的伤口，疼得吸了口气，手捂着腰道："小聂太太莫激动，我让王妈烧水只说要洗澡，可没说咱俩一块儿洗。你要不介意的话，一会儿我先洗，你慢点儿。这大热天的，血粘在身上实在有些难受。"

他打趣她的同时还不忘装个委屈，控诉她的罪行。

席锦书素来脸皮薄，听不得他这些荤话，一时之间也找不到话来反驳，便索性不说了，扭过头去，才发现这房间跟她上次来的时候不大一样。

显然是因为用作婚房的缘故，房间被人重新装饰过。原本暗色系的房间如今处处透着喜庆，大红色的龙凤喜被上面撒满了玫瑰花瓣。门窗以及家具上都贴了"囍"字，窗帘也被换成了温馨的奶黄色，配着满屋的红色，倒也和谐。

"喜欢吗？"聂廷宇问她。

她抬眼，对上他黑亮的眼眸，没有说喜与不喜。

但聂廷宇瞧得出她是不讨厌的。他笑了笑，低头脱下身上的外套，开始解身上那件带血的衬衫，边往里屋的浴室走边解释道："聂太太让人安排的，说你应该会喜欢。"

说话间，他脱掉了那件衬衫，露出白皙精瘦的脊背，消失在了席锦书的视线中。

席锦书望着他离去的方向，黯淡了眼神。

其实他刚才若不多嘴说那一句，她想她会更喜欢些。

聂廷宇在浴室里清洗伤口，席锦书心神不宁地坐在那张属于他俩的婚床上，手指把玩着被单上的花瓣。即使出身再好，受的教育再高，席锦书终究是个女人，此刻她的内心既忐忑又不安。这个属于她和他的新婚之夜，会发生点儿什么吗？还是什么都不会发生？

不管这场婚姻里有多少算计，她深刻地知道，自己是爱聂廷宇的，即使她对他还不够了解。可是她一贯相信自己的感觉，只要她认定的事，她就从不后悔。当年不顾父命帮席晨怀跟杨小小逃走是这样，后来回国认席世恩做私生子是这样，现在一意孤行嫁给聂廷宇也是这样，不管这个选择是对是错，她都只会一个劲儿地往前冲，不会回头。

就算在这样的夜晚，聂廷宇不对她做什么，她可能会感到失望，但也不会太难过。因为她知道，爱上一个人需要一个契机，而她有足够的耐心去等待。

聂廷宇就算再不好，也有人爱他。她席锦书就算被传得再好，也不是人人都爱。情爱这种事，可以是两个人的事，也可以是一个人的事。比起轰轰烈烈的感情，她更喜欢那种相濡以沫、温酒煮茶的感觉。他们之间才刚开始，往后的日子还很长。

胡思乱想间，房门被敲了几下。

"谁？"聂莛宇在浴室内嚷了一声。

"是我。三公子，我来送热水。"门外的王妈答道。

"锦书。"聂莛宇唤了席锦书一声。

未等他把话说完，席锦书已经走到了门口开门，同时聂莛宇快速地关上了浴室的门。

王妈领着两个用人拎着六壶开水站在门外，见席锦书杵在门口没有要让道的意思，她们也不好意思进屋，只是干笑着问道："三少奶奶，这开水瓶是给您放门口，还是……"

"就放门口吧。"席锦书淡淡地说，微微让开了点身子。

王妈"哎"了声，把开水瓶放在了门口，赶紧走了，生怕打扰了这对新人的好事。

席锦书将开水瓶拎进屋，关上门。

聂莛宇穿着件浴袍走了出来，大片领口敞着，对她说了声："辛苦了。"

席锦书扫了他一眼，快速地把目光移开，脸颊微烫："你快洗吧，水不要放太烫，对伤口不好。"

"我洗好了，这个天哪个男人会用热水洗澡？这水是给你叫的，你受了惊，手脚凉，泡个热水澡会舒服些。衣柜里有书涵给你准备的衣服，她年纪跟你差不多，做事也细心，挑的东西应该会合你喜好。"聂莛宇将热水瓶悉数拎到浴室里，道。

席锦书愣了会儿才反应过来，对着他的背影道了声："谢谢。"

聂莛宇说得没错，泡个澡的确能让人舒服不少。

席锦书躺在浴缸里，身体被热水包裹着，鼻尖是玫瑰花的香气，她惬意地闭上眼睛，之前在和平饭店内紧绷的情绪终于得到了缓解。直到水不怎么热了，席锦书才懒洋洋地从浴缸里爬了起来，换好睡衣，穿上睡袍，出了浴室。

屋内的灯未开，光线有些暗。

席锦书倚靠在浴室门口，静静地望着躺在沙发上疲惫睡着的聂莛宇，没有上前叫醒他。

她很喜欢看他睡觉的样子，那次在席公馆，他感冒躺在她的床上休息，也是睡得这般酣甜，长长的睫毛像两片小扇子贴在他的眼睑上，看得人心痒痒的，忍不住想要去触摸。但她忍住了。这一次也是，她只是安静地看着，不打扰。

然而这对她来说，已经够了。所谓幸福，无外乎心上人就在眼前。

房门又被敲了两下，她怕吵醒他，快速跑去开门，依旧是王妈。

"三少奶奶，刘管家去请医生了，等医生到了，您是要医生上来还是下楼看？这婚房第一夜看病不大好。"王妈小声地提醒道。

席锦书对她摆了摆手，出了卧室，带上门，低声道："我现在感觉好多了，你让刘管家回来吧，不用请医生了。"

"可三公子说……"王妈还想说什么，看了眼席锦书的脸色，确实比先前好看了许多，便也松了口，说了声，"好吧。"

席锦书回到了房间，聂莛宇还在睡着，沙发靠近阳台，纱制的窗帘迎风飘了起来，轻轻拂过他的脸，他皱着眉头伸手挥了一下，换个姿势继续睡了。

席锦书默默地看着，笑了。不用做其他事，就这样也挺好的，她想。

聂老爷他们吃完晚宴回来，已经是晚上八九点了。

聂莛宇听到了喧哗声才醒来，看到席锦书已经躺在床上睡着了。她睡相一向很好，睡觉的时候喜欢缩在一边，即使睡在他的床上也是，旁边空了一大块，似乎是给他留的位置。

但聂莛宇没有躺下去。他去书柜上拿了本书，又一次躺在了沙发上。

跟席锦书的这段婚姻，他目的并不单纯，虽然席锦书不计较，但他自知不该冒犯她。

男女之间的事，无论发展如何，总归都是女人吃亏。

对聂莛宇而言，席小姐是他很尊重的人，也是很重要的合作伙伴，但也仅此而已。

【5】

婚后第二天，一顿早饭还没有吃完，酒醒后的聂老爷就对聂莛宇发了难。

父子本就不合，言语之间谁也不愿相让，聂老爷一气之下竟当着所有人的面，直接把手中的汤碗朝聂莛宇砸了过去。

这一砸直接砸断了两父子之间好不容易才缓和的关系。聂莛宇直接拉着席锦书上了楼，回到自己房间，拿了行李箱出来，把东西收拾了下，然后拎着箱子带着媳妇离开了聂公馆。

借此一闹，聂莛宇终于如愿以偿地从聂公馆搬了出去，住到了自己的别苑，跟席锦书在那儿过起了自由逍遥的日子，夫妻俩有事就坐在一起商量，没事就各过各的。

不用跟长辈打交道，席锦书也松了口气。

她本想把席世恩也接过来，无奈聂太太她们对席世恩喜欢得紧，不愿放人，最后只得先将孩子送去西式学堂学知识，早晚由聂公馆的人接送，她跟聂莛宇每周六回聂公馆看孩子，然后带席世恩回席家住两天，周一再送回去。

这样的相处模式倒也和谐。

婚事一过，聂老爷跟聂莛煊回了北平，聂家的几位太太照旧喜欢围在一起打麻将消磨时间。

本来老少都挺相安无事的，突然有个周六，席锦书跟聂莛宇来接孩子，留在聂公馆吃午饭，聂太太跟他们提起要将席世恩改姓的事，席锦书没有吭声，聂莛宇却直接给回绝了。

他嘴上说的是孩子姓席还是姓聂不重要，都是自家孩子。

可是这话在聂太太她们听起来就不大对味了。聂莛宇又不是入赘给席家的，哪有孩子跟母亲姓的道理？为了这事，本就看席锦书不爽的聂老太太当场甩了脸子，就连聂太太对席锦书也有了怨言。

对于聂家人的怒火，席锦书倒不是很在意，她要忙的事太多，无暇顾及这些。何况，对于席世恩姓席还是姓聂的事，她跟聂莛宇早就聊过，其他事她都可以迁就他，就这孩子，只能姓席。

出于对席锦书的尊重，也怕触到她的伤心处，聂莛宇没有多问。

然而，她却想着他是不在意，所以他才不问。这样一来，交不了心，两人的感情也没多少进展，一直相敬如宾，各自忙碌。

结婚后，聂莛宇把自己的纱厂扩建了一番，如今席锦书当了汇丰银行的经理，他资金周转也容易了许多。

不过，他不仅要操心纱厂，还得帮席锦书经营席家的产业铺子——席家几个长辈、幼辈都不是做生意的料，席锦书又得忙银行的事，所以这些自然都落在了他的身上。

本来对于聂莛宇经手席家生意的事，席二爷他们很是不满，但一段时间下来，看席家的生意比先前好了不少，甚至有超过席老爷在世时的迹象，他们吃的红利也多了许多，便不再说什么了。

小暑刚过，上海滩的天又热了几分。

聂莛宇躺在纱厂办公室里的沙发上，吹着电扇，脸上盖着报纸在午睡，忽而听到有人敲门，是秘书小张，跟他说加藤贺司来找他。听到这个名字，聂莛宇头皮一麻，他无奈地摸了把头发，笑了下。那个人还是来了，是福是祸果真都躲不过。

加藤来找聂莛宇，自然又是来谈他的烟土生意的，他可丢不下席家的产业链。

聂莛宇让秘书给加藤倒茶。

"这是我新倒腾来的安徽黄山产的毛尖，加藤先生尝尝，看看味道如何。"聂莛宇客气地朝加藤说道。

比起席锦书那生人勿近的态度，满面笑容的聂莛宇让加藤贺司的心宽慰不少，看来上海人说得没错，这聂三公子是个生意精，哪里有钱赚就往哪里钻，从来不跟钱过不去。哪像席锦书，一个少不更事的姑娘，不过是占了投胎好的便宜当了银行经理，还真把自己当根葱了。

加藤和颜悦色地喝了一口茶，恭维道："真是好茶，喝完唇齿留香。聂先生果然是懂得生活之人，挑的东西没一样不是好的。"

聂莛宇不置可否地笑了笑，直截了当地问加藤："不知加藤先生今日来我这儿所为何事？"

"不知聂先生对烟土生意了解不了解？"

"加藤先生既然来找我，自然知道我聂某是靠什么吃饭的，像我们这种人，对生意哪有了解不了解的，只有精通不精通。"聂莛宇笑着答道。

加藤眯着眼点点头："聂先生是个聪明人，那我就直说了。听闻席家的生意现在都由聂先生打理，不知聂先生是否还记得龚子桥？之前席家大半产业都是由他打理的，我与他一直都是很好的合作伙伴。现在他不在了，但烟土生意依旧是上海最赚钱的行当。听闻聂先生将席家的店铺打理得很好，所以我想找您合作，只要您用席家店铺帮我销售烟土，所有盈利我与您对半分。为了表示我的诚意，这些先请聂先生收下。"

加藤朝身后的手下招了招手。两个武士装扮的年轻人将怀中的皮箱放在了他们喝茶的茶几上，箱子打开，里面满是纸钞，上面还分别放了八根金条。

都说加藤在上海滩刮了不少钱，看来一点儿都不假。

聂莛宇微眯了下双眼，望着眼前的钱，嘴角含笑，没有说话。

"聂先生对于我的诚意满意否？"加藤胸有成竹地问聂莛宇。

聂莛宇笑了笑，伸手合上了箱子："加藤先生客气了，这事聂某可做不了主。据我所知，席家自席老爷在世时，就一直禁止烟土生意。之前龚子桥与加藤先生您合作的事，席老爷并不知情。如今席老爷跟龚子桥都走了，席家店铺经由内人重新整顿了一番，烟土馆都被取缔了，怕是没法再开了。"

"席小姐那是不懂烟土生意有多赚钱，所以才这般反对，但聂先生您懂。所有人都说这上海滩年轻一辈就属聂先生最会做生意，我想聂先生肯定不会让我失望。"加藤微笑着说道。

聂莛宇意味深长地扬了扬嘴角，黑亮的眼眸紧紧地盯着加藤："那不知道加藤先生有没有听那些人说过，聂某人惧内呢？"

加藤着实愣了下。他是听人说起过聂莛宇是个"妻管严"，可没想到聂莛宇会大方地跟人说起这种事，男人不是一向要面子的吗？

　　加藤的脸色阴沉下来，他反问道："那聂先生的意思是？"

　　"席家的生意虽然现在是由我管着，但一切还是要遵从席小姐的意思。当初龚子桥为了找烟土，差点儿砸了席老爷的葬礼，这也难怪席小姐不喜烟土生意。不过上海滩这么大，愿意做这生意的人很多，先生您大可找其他人。"

　　聂莛宇说的话在理，加藤就算怀疑他有意不跟自己合作，也找不到话来反驳，毕竟他说的是事实，龚子桥当初做事着实太过分，可那不也是被加藤给逼的。

　　所以到头来，这买卖做不成，还是他自己的错咯？加藤越想越来气，但又不好在聂莛宇的面前表露出来，只好脸色郁郁地再度求问道："聂先生是真的一点儿办法也没有？"

　　聂莛宇一脸真挚地点头，伸手抚摸钱箱，表情痛惜地道："谁都知道我爱钱，但凡有点儿办法，我定是舍不得这份礼从我眼前消失的，可是加藤先生，谁叫我惧内呢！"

　　"惧内"，又是"惧内"！加藤都快被这两个字给搞疯了。没想到这堂堂聂三公子，这么中看不中用，竟然被一个女人骑在头上。

　　罢了罢了，这种懦弱的男人也不配跟他做生意。

　　"既然这样，那我就不再打扰聂先生了。"加藤黑着脸从沙发上站了起来。

　　聂莛宇假意说了几句挽留的话，但加藤去意已决，前后态度大变样，让手下拎着钱箱离开了聂莛宇的办公室。

　　望着加藤离去的背影，聂莛宇眼底的笑意更深了。看来被人说是"妻管严"这种事，也不是一点儿益处都没有。至于脸皮，能当饭吃？

第五章

有你在，星河长明

【1】

　　用人上楼来通报说聂家三少奶奶来探望的时候，周垚玉正坐在房间里看报，头条版面刊登着当地名流绅士的花边新闻。

　　看到报纸上那个熟悉的名字，周垚玉嫌恶地蹙起眉头，一时也没去琢磨这聂三少奶奶是谁，直接吩咐用人道："你让太太去接待一下，就说我身子不舒服，不大愿见人。"

　　"可这聂三少奶奶是席大小姐啊！"用人小心翼翼地提醒道。

　　周垚玉停下了翻报的手，合上报纸，转过头向用人求证道："你说什么？席小姐来了？"

　　"是的，少爷。"

　　没等用人继续往下说，周垚玉就激动地吩咐道："快，快请席小姐上来，让福妈泡壶上好的雨前龙井来，席小姐喜欢喝茶。"

　　"好的。"用人领命而去。

　　没多久，席锦书的身影出现在了周垚玉的房门口。她伸手敲了敲虚掩的门，里面传来了周垚玉虚弱的声音："进来。"

　　席锦书拎着慰问品走进去，对着眼前这个瘦得皮包骨的男人微笑地叫了声："垚玉。"

　　今天银行休息，她没去聂公馆接席世恩，而是来了这儿，就是因为听说他病得厉害。

　　虽然心里大约猜到周垚玉为何又病倒，但是她也只能装作不懂。她明白周垚玉对自己的感情，可是她无法回应。然而作为朋友，得知他病了，她又无法当作什么都不知道，探望也是应该的。

"锦书，你怎么突然有空来这里？来之前怎么不先给我打一个电话，我好让人去接你？"

"我去百货商店附近有点儿事，正好顺路，便过来看看你。"席锦书淡淡地说道，将手中的礼物放到了一旁的书桌上。

周垚玉喜欢吃糖，最爱麦芽糖，她买补品的时候正好看到街上有麦芽糖卖，就给他买了一些。

对于她的到来，周垚玉本就感到很高兴了，又看到她买了自己最爱吃的糖，当即整个人精神焕发，脸色也跟着红润起来。

他难掩高兴地道："难为你还记得我喜欢吃麦芽糖，在英国的时候吃不到，怪想念的，这次回来，我一直待在屋里，都没什么工夫上街，就算想吃，又怕丢脸不敢跟用人们要。这下好了，你一来，我就吃到了心心念念的糖。锦书，你说我该怎么谢你才好？"

他认真地看着她，眼光亮亮的。

席锦书避开了他灼灼的目光，转过身环顾四周，扯开话题道："认识这么多年，你家我还是头一次来。周叔叔不愧是上海滩最大的房地产商，整个法租界也找不到几套像你家这样豪华的好房子。只不过房子虽好，但太空了，一个人待着容易感觉孤单。你身子不好，应该多出去走走，别老把自己关在房间里，透透气对心肺都好，看你，又瘦了不少。"

"你光知道说我，也不看看你自己，别的姑娘结婚会发福，你倒好，比我上次瞧你瘦了不少。怎么，他对你不好吗？在聂公馆不开心吗？"周垚玉掰了块麦芽糖塞进嘴里，边调侃边试探地询问席锦书。

听他问起聂莛宇，席锦书回头看向周垚玉，微笑着解释道："没有，聂家的人都对我挺好的，他也是。在聂公馆没什么不开心的，就是从学校出来后第一次上班，还是坐在那么棘手的位置，要操心费神的事太多，就算吃得不少，也长不了肉。"

"其实胖瘦倒无所谓，只要人健康就好。"周垚玉感慨地说着，有些惆怅。

席锦书估摸他是想到自己的身子了，正想安慰他几句，就听房门被敲了几下，是用人送茶来了。

周垚玉开了门，接了茶水，招呼席锦书往藤椅上坐。

席锦书也没客气，坐下来后，微笑着从周垚玉手中接过倒满茶的茶杯，轻轻地抿上一口。

很多人都知道她喜欢喝茶，但只有周垚玉知道她最喜欢喝什么茶。

以前在英国，她最爱喝的就是这款茶叶，出国前带的干叶很快就喝完了，她四处搜罗不到，但周垚玉总有办法弄到上好的龙井茶叶给她。

她问他茶叶的来源，他笑着调侃道："席家大小姐哪用得着自己买茶叶，谁不知道席家的产业遍布全国，上海滩很多茶叶生意都是由席家掌管的。"

周垚玉说得没错，只要席锦书开口，席家人自然会给她寄一堆茶叶过来，可她当年离家之前跟父亲闹得不愉快，她又是个不服软的性子，总觉得问家人要茶叶便是向父亲妥协了，所以她宁愿喝周垚玉送的茶。

哪知她一时的倔强，会得来那样的结局。

若知道父亲会突然离去，她早就服软了，也好过现在，连跟他说话的机会也没了。

五年一晃而过，她依稀还记得父亲送她去英国时在上海码头的身影，可父亲却没能见到她归来时的模样。她多想让他看看，他的女儿并没有让他太失望。

想到父亲，席锦书黯然地抿了一口茶。

周垚玉坐在一旁，看着她，突然道："你今天突然来找我，应该不只是想来探望我这么简单吧？"

席锦书放下手中的茶杯，抬头笑吟吟地望着他："真是什么也瞒不住你。垚玉，我除了来探望你，还想请你帮个忙。"

周垚玉右手搭在藤椅上，侧着身道："你有什么需要我帮忙的尽管说，我尽力而为。"

"我知道你们周家在曹家渡那边有好几个铺子，我想把它们都买下来，开个汽车租赁公司。"

"你要曹家渡的铺子？"周垚玉略惊讶地望着她，眉头皱起，"锦书，你可知这几个铺子都已经租出去了？"

"我知道，但你父亲还没有跟对方签约。"席锦书点点头道。

"那你也知道租这些铺子的人是加藤贺司了？"

"是。"

"你知道你还抢他的铺子！"周垚玉急道，"我听说之前他想找你合作碰了壁。你不喜欢烟土生意不做也罢，但做什么还要抢他的铺子？加藤贺司在上海滩的势力很大，最近更是混得风生水起，背后有好几个大人物的支持。你跟他作对，能有好果子吃吗？"

席锦书不以为意地扬了扬嘴角，埋下头继续喝茶："我是真心觉得汽车租赁是门会赚钱的生意，才想要你的铺子，趁现在上海还没有做这行的人，挖第一桶金。若硬要说作对，那也只是跟加藤作对，扯不上其他人。谁让他先前跟龚子桥合伙拿我们席家的铺子卖他的烟土，我们席家一向清白，岂容他们这般玷污！"

"可就算你买下我家的铺子，加藤还可以租别人的，你总不能把上海滩的铺子都买下来吧？烟土生意本就是个香饽饽，你不愿意干，有的是人抢着跟加藤合作，到时候你得罪的可不止他一个了。席家纵使根基再深，再哪怕加上你汇丰银行经理的职权，也未必能抵挡其他人的联合攻击。锦书，我劝你还是想清楚些，不要理会那个加藤贺司，做好你的本职工作，护好席家就行了。"周垚玉苦口婆心地劝道，说到激动处，他忍不住咳嗽了起来。

席锦书起身给他拍了几下背，安抚道："垚玉，我知道你是为我好。但是，你有没有想过，如果上海滩没有加藤贺司这个人了，那么他的合作伙伴也就不存在了。"

"锦书，你这话是什么意思？"周垚玉一脸震惊地转过头看着她。

席锦书光微笑，不回答。

周垚玉还想追问下去，席锦书制止了他："你身子还未好，又咳得厉害，还是切莫激动的好。铺子的事，若你真没办法，我只好去找你父亲直接谈了。若我出的价比加藤高，他应该会愿意把铺子卖给我的。"

周垚玉手捂着嘴又咳了几下，隐约间又咳出些血来。席锦书见状，将他扶到床上。

周垚玉伸手对她挥了挥，疲惫地说："你性子一向倔，决定的事别人说什么都没有用。罢了，你真想要那铺子，回头我去跟父亲说。加藤那边，我劝你别轻举妄动，他若消失，他背后的势力定不会善罢甘休的。你明白我的意思吗，锦书？"

"知道了，你放心，我不会拿自己的性命开玩笑。我若出了事，席家可就玩完了？我可不想我爹从坟墓里爬出来找我算账。"席锦书难得地还有心情打趣。

周垚玉无语地白了她一眼，歇息了几秒，最后跟着她一块儿笑了起来。他伸出手，情不自禁地碰了下她的鼻子："你知道就好。"

皮肤相贴的那一秒，席锦书条件反射般地避开了。

周垚玉的手悻悻地停在半空中，最后他无奈地笑了一声，有些失意地说："好了，我累了，你也忙，就先回去吧。回头我跟父亲商量下，晚点儿给你电话。"

不希望她看到他难受的样子，周垚玉忍痛下了逐客令。

席锦书也识相，拎着包站了起来："那你好好休息，等身子好些，我接你出去散散步。"

"好。"周垚玉点了点头，闭上了眼睛。

席锦书不经意地叹了口气，转身朝门口走去。

手刚触到门把手，周垚玉又喊住了她。

"锦书，工作跟席家固然重要，但你既然已嫁给了那个人，家里的事也该多操心。

121

我听闻那个人婚后依旧在歌舞厅晃荡，虽说生意人免不了交际，但他至少得给你留点儿面子。他若一直这般不自爱，辜负你，就算我这副样子，我也不会再坐视不管了。"周垚玉一边咳嗽一边发自肺腑地说道。

席锦书顿下脚步，望着脚下的砖红色地板，沉默了会儿，最终还是没有回头看周垚玉，只是淡淡地说了声："我晓得。"

门被关上，她决然地消失在了周垚玉忧伤的目光里。

【2】

傍晚，管家张妈吩咐用人把菜端上桌后，自个儿上楼去喊席锦书吃饭。

从周家回来后，席锦书就一直躲在房间里没出来，用人们也不敢去打扰。

席锦书在房间里待了一下午，其间只打过两个电话，通话都很短，其中一个是给聂公馆打的，询问聂太太席世恩这周的功课有没有好好做。

聂太太一向喜欢这孙子，就算席世恩不听话也都会说好话。她本因席世恩不改姓一事对席锦书有气，这周席锦书没来接孩子，有席世恩陪着她，她的气便消了些，觉得席锦书识相，言语之间便又恢复了亲昵客气，让席锦书宽慰不少。

另一个电话是打给席公馆的，转接的管家陈叔，她吩咐了一些事，寥寥几句就没了。

张妈来敲门的时候，她正托着腮帮子等电话。

她要等的电话没来，听到喊吃饭，她便先下了楼。到了楼下正碰到回家的聂莛宇，她不由得一惊，双脚停在了楼梯上。

聂莛宇见她这副模样，忍不住戏谑她几句："小聂太太见到我干吗这么吃惊，不会是背着我干了什么坏事，不想我回家吃饭吧？"

"哪儿有的事，太太一直盼着先生您回来呢。"张妈听聂莛宇打趣，赶忙帮席锦书说话。

做下人的都希望主人家和睦，这样他们的差事才干得长久。

席锦书跟聂莛宇才新婚没多久，聂莛宇就被传出老不在家，长待百乐门那种交际场所。

别说外人都在猜这两人的婚姻出了问题，就连这别苑里的用人们也都在私下揣测。

这会儿见聂莛宇回来吃晚饭，大家都松了口气。

张妈赶紧吩咐厨房炒了几道聂莛宇爱吃的上海菜，又从酒柜里拿了瓶红酒出来，开瓶醒酒，给聂莛宇倒上一杯。

忙活完，用人们识相地退下，餐厅里就只剩下了小夫妻两人。

席锦书给自己舀了碗鸽子汤，慢条斯理地喝了两口后，漫不经心地问道："今晚你怎么突然回来了，不用谈生意吗？"

聂莛宇听着嗤笑了一声，觉得这话不对味。

两人婚后不是没在一起吃过饭，席锦书之前从来不过问他生意的事。倒不是她对他有多放心，而是他每个月都会上交席家的所有账目给她。他说得再多，都不如给她看账本来得直接。

不聊生意，他们也没其他可聊的，所以一般是寥寥地聊几句家常。后来他一直被李璨恒拉着在百乐门应酬，鲜少回家，两人说话的机会就更少了。

所以这会儿听到席锦书这么问，他想八成是小聂太太看到那些八卦报纸上的胡言乱语了。

"璨恒那边近日来了个煤老板，想要在上海开间皮革厂，我觉得这是条能赚钱的路子，便想他结交一下。不过这煤老板不抽烟、不喝酒，就爱看姑娘跳舞，所以我这不得陪着嘛。"聂莛宇笑吟吟地解释道。

席锦书安静地听完，没再继续问，依旧面无表情地埋头喝汤。

聂莛宇也不知她心里在想什么，看她没反对，以为她是同意他做这门生意了，便不再说了。

匆匆吃完饭，他去楼上拿了签合约用的印章——他就是为此回来的。

席锦书饭后坐在沙发上喝茶，见他拿了印章又要离家，眸眼微动了下，没有制止。

倒是聂莛宇刚走下楼梯，就听到楼梯边上的电话铃响，没等席锦书起身，他率先拿起电话接了起来。

"您好，请问哪位？"聂莛宇客气地问道。

那头顿了下，良久传来几声咳嗽，一个干哑的男声响起："我找席锦书小姐。"

所有打到这个别苑的电话，找席锦书的都会称找小聂太太或者聂三少奶奶，独独这个人，带着莫名的固执说找席锦书小姐。

这两种称谓，代表着两种身份，一种与聂莛宇有关，一种与他无关。

似乎嗅出了对方对自己的敌意，聂莛宇皱皱眉头，将电话听筒递给了走过来的席锦书。

席锦书去听电话，是周垚玉打来的，跟她想的没差。

周垚玉咳得厉害，说的话并不多，只是告诉她，他已经跟父亲谈妥，曹家渡的铺子归席锦书了。

席锦书对他道了谢，挂了电话，发现聂莛宇还没走，正立在一旁看着她。

她觉得奇怪，问："你不赶时间吗？"

聂莛宇指了指一旁安静的电话，似笑非笑道："是个男人。小聂太太不跟我介绍一下？"

席锦书微微地眯起眼来："你想认识？"

"倒也不是很想。"某人口是心非地说。

席锦书难得地低笑一声："是周家少爷，周垚玉，我在英国留学时的朋友。你兴许认识他，他高中跟你念的是同一所学校。"

聂莛宇讶然地挑了挑眉，双手插在裤兜里，身子前探，盯着席锦书仔细地瞧了瞧，问："你连我读哪所高中都知道？我怎么感觉小聂太太好像很早就关注我了？"

他的脸凑过来，离她很近，说话的时候，她都能感觉到他的呼吸扑在她的脸上。

席锦书的脸不禁烫了起来，她往后退了两步，避开他灼热的目光，反问道："怎么？你难道不知道我念的哪所高中吗？"

"知道啊，圣约翰女高。"

"那不就得了，夫妻之间本就该互相了解，不是吗，聂先生？"席锦书强装镇定。

聂莛宇直起了身子，表示赞同地点点头："小聂太太说得是。"

"好了，我走了，你早点儿休息，不用给我留门了。"他对她潇洒地挥了挥手，大步流星地走出了门。

席锦书站在楼梯上，透过窗户望着他离去的背影，眼眸暗了下来。

【3】

第二天一大早，席锦书就去汇丰银行上班了。

坐在自己的办公室里整理了文件，又拟好要跟周家签约的合同，九点刚过，她便拿着合约匆匆离开了银行，去了周垚玉家，跟他父亲签订合约。

周垚玉要留她吃午饭，席锦书找借口说银行还有事，婉拒了。

从周家出来，她反倒没有先前那么急了，先是去陈记包子铺买了几个包子当作午餐，又去唱片行买了张新唱片，等她再度回到汇丰银行时，已经是中午十一点多。

席锦书从黄包车上下来，发现身后跟她的人还在，镁光灯反复闪烁，想不发现那人也难。

不知这又是哪家报社的记者，估计是入行不久，还不知道怎么跟踪人，偷拍也不知道藏着点儿。

席锦书扔了一块大洋给车夫，抱着东西朝银行大门走去。

一个身形魁梧的男人站在大厅中间，背对着大门，抬头看着大厅墙壁上的字画。

席锦书当即皱起了眉头。不用那个人回头，她也猜到了这个不速之客是谁。

席锦书加快脚步走到银行大厅，直接上前朝加藤质问道："不知道加藤先生来此有何贵干？"

加藤转过身来，脸色铁青地瞪着席锦书："席小姐，你应该知道我来这里的原因。"

席锦书一脸镇定地看着他，装傻道："恕锦书愚钝，还望先生指点一二。"

"席小姐，你不愿意与我一起做生意也罢，为什么要抢走我要的店铺？你这样做，会不会欺人太甚了些？"加藤怒气冲冲。

席锦书不以为意地轻笑一声："原来加藤先生说的是曹家渡的铺子。抱歉了加藤先生，曹家渡的铺子我早在你之前就已经跟周少爷谈过，想要用来跟他一起开新店的。我与他在英国留学时就是很要好的同学，现在一起回国合作生意是很正常的事。先生何必为这种事动气？上海滩那么大，你若想做生意，除了曹家渡的铺子还有很多铺子，你大可去租其他铺子啊！"

"席小姐，你话说得漂亮，谁不知道这上海生意好的店铺，不是被你们席家霸占了，就是在王家手里？你不给我租，我难道要去问王老爷租铺子吗？王老爷一向跟我们日本人不合拍，你是要我去自取其辱吗？"加藤怒道。

"加藤先生你误会了，我完全没有这个意思。我们做生意的讲究和气生财，若你不嫌弃，我可以把曹家渡的生意分你一些，只要先生愿意跟我转做汽车租赁而不是卖烟土就行。不是我瞧不上你们卖烟土的，是祖上没做过这种生意，我不熟悉，也不想掺和。"席锦书坦然地说。

加藤被她气得不轻，手指着她，咬牙切齿地说："我加藤贺司是烟土商，你让我不卖烟土跟断我财路有何区别？席锦书，别以为你当了个银行经理就在上海滩只手遮天了，现在全上海滩都要看我们的脸色。你别给脸不要脸！"

席锦书淡淡一笑，弯下腰来："加藤先生言重了，锦书不敢。"

"哼！你给我等着！"加藤气愤地甩手，带着人走了。

席锦书目送他们离去，脸上的笑容慢慢淡去，像什么事也没有发生过一样，从容地跟旁边的人吩咐道："让人把大厅收拾一下，继续工作。"

"是，席小姐。"

在汇丰银行，所有人还是叫她席小姐，因为这里是她的地盘。

席锦书没有急着回办公室，而是朝混在人群中的一个背着麻布包、英伦风打扮的少年指了指，道："那位戴帽子的小哥，你过来一下。"

被喊住的那个人逃跑的脚步顿住，回头，尴尬地朝席锦书一笑，咧着嘴问："席小姐，你是在叫我吗？"

声音软绵绵的，倒不像个男人。

席锦书走上前，仔细打量那人，发现对方眉眼清秀，唇红齿白，没喉结，是个小姑娘。

席锦书这会儿没空追究这记者的性别，她指了指记者背包里藏着的相机，直接问道："刚才那一幕拍了吗？"

记者愣了下，然后赶忙点头道："拍下了拍下了。"

"很好，你是哪家报社的人？"

"花蕾杂志社，新开的，专做花边新闻。"记者怕她不知道，解释道。

席锦书知道这个杂志社，最近写她跟聂莛宇最多的就是这家杂志社。

"我知道了，把今天拍的全部发出去吧！"席锦书伸手拍在记者瘦弱的肩膀上，黑眸紧紧地盯着她，说道。

明明席锦书没有对自己发火，可小记者还是感觉到一股无形的压迫感。

人人都说这个席小姐身上有股其他姑娘没有的东西，今天见到了真人，小记者才明白那是什么——是气场，得天独厚的气场，无声却强大。

怪不得人家能当上第一银行的经理呢。

小记者看席锦书的目光瞬间变得崇敬起来。

席锦书没再理会她，说完该说的，就抱着自己买的唱片离开了银行大厅，朝办公室走去。

"嗒嗒嗒"，她的高跟皮鞋踩在坚硬的大理石地面上，就像踩在银行里每个人的心上。

经过加藤贺司那么一闹，汇丰银行里的所有人都不禁为席锦书担心起来。

他们虽不清楚席锦书到底怎么得罪了加藤，但他们很清楚，得罪那个人没什么好下场。

只有席锦书知道，该担心的那个人不是自己，而是加藤。

她跟席老爷学做生意，最先学会的一点是，任何事情都是占得先机者赢。

加藤现在才来找她，说明是她赢了。

【4】

自从沈妍筠离开上海之后，陈江君便成了百乐门里的新头牌，比之前沈妍筠在时的风头更盛，唱歌跳舞样样拿手，加上性格活泼娇俏，很得男人们喜欢。

每天晚上七点，百乐门一开门，舞女们刚上台热完场，就有人点她出来表演。

126

人红了架子也就大了，等客人们把价码加到她心里预期的数目，陈江君才会出来，不然谁也别想看她的表演。

就是因为她这般拿乔，所以搞得越来越多的人愿意一掷千金地去争抢她。

不过今晚不一样，聂三公子谈成了一桩新买卖，他把整个百乐门都包了下来，在这儿开舞会庆祝。

百乐门的老板李璨恒跟他情同手足，好兄弟赚钱，他自然也跟着高兴，特意喊了陈江君过来给诸位老板助兴。

以前没听过陈小姐唱歌的，现在可以听个尽兴，以前没机会跟陈小姐跳舞的，今晚也可以尽情邀请。只要大家高兴，陈小姐就不会喊停。

聂莛宇坐在二楼的牡丹厅，这是百乐门最好的包厢，从楼上望下去，可以看到整个大舞台。

此刻，陈江君穿了件金丝绣花的真丝长裙，头上别着朵金玫瑰，正风情万种地站在舞台上唱《夜来香》，台下数十张圆桌都坐满了客人。

卖花跟卖香烟的姑娘热情地穿梭在人群中。

有人买了花扔到了台上，被穿着高跟鞋、露着细脚踝的舞女们用踢踏舞步疯踩着，花烂了也没人觉得可惜，因为所有人的目光都被舞女们那裸露在亮闪闪短裙外的白花花的大腿给吸引了。

那是一双双多勾魂的长腿啊，不知抚上去又是怎么一番销魂的滋味。

牡丹厅内，包厢的门敞开着。

从浙江来的刘老板站在外面的栏杆前，一边抽着烟，一边欣赏着舞台上的美女们。

李璨恒拿着一杯红酒站在他的身旁，锐利的眼眸扫过金碧辉煌的大舞台，他微笑地朝刘老板道："刘老板若瞧中谁了，尽管对李某说，我让她上来陪刘老板喝几杯。"

闻言，刘老板连忙摆手，一张圆脸涨得通红，憨厚地说："不用不用，李老板，我这人就眼馋，看看就行。"

"刘老板难得来上海，不用跟我客气。"李璨恒喝了口红酒，笑着道。

刘老板继续摆手，羞涩地说："真不是客气，李老板我就跟你说实话吧，实在是家中有悍妻，我就算有贼心也没那个贼胆啊！"

刘老板话音刚落，李璨恒扑哧一声笑了出来，转过头看向坐在包厢内闭目养神的聂莛宇，调侃道："看来刘老板果真跟聂三公子有缘，非但生意能做到一块儿去，就连这畏妻也是一样的。"

刘老板一听觉得奇了，走到包厢内，激动地看着聂莛宇，问道："聂三公子家里也有悍妻？"

聂莛宇正闭着眼听歌，闻言，缓缓地睁开眼，似是嫌李璨恒多嘴般瞪了他一眼，而后对着刘老板微笑道："悍妻倒不至于，我家那位太太是通情达理之人，知道男人在外要面子，所以不怎么干涉我的事。与其说我畏妻，倒不如说我尊重她。她给我面子，我也自然不能让她太没了脸面。"

"聂三公子话说得好听，可最近上海滩的花边小报可不是这么写你俩的。现在都传你新婚后夜不归宿，整日与舞女、歌女混迹在一起，还有写你俩要婚变的。若这叫给席小姐脸面，我也真要为席小姐叫屈了，她这脸面也忒不值钱了。"李璨恒在旁不忘损好友。

聂莛宇脸上依旧挂着微笑："那些都是无聊记者捕风捉影，是不是真的，你俩不是最清楚吗？我这阵子是待在百乐门没错，可这不是怕刘老板无聊，陪他解闷吗？"

"对对对，三公子说得没错，这事我可以给你做证，若你家太太问起，我去给你说。"刘老板很是仗义。

聂莛宇皮笑肉不笑地说："那倒用不着。"

李璨恒冷笑地"喊"了声，嫌恶地别过脸去。

他最看不得聂莛宇在他面前秀他跟席锦书的恩爱，这特戳他心窝子。

若是席锦书出现在前，他俩真像聂莛宇说得那般郎情妾意，那当年聂莛宇为什么要招惹沈妍筠？若不是她选择了聂莛宇，他输给了他最好的兄弟，换作其他男人，他都不会让人带走她。

沈妍筠嫁给聂莛宇后，他实在受不了心爱之人嫁给他人的痛苦，一气之下离开了上海，在外面醉生梦死地过了一年。又实在对那个人想念得紧，忍不住回来了，结果就听说沈妍筠红杏出墙，染了花柳病，被聂家赶出了上海。

他不信，立刻去找聂莛宇求证。聂莛宇只是扔了几份报纸给他，报纸上是沈妍筠跟其他男人在小巷亲热的照片，还有她患病身体溃烂的样子，一张张照片，无疑都在告诉他，事情是真的。

他以为沈妍筠爱聂莛宇，其实她也没那么爱。

对于她出走的细节，他还想追问，可聂莛宇一直闭口不答。

久而久之，他也就不再问了，因为就像聂莛宇说的那样，就算他问出了沈妍筠去了哪里，她自己若不想回上海，他去拽也拽不回来。

他们都太了解那个女人了。

"我听说聂三公子的第一任太太以前是百乐门的当家舞女，当年三公子娶她可谓是轰

128

动了整个上海滩，我还以为三公子喜欢这种会跳舞的姑娘，没想到三公子一点儿兴趣都没有，看了几天歌舞表演，也不见你下去跳一场舞。"刘老板疑惑道。

听他突然提起沈妍筠，聂莛宇脸上的笑容凝固了，脸色变得不是很好看。

这一次反倒是李璨恒帮他说话："那都是过去的事了，哪个人年轻时没干点儿出格事？咱们百乐门的姑娘就算再好，莛宇也都看腻了，一般的姑娘哪入得了他的眼，你说是不是啊，刘老板？"

"李老板说得对，聂三公子从小就在上海滩长大，哪像我们这种小地方来的，见过的世面少。"

"刘老板谦虚了，刘老板可是商业大亨啊！"

"嘿，说什么大亨，不过是撞了大运，挖了个煤矿出来，兜里有几个臭钱罢了。要想像聂三公子、李老板这样既有身份又有地位，以后还得多多仰仗你俩。"

"刘老板言重了，朋友之间互相帮助是应该的。"聂莛宇再度眯起眼，微笑着说。

三个人又听了会儿陈江君唱歌，一会儿舞曲响起，底下的人都跑去跳舞了。

李璨恒见刘老板蠢蠢欲动，就叫了陈江君上来，领着刘老板下去跳了几曲。

他跟聂莛宇站在楼上看着，两个人有一句没一句地说着话，很默契地都没有提起那个人。

第三首曲子跳完，陈江君领着刘老板去一旁休息，舞台上换了新的歌女唱歌，唱的是一首抒情歌，几位先生太太抱在一起，跳起了华尔兹。

正当众人沉浸在这优美舒缓的歌曲中时，舞厅门口走进来四个不速之客，为首的正是众人眼熟的加藤贺司。

聂莛宇皱眉，他转头看向李璨恒，困惑道："他怎么来了？"

李璨恒也看到了加藤，他轻笑着解释："我请的。今天下午加藤来找我，想要我手上的几个铺子，想开烟馆。我问他要了分红，他答应了，我就让他晚上来找我签约……你脸色怎么这么差？怎么，听到我赚钱，你不高兴啊？"

聂莛宇连忙控制自己的表情，脸上再度挂着笑道："哪里，是之前从未听你提过买店铺的事，我有些惊讶罢了。"

"你又不是我爹妈，我干吗什么都告诉你？何况，你先前也没跟我提过你跟席小姐的事啊！"李璨恒又一次拿席锦书来嘲讽聂莛宇。

聂莛宇笑着点点头，说了句"也是"，便无话了。

"加藤在等我，我先下去了。"李璨恒拍了拍聂莛宇的肩膀，道。

聂莛宇"嗯"了声，眼眸带笑地望着李璨恒下楼去迎接加藤，眼里却看不到丝毫笑意。

李璨恒领着加藤消失在了舞厅侧面。

聂莛宇知道他们这是去了李璨恒的办公室。

他依旧站在二楼，修长手指搭在栏杆上，睥睨着底下的人群几分钟后，他突然朝后打了个响指，候在门口的小厮走上前来。

没多久，小厮领着聂莛宇的秘书上了楼。

秘书跟着聂莛宇进了包厢，说了一番话。越往下听，聂莛宇的脸色就越难看，到最后，他难得地直接发起脾气来，朝秘书质问道："加藤去过汇丰银行的事你怎么不早告诉我？我不是让你看着小聂太太吗，人家都闹上门去了，你都不露面吗？要你来干什么的！"

"可您不是吩咐过，不到万不得已，咱们没必要跟加藤的人硬碰硬吗？"秘书委屈地说。

"你……"聂莛宇手指着秘书，气愤得不知说什么好。

真好，他的秘书不说这事，席锦书竟然也不跟他说，不是说好了任何事都要商量的吗，她倒好，出这么大的事，竟然一声都不吭，她是太把自己当回事了，觉得可以独自跟加藤斗了，还是太不把他当回事了？

聂莛宇越想越气，越气越坐不住，他离开包厢，想要回家找席锦书理论一番，刚走到楼梯口，正碰上跳完舞回来的刘老板。

刘老板一脸惊讶地看着他，问："三公子这是急着要去哪儿？咦，李老板去哪儿了，怎么不见他人啊？"

今天这个局是聂莛宇组的，李璨恒不在，他若还走了，把刘能一个人扔在这儿，也不像个样子。何况加藤就在这里，万一瞧出点儿端倪来就不好了。

想到这儿，聂莛宇冷静下来，也不急着走了。

"刘老板不是想看我跳舞吗？我看你跳得尽兴，也心痒了，这不，也想下来跳几场。"聂莛宇笑着撒谎道。

刘能饶有兴味地"哦"了声，笑着问聂莛宇："那三公子可有心仪的舞伴？"

聂莛宇顿了一下，目光扫了眼楼下，正准备随便选个舞女，一个熟悉的身影进入了他的眼帘。那人一出现，就把所有人的目光都吸引了过去。

整个百乐门内，楼上楼下所有人都停下了动作，看向了门口缓缓走进来的女人。众人的脸上什么表情都有，他们看了会儿女人，最终又都把目光投在了聂莛宇的身上。

而门口进来的女人目光触及他的那一刻，那双杏眼微微地亮了起来。

"三公子，是聂少奶奶来了。"身后的秘书惊讶地提醒他。

聂莛宇眼神淡淡地望着楼下的席锦书，原本焦灼的心在看到她出现的那一刻突然平静了下来。他弯了弯嘴角，眼底的笑意变深了许多。

小聂太太真是让他感觉越来越有趣了。

她这样的人，这样的身份，突然出现在百乐门这种地方，那定是带着特别的目的的。他现在很好奇，她的目的是什么。

"刘老板不是想看我的舞伴吗？喏，底下那位就是。介绍一下，那是我太太，席锦书席小姐。"聂莛宇手指着席锦书的方向道。

底下的人似乎听到了他说的话，脱下帽子，对着刘能微微地点了点头。

刘能着实一惊，早就听闻聂三公子的新太太是个与众不同的女人，年纪轻轻就成了上海第一银行的经理。

今日一见，果真不同凡响，这淡如白菊的气质，这浑身散发着的高贵从容，他还是第一次在一个女人身上看到。

聂莛宇领着刘老板下了楼，来到了席锦书身旁，弯下腰朝她伸出手道："小聂太太，可否赏脸陪我跳支舞？"

席锦书微笑着看了他一眼，绕过他，走到了刘能面前伸出手打招呼："刘老板好，瞧我最近工作太忙了，刘老板远道而来，我却一直没有机会好好招待你，只能让莛宇陪着，不知道他有没有怠慢你？"

"没有没有，席小姐，哦不，聂少夫人说的哪里话，三公子待我很好，我在上海叨扰你们那么久，没有去拜访你，是刘某的疏忽才是。"刘老板有点儿受宠若惊。

席锦书微笑了下，继续道："那刘老板玩得开心吗？"

"开心开心，十分开心。"刘能点头，圆脸羞红。

席小姐说话好温柔啊！

"刘老板开心就好。听说刘老板喜欢跳舞，正好锦书也会跳一点儿，刘老板若不嫌弃的话，让锦书陪你跳一曲？"

"不嫌弃不嫌弃。"刘能连忙把头摇得像拨浪鼓，望着席锦书伸过来的手，刚想去牵，又停了下来，小心翼翼地瞅着被席锦书晾在一旁的臭着脸的聂莛宇道，"可以吗？"

聂莛宇眯着眼，似笑非笑："当然可以，刘老板请。"

刘能内心雀跃，小肥手拉起了席锦书的手，进了舞池。

聂莛宇面带微笑地站在旁边看着，默默地将刚被席锦书拒绝的手藏在了身后。

不愧是小聂太太，够狠。

席锦书跟刘能携手进了舞池后，其他人便都停了下来，在一旁看他们跳。

本以为这两人组合在一起跳不出什么美感来，哪料到两人竟挺合拍。

他们跳的是一首欢快的西洋曲，这曲子是李璨恒从一个德国佬手里买的，在上海滩不常听见，但是音乐声一响起，席锦书踩着节拍就跳了，刘能跟着她，两人一前一后，脸上都挂着欢快的笑容。

上海人对席锦书性子的了解，大多仅限于淡漠安静的印象，哪晓得她跳起舞来，竟然像个精灵，就连百乐门的舞女都未必有她跳得好。

一曲跳完，运动量太大，刘能实在有些跳不动了，但看席锦书，清秀的脸微微透着红，看上去才刚热完身。

刘能跟她打了个招呼，下了场，其他人见他下去，都纷纷上前邀席锦书共舞，顷刻间，那些本来等着跟陈江君跳舞的人都围到了席锦书的身旁。

正当席锦书犹豫要选哪个舞伴时，聂莛宇走进人群，牵起了她的手。

"没看出来小聂太太原来是个喜欢热闹的人。"聂莛宇抓着席锦书的书将她再度带入舞池，这一次他们跳的是慢舞。

听出他话中有话，席锦书不以为意地一笑，一双眼眸黑亮亮地看着他："那现在知道了，聂先生有何感想？"

"感想倒谈不上，就是有点儿话想跟小聂太太说。"聂莛宇说完，手臂一收，将席锦书抱进了怀里，头贴着她的耳畔，低声问道，"你怎么突然跑这儿来了？"

席锦书反问道："你猜。"

两个人头颈相依，看上去很是恩爱。

"现在不是开玩笑的时候，小聂太太。加藤就在楼上，我听说他上午去你那儿闹过事。"

"聂先生的消息倒是挺灵通。"席锦书故意讽刺他。

聂莛宇理亏，没有跟她置气："好了，不闹了，他没把你怎么样吧？"

"你说呢？我若有事，还能站在这里吗？"

她句句带刺，聂莛宇感到有些无奈，道："没事就好。跳完这曲，我先送你回家。"

"我不急着走，我还有事。"席锦书凑在他的耳边小声道。

"什么事？"

"过会儿你就知道了。"她一脸神秘地说完，从聂莛宇的怀里撤了出来，一个大旋转，这曲算结束了。

在旁守着的男人们想要上前向席锦书邀舞，但看聂廷宇没有要放手的意思，只好在旁继续等着。

聂廷宇拉着席锦书离开了舞池，朝角落走去。

待远离人群，聂廷宇才板起脸来，声音低沉地说："小聂太太，咱们之前说好的，无论什么事，都要商量过后再行动。不管你今天来这里是想干什么，这会儿你都得先跟我回家。"

聂廷宇难得直接表露情绪，他此刻内心有种莫名的不安，总觉得席锦书突然来这里并不是件好事。

席锦书挣开了他攥着自己的手，认真地看着他问道："廷宇，你相信我吗？"

聂廷宇微愣了下，很快就回过了神来："小聂太太，我当然相信你，但是加藤就在楼上，这里对你来说不安全。听话，我们先回家。"

说完，聂廷宇再度抓住了席锦书的手。

席锦书没有再推开："廷宇，既然你相信我，那今晚我们就不能先行离开，不然我们俩都有危险。"

聂廷宇惊愕地回头看着她："小聂太太，你这话什么意思？"

席锦书没有回答，只是紧紧地回握住他的手，拉着他走向舞池。

"相信我，我不会害你的。"席锦书头贴着聂廷宇的肩膀，说道。

聂廷宇没再多言，虽然他不知道席锦书到底想干吗，但是直觉告诉他，他该听席锦书的话，毕竟自打认识开始，席锦书就没有骗过他。

他们两个人挽着手回到了舞池，脸上都带着微笑。

其他人看着很是羡慕，果然那些八卦小报写的都是假的，谁说席小姐跟聂三公子感情不和，人家明明好着呢。

"你是想留在这儿继续跳舞，还是跟我回包厢休息？"聂廷宇问席锦书。

席锦书朝楼上看了一眼："我觉得我们还是待在人多的地方比较安全。"

聂廷宇明白了，她这是想留下来跳舞。

也好，舞池里人多，加藤就算看到席锦书，想找她的麻烦，也不会当着那么多人的面为难她。这里到底不比汇丰银行，今日来这里的人，都是些有头有脸的人物。纵使加藤在上海滩再猖狂，也不敢一次性得罪那么多名流大亨。

"那你先待在这里，我去给你拿点儿吃的，不然没力气跳下去。"聂廷宇对席锦书道。

席锦书坦然道："也好，我一下班就过来了，正好还没吃晚饭。"

聂莛宇听着，无奈地看了她一眼，真不知说她什么好，就算是为了工作，也不至于这般拼命吧。

"别乱跑，我一会儿就回来。"聂莛宇轻拍了下席锦书的肩膀，看到她点头，他才放心地离开舞池。

见聂莛宇离开，那些被席小姐舞姿迷住的男人们又拥了上来，争相邀请她跳舞，但都被她拒绝了。

她今晚来这里，可不是真的来跳舞的。

众人悻悻的，席锦书朝他们笑了笑，表达了歉意，转身朝一旁的休息椅走去。

还未走到，肩膀突然被人轻轻地拍了一下。席锦书以为是聂莛宇回来了，回头一看，映入眼帘的却是一个穿着中山装的相貌清俊的少年。

"好久不见。"那少年留着一头干净的黑色短发，咧嘴朝她笑着。

他的声音很是清脆好听，脸上浅浅的酒窝让席锦书有种似曾相识的感觉。

直到听到他喊了一声"书姐"，席锦书才恍然想起眼前这少年是谁——他是王公馆的小少爷，王老虎的第五个儿子，王湛林。

第六章

血色正浓

【1】

席锦书第一次见王湛林，是在席晨怀与王三小姐的订婚宴上。

宴席是在席公馆办的，但底下坐的大半是王家人，王家的人丁一向比席家兴旺。

王老爷前后娶了三位太太，给他生了五个儿女。

王大太太是王老爷发家之前娶的，生王大少时闹了血崩，人没了，王老爷很是伤心，因此对王大少格外疼爱。

丧妻一年后，王老爷娶了新太太，生了王二少跟王三小姐。有一年王老爷在山东建厂，王二太太带着王二少去看望，半路上遇到了山匪。

王二少被山匪杀了，王二太太也被凌辱了。

等王老爷得到消息、带着官兵去救人时，王二太太已经不堪受辱自尽了。

王老爷很是自责，之后每次看到王三小姐，都难受不已。

一连死了两个老婆，王老爷落了个克妻的名声，一时之间，没有哪个好人家的姑娘敢嫁给他。直到第三年春，王老爷才遇到他的第三任太太纪云绣。

纪云绣的父亲是个书生，母亲是位普通的绣娘，这纪云绣虽是小户人家出身，但眼界长远，心胸宽广，很识大体。

婚后三年，她给王老爷生了王四小姐跟王五少，并将王大少跟王三小姐视如己出。

在这样一位母亲的教导下，王家几位少爷、小姐都成长得很优秀。

王大少十六岁就开始帮王老爷打理生意，是个生意好手。

王三小姐性格内向，喜欢宅家研习琴棋书画，更爱刺绣，出挑的绣工在上海滩颇有名气。

王四小姐喜欢西洋音乐，弹得一手好钢琴，国中刚毕业，就被王老爷送去了奥地利深造。

至于那王五少，更是少年天才，心算一流。

俗话说，家和万事兴，王家很快就成了上海滩有名的望族。

能与王家结亲，对一心想要在上海滩长久扎根的席家来说，是百利无一弊的事情，就连当时的席锦书也是这么觉得的。

可谁料向来逆来顺受的席大少爷会为了一个歌女做得那般决绝。

回想起那场订婚宴，席锦书仍记忆犹新。

那天，席老爷请了上海最好的戏班子唱了一下午的戏，晚上，宾客们坐在公馆内的花园里等着开宴。

不知道谁先提了一声，说王四小姐钢琴弹得很好，席老爷遣人将阁楼上那台老钢琴抬下来，让王四小姐为大家弹琴助兴。

有了王四小姐的表演，作为主角的王三小姐自然也不能逊色，王老爷让王三小姐当众给大家作了幅画，画的是一幅气势磅礴的山水图，让人不禁想起祖国的大好河山。

众人一番叫好，又将目光落在了王家最小的少爷王湛林身上。

王老爷把王湛林叫了出去，给了他一把小金算盘。

早就听闻王家小少爷心算很厉害，珠算更是一绝。

来的宾客中大多是做生意的，喜欢考人，对着王湛林百般刁难，都被他一一化解。

大家忍不住赞叹王老爷真是好福气，儿女个个是人中龙凤。

王家当晚的风头完全盖过了东道主席家，席老爷脸上虽挂着笑，心里却很不是滋味。

席二爷看穿了席老爷的心思，将站在席太太身后的席锦书给拎了出来，让她也给大伙儿表演珠算跟心算。

都是生意世家，谁家没个会算账的啊！

席锦书回头看父亲的脸色，见席老爷不说好也不说不好，她沉默着上了台，问王湛林借了小金算盘。

她从识字起就跟着席老爷学算账，再复杂的账目，她眼里过一遍，心里就有了答案，要个算盘，不过是拿来做做样子的。

众人考了几下，高下立见。

王老爷的脸色越来越难看，王湛林则被父亲瞪得红了眼眶。

席锦书看王湛林比自己年幼，心一软，故意算错一题，输了这场比试，下了台。

再这么比下去，这场订婚宴八成要散。

正巧厨房传来消息，可以开席了。席老爷出来打了个圆场，招呼大家上桌吃饭。

席锦书吃完饭，陪着头疼病犯了的席太太先回了房间。

待她安置好母亲，再度走回花园，看到王湛林一个人坐在长廊里哭，他的手里握着一个被摔坏的木制模型，那是一架小飞机。

当时中国是没有自制飞机的，席锦书只在书本上看过图片。王湛林的那个模型做得很精致，跟书本上画得差不多。

她觉得新奇，不由自主地朝他走了过去，问他："你哭什么？"

少年抬头，红着眼看着她，不说话，只是咬着唇，难过地摸着手中的模型。

席锦书坐到一旁，从王湛林手里拿过了飞机，观摩了一番，有些惋惜地说："摔得太严重了，修不好了，你可以再做一个。"

"你怎么知道这是我做的？"王湛林惊讶地问。

席锦书耸耸肩："看你哭成这样就能猜到。男儿有泪不轻弹，知道吗？"

王湛林连忙用手擦了把脸，低着头，委屈地咕哝道："我爹他不喜欢我做这些，他喜欢让我算账，想我日后跟他做生意，可我不爱那些。"

"你爹是你爹，你是你，你喜欢做模型就继续做，总不能因为你爹不喜欢就不做了。我爹还不喜欢女孩子算账呢，可我喜欢，且做得很好，他不也为此改观了？中国需要自己的飞机，我觉得你日后说不定能造飞机，看你做的模型就知道。"席锦书说道。

王湛林一脸羡慕地看着她，"哇"了一声，说："你爹可真好。"

席锦书笑笑，不置可否。

她比王湛林大两岁，相比席晨怀、三小姐他们，他们俩年纪算相仿的，能聊得来。

难得遇到一个支持自己爱好的，王湛林很是兴奋，他一脸激动地跟席锦书摆弄着模型，解释模型的构造，除了飞机，他们还聊了很多当时没有的重型机械。

那些东西在王湛林的嘴里好像活了一样。

席锦书听着，不禁弯起了眉眼，她想，说不定有一天他真的能把这些都造出来。

那一年，她十六岁，他十四岁。

谁知道一年后，席王两家会彻底决裂，谁又知道她日后会成为上海第一银行的经理，谁又知道王湛林的未来。

往事不堪回首，再度相逢，唯一不变的是眼前这个白纸般纯真的少年依旧有着一双比谁都清澈的眼眸，依旧会亲切地叫她一声"书姐"。

"书姐，我是湛林啊！"见席锦书愣着，王湛林伸手在她的眼前挥了挥，自报姓名道。

席锦书回过神来，望着王湛林微微笑了笑，眼神变得柔软许多："我知道是你。湛林，听说你去北平念书了，什么时候回来的？"

"昨天刚回来，听说今晚这里有舞会，同学拉着我一道过来了，没想到会在这儿遇见你。书姐，好久不见了，这些年，你过得好吗？"

"挺好的，你呢？"

"也不错，学校的杨校长跟你一样，很懂我。"他看着她，眸眼亮晶晶的。

席锦书再度笑了起来："那就好。"

"对不起，书姐，席伯父走的时候，正赶上学校里有考试，所以我没能回来。"王湛林突然道歉道。

席锦书脸色微黯，微笑着摇了摇头："没关系，已经过去了。"

王湛林依旧有些愧疚，怕自己说多了，惹得席锦书伤心，便转移话题道："我听说你结婚了。刚才跟你跳舞的就是你的先生吗？"

席锦书愣了下，反应过来道："哦，是的，那是我先生，聂公馆的聂莛宇。"

王湛林点头，语气很是遗憾："我知道他，母亲跟我说起这事的时候我还不大相信，我一直以为你不会这么早结婚。"

"为什么你会这么认为？"席锦书很感兴趣。

"因为……"

王湛林目光定定地看着席锦书，话还没有说完，楼上突然传来几声枪响，一个人从三楼的一个房间内冲了出来，手捂着胸口，直接从楼上摔了下来。

一个穿着黑色中山装的戴帽男人跟着走了过来，拿着枪，对着那人又打了一枪。

舞厅内的人顿时吓得一阵尖叫，作鸟兽散。

席锦书跟王湛林被慌乱的人群冲撞了开来。

从楼上摔下来的那人砸在了舞厅中央，四肢扑腾了几下，便不再动了。

一摊血从他的身下蔓延开来。

死的时候，他的眼睛睁着，看向席锦书所在的方向。

死的竟是加藤贺司。

【2】

"快跑，有杀手！"李璨恒从三楼跌跌撞撞地跑下来，身上溅满血，他惊恐地大叫着，冲进了暴动的人群。

舞厅内的所有人都惊慌地朝大门口的方向跑。那个杀手还在，一路举着枪朝闻声冲进来的日本武士们射击着。

席锦书被人群推搡着摔在了地上，抬头看到不远处挤在人堆里的聂莛宇正在紧张地寻找她。

"小聂太太！你在哪儿？锦书！席锦书！"

聂莛宇的声音就在她的耳边萦绕着。

她想要从地上爬起来，但舞厅里的人太多，一个个都在逃窜，席锦书还未爬起，就又被撞倒在地。

混乱间，一只大手握住了她的手腕，将她从地上用力地拽了起来。

她感激地回头想要对来人道谢，却对上了一双漆黑的眼眸。

未等她出声，黑色的枪口抵上了她的头，同时，巡捕房探长李红星带着手下冲了进来，将整个百乐门团团围住。

黑色的长火枪悉数对准了站在舞厅中间的长衫男人，但谁也不敢盲目开枪，因为那男人抓着的可不是别人，而是席锦书席大小姐。

"放开她！"聂莛宇从人群中挤了出来，冲到了巡捕房的人前面，冷着脸朝那男人大声吼道。

被推到角落的王湛林也走了过来。

见聂莛宇要上前，男人微微地扣动了下抵着席锦书的手枪的扳机，声音低沉："不要过来，否则我立刻杀了她。"

聂莛宇猛地停下脚步，面色铁青地瞪着那人。

席锦书被杀手扼着脖子，难受地朝聂莛宇摇了摇头，示意他不要冲动。

"你把席小姐放了，我可以给你留个全尸。"李红星走到了聂莛宇的身旁，朝杀手威吓道。

闻言，那杀手哈哈大笑了几声，将抵着席锦书的枪口紧紧地压在她的太阳穴上："杀了加藤，又有这席小姐做伴，我就算上了黄泉路也不吃亏。"

"你……"李探长气急，伸手指着杀手。

聂莛宇拦下他的手，往前一步，眯着眼道："说吧，你到底想怎样才肯放了小聂太太？

只要我聂莛宇办得到，我都会满足你。"

那杀手呵呵笑了一声，押着席锦书朝堵在面前的巡捕房的人走了过去："聂三公子言重了，郑某没什么要求，只要我今天能平安离开这里，我定保你妻子没事。"

"好，只要你放了她，我保你活着离开。"聂莛宇向其保证道。

李红星紧张地看着他，提醒道："聂三公子，他杀的可是加藤贺司，就算我卖你面子放他走，日本人也不会放过他，日本宪兵队已经在赶来的路上了。"

"放不放在这上海滩还轮不到你来说话，小聂太太若出什么事，你觉得英国人会放过你？你可别忘了，席小姐不仅仅是我太太，还是汇丰银行的经理。"聂莛宇攥着李红星的衣领，发狠道。

李红星咬了咬嘴唇，最终只得无奈地下令，叫巡捕房的人让开一条道，让那郑姓杀手押着席锦书离开。

他们一出百乐门的大门，聂莛宇便带着李红星的人迅速追了出去。

未等他们追上杀手和席锦书，一辆卡车突然停在了他们前面，几个同样身着中山装戴黑帽的男人从卡车后面站了起来，拿着长枪对着他们就是一顿扫射。押着席锦书的杀手直接将席锦书扔上了车，自己也跟着跳了上去。

李红星拉着聂莛宇往后躲，巡捕房的人上前迎击。那些人显然并不恋战，接到人就快速地驱车扬长而去。

聂莛宇跟李红星紧追了几步，没有追上。

一辆黑色的轿车在他们身旁停下，王湛林从驾驶室内探出头，朝他们喊道："快上车！"

聂莛宇跟李红星对视一眼，也不管来人是谁，直接跳上了车。

杀手不是一个人，对方是有备而来的，聂莛宇他们追了一路，最后还是跟丢了。

王湛林将车停在江边，聂莛宇急躁地从车上下来，来回踱着步。

李红星跟着下了车，安慰道："三公子，你不必这般担心，那个人不是说了吗，只要他没事，席小姐就不会有事。他们抓走席小姐，不过就是想保命罢了。"

"你说得轻巧，若万一那帮混蛋出事了呢？让小聂太太陪着他们一起死吗？"

"不会的，杀加藤的人自称姓郑，看他的面相打扮，还有那手好枪法，他应该是这两年江湖上新起的爱国义士团的成员郑保正。这个团体组织庞大，分工明确，团员个个身怀绝技，即使犯案多次，也没有人能将其抓获。不仅我们巡捕房拿他们没办法，就连日本宪兵队也一直除不了他们。这群人只杀日本人跟汉奸，所以不会拿席小姐怎样的。"李红星解释道。

"爱国义士团？"聂莛宇皱起了眉头，沉思片刻，朝李红星道，"不管那些人是谁，不管用什么办法，你都得给我把小聂太太找回来，她若有什么事，你也别想好活。"

聂莛宇恨恨地说完，回到了车内。

李红星嘴上连回了几个"是"，暗地里却翻了个白眼。都说上海滩巡捕最难当，这话一点儿不假，李红星谁的脸色都要看。如今，别说席锦书能不能找回来，光是死了个加藤贺司，他就已经一个头两个大了。

加藤毕竟死在中国人的地盘上，若日本人追究起来，那他可是真的没活路了。

想到这儿，李红星擦了把冷汗，跟着聂莛宇上了车。

王湛林一直坐在车里听他俩谈话，没有出过声。见他们回来，他重新发动车子，问聂莛宇："聂先生，我们这会儿去哪里？"

聂莛宇正在想席锦书的事，闻言，他抬头看了王湛林一眼。先前他在百乐门看到席锦书跟这个少年讲话，他估摸他们是认识的，可没等他问席锦书，就出了这档子事。

他再度皱起眉头，表情凝重地回道："去找个电话亭，我要给北平那边打个电话。"

"是打给聂老爷他们吗？"李红星问道。

聂莛宇乜斜了他一眼，没吭声。李红星自觉没趣，目光落在了开车的王湛林身上，打量了一会儿，他问："不知这位小先生是？"

"我姓王，名湛林。"王湛林礼貌地回答，因为担心席锦书的安危，他脸上的表情并不轻松。

李红星心底咯噔了下，暗自叫了声"乖乖"。今晚到底是怎么了，他怎么净遇到大人物了。

"恕我眼拙，没认出来您是王公馆的小少爷。"李红星赶忙道歉。

王湛林没再吭声，倒是坐在后座的聂莛宇不经意地挑了挑眉，目光幽深地望着王湛林的后背。王湛林吗？王五少。小聂太太真是总能让他感到意外，但是这次，她真的玩大了。

聂莛宇侧着头望着车窗外，修长的手指轻轻地敲击着车门。

杀了加藤，这一步，不知道走得是对还是错。

【3】

百乐门内，日本宪兵队将整个舞厅重重包围了起来，客人们都被遣散，只剩下老板跟歌女舞女们留在里头接受调查。

加藤贺司的尸体还躺在舞厅中央，一个日本军官蹲在加藤的尸体旁仔细地查看他身上的伤口。

杀手枪法很准，石原正信在加藤的身上只找到两处伤口，一处在左胸心脏的位置，一处在他的眉心。穿心贯脑，神仙也躲不了。

石原正信从地上站起来，表情凝重地拍了拍手，朝坐在门口惊魂甫定的李璨恒走了过去。

"李老板开这百乐门也好几年了，这里的人都说你是个人精，来这儿的客人你个个都认识，既然如此，这客人中突然混进来个陌生人，李老板就一点儿都没察觉吗？"石原正信眼神犀利地盯着李璨恒，问道。

李璨恒被他吓得不轻，哆嗦着站了起来，解释道："石原少将，一般见到生面孔，我的确都会留心一下。但今天加藤先生来找我谈生意，我忙着在办公室接见他，没顾得上盯着底下的客人。我哪儿想得到会有杀手混进来，直接闯进我的办公室杀人。"

李璨恒说的都是真话。

石原正信调查过，加藤死之前有意买下李璨恒手中的商铺，他也询问了加藤的手下，加藤今晚来百乐门，就是来跟李璨恒签商铺转让合约的。

以旁人对李璨恒的评价来看，李璨恒是个利益至上的生意人，不大可能会杀害加藤。

如果不是他，那杀手又是谁派来的？

石原正信眯着眼睛思索着，突然，急促的脚步声从门口传了过来。

正是匆匆赶回来的李红星一行人。

李红星看到石原正信时，心已经凉了大半，虽早料想到自己今晚难逃问责，但没想到日本人会来得这么快。他硬着头皮凑上前去，跟石原正信打招呼道："石原少将，你怎么来了？"

石原转过头瞥了眼地上加藤的尸体，然后面无表情地抬眼看向李红星，一副"你明知故问"的表情。

李红星暗自吸了口气，努力为自己辩解："石原先生你放心，关于加藤先生的死，我们巡捕房一定会给你个交代。对于凶手，我已经有些眉目了。我相信，假以时日，我定能抓捕他归案。"

"哦？"石原怀疑地瞥了李红星一眼，皮笑肉不笑地说，"李探长知道杀手是谁？"

李红星头发发麻，他伸手抓了抓头发，额头上冒着汗："如果我没认错的话，杀手应该是爱国义士团的成员郑保正，之前虹口区的那场爆炸案也跟他们有关。"

"郑保正，爱国义士团，又是他们。"石原从牙缝里挤出这几个名字，手中的拐杖用力地敲了几下地面，发出刺耳的声音。

"我不管你们用什么办法，一周之内，必须把那个郑保正还有他的所有同党给我抓起来。"石原冷酷地朝李红星下达命令。

李红星擦了把额头上的冷汗，小心翼翼地提醒石原："石原少将，不是我们巡捕房不帮你，而是这爱国义士团的事一向不归巡捕房管，我无权插手。"

"那你就去给我通知能管这件事的人！一周之内，我活要见人，死要见尸。"石原恨恨地说完，拄着拐杖，领着手下人离开了百乐门。

走之前，他瞥了眼站在门口处的聂莛宇与王湛林，眼神锐利，却没有上前发难。

石原一走，李红星也带人匆匆离开了，他还得去军政处走一趟，不是他们不办事，这事真不是巡捕房能管的。

"莛宇，你怎么样，没受伤吧？"等那群人都走后，李璨恒才微微地松了口气，看到聂莛宇走进舞厅，抚着胸口上前担忧地问道。

聂莛宇摇了摇头，神色疲惫地坐在一旁的椅子上，一同坐下的还有王湛林。

李璨恒让陈江君去给他们沏茶，自己则继续问道："席锦书呢？没追回来吗？"

聂莛宇再度摇头，拳头攥紧："我已经通知了我哥，他说会立刻联系上海政府，今晚那边应该就会派人去救。刚那个日本军官不也说了吗，务必要抓到那几个杀手，找到了杀手，应该就能找到小聂太太了。"

"聂先生，我觉得我们不能把希望全部寄托在巡捕房或者政府身上，他们那群人为了抓杀手可以不择手段，不计较任何后果。光靠他们救人，席小姐很危险。如果那些杀手被逼得走投无路，来个鱼死网破，席小姐定然凶多吉少。"一旁的王湛林终于忍不住，提出了自己的顾虑。

"这位是？"李璨恒讶异地看着王湛林问道。

"王五少。"聂莛宇解释道，思索了番，他从椅子里站了起来，说，"王少爷说得没错，我们不能这么干等下去。我去找民间势力，看看能不能在他们之前找到小聂太太的行踪，把她给救出来。"

"你去找谁？"李璨恒好奇。

聂莛宇不答。

王湛林跟着站了起来，说："我跟你一起去。"

聂莛宇拒绝了他："王少爷刚回上海，不知上海滩的险恶，还是跟璨恒留在这儿等消

144

息吧。你放心，小聂太太是我妻子，我不会让她有事。"

王湛林还想说点儿什么，聂莛宇已经转身出了百乐门。

王湛林打算跟上去，李璨恒拉住他，劝阻道："王五少还是听莛宇的吧，今晚的事不是你一个学生能管的。这位席小姐对莛宇来说重要得很，就算豁出命，莛宇也会救她的。"

王湛林转过头看着李璨恒，道："聂先生很疼爱席小姐吗？"

"你说爱吗？"李璨恒神秘地笑了下，"那得看你说的是哪方面了。席小姐身上有些东西，的确值得他爱。"

对聂莛宇而言，席小姐现在就是一个私人小银行，他自然是爱得紧了。

王湛林不是很明白李璨恒的话，但李璨恒已经没兴趣继续跟他讨论这个话题了。

李璨恒今晚生意砸了，人也受了惊，他乏了，准备上楼去休息。上楼前，他将陈江君留了下来，让她陪王湛林说话解闷。

卡车一路往前驶着，席锦书跟郑保正还有另外三个穿着长衫的男人坐在车后厢内。

她独自坐在角落里，看着绑她的那几个人在说话，似乎在谈论逃跑路线。

她坐得离他们有点儿远，他们说话都是咬着耳朵，她听不大清。

不知过了多久，那个杀了加藤贺司的杀手朝她走了过来，双手作揖，抱歉地说："席小姐，今晚真是得罪了。"

席锦书没有说话，她难受地动了动被尼龙绳绑着的双手。

那人似乎看出了她的意图，很有诚意地弯腰给她解了手上的绳索。

席锦书微微地松了口气，活动了下酸疼的四肢，平静地抬眼看着眼前的杀手，淡定地说："先生用不着道歉，今晚是我请你来的，你帮我除了加藤贺司，我允诺给你的酬金会让人直接送去漕帮。先生可以找个无人的地方，把我放下，放心，对于你们的身份，我绝不会泄露丝毫，也烦请先生能将这次交易守口如瓶。"

似乎是没想到席锦书会对他说出这样的话，郑保正有些惊讶地看着她，问："原来席小姐也想除了加藤？"

他的问题很奇怪，席锦书有些听不懂，她当即蹙起眉头，警觉地站起身来，摸着车厢壁，往后退了几步："你们不是漕帮的人？"

那人笑了几声，安抚席锦书："席小姐不必惊慌，我们的确不是漕帮的人，但我们也不是什么恶人。"

"你们到底是谁？"席锦书厉声问。

"不知席小姐有没有听说爱国义士团？鄙人姓郑，名保正。这几位兄弟都是我们团的成员，我们这个团只杀汉奸跟日本人，所以席小姐的生命暂时是无忧的。"郑保正爽朗地笑着说道。

"暂时？"席锦书的脸又白了几分，她探询地打量着郑保正，"郑先生的意思是？"

郑保正又笑了："席小姐果真跟传说中说的一样，是个聪明人。我们杀了加藤贺司，现在多方势力在搜索我们。陆地肯定走不了了，所以还请席小姐帮个忙，助我们离开。今日我绑走席小姐，也是不得已而为之。"

席锦书凝思了会儿，然后抬眼再度看向郑保正，问："郑先生需要我帮什么忙？"

"之前听闻席家产业巨大，跟漕帮渊源颇深。席小姐刚才提到漕帮，自然是知道漕帮的。我想请席小姐替我们向漕帮借条水路，送我们离开上海。"

席锦书皱起了眉头："郑先生，不是我不愿帮你这个忙，而是漕帮虽与席家有渊源，但自家父去世后，漕帮就与席家断了联系。漕帮是江湖势力，家父生前觉得那不是我一个女孩子能掌控的，所以从不让我涉及。我为了除掉加藤，不得已动用这一势力，也是请的家里老管家去联系漕帮的。如今我在你手上，你让我如何去帮你借路？"

"这一点，席小姐不必担心，我们已经帮你筹备好了。"郑保正微笑着拽住了席锦书的手。

席锦书拧起眉头，惊愕地看着他。

车突然停了下来，车内的人都跳下了车，郑保正拉着席锦书也一同下了车。

席锦书站在河边，望着河中央屹立着的那片水上建筑，内心顿时明朗起来。

郑保正松开了她的手，指着不远处在黑夜中散发着点点灯光的房屋，微笑道："这里就是漕帮。席小姐，请。"

【4】

守门的小弟进来通报席小姐上门拜访的时候，张定河正坐在祠堂大厅里喝茶。

近日世道不大太平，他年事已高，身子骨也不再硬朗，那些年轻人要争要抢的东西他已经看不上眼了，一心只想守着眼前这三亩田地，得空喝个凉茶便足矣。

听闻通报，张定河皱了皱眉头，凝思了会儿，想起不久前席公馆陈管家打来的那一通电话，他暗自叫了声"不妙"。

陈管家在电话里说让他出几个弟兄偷偷干掉加藤，他嘴上应承着，但实际上并未打算出手。

他们漕帮虽曾受过席公馆的恩，但眼下战事紧张，他们一个江湖帮派若得罪了日本人，那绝无好处可言。

可席家的面子又拂不得，为了蒙混过关，原本他想让手下随便找几个小瘪三，给几个钱，让他们去做这件事的，可他的手下还没去找人呢，这席小姐就找上门来了。

难不成是她嫌他们手脚太慢，来兴师问罪的？

张定河暗自揣测了一番，然后朝手下挥了挥手，示意他请席锦书进来。

在漕帮子弟的带领下，席锦书跟郑保正一同进了屋，爱国义士团的另外几个人被拦在了屋外。

张定河没跟席锦书打过交道，他们漕帮与席家的生意之前一直由席老爷经营，凡事只听席老爷的号令。席老爷一走，听说席家由一个女娃娃掌权后，漕帮就自动断了与席家的联系。

一是漕帮是草莽组合，帮派里的都是些粗莽汉子，听不得女人号令。二是他们也没指望一个女娃娃能管好席家，又能带给他们多少好处。

席锦书进屋的时候，张定河正坐在太师椅上悠闲地喝着茶，完全没有起身相迎的意思。可看到跟在席锦书身后的人时，他就没法再稳坐泰山了。

"你怎么在这儿？"张定河激动地从椅子上站了起来，震惊看着郑保正。

郑保正笑了笑，弯腰对他作了个揖，打招呼道："张阁老，好久不见，你还是健朗得很啊。"

张定河没好气地朝他哼了一声，转头看向席锦书，直接道："不知席小姐突然前来，所为何事？"

席锦书并不认识张定河，但听郑保正称呼他为"张阁老"，心想他应该就是漕帮当家的，便跟着郑保正作揖道："张阁老，叨扰了，锦书今晚前来，是想请阁老帮个忙。"

张定河心想她应该是为了刺杀日本人那事而来，他本就不是很想接这个活，现在又看到郑保正，心里更是排斥得很。

这郑保正是斧头帮的人，要说斧头帮，那是如今上海滩最为威风的江湖势力。

斧头帮看不上他们漕帮胆小怕事，只顾赚钱，不顾民族大义，而他们漕帮也看不上斧头帮全是愣头青，到处惹是生非，闹得上海滩鸡犬不宁。所以他们漕帮跟斧头帮向来是井水不犯河水，互不来往。

江湖上人人都知，郑保正出现，那准又有谁被刺杀了。他杀的人没一个是小人物，漕帮若与他沾上关系，今后估计难保太平。

张定河看看郑保正，又看看一脸镇定的席锦书，他脑子里灵光一闪，突然明白这两人同时出现意味着什么。

难道在刺杀加藤这件事上，席锦书不仅找了漕帮帮忙，也向斧头帮抛出了橄榄枝？

张定河顿时有种被戏弄的感觉，他当即恨恨地回席锦书道："席小姐，既然事已了，又何必跑来我这儿求帮忙？有郑先生在，席小姐还需我们漕帮做什么！"

看张定河与郑保正的样子，席锦书猜这两人是旧识。

她目光凛了凛，对着张定河再度作揖道："张阁老误会了，我与郑先生是今晚才相识的。我与您做的交易，从未与他人再做过。现今那场交易已经无意义了。我今晚来这里找阁老您，想让您帮的是另外一个忙，不过这忙的确跟郑先生有关——我想问漕帮借一条水路，送郑先生他们离开。"

席锦书毫不遮掩地说出了自己的意图。

张定河定定地看着她，仿佛听到了个笑话一般，他冷笑起来："席小姐知道自己在说什么吗？先不说我们漕帮与郑保正他们所在的斧头帮从不联系，就郑保正杀过的人，你知道外面有多少人想要抓他们？席小姐轻飘飘一句话问我借一条水路，你可知这水路我倘若借了，若被他人知道是我漕帮放走了郑保正他们，我们会落得一个什么下场？"

"我自然知晓其中的利害，所以我今日向阁老提出这样的请求，并不是什么都不给。"席锦书道。

张定河不屑地嗤了一声："席小姐若是提钱，大可不必，我们漕帮的人虽然贪钱，但更惜命。漕帮底下一百多个兄弟，如今好不容易在这方土地上清静几天，可不想就此丢了命。"

"张阁老您误会了，我能给的不只是钱。"席锦书淡然道。

"哦？"张定河的脸上露出好笑的表情，"席小姐除了钱还能给我什么？"

席锦书看了眼四周，不说话。

张定河会意，屏退了下人，他想要把郑保正一并赶出屋，但被席锦书拦住了。

"郑先生可以留下，我相信郑先生对我所说的并不感兴趣。"席锦书道，她转身从容地坐到了张定河方才坐过的太师椅上，拿起茶壶，不客气地给自己倒上了一杯茶。

一路奔波到现在，她实在有些渴。

"席小姐别卖关子了，说吧，你到底能给我什么东西，值得我为你们冒这样的险？"张定河不耐烦地说道。

席锦书一笑，抬眼看着他，不疾不徐道："不久前，我在家父的书房内找到一张海上藏宝图。先前我并不知这图有何用，但现在看到张阁老，想起漕帮与我们席家这些年来的诸多联系，我想漕帮过去之所以听命于家父，与席家交好，也许跟这张图有关。倘若我把此图赠予漕帮，张阁老是否愿意今晚借我一条水路？"

席锦书说完，低头又喝了一口茶。

张定河顿时脸色铁青，他紧张地凑到席锦书的面前，用力地搂着她的手，道："你知道那张图？"

席锦书放下茶杯，望着他笑了笑："当然。不然张阁老觉得我凭什么站在这里跟您提要求，难不成因为我是席家的小姐吗？"

张定河松开了搂着的席锦书的手，往后退了几步，有些狐疑地看着席锦书道："席小姐，我凭什么信你事成后会将图给我？"

席锦书再度笑了笑，她看了眼旁边的茶几，拿起上面的一把水果刀，眼神冷了一下，用刀在右手食指上割了一刀，往刚喝过的茶杯里滴了两滴血，又倒满了茶。

"听闻漕帮一向讲究义气，入帮之前，所有人都要经过歃血之誓。锦书虽然是女儿家，但这点儿痛也受得了。今日我以茶代酒，敬张阁老。此事过后，我与漕帮血脉相连，倘若日后漕帮有用得着锦书的地方，只要不违背仁义道德，我定全力以赴。只要郑先生他们顺利离开，藏宝图我即日就让人送到府上，不知我这样，对阁老来说够不够有诚意？"席锦书说完，仰头喝光了杯中的茶。

这下，不仅张定河被她震撼到了，就连一旁的郑保正也不得不对席锦书的大义凛然感到敬佩。

几个月前，上海滩突然出现了个席小姐，人人都说这席小姐是个狠角儿，如今百闻不如一见，果真奇女子也。

"席小姐既然把话说到这分上了，我若再拒绝则显得我太没江湖道义。不过，我得把话说在前头，路我可以借，但倘若日本人找到我的头上，席小姐可得保我们漕帮太平。"张定河朝席锦书抱拳道。

"张阁老不必担心，只要我不说，您不说，郑先生不说，不会有人知道是漕帮借的路。就算有人怀疑到漕帮，您只要一口咬定不知情就行了。待郑先生他们的船平安出港后，烦请张阁老去通知聂三公子一声，去我发出的信号弹处寻我，其他事由我来解释即可。"

"好，我就信席小姐这一次。屋后有条船，直通陆家浜路渡口，到了渡口自然会有人接应你们。郑先生要走，那得尽快，日本人很快就会追来。"张定河领着他们进了祠堂内的偏道，到了后院。

后院有条小溪，溪中停着一条船，船上坐着一个船夫。

郑保正回头吹了声口哨，不一会儿，原本在屋外等候的几个同伴都赶了过来。

为了确保他们的安全，作为人质的席锦书跟着他们一道上了船。

很快，船没入了漆黑的夜色中。

几个人坐在船头，郑保正陪着席锦书坐在船尾。

犹豫再三，郑保正终于忍不住出声道："原本我只是想靠席小姐的关系借条生路，但没想到会让席小姐牺牲这么多。其实席小姐没必要为我们做到那个地步，漕帮若不愿借路，我们也可以想其他办法。"

席锦书听着，摇了摇头，嘴角噙着抹浅笑："先生自然能想到其他办法，但未必能全身而退。不过是一张图而已，对漕帮来说，那是一张藏宝图，对我来说，那不过是一张没用的废纸。不管怎么说，先生杀了加藤，也算是帮了我一个忙，我这人素来不爱欠人情，今日保先生平安离开，也算是我还了你的人情。"

"席小姐这般气度，着实让郑某钦佩。今晚我若能跟兄弟们顺利离开，日后定要偿还席小姐大恩。"郑保正感激道地说。

席锦书笑了笑，摇头："郑先生言重了，我不求先生日后报答，只希望先生能一生平安，做自己想做的事，坚定自己的理想不动摇。"

"席小姐请放心，保正内心的信念永远坚如磐石。"郑保正站起身来，对着席锦书作揖道。

席锦书起身对他回了个礼，说了声："谢谢你，郑先生。"

"席小姐，你谢我做什么？"郑保正感到讶异。

席锦书抬头望了眼头顶的夜空，点点星光洒在她的眼里，她嘴角扬起，笑了笑："星星之火，可以燎原，我是为那些逝去的国人谢先生。"

谢谢你，谢谢你们，不惧生死，以微薄之力去守护我们的山河。

谢谢你，谢谢你们，让我知道原来那个人心里藏着的竟是这般伟大的信仰。

她在神父面前发过誓，会护他一生平安。她既要护他，自然也要护他的信仰，所以，她要救郑保正他们，不只是因为救那点星星之火，也是为了救他。

到岸了，船停了下来。张定河没有食言，果真有几辆黄包车停在岸边。

郑保正一行跟席锦书道了别，匆匆上了车。

席锦书没有跟去，她留在了船上，目送他们消失在夜色中。

船夫问她："席小姐，我们现在要去哪儿？"

席锦书笑了笑，喝了口热茶："去河中央吧。"

船夫把船划到了河中央，一头雾水地看着她。

席锦书从怀中掏出了郑保正先前给她的信号弹，拿在手中把玩了一会儿后，估摸着郑保正他们已经上了渡船，才将其发射向空中。

"若有人问起，就说我们是被郑先生他们给踢下船的，明白吗？"席锦书站起身朝船夫道。

船夫不明所以地看着她。席锦书叹了口气，拎着裙摆，直接往河里一跳。船夫这才反应过来，跟着她一同跳下了船。

入秋了，江水凉得有些刺骨。

为了去百乐门跳舞，席锦书今日下班后特意换掉了衬衫和工装裤，穿了条裙子。这裙子是聂莲宇上个月带她去逛洋布行的时候给她买的，好看是好看，在水里却成了累赘。

她的水性一向不怎么好，小的时候，每年夏天，她都跟着哥哥席晨怀去学游泳，可她这么聪明的人，偏偏就是学不好。

裙子在水里变得特别沉重，她的身上像被压了数十斤棉被，压得她喘不过气来。

席锦书拼命地在水里往上扑腾着，她得为自己争取时间，起码要坚持到聂莲宇赶来，即使她也不确定他会不会来。

万一张定河没有派人去通知他，万一他没有看到她发射的信号弹，万一他没有发现她在水里……任何一个万一都会要了她的命。

可是，事已至此，她不得不去赌一把，赌他会来，赌她没有看错人。

眼皮越来越沉重，几口水呛进了鼻腔，她的大脑感到了缺氧。当她快要失去意识时，她好像听到了湖面上有人惊呼——"她在水里！"

她的心顿时松了下来，整个人终于没力地往下坠去。头顶上方的水激起一阵波浪——有人下水了。

夜色太深，她看不到来人，但能感觉到有人在朝她游来。

是你吗？莲宇……

【5】

一大早，聂公馆内便聚满了人。十几个日本宪兵端着枪站在院子中，外面则围着一群情报处的人。

几个穿着巡捕房制服的青年蹲坐在花园里，看着四周走来走去的日本宪兵跟情报处的人，咧着嘴相互调侃起来。

"要我说，上头派我们几个过来纯属瞎派，那日本宪兵跟情报处的人，哪个是我们干得过的？待会儿他们要抓人，我们还能跟他们抢不成？"一个圆头大脸的青年率先说道。

蹲在他身旁的高个子青年没好气地捶了他一下，嫌弃地说："谁让你跟他们抢人了！昨天晚上，汇丰银行的大班麦克林就找了咱们的督察约翰请求帮助，所以今儿个约翰让我们过来，可不是为了抓人，而是来保护席小姐的。"

"话是这样说没错，可凭咱们几个，怎么保护席小姐？哪家打得过又得罪得起？"另外几个人担忧。

说到这儿，几个青年的脸上都写满了忧虑，目光齐刷刷地看向了坐在大厅内陪人打麻将的李红星。

要说发愁，谁也愁不过李红星。

他来这儿是来办正事的，结果情报处的陈贺军拉着他陪石原正信打麻将，打就打吧，可他一会儿就输了一个月的俸禄。这聂二太太也忒厉害了，十有八九都是和牌，完全不给其他人活路。

正想说不打了，聂太太领着女佣走了过来，朝他们道："几位先生先休息会儿，喝点儿茶水吧，锦书还没有醒来，我怕你们等乏了。"

其他人还未搭话，李红星如获大赦，赶忙接话道："谢谢聂太太了，我正口渴得紧。"

说完，他便推了牌，起身离开了牌桌，再也不想打了。

聂二太太早就赢饱了，这会儿停手，她自然乐意，也跟着起了身。

剩下石原正信跟陈贺军两个人谁也没说话，皆心事凝重地离开了座位。

"聂少奶奶的情况有没有好点儿？"李红星喝了口热茶，随口朝聂太太问道。

聂太太摇了摇头，道："医生说她呛了水，还好救得及时，不然性命都难保。现在恐怕是受了惊，才一直没醒。"

说到这儿，聂太太埋怨地瞪了石原他们一眼，生气道："我们锦书一向安分守己，今日遭此劫难，还好有祖宗保佑，捡回了一条命。石原先生、陈副处长，你们口口声声说要抓杀手，怎么抓到我们聂公馆来了？难不成是觉得我儿媳让人枪杀了加藤先生，还自己跳河了不成？"

石原正信懒得回她，一旁的陈贺军笑吟吟道："聂太太别激动，我们来这儿只不过是想带聂少奶奶回去问些话。那些杀手是斧头帮的人，逃走的水路却是漕帮的，漕帮与斧头帮一向互不往来，但与席家渊源颇深，这就不免让人生疑了，加上前两天我们情报处抓到一个共产党，这人在逼供下供出了几个同伙，其中有个人你知道是谁吗？"

陈贺军眯着眼反问聂太太。

聂太太被他盯得顿时通体深寒，声音略微颤抖地问："谁？"

"席公馆养的一个打手，叫虎子，不知聂太太听说过没有？"陈贺军目光犀利地盯着聂太太，笑着说道。

聂太太浑身打了个激灵，她对席公馆的人其实并不熟悉，但是这虎子她偏偏见过，之前席锦书回娘家，有几次都是虎子开车接送的。

"一个下人而已，又证明不了咱们锦书通共啊！"聂太太辩解道。

陈贺军笑得有些狡诈："聂太太，我可从未说过聂少奶奶通共啊！我跟石原将军不过是觉得这两件事凑在一起太过巧合了，所以才想找聂少奶奶问个清楚。就连报纸上也登了加藤去聂少奶奶银行闹事的事，所有人都看着呢，你说哪有这么巧的事，加藤先生刚找过她的麻烦，他就被枪杀了。"

聂太太被说得哑口无言。突然，楼上传来一阵冷笑，是聂莛宇下楼来了。

"陈副处说错了，加藤先生可不只是去银行闹了事，他还让人把我们家的别苑给烧了。他被杀当晚，还好小聂太太听说我谈成了一笔新买卖，于是特意跑来百乐门找我庆祝，不然她都被火给烧死了，哪儿还有被绑架沉河一事？去银行闹事的是加藤，想放火杀人的也是加藤，现在加藤死了，你明知凶手是谁，却不去抓，反倒跑来聂公馆给小聂太太瞎扣帽子，莫不是当我们好欺负？还是说，陈副处长以为弄倒了我们聂家，就能在某些人那边邀功，升官发财了？"

聂莛宇的话说得有理有据，让人一时难以反驳。

陈贺军被说中心事，沉默了一会儿，从怀中抽出一张带血画押的证词，恼羞成怒道："这是我从漕帮的几个混生那里取到的证词，上面说张阁老曾让他们去找几个街头瘪三，暗杀加藤。张阁老与加藤无冤无仇，倘若是他要杀人，定会亲自动手，不会找街头瘪三，所以，要杀加藤的并不是漕帮。但上海滩能使唤漕帮去杀人的没几个人，聂少奶奶的确最有嫌疑。"

"证词上只说张阁老找人杀加藤，可没说小聂太太要杀加藤。陈副处长硬是这么说的话，那加藤直接让人放火烧了我的别苑，烧死了几个用人，我是不是也该怀疑是石原将军等人授意的？我能不能让你也把石原将军给抓起来？石原将军你觉得呢？"聂莛宇突然把话题转到了一旁沉默的石原正信身上。

石原正信眯着眼看着他，微笑着没吱声。

陈贺军气得咬牙道："好，咱们先不说加藤跟漕帮的事。先来说说这席公馆的打手虎子，我们在得知虎子身份后，并没有立刻逮捕他，而是先跟踪了他。加藤被杀前一天，我们的人监听到虎子在电话亭给延安那边发了个电报。之前就有消息传出，郑保正所在的爱国义士团早已投靠共产党，所以我们有理由怀疑，席锦书找漕帮杀加藤不过是为了掩饰她共产党的身份，她跟郑保正他们分明就是一伙的。就算她不是共产党，她也有很大的通共嫌疑。"

"陈副处长，说话是要讲究证据的，通共不是什么小事，你可别信口胡诌。共产党一向擅长伪装，伪装成打手潜入席公馆方便行事这也很正常。单凭一个打手，是证明不了小聂太太跟共产党有联系的。"聂莛宇双眼微眯，似笑非笑地望着陈贺军。

陈贺军笑："聂三公子说得没错，所以我们才要来请聂少奶奶跟我们回去调查啊！既然三公子觉得证据不够，那我只能加快速度，把证据给找足了。来人，去楼上把聂少奶奶扛下来，不管她是死是活，醒不醒得过来，都给我带去情报处。"

陈贺军冷着脸对身后的手下命令道。

顿时，站在院子里的那群情报处的人全涌进了屋内。

李红星见形势不对，把自己的手下也招呼进了屋。

眼看那群人就要往楼上冲，聂莛宇拦在了楼梯口，面色冷峻，道："我看你们谁敢！"

陈贺军大力地推开他，朝楼上走去。

李红星焦急得不知道该怎么办，回头看石原正信，那日本少将正怡然自得地坐在座位上喝茶，脸上带着看好戏的表情。

李红星长叹口气，硬着头皮拔出腰间的配枪，就要带着人往上冲。他们来之前，上头吩咐过了，得保席小姐安全。

不过现在听陈贺军这么一说，这席小姐的身份可能复杂得很。但不管她到底是什么身份，对巡捕房来说都无所谓，说到底，他们不过是听令行事，混口饭吃而已。

然而他还未追上楼，一个人影突然蹿到了他的面前，动作迅捷地夺走了他手中的枪。

没等李红星反应过来，一声枪响，走到二楼的陈贺军肩膀上中了一枪。陈贺军吃痛地惨叫一声，愤怒地回头，瞪着握着枪的聂莛宇。

同时，情报处的人跟日本宪兵都把枪对准了聂莛宇。

"聂莛宇！"陈贺军嘶吼一声。

聂太太她们吓得不轻。听到枪响，本来被拦在屋内的聂老太太再也坐不住了，在聂书涵的搀扶下，拄着拐杖急匆匆地从房内走了出来。看到举枪的孙儿，聂老太太瞬间吓晕了过去。

陈贺军捂着受伤的肩膀，气势汹汹地朝聂莛宇走了过去，他一把拽住了聂莛宇的衣领，咬牙切齿地说："聂三公子，你知道你在做什么吗？"

聂莛宇微微地笑着，眼神却很冷："我说过了，谁也不能动小聂太太。"

一群人拥了上来，押住了他，夺走了他手中的枪。

"别以为你大哥在上边受宠，你就可以这般为所欲为。我告诉你聂莛宇，今天这人我是抓定了。"陈贺军恶狠狠地说。

聂莛宇摊开双手，任由这些人抓着，他把头往前凑了一些，脸贴着陈贺军的耳畔，低声笑道："如果我说，是我让虎子去找人杀的加藤贺司，你还会想抓小聂太太吗？"

陈贺军的双眼当即睁成了牛眼，他一脸震惊地看着微笑的聂莛宇，试图辨别聂莛宇这话的真假。过了片刻，他突然也跟着笑了起来，不管聂莛宇说的是真是假，只要他相信是真的，并把它变成真的，就可以了。

"带走！"心里有了决定，陈贺军对着手下打了个响指，下命令道。

情报处的人将聂莛宇从楼上押了下来。聂太太见状，一下子哭了出来，要去跟陈贺军抢人，被聂二太太拦了下来。

"三哥！"聂书涵也着急了，她将聂老太太交给了一旁的女佣，担忧地追着聂莛宇他们出了聂公馆。

聂莛宇制止了她，停下脚步，微笑地安抚她："别害怕，书涵，三哥很快就回来。你帮我照顾好母亲跟奶奶，还有小聂太太。"

说到席锦书，他微微停顿了下，继续道："倘若她醒过来，告诉她，她若想离开，随时都可以。"

聂书涵不懂聂莛宇最后一句话是什么意思，她还想说点儿什么，李红星走了出来，拉住了她。

聂莛宇又回头看了聂书涵一眼，脸上依旧保持着笑容，然后他的目光往楼上望了望。风吹起了纱窗，他看不到楼上那人的模样，但似乎又闻到了她身上那股淡淡的花香。

如若还有机会，他想对她说一声"谢谢"。

谢谢她，帮了他这么多。谢谢她，愿意嫁给他。还有，祝她平安顺遂。

【6】

自打那日从河里被救上来后，席锦书就一直高烧不退，昏迷不醒。

聂公馆的人近日都在为救聂莛宇的事奔波，实在没有多余的精力去顾她。

席太太想要过来探望女儿，但情报处来了人，不仅抓走了虎子，还把整个席公馆都给封了，任何人不得进出席公馆。

席太太担心席锦书，也只能一个电话接一个电话地往聂公馆打，向聂太太询问情况。

被关在公馆内几日，别说席太太瘦了不少，就连平日里大吃大喝的席二爷他们也没了胃口，闷得很，老想出去溜达，可刚走到门口，就被人拿枪堵了回去，真叫人闹心。

这一情况好转是在三天后，席公馆的虎子被扣上了共产党的帽子，直接押去了城南枪毙了。

当天傍晚，下了一场雷阵雨。

聂公馆的刘管家跟着司机去火车站接聂老爷。

聂莛宇被陈贺军带走后，杳无音信好几天了，聂老爷一收到消息就从北平赶了回来。聂大公子没有一道回来，而是留在北平，东奔西跑地向同僚打探弟弟的消息。

几方都在努力，想要把聂莛宇给救出来，可这件事太严重，即使聂莛煊出面，能问到的信息也很少。

聂老爷一回来，连家都没回，就去了情报处找陈贺军，想要见聂莛宇，结果连陈贺军的面都没见着，直接被拦在了门口。

聂老爷气得回了家，发现家中一片愁云。

聂老太太因为孙子的事病倒了，躺在床上郁郁寡欢。

聂太太跟聂二太太一个整天以泪洗面，一个生怕在这节骨眼上撞上了枪口，连话都不敢多说半句。后来聂太太连看一眼聂二太太都会心烦，聂二太太索性躲到了席锦书的房内，借故照顾新媳妇，不出来了。

聂老爷回到家，淋了一身的雨。聂太太给他拿了干净的衣服换上。

夫妻俩还没来得及说上几句话，聂公馆内的电话铃又响了。

聂太太喊了刘管家去接，是席二爷打来的，说了虎子已被处决的事。

听出去买菜的下人说，虎子死的时候，身上没一块肉是好的。

毕竟是自己人，席二爷听完忍不住担心起聂莛宇来，便打个电话过来想问问情况。

刘管家也不知内情，简单地回了席二爷两句，就挂了电话，上楼来跟聂太太他们说起虎子的事。

聂太太听完，当即晕了过去。

家里一下子又多了个病人，聂老爷气急，骂了管家几句，让他去席锦书的房内喊医生过来看看聂太太。

刘管家还未走开，席锦书的房门就被人拉了开来，聂二太太一脸欢喜地从门内走了出来，

156

激动地说："锦书醒了。"

席锦书醒了。简短的一句话，像给聂公馆内的所有人都吃了颗定心丸，就连聂老爷都觉得奇怪，儿媳醒了，他有什么好跟着松口气的？

他好歹是政府里的骨干分子，自己都没见到儿子一面，难道席锦书可以？

聂少奶奶醒了，用人们都去了她的房内伺候，大家都是又高兴又难过。高兴的是，家中的主心骨又多了一个；难过的是，这聂少奶奶刚醒，若得知聂莛宇的事，指不定又要受多大打击。

商量再三，聂家人决定让小姑子聂书涵去跟席锦书说聂莛宇的事。

虽然也不指望席锦书能帮上什么忙，毕竟这是政界的事，比较敏感，但总归要知会她一声。

于是，聂书涵当晚就去了席锦书的房间，跟她把聂莛宇被抓的来龙去脉都说了。聂书涵前后说了近一个钟头，席锦书一直沉默着，什么话也没说。

她的脸色苍白，嘴唇干得起了皮，那双幽深的眼眸也不如往日那般明亮，倒是这周身的气息还是让人感到一阵冷。

聂书涵微微挪了下身子，抿着唇打量着席锦书，不敢揣测她的心思。

过了约莫一刻钟，席锦书才终于开了口，声音哑哑地问道："知道他被关哪儿了吗？"

聂书涵摇了摇头，想起先前听二姨太说的那虎子的死状，不禁红了眼眶，心痛地说："老爷去问了，没见着人，大哥来电话说明天给消息，但不管被关在哪儿，三哥他定是受了不少苦的。他们都说情报处那帮人审人时什么法子都用，人一旦落在他们手里，都得脱层皮。"

说完，聂书涵哭出了声。

席锦书又不吭声了。她双眼定定地看着前方，看上去面无表情，可藏在被子下的双手却攥得死死的，指甲嵌进了肉里，掐出了血，她都不自知。

屋外突然又响起了一声惊雷，同时一道闪电劈了下来。聂书涵吓了一跳，停止了哭泣。

睡在旁边屋的席世恩被雷声惊醒，哭着要找妈妈。女佣抱着他来找席锦书，聂书涵便借口离开了。

那一晚，席世恩留在了席锦书房内，跟她一起睡，聂家的人再也没有来打扰过。

黑夜中，席锦书望着在自己怀中酣睡的侄子，眼泪一滴滴地落在了孩童稚嫩的脸上。

第二天一大早，用人去房间喊席锦书吃早餐，发现房间里只有睡眼惺忪的席世恩，席锦书不见了。

聂老爷赶紧吩咐下人们去找，然而去了席锦书能去的地方，都没有找到人。

就在众人担心席锦书会不会因为聂莛宇被抓而想不开做傻事时，一个电话打到了聂公馆，电话那头的人告知他们，席锦书在情报处陈贺军的办公室里。

没有人知道席锦书干了什么，但聂家上下都为这一个电话而欢欣鼓舞，因为电话里那人说，让聂公馆的人去情报处接聂莛宇。

听到这个消息，聂太太跟聂老太太的病一下都好了，聂老爷则激动地遣了司机去情报处接人。

在聂家人心情转晴的同时，情报处陈贺军的心情仿佛坐了一趟过山车，忽上忽下的，受惊不小。

今早他还没上班，刚从家中出来，就看到席锦书坐在他的车内，苍白着脸，微微地朝他笑着，打招呼道："陈副处长好。"

那时候天还没怎么亮。他这几日忙着审问共产党，给聂莛宇定罪，想着怎么整垮聂家，每天只睡几个小时。本来就睡得不好，又在大清早雾蒙蒙的时候，看到一个女人白着张脸，阴恻恻地对着你笑，能不怕吗？

陈贺军当即打了个寒战，后背哆嗦了下，硬着头皮上了车。他勉强地挤出一抹笑，明知故问道："不知聂少太太这个点来找我，所为何事？"

席锦书光看着他笑，不说话。

陈贺军感到腰间被什么东西抵住了，他下意识地低下头，看着横在自己身上的手枪，脸上的笑容凝住了。

"席小姐，你这是什么意思？你知不知道你这样做，对自己可没什么好处。"

"陈副处长不用担心我，我不是共产党，你奈何不了我。倘若陈副处长不想丧命的话，就带我去见聂莛宇。"席锦书冷声道。

"聂少奶奶，我估摸你连枪都不会开，就别用这吓人了。"陈贺军咬着牙道。

席锦书笑："要不你试试，看看我到底会不会开。"

见她这副淡定的样子，陈贺军有些摸不准，但他不敢冒险，只得先开车，将席锦书带去了关押聂莛宇的地下监狱。

"聂少奶奶，我奉劝你一句，如果我是你，我就不会推开这监狱的门。虽然我很感动于你们夫妻情深，但聂三公子这事差不多是板上钉钉的了，就算死罪可免，活罪也难逃。以席小姐在上海滩的身份，想要什么样的男人没有？你何必蹚这趟浑水。"席锦书进门前，陈贺军喊住她道。

席锦书回头淡淡地看了他一眼，不以为然地一笑，说："陈副处长，虎子是我席公馆养的人，漕帮又与席公馆交好。要说蹚浑水，也应该是莛宇蹚了我的浑水。既然我能完好无缺地站在这里跟你说话，我丈夫又有何罪呢？所有人都知道聂莛宇宠妻，就算是他让虎子去请杀手刺杀加藤，那也不是为了我吗？加藤说到底也不是什么好人，犯得着陈副处长因为他而来跟我们两大家族对抗吗？我奉劝陈副处长一句，得饶人处且饶人，切莫得寸进尺。"

"你……"陈贺军被她说得语塞，他伸着手指刚想骂回去，席锦书已经转过头，冷傲地朝关押聂莛宇的牢房走去。

沉重的铁锁被打开，牢房的门打了开来。还未走进去，一股浓重的血腥味就扑面而来。

席锦书慢慢地抬起眼，呆呆地望着被绑在木桩上、被打得皮开肉绽的男人，一时忘记了呼吸。

【7】

人人都说，聂公馆的三公子自幼生得一副好皮囊，连姑娘都自愧不如。

她自然知道，他是多好看的人儿。一双凤眼生得格外多情，一粒泪痣像少女眼角婆娑的泪，那皮肤白得像牛奶一般，那唇红艳柔软，吻上去能让人欲仙欲死。

那是她放在心尖上，想要疼爱一生的男人啊！如今却被折磨得人不像人，鬼不像鬼。

席锦书的眼泪夺眶而出。

听到人声，昏睡中的聂莛宇慢慢转醒，吃力地抬起头，朝她看了过来。

他的目光有些涣散，看了许久，才看清来人，又努力辨别了许久，才认出来眼前这个泪眼婆娑的女人是他的小聂太太。

他不由得弯了弯嘴角，努力想要表现出以往那副潇洒的样子。他哑着喉咙，艰难地朝她笑道："你怎么来了？陈贺军……竟敢放你进来……他也不怕你……做出什么出格事来……毕竟小聂太太，可不是一般的女人……"

他说着，咳了起来，想要捂嘴掩饰，发现自己的双手被绑着。他有些自嘲地扯了扯嘴角，咳出几口血来。

席锦书心疼地朝他扑过去，想要解下他手上的镣铐，却发现那些都是铁制的，根本解不开。

"你怎么样？伤得重不重？哪里疼？"她语无伦次地问着，哭得不像样子。

没料到她会慌成这样，聂莛宇微微地愣了一下，努力装作没事地嬉笑道："不要哭了……

小聂太太是奇女子……是女强人……哭了就不像小聂太太了……"

席锦书所有的理智在看到他这副惨样时完全崩溃了，哪还听得进他这般胡诌，她流着泪，想要伸手抱抱他，却发现他身上没有一处皮肤是完好的，生怕触痛他的伤口，她的手不知该放哪儿才好。

看出她的意图，聂廷宇无奈地叹了口气，低声劝阻她："别抱了，我这会儿太脏了。"

一句话让席锦书的眼泪又落下来。她对着他摇头，满满地自责："其实你没必要替我受这些，就算他们抓了我，也没证据。虎子打电话不是你授意的，你何必……"

她还没有说完，聂廷宇的头突然凑到她耳边，低声道："虽不是我授意的……可我知道他是谁……是我没有阻拦他……才有了今天。幸好，受这刑的是我……若是你……咳咳……回去吧……若我出不来，再找个好人陪你……不要找我这样的……不值得……"

他看着她笑，嘴角流着血，样子很是凄惨狼狈。

席锦书泪落了下来，她像下了很大的决心一般，摇了摇头，目光坚定地望着他："别说傻话了，我不会让你死的，我席锦书这辈子不会当任何人的寡妇。"

聂廷宇被她的眼神所震撼，他想再说点什么，她制止了他："你再等等，我很快就接你回家。"说完，席锦书伸手擦了下一双泪眼，扭头离开了牢房。

"小聂太太……"聂廷宇望着她的背影，喃喃地叫了她一声。她没有回头。

陈贺军就等在牢房门口，看到席锦书出来，他扔下手中的烟头，嘲讽道："聂少奶奶现在见到人了，感想如何？有没有觉得我先前的建议不错，回去后早点儿离婚，换个人嫁了好了。"

席锦书没有跟他比嘴上功夫，直接冷声道："我要跟你的上司通电话，你安排一下。"

陈贺军愣了一下，狐疑地看了席锦书一眼："聂少奶奶这是受的刺激大了，开始说胡话了？"

"陈副处长不是想升职吗？我保证，只要我跟你的上司通完电话，你铁定能升职。"席锦书信心满满地道。

陈贺军不明所以，不耐烦地道："席锦书，你到底在打什么鬼主意？"

"没什么鬼主意，我要救我丈夫，而陈副处长要升职，如今只要一通电话，就可以让我们都如愿，陈副处长不想试一下吗？"

陈贺军犹豫地打量了席锦书一番，思忖片刻后，还是将席锦书带去了他的办公室，拨通了北平的电话。

席锦书在办公室内讲电话，陈贺军忐忑不安地在外等着。

约莫半个小时后，席锦书从办公室走了出来，让他通知聂公馆的人来接聂莛宇回去。

陈贺军想要拒绝，办公室里的电话又响了，他去接，电话那头竟然是他的上司。对方通知他即刻把聂莛宇放了，并向席锦书道歉。

陈贺军一头雾水，但听得出来对方声音很是愉悦。他不知道席锦书跟那人达成了何种协议，但还是听话地放了聂莛宇。

没多久，聂公馆就来了车，接走了席锦书跟聂莛宇。

第二天，陈贺军就被上头表扬了，他还升了职，从陈副处长变成了陈处长。他升职后的第一个任务，便是带着情报处的人抄了席公馆，拿走了席家全部的家产。

"先生，为表示我们夫妇的忠心，我愿意把席家现有的财产全部捐赠出来，以此换我丈夫一条生路。"

陈贺军后来才知道，这是席锦书对他的上司说的原话。席家产业巨大，家底雄厚，所有党派组织都觊觎。席锦书自愿将其财产拱手让人，对于政府来说，这可比多抓一个共产党有用多了，更何况，聂莛宇只是有通共嫌疑，又无确凿证据证明他就是共产党。

回家后，聂莛宇的伤养得很慢，他所受的酷刑带来的伤害远比席锦书看到的那些皮外伤严重得多。医生说，他的脑部遭受过电击——那是情报处专用的一种酷刑，能摧毁人的神志，甚至影响人的智商。受此影响，聂莛宇的记忆出现了部分缺失，记性也变得很差，一到风雨天，就会头痛得不能自已。聂公馆的人给他请了无数名医，但都不见成效。

不过对聂家来说，聂莛宇能捡回一条命，已经是一件值得欣慰的事了。

相比于重获欢喜的聂家，席家的人却没了笑颜。

在一个阴雨天，陈贺军带着情报处的人浩浩荡荡地闯进席公馆，将席公馆内所有财物、席家名下所有产业都收治充公。

席二爷他们骂着，但谁也不敢站出来制止。骂到最后，所有人都红了眼眶。席公馆的牌匾被拆了下来，落在了地上，陈管家小心翼翼地将其捡起来擦干净，藏了起来。

席锦书安静地站在院子里，看着那些人将席家的根一点点从上海滩挖去。她双手攥紧，心像被人用刀一下下地切割着，很疼，但是她偏偏哭不出声来。

周垚玉跟王湛林闻讯，担心地赶来席公馆，生怕那些粗鲁的士兵伤着她，也怕席家其他人迁怒于她。可到了席公馆他们才发现，那些人根本伤不了她，除了她自己。

她的指甲将手心掐出血来，王湛林看着心疼，跑去药馆给她买药，留下周垚玉陪着她。

望着席公馆一点点被掏光拆尽，周垚玉觉得可惜，问她："为了个聂莛宇，你把你爹留下的家产悉数送掉，值得吗？"

席锦书没有立刻回答，她目光沉静地望着席公馆内的祠堂——那是公馆内她唯一不准陈贺军的人涉足的清静之地。

看着放在祠堂中间的席老爷的灵位，席锦书红着眼笑了笑："垚玉，没有值不值得，只有愿不愿意。我爹说过，席家在上海本就无根，是因为大家的努力，才有了根。现在根没了，我还在，席家的人还在，我们还会重新生根发芽。我相信，只要我不放弃，席家还会重新壮大起来的。"

她的声音不轻不重，却句句砸在周垚玉的心头。

他怔怔地望着眼前这个背对着自己的女人，明明她很瘦弱，可是他觉得，她身上正在散发出一股巨大的力量，这力量让他说不出话来。

他突然跟她一样坚定起来，只要她还在，席家还会再一次崛起，这一次，它的根会比过去的还要粗壮，还要坚硬。因为，种根的人是她。

席公馆大门关上的那一刻，她的身影彻底消失在他的视线里。

周垚玉站在街上，望着这栋突然沉寂的建筑许久许久，才转身没入渐起的风雨中。

第七章

长街长，烟花繁

【1】

全国各地战事不断，唯独上海滩还是一片歌舞升平。

报童站在街角处卖力地吆喝。卖花的少女挽着藤条篮子前往各大舞厅，盼着慷慨的老板们多买几束花送给心爱的姑娘。

电车一直保持着龟速行驶，车夫拉着黄包车在车流中穿梭。

几声车铃响，是巡捕房的人骑着自行车出来巡逻了。以前，路上的行人看到这群黑制服的男人都避之唯恐不及，如今，租界外满是带枪的日本兵，谁还怕巡捕房的人？该吃吃，该喝喝，反正谁也不知道明天会怎样。

曹家渡锦玉车行内，几个小开在院子里看车，店内的伙计在旁伺候着。

掌柜的抱着一沓账本掀开门帘进了内室，将账本放在一张四方桌上。

不远处的檀木椅上，席锦书正坐在那儿吃茶。她身上穿了件墨绿色珊瑚绒的长旗袍，来时穿的黑色呢大衣挂在一旁的衣架上。

这旗袍的颜色偏老气，就领口处绣了一朵海棠花，款式又普通得很，怎么看都不是很打眼，可穿在她身上，偏偏就适合极了，好像这衣服就该她穿才好看。

掌柜的看着，眼里不禁露出惊艳之色。

将手中的茶水喝完，席锦书才不紧不慢地走到四方桌前，拿起账本一页页翻看起来。

周垚玉自回国后，身子一直不大好，便又回了英国养病。走之前，他把与席锦书合开的租车行的股份都转给了席锦书。

席锦书没有直接接受他的好意，她把周垚玉的车行股份折算成钱想要给他，却得知对方已经离开了上海，去了英国。

席锦书给周垚玉去了一封信，信中提到这笔钱算作是她问他借的，等他回国了，她再还他。

周垚玉自然没回信，也不知他收到信否，但对于席锦书来说，起码她心里舒服了些，不算她故意占他的便宜。

她向来通透，既然已经猜到周垚玉对她的心思，她给不了他想要的回应，便也只好少欠他一分是一分了。

若不是因为现在席家落难，就以她那不爱欠人人情的性格，周垚玉一走，她是宁愿卖了这间租车行跟周家平分所得，也不会要周垚玉那一份的。

现今，她名下的店铺就只剩这间租车行了，席家过去的那些产业已经悉数充公，若不是有她在汇丰银行的工资撑着，席家连吃饭都成问题。

不过这间租车行生意不错，半年下来赚了不少钱。

有了周垚玉那部分股份的支持，她把这间车行抵押出去，在自己所在的汇丰银行办了商业贷款，贷了一大笔资金，买回了席家被收走的一部分店铺的地契跟房契，重新做起了生意。

因为资金紧缺，店里请不起伙计，她就让席二爷他们看管，但账目还是她来管。

席二爷他们因为她把席家害惨的事，对她本就有一肚子气，这会儿又被她安排着去看店，起初自然是不愿意的。可再不愿意，终究是一家人，席家人要吃要喝，不跟着席锦书赚钱，不行啊。

放眼整个家族，也就她最有本事，大伙儿只得先听她的。

年轻人先去，老年人跟上，真正的家族企业就开始建立了。

看到席锦书不仅要上班，还要谈生意、应酬，熬夜算账，忙得都没时间喘息，这席家的其他人也是心疼。特别是席二爷，作为现在家里最年长的长辈，一起吃饭时，他总忍不住为席锦书叫几声屈。

都说女人最怕的就是嫁错男人，席锦书嫁给聂廷宇，席二爷一开始就不看好。现在他们席家为了这个女婿，差点儿被人连根拔起，他们聂家倒好，没见出个人到他们这儿帮忙，什么事都让席锦书一个人做。就连先前那管生意的聂廷宇也因为受刑后落下的头痛病老不见好，去杭州亲戚那儿养病了。

他这一走，是去享福了，都说杭州那山好水好，人去那儿待个一年，黑葡萄都能养成白琉璃。就是苦了席锦书，每天为席家的生意忙得像陀螺一样，还得兼顾聂莛宇的纱厂的运营。

她跟聂莛宇住的别苑被加藤放火烧了之后，她就一直住在聂公馆。后来聂莛宇去了杭州，她担心自己每日起得太早，晚上又睡得晚，吵到聂家人，索性就回席公馆住了。聂家的人非但不挽留她，还让她在娘家多住些日子，好陪陪席太太。

这话听起来像是体恤，可深究起来，又有几分嫌弃的意味。

就跟席二爷他们怪席锦书为了聂莛宇赔了席家一样，聂家的几位太太还怪聂莛宇被席家连累，差点儿丢了命呢。

这隔阂是一天比一天深，别说两家人心里各有想法，就连外面的人都看出来这两家的关系出了问题。

席家从被抄家到重整旗鼓，一直是上海滩各大报纸谈论的重点对象。席锦书以一己之力在一年之内让席家重回上海滩商业圈，成了当时的一大奇谈。

人人都称道席大小姐不愧是汇丰银行的经理，其商业天赋就连男人都自愧不如。

钱在她手里仿佛只是流动的数字，她把席家的产业跟汇丰银行的业绩直接联系在一起——席家产业要重新发展，必须要依靠银行的贷款；银行要赚钱，贷款是主要途径。两者只要达到平衡，就能获得双赢的效果，而这一平衡点，就掌握在席锦书手里。

也就是说，只要席锦书一天还是汇丰银行经理，席家就一天不会真的倒下。而只要席锦书能带来足够大的利益，汇丰银行也就不会辞掉她，所以这一平衡在短期内很难被打破。

席大小姐越是能干，相比之下，脑袋受损、突然销声匿迹的聂三公子就越显得无能。

上海滩很多人都在传，聂莛宇出走浙江，席锦书留守上海，这其实就是个幌子，两人的婚姻应该出现了问题，不然哪对新婚小夫妻会长期异地分居？更别说席锦书还干脆回了娘家住。

大家这么猜测也不是没有一点儿依据。

第一，聂莛宇到底是因为席家那个叫虎子的打手才被怀疑通共，惨遭连累；第二，受这件事影响，聂老爷被贬了职，聂家人对席家的怨恨自然更深了一分。

同样的，席家这次为了救女婿，把家产都赔进去了，聂家人还不领情，席家人心里也有气。

最重要的一点是，这席锦书跟聂莛宇之间出现了一个第三者，正是王公馆的小少爷，听说他黏席锦书黏得很紧。

虽说王湛林比席锦书年纪小了一点，可受过西方教育的少爷小姐们哪在乎这些，王湛林天天跟在席锦书后头，帮她做这做那，丝毫不顾及王老爷的脸色，就连瞎子都看得出来，王少爷的殷勤非比寻常。

听说还有人看到王湛林帮席锦书算账，一算就是一个通宵。孤男寡女的，谁知道他们一晚上是算账，还是做了其他事呢？

这闲话是越传越多，难免传到几家公馆的先生太太们耳朵里。

席太太听见，顶多也就是板个脸说那些人胡说八道，也不见她出去跟人争论。王老爷知道后，也只能让老婆管住王湛林，不准他去找席锦书。

反应最大的自然是聂公馆的人。

聂莛宇之前就被沈妍筠戴过绿帽子，所以聂家太太们最听不得别人说聂莛宇婚姻上的闲话，当听到王湛林跟席锦书走得近，她们当即就炸毛了。

聂老太太一个电话打到席公馆，骂席锦书不把他们家聂莛宇放在眼里，仿佛席锦书真跟王湛林有了一腿似的，竟然放话让她别回聂家了，就连席世恩也不让她来看了。更离谱的是，聂家还强行把席世恩改姓了。

席锦书原本将席世恩留在聂家是因为席家那会儿动荡，孩子在席家不安全。之后她成天忙着重整席家生意，无暇顾及孩子，也就让他继续留在聂公馆。哪知道会有一天，孩子竟成了聂公馆要挟她的工具，她有些哭笑不得。

不过，对于聂老太太的责难，她并没有放在心上。

她自觉内心坦荡荡，旁人说什么，她都无所谓。

她若不在乎聂莛宇，何必为了救他而倾家荡产？说那些闲话的人也忒没脑子了。

她是要他的，至于他要不要她，她就不清楚了。

去浙江那么久，他没有给她打过一个电话。偶尔闲下来的时候，席锦书会对着电话发呆，想，他有没有一点儿想她，或许，他已经忘了她。

从牢狱出来之后，他的记忆就时好时坏的，有些事记得，有些事不记得。他在家养伤的那段时间，聂家的所有人都围着他转，也不差她一个。

她那阵子因为席家的事，分不出多少精力去照顾他。好容易空下来，她回聂公馆看他，也只能默默地站在人群后头，插不上手。他也从不寻她。

他忘记了很多东西，不记得她也正常。

就连他被送去浙江，她也是聂公馆里最后一个知道的。等她得知并赶去码头时，他人

167

已经走了，连句道别的话都没有留给她。

那一晚，她在码头坐了一夜。她已经忘记了自己当时在想些什么，只记得那天晚上的天空黑黑的，不见月亮，也没有星光。

来不及惆怅、感伤，战火已经袭来。

汇丰银行、席家、聂公馆，上海滩的所有人都在看着她，她没有时间喘息，也没有时间多想，她得站起来，没日没夜地工作，维系所有产业的运转。

她知道很多人都在等着看她的笑话，所以她不能倒下，再累也不可以。

有时候累得筋疲力尽的时候，她倒在床上，看着旁边空着的大半张床，会想起他，想他过去睡在她身旁的样子，想他的脸，他长长的睫毛，他微笑的样子，想着他若看到她这副模样，会说点儿什么。

是像以往那样，脸上带着笑容，礼貌却疏远地说"小聂太太辛苦了"，还是会说点儿其他的呢？想着想着，席锦书就睡着了，醒来时，枕头上一片湿——只有在梦里，她才会流几滴眼泪。

从梦中醒来，她就又成了那个被所有人关注着的，集席家整个家族的希望于一身的席大小姐席锦书。

账目翻到最后一页，席锦书拿起桌上的狼毫笔签上自己的名字，然后将账本交给了掌柜的。

"明天会有两辆新车进来，你派人去码头接一下，我就不过去了。"从衣架上拿下呢子大衣，席锦书一边穿大衣，一边淡淡地朝掌柜的说道。

"知道了，席小姐。"掌柜点头，举了举账本，"那账目的事？"

"账目没多大问题，就是上个月二十号的账没记，不过没事，那天没什么生意，不影响。你按照这账目，把工人这个月的工资结了吧，我过两天再来。"扣好大衣，席锦书戴上帽子，转头看着掌柜的说完，便离开了内室。

掌柜的送她出了锦玉车行的门。

马路对面，王湛林的车停在那里，天已经暗了下来，车灯发出昏黄的光。

【2】

深秋夜，露水下得比以往要急。

冷风中夹杂着淅淅沥沥的小雨，一出门，席锦书就感觉到了一股寒气。她裹紧身上的大衣，朝不远处停着的那辆黑色吉普车走去。

看到她过来，王湛林赶忙下车，走到另一边为她开车门。

变天了，就怕遇到大暴雨，路上的人都赶着回家去，鲜少注意到他俩。

倒是刚在锦玉车行看车的几个小开走了出来，认出了王湛林，脸上皆带着戏谑的笑。这几人闲着没事干，朝两人走了过来。

"哟，王五少今日怎么得空又来找席老板啊！王老爷没拽着你去面粉厂吗？"为首的是城东巷子老记包子铺的少东家记学兵，他率先嬉笑着调侃。

老记包子铺在这一带很有名气，老记常去王老虎面粉厂购买面粉，跟王家比较熟，因而这记少东家跟王湛林说起话来也不带多少客气。

王湛林素来脸皮薄，知道对方是在说他跟席锦书的那些不实传闻，当即红了脸，呵斥道："记学兵你说这话什么意思，我找书姐要你多嘴什么？我去不去面粉厂又关你什么事？碍着你家买面粉了？"

等王湛林气鼓鼓地说完，记学兵笑了起来，瞥了眼一旁沉默的席锦书，嬉皮笑脸道："湛林，开个玩笑而已，你生这么大气是做什么？你当然可以找席老板啊，可是你能别每次天黑了再找人家吗？席老板是个女人家，且有家室，身份又特殊，你这样做会影响她风评。我说这些也是为了席老板着想，你说是吧，席老板？"

记学兵把话头转向了席锦书。

席锦书只是微微地笑着，不置可否。

王湛林见记学兵这般过分，忍不住想要反驳，不过他刚张嘴说了个"你"字，就被席锦书往后拽了一把，给阻断了。

"记少东家是个聪明人，怎会相信那些花边小报上的胡说八道。那些人写我与湛林深夜碰面是有私情，不过是看湛林年轻，未娶妻，好胡诌他。上周末，我还见了记老板，跟他聊包子铺开分店的事聊到了凌晨三点，也没人说我与你爹的闲话。你要是真为我着想，就该多来我车行做做我生意才是。"席锦书微笑着说道。

她这话听起来客气，实则句句没得让的。

记学兵自知不是对手，赶忙找个台阶下，道："席老板说得是，是我糊涂了。我这就让人把今日看的车给定了——不是租，是买，算我给席老板赔礼道歉了。不过听席老板的意思，你跟王五少见面也是在谈生意，不知是在谈什么生意？现在上海滩的人都知道跟席老板做生意，只赚不赔，席老板可否让我参一股……"

记学兵还未说完，就被席锦书给打断了。

169

"我跟湛林谈的生意不适合记少东家做，不过记少东家若真想跟我做生意，不如先去说服你爹，让他把老记包子铺的牌子卖给我，我给他分红。"席锦书脸上保持着疏远的笑，说道。

席锦书找老记谈生意的事，记学兵之前从未有所耳闻。他想问个明白，却被席锦书给拦住了。

"我今日还有事要跟王五少谈，记少东家若还有事，可以先去银行跟我秘书预约时间。"

听懂了她话里的意思，记学兵谄媚地"哎"了声，目送席锦书上了王湛林的车。

王湛林快速地驱车载着席锦书离开曹家渡，直到看不见记学兵那帮人的身影，他才忍不住问席锦书："书姐，你为什么要骗记学兵说我们见面是在谈生意呢？谁都知道我根本不是做生意的料。"

席锦书坐在副驾驶位上看王湛林新买的《淞报》，她将报纸翻了一下，头也不抬地回道："你是王家的少爷，说与我谈生意总比说其他来得让人信服。你爹一贯不喜你跟我来往，若他知道了你我在盘算造飞机的事，他肯定更加不让你与我见面。但飞机不是一两天就能造成的，往后我们见面的时候只会更多，所以撒个谎能给你我减少很多麻烦。"

"话是这么说没错，可是我跟你一起做生意的事，并不是嘴上说说就可以的，我爹也是生意场上的，这话骗得了别人，却骗不了他啊！"看席锦书一脸淡定的样子，王湛林担忧地皱着眉头说道。

席锦书放下手中的报纸，抬起眼，看着少年郁郁的模样，不由得轻笑起来："湛林，你又不是小孩子了，怎么还跟小时候一样，那么怕你爹责怪。"

"书姐，你可别取笑我了，你又不是不知道我爹的脾气，他绰号叫王老虎，可想而知惹毛他有什么下场。他若是能好好说话的人，当年也不至于为了我三姐的事跟你们家闹掰。"王湛林郁闷地说道。

听他提起当年的事，席锦书脸上的笑容消失了："做生意这事倒也算不上是撒谎，等老记把他包子店的招牌卖给我，我想在上海多开几家分店，像外国的一些食品店一样，做成连锁店。但我手上没有那么多钱支撑那么大的盘子，到时候免不了要你去你爹那边做个和事佬，让他能不计前嫌与我合作。"

"可老记不是不同意把招牌跟祖传秘方卖给你吗？"

"他不同意不代表他儿子不同意，记学兵是个没脑子的主儿，我相信他不会让我失望的。"席锦书眯着眼说道，似乎已经预料到了结果，她胸有成竹地扬起了嘴角。

王湛林没有再追问下去，生意上的事他不是很了解，但他相信席锦书想做的事没有她做不成的，因为她是他见过的最能干的女人。

往前行驶了一段距离，王湛林将车停在了霞飞路的一家人少幽静的茶馆门口。

两人由茶馆小厮领着上了楼，进了他们的专用包厢。

"书姐，这是我按照上次你给我的建议改好的图纸，你看看还有什么问题。"

一坐下，王湛林从随身携带的黑色公文包内拿出了他这周最新整理好的设计书递给席锦书。

席锦书接了过来。

她学东西一向很快，对知识的接受能力又很好，虽然是第一次研究飞机，但看完这方面的全部文献资料后，她脑子里对这件事也算摸得挺透彻了，不仅能给王湛林指出问题，还能提出不少有用的建议。当然，这也是王湛林来找她的原因。

一同参加这个项目的还有王湛林在大学的几个同学。

他们围聚在席锦书在西郊买的一处旧工厂内，整日与机器、数据打交道，鲜少露面，因此在上海滩，除了他们这一批人，其他人并不知道席锦书在跟王湛林筹划着造飞机。

现在国内战事紧张，先别说造飞机是为何用，在这个节骨眼上造这种玩意儿本就是一件很敏感的事。王湛林跟他的同学们是因为爱好，而席锦书……

谁也不知道她为何要做这件事。

起初王湛林以为她只是好心，想帮他的忙，后来，他发现她对这件事的热情程度超乎寻常。他虽感到疑惑，但没有直接去问席锦书。

席锦书看东西很快，倒不是她看得不认真，而是她做起事来，思维一向转得比常人快。

她跟他讲东西的时候，脸上的表情很是严肃认真，说话的调子还是一如既往的清冷，可那双眼睛却闪着亮晶晶的光。

王湛林又一次被她深深给迷住了，他从小就觉得席锦书很美，但这次回来，他发现她比年少时更美了，那种美，让人无法忽视。

她的美跟其他姑娘不同，那是一种从容自信聪慧之美，是他在上海滩极少能见到的美。

大学时期，他们学校有很多聪明的女同学，知识渊博的也有许多，但都没她这么美的。

席锦书的美带着一种与她年龄不符的镇定从容，还有一种饱经风霜之感。

可能这与她的生活有关。她从英国回来，别的世家小姐忙着参加各种舞会，听戏，她却出任上海第一银行经理，执掌偌大的席家，又嫁作人妇，经历了死里逃生，目睹了席家的没落。

如今，她又一次让席家回到了上海滩的商业圈中。她实现了她说的话，只要她在，席家就会重新生根发芽。

王湛林看得有些入迷，直到席锦书叫了他好几声，他才回过神来。少年的脸上显出几丝羞涩的红晕，他腼腆地对着她点头："书姐，我知道了，回去我就改。"

席锦书眉头微皱，若有所思地看了他一会儿，抿了抿嘴，没有再多说什么。

放在一边的茶水凉了，王湛林喊了小厮上来续茶。

席锦书低头看了眼手表，突然喃喃道："已经八点多了。"

说完，她从茶椅上站了起来，拿起了一旁的大衣。

王湛林看她这副焦急的模样，料想她还有事要忙，连忙起身收拾好桌上的文件，放回档案袋中，然后跟着她一道离开茶馆。

从门口出来，王湛林小心翼翼地问她："书姐，你要去哪里？我送你。"

席锦书看了他一眼，微微地笑了下，说了声："好。"

上了车，王湛林才知道席锦书是急着要去聂公馆。

今日是席世恩的生日，聂太太准许她回去看孩子。

她忙了一天，这会儿才得空，虽知现在赶过去也错过了晚宴，孩子估摸已经睡了，但席锦书还是在路边的西饼店买了席世恩最爱吃的巧克力蛋糕跟甜甜圈，装在纸袋里，拎着坐着王湛林的车回到了聂公馆。

想起先前记者们对他俩的胡诌，听说要去聂公馆，王湛林内心不免有些忐忑，但看席锦书一脸坦然，倒觉得是自己小家子气了。

他俩本就没什么，何惧他人的风言风语。

黑色的吉普车驶进聂公馆的大门，车灯照在了大门上。

聂太太他们已经吃完了晚饭，几个女眷正坐在厅里搓麻将，席世恩被聂老爷带去了书房读报。

席锦书在院子口跟王湛林道了别，拎着蛋糕店的纸袋子朝院门走了过去。

王湛林静静地望着她，直到看到她走到门口，用人给她开了门，他才微微地松了口气，转身回到了自己车内，驱车离开了。

聂太太们听到了汽车声，但以为是自家司机送客人们走了后回来了，便没留心，照旧坐一起打麻将，嘴上数落着席锦书的不是。说好今晚过来吃饭的，结果没过来，让亲戚们看了笑话，不知道的以为她真跟他们聂家断了关系了。

说着说着，聂二太太眼尖，余光看到席锦书抱着纸袋子站在门口，对着她微微地笑着。

她猛地一个激灵，手碰了下还在絮叨的聂太太，小声地劝阻："大姐，快别说了。"

聂太太没好气地白了她一眼，斥责道："你这是什么表情，见鬼了？"

话音刚落，聂二太太指了指前方。

聂太太顺着她的手指看过去，脸顿时白了，没了声音。

要说聂太太过去对席锦书算客气的，看在席锦书给自家生了孙子的分上，她自然是喜爱这媳妇的。可是聂莛宇那次被抓入狱差点儿死了，如今还落了一身伤病，一想到疼爱的儿子被害成现在这副模样，聂太太对席锦书就再也喜欢不起来了。

话虽这么说，可人来了，总不能让她干站着。

聂太太从椅子上站了起来，努力缓和脸色，朝席锦书走过去："来了啊，晚饭吃了吗？我让王妈给你弄点儿吃的。也不知道你这么晚来，又怕客人们等得急，所以我们就先吃了。"

席锦书不以为意地笑笑："没事，妈，我在店里吃过了。世恩呢？我给他买了巧克力蛋糕，他以前一直嚷着想吃这家西饼店的蛋糕。"

聂太太瞥了她手里抱的纸袋子，许是不满她买的东西，有些不快，道："恩恩在楼上跟他爷爷玩。听西医讲，孩子最好少吃甜食，一来影响智商，二来对牙齿也不好。"

席锦书听着倒也不生气，只是了然地微笑："好的，那下次我不买了。我能上去看看世恩吗？"

见她这副谦卑的样子，聂太太倒也不好说什么了。

喊了王妈过来，聂太太让她领着席锦书上楼。

她们刚走到楼梯口，书房的席世恩似乎听到了席锦书的声音，急急忙忙地从楼上跑了下来，激动得眼泪汪汪的，小狗般扑进席锦书的怀里，叫了声："娘！"

席锦书脸上的笑容终于放大开来，她把许久不见的"儿子"举在了怀里，仔细地看了会儿，嗯，不愧是席家的孩子，长高了，也帅气了不少。

"想我吗？"席锦书笑着问孩子。

聂世恩趴在她的肩上，点了点头，小脸贴着她的耳朵，小声地告状："娘，你没来吃晚饭，爷爷他们都很生气，你小心点儿。"

小机灵鬼。席锦书高兴地摸了下席世恩的头。她抱着孩子，回头对着聂太太感激地说："我工作忙，这阵子多谢母亲为我照顾孩子了。"

本是他们聂家人跟她抢儿子，故意不让她探望孩子，可被她这么一说，聂太太们反而有些羞愧起来，一时之间，倒也不知道说什么好了。

最后还是聂书涵打破了僵局，让用人上了水果，喊大伙儿一块儿吃。

173

聂太太尴尬地招呼席锦书一起吃，席锦书也没客气，牵着席世恩的手走了过去。

女人多，话就多，有聂书涵圆场，聂二太太热场，一行人聊着聊着，气氛倒也活跃了起来。就连聂老爷都被她们吵得下了楼，一同聊了会儿家常。

时间过得很快，转眼到了十点多。

天黑了，席锦书看了下手表，没有说走，也没说不走。

【3】

墙壁上的挂钟指向了十一点，钟声响起时，聂太太熬不住打了好几个哈欠，从沙发上站了起来，道："夜深了，大家都去休息吧。"

说完，她那双世故的眼眸瞥向了还坐在原地的席锦书，缓了脸色，装作慷慨地说："这么晚了，你也别回去了，今晚就睡这儿吧，这里才是你的家。"

席锦书微微地笑，点头说了声："哎。"

席世恩已经睡着，她小心翼翼地抱着孩子从沙发上站起来，随着其他人一同上了楼，回到了她与聂莛宇的房间。

房内摆设还跟她离开前一模一样，可莫名地让她觉得冷清。

她与聂家的联系皆是因为聂莛宇，如今那个人不在，聂家之于她，只有冷冷的萧瑟感，没有家的温暖。

女佣在浴室里给她放洗澡水，她将熟睡的席世恩放在卧室的大床上。

聂太太过来敲门，说让孩子跟自己一块儿睡。

她是真心喜欢这个"孙儿"，平素，席世恩都是跟她睡的。

席锦书知道这家的长辈待孩子极好，这也是她知道聂家给席世恩改姓后，不跟他们吵的原因。

现在的席家还不够强大，还不是世恩回席家的时候，作为聂家的子孙比只当席锦书的儿子来得安全。

席锦书由着聂太太抱走了席世恩。

孩子睡梦中被吵醒，睁着惺忪的睡眼，嚷嚷着要跟席锦书一起睡。一双葡萄般黑亮的眼眸里闪着晶莹的泪光。

席锦书有些心疼，摸了摸孩子的小脑壳，微笑地哄了哄他："世恩乖，娘还有工作要忙。"

孩子似乎看得懂她的隐忍，一下子安静下来，乖乖将头贴在聂太太的肩上。

离去时，聂太太瞥了席锦书一眼，内心滋生出几丝不满来。

瞧吧，难得回来一趟还要工作，她聂家要的媳妇，是像书涵那样善解人意、能陪她们说话、也能为她们分担家里的琐事的媳妇，而不是席锦书这样的，一天到晚见不着人。

席锦书见其他男人的时间要比她儿子还多。她儿子离家这么久了，也不见她询问过。真是个铁石心肠的女人，可怜她儿子还为了护她差点儿丢了性命。

我家莛宇可怜哦！想到儿子，聂太太的眼里泛起了泪花。

待人走后，席锦书去了浴室洗了个澡。

洗完，她穿着红色珊瑚绒睡衣躺在床上，说好要工作的，可现在她躺在与聂莛宇一起躺过的大床上，眼里脑子里竟然全都是他的样子。

陌生的思念就像潮水一般涌来，这让席锦书觉得很不舒服。

她抚着压抑的胸口从床上起身，坐到了梳妆镜前，望着镜中苍白清瘦的自己，目光呆滞。

忙得都没空好好照回镜子，这会儿仔细一看，才发觉自己瘦了不少，两颊的颧骨都凸了出来，眼眶深陷，还有厚厚的黑眼圈。

席锦书摸着自己消瘦的脸，细长的指尖最终落在脖子上的那块玉坠上。

她小心地把玩着那块玉，想起那日聂莛宇送她这玉时的情景，嘴角微微地扯了一下，笑得有点儿苦。

失神间，卧室的门被敲响。是聂书涵怕她工作提不起神来，特意给她泡了壶浓茶送上来。

她开了门，感激地对聂书涵道了声谢。

聂书涵双手绞在一起，拘谨地站在她面前，良久，才支吾地开口："三嫂，你跟三哥还好吗？"

席锦书正闻着茶香辨别茶叶，闻言，她愕然地回头，困惑地望着聂书涵，蹙起了眉："怎么突然问这个？是大太太让你来问的？"

"倒不是。"聂书涵道，小脸因为紧张涨得通红，"就是最近上海滩关于你的言论不少，说什么的都有。三哥自幼待我极好，我不想他过得不好。"

席锦书已然猜到聂书涵指的是她与王湛林的那些花边新闻，她无奈地笑了笑，解释说："那些人说的，你不用放在心上，我既然已经嫁给你三哥，那么这辈子我都是他的人。相信我，我比谁都希望他过得好。"

"三嫂你这么说，我就放心了。其实报纸上的胡诌我一贯是不信的，以前三哥也老被他们写来写去。可是，这次你跟王五少的事越传越多，我看你俩着实走得近，就忍不住……反正三嫂，你别怪我，我也是担心三哥。"聂书涵焦急地说着，眼眶红红的，一副楚楚可怜的模样。

"没事，我怎会怪你。"席锦书拍着聂书涵的肩膀安慰她。

聂书涵点了点头，双眼哀戚地看着席锦书，似乎还想再问点什么。

席锦书等着她开口，她却闭了嘴，不说了，抱着茶盏出了门。

凌晨三点左右，席锦书从睡梦中惊醒，觉得身上凉凉的，才发现屋外下雨了，阳台的窗户敞开着，风夹着雨灌进了屋内。

她起身去关窗，回来时听到楼下电话铃响了几下，随后一阵窸窣声，似乎有人接起了电话。想来是刘管家。她没有开门去看，回到床上，继续睡了。

这一睡竟睡过了头，若不是聂书涵来喊她起床吃饭，她估摸要睡到上班迟到。

她匆匆起床，刷牙洗漱下楼，跟聂太太她们打了个招呼，就要离开。但看满座的所有人都在看着她，脸上皆挂着郁郁的表情，她便识相地坐到了她该坐的位置，有条不紊地吃着早餐，徒留一颗心焦虑。

再晚就来不及给行里的人开会了，算了，迟到就迟到了。

惆怅间，突然听到聂太太喊她的名字。

她像个上课走神突然被老师点名的孩子，慌乱地抬头，看着聂太太，一脸茫然。

聂太太没好气地白了她一眼，叹了口气："莛宇一大早打了电话过来，说身子好得差不多了，可能这两天就要回上海了。席家要没多大事的话，你先搬回来住吧。你们先前那栋别苑被烧了，还没修葺好，等莛宇回来了，你们若还想搬出去，再另做决定。"

席锦书愣愣地待在那儿，大脑一片空白。许久，她才反应过来聂太太说的话，她微红着脸点了点头，没有吭声，一颗心比方才更乱了。

他要回来了吗?

席锦书不知该喜还是该悲，喜的是他终于回来了，她又能见到他了，悲的是，关于她与他之间，她不知他还记得多少，往后的夫妻生活该怎么继续。

席锦书心不在焉地吃完了早餐，在聂公馆司机的护送下，去汇丰银行上班了。

回到工作岗位，她的心又明镜般清透起来。

上午的会刚结束，就有个米店老板来找她，想要贷款开家饭馆。她之前核算过此人的资产，也实地调查过他所拥有的门面，觉得他有偿还的能力，便签了字，让行里发了钱。

米店老板很是高兴，想要请她吃午饭表示感谢，被她委婉地拒绝了。

中午随便吃了两块面包，小憩了一会儿，席锦书又接着忙到下午五点多。送走最后一位拜访者后，她换了套衣服，准备去参加今晚华南证券总经理举办的酒会。

刚走出办公室，她意外地看到了等候多时的聂书涵。

席锦书惊了一下，蹙起眉头，问："书涵，你怎么来了？有事吗？"

聂书涵今日打扮得很漂亮，她穿着一条鹅黄色的洋裙，外面披着件白貂袄子，脚上是双高筒长靴，头发刚烫过，发丝在灯光下透着栗色的光。

她一脸羞涩地站在席锦书面前，小手紧紧地攥着手中镶钻的小包，难为情地解释："大娘听说你今晚要去参加酒会，怕你晚上回家太晚，一个人不安全，就让我过来陪陪你。这样晚上我们可以一起坐司机的车回去。"

席锦书默默地听着聂书涵的话，嘴角的笑容变得有些令人玩味。她很快就想到了聂太太她们这哪是担心她的安危，分明是不放心她，担心她在酒会上又闹出点儿绯闻来，所以特意派聂书涵来看着她。

也罢，既然人都来了，看着就看着吧，反正她又没干那些伤风败俗的事。

她朝聂书涵笑了笑，语气温和："那麻烦你陪我跑一趟了。等到了那儿，我跟陆经理谈点儿事，可能照顾不到你，你一个人没事吧？"

聂书涵闻言，脸上闪过一点儿怯懦，但还是硬着头皮红着脸说："没关系的，三嫂，你忙你的，我就坐着。"

"倒也不用坐着，去那儿的少爷小姐不少，说不定还有你认识的。说是酒会，免不了有人跳舞，你若喜欢跳舞，可以跳几场。"

"还可以跳舞？"聂书涵的眸子亮了亮，饶有兴趣地提高了音量。

席锦书笑了笑，挽着她的手离开了汇丰银行。

两人有说有笑地一同上了聂公馆的车，去了陆海涛的私人别墅。

陆海涛是华南证券的一把手，所拥有的资金不计其数。他所居住的别墅是上海滩最豪华的三大别墅之一，三大别墅的另外两套在周垚玉父亲手里。

席锦书牵着聂书涵的手从车上下来，迎宾小姐立刻过来迎接她们。

席锦书从包里拿出请帖，来人看到请帖上的名字，脸上顿时堆起媚笑，客气道："席老板，这边请。"

对于这个称呼，席锦书已渐渐习惯。

一年前，大家都喜欢称呼她席小姐，之后是聂三少奶奶。如今她一直忙活着席家的生意，大家都尊呼她一声席老板。

其实叫什么无所谓，她席锦书一直是席锦书而已。

席锦书跟聂书涵随着迎宾小姐进了会场，礼堂内很是热闹，里里外外站满了人。

席锦书一出现，大多数的人目光就都聚集在了她身上。不是说在这么多女眷中她有多耀眼，而是她的身份在上海滩商界中不可忽视。

比起精心打扮的各位女眷，席锦书穿得很简单，黑色旗袍外套米色大衣，看起来不像是来参加酒会的，更像是来工作的。

当然，席锦书确实是来工作的。

一进入礼堂，席锦书一眼就看到了站在人群中间与人谈笑的陆海涛。碍于聂书涵在，她没有第一时间上前与陆海涛打招呼，而是领着聂书涵到了一个相对人少的角落，找了张空桌坐了下来。

"要吃点儿什么？"她突然问聂书涵。

聂书涵被她问得惊了一下，不明白她到底何意。

席锦书看着她，爽朗地轻笑一声："我晚饭还没吃，饿了，先去弄点儿吃的，你要不要也来一些？"

聂书涵想说她来之前已经在聂公馆吃过了，但没好意思说，只是礼貌地摇了摇头。

席锦书没有强拉她一起走，独自起身去附近的餐桌上取了点儿糕点和水果。

取食物的时候，有几位老板上前与她搭讪，说的无外乎都是些生意场上的事。席锦书老练地与众人周旋一番，同时填饱了自己的肚子。

吃饱了，有力气工作了。

她回头看了眼聂书涵，有几个公子哥似乎看上了聂书涵的美貌，正围在她的身旁与之调笑。

聂书涵表现得很是羞涩，不知道该怎么应对，一双小鹿眼一直可怜兮兮地在人群中搜索着席锦书，期望她快点儿出现。

席锦书有些头疼地捋了把额前滑落的碎发，转头看了眼陆海涛所在的方向。

刚围着他的那帮人好不容易散开，这会儿无疑是她过去找他的最好时机。

这种鱼龙混杂的场合，着实不适合聂书涵这种养在深闺的大家闺秀久待。席锦书一心想着速战速决，早点儿带聂书涵回家。

可聂书涵那边情况不妙，缠着她的几个公子哥竟对其上手了，有人甚至还流氓样地摸了下聂书涵的脸。

席锦书的眼神当即冷了下来，她刚想上前阻止，就被人喊住了。她回过头，看到的竟然是许久不见的石原正信。

席锦书的眼皮微跳了下，浑身的血液凝固下来。

"席小姐，好久不见。"石原正信礼貌地跟她打招呼。

席锦书冷漠地看着石原正信，嘴角挂着淡淡的笑，她同样客气地回："好久不见，石原先生，没想到你还记得我。"

"席小姐是上海滩的红人，我就是记不得其他人，也自然记得你。不知道席小姐可否赏个脸，跟我跳一支舞？"石原微笑地朝席锦书伸出手来。

席锦书微眯着眼，看着那只伸过来的手，没有接，也没有拒绝。

她回头往聂书涵所在的方向看了一眼，李璨恒不知何时出现在了这会场，他身旁还带着个看似挺泼辣的姑娘，那姑娘替聂书涵解了围，此刻正伶牙俐齿地训斥着那帮调戏聂书涵的公子哥。

现在聂书涵没有麻烦了，她的麻烦倒来了。

席锦书暗自叹了口气，无奈地转过头对着石原笑了笑，手伸了出去。

【4】

英国人最喜欢的就是交际舞会，在英国念书的时候，席锦书他们学校每周至少有一场舞会。起初她对跳舞并不感兴趣，后来听说运动有益于健康，便拉着周垚玉常往大学舞厅跑。

从一开始不会到学会所有舞种，她只花了短短半年时间，连教她跳舞的老师都忍不住赞叹她是难得的跳舞天才。

她听着只是笑笑，倒是周垚玉了解她，说她并不是什么天才，只不过是有强迫症。她若想做一件事，定要做好，不然她晚上都睡不着。

此刻，宴会厅里播放的是一首伦巴舞曲，席锦书再熟悉不过，可她故意将舞步跳错，踩了石原好几下，嘴上不断地道歉，内心却无半点儿愧疚。

很明显，她是一点儿都不想陪石原正信跳下去。

她与石原只见过两次面，一次是在席家被抄后不久，聂老爷被调回上海任职，名义上是升了职，实则职权小了许多。政府高层出钱在和平饭店包了个宴会厅，让陈贺军给聂老爷办了个"升职宴"，美其名曰感谢他们聂、席两家对政府的支持与贡献。

宴会上，她见到了受邀前来的石原正信。经人介绍，她才知道石原正信就是接替加藤贺司职位的人，也是之前来聂公馆抓她的人之一。

席锦书素来不喜日本人，但又不敢像得罪加藤一般得罪石原，因为石原跟加藤不一样，加藤是商人，而石原是军人，是嗜血的野兽，惹不得。

　　那晚在陈贺军的引荐下，席锦书只是简单地跟石原打了招呼，然后假意去招呼其他客人，避开了那两人。然而即使她故意不回头，也能感受到当日石原那鹰隼般阴冷的目光一直紧紧地追随着她。

　　直觉告诉席锦书，对于加藤贺司的死，日本人还未打消对她的怀疑。他们之所以现在不为难她，是因为他们得到了其他比追查加藤的死亡真相更有价值的东西。

　　席锦书只是个商人，关于政治上的事，她已经吃过一次苦头了，并为此付出了惨痛的代价，她虽然不后悔，但是她不能再像以前那样鲁莽行事。

　　自从那日见过石原后，席锦书很长一段时间都没再见过他。

　　再度相见，还是在不久前，她刚把席家最后一家店铺赎回，石原就来她的办公室找她。

　　他不是来办贷款的，也不是要做什么金融审查，而是过来存一笔钱。

　　石原存的钱并不多，完全没必要跑这一趟，这让席锦书不得不怀疑他来存钱只是借口，其实他另有目的。

　　即使心存怀疑，席锦书还是礼貌地招待了他。

　　她留石原在办公室喝了会儿茶，相处的过程中，她一直小心翼翼，以防出错。

　　跟他严肃冷峻的外表相比，石原与她说话时语气还算温和，他总是很客气地称呼她一声"席小姐"。

　　席锦书再三强调自己已经嫁人，希望他叫她"聂少奶奶"，石原依旧我行我素，没有改口。

　　为了不得罪这个人，席锦书只得忍着。

　　两个人并无什么话可聊，尴尬又客套地寒暄几句后，石原离开了席锦书的办公室。临走之际，他拿着帽子，微笑地对席锦书说了声："席小姐，我们还会再见的。"

　　就这么一句话，让席锦书心惊胆战了好几天。

　　直到今日再次见到石原，席锦书终于确定了自己的猜想——石原先前出现在汇丰银行，如今又出现在陆海涛的别墅，都是因为她，他所图的应该是她。

　　可是，她身上有什么值得他图谋的？

　　在又一次踩了石原的脚后，席锦书终于主动地停下了这支舞，语带抱歉地跟石原说："对不起，石原先生，我好久没跳舞了，败了你的兴致。"

　　石原脸上略显痛色，一双犀利的眼眸里闪过几丝寒光，但他忍住没有发作，而是依旧温和地道："没关系的，席小姐，跟陌生人跳舞的确难为你了，是我的疏忽。既然舞跳不成了，不知席小姐可否愿意与我共饮一杯？"

他丝毫没有打算就此放过席锦书。

席锦书笑了笑，直接拒绝："抱歉了，石原先生，我今日来这儿是找陆经理谈工作的。"

石原明白了她的意思，伸手让步："是我唐突了。席小姐不必理会我，请去忙吧。"

席锦书对他点了点头，转身从石原身旁走开，去找陆海涛。

陆海涛周围又围了很多人，但席锦书已经不管了，比起应付一个她什么都不了解的石原，她宁愿与那群人周旋，起码她知道他们需要什么。

席锦书冷了目光，朝陆海涛走过去，却被李璨恒半路拦住，他身后还跟着惊魂甫定的聂书涵以及那个见义勇为的姑娘。

"聂少奶奶果然是忙得很，有时间陪日本人跳舞，倒没时间照顾书涵了。还好我及时出现，制止了那群登徒子，不然书涵要出了什么事，你怎么跟聂家交代！"

席锦书不是傻子，她自然看得出这李璨恒打从一开始就不待见她。其中原因，她多少也知道些。自从她嫁给聂莛宇后，关于这聂三少的过去她没少听别人说起。说得最多的无外乎他与沈妍筠的那段失败婚姻。

说起沈妍筠这个人，必然要提一提李璨恒。

当年李璨恒追沈妍筠的事闹得满城风雨，如今李璨恒处处针对她，多半也是在为沈妍筠抱不平，毕竟现在她才是聂莛宇的妻子，而沈妍筠则是被休的那一个。

对于李璨恒的诘问，她只是微微一笑，并没有跟他一般见识，然后她朝聂书涵关切地问了一声："书涵你没事吧？"

聂书涵脸上依旧留有惊惧的神色，但她还是摇了摇头："我没事，三嫂，你不用担心我，你去忙工作吧。"

说完，聂书涵看向李璨恒，伸手轻轻地拉了下他的衣袖，小声地劝阻："李哥，你别怪三嫂了，都是我不好，是我硬要跟着她过来的。"

李璨恒一副恨铁不成钢的样子，他瞪了聂书涵一眼，沉着脸走开了。

聂书涵的表情变得有些悻悻的。

席锦书叹了口气，目光落在了聂书涵身后那个眼神俏皮的小姑娘身上。

"这位小姐是？"席锦书皱眉问。

那小姑娘咧嘴轻笑起来，她上前一步，眨巴着大眼睛道："聂少奶奶，你不认识我了？我们先前见过的。"

席锦书眉头皱得更深了，她细细地打量着那姑娘，努力地回想着。

小姑娘对她比了个"咔嚓"的手势，提醒她。

席锦书恍然大悟："你是那个女扮男装的小记者。"

小姑娘笑，伸手自我介绍："聂少奶奶果然火眼金睛，连我女扮男装都看得出来。我叫张苑茗，我爹是张成广。聂少奶奶不嫌弃的话，可以直接叫我苑茗。"

"你爹是张成广？"席锦书惊讶地说。

张苑茗点点头，惊喜道："聂少奶奶认识他？"

席锦书笑了笑，上海滩最大的古玩收藏家，她怎会不认识。

"张小姐，幸会，谢谢你刚才救了我们书涵。"席锦书朝张苑茗伸出手来表示感谢。

张苑茗回握她的手，道："救倒谈不上，只不过那些纨绔子弟着实讨厌，我实在看不过去。"

席锦书"嗯"了声，继续问："不知张小姐跟李先生是如何认识的？"

提起李璨恒，张苑茗的小脸顿时羞红一片。她偷偷瞥了眼站在不远处与人喝酒的李璨恒，很是难为情："都是因为我爹跟李叔叔他们啦。"

她没说完，席锦书已经明白了她的意思。

这应该是上海滩名流圈里的一场相亲吧。

三人谈话间，厅里的音乐突然变了。

席锦书发现周围的人不知何时都戴上了面具，就连眼前的张苑茗也从大衣口袋里掏了个蝴蝶面具出来，戴在了脸上，然后调皮地吐了下舌头。

席锦书有些不明所以。

张苑茗跟她解释："聂少奶奶，你没带面具来吗？你不知道今天是陆海涛给他女儿举办的相亲宴吗？为了讨陆小姐欢心，陆老爷特意把这场宴会设计成了假面舞会。"

席锦书苦笑，她一心都放在了生意上，平时根本不会关心这种事，若非有人特意在她面前提起，她不会知道这些。

看出了她的尴尬，张苑茗笑了笑，拉起她跟聂书涵的手，笑言："没关系，我知道哪里有面具，你们跟我来。"

既然是人家女儿的相亲宴，那她再去找人谈生意就显得太不识趣了。白来了一趟，席锦书叹了口气，正要跟着张苑茗往前走，迎面走过来一个穿着黑色燕尾服、戴着卓别林面具的男人。那男人突然停在了她们的面前，绅士地对她们行了个弯腰礼，友好地说："小姐们，是要面具吗？我这儿有。"

说罢，男人像变戏法一样，左右手里多了两个羽毛面具。

席锦书听出了那男人的声音，嘴角不禁上扬，她率先从男人手中接过面具，戴在了脸上。

聂书涵见状，也颤巍巍地伸手接过了面具，腼腆地说了句："谢谢。"

这时，厅内的灯光暗了下来，只剩下几道流光在闪烁。周围的人开始翩翩起舞，一个男人上前来，礼貌地邀请张苑茗跳舞。

张苑茗很淑女地接受了，跟着他走了，留下席锦书跟聂书涵还有那个神秘的男人。

隐约看到人群中戴着面具的石原正朝自己这边走来，席锦书担心他又要纠缠自己，赶忙将身旁的聂书涵推给了那个燕尾服男人："湛林，你帮我照顾下书涵，我有事得先走。记得宴会结束后，送书涵回家。她若少了一根汗毛，我可要唯你是问的。"

席锦书直接点出了那人的名字。

王湛林无奈地笑着说："书姐，你这么直接拆穿我，这舞会就没意思了。"

席锦书急道："别管有没有意思了，湛林你就当帮我这个忙。"

王湛林听出了席锦书声音里的急迫，答应了声："好的。"

眼看石原就要挤出人群，席锦书将书涵往旁边一拉，低声问："书涵，湛林是个靠谱的青年，他不会欺负你的。我被人盯上了，我得先走。你可以吗？"

聂书涵点点头，藏在面具下的小脸此刻一片潮红，她轻柔地说："三嫂，那你注意安全。"

知她是答应了，席锦书这才放心地低着头，快步朝大门口走过去。

还好厅内的条形灯光是一道道的，忽明忽暗，席锦书特意沿着黑暗处走，石原想追她也难。

离开了陆公馆，席锦书匆匆上了司机的车，摘下了面具。

见只有她一个人，司机忍不住问："少奶奶，书涵小姐呢？"

席锦书焦急道："她很安全，王五少陪着她，我们先走。"

司机不敢再多问，发动车子，驶离了院子。

等石原追出来时，席锦书早已坐着汽车扬长而去。

车子往前行驶了一段距离，离开了陆公馆的范围，到了附近的街道。

席锦书低头看了下手表，发现时间还早。因为不顺路，她让司机将她放下来，准备在路上拦辆黄包车回汇丰银行加班。

司机听话地停了车，席锦书从车上下来，站在原地等车。

有好几辆黄包车经过，未等她拦，就被人抢了先。她感到无奈，正巧此时起了风了，她裹紧风衣往前走了几步，试图换个地方等车。

结果没走几步，天空下起雨来。席锦书只好寻了处屋檐避雨。

然而这雨并没有要停歇的意思，估摸等了半个小时，还不见停。街上的黄包车越来越少，行人也渐渐稀少，只有天色越发阴沉下来。

电话亭得往前走一段才有，席锦书自屋檐下伸出手，触碰着那绵绵而下的雨珠，判断着雨的大小，想等着雨小点儿，自己好跑去电话亭打电话，叫席公馆那边派人来接。

冰冷的雨点打在她的手心，席锦书内心多了几分惆怅。

这样干等下去也不是个办法，正当她鼓起勇气要往外跑时，头顶的雨突然停了，一双黑色皮鞋停在了她的眼前。皮鞋的主人举着把黑伞，伞遮在她的头顶。

席锦书半惊讶半惊惧地抬起头，看向来人，目光触及那张熟悉而又精致的脸时，她觉得浑身的血液仿佛凝住了。

那人微笑着看着她，一双好看的凤眼如黑曜石一般闪着亮晶晶的光。

"好久不见，小聂太太。"

她怔怔地站在原地，没了言语。

【5】

还是黄浦区那家咖啡馆。

席锦书坐在角落的老座位上，身上穿着一件黑丝绒长旗袍，米白色的呢子外套放在一旁的沙发上，与他的黑色大衣挨在一起，有种说不出的感觉。

她定定地看着沙发背，手指摩挲着右手无名指上的婚戒，一副若有所思的模样，直到听到聂莛宇跟她说话，她才回过神来。

"西点还是上海滩的好吃，店长新做的红丝绒蛋糕，小聂太太你来尝尝。"

聂莛宇端了一餐盘的食物走了过来，他将刚切好的红丝绒蛋糕放到席锦书的面前，又给了她一杯热饮。

他给自己点了杯黑咖啡，还有一块芝士奶酪。

席锦书接过咖啡杯，闻了一下，是热巧克力。她讶异地抬眼看他。

触及她的目光，聂莛宇笑了笑："我看你过去不怎么爱喝咖啡，就给你点了巧克力奶。怎么，巧克力也不喜欢？"

他还记得这些？她以为他都忘记了。

席锦书心头一暖，她捧着杯子摇了摇头，低头喝了一小口热巧克力。

没想象的甜，是她喜欢的味道。她又低头喝了一口，突兀地问他："你什么时候回来的？"

"六点半到的码头，到聂公馆正好七点。没赶上吃晚饭，这不，有点儿饿了。"他眯着眼跟她解释，说话间，手中的勺子将那块蛋糕舀了大半送进嘴里，看起来是真的饿了。

几口将蛋糕吃完，他又喝了半杯黑咖啡，这才满足地呼了口气，侧着身子往椅背上一靠，嬉笑地看着她继续道："回来没见你人，问了家里人才知道你要去陆公馆参加什么晚宴，说是书涵跟你一道去的。我看待在家也没事干，天色又早，便过来找你们，没想到半道上看到个傻子在淋雨，走近一瞧，竟然是小聂太太，你说巧不巧？"

席锦书被他说得脸颊有些发烫，抬头埋怨似的瞪了他一眼，正好对上他那双深邃的眼眸。

一年多没见了，他还是那个样子，就是头发剪短了，清爽之余比以前还多了几分男人味。

席锦书的心跳快了几拍，这不大像她，她尴尬地移开目光，扯开话题："你伤都好了吗？"

"差不多了。"

"头还会痛吗？"

"偶尔会痛，就像今天下雨，就很痛，说话的时候感觉脑神经都快要断了。"聂莛宇望着她，可怜兮兮地说。

闻言，席锦书紧张地朝他又看了过去，蹙着眉头责怪道："那你话还这么多！痛得厉害吗？先前给你看病的那个西医刘医生新开的诊所就在附近，我陪你去看看，配点儿药。"

说完，她就要起身。聂莛宇伸手按住她的肩膀，示意她坐下。

"骗你的，稍微有点儿不舒服，但还可以忍。是电击的后遗症，就算找医生，也只能开点儿止痛药，没多大用。别担心，小聂太太，我知道我这条命是你付出了多大的代价给换回来的，所以就算是为了你，我也会好好珍惜的。"聂莛宇握着她的手，低声安抚。

席锦书望着自己被他握住的手，想要抽开，但他没有放。

她怔怔地看着他，发现他正定定地望着自己，她不由得开始发慌，总觉得聂莛宇这一次回来，跟以前好像不大一样了，他看她的眼神里似乎多了很多东西，这东西让席锦书感到心慌。

"还有什么想问的吗？"他紧紧地盯着她，嗓音微哑地问。

席锦书慢慢地摇了摇头，目光落在两人相握的手上。

"那该我问了。"聂莛宇看着她，目光灼灼，"用整个席家来救我，后悔吗？"

席锦书愕然，不明白他突然问这些有何用意，她镇定地说："是我得罪了加藤，也是我要除去加藤，不管加藤最后是被谁杀的，虎子毕竟是我们席公馆的人，若不是因为你跟我的关系，你也不会被怀疑。那天本该是我被抓去受刑的，你代我去了，你都不后悔，我为什么要后悔？"

"所以只是因为我们是夫妻关系，你才愿意牺牲这么多救我的吗？"聂莛宇站起身来，双手撑在咖啡座上，身子朝她倾过来，沉声道。

他说话的时候，气息轻轻地扑在她脸上，挠得她心头痒痒的。

她被他炙热的目光盯得浑身不自在，不由得冷了神色，板着脸问："聂莛宇，你到底想说什么？"

他不怒反笑，如玉般的手指轻轻地捏住她的下巴。

"你瘦了很多。"聂莛宇突然说。

席锦书恼恨地转过头，想要从他的手中挣脱出来，却徒然无功。

别看他斯斯文文的，嘴角一直带着笑，可蛮横起来，比她想象得还要厉害。

她恨恨地瞪着他，一双杏眼睁得大大的。

聂莛宇笑着，扣住她的下巴，将她往自己这边拉近了些。

他的头凑到她的耳边，温润的唇瓣贴在她细嫩的脖颈上，恶作剧似的故意轻咬了一口。

席锦书如同被电击一般，浑身起了鸡皮疙瘩，脸瞬间涨得通红，然后她就听见他用有些沙哑的嗓音问她："想我吗？"

他这分明是在调戏她。席锦书不懂他为什么突然变成这样，一种羞辱感在她的心底快速蔓延开来，她伸手要打他，却被他一把握住。他俯身袭了上来，扳过她的头，让她正对着他，然后用力地吻了上来。

不同于上次在咖啡厅做戏给记者们看的那一次，这一次他吻得很激烈，很狂野。

席锦书一开始还在反抗，渐渐地，她便不再动了，任由他为所欲为。她的心从来没有像这一刻这般迷惘过，她不知道自己在哪里，不知道自己是谁，不知道要做点儿什么，只是一味地接受着他的亲吻。

从一开始的狂热，到后来细细亲吻，他在很认真地品尝她。她能尝到他嘴里黑咖啡的苦味，还有蛋糕的香甜味。她好像喝了一大瓶红酒，有点儿醉了。

不知道过了多久，他才放开了她，任由她瘫软在他怀里，红着脸拼命地喘息。

他将头埋在她的颈窝里，轻咬着她发烫的耳朵，低笑道："你的吻技还是跟以前一样差，看来那些报纸上写的都是假的，像小聂太太这种不懂情趣的女人，哪懂得给自己的男人戴绿帽。"

"你……"席锦书气得要推开他。

虽然先前他也没少跟她开这种玩笑，但从来没有这般毫无缘由地亲吻她。

聂莛宇用力地将她抱在怀里，突然没了笑声，声音变得疲惫："别动，小聂太太，让我抱会儿，我头疼。"

一句话，让她的心顿时软得跟海绵似的，她不再动弹。

良久，待他的呼吸平缓了些，她才冷静地问他："聂莛宇，你知不知道你刚在做什么？我们跟其他夫妻不一样，你明明对我……"对我不上心……

她的话还没有说完，就被他给打断了。

"对你什么？我们是夫妻，你是我太太，我亲你有错吗？"聂莛宇无赖地反问她，言毕，他又在她的唇上啄了一下。

席锦书被他这举动惊得说不出话来。

聂莛宇抱着她，头贴着她的耳畔呢喃："小聂太太，我好想你。"

席锦书惊讶地转头看他，想要在他的脸上看出些撒谎的痕迹来，可是没有，他的表情很真挚，仿佛他说的是真的一样。此刻他望着她的眼神，柔得跟水似的。

席锦书哑然。

聂莛宇以前从未用这般亲昵的语气跟她说话，虽然在旁人面前，他爱拉着她做戏，可是他的眼神跟表情都不像现在这样。是真情还是假意，她不是傻子，她看得出来。

过去的聂莛宇不爱她，所以从不会这般深情款款地看着她。这也是她从来不愿在他面前表露她心意的原因，她怕被拒绝，不想自取其辱。

可现在，他的一言一行，他的神态都在告诉她，他是真的想她了，他很爱她。

为什么？难道是因为他的大脑受了伤，他忘记了他们当初为何结的婚，只记得他娶了她，记得婚后她为他做的牺牲，所以感动了，爱上她了？

不管哪里出了错，席锦书可以肯定的一点是，聂莛宇对她的感情变了。

其实想要阻止聂莛宇对她的爱很简单，她只要把他们的婚书拿给他看，帮他回忆起他们签婚书的细节，告诉他，他们的婚姻只是一场交易就可以了，但是她不想这么做。

医生说过聂莛宇的大脑不能再受太大的刺激，与其强迫他想起来，她还不如就这么顺其自然地被他爱着，等他自己想起来再说。

反正就像聂莛宇说的那样，他们已经是夫妻了。从她选择嫁他，赌上她一生开始，她就没打算轻易放手。如今她又为了他把席家都赔出去了，她就更不可能放开他了。

比起两个人一直做戏过日子，他如今真心实意地爱她，倒也让她来得轻松一些。

想通了，席锦书也就释然了，暗自叹了口气，她伸手回抱住他："时候不早了，我们回家吧。知道你回来，世恩一定很高兴，肯定不见我们回去不睡觉的。"

感受到了她的顺从，聂莛宇身子微微地僵了下，然后放开她，从一旁的沙发上拿过外套，给她穿上，仔细地打量着她，不满道："你现在实在是太瘦了，回去得好好补补。明天跟行里请个假，休息几天，席家的那些店，我帮你去打理。"

"不打紧，我没事。"席锦书拒绝。

"什么叫不打紧，你要把身子累坏了，我怎么办？"聂莛宇嗔怪地瞪了她一眼。

席锦书不懂他什么意思，他突然拦腰将她抱了起来。

她慌得要伸手推他，聂莛宇小声坏笑："别闹，别人都看着呢。外面在下雨，我抱你去车里。"

说话间，站在收银台的小姑娘红着脸看了他们一眼。

席锦书脸皮薄，头埋进他的大衣领里，羞得不敢再乱动。

他垂眼微笑地瞥了她一眼，大步离开了咖啡馆。

他的臂膀很有力，他的脚步很稳健，他的胸膛如火炉般温暖，席锦书脸埋在他的怀里，听着他的心跳声，安稳地闭上眼睛。

他是真的回来了。

第八章

山河拱手，博君一笑

【1】

回到聂公馆，离九点还差一刻钟，聂书涵还没有回来。

聂家几位太太闲着无聊，三缺一，硬是拉着聂老爷一道打起了麻将。

席锦书跟着聂廷宇进屋的时候，正好看到坐在南边座位的聂老爷虎着脸在给钱。

聂老太太坐北方，正对着大门，是第一个发现席锦书他们回来的。看到席锦书，老太太脸上脸色僵了僵，但瞥到她身旁的聂廷宇时，老人脸上又笑开了花。

"廷宇，你可算回来了，快过来给奶奶捶捶肩，坐得我可累了。"聂老太太笑着招呼孙子过去。

聂廷宇笑了笑，拉着席锦书的手一道走过去，站在了聂老太太身后给她一边揉肩膀，一边看牌。

聂太太打了个幺鸡出来，抬眼扫了席锦书一眼，不咸不淡地问："锦书啊，书涵呢，她怎么没跟你一道回来？"

被点名的席锦书恭谨地回："陆公馆那边今日办的原来是个相亲舞会，上海滩那些有头有脸的公子哥跟小姐们去了不少，我看书涵还没有男朋友，就让她留了下来。我本来准备去行里加班的，没想到半路遇到了廷宇，就先回来了。"

"相亲舞会，这名头听着新鲜，上海滩好像很少有这种宴会。"聂二太太觉得稀奇，插嘴道。

席锦书继续回："听说是陆小姐提议办的。陆小姐先前一直在北平念书，可能北平那边流行这种。"

"话虽这么说，可你也不能把书涵一个人留在那儿啊。我们书涵不像你，习惯了跟男人打交道，她一直待在家里，平日里连个男的都见不着，那种场面她不慌才怪。万一遇到那些浪荡子，她被欺辱了怎么办？"说话的是聂老太太，她一开口，对席锦书便是一顿责备。

长辈为尊，又知聂老太太就是这个脾气，席锦书已经见怪不怪了。她表情平静地解释："奶奶不用担心，那儿有张家的姑娘陪着她，还有李璨恒也在，不会让书涵吃亏的。"

怕惹聂家的人生气，她没提王湛林。

"张家的姑娘？是哪个姑娘啊？"

"张成广家的。"

"张成广？莫不是那个去年搬到上海来的收藏家？"聂老爷也好奇地问了一句。

席锦书点点头："正是北平过来的那位张先生。听说他跟爹您认识。"

"岂止是认识，我们俩也可算是生死之交了。先前我们都在北平的时候，他没少去我那儿串门。后来他去了陕西那边收东西，一去就是好多年。之后又听说他跑去了国外，在洋人那边发了财，回了上海。我也一直没有机会与他联系。不过成广家那丫头我见过，那会儿她才半人高，调皮得像个男孩子，机灵得很。有她在，书涵不会有事的。"聂老爷絮叨了一番。

席锦书微笑着附和："是的，张姑娘聪明得很。"

说到张成广，聂太太她们也起了兴致，缠着聂老爷问东问西。

"老爷，我听说那个张成广是个收藏大家啊！他家里全是年代很久的古董，什么古代贵妃的首饰都藏了好几箱，都精致得很。您看您跟他那么熟，能不能帮我去讨几件玩玩？"聂二太太拉着聂老爷的手臂撒娇道。

聂太太嫌恶地瞪了她一眼："那都是死人戴过的玩意儿，要回来你敢戴吗？也不嫌晦气。要我说，要点儿文房四宝才是真的。先前我看锦书家书房摆的那些就挺好，世恩现在正在学习的阶段，让他练练书法陶冶下情操也好。"

"这提议倒不错。锦书啊，你看什么时候方便，问问那个张小姐家里的电话，我去约张先生喝茶。"聂老爷转过头朝席锦书吩咐道。

席锦书听话地回道："我明天就去问。"聂老爷满意地"嗯"了声，继续打牌。

席锦书站在一旁有些无聊，朝聂莛宇看过去，发现他也在看她，脸上同样是一副无奈的表情。

"上楼吗？"聂莛宇瞟了眼楼上，对着席锦书比了个嘴形。

席锦书对他眨了眨眼睛，表示愿意。

聂莛宇喊了王妈过来，让她继续给聂老太太按肩，然后朝诸位说道："大家继续玩，我跟锦书先上楼去看看世恩。外面下雨了，身上有点儿淋湿了，还得洗个澡。"

"淋雨了不早说，还杵着干吗？快，赶紧上去洗个热水澡，别冻着了，你现在身子刚好，可得小心点儿才是。刘管家，你赶快给三少爷烧点儿热水去。"聂太太急着喊刘管家。

刘管家在厨房里遥遥地应了一声。

聂莛宇没再多言，直接当着众人的面，拉着席锦书的手朝楼上走去。

席锦书感到难为情地想要挣开他的手，他却攥得更紧了，并得意地朝她挑了挑眉。

席锦书脸上一阵羞红。

看两人这样，聂老太太恨恨地别过脸去，索性不看他们，嘴里不满地嘟囔："长辈们都在呢，这个样子，成何体统？"

"妈，你少说两句，别让人听见了。"聂老爷听不过去，制止道，"人家小两口那么久没见，亲密点儿也是应该的。难不成你真想他们像外面人说的那样散了！咱们聂家可再也丢不起这样的脸了。"

见聂老爷发火了，聂老太太也不敢再说下去。聂二太太赶紧出来做和事佬，故意打了个二饼出去，放炮让聂老爷给和了，气氛这才缓和了些。

到了三楼，聂莛宇先回了卧室，席锦书则去书房看席世恩。上楼前，她听聂太太无意间提了一嘴，说席世恩在书房里做聂老爷布置的功课。

不同于聂家的女眷，聂老爷对席世恩的功课很是重视，尊的还是严师一派。

席世恩本就是个软糯的性子，在聂家时就随了席锦书，小心翼翼的，面对严厉的聂老爷更是大气不敢出，所以就算听到席锦书跟聂莛宇回家的说话声，他也不敢擅自下楼来。

昨日席锦书过来，他兴奋地跑下来，后来被聂老爷训了一顿，说男孩子该宠辱不惊，说他不够淡定。

席锦书站在书房门前轻轻地敲了两下门，听到席世恩轻咳了下，才拧开门把手走了进去，发现半大的孩子坐在硕大的棕色书桌旁，两只眼睛红得像小兔子。

"怎么哭了呀？"席锦书快步走到席世恩面前，抱起孩子，低声问。

席世恩将头埋进她的怀里，嗫嚅道："爷爷让我背《论语》，我好多字不认识。"

"哪些？我教你。"席锦书道。

席世恩将《论语》翻开，把聂老爷要求背的内容给席锦书看。

席锦书瞥了一眼，无奈地叹了口气。也难为席世恩了，聂老爷让他背的这篇是中学生该背的，里面有很多生僻字，别说席世恩不认得，就算比他大几岁的孩子也未必识得。

席锦书耐心地给孩子在不认识的字上面画了圈，然后教席世恩念了几遍。

席世恩虽不是席锦书的孩子，但记性也随了席家人。会读后，他念了几遍就会背了。

背完后，席锦书抱着他问："他回来了，要去看看吗？"

席世恩知道席锦书说的"他"是聂莛宇，本来他挺喜欢这个"爸爸"的，但今日看起来明显不是很想见他。

席锦书发现了席世恩的异样："怎么了，世恩，你不想见他？"

听她这么问，席世恩当即激动得啜泣起来，嘟着嘴控诉："我不想见他，我不喜欢他。"

"为什么？"席锦书不解地问。

"都是因为他，同学们才叫我小汉奸。"

"什么小汉奸？"席锦书瞬间蹙起了眉头，表情严肃地问席世恩。

席世恩咬着嘴唇，光哭不答。

席锦书喝住了他："不要哭了，先把事情说清楚，我是不是教过你，哭是解决不了问题的。"

席世恩点点头，拼命地将眼泪憋回去，他从一旁的小书包里拿了本封面被画得乱七八糟的图画本出来，递给席锦书。

席锦书把本子接过来，没有翻开，只扫了一眼封面，她的脸就沉了下来。

"同学们说你把钱送给大汉奸，大汉奸又把钱送给日本人，日本人拿钱买子弹打我们中国人，所以你也是汉奸，我是你的儿子，我是小汉奸。可我也听老师说，你是为了救他，才把席家送出去的……呜呜……所以我讨厌他……"

席世恩哭着，话还没有说完，席锦书一把抱住他，叮嘱道："这些话以后不要再说了，特别是在这个家里，不准再说了。还有，不管同学们再说什么，你都不要往心里去，世恩，你只要记得一点，我们不是汉奸，我不是，聂莛宇也不是，你更不是，所以不要记恨他。总有一天，我们会向所有人证明，我们所做的一切都是因为我们是中国人。"

"娘，我恨日本人。"席世恩哽咽着道。

席锦书给他擦干眼泪："世恩，我们都恨，可光靠恨赶不走日本人，我们得变强大才可以。男儿有泪不轻弹，你是男子汉，不要随便掉眼泪，知道吗？"

席世恩听话地点点头。

席锦书抱着他又安抚了一会儿，然后带着他离开书房，去一楼背书给聂老爷听。

从书房出来的时候，娘俩的脸上都带着微笑，谁也不知道他们在书房里的那番谈话。

席世恩站在聂老爷身边背书，席锦书回到三楼。

回卧室之前，她去书房拿走了席世恩给她看的图画本。

【2】

席锦书走到了她与聂莛宇的卧室，还未伸手敲门，门就开了。聂莛宇穿着睡衣站在门口，头发湿漉漉的，还未擦干，他身上散发着沐浴乳的香味，显然是刚洗过澡。

"在教世恩做功课吗？去了这么久。"聂莛宇有些埋怨地朝席锦书道。

席锦书将藏有图画本的大衣裹紧了些，低低地"嗯"了声。

聂莛宇朝她身后看了一下："世恩呢，没跟你一道过来？好久没见了，不知道这孩子长高了多少。"

"在楼下背书给你爹听呢。你刚回来，累了一天了，赶紧去休息吧，明天再看他。"席锦书说完，低着头要进屋。

聂莛宇让开道，让她进来，一脸殷勤："水我给你放好了，你去洗澡吧。"

席锦书怔了下，点点头，说了声谢谢，然后一副心事重重的样子进了卧室内的浴室，关上了门。

聂莛宇若有所思地对着她的背影望了一会儿。

进浴室后，席锦书并没有急着脱衣洗澡，而是将席世恩的图画本拿了出来，准备找个地方藏起来，等明天去上班时带出去丢掉。她倒不是怕聂莛宇看见这些，而是担心他知道被骂内奸后做出什么出格的举动来。他身上的伤刚好，不宜动怒。

找了一通，没几处可以藏东西的地方，席锦书的目光落在了梳妆台底下的抽屉上。

她刚拉开最后一层抽屉，浴室的门就被人推了开来。她快速地将本子藏好，关上抽屉，起身，回头看着闯进来的聂莛宇。

"有事吗？"席锦书表情镇定地问聂莛宇。

聂莛宇抬了抬手中抱着的衣物，解释道："你睡衣忘拿了，我给你送进来。怎么还没洗？"

席锦书看了眼他手上拿着的粉色丝绸睡衣，目光触及睡衣里面夹着的内衣裤边沿，她的脸顿时发烫起来。几步上前，慌张地从他手中接过衣物，她红着脸送客："我刚洗了个手。你出去吧，我要洗澡了。"

聂廷宇瞥了眼她干净得不带一点儿水渍的手，眉头微皱了下，没有多问，识相地出了浴室，带上了门。

待浴室门重新关上，席锦书这才松了口气，赶紧把门给反锁了，抱着换洗的衣物去了浴缸那儿，开始脱衣服洗澡。

因为有心事，席锦书洗得很慢，为接下来要发生的事担忧着。

两人虽不是第一次同床共枕，但现在的聂廷宇对她的感情跟以前相比有着极大的不同。

说来也可笑，过去她一直期盼着他心里能有她，如今他心里真有她了，她却不是很高兴。

她这人最不喜欢勉强人，特别是感情。可对于聂廷宇，她总是多了几分无可奈何。

怕他在外头等得急，沉思了一会儿，她从浴缸里爬了起来，快速地擦干身子，套上衣服，走了出去。

出浴室的那一刻，她抱着船到桥头自然直的想法，深深地吸了口气，朝聂廷宇走过去。

他们都已经结婚了，该发生的事迟早要发生。

许是喝了咖啡的缘故，聂廷宇一点儿困意都没有，席锦书洗完澡出来的时候，他正坐在阳台的椅子上看报，面前的茶几上放着他刚泡好的茶，想着她过会儿可能会喝上一些。

席锦书脚步轻缓地走到他对面的椅子里坐了下来，给自己倒了一杯茶，慢条斯理地喝了一口，目光望向楼下的院子，装作随意地问："你在看什么报纸？"

聂廷宇闻言，从报纸后面露出双眼睛来，笑眼弯弯地看着她："可不是，上午坐船的时候无聊买的，看了一半没看完，这会儿睡不着瞎看看。你穿这么少出来，不冷吗？"

他刚说完，一阵秋风吹来，席锦书双手抱着肩膀，瑟缩了一下。

聂廷宇连忙起身："我去给你拿件衣服，回头别感冒了。"

说完，未等席锦书出声，他便匆匆进了屋。

席锦书望着他离开的背影有些无奈，她低下头，又喝了口茶，随手拿起他扔在一边的报纸，刚翻开，看到报纸头条后，她眼皮微跳了下。

果不其然，报纸的正中央印着的就是她先前与王湛林在街上会面，一辆汽车差点儿撞上她，王湛林拉住她，她撞在他怀里的照片。

照片上面的标题那叫一个不堪入目，什么"抛夫弃子，当街私会小情人"。

席锦书虽也知道花边小报一直在乱写她跟王湛林，可这是她头一次看这种小报，没想到他们竟写得这般无耻龌龊。这么不着边的新闻她自己看到也就算了，可偏偏聂廷宇也看到了。他这是存心耍她玩吗？

她气得当即要把报纸撕碎，聂廷宇正巧拿着件大衣走出来，见状，连忙制止她。

"别撕啊，我还没看完呢。"他惊呼道，急忙从她手中抢过报纸，将大衣披在了她的身上，笑着故意调侃她，"我都不生气，你气什么？别说，这小报记者还挺会胡诌的，光凭一张照片就能把你跟王湛林的事描绘得有声有色，别说外人要信了，我看着都觉得真。就是这拍照水平不行，把你拍丑了，你可比照片上好看多了。"

席锦书被他说得脸颊发烫，又羞又气，不知道该说什么好。

她披着衣服从椅子里站了起来，打算回屋。

聂莛宇一伸手，搂住了她的细腰，稍微用力，将她扯进了自己怀里。

她跌坐在他的腿上，红着眼恼怒地挣扎。他两手一圈，将她紧紧抱着，头贴着她的侧脸，温热的呼吸扑在她的脸上。

"跑什么？我知道你跟他没事。等哪天我找那几个小报记者过来，给我们俩也拍一组，让大家看看什么叫郎情妾意。"说罢，他的唇轻轻地咬着她敏感的耳垂。

席锦书浑身像煮熟的虾子一般发烫起来，她想要出声制止他，然而刚开口，他的唇便贴上了她的唇瓣。

她已经尝过一次他这般亲吻她的感觉了，那太让人窒息了。

她受不了，也招架不住，本能地想要逃离。他却像看出了她的意图，一只手紧紧地扣住她的后脑勺，逼着她回应自己，另一只手穿过大衣，探进了她的睡衣领口。

她微微发喘，双手推着他坚实的胸膛，低声呢喃："不要，莛宇……"

他停了下来，眼神炽热地看着她，嗓音嘶哑："真不要？"

席锦书急得快要哭出来，这种感觉太陌生了，她如被冲到沙滩上的鱼，快渴死一般。

脸火烧般烫着，她羞涩地低下头，埋进他的怀里，不要了脸面，乞求道："不要在这里。"

得到了准许，他直接将她拦腰抱起，朝屋内走去。

黑色的大床上，他动作轻柔地脱去她的外衣，细细地亲吻着她的每一寸肌肤。她双眼迷离地望着他，柔弱的双手搂着他的脖子，一股莫名的酸涩感在她的心底蔓延着。

她喜欢他这样爱她，很喜欢，却又很怕。

她想过了，过了今晚，她就什么都告诉他，世恩的身世，她嫁给他的理由，她都要告诉他，她不想欺骗他，她要把最好的一切都给他。

她的生涩让聂莛宇几乎疯狂，明明在外人眼里他们已经有了个五六岁大的孩子，可她却让聂莛宇感觉她不过还是个青涩的小姑娘，等着他去采撷。

他温柔地亲吻着她，就像个愣头小伙子，又紧张又激动又渴望。

他兴奋地倾身用力地吻住她，叫她的名字，然而下一秒，淡淡的血腥味自风中飘浮，是她月事来了。

聂莛宇无奈地停下动作，起身下床去浴室洗了手，又拿了毛巾端了热水出来，让她擦洗身子。

她羞红着脸，待他倒水时，重新穿好睡衣，躺在床上，一张小脸全部埋进了被子里。

他出来便看到了这幅景象，床上像裹了只硕大的蚕蛹，一动不动，只有小声的啜泣声传来。

怎么还哭上了？他有些摸不着头脑地摸了摸头，走了过去，快速地钻进被窝。折腾了一番，他的身子有点儿凉，正好让他降了些火。

她背对着他，他凑过去，将她抱在怀里，小声地安抚："不哭了，小聂太太，我们来日方长。"

本来心里就酸得慌，听他还这么胡说八道，她气得差点儿要打人。刚伸手，就被他一把翻过了身子，正对着他，他的唇贴了上来，轻轻地吻去她的眼泪。

"好了，都是我不好，不该逗你玩。小聂太太哪里不开心，跟为夫说，为夫给你赔礼谢罪。"他还是一副嬉皮笑脸的样子。

席锦书红着眼狠狠地瞪了他一下，半晌，才幽幽地说了声："肚子疼。"

突然觉得她很像个孩子，他心里忽地一疼，伸手摸上了她的小腹，小心翼翼地给她揉着肚子："这样有没有好点儿？"

她没吭声，只是将头往他的怀里埋深了些，困倦地闭上了眼睛。

越陷越深，她该如何是好？

【3】

聂莛宇位于黄浦区淮海中路的纱厂一大早就开了门，今日厂里要给哈尔滨那边出一批货，负责装箱的工人们整整齐齐地排成了一排，工头站在前头发号施令。

聂莛宇的车驶进厂里的时候，工头老李刚给工人们分配好工作，瞧见有车进来，他还未反应过来，就见聂莛宇下了车。

老李当即激动地跑了过去，咧嘴招呼道："聂三公子，您什么时候回上海的？聂少奶奶前几日还来咱们厂里核账了，都没说起您要回来。"

聂莛宇笑笑，从上衣口袋里掏出包烟，抽了一根递给老李："我昨晚刚回来，她也不知道。本以为我不在，这厂要倒，这会儿看来，好像厂里运转得挺好的。"

"那可不，多亏聂少奶奶管治有方，我们才能稳住厂子，工人们才有饭吃。三少奶奶对这个厂很是上心，生意差，她亲自给我们揽生意；生意好，工人们一直在加班，她人好，不仅给大家涨了工资，还经常让人送夜宵来。我们厂里，上到管理层，下到清洁工，没有一个人不说聂少奶奶好的，大家都说娶到她是您的福气。"老李一脸兴奋地跟聂廷宇说道。

聂廷宇望着工人们从厂房里搬出来的一个个箱子，微笑道："大家说得没错，娶到小聂太太确实是我的福气。对了，这些箱子里面装的都是什么，是要运去哪里的？"

"都是新出来的棉纱和白棉布，要运往哈尔滨，是聂少奶奶接的单子。对方要的量很大，并且已经一次性把钱付清了。"老李回。

"哈尔滨？"聂廷宇皱了皱眉头，道，"那边不是一直在打仗吗？这么多的东西，怎么运过去？"聂廷宇思忖着，就算运过去，又会有谁需要这么大量的棉纱与棉布？

老李实诚地回："聂少奶奶只让我们送去码头，说漕帮的人会帮忙运。漕帮专走水路，运输一向靠谱，所以应该是没问题的吧。这不是今年第一次给哈尔滨运货，之前也运过一次，也没听说出啥事。"

聂廷宇"嗯"了声，瞥了眼那些箱子，没再继续追问下去。他去厂里逛了一圈，最后去了自己的办公室。

办公室跟他走之前没什么两样，她的东西很少，只有一把木算盘、一套茶具，办公桌的抽屉里还放了几包茶叶。如此老旧迂腐，倒很像她的作风。

聂廷宇忘了他是怎么爱上席锦书的，按理说，以前他对这种旧社会形象的女子是完全不感兴趣的。可真接触了席锦书，他才发现，世界上有一种女人，生来就是矛盾体，她身上有旧社会遗留的古韵气质，也有新式洋派的个性美。

他越是了解她，就越为她着迷。

她聪明能干，又充满韧劲。他无法想象，那副蜷缩在他怀里的羸弱躯体里蕴藏了多大的力量，但也知她吃了很多苦。

与他离开上海前相比，她瘦了好几圈。这般辛苦，换作其他世家小姐，早就倒下了，她却还是那么笔直地站在那里，像纽约的自由女神像。

内心涌上几丝心疼与自责，聂廷宇的手指轻轻抚过桌上的木算盘，他突然很想去见她，抱抱她，跟她说"你辛苦了，小聂太太，现在我回来了，你可以做个小女人了，因为你的男人会替你扛下所有的重担"。

想着，脚步已经迈了出去，匆匆离开纱厂，他驱车朝汇丰银行的方向驶了过去。

半路上，经过花店，他一时兴起，下车买了几束白百合。本想买玫瑰，但又觉得不衬她。

汇丰银行内，从早上八点一直忙到十点，两个小时，席锦书忙得连喝水的工夫都没有，刚得闲想休息会儿，秘书过来告诉她，说王湛林来访。

想他应该是来给她看新改的飞机图纸的，她没有犹豫，让秘书把人放了进来。

王湛林给席锦书带了生煎。

聂锦书早餐吃得早，这会儿还真有些饿。看到王湛林手中拎着的生煎包，她当即高兴地朝他走过去，不客气地从他手中抢过纸袋子，拿了个生煎出来，塞进嘴里。

她这般随意的样子也就在王湛林面前表现得出来，两人毕竟是从小认识的，不需要像面对其他人时那般装腔作势。

怕她噎着，王湛林坐到了茶几旁，给她倒了杯茶，开玩笑道："书姐，你吃慢点儿，不知道的还以为聂家虐待你了。"

席锦书瞪了他一眼，口齿不清地说："别胡说八道，回头让人听见，又不知道会怎么乱写了。对了，我昨天看到新出的花边小报，又写咱俩了，听说这报纸卖得很火，你爹估计也看到了，他怎么还放你出来？"

"我又不是罪犯，想出来自然就能出来。再说了，我爹苛待我，我娘帮我的呀。"王湛林得意地朝席锦书眨眨眼，忽然又觉得不对，"等等，书姐，你不是从来不看那种报纸的吗？你是怎么看到的？是不是聂家人给你的？他们因为报纸上写的又对你发难了？"

王湛林脸上露出焦急的表情。席锦书摇了摇头，喝了口茶水，润润嗓，道："这倒没有，是莛宇回来了，他买的报纸，我不小心看到了。"

"聂莛宇回来了？"王湛林的脸色顿时变得凝重起来，强装自然地问，"怎么没听你跟聂三小姐说起过？"

听他先提起聂书涵，席锦书突然想到了什么，眼眸一亮，望着王湛林微笑："对了，忘了问你了，昨晚你跟书涵玩得如何？我们睡得早，没注意她什么时候回来的。就今早看到她心情挺好，估摸你俩相处得不错。"

"还行吧。"王湛林心不在焉地回，他的思绪还停留在席锦书刚说的"我们睡得早"几个字上。虽然理智告诉他，不要在意那些，席锦书已经结婚了，她跟聂莛宇同床是再正常不过的事，可感情上，他还是有些接受不了。因为他了解她，她不是那种爱主动提夫妻事的人，她跟聂莛宇之间一定发生了什么，很明显，他听得出来，她对聂莛宇的感情又深了一些。王湛林内心有股酸涩滋生，但又无可奈何。

席锦书听出他语气里的快快不乐，不由得蹙起眉头，仔细地打量着少年，问："怎么，你们相处得不快吗？"

"书姐，你多虑了。我跟聂三小姐处得挺好的，没闹什么矛盾。"

"那就好。书涵一直在家照顾聂老太太，很少出来玩，你若有空的话，可以多约约她。"席锦书提议道。

王湛林当即把嘴噘了起来，有些不耐烦地说："书姐，你这是什么意思？"

"我的意思是，你也成年了，到了该娶亲的年纪了。我一直把你当亲弟弟，书涵又是我了解秉性的姑娘，我想……"

席锦书还没有说完，王湛林陡然从沙发上站了起来，生气地朝席锦书提高音量："书姐，你误会了，我说跟聂书涵处得来，只不过是还算聊得来的意思，不是你想的那样子。我还没有娶亲的念头，你快别给我乱点鸳鸯谱了。"

席锦书被他这么激动的样子惊了一下，她放下手中的茶杯，愣怔地看着他，忽而叹了口气，抱歉道："是我多嘴了。"

王湛林懊恼地站在原地，咬着唇，不知道该说什么好。气氛变得有些僵，正当王湛林打算开口邀请席锦书出去吃午饭时，办公室的门被人推了开来，聂莛宇抱着花出现在门口。

望着表情凝重的两人，他尴尬地往后退了几步，摊了摊手，道："我是不是该晚点儿进来？"

王湛林不答，在看到聂莛宇的那一刻，他的心气就被打掉了大半，一副没劲的样子。

倒是席锦书出声拦住了聂莛宇："你找我有事？"

聂莛宇笑笑，抱着花走了进来，将花送到了她怀里，然后背靠着席锦书的办公桌，双手环在胸前，一手托着下巴，望着一脸困窘的王湛林道："也没什么事，我去厂里看了下，顺路过来接你吃午饭。倒是王五少过来是找你有什么事吗？"

说完，他转头看向席锦书，故作天真地眨巴着眼睛。

"小聂太太，要不吃完午饭，我们去找记者拍个照吧。"他坏笑着说。

知他是什么意思，席锦书顿时红了脸，恨恨地瞪了他一眼："我没工夫陪你胡闹。"

"湛林，你跟我们一起去吃饭吧？"席锦书朝王湛林说道。

王湛林面露难堪地摇了摇头，拒绝道："不用了，我约了同学一起吃饭。书姐，那我先走了，我下次再来找你。聂先生，再见。"

未等席锦书他们阻拦，王湛林便慌慌张张地抱着文件包离开了席锦书的办公室。

碍于聂莛宇在，席锦书没有叫他把文件留下。

"走得那么急，你们是背着我做什么坏事了？"聂莛宇嬉笑着看着席锦书。

席锦书又瞪了他一眼，不想理会他。

【4】

午饭是去苏记吃的，席锦书刚吃了生煎，没多大胃口。聂莛宇随便点了几个偏席锦书口味的家常小菜。菜还未上来，小厮先给他们上了茶水。

聂莛宇给席锦书倒了杯茶，递到她的面前，随口问："王湛林来找你是有什么事吗？"

席锦书低头喝了茶，淡淡道："没什么事，他就是来找我让我给他看一下学术上的文件，正巧我懂得一些。"

聂莛宇了然地点头，帮她用开水烫了碗筷。

"你跟那王五少关系很亲？"他突然地来了这么一句。

席锦书握着茶杯的手顿了顿，她抬头讶异地看了他一眼，见他正微笑着看着自己，眯着眼等自己回答。她无奈，心想他嘴上不说，心里可能还是在意那些报纸上的胡诌的，便认真地看着他解释道："我一直把湛林当亲弟弟，我们打小就认识，因为年龄差得不大，还算聊得来。我跟他根本不像报纸上说的那样，你不要多想。"

"我没有多想，报纸上写的那些，我从来就没有当真过。我知道你跟王湛林没什么，我今天问你只不过我有点儿好奇，席王两家不是因为你哥跟王三小姐的婚事闹掰了吗，王老爷怎会允许王湛林频频来找你？"聂莛宇脸上露出几丝困惑。

"席王两家的恩怨都是些陈年旧事了，王老爷并不是个心胸狭窄的人，就算对席家还有怨，也不会拿小辈出气。何况，湛林也不是什么纨绔子弟，他来找我都是有事，王老爷自然是知道儿子秉性的，所以只是做样子拦一拦，他要真不放人，湛林如何跑得出来。"席锦书坦然地解释道。

聂莛宇点点头，没再就这个问题继续追问下去。

菜上来了，他给她夹了块鳜鱼肉，席锦书低声说了句谢谢，还未吃完，他又给她夹了许多。

席锦书有些应接不暇，仔细一看才发现，他点的菜不仅偏她口味，而且很有营养。

席锦书抬头看了他一眼，他笑了笑："你太瘦了，多吃点儿。"

知他是真的在心疼她，她默默地低下头，细微地"嗯"了声，专心吃菜。

吃了一会儿突然听到聂莛宇问："我刚无意间听见你跟王湛林在聊书涵，是有什么我不知道的事吗？"

闻言，席锦书手上的筷子停了下，将自己想撮合王湛林跟聂书涵的事跟他提了。

聂莛宇听完，眯着眼笑了起来："我若没猜错的话，那王五少铁定是拒绝了你的好意。"

"你怎么知道？"席锦书惊讶地问。

聂廷宇身子朝她坐近了些，侧头，在她的耳边低声嗤笑道："因为他……喜欢你。"

"你别胡说。"席锦书当即红了脸，恼羞成怒地瞪着他道。

聂廷宇依旧在笑，身子坐直，端起茶杯喝了一口："我有没有胡说，你以后就知道了。小聂太太什么都好，就是太招蜂引蝶了些。"

"你……"席锦书还想斥责他几句，忽然身后传来一个声音，她回头，看到来人，眉头不由得蹙了起来。

"席小姐，这么巧，又见面了。哟，聂先生回来了，有段时间没见，聂先生瘦了不少。"石原正信取下头上的帽子，脸上带笑地跟他们打招呼。

席锦书没有回答，倒是聂廷宇机敏地接话道："没想到石原先生还记得我，之前在聂公馆见面，没能好好招待先生，请先生莫挂在心上。"

"聂先生言重了，上次的事是石原叨扰了。不过那都是为了公务，也请聂先生切莫介怀。"石原皮笑肉不笑地跟聂廷宇伸手言和。

聂廷宇大度地握了下他的手，很快松开，转头朝席锦书道："你先前不是说胃口不好，有点儿恶心想吐吗？这不，反正吃不下了，我带你去看看医生，不会是又怀孕了吧。"

知道他想摆脱石原，可这么说未免也太过了些。

席锦书红着脸瞪了他一眼，没有拆穿他，直接朝他点了点头，然后对着石原道歉道："抱歉了，石原先生，我身子有点儿不大舒服，今日就先走了，改日有空再请先生喝茶。"

石原双眼微眯了下，眼里闪过几丝寒光，但脸上依旧带着笑："席小姐客气了，身体要紧，那我就不打扰你们了。"

说完，石原转身进了离席锦书他们座位不远的包间。

聂廷宇搂着席锦书的肩膀朝他离去的方向看了一眼："我们走吧。"

席锦书应了声，两人离开了饭馆。

"真是白白浪费了一桌好菜。"路上，聂廷宇感到可惜，说道，然后转头看了眼副驾驶座上沉默的席锦书，嬉笑着问，"小聂太太，你吃饱了吗？"

席锦书恍然回过神来，"呀"了声，点了点头："你呢？你都没吃什么，前面有个面馆，要不停下来，我陪你吃碗面？"

"不用，我看你吃就饱了，你下午还有工作要忙，我就不打扰你了。晚上璨恒设宴，我再来接你。"

"嗯。"席锦书应允了。

没多久，到了汇丰银行门口聂廷宇停下车，席锦书要开门下车，他突然握住了她的手。

她惊讶地回头看他，眼里有些困惑。

他定定地看着她，笑了笑，然后伸手抱了抱她，有些愧疚地说："对不起，我应该再早点儿回来的。"

席锦书愣了愣，又听到他继续道："别担心，有我在，你不用怕。"说完，他放开了她。

席锦书皱着眉头看了他一会儿，才反应过来他说这番话应该是因为刚才见到了石原。

他是在紧张她？

她的确忌惮石原，不知他突然接近自己有何用意，但她以为她把情绪隐藏得很好了，没想到还是被聂莛宇一眼看穿了。

他是在乎她的？席锦书心头微微一暖，漆黑的眼眸深深地望着他，伸手握住他修长的右手，对着他微微地笑了下，既是安抚又是承诺："聂莛宇，我们都会没事的。"

他们一起斗过了加藤，自然也不会真怕那石原。

她那镇定的模样让他痴迷，聂莛宇一时情动，低下头吻了她。

下午，记学兵来了汇丰银行。秘书接电话进来的时候，席锦书看了眼桌上的日历，比她预想的时间还早了几天，看来这个记学兵是真的沉不住气。

席锦书在办公室里接待了记学兵，记学兵坐在沙发上，直接说明了来意。

"席老板，之前听你提起想买我们包子铺的牌子，后来我跟我爹也聊过了，我爹这人吧，太过迂腐，不会看长远利益，我们家包子铺名声再响，它也就是一家包子铺。可席老板一旦介入就不一样了，它可以变成很多家包子铺，说不定还会有包子公司。我说得对不对，席老板？"

"少东家说得没错，老记包子在老巷子里很有名气，可上海人多地广，愿意去巷子里买包子的人到底还是有限的。只要老记先生愿意把包子铺的秘方跟品牌卖给我，我相信，不出几年的时间，我就可以让老记包子铺遍布上海滩，甚至全中国。而老记先生也不用再起早摸黑地磨面、做包子，就可以每个月拿分红。我个人觉得这是桩有百利而无一害的买卖，无奈我去找了老记先生几次，他都不同意。"

"我爹老了，他同不同意不重要，只要席老板出的价格合适、合理，这买卖我替我爹答应了。"记学兵猖狂地说，眼里闪着贪婪的光。

席锦书冷笑了下，不以为意，道："光少东家答应可没用，你爹不拿秘方出来，我就算买了老记的牌子，也没有顾客会买账。"

"我既然能来这找席老板谈，那秘方的事自然是有谱的。我就想知道，席老板出的价是多少？"

席锦书从办公桌的抽屉里拿了份合同出来，扔给了他："所有条件我都写在了这份合约上，记少东家若能说服你爹签约，那我给你的钱，只会比合约上多，不会少。日后老记包子铺的名声越响，你们能拿到的钱就越多。"

记学兵收下了合约，嬉笑着离去："那我过几日再来找席老板。"

"随时欢迎。"席锦书目送着他离开。

【5】

晚上五点半，席锦书从银行准时下班。聂莛宇早已等候在门口，颀长的身子靠在汽车上，双手插在裤兜里，上身的短款皮衣剪裁合体考究，很衬他的气质。

街道两旁亮起的路灯光洒在他的身上，他朝她微微笑着，眸子里的光仿若星光璀璨。

席锦书走到了他的身旁，将他上下仔细打量了番，然后低头看了看自己，突兀地来了一句："我应该换身衣服。"

聂莛宇笑，打开车门，从车后座拿了几个纸袋出来，递给她："来之前没事，我就去百货商店逛了下，不用看了，是你的尺码。你回办公室换，我在这里等你。"

席锦书脸微烫，收回翻看纸袋的手，应了声，转身又进了汇丰银行。

换好衣服后，她问秘书借了化妆品给自己化了个淡妆，最后才穿着聂莛宇买的天鹅绒的白色晚礼服裙配着黑色的呢子大衣走出了银行大门。

他的眼光一向是好的，裙子是最近流行的款式，但又不大众化，不用问也知道他买的是独家收藏款，只一件的那种。

待她走近，聂莛宇从上衣口袋里掏出一个黑色首饰盒，打开，拿出一对乳白色珍珠耳环，细心地给她戴上。席锦书红着脸任由他摆弄着。

银行里陆续有员工下班，在门口看到这一幕，脸上皆不由得露出羡慕的笑容来。

有年纪轻的小姑娘，看得脸红心跳的，内心欢呼着：聂三公子果真好帅，席小姐好美，他俩真是太登对了。

也有调皮的青年直接上前来调侃她："席老板，你们夫妻可真是恩爱啊！"

席锦书只是装作严肃地呵斥他们几下，一张笑脸却是涨得越来越红。

街边几个守了许久的狗仔也像是闻到了腥味的猫，全都探出头来，小心翼翼地抓拍着，不忍错过任何一个让人怦然心动的镜头。

谁说席小姐与聂三公子夫妻感情不和？这明明恩爱得紧么。

戴完耳环，聂莛宇轻轻地捋了下席锦书耳边的碎发，然后搂着她的腰，走到副驾旁拉开车门，扶着她上车，自己则回到驾驶室，随后又俯身过来，亲吻了她柔软的唇瓣。

"小聂太太，以后别用这种眼神看男人，真的很惹人犯罪。"

席锦书恍惚了下，就听到他在她耳边轻笑着调侃道。

她佯怒地瞪了他一眼，羞涩地别过头去。

他发笑，发动车子，驱车向前方驶去。

到了李璨恒在卢湾区新买的公馆，席锦书才知道今日是李璨恒与张苑茗的订婚宴。

所谓名流相亲，从来不在乎双方喜不喜欢，只要两家利益达成一致即可。

想到自己与聂莛宇这场婚姻的儿戏程度，席锦书实在是没有资格去评价李璨恒与张苑茗的结合。

李璨恒不愧是上海滩的交际王，一场订婚宴，他把上海滩所有的名流权贵都请来了。

知道李璨恒素来不喜自己，席锦书跟着聂莛宇跟李璨恒打了个招呼后，走了个过场，就扔下被李璨恒拉着闲聊的聂莛宇，独自寻了个清静的角落吃东西。

来这儿的人大多认识她，陆续有人上前跟她打招呼。

她摆着笑脸，陪着他们随意地聊了几句，觉得有些乏了。还好司仪上了台，面带笑意说明了这场宴会的主题，并邀请主角上台。

李璨恒衣冠楚楚的，在众目睽睽之下，单膝跪在宴会厅的舞台上，拿着硕大的钻戒向张苑茗求婚。张苑茗脸上挂着娇羞的笑容，伸出纤纤玉指，任由李璨恒将那颗大得不衬她的戒指戴在了她的手指上。

台下顿时响起一阵雷鸣般的掌声，在客人们的起哄声中，李璨恒微笑着亲吻了张苑茗。

席锦书手里握着红酒杯，表情淡淡地看着台上的表演，内心涌出一股遗憾来。

不知道为什么，她总觉得今日的张苑茗虽然美丽，却不似她先前所见的那般天真烂漫。

是不是所有女人一旦走进婚姻都会这般模样？她找不到答案。

胡思乱想间，聂莛宇在人群中找到一脸落寞的她，将酒杯从她的手中扯下，皱着眉头训斥她："还没开宴呢，少喝点儿，对胃不好。"

席锦书回头，愣愣地看着他，一会儿，脸上浮现出一抹苍凉的笑。

她听话地说了声好，任由他收走了酒杯。

似乎看出了她的情绪不对劲儿，聂莛宇探询地看了她一眼，问："怎么了？是不是哪里不舒服？"

她摇了摇头，微笑："没什么，就是突然想到了我们。"

聂莛宇"唔"了声，跟着她回忆起来，开玩笑地问她："不会是因为我没给你买大钻戒，你生气了吧？"

席锦书目光深深地看着她，灯光下，她的眼中闪着一种莫名的光。

她没有回答他，只是笑笑，转头继续看向台上的男女主角。

她怎好告诉他，戒指对她来说毫无意义，因为他们连订婚都没有，就直接结了婚。

他不记得的东西，就让他忘了好了。而他记得的那些，她也不知道何时会被他忘记。

如若可以，她倒想跟着他一起忘了，就当那旁人艳羡的夫妻。

仪式结束，李璨恒牵着张苑茗的手走下舞台，招呼众人就座。至此，宴席才正式开始。

聂莛宇还未入座就又被李璨恒拉着，陪他敬酒去了。

一场订婚宴，隆重得像结婚。这还是自当年席晨怀跟王三小姐订婚后，席锦书第二次经历这种场合。

同桌的客人们吃了一会儿，交谈了几番便熟稔起来，皆拿起酒杯碰杯。她偷偷看了聂莛宇一眼，见他没发觉，遂陪他们喝了一杯后，就假意自己肚子不舒服，去了洗手间。

这一去，她就再也没有回到宴席上。

在洗手间洗了把脸，席锦书感到累得慌，喊了个女佣过来，由她领着上了二楼的客房休息。

女佣走前，她叮嘱了一声，说若聂三公子寻她，就说她在这里睡觉。

女佣了然，帮她带上了门走了。

迷迷糊糊睡了一会儿，席锦书听到有人敲门，以为是聂莛宇脱身了来找她，开门一看，发现是张苑茗。

"张小姐。"她和颜悦色地叫了对方一声，将张苑茗邀进了门。

两人坐到了床沿上。张苑茗担忧地问她："聂少奶奶，听说你不舒服，你还好吗？是不是吃坏肚子了？我让璨恒给你请个医生过来。"

看她着急的模样，席锦书笑着安抚她："张小姐莫慌，我并没有吃坏肚子，只不过不想喝酒，便找了个借口上来休息了。"

"哦，原来是这样。"张苑茗松了口气，拉着席锦书的手，自顾自唠叨起来。

私下相处时，她又变成了那个活泼可爱的小姑娘。

席锦书没多少朋友，自她从英国回来，她能说得上话的女眷除了聂书涵，张苑茗可以算是第二个了。她是打心眼里喜欢这个张小姐。

见张苑茗没有要走的意思，席锦书便也由她留了下来。

两人有说有笑地说了会体己话，天马行空地都聊了一些，聊到后来，张苑茗突然收起了笑容，神色变得有些惆怅，抓着席锦书的小手松开了，一双水灵灵的大眼睛可怜兮兮地望着席锦书，难过地问："聂少奶奶，你知道沈妍筠吗？"

　　听她突然提起这个名字，席锦书皱起了眉头，诧异地看着张苑茗。

　　未等她回答，张苑茗又紧张地抓着她的手臂，继续追问："你知道她跟聂三公子过去的事吗？你都不在意吗？"

　　席锦书沉默着，清冷的眼眸打量着张苑茗那张幽怨的小脸，她顿时明白了张苑茗问她这个问题的原因。她跟席锦书提起沈妍筠与聂莛宇的过去，显然是知道了李璨恒对沈妍筠的感情。她问席锦书在不在意，其实说明了她自己现在很在意。毕竟当年沈妍筠与聂莛宇、李璨恒的事闹得沸沸扬扬，上海滩人尽皆知，张苑茗就算想不知道也难。

　　可最终娶沈妍筠的是聂莛宇，所以比起嫁给单身的李璨恒，张苑茗更想知道嫁给二婚头聂莛宇的席锦书在不在意沈妍筠。倘若席锦书都不在意，她张苑茗就更没必要在意。

　　席锦书认真地看着张苑茗，如果换作以前，她定会毫不犹豫地告诉张苑茗，她不在意。

　　因为最初的她对聂莛宇只有喜欢，还没有多么割舍不了的感情。可现在，她犹豫了。

　　她对聂莛宇的感情不同了，她知道自己陷进去了，所以说一点儿都不在意是不可能的。

　　然而即使心里在意，又能怎样，过去发生的事她无法改变，她只能把握住自己的将来。

　　她伸手轻轻地拍了下难受的张苑茗，安慰道："张小姐，如果你已经决定嫁给李璨恒了，那么就不要去过问他的过去，因为那是最没有意义的事。其实你心里清楚得很，就算李璨恒喜欢沈妍筠，你还是会选择嫁给他，因为你喜欢他。既然这样，那就往前看，不要跟任何人比较，做好你自己，说不定哪一天，你喜欢的那个人也会喜欢上你。"

　　"真的吗？那聂少奶奶，聂三公子喜欢上你了吗？我感觉他对你很好，他应该是喜欢你的吧。一个人的心真的可以被改变吗？"张苑茗激动地问席锦书。

　　席锦书看着她，即使她知道聂莛宇此刻对自己突然萌发的感情是因为他记忆的缺失，但是她还是郑重地对张苑茗说："会，只要你努力，那个人的心会被你改变的。"

　　这话既是说给张苑茗听的，也是说给她自己听的。

　　张苑茗感动地望着她，用力地点点头，抱了她一下："谢谢你，聂少奶奶。"

　　多么天真的姑娘啊！像极了当年因为一把雨伞就义无反顾地喜欢上聂莛宇的她。

　　她真心地希望张苑茗能得到幸福，就如她希望自己也能幸福一样。

十一月底的上海依旧是阴雨绵绵。

李璨恒与张苑茗成婚的那天，正赶上聂老爷六十大寿。

聂莛宇带着席锦书赶了两个场子，中午在聂公馆吃寿宴，晚上去世纪酒家吃婚宴。

中午忙着招呼客人，聂莛宇喝了不少酒，整张脸红彤彤的。下午他才小憩了一会儿，酒都没醒呢，到了李璨恒那儿，又被那群纨绔子弟以他早婚当不了伴郎为由，灌了几大瓶红酒。

婚宴结束，席锦书跟司机两个人拉着他出来的时候，他整个人像从酒缸里捞出来似的，身上酒气浓重，走路东倒西歪的。问他哪儿是东，他咧着嘴，笑着，给你指个西来。

醉成这副样子自然不能送他回聂公馆，他们的那栋别苑已经修葺好了，席锦书让司机开回别苑。约莫二十分钟后，司机将车停在了一排小洋楼面前。

席锦书先下车，到了屋内，喊了几声"福妈"。

福妈是席锦书新请的女佣。先前加藤让人放火烧这栋别苑的时候，席锦书虽然事先向这里的用人们提了醒，让他从宅子后门撤离，但是那些人逃出了宅子，还是没逃过加藤带来的那些守在街道上的杀手。

当时的女管家跟一个年轻的女佣都受了伤，女管家当场死了，年轻的那个女佣被送进医院抢救，捡回了一条命，但因惊吓过度，精神变得有些恍惚。另外几个用人跑得快，正赶上巡捕房的李探长带人巡逻，报了是聂莛宇别苑的人，李红星出手把那几个人救了下来。

事后，席锦书即使给了所有人大笔补偿费，可内心还是愧疚不安。要不是她太过年轻气盛，非要得罪加藤，也许那个老管家就不会死，那个年轻女佣就不会疯。

别苑修葺完，招工启事一发出来，来应聘的人依旧很多，席锦书从中挑选了两个。

一个是福妈，从北方逃过来的难民，丈夫、孩子都被日本人杀了，家里只剩她一个人。另一个是青帮的混生，叛离了组织，无处可去。席锦书看他是个练家子，身手不错，就把他留了下来，让他做管家。所以，这栋别苑修好后，宅子里一直只有两个人，福妈与阿炳。

自从这宅子被烧过一次后，席锦书还未来这里住过。虽说她请了福妈他们做用人，其实等同于给这两人安了个家。

若不是聂莛宇醉成现在这般样子，她也不想过来打扰福妈他们。

"福妈！福妈，你快出来一下！"

一连唤了几声，福妈才穿着睡衣从客房里冲了出来，身上就披着件薄薄的秋衣。看到席锦书，她惊呼："少奶奶，您怎么来了？"

席锦书没顾得上解释，直接朝她说道："先生醉了，你赶紧去烧点儿热水，让他洗个澡，好睡得舒服些。"

"晓得了，我这就去，我把炳哥喊出来，让他把先生扛上楼。"

阿炳是个江湖人，平素没事，宅子里太平，他就爱喝点儿小酒，这样好睡些。所以方才席锦书进来喊人，他虽迷迷糊糊听到几声，但还在睡着。直到福妈去他屋敲门，他才从梦中惊醒，涨红着一张脸，慌乱地走了出来。

席锦书领着阿炳去车内搬人，阿炳将聂莛宇拉下车，搂着他要往屋内走。聂莛宇却挣扎着从他背上跌下来，站起来就往席锦书身上蹭。

你说聂莛宇醉了吧，可他偏偏认得清人。他一双眼里就只剩下席锦书，双手搂上了不算，还要上嘴。也不管旁人看着，凑着嘴就往她脸上亲，那叫一个爱意满满，边亲还边嘟囔："小聂太太，我的宝贝，我的心肝啊！"

别说席锦书被他弄得面红耳赤，无地自容，就连阿炳这样的糙汉子看着也觉得臊得慌。

"炳叔，你帮我把他拉开。"席锦书红着脸，有些气急地朝阿炳求救。

一旁的司机要帮忙，被聂莛宇一巴掌扇到了一边。

席锦书真是哭笑不得。要早知道他喝醉了是这副模样，她是说什么都要拦着他，不让他喝酒的。最后还是阿炳给力，一身腱子肉，双腿上前，不管聂莛宇愿不愿意，一把扯过他，将他整个人扛在肩上，上楼了。

"这位大哥你哪位啊！你扛着我做什么？"聂三公子迷离着双眼不满地哼哼。

阿炳默不作声，快步上了楼梯，到了主卧，拉开门把手，直接将他扔在了床上。

席锦书生怕两人吵起来，赶紧追了上去。果真刚到门口，就看到聂莛宇从床上一跃而起，脚步跟跄地要抡着拳头往阿炳脸上揍，结果拳头还没到阿炳脸上，人又被阿炳拎起来甩到了床上。这一甩，聂莛宇难受得扶着床板，当场就吐了。

席锦书无奈地摇了摇头，头疼地招呼福妈上来收拾。几个人手忙脚乱地忙活了一通，才将聂莛宇安顿好。等给他洗完澡，收拾完房间，席锦书已经累得都不想动了。

她让司机回聂公馆去了，阿炳也去睡觉了，福妈依旧在烧开水，给她准备洗澡水。聂莛宇一直黏着她，她身上没比他好多少，也是一身的酒气。

聂莛宇吐了几回，人稍微清醒些，但看上去没什么力气，像只哈巴狗，可怜兮兮地趴在床上望着她，手伸过来要牵她的手。

她坐到床边，给他盖上被子。他一得空，就揪着她的手不放，也不说话，只是笑。

席锦书被他笑得不明所以，又恼又好奇地问他："你笑什么？"

他揉捏着她的小手，笑着道："我笑我上辈子是做了什么好事，这辈子才能娶到你这么好的女人。"

情话来得太过突然，席锦书有些招架不住。她心慌地想从床沿上站起，却被他一把拽了过去，跌坐在床上，他顺势压上来，将她圈在怀里。

"小聂太太，我说的不是醉话，是真心话。"他看着她，认真地说道。

那双迷人的丹凤眼里像掺了酒，看得人要醉了。对于他这般深情的样子，席锦书还是不大适应，她本能地想要从他的怀中挣扎出来，却被他越抱越紧，完全动弹不得。

"聂莛宇，你放开我，我还要洗澡呢。"她红着脸，有些微恼地呵他。

聂莛宇轻笑一声，不放，手臂圈得更紧了，红艳的唇轻佻地凑上来，恶作剧般轻咬着她柔软的唇瓣。她"唔"了声，说不出话来。

他的力气很大，可想而知他酒已经醒了大半，如今不过是借着酒醉在耍酒疯占人便宜呢。

席锦书又羞又恼，推他不得，只得低声提醒："我还没有洗澡。"

"我又不嫌你脏。"聂莛宇笑着，修长的手指灵活地解开了她旗袍领口的盘扣，伸了进去，一路往下摸索着。

秋冬本就夜凉，他又喝了酒，一只手冷得跟冰似的。他刚伸进去，席锦书就被刺激得不禁低吟了一声，他却任性地抓着她不放，无赖地哀求："小聂太太的心口真热，帮我焐焐。"

"不要脸。"席锦书红着脸朝他喝道，一双眼瞪得通红。

"丈夫摸妻子，怎么就不要脸了。"他嬉笑着贴着她的颈边叨叨。

未等席锦书再度开口，他的脸又凑了上来，深深地吻住了她。

他吻得很缠绵，席锦书的身子一下子就酥软下来，口齿间还残留着浓郁的酒香，仿佛醉的人是她。她有些认命地闭上了眼睛，任由他摆弄。

见她突然温顺下来，聂莛宇停了下来，双眼深深地望着她。

她脸色潮红，双眼迷离，像个旋涡一般吸引着他。他情不自禁地又吻了上去。

福妈烧完热水，端着热水壶上楼来，刚准备敲主卧的门，就听到了卧室里传出来的细碎声音。福妈脸微微一红，识相地拿着热水又下了楼。

窗外一阵风雨，屋内满室旖旎。

席锦书仿佛溺了一次水，她在水中浮浮沉沉，最后淹没在潮水之中。

第九章

尘缘从来都如水

【1】

凌晨一点，在仓库值夜班的刘雄连打了两个哈欠，眼皮重得快要抬不起来。

强打起精神，他从角落里找出几个装得鼓鼓的大麻袋子堆在一起，人躺上去，亚麻草虽割得皮肤有点痛，但总归比睡地上强多了。

刚合上眼，刘雄便睡着了。睡之前，他可没忘把仓库门反锁，以防半夜有人进来偷东西。

这一觉不知道睡了多久，他突然闻到一股浓重的烟味，然后感觉身体四周热得很，有什么东西在不断发出"吱吱"的声音。一开始他还以为是老鼠在扰他的清梦，直到几粒火星落在了他的脸上，他烫得痛叫一声，惊醒过来，发现仓库不知何时烧了起来。

他们是纱厂，仓库里堆放的都是些易燃物，一点火就着，且他们的纱质量很好，很轻薄，极容易被引燃。

大火很快就蔓延了大半个仓库，眼看就要烧到他的身上了。

"啊……"刘雄惊叫一声，慌忙从麻袋堆上起身，慌张地跑到门口，拉开门闩，冲了出去。

"来人啊！着火了！快来救火啊！

"快来人啊！"

刘雄一路尖叫地朝工人宿舍的方向跑去，几个人听到声响，立刻从床上跳了下来，顾不得披衣服，只着一件汗衫，拎着水桶就跑去仓库那边救火。

212

"怎么好好的突然着火了？"工头老李闻讯也赶了过来，黑着脸拉住刘雄质问道。

"不知道，我睡着了，醒来就发现烧起来了！门都被我反锁了，不可能有人进来啊！"刘雄无辜地说着，一脸的惊慌失措。

"真是！"老李啐了一口痰，骂了一声，让刘雄继续去喊人，自己则急匆匆地朝办公室的方向走去。

夜半，家里的电话突然响了。

福妈连忙跑出去接电话，是老李打来的，让她通知聂先生，纱厂仓库被烧了。

老李一开始打去的是聂公馆，但那边的人说聂莛宇今晚在别苑，遂要了电话打到了这边。

福妈披着衣服急忙上楼，走到主卧门前，怕打扰了这对小夫妻，只敢轻轻地敲了几下门，唤两声"先生"，说纱厂来电话。屋内没多大动静，本以为是她声音小，聂莛宇没听见，福妈刚想提高音量再说一遍，卧室的门突然被人拉了开来。

聂莛宇穿着睡衣走了出来，轻轻地带上了门。许是怕吵醒席锦书，他将福妈拽到了楼梯处。"什么事？"他沉声问道。他酒还未全醒，清俊的脸上挂着异样的红晕，V字形睡衣领口露出一片白皙的皮肤，隐约露出几道疤痕，应该是他先前受刑留下的。

聂莛宇一双桃花眼斜扫过福妈的时候，福妈只觉得身体哆嗦了一下，她低下头不敢看他，只是小声地将电话里听到的事跟聂莛宇复述了一遍。

聂莛宇听着，一张脸冷了下来，眉头蹙得越来越紧。"这里有车吗？"他突然问。

福妈愣愣地点头，回道："有，后院有一辆旧车，先前太太从她的车行弄来给阿炳开的，说如果我们有事，有车也方便些。"

"里面有油吗？"

"有，昨天阿炳还开出去买菜了。"

"我出去一趟，你别吵醒太太，让她多睡会儿。若早上我还没回来，她问起，你再告诉她我去纱厂了。"聂莛宇说完，没有再回屋，还是直接下了楼，问阿炳借了一身衣服，换了去开车。

他昨晚的衣服太臭了没法再穿了，这是别苑修葺完后他跟席锦书第一次过来，还没来得及放衣服，本来说好让司机明早从聂公馆拿些衣服过来，哪知道突然出了这茬事。

福妈应了声，送走了他。

聂莛宇马不停蹄地开车赶去了黄浦区，到纱厂的时候，仓库的火还没有灭完。他站在

213

仓库附近，表情凝重地看工人们救火。

因为他穿的不是自己的衣服，老李一开始还没有认出他来，只见一个工人干站着，老李有些气急地上前拍了他一掌，呵斥："都什么时候了，还偷懒，傻站着干什么，还不过去都忙救火！"

聂莛宇回头。老李看到他，连忙噤了声，咧着嘴干笑了会儿，赔礼道歉道："聂先生，对不住啊，我不知道是你。你什么时候过来的？"

"刚刚。今晚谁在仓库值夜？"

"刘雄。"

"他人呢？把他喊过来，我问问情况。"

老李领命，去喊刘雄。

刘雄紧张地站在聂莛宇面前，擦了把额头上的冷汗，把仓库着火的过程又跟聂莛宇讲了一遍。他刚说完，未等聂莛宇发声，老李便捶了刘雄一下，生怕聂莛宇怪罪，率先说道："聂先生，要我看，就是这王八蛋偷偷在仓库里抽烟了，烟渣掉进纱里，才有了这场火，否则像他说的，门是反锁的，外面人又进不来，他睡着了，怎么可能起火？这话一听就是在撒谎。"

"冤枉啊！聂先生，我真的没有撒谎，我不抽烟的，你去问就知道了，所有人都知道我有气管炎，别说抽烟了，我闻都闻不得。"刘雄委屈地申辩道。

聂莛宇双手环在胸前，左手捏着下巴，望着眼前还在持续烧着的火，没说话。

老李不明白他什么意思，只得小心地问："聂先生你站得累吗？要不先去办公室里坐会儿，我给你泡壶热茶暖暖身。"

聂莛宇摇了摇头："不用了，你给我拿把椅子过来，我就坐这儿。"

老李朝刘雄使了个眼色，刘雄识相地去拿椅子。

聂莛宇坐下来，跷着二郎腿，老李给他沏了杯热茶，他慢条斯理地喝着，看人灭火。

这火一直灭了两三个小时，若不是后来下了雨，还不一定能灭完。

待火星全部熄灭，聂莛宇带着人走进了仓库。仓库里的东西已经全烧成了渣，要寻点儿蛛丝马迹都不容易。这仓库里堆的是他们要出往重庆的纱布，买家是医院——那边战事吃紧，医疗物资紧缺。最近一连几天都在下雨，船只不好走，货暂时出不去，所以一直堆在仓库里。

聂莛宇蹲着在地上的灰烬中仔细地搜寻了一番，最终捡到了一粒被烧得只剩半角的金属纽扣，纽扣上的花纹并不常见。

老李拉着刘雄凑了过来，问刘雄："这是不是你的？"

刘雄摇头，咧着嘴解释："我穿的都是粗布长衫，哪配得起金属扣啊。"

"会不会是其他工人留下的？仓库白天进出的人多，可能是有人落下的。"老李猜测道。

聂莲宇否定道："我们厂里的工人穿的虽说是制服，可配的都是黑色塑料扣，不是这种。"

"那这纽扣是从哪里来的？"老李奇怪，偷偷地瞥了聂莲宇一眼，欲言又止。

他本想说会不会是聂莲宇或者聂少奶奶这种大人物留下的，但想想又不对，自从聂莲宇回来后，席锦书就不来他们厂了，而聂莲宇又怎会不认识自己衣服上的扣子。

聂莲宇把纽扣收进了衣兜里，吩咐道："大家都累了，让工人们先回去睡觉吧，等他们休息好了，重新赶工把这批货补做出来，晚上愿意加班的，工钱翻倍。"

"聂先生，工钱就不用翻倍了，这批货没了，您亏了不少钱，现在世道不好，经济不景气，你们赚钱也不容易，平日里您跟聂少奶奶都待我们不薄，我们给你加班也是应该的。"说话的是一个班头，长得虎背熊腰，大冬天的还光着膀子。刚刚忙着灭火，他淌了不少汗，手一擦，脸上就脏兮兮的。

班头一说话，其他工人也跟着附和。

"是啊，聂先生，我们跟您很多年了，这个节骨眼上谈钱就伤感情了。"

"聂先生，您放心，我们这批人都是年轻壮伙子，就算几天几夜不睡觉也没关系的。"

"都在说什么胡话呢！货要赶，但睡觉还是得睡的，又不是钢筋水泥做的，几天几夜不睡，是都不要命了吗！不用说了，老李，让大家回去休息。"聂莲宇黑着脸呵斥众人。

众人还想说点儿什么，老李朝他们使了个眼色，大家也就不再说了。

外面人都说这聂三公子是个大奸商，贪婪狡诈，可这厂里的工人都知道，这聂先生啊，是面冷心热，对他们这些人一向优待得很。

待工人们散去，聂莲宇回到了纱厂办公室，让老李给他烧了点儿热水，他自己则躺在沙发上，捏着那粒烧焦的纽扣细细把玩着。这种花纹的扣子对其他人来说可能陌生，但聂莲宇却眼熟得很，它来自士兵制服。聂老爷跟聂大少都是军官，聂莲宇没少见过他们手下兵的衣扣，跟他手上这粒差不多，可花纹不一样，所以就只剩下日本人了。

日本人……想到这里，聂莲宇的眉头又紧锁了些。

日本人为什么会突然跑来他的仓库放火，又是谁派来的呢？

聂莲宇想到了一个人：石原正信。可石原正信为什么要这么做呢？

自从上次出事之后，他一直安分守己，日本人又为何突然要针对他呢？难道他们发现了些什么？

聂莛宇想了一会儿，从沙发里坐起身来，离开了纱厂。他一路开车特意绕了几条街道，找了个无人的电话亭，拨通了一个电话。

电话响了很久才被接通，里头传来一个清脆的女音。

"怎么是你？"对方惊诧道。

聂莛宇低着头，捂着鼻子，低声简短地说："我可能又被盯上了，你暂时不要回来了。"

"出什么事了？"

"重庆那批货被烧了，应该是日本人干的，我怀疑他们发现了什么。安全起见，你再在那儿待一阵子，我先去探探他们的意图，希望只是我多想了。"

"好，那我等你消息。"

"嗯，三天后我再找你。"

说完，聂莛宇就要挂电话，对方突然急声喊住了他，叮嘱道："聂莛宇，万事小心。"

他笑了笑，说了声"好"，随后挂了电话，匆匆离开了电话亭。

【2】

这一觉比以往都要来得沉，席锦书醒来的时候，天已经亮了。

聂莛宇不在房内，她坐在床上愣怔了会儿，看着床单上的一抹红色，脸颊微微发烫。昨晚他醉得厉害，不知道注意到了没有。席锦书的心一阵乱跳，一时没了主意。

在被窝里呆坐了会儿，一直到福妈喊她起来吃早餐，她才回过神来，从床上爬了起来，手忙脚乱地拿被子盖住床单，走去开门。

"福妈，你进来把屋子收拾下，还有，把床跟被子都换了。"她尽量镇定地对福妈吩咐道。

福妈应了声，将聂公馆一早送来的行李箱拎进房间，几步走到床边，动作麻利地将床上的被子跟枕套连带着床单一并卷了起来，抱着出了门。

席锦书洗了个澡，换好衣服，从洗手间出来，福妈已将房间收拾得差不多了。

席锦书跟她道了声谢，下楼去吃早餐。福妈拿了新买的晨报给她，她喝着粥翻看了几页，装作随意地问："聂先生去哪儿了？"

福妈想起昨晚聂莛宇的叮嘱，如实回道："先生昨天半夜就去纱厂了，他怕吵着你，就没跟你说。"

席锦书闻言皱眉，停下手上的动作："纱厂那边是出什么事了吗？"

福妈也搞不清楚，回道："听说是着火了。"

席锦书没再追问下去。

又吃了几口粥，看了下时间，快八点了。她放下碗筷，拎着公文包准备出门。

家里的车被聂莛宇开走了，阿炳一早就给她请了黄包车车夫过来。见席锦书出门，车夫殷勤地迎了上来。

席锦书上了车，跟福妈他们道了别，去了汇丰银行。

刚到银行，就看到记学兵等在门口。席锦书拎着包上前跟他打了声招呼："少东家，这么早过来是有什么事吗？"

记学兵笑："席老板真是明知故问，我找你能有什么事？上次那个合同我看过了，也签完了，这不给你送过来嘛。"说罢，他将手中的文件袋交给了席锦书。

门口不是谈事的地方，席锦书将他带去了办公室，让秘书给他倒了杯茶。

"上次少东家说几日就给答复，结果我等了半个月也不见少东家有何动静，还以为少东家是不做这个生意了。"席锦书淡淡地说道，纤细的手指快速地拆开文件袋，仔细地审阅着合约上的签约与印章。

是老记的印章没错。合同里面还夹着老记包子铺的食品秘方。

她微眯了下眼睛，将文件袋收进了办公室的抽屉里。

"席老板想多了，我是这阵子忙，而且你也知道的，我爹这人思想顽固，不好搞，签这份合约我可是想尽了办法，好不容易才让他盖章的。好了，现在合约也签了，我就等席老板带我们一家老小发财了。"记学兵觍着脸说道。

席锦书坐在办公椅里，微抬眼扫了眼记学兵，道："少东家放心，我席锦书答应的事，一定说到做到。少东家只管回去等着，跟你爹说一声，待老记包子铺连锁店一开完，第一季度我就会把分红送到记家来。"

"我自然相信席老板的能力，可现在世道乱，生意不好做，万一亏了呢？"记学兵有些担心地问。

"亏了算我的，少东家尽管放心。"

"有席老板这句话我就无后顾之忧了。那席老板先忙，我就不打扰了。"

送走记学兵，席锦书又从办公桌抽屉里将文件袋拿了出来，锁进了身后的保险柜。

合同签完了，接下来就是准备开连锁店了。

席锦书打了个电话给席二爷，让他尽快派人把她前阵子买的新店铺装修好，又打给了广告牌商，定做了几个招牌。办完这些事，已经到中午了。在附近的面馆随便吃了点儿，下午她又去了陆公馆，找陆海涛商量发行老记包子铺股票的事。

在那个时候，发行股票是个稀罕词，连锁店还没开起来，就想要发行股票的，全上海滩估计也就只有席锦书一个人。

谁都知道这年头生意不好做，席锦书就算再会做生意，可如今这乱世，温饱都成问题，老百姓谁有钱买股票呢。陆海涛没有多加考虑，直接拒绝了席锦书的请求。

"席老板，不是陆某不愿帮你这个忙，你的连锁店能不能成功开起来，能不能盈利，都是未知数，现在提股票发行未免言之过早。何况，股票那是洋人爱玩的玩意儿，在国内并不流行，我希望你多考虑一下，这可不是一件小事，席老板可得盘算好了。"

"陆先生说得没错，现在谈这个事确实为时过早，锦书只是先跟先生商量下，如果日后国内太平了，老记包子铺做到一定规模了，希望陆先生能帮这个忙。另外，股票的确是洋人喜欢的东西，可咱们中国人也能玩。外国人喜欢钻研武器设备，喜欢发展钢铁工业，这些我们中国人也可以做。时代是会发展的，中国不可能永远是现在的中国，它会变强大，变先进，变得不再被欺负。"

席锦书掷地有声，陆海涛怔了怔，久久说不出话来。

他见过不少有抱负的年轻人，但没见过像席锦书这样的，你说她狂妄吧，可她做的事都是有章法的，不像是异想天开。可是她憧憬的未来却让人觉得太过遥远。

可即使席锦书说的那些东西不切实际，陆海涛也没法去嘲笑她，反而被她说得有点动容。如果她成功了，如果上海滩乃至全中国多一些像她这样的商人，中国说不定真的会变好。

陆海涛心中涌起了一股豪情，一个女人都可以有这样的抱负，他们男人更应该抬起头来才是啊！

"席老板，我很佩服你的胆识。虽然我不确定你想做的一切能不能成功，但是我可以向你保证，只要你成功的那一天，我陆海涛还在华南证券，就一定会支持你。"

"有陆先生这句话，锦书就放心了。"席锦书站起身来，朝陆海涛伸出手去。

陆海涛郑重地伸手与她相握。

聂廷宇回到别苑的时候，席锦书还没有下班。福妈在拍打洗好的床单跟被子。

看到聂廷宇回来，福妈赶紧迎了上去，紧张地说："聂先生，你回来怎么不说一声？晚上想吃什么，我过会儿去菜市场买点儿菜。"

聂廷宇是回来换衣服的，他问了聂公馆的人，说衣服已经送过来了。

闻言，他转头朝福妈看了一眼，随意道："你做几个太太想吃的菜吧，我都可以。"

"好，那我去买点儿当归炖鹿茸，给太太补补气血。"

"补血做什么？锦书不舒服吗？"聂莛宇有些不解地问。

男人都是粗心货，福妈暗自感叹了一声，提醒聂莛宇："我今早洗床单，看到上面有血，想着太太是月事来了。她工作本就辛苦，这几日得好好补补才行，先生这阵子可别惹太太生气了。"

聂莛宇听着愣了愣，没有说话。席锦书什么时候来月事他是知道的，不是这几日，那么床单的血迹是……隐约猜到了是什么，聂莛宇的眉头微皱了下。

福妈不懂他为何这副表情，以为是自己说的话得罪他了，赶忙道歉："先生你别生气，我就是嘴碎，胡说八道来着，先生那么疼太太，怎会惹她生气。"

聂莛宇目光闪烁了下，没有责怪福妈，而是叮嘱道："这事别再提了，太太脸皮薄，听不得这些。"

"知道了，先生。"

"你去忙吧。"

"哎。"

跟福妈说完话，聂莛宇匆匆上了楼，从卧室的衣柜里找到了自己的衣服，边换衣服边若有所思。

在衣堆里，他找到一个密码箱，是他从浙江回来的时候装行李用的，还没有拆开过，这次让聂公馆的人一并送了过来。拨好密码，打开箱子，他将里面的衣服全都拿了出来，在箱子底部有一处缝隙，撬开，露出一层夹层来。

夹层里放着一份文件，是在浙江的时候，玫瑰给他的。

玫瑰是地下党，也是他救命恩人的女儿。

这份文件里放着一份入党申请书，还有一张照片。照片是一家三口的合照，男的年轻斯文，戴着副金丝边眼镜，女的娇俏优雅，怀里抱着个三岁孩童。

男的是席晨怀，女的是杨小小，那个被抱着的孩子是席世恩，也就是他跟席锦书传说中的私生子，现在的聂世恩。

席晨怀是地下党的情报员，在哈尔滨工作的时候牺牲了。席世恩是他跟杨小小的遗孤。

聂莛宇之前也曾猜想过席世恩的生父是谁，直到看到这份文件他才恍然大悟，那个赌上自己一生要嫁给她的女人，并不是任何人的母亲，她不过是一个自以为自己很成熟、很强大，能守护所有她想要守护的人的傻姑娘。

为了让席世恩名正言顺进席家的门，她竟然就这样牺牲了自己的婚姻、自己的一生。

在浙江的时候，他想过无数遍，为什么她选择的人偏偏是他。是因为他是这上海滩最贪的商人，他爱钱，还是因为其他？

所有人都以为他头部受损，记忆有缺失，但他记得很清楚，她跟他从最初的相遇到如今，所有的事，他都记得。他想起，她曾说过与他的第一次见面——在王公馆，他送了她一把伞。

他努力地回忆自己是否真的做过那样的事，但只记得似乎有那么一个雨夜，他跟璨恒去王公馆探望停课在家的王三小姐。至于当晚碰到了谁，又做了什么无心之事，他都不记得了。可那不重要，重要的是，阔别五年，那个跪在王公馆门前淋雨的小姑娘最终还是走到了他的面前。

她嫁给了他，不管出于何种原因，之后发生的种种，都让他相信，她对他是有情的，不然岂会帮他救芍药，为他几次涉险，差点儿丢了性命，最后还为了救他，赔上了整个席家。

他虽是浪子，只爱逢场作戏，并不是个轻易会动感情的人，但还是因为她而动了心。

不是因为她为他所做的一切，而是因为她这个人。他从来没有遇到过一个姑娘，像他的小聂太太一样，能将生死看得如此轻，又如此沉重。

他明面上是去浙江养伤，其实是去帮玫瑰，为她回上海做准备。曾经席锦书问他是不是共产党，他没有否认也没有承认。因为他不是，却也是。

他第一次接触共产党是在他八岁那年，他在街上玩，差点儿被聂老爷的政敌派人暗杀，是玫瑰的父亲救了他。他那会儿很害怕，而那个男人告诉他，男子汉不能哭，要强大才能保护自己、保护家人。

没多久，他再一次见到那个男人，是在报纸上。那个男人据说是地下党，暴露了身份，被当众枪杀，抓他的人正是聂老爷。他有些崩溃，不是因为他的父亲杀了他的救命恩人，而是他不理解，为什么国人要互相残杀。

过了很多年，他才终于弄懂，即使都是中国人，人心中的信仰也是不同的。

他敬爱他的父亲、他的大哥，同样，他也尊重那个救过他的男人。

他帮玫瑰，不仅是因为他对她父亲的死抱有愧疚，更是因为他与她心中存着同样的信仰———一同抵御外敌，让中国强大起来。

回上海前，玫瑰问他，知道了席晨怀的真实身份，知道席世恩不是席锦书的孩子，他会如何对待席锦书。

他笑了笑，只回答了两个字："爱她。"

不管她是否真的有孩子，不管她的过去如何，他都会去爱她，护她，就像她对他一样。

【3】

从陆公馆出来，席锦书刚回到银行，就接到学校打来的电话，告知席世恩在学校里遭到了同学的殴打，现在已经被送往医院了。席锦书听着，一颗心猛地揪了起来。没等老师把话说完，她便挂断了电话，匆匆离开了汇丰银行。

约莫半个小时后，席锦书赶到仁济医院，她急匆匆地跑进医院大厅，随手拉住护士询问席世恩的所在。得知席世恩脑袋被人用砖头砸了，现在还躺在手术室抢救时，席锦书的整颗心都吊到了嗓子眼。

她脚步慌乱地跑到急诊室门口，在那儿碰到了先一步来的聂莛宇。

"莛宇……"席锦书停住了脚步，喃喃地叫着他，瘦削的小脸惨白，没了往日的沉着自信，显得有些无助。

"世恩怎么样了？"她红着眼往前挪动了几步，走到聂莛宇面前，无力地问。

见她站立不稳，有摔倒的趋势，聂莛宇赶忙伸手扶住她，将她揽进怀里，安抚道："别太担心，除了头部的伤比较严重，其他都是皮外伤。医生在救治，不会有事的。"

他的手贴在她的后背上，隔着大衣，席锦书感觉身上多了些力量。缓了缓，她点了点头，示意自己没事。

聂莛宇扶她到了一旁的椅子上休息。席锦书坐着，眼睛一直紧紧地盯着手术室的门。

过了一会儿，手术室门口的灯光闪烁了下，一个戴口罩的男医生从门内走了出来，急切地朝席锦书他们道："病人头部的伤口比较深，血流很多，需要输血，病人是 B 型血，这类血型此刻血库紧缺，你们父母中哪位是 B 型血，请跟我进来输血。"

"我是 A 型血。"

"我是 A 型血。"

不同的声音同时响起，四周的空气突然安静下来，就连医生的脸上都露出了惊疑的表情。

席锦书从椅子上站了起来，她没敢去看聂莛宇脸上的表情，只是冷静地朝医生说："医生，您再去血库问一下，还有没有多的 B 型血，或者能不能想办法去其他医院调一下。"

"现在情况比较紧急，手术还在进行中，去其他医院调血就来不及了！所以我们才需要家人的血。如果你们不是孩子的亲生父母，我希望你们能尽快联系孩子的直系亲属让他们来为其输血，不然后果我们也无法保证。"医生无奈地说。

"医生……"席锦书还想说下去，聂莛宇拉住她，摇了摇头。

席锦书惶惶地看着他，没了言语。不管他记不记得他们过去的事，关于世恩的身世，她是欠他一个解释的。但现在不是解释的时候，这里也不是解释的好地方。

席锦书咬了咬唇，挣开了聂莛宇的手，继续道："医生，可不可以问下医院里的其他人？这么多人，肯定会有人是 B 型血的，只要他们能救我的儿子，我席锦书日后定当重谢。您帮我喊人去问问吧，求求您了医生。"

医生皱了下眉头，迟疑了下，勉强道："这也不是不可以，那我让人去问问。"

"好，谢谢。"席锦书感激地说。

未等男医生走去护士站喊人，一个穿着白大褂，同样戴着口罩，身材修长、高瘦的男人领着护士朝他们走了过来。

那男人脚步急切，边走边撩起衣袖，待走到席锦书他们面前时，他语气果决地说："不用找其他人了，抽我的吧，世恩是我的儿子。"

一石激起千层浪，在场所有人都很震惊，其中脸上表情最耐人寻味的要数聂莛宇了。

之前就一直有传言说这聂三公子跟席大小姐感情不和，婚姻亮红灯，现在就连这儿子都不是聂莛宇的，看来这聂三公子上辈子肯定是作了不少孽，所以这辈子才一次又一次地被人戴绿帽子。

"这位医生说笑了，就算是为了救人，也不该乱开玩笑，整个上海滩都知道席世恩是我聂莛宇的儿子，你是哪位？"聂莛宇压抑着怒火，皮笑肉不笑地走上前来，质问那医生道。

那医生没有生气，只是伸手将脸上的口罩摘了下来，露出一张斯文清秀的脸，一双幽深的眼眸藏在黑色的镜框下，隐隐透出嘲讽的光芒："初次见面，请多关照，聂先生。"

聂莛宇冷漠地瞥了眼那只伸过来的手，没有去握。

站在他身后的席锦书，倒是惊愕地呢喃出声："垚玉，怎么是你？"

听到"垚玉"两个字，聂莛宇已然知晓了来人是谁，他脸上的表情变得更难看了。

周垚玉收回了手，领着护士医生直接从聂莛宇身旁走过，一把将席锦书拽到了身边，边往手术室的方向走，边说道："现在不是解释的时候，救世恩要紧。我刚从外面回来，就听说世恩受伤了，便立刻赶了过来。他现在情况如何？"

席锦书此刻也是一头雾水，不知道该怎么回答。

旁边那位从手术室出来的男医生见状连忙解释："孩子情况还好，但需要及时输血。周医生你是 B 型血那再好不过了，请立刻跟我进手术室。"

"好的。"周垚玉温和地回道，跟着那医生走进了手术室。临走，他伸手用力地抱了席锦书一下，安抚道："有我在，不用担心，世恩会没事的。"

222

席锦书感激地点头，没有推开他。

待周垚玉一行人进了手术室，走廊里瞬间又只剩下席锦书跟聂莛宇两个人。

找到了血源，席锦书的心稍微安定了些，没了先前的慌乱，她又变成了那个沉稳冷静的席大小姐。

转过头，她看到聂莛宇站在不远处的拐角看着她。

他脸上的表情很平静，一双凤眼却像深潭里的死水，黑得让人看不透。

他静静地等在那儿，似乎在等她去解释。

该来的总会来的。席锦书深吸了一口气，脚步沉重地朝他走了过去，站在他的面前，抬眼看着他，神色严肃："对不起，世恩他不是你的儿子。"

聂莛宇定定地望着她，没有说话。

他极少这般安静，也极少像现在这样脸上看不出丝毫表情，平时的他，总是很擅长掩饰自己的情绪，就算是生气，他的脸上还是会带着一抹笑。

席锦书明白，他这会儿不仅仅是生气了，应该是动怒了。

想想也是，任何一个男人知道儿子不是亲生的，肯定会大怒。但是她也没有骗过他，他们的婚姻，一开始她就跟他说得很清楚，若不是他记忆缺失，他该知道世恩本就不是他的孩子。

本来她想找个合适的时间跟他说世恩的事，没想到突然出了这件事。

席锦书以为聂莛宇会发火，会质问她，也可能会羞辱她，她已经做好了心理准备，但没想到，她等了一会儿，终于等到了他开口，他却只语气平静地说了三个字："我知道。"

"你知道？"席锦书惊愕地望着他，试探道，"你想起来了？"

他本来就没有失忆，所谓失忆不过是他当初为了离开上海，去接洽玫瑰而找的借口罢了。当时政府跟日本人都紧盯着他，那会儿若不是他装傻充愣，假装脑神经受损，他哪儿能那么容易离开上海。

不过，即使没有真的失忆，他还是得继续装下去。

"想起了一些。"他淡淡地朝席锦书说。

听到他的回答，席锦书的心凉了半截。

既然他已经想起世恩不是他的儿子，那么自然也想起了他们当初结婚不过是一场交易。他这会儿估计是要怪她欺瞒他了吧？

也是，他从浙江回来后，对她那般宠爱亲近，那是因为他以为他们是真夫妻，现在知道了不是，又知道了孩子不是他的，肯定是要怨她的。

"你不该对我解释些什么吗？"聂莛宇突然冷声问她。

席锦书抬眼看他，脸上的表情多了几分防备："解释什么？"

既然他都已经知道了，她还需要解释什么？

他是想问世恩父亲是谁呢？还是想知道她明知是协议婚姻，为什么还要跟他共度春宵吗？

"你问我解释什么？刚才周大少说他是世恩的生父，你为什么不否认？这事若被传出去，你知不知道别人会怎么说我们？我倒无所谓，你呢？只有那些不守妇道的女人才会被人说三道四，小聂太太，你跟那些女人不同，你不该被这么对待。"聂莛宇气恨地说道。

此刻他的内心像有只狮子在怒吼，他不喜欢周垚玉看她的眼神，不喜欢周垚玉讲话时那副显得与她很熟的样子，更不喜欢他抱她。

他知道周垚玉在撒谎，席世恩到底是谁的孩子，他心里再清楚不过，可是他就想听她亲口告诉他，她跟周垚玉没有一点儿关系。

先前她跟王湛林传再多的绯闻，他都不在意，可是这周垚玉不同，席锦书在英国留学的五年都跟他在一块儿，整整五年，朝夕相对，光这一点，就让聂莛宇嫉妒得发狂。

他们是彼此的青春，最好的年华都在一起，他们彼此了解，那种一个眼神就能知道对方心里在想什么的默契，是他跟席锦书之间欠缺的，更是他渴望的。

从结婚到现在，他们之间一起经历了那么多事，他知道席锦书的心里是有他的，可就是因为知道，他才更舍不得她受一点儿委屈。他知道她有多好，所以不想别人拿那种不入流的话来评价她议论她。

然而，终究是他太自以为是了，他以为他能让她放下戒备，跟他坦诚相待，却只换来她一句："世恩本就是我跟周垚玉的孩子，所以我为什么要解释？我解释有用吗？你我血型都不对，那些医生护士又不是傻子。"

她说得理直气壮，果断狠绝。

即使内心知道说这些话对聂莛宇来说有多伤人，可席锦书不得不将错就错，让席世恩成为周垚玉的儿子。

比起他是被驱除出去的席晨怀的儿子，作为她席锦书的儿子，在这上海滩更有分量一些。不管他的生父是谁，只要他是她的儿子，只要她还是席家的掌权人，那么世恩的人生就不会悲惨到哪里去。

"席锦书，你可真会气我！"聂莛宇咬牙切齿地直呼她的姓名。

未等她反应过来，他已经倾身上前，将她推到了墙上，俯首用力地吻了上来。说是吻，可席锦书只感到唇上痛得厉害，他分明是在咬她，像在惩罚她一样。

她挣扎着伸手想要推开他，双手却被他钳住。

席世恩还在抢救，他却对她做这种事，席锦书的内心又气又恼，她被惹得红了眼，愤懑地回咬了他几下，他却感觉不到痛似的，吻得更深了些。

不知道过了多久，待她感觉到自己满口血腥，要窒息时，他才终于放开了她，头贴在她的耳畔，发狠地低声说道："以后你再胡说一次，我就吻你一次。你男人是谁，这种事你是可以乱说的？别说你生不出席世恩这么大的儿子，就算要生，也只能是我的种。小聂太太，别忘了，昨晚你刚从我的床上下来，那些医生傻不傻我不知道，但你男人我可不傻。"

席锦书本就因为羞愤脸颊发烫，这会儿听明白了他话里的意思，她的脸烫得更厉害了。

他是知道了？

也是，男女这种事，她本就没他有经验。她也没打算跟他隐瞒，本想着他若发现，那就问什么说什么，他若发现不了，那就算了。可如今他真发现了，她怎么就觉得心里头酸酸的。是因为他是她第一个男人，而她却不是他唯一的女人吗？胡思乱想间，一滴泪从她的眼里落了下来。

她本不是爱哭的性子，却因为他而变得矫情了许多。

她下意识地伸手想要把眼泪擦去，然未等她伸手，他温热的指腹已经贴在了她的眼角，帮她拭去了那滴泪。

她红着眼抬头看着他，目光迷离。

他的指尖轻轻拂过她清秀的眉眼，嘴角噙着笑，一把将她揽进了怀里，叹了口气："傻姑娘。"

这么土里土气的称呼。席锦书瞪他："你才傻。"

【4】

因为找到了血源，席世恩的手术进行得很顺利。一个多小时后，手术室的灯终于暗了下来，门开了，席世恩跟周垚玉各自躺在一张病床上被人推了出来。

席锦书一脸紧张地迎了上去，走到席世恩的床前，看到孩子还没有醒，她有些焦虑地看向医生。

一旁躺着的周垚玉见状，苍白着脸，从床上坐起身来，解释安抚她："锦书，你别着急，世恩这是麻药还没过，等麻药劲儿过了，就醒了。"

席锦书点点头，脸色稍微好看了些。

医生跟护士将一大一小两个病人送去了病房。

现在是战时，虽说战火还没有绵延到上海，但是医疗资源在各地都紧缺得很。纵使席聂两家家大业大，席世恩在医院里也住不上单人病房，只能与其他病人同住。

为了节省床位，周垚玉没有选择住院，而是问护士要了一张医用躺椅，加在席世恩的病床旁稍作休息。

他本就体弱，加上这次又给席世恩输了不少血，脸色白得吓人，额头上也在冒虚汗，说话的声音有气无力的。

同医院的医生看他这副模样，建议他请假回家休息。

他是这医院新来的医生，因为精通洋文，所以被分派去药房管理西药，登记管理特殊药品的进出，工作清闲，就算消失个一两天也没有多大影响。

即使是这样，周垚玉还是拒绝了同事的好意。他人躺在椅子里，看着席锦书，目光饱含深情，道："我还是留在这里一起等世恩醒来吧。"

众人看他这眼神，又想起先前他在手术室门口说的话，面面相觑了会儿，没敢再多劝。

若周垚玉真是席世恩的生父，这么小的孩子受这么重的伤，他的确是没有心情回家休息的。

想到这儿，那群医生护士们又偷偷看了一旁一直沉默的聂莛宇一眼，眼里皆闪过几丝同情。

先前他们还同情席大小姐这么好的女人竟然奉子成婚嫁给聂莛宇这个二婚头，而今看来，这席锦书也不是什么省油的灯。

可是有一点他们怎么也想不通，若这孩子是席锦书跟周垚玉生的，那席锦书为什么不直接嫁给周垚玉呢？

论家世背景，周家可丝毫不比聂家差，再说席周两人又是同期留学生，私交又深，这席锦书何苦要下嫁给聂莛宇呢？

众人心中各种猜疑，虽不敢明着说出来，但眼神都意味深长。

最后主治医生张医生发了话，跟席锦书他们客套了几句，又叮嘱了一些细节，就带着众人离开了病房。

席锦书一心都在席世恩身上，也没有闲心去送他们，周垚玉还躺着，所以送他们出去的就只有聂莛宇了。

聂三公子送他们出门时，几位医生心里凉了半截，嘴上连连说"聂先生不用送了"，可这聂先生客气得很，非要送他们。

几个人出了病房，一路往前走了几步，见聂莛宇还跟着，内心实在忐忑极了。

直到走到走廊尽头，除了他们，再没有其他人时，聂莛宇总算出声喊住了他们。

聂莛宇从大衣里侧的口袋里掏出了一沓钞票，递给了领头的张医生，脸上带着笑，眼神却有点儿冷，半感激半威胁地说："今天辛苦诸位救治犬子，这点儿钱是聂某的心意。不管今日诸位听到了什么，我希望大家都能默默放在心里。大家都叫我聂莛宇奸商，说明我不是个好人。只要谁伤害到我的利益，我都不会放过，所以希望诸位能明白我的意思。"

听说过这聂三少的手段的几位医生连连擦了把脸上的冷汗，急着表态道："聂先生放心，我们只会救人，什么话该说，什么话不该说，这一点我们很清楚。"

"是啊，聂先生，你所担心的事不会发生的，这些钱你还是收回去吧。之前我们院里医疗物资紧张，你的纱厂还无偿赠送了我们很多医用纱布跟口罩，我们又怎好意思再拿你的钱。"

众人一再表明态度，聂莛宇也没再多说什么，即使他们不愿收钱，但聂莛宇还是把钱给了张医生，让他分发给众人。若大家都不要，就当他资助给医院的。

医生们无奈，只得把钱收下。

该交代的事交代完了，至于那些人是否真的能守口如瓶，那是聂莛宇无法确定的，他也只能听天由命。若真东窗事发，也只能走一步看一步了。

怕耽搁久了惹人怀疑，聂莛宇终于放走了张医生他们。待他们走后，他才收起了笑，面无表情地往席世恩的病房走去。

病房内，席世恩还未醒，席锦书坐在床头一直握着他的小手，脸上的担心一览无余。

周垚玉躺在旁边，本想说点体己的话，又觉得说再多也没什么意义。

席世恩是席晨怀留下的唯一血脉，对席锦书的意义可谓重大。如今别说被人打得头破血流，就算磕着碰着一点儿，席锦书也是极为在意的。

躺了一会儿，周垚玉觉得身上恢复了点儿力气，正巧同病房的小孩在外吃完晚饭，由母亲领着回了房间，周垚玉怕再躺下去惹人起疑，便从椅子里站了起来，故作无事地朝席锦书道："天黑了，你饿了吧？我出去给你买点儿吃的。"

席锦书闻言，想都没想直接拒绝："不用了，垚玉。我让莛宇去买吧。天也不早了，你快回家休息，免得伯母担心。今天真的谢谢你了。"

因为有外人在，席锦书也不好把话说得太直白，免得别人起疑。

周垚玉深知她的担忧，也没再多言，只是坚持道："聂先生还没有回来，我先去给你买点儿东西吧。今晚有批西药要到码头，我本就是加班的，出去正好跟家里打个电话说我不回去了。"

方才张医生他们还建议周垚玉请假回家，这会儿他又突然说要加班。席锦书知道他是在撒谎，其实是不放心她跟世恩，怕聂莛宇照顾不好他们，遂想留下来陪她。

深知周垚玉的好意，席锦书内心羞愧，但又知道周垚玉的脾气，别看他这人平素温润，其实骨子里犟得很，他认定的事除非他自己放弃，不然谁也劝不了他。

同病房的小孩子跟母亲一直在看着他俩，装作无意地听他们讲话，席锦书也不想当着外人的面再拂周垚玉的面子，索性遂了他的愿，随他去了。

周垚玉离开了病房，刚走到拐角处，突然一只手伸出来抓住了他的手臂，将他拽了过去，一路拖到无人的杂物间才放开了他。

周垚玉得空，伸手捋了捋被抓皱的衣袖，背靠着墙壁，抬眼眸光微闪，皮笑肉不笑地看着眼前的人："聂先生这是做什么？"

聂莛宇没心情跟他在这儿装腔作势，压着声音直言："周大少是聪明人，何必明知故问？我请你到这里来，不过是想提醒周先生一句，席锦书现在是我的妻子，席世恩现在姓聂。周先生若真心为他们母子好，像今天那种话就不要跟外人乱说了，不然坏了锦书的名声可就不好了。"

"聂先生说这番话不觉得羞愧吗？一直坏锦书名声的不是聂先生你吗？要不是因为你，世恩又岂会被同学欺负？不过，聂先生既然特意跑来警告我，我也要对聂先生说一句，你怎么就笃定我是在胡说呢？席世恩怎么就不是我的儿子呢？"周垚玉目光锐利地盯着聂莛宇，嘲讽道。

聂莛宇眯着眼看着他，沉默了片刻，突然逼近周垚玉，手拍在他的肩上，勾唇轻笑："别忘了，我才是她的丈夫，她有没有生过孩子，我比谁都清楚。"

一句话像针一样刺在周垚玉的心上，他被刺得全身都疼了起来。他脸上的笑容顿时消失了，脸色又恢复了先前那死样的惨白。

她跟他还是在一起了。

内心一阵剧痛，周垚玉苦笑了几声，却是无话了。

"知道这件事的人我都已经打点好了，所以只要周先生不再提此事，世恩跟锦书就不会有任何麻烦。周先生是明白人，再多的话我就不说了，祝周先生身体安康。"聂莛宇又拍了两下周垚玉的肩膀，然后离开了杂物间，徒留周垚玉像个斗败的公鸡，颓然地站在原地。

好一个身体安康！

周垚玉攥紧拳头，眼神冷冷地望着聂莛宇离去的方向，过了许久，他终于忍不住猛咳起来，喉咙间一股熟悉的腥甜，他连忙捂住嘴，滴滴鲜血从苍白的指缝中流了下来。

望着手上的鲜血，周垚玉内心一阵恼恨与绝望。

当年若非身体药石无灵，他说什么也不会放任席锦书嫁给聂莛宇的。

那年国外的医生给他下了最后通牒，说他活不过一年。他想死之前再见她一面，所以回来了，却只能眼睁睁地看着她嫁给别人，连自己的心意都不敢向她表露。

后来他又出国，只不过是不想死在她面前，就算要离开，他也想在她的面前保持住那份体面。

他本想就这么死在国外，结果没想到在英国遇到了仓永朝一，靠仓永朝一家祖传的秘药活到了现在。他的病原本有些好转了，结果眼下被聂莛宇一气，他又气到咳血。

看来真被仓永朝一说对了，他的心还不够坚硬啊！

心脏是全身血液的聚集处，一个人的心脆弱，他的身体就弱，只有他的心坚硬起来，他才能强硬起来。

他还记得一年前，仓永朝一第一次见他说的话：玉君的病，只要换一颗坚硬的心即可痊愈。

一颗坚硬的心……

【5】

跟周垚玉聊完，聂莛宇下了楼，离开了医院。

聂公馆那边还不知道席世恩受伤，学校老师打他电话说这件事的时候，他特意叮嘱了他们不要把此事告诉聂太太他们，不然以聂家几位长辈对这位孙子的在乎样，这会儿指不定得举家跑来医院。

先前给孩子输血那事，若聂家的人得知他跟席锦书与孩子血型对不上，不闹翻天才怪。

席世恩平素都是由聂家的人接送的，今日若聂公馆接不到人，定然会起疑，所以一出医院，聂莛宇找了个电话亭先给聂公馆打了个电话，跟聂太太说，自己想儿子了，想把孩子接过去与他们夫妻同住几天。

聂莛宇去杭州那么久，眼下刚回来，的确没跟孩子好好相处过，所以聂太太听了也没怀疑，直接允了。

聂莛宇又打了个电话给福妈，让她送点儿席世恩跟席锦书的换洗衣物到医院里来，再带点儿洗漱用品。

按现在这个情况来看，席世恩是免不了要住院观察的。

打完电话，聂莛宇又沿路回去，在医院门口看到周垚玉站在面摊前买面条。

用脚指头想他都想得到周垚玉这是给谁买的，但聂莛宇还是装作不知道的样子，硬生生地往周垚玉身旁一站，问老板要了两碗馄饨，然后转过头，朝周垚玉一笑："这么巧，周先生也来买晚饭。面条哪儿有什么营养？等我给小聂太太送完馄饨，我去天福酒楼订桌好菜给周先生补补身子，你今天为了我儿辛苦了。"

周垚玉的目光隐在眼镜下，显得有些幽深，因为刚咳过血，他的脸色很是难看。闻言，他只是轻抬眼皮，乜斜了聂莛宇一眼，内心滋生出一股厌恶，但脸上还是保持着客气，道："聂先生客气了，锦书是我挚友，我救她孩子也是应该的。山珍海味吃腻了，偶尔吃儿点面条也不错，以前在英国的时候，锦书没事总爱给我做面吃，不知聂先生尝过她做的面没有？虽是清汤挂面，但让人回味无穷。"

显而易见的炫耀。聂莛宇内心讥笑一声，嘴角噙着笑，看着周垚玉，一句不让："小聂太太做的面我的确是没尝过，倒不是小聂太太不愿做给我吃，而是我心疼她，不舍得她下厨。毕竟她嫁给我，我该让她享福的，而不是受罪的，是吧，周先生？"

周垚玉不以为然地冷声嘲讽："聂先生知道就好。"

面好了，周垚玉从老板手中接过面，看都没再看聂莛宇一眼，转身就离开了。

聂莛宇看着锅中还未煮熟的馄饨，突然觉得嘴里没了味儿。

不就是一碗面吗，人都是他的，他跟周垚玉计较什么。

待馄饨煮完，他拎着回到席世恩的病房，发现周垚玉果然在那儿。

一碗面条一动没动地放在席世恩病床前的凳子上。

席锦书顾不得吃饭，因为席世恩醒了，正哭着靠在席锦书的怀里撒娇说伤口疼。

张医生在旁给他做检查。周垚玉站在一边看着，脸上的表情看上去有些复杂。

聂莛宇走进房间，将手中的馄饨放在了面条旁边，凑过去，询问席世恩的情况："恩恩，感觉如何？有哪里不舒服就告诉医生。"

席世恩被席锦书抱在怀里，闻言，他从席锦书的怀中探出头来，快快地看了聂莛宇一眼，不发一言，态度与聂莛宇离开上海前判若两人。

聂莛宇从孩子的眼里看出了憎恨，他无奈地笑了笑，悻悻地直起身，退到了一旁。

周垚玉上前，从白大褂口袋里掏出一根棒棒糖递给席世恩，声音温柔："世恩，吃点儿糖就不疼了。"

席世恩接过糖，嗫嚅地对周垚玉道了声："谢谢周叔叔。"

两副面孔，看得席锦书都有些尴尬。她偷偷朝聂莛宇看了一眼，见他非但没有生气，反而还在笑。

聂莛宇是真的高兴。周垚玉还想跟他抢儿子，听吧，孩子叫他周叔叔，看来还是孩子实诚。席世恩再怎么讨厌他，对着他聂莛宇不还得叫声爹。

当爹的哪有生孩子气的道理，前脚刚被甩了脸子，后脚他又端着馄饨去讨好席世恩了。

刚动完手术，席世恩没什么力气，但肚子确实饿了，那馄饨又香得很，他勉强吃了几口。

席锦书在旁伺候他，见汤汁流下来，就拿锦帕给他擦擦小嘴。

这一家人其乐融融的样子看得周垚玉心里很不是滋味，觉得自己再待下去，难免会被气得再度吐血，他索性连招呼也没打，默默离开了病房。

邻床的小男孩看着席世恩，一脸的艳羡，孩子母亲去给他打热水泡冷饭了。席锦书看他可怜，便把周垚玉买的面送了一碗给他。孩子却眼馋起了席世恩嘴里的馄饨，怯生生地问席锦书："阿姨，我能吃馄饨吗？面不好吃，我想吃馄饨。"

席锦书尴尬，回头看了聂莛宇一眼，刚想问他还有没有多的馄饨，聂莛宇已经走了过来。他手里端着个铁皮碗，里面盛着没动过的馄饨，笑吟吟地说："说得没错，面不好吃，还是馄饨好吃。来，给你馄饨。"

男孩子高兴地接过碗："谢谢叔叔。"

聂莛宇脸上的笑容放大了许多。

席锦书不明所以，回到席世恩的病床边继续照顾孩子。

聂莛宇端着周垚玉买的面站在她的身后，本想问她饿不饿，又觉得没必要问，自个儿把那碗面给吃了，还喝了汤。

席锦书闻声转过头皱着眉头看他，他咧着嘴笑："这面果真不好吃，还好我给你吃了。一会儿福妈跟阿炳会过来，我让福妈炖了鸡汤粥，你爱吃的那种。"

席锦书没再说什么。

两人陪着孩子坐了一会儿，待福妈他们抱着东西进来，聂莛宇才将席锦书拉到了病房外头，说了自己要走的事。

"晚上我还有个局，不能留下来陪你们。福妈跟阿炳今晚都在，有什么事你让他们来通知我。你也别太累了，困了就睡会儿，明天我去帮你跟银行请个假。"

听出他语气里的严肃，席锦书联想到昨半夜他离开的事，心不由得提了上来，皱着眉头问："是出什么事了吗？"

聂莛宇拍了拍她的肩膀，安抚了几句："没什么事，就是纱厂的仓库被人烧了，里面的货全没了。我总得知道是什么人在整我。今晚几个竞争的纱厂老板在璨恒那边玩，我去会会他们。"

"是他们做的？"

"倒也不是。"

"那是谁？你有线索吗？"席锦书不解道。

聂莛宇光笑不回答，扯开话题："好了，这事你就别操心了，你在这儿照顾好世恩就行。今晚我可能回得晚，就不过来了，省得吵着你们休息。"

席锦书点点头，没再多问。

聂莛宇目光深深地看了她一会儿，突然将她扯到怀里，用力地抱了一下，贴着她的耳畔小声呢喃："你离周垚玉远点儿，我看着不舒服。"

席锦书耳根子一阵发烫。

未等她反驳，聂莛宇将她放了开来，推进了病房内，然后挥了挥手，潇洒地转身走了。

【6】

晚上七点半，一直是百乐门一天中最热闹的时候。

今晚陈江君不在，前阵子李璨恒结识了个家具行业的老板，那老板一来就看上了陈江君，对她可谓是青睐有加，陈江君才陪他喝了一晚酒，他就把她一个月的场都给包了。

难得遇到这种贵客，陈江君自然再高兴不过，当晚就跟人走了，一直到现在都没来上班。

李璨恒对他手下的姑娘一向很宽容大度，只要有钱赚，他从不限制姑娘们的自由。

这几日他又捧了个新的头牌，是个烟鬼家的姑娘，爹爹吸大烟没钱了，就把女儿给卖了。李璨恒对此早已见怪不怪，毕竟好人家的姑娘也不会来他这儿。

付了三十块大洋，他就把那姑娘给收了，当晚就让手下几个老江湖带着上了场，唱了一首歌。

小姑娘才十五岁，样貌虽普通，但却有一副好嗓子。一曲唱完，台下喝彩声不断。

李璨恒很是满意，就让她一直唱着，唱到了现在。

聂莛宇到百乐门的时候，李璨恒正坐在台下的主位跟一个电影导演听小陆唱歌。

小陆就是他新收的那个姑娘。电影导演想拍一部歌女题材的电影，想找个会唱歌有灵性的姑娘当女主，就跑来李璨恒这儿寻人。

李璨恒看小陆那模样，估计日后也难讨男人喜欢，在他这儿唱歌也唱不了几年，便索性做件好事，跟电影导演推荐了小陆，说只要导演愿意用小陆，他就投钱给他拍电影，但该分的账还是要分的。

能得到资金支持，又能找到合适的演员，导演自然是高兴，一直拉着李璨恒的手，激动得说不出话。

李璨恒老被他拽着手，感觉别扭极了，又不想打击这些搞文艺的人的激情，只好忍着。正好聂莛宇走了进来，他看到救星一般，猛地站起来，挣开导演的手，拉住聂莛宇的手臂佯怒道："兄弟，你怎么现在才来？黄老板他们早就在二楼的包厢里等着了，来，我带你过去。"

李璨恒跟那电影导演打了声招呼，便急忙推着聂莛宇往楼梯口走。聂莛宇回头瞥了眼那导演，随后笑着调侃李璨恒："一个男人，又不是女人，张小姐也不在这儿，你急着跑什么？"

李璨恒没好气地白了他一眼："你让一个大男人一直攥着手试试，恶不恶心！"

聂莛宇低头看了眼手臂上搭着的那只手，嗤笑一声："这不正攥着吗？"

李璨恒闻言，下意识地垂眼一看，猛地松开了搂着聂莛宇的那只手，嫌恶地打了个寒战，往上快走了几个台阶。

聂莛宇笑着跟了上去。

到了春风间，李璨恒先上前推开门。

上海滩的几个纱厂老板几乎都在，正坐在一起聊聂莛宇的纱厂仓库被烧一事，聊得正欢呢，就见包厢的门被人推了开来。

聂莛宇笑吟吟地站在李璨恒身后，眯着眼朝众人打了声招呼："诸位老板，好久不见，晚上好。你们聊什么事聊得这么开心，能否让聂某也听听，笑上一番呢？"

众人突然安静了下来，没了笑容。

也不管他们愿不愿意，聂莛宇直接走了进去，靠门边坐了下来，快速地扫了一眼长桌上的茶水，朝李璨恒道："璨恒，你让小厮送点儿你这儿最好的洋酒过来，难得大家聚在一起，今晚我请各位老板喝酒。"

聂莛宇的纱厂被烧一事，李璨恒也有耳闻，他还没来得及去询问聂莛宇，聂莛宇就打了电话过来，让他晚上做个局，请几位纱厂老板过来。

别人估计不清楚，但聂莛宇刚办纱厂那会儿，李璨恒没少过去帮忙，又是出钱又是出力的，他自然晓得那一仓库的纱值多少钱。对于聂莛宇这种爱财的奸商来讲，仓库被烧等于是挖了他一块肉。

能让他在损失这么多钱后还愿意主动请对家喝酒，那只有一种可能，就是这聂莛宇又要坑人了，也不知道今晚这包厢里哪个倒霉蛋要被聂莛宇看上。

李璨恒内心暗自叹了口气，面上还是带着笑容，对聂莛宇比了个手势，然后匆匆下了楼。

有钱赚谁不赚啊！管他那么多做什么！

包厢内，几个老板黑着脸面面相觑了会儿，最后坐在中间的一个胖老板率先站起来，什么话也没说，板着脸就要往门口走，其他几个人见了，也纷纷跟着起了身。

见他们往门口走来，坐在长椅上的聂莛宇突然伸出脚拦在了包厢口，双手插在裤兜里，目光深深地看着众人，脸上依旧带着笑，但声音冷了许多："诸位这是在做什么？怎么一见我就要走？难不成是听到我纱厂烧了，怕我跟你们借钱？"

闻言，为首的胖老板当即嗤了一声，虎着脸说道："聂老板怕不是在说笑吧？谁不知道你现在的老婆是席大小姐，只要她还是那汇丰银行的经理，你聂莛宇别说是被烧了一个仓库，就算整个纱厂被烧了，也不需要问别人借钱吧。"

"就是，聂老板何必在我们这些人面前卖惨。若早知今日是聂老板组的局，我们几个是说什么都不会来的，这些年下来，聂老板的纱厂能成为上海滩第一纱厂，我们几个可没少被你聂莛宇算计过。"

这会儿说话的是大开纱厂的老板祖先生，之前上了聂莛宇的当，被骗买了一批劣质棉花，做了一批坏纱，毁了口碑，两年没接到一个单子的倒霉鬼就是他。

此时看到聂莛宇，他恨得直咬牙。

对于过去自己做过的那些缺德事，聂莛宇自然比他们都要来得清楚，他也知晓在场的所有人心里都记恨他。可那又怎样？他今晚来这儿，本就不是来求和的，若不是为了找出烧他仓库的凶手，他都懒得听这些人酸溜溜地说话。

"祖老板，上次劣质棉花那件事的确是聂某不对，忘了提醒你那棉花不好。可是你仔细想想，卖给你坏棉花的人是那些棉农，可不是我，我就那天去棉农那儿看了一下，哪知道你在背后跟着我，看我跟棉农聊了几句，怕买不到棉花，趁我刚走，就抢在我前面把棉花给买了，我也是事后才知道这件事的。"聂莛宇很是无辜地站了起来，朝祖老板说道。

"那还不是因为你故意引我过去的？谁不知道你聂莛宇眼光毒，挑的棉花都是好棉花，所以我才……"祖老板激动地手指着聂莛宇，说到一半停了下来。

聂莛宇背靠着包厢门，将双手从裤兜里拿了出来，弯下腰，两手撑在长桌上，气定神闲地看着祖老板，眯着眼道："所以祖老板这是承认自己那天跟踪我了？"

"我……"祖老板被他呛得话都说不出来了。

聂莛宇笑着走过去拍了拍祖老板的肩膀，朝其他人道："我知道诸位老板内心对聂某都很怨恨，但做生意原本就是八仙过海，各显神通。众所周知，我纱厂的仓库昨晚被人烧了，里面几十吨的纱被烧得一干二净。这批纱是外省客户订的，人家钱都付了，按照约定，我这几天就要给他们运过去。现在出了这个事，就算我纱厂里所有工人加班重新做一批，没十天半个月也做不完。若不能按时交货，定然有损我们纱厂的口碑。所以今日我请大家过来，是想跟诸位做笔生意。"

"什么生意？我们谁敢跟你聂三公子做生意？怕不是脑子坏了吧！"说话的是刚才带头说离开的胖老板，城东纱厂的二当家。他们厂一半的生意被聂莛宇的纱厂给抢了，能不气？

"就是，跟你聂莛宇做生意，我们可不敢！回头又不知道怎么就被坑了！"

"老张说得没错，聂老板的钱可不好赚。"

……

众人你一句我一句地附和道，聂莛宇对他们比了个手势，示意他们冷静下来。

"大家先听我把话说完。我知道今年诸位厂里的纱没销出去多少，都在仓库里堆着，所以我想问大家，有没有人想要卖这些纱的，我愿意出比市场价高三倍的价钱来买那些纱，代替我被烧掉的那批给外省的客户运过去。这样一来保全了我纱厂的名声，二来各位老板也赚了钱，岂不是两全其美的事？"

"天下哪儿有那么好的事，你的纱被烧了，亏了那么多钱，还跑来跟我们高价买纱，你怕不是又想害我们吧？"

"秦老板这话说得就有些过了，什么叫我又想害你们？说话得讲点儿良心，前年黄河发大水，你在岸滩那儿的厂子被水冲了，没有钱重建，只有我愿意借钱给你。你后来说我坑了你利息钱，可你想过没有，我那些钱拿来投资扩建我自己的厂子，赚的可比从你那儿收的利息多，我为何要借给你，还不是顾念同行之情谊，帮忙扶持一下吗？还有你曾老板，去年你纱厂亏了不少钱，你在外头借了高利贷，债主都逼上门了，你四处求银行贷款，一直贷不下来，若不是我聂莛宇在小聂太太面前给你做了担保，汇丰银行下了款，你今天还能四肢健全地站在这里吗？还有你陈老板……"

聂莛宇挨个儿点名把大家都说了一通，众人皆没了声音，因为事实确实如此。

这些年聂莛宇的确在他们身上赚了不少钱，也没少坑他们，但在危急时刻，也只有他愿意伸出手来帮他们一把。

"好了，该说的话我都说完了，我今天来这里也不是想向诸位讨人情的。做生意讲究你情我愿，哪位老板厂里有存纱，愿意卖给我的，现在不方便说，等改变主意了可以私下联系我。扰了大家的雅兴，是聂某的错。大家不用离开，该走的是我。不管是喝茶还是喝酒，今晚这包厢的账都记在我头上。"聂莲宇说完，主动退出了包厢，并贴心地给他们带上了门。

李璨恒领着小厮抱着酒箱子上来，正好看到聂莲宇关好门朝楼梯口走。他上前喊住了聂莲宇，眼睛瞥了一下包厢，低声问："你事情办完了？"

"差不多。"聂莲宇微笑道，伸手拍了拍小厮的肩膀，"把酒送进包厢吧。"

小厮领命而去。

李璨恒陪着聂莲宇下楼，见他要走，拉住他的手臂："来都来了，就别急着走了，咱们兄弟俩好久没在一起喝酒了，陪我喝一会儿。我们百乐门里的姑娘都想你了，经常跟我抱怨说这聂三公子不来了，她们连舞都跳不动了。"

聂莲宇看了眼按在他手臂上的手，最终挣脱开来，朝李璨恒笑笑："不了，我得走了，回去晚了，小聂太太可是要骂的。"

每次看他一副"妻管严"的窝囊相，李璨恒就气不打一处来。他抬脚就朝聂莲宇踢了一下，恨恨地道："怎么，有老婆了不起吗？瞧把你给能耐的。全上海滩就你一个人有老婆是吗？滚吧滚吧，哪儿来的滚哪儿去，以后我这百乐门你就别来了，这儿不欢迎你。"

聂莲宇无所谓地笑笑，伸手拍了拍被踢脏的呢子大衣，转身头也不回地离开了。

李璨恒站在舞厅门口，久久地望着聂莲宇离去的背影，突然觉得有些恍惚。席锦书真有那么大的本事能让聂莲宇浪子回头？还是说，他从未认识过真正的聂莲宇？

（上册完）

阿Q／著

山河念远

下

中国致公出版社　知音动漫

知音动漫图书·漫客小说绘出品

目录 ❋

第十章

心悦君兮君不知

【1】

从百乐门出来，聂莛宇没有回别苑，而是直接去了纱厂。

快九点了，老李带着工人们在加夜班，忙着赶制那批被烧毁的纱布。

大家都专注于手上的活，就连聂莛宇进了车间都没有人发觉。

聂莛宇在门口看了一会儿，没打扰大家，回到了自己的办公室。

老李听说他来了，跟着走进办公室，关切地问："聂先生，您这身体才刚养好，都这么晚了，还是早些回去歇息吧，这里有我在，您大可放心，就算是加班加点，我也保证给您完成任务，让这批货按时送到买家手里。"

老李说得慷慨激昂。

聂莛宇从报纸后面透出头来，突兀地问："老李，你今年多大年纪了？"

老李被他问得有些莫名其妙，他摸了摸后脑勺，回道："57 岁了，怎么了，聂先生？"

"57 岁了，就算你不要命了，我还怕担责呢！货的事你不用太着急，让工人们量力而行，能做多少出来就做多少，不够的我再另想办法。"聂莛宇收回目光，把手中的报纸翻了个页，镇定地说道。

老李顿时不解了，他们这一次做的都是些医用纱布，是重庆医院急需的。一旦延迟交货，会影响许多伤员的救治，更会有损他们纱厂的口碑。

早上他看聂廷宇还挺急着要重新制纱的，现在又不急了，这是为何？

"我回来之前，有人找过我吗？"

老李正疑惑，忽而又听到聂廷宇问自己，愣了一下，连忙反应过来，激动地说："有！就在您回来前十来分钟，长江纱厂的江老板打电话过来，说他那儿有您要的纱，问您是不是真的愿意出三倍价格买，如果是真的，就请您回个电话给他。"

"江丙吗？除了他，还有其他人吗？"

老李仔细回想了下，像是没有，他刚想摇头，忽而想起下午收到的东西，连忙将手伸进棉袄内侧的口袋，从里面掏出了一个信封来，递给了聂廷宇。

"有人送了这个过来。"

聂廷宇眉头微皱，拆开信封，里面放着一张望春园戏院的门票，是当红角儿陈剑月唱的《穆桂英挂帅》，演出时间是晚上八点。

现在已经是晚上九点二十分了，从这里去望春园还有十多分钟的车程。聂廷宇急忙从沙发里站了起来，拿起大衣，一边往身上穿，一边快步往外走。

老李跟着他一道离开办公室，急着道："聂先生，您这是要去找江老板吗？那长江纱厂的纱是我们上海滩质量最差的，就算我们来不及赶制新纱，可用这么差的纱充数，买家肯定不会满意的。"

聂廷宇猛地停下脚步，转头道："我知道江丙那里的纱不好，但你还是给他回个电话，说我明天一早就去他那里看纱。"

老李急得跺脚："聂先生，您既然知道那纱不好，那还有啥好看的？他还说您愿意出三倍价格买，您还不如把这笔钱给我，我给您多请几个工人过来，多加几个班，咱们自己把纱赶出来呢！"

聂廷宇伸手将老李拽到了身旁，安抚道："你就算请再多工人过来，我们厂里也没有足够的棉花来补足那批纱。听我的，你先去给江丙回电话，其他的等明天再说。"

"可聂先生……"老李还想说点什么，但聂廷宇没有时间跟他解释。

手放开了老李，他快步走到自己的车旁，发动车子，离开了纱厂，赶去了霞飞路的望春园。

为了能按时交上这批货，他必须向别人购买棉花跟纱，但不是向江丙买，也不是向今晚百乐门包厢里的其他人购买。

他之所以在百乐门组局，不过是想利用那些人找出烧毁他那批纱的凶手。

到了望春园已经过了九点半，《穆桂英挂帅》的戏还没有唱完，聂廷宇递了门票进了戏院。

负责接待的小厮看到他的票根，引着他上了二楼靠拐角的雅座。在那里，聂莛宇看到了等候已久的王老虎。

"王老爷好。"聂莛宇一脸尊敬地朝对方作揖道。

王老虎的眼睛还盯着楼下的戏台，闻言只是朝聂莛宇的方向伸了伸手，头也不回地说："聂老板请坐，有什么事咱们等戏看完了再说。"

聂莛宇表示明白，耐着性子安静地坐在一旁陪王老虎看戏。

约莫过了二十分钟，戏到了尾声。

角儿们相携着手谢幕的同时，雅座包厢的门窗被人关上了。

"王老爷今日约我来看戏，这是同意我早上的提议，愿意把您厂里的存纱卖给我了？"聂莛宇直截了当地问王老虎。

王老虎没有回他，而是拿着茶壶给自己倒了杯茶，避重就轻地说："聂先生要喝茶吗？"

"谢谢。"聂莛宇接了茶杯过来，抿了一口，又将茶杯放在了桌上。

王老虎又给他满了一杯，聂莛宇没再喝。

王老虎看了他一眼："聂先生这是喝不惯这茶？"

聂莛宇苦笑一声："王老爷觉得莛宇现在可还有喝茶的心？我跟您说的那批纱布三天后就要运出去，靠我们自己制纱是来不及了。现今除了我们纱厂，只有王老爷的棉纺厂里的纱是最好的。只要王老爷答应把您那的存货卖给我，我承诺给您的价钱一分都不会少。"

"聂先生这话说的，莫不是觉得我王老虎缺钱？"王老爷面色阴沉地说道。

聂莛宇聊表歉意道："王老爷您误会了，晚辈丝毫没有这个意思。您现在是我们上海滩的面粉大王跟棉纺大王，撑着大半经济，怎么会缺钱。我这么说，只是想表达我的诚意而已。"

"所谓棉纺大王，那都已经是过去式了，如今上海滩的纺织业都被你聂莛宇给垄断了，要不是我王家还有面粉行业撑着，不知道要被你们这些小辈挤去哪里了。不过既然你诚心想跟我买纱，那我也就不跟你绕弯子了，你要的纱我有，我也不需要你花几倍的价钱来买，但我曾放言这辈子跟席家不会再有任何来往，你是席家的女婿，我要是帮了你，这事若被传了出去，这上海滩的人恐怕都要觉得我王老虎说话不算话，怕了他们席家。"

"我理解王老爷您的担心，但我可以向您保证，不会有任何人知道我们今晚见过面。您今日请我到这里，想必心里已经有了决定。不知道王老爷想让莛宇为您做些什么？只要我能做的，我定会满足您。"聂莛宇诚恳地说。

王老虎沉默了一会儿，从身旁拿出个棕色牛皮文件包，扔到聂莛宇的面前。

聂莛宇接了过来，打开，发现里面放着一堆飞机设计的图纸，他不明所以地抬眼看向王老爷，问道："这是？"

"这是我在小儿书房里发现的，上面有尊夫人的批注。想必尊夫人跟小儿正在研究怎么制造飞机。这事若被情报处的人知道了，后果会怎样，聂先生应该比我更清楚。我今日邀你来，只是想跟聂先生说一声，你纱厂的忙我可以帮，但我不希望造飞机这件事继续下去。我也不想湛林恨我，所以这个恶人，只能由聂先生去做，聂先生意下如何？"

聂莛宇默默地盯着那堆图纸，拳头微微攥紧，嘴角掠过一丝苦笑："王老爷的意思我已经明白了，请您放心，就像您不希望王五少出事一样，我也不愿我太太涉险，这件事我会尽快处理的。"

"聂三公子的手段我是清楚的，我相信你不会让我失望。你要的东西，我会按照你的要求，明天直接运往你给的地址，不会有任何人知道我走的货是给你走的，所以这批货会很安全。"王老爷从椅子上站起身来，朝聂莛宇伸出手道。

聂莛宇伸手回握了下："谢谢您了，王老爷。"

"不用客气，聂先生，合作愉快。"

"合作愉快。"

从望春园出来已经快深夜了，空气中弥漫着浓重的白雾。

聂莛宇拿着从王老爷那儿拿的牛皮包，匆匆走到了停在角落处的汽车旁，上了车，却没有急着离开。

细长的手指打开了牛皮袋子，将里面那堆图纸悉数拿了出来，他一页一页地翻看着，内心一再地被图纸上的内容所震撼。

之前聂老爷为了让他当兵，送他去军校待过两年，因此对于图纸上的内容，他并不陌生。

王湛林跟席锦书两个人仅凭一些资料就能把飞机的设计图纸做到这个地步，已经是很不容易了。

以专业的角度来看，这份图纸经过了多次修改，并没有多大的问题，如果建造过程不出任何差错，他相信他们真的可以造出上海滩第一架飞机来。

可是他不明白，席锦书为什么要参与其中呢？

如果王湛林是为了爱好，那她呢？

是为了售卖赚钱还是为了别的什么？

眼下这些问题都不重要，既然王老爷能发现他们的事，那这事早晚也会被其他人发现。

他不能让她冒这么大的险，做这么危险的事。

想到这，聂莛宇没有丝毫犹豫，他从口袋里掏出打火机，点燃了那堆图纸，扔出了车窗。

直到窗外那些图纸慢慢消失殆尽，他才微微松了口气，发动车子，驶入了迷雾之中。

【2】

回到厂里已接近午夜，几个熬夜加班的工人还在车间干活。

纱布的事情已经安置妥当，王老爷既然答应替他走这趟货，以王老爷的为人，定不会对他食言。

但为了不惹人怀疑，他纱厂这边还得继续让工人赶制纱布，营造出一副要努力补足这批货的假象，这样王老爷那边的纱布才能悄无声息地被送出去。

虽然这次失火让他损失了不少钱，但他开这家纱厂本就不是为了赚钱，而是想通过它，为救国事业做出些力所能及的事。

夜深了，快入冬了，晚上的寒露让人生寒。

手边烧了个铜手炉，聂莛宇窝在办公室里又忙了一阵子，直到把这几日的工作安排好，他才松了口气，裹着大衣躺进了沙发里，本想就此在这睡上一晚，却了无睡意。

翻了几次身，最终他还是从沙发里坐了起来，取了车钥匙，离开了办公室。

街道上一片漆黑寂静，唯有几个关口才能看到几个人影，但都是日本宪兵队的人。巡捕房那人在石原领兵进驻上海后就几乎没了身影。

一路亮了好几次通行证，聂莛宇才最终得以抵达仁济医院。

到了二楼住院部，席世恩的病房内所有人都睡着，阿炳守在门口，福妈睡在病床旁的椅子里。席锦书靠在席世恩的身旁，握着孩子的小手，睡得也很熟。

聂莛宇静悄悄地走进了病房。

阿炳最先听到动静，猛地睁开眼，看到聂莛宇，正想出声。聂莛宇朝他做了个"嘘"的手势，制止了他。

绕过阿炳，他朝病床上的"娘俩"走了过去。生怕吵醒人，他脚步放得很轻。

席锦书忙了一天都没喘上口气，世恩受伤，聂莛宇知道了孩子不是他的事，她又与周垚玉重逢了，还有纱厂被烧，她满心担忧，思来想去，精神疲乏得很，一直到半夜十二点左右，她才熬不住困意睡着。

这一睡，就睡得沉了，连聂珏宇走近，她都一点儿没察觉。

聂珏宇在她的身旁停下脚步，目光落在她睡梦中还紧皱着的眉头上，他伸手小心翼翼地将她从席世恩的身旁抱了起来。

天冷，她这么趴着睡容易血液不流通，对身体不好，回头醒来，定然四肢发麻，难受得很。

他将她抱到了福妈旁边的空椅子那儿，自己坐了下来，让她直接躺在他的怀里睡。他摸了摸她的手，才发现凉得很，就连她的脸也白得厉害，应该是冻着了。

聂珏宇无奈地叹了口气，握住她冰冷的双手，塞进他的大衣里紧紧焐着。

像是在冰窖里突然感觉到了温暖，席锦书下意识地朝他的胸口蹭了蹭，宛如一只小兽，可怜兮兮地蜷缩在他的怀中。

聂珏宇心头一暖，望着她羸弱的样子，嘴角不由得上扬。无论她在外人眼中有多强悍冷厉，在他的眼里，他的小聂太太也不过是个需要人疼的小姑娘。

是他不好，没有早点儿疼她，以后所有事他都可以替她去做，不管是守护席家，还是保护世恩。她不需要再那么辛苦，她只要安安心心地做他的小聂太太就行了。

他俯下头，轻轻地亲了下她的唇。

感觉到他的触碰，她在睡梦中咕哝了声，以为吃到了什么东西，竟然伸出舌头舔了他一下。

聂珏宇当即心神一阵荡漾，涌出一股欲望来。他想要深吻她，但他忍了下来。

他笑了笑，抬起头，错开了她的唇瓣。

来日方长。

先前的紧张压抑在见到她的那一刻都得到了缓解，他整个人都放松了下来，倦意也跟着袭了上来。将她往怀里抱紧了些，他就这么坐在椅子里，抱着她睡了过去。

席锦书这一觉睡得很香，一直睡到医生来查房，她才醒来，发现自己蜷缩在椅子里，身上盖着件男式大衣。仔细一看，这衣服有点儿眼熟，上面还有她熟悉的香水味。

她怔了怔，问在收拾东西的福妈："聂先生昨晚来过？"

福妈眯着眼笑着回她："是来过，但天没亮就走了。少奶奶，聂先生对你可真好！昨晚他怕你睡得不舒服，又怕你冻着，就坐着抱了你一晚上。"

福妈一说完，病房内的人都笑了，跟着打趣起来。

"真没想到，聂先生是个这么体贴温柔的人。之前他们还说聂三公子对谁都不上心，我看都是在胡说。"

"就是就是，聂先生跟聂少奶奶感情真好，让人羡慕。"

"要我说，聂少奶奶您什么都好，就是瘦了点儿。福妈你得给你家少奶奶好好补补，回头让少奶奶再生一胎，一生就生俩，这样家里就热闹了。"

席锦书顿时被说得脸红了起来，不知怎么接茬。

还好躺在病床上量完体温的席世恩突然出了声，小手里拿了个纸包问她："娘，你要吃糖吗？爹给我买的。"

明明之前席世恩还讨厌聂莛宇，恨他害得自己被叫"小汉奸"，这会儿又把"爹"给叫上了，果然这世上最不记仇的就是小孩子了。

席锦书有些哭笑不得，又如获大赦，她将聂莛宇的大衣挂到一旁，走到了席世恩的床头，伸手从纸包里拿了一块糖，塞进了嘴里。

"是麦芽糖，好甜好甜。"席世恩高兴地朝她叫唤道。

席锦书轻轻地吮着嘴里的那块糖，笑着点了点头："是很甜。"

席世恩的伤口没有感染，检查结果一切正常。席锦书想席世恩若一直住院下去的话，早晚瞒不住席、聂两家的长辈，到时候定会生出不少口舌来。所以跟医生商量了下，她打算接席世恩回别苑治疗，请个家庭医生护理他。

做了这个决定，席锦书立刻让福妈去给席世恩办了出院手续。

周垚玉昨晚还是没有留在医院，并不是因为他不想留，而是他被聂莛宇刺激得病发，先前仓永朝一给他的药吃完了，他得去找仓永朝一拿药。

仓永朝一出自日本著名的医药世家，如今他在日军医院做军医，周垚玉要找他并不难。他们约在了日本茶馆喝了晚茶，聊到了很晚。

仓永朝一为周垚玉诊了脉，给了他家里祖传的药，并劝告周垚玉控制好自己的情绪，切不可再随便动怒，这对他的心肺很不好。

周垚玉自然明白，若不是因为遇到了聂莛宇，一般人还不见得能引起他的情绪波动。

跟仓永朝一喝完茶，周垚玉的内心平静了许多，他回到周公馆睡了个好觉，一觉醒来，便赶往医院。路上，他给席锦书买了早餐。

还未走到席世恩的病房，周垚玉碰到福妈跟着张医生出来办出院手续，得知席世恩要出院，他的心沉了一下，但很快又理解了席锦书这么做的原因。

既然席世恩的伤并无大碍，回家休养确实比留在医院里要更容易掩人耳目。

跟福妈他们打过招呼，周垚玉拎着早餐来到了席世恩的病房。

席锦书正抱着席世恩坐在病床上看故事书，他们的东西皆被收拾好放在一边，就等走了。

周垚玉一进门就看到了衣架上的那件男士呢子大衣，不用问，他也知道那是谁的。他咬了咬牙，脸上不露痕迹地敲了敲病房的门，微笑着走了进去。

席锦书听到敲门声，朝门口望去，看到他，连忙起身迎了上去。

"垚玉，你怎么来了？你身体不好，没必要老过来的。"看到周垚玉苍白的脸，席锦书又一次担忧地说。

周垚玉对着她笑了笑，提了提手中的早餐："我又不是特意来看你们的，我来上班，顺便给你跟世恩买了早点。快过来一起吃。"

其实席锦书和席世恩已经吃过饭了，但她不忍拂了周垚玉的好意，还是抱着席世恩又吃了几个生煎。

吃饭间，周垚玉装作随意地问道："我刚看到福妈在办出院手续，你们今天就要走吗？"

席锦书点了点头："世恩的检查结果都不错，我就想带他回家了，这样都方便点儿。"

周垚玉说："也是，世恩受伤，聂家的人应该还不知道，若知道了，以他们的个性，定不会放过你，到时候又得徒增烦恼了。"

席锦书无奈地笑笑，没有接话。

她跟周垚玉认识这么多年，很多事即使她不说，他也能猜到，所以她也没必要跟他撒谎说聂家对她不错。而且，周垚玉一向真诚待她，她也不好欺瞒他。

看到她沉默，周垚玉眼里闪过一丝心疼，碍于有外人在，他只是叹了口气，没有再说下去。

没多久，福妈办完手续回来，席锦书先让阿炳拎着行李上车，福妈帮她抱席世恩，周垚玉送他们出来。

福妈他们走在前头，她跟周垚玉走在后头。

他们边走边聊，她问他这些日子在国外过得好不好，他也问了她重振席家的事。

说起席家，席锦书想到了她跟周垚玉一同创办的租车行，她再度向周垚玉表示感激，道："若不是当初你留给我这家租车行，席家也无法短时间内重新崛起。垚玉，这么多年你帮了我许多，可我却没有什么可以为你做的，我一直觉得很是羞愧。既然你回来了，那我得把属于你的那份还给你。"

"锦书，我们之间就不要谈钱了好吗？你知道我脾气的，给出去的东西我从来就不会收回。"

"可……"

"这事就不要再说了。"周垚玉打断了她。

席锦书再度无奈地叹了口气，将话题转移开来："这次你回来，还走吗？"

周垚玉看了眼医院门口停着的车，摇了摇头："应该不走了，我的身子已经是这样了，去哪里治疗都是一样的，老话说落叶归根，若老天爷真盼着我早死，我想还不如死在家里。"

"你别胡说。"席锦书佯怒道，"现在国内外医学都在进步，会有法子的，垚玉，你会好起来的。"

周垚玉苦笑了下，垂下眼眸，目光幽深地看着她，声音微哑地问："锦书，如果我死了，你会一直记得我吗？"

他的语气太过悲怆，听得席锦书很是难受。

即使无法回应周垚玉对她的感情，但是席锦书是真心把周垚玉当朋友的。

虽一直知道周垚玉的身体不好，但亲口从他嘴里听到生死的字眼，她的心还是不由得抽疼了几下。

"会。"她说，这是她的真心话。

周垚玉笑了，金丝眼镜下面的眼眸变得有些湿润："有你这句话就够了。"

席锦书觉得心中发酸，但又不知该说点儿什么来安慰周垚玉。

此时阿炳跟福妈已经上了车在等她过去。

席锦书为难地看了周垚玉一眼，周垚玉笑着，推了她一把，温声道："回去吧，别担心，我现在还好好的呢，估计离死还得有段时日，你别拿这种眼神看我。你要真舍不得我，趁我现在人在上海，你工作不忙的话，就多来看看我。"

席锦书点点头，说了声："好"。

跟周垚玉道完别，席锦书下了台阶，朝不远处停着的车走去。

她上车前，周垚玉突然又喊住了她："锦书。"

席锦书回头，有些茫然地望着他："还有事吗，垚玉？"

周垚玉顿了顿，意有所指地道："无论以后发生什么事，若他对你不好，若在那个家过得不幸福，只要我人还在，你就来找我好吗？"

席锦书不懂他为什么会突然说这种话，后想着他应该是怕聂莛宇跟聂家的人待她不好，便反过来安抚他："谢谢你，垚玉，我们都会幸福的。"

周垚玉没再说话，他一直沉默地站在医院门口，目送着席锦书他们离开，直到那辆黑色的车彻底消失在他的视线中，他才转过身，收起脸上的笑容，面无表情地朝药剂科走去。

在他办公室的抽屉里放着一个刚邮寄过来的信，信封里放着一堆照片，照片上是一对拥抱的男女，摄于浙江杭州。

周垚玉回到办公室，打开抽屉，盯着那堆照片，眼神冰冷。呆了片刻，他拿起桌上的电话，拨了一串号码："是《淞报》吗？我需要刊登一则新闻。"

【3】

一大早，长江纱厂就开了工，老板江丙站在仓库前，催促着工人们把里面那堆发霉的纱往外搬。

聂廷宇说上午来看纱，他得趁着太阳出来先把那些纱拿出去晒晒，不然别说聂廷宇看不上那些纱了，他自己都看不过去。

他们纱厂的生意是上海滩最差的，工人们好几个月没开工了，本来他这两天就准备向银行申请纱厂倒闭了，但昨晚在百乐门听聂廷宇说愿意出三倍价钱买存纱，他就动了心思，还想挣扎一番，于是给聂廷宇去了个电话。

聂廷宇的眼光素来毒辣，江丙也没指望聂廷宇真的愿意出几倍价钱收他的存纱，只要聂廷宇愿意帮他清掉那批纱，他就已经谢天谢地了。然而让他没有想到的是，他刚打电话过去没多久，聂廷宇那边就回了电话过来，说次日来看纱。

这让江丙吃惊不小，他似乎又看到了希望，可他还不敢高兴太早，因为聂三公子绝不是那种会做亏本买卖的人，江丙想着聂廷宇会不会是在算计自己，可转念一想，就他这么一个破落厂子，眼下除了这批卖不出去的纱，还有什么值得人惦记的，就算聂廷宇要坑他，也坑不出什么花样来。

这么一想，江丙的心里就踏实了许多。

让工人们把霉得厉害的那些纱拣了出来扔了，又往剩下的纱上撒了些干面粉，全部拍打了一番，往太阳底下一晒，待霉味消了大半，江丙才心满意足地叼着根烟回到办公室，给聂廷宇那边打了个电话，说一切已经准备妥当，问他什么时候过来看纱。

聂廷宇早就等着了，一接到电话，他就让老李备了辆装货车，带着几个工人，去了长江纱厂。

一看到聂廷宇下车，江丙就笑吟吟地迎了上去，殷勤地掏了根香烟给他："聂老板吃早饭了吗？没吃的话，我让人给你去买点儿。"

聂廷宇低着头，借着江丙的打火机点燃了口中的烟，吸了一口，吐出一个烟圈来，然后眯着眼，似笑非笑地看着江丙："这都九点多了，吃早饭未免太晚了，我吃过了，江老板不必客气。"

言外之意就是江丙这电话打得有些晚了。

江丙自个儿心里有鬼，也就装作没听懂，觍着脸继续笑着，领着聂莛宇去看纱。

一箱箱纱都被装好，堆在了厂子前面的空地上。

聂莛宇上前随手打开了一箱，伸手抓了一把纱拿出来看了一会儿，没有说话。

见他面无表情，江丙的心里有点儿发毛，沉不住气地先开口："聂老板，你也是老行家，所以我就不瞒你了，我这批纱质量上肯定不如你自个儿厂里的那些，但是你若要的话吧，我可以便宜给你，我不需要你出什么三倍价格，你给我个成本价，把它们收了就行了。"

聂莛宇直起身来，乜斜着眼朝江丙笑道："这纱确实是次了一些，但江老板把这纱厂办到现在也不容易，这样吧，看在大家都是同行的分上，我可以成本价收你这批纱，让你回个血把这厂继续办下去，只不过我有个条件……"

"什么条件，聂老板你说。"未等聂莛宇说完，江丙便激动地打断了他的话。

聂莛宇笑笑，走到了江丙的面前，伸手拍了拍他的肩膀："江老板别紧张，我的条件很简单，就是我先付你一些定金，尾款等我这批货出完再给你，你看成吗？你也知道的，我的纱厂刚被烧，那批纱值不少钱，我暂时也没有那么多现金给你。"

"这……"江丙有些为难，但还是强颜欢笑道，"聂老板谦虚了，这上海滩你若没有钱的话，谁还有钱呢？谁不知道你太太是汇丰银行的经理，那钱不还是你想要多少就有多少的嘛。你何至于跟我们这种穷人哭穷呢！"

"江老板话是说得没错，可男人嘛，多少要点儿面子。我自己厂子亏了钱，总不能去找老婆要钱吧，说出去也忒丢脸了。"聂莛宇嬉笑道。

江丙心想你丢脸的事何止这一件啊，先是娶个舞女被戴绿帽，后又娶了席大小姐，被说成是软饭男、妻管严，哪还有什么脸啊！

腹诽了几句，江丙面上还是客气地问："那聂老板打算定金给几成啊？"

聂莛宇朝他伸出一只手来。

"五成？"江丙惊喜地问。

聂莛宇一只手掌变成了一根手指，无耻地说："一成。"

江丙黑着脸，不想说话。

一成的钱，他拿着能干什么事啊？

聂莛宇瞥了江丙一眼，深表遗憾地说："江老板若觉得无法接受的话，那我也只得放弃这批货了，没办法，囊中羞涩，即使我也很想帮江老板的忙。"

江丙只觉得额头两边的太阳穴跳得厉害，他咬着牙，恨恨地看着聂莛宇，闭上眼，痛心地说："好，一成就一成，聂老板回头有钱了一定要先给我，你也知道我们纱厂情况的，没钱，长江纱厂就保不住了。"

聂莛宇凤眼微眯，笑得跟只狐狸似的："放心，江老板，长江纱厂会一直在的。"

江丙无力地看了他一眼，转身朝一旁的工人道："你们把纱给聂老板装上车吧。"

聂莛宇拦住他："江老板，暂且不用，这批纱我就带两箱回去，看看能不能跟我重新赶制的那批混在一起，其余的就先放你这里。"

江丙不解地看着他："聂老板你这到底什么意思？"

"我的仓库烧了还没有修葺好，暂时也没有那么大的地方放这批纱，所以才先放你这里几天，等我仓库一修好，我就派人来接。江老板若觉得不方便，我可以给你租金，就当我先租了你的仓库，你觉得如何？"聂莛宇解释道。

江丙无奈，只能点头接受。

聂莛宇让自己的人抱了两箱纱出来，然后把准备好的定金递给了江丙。

"定金我依旧是按三倍价格的钱算给你的，江老板，可满意？"聂莛宇问。

江丙摸着手里沉甸甸的纸包，心里好受了许多，脸上瞬间又多了几分笑意："满意满意，聂老板你真是个好人。"

聂莛宇笑："谢江老板称赞。"

目的达成，聂莛宇带着他的人抱着两箱子烂纱从江丙那里离开了。

路上，老李痛心疾首地跟聂莛宇唠叨："聂先生，这些废纱您到底买来干啥啊？聂少奶奶赚钱那么辛苦，您有钱也不能这么浪费啊！"

聂莛宇正倚着车窗抽烟，闻言，被呛了一下，猛咳了几声，皱着眉头，不满地朝老李说："怎么连你也觉得我是个吃软饭的？"

老李呶呶嘴，没回答。

聂莛宇白了他一眼："把消息放出去，让所有人都知道我们买了江丙的纱，然后再派几个人今晚偷偷守在江丙的仓库外头。"

"做什么？"老李不明白所以。

聂莛宇没好气地瞪了他一眼："抓纵火犯。"

中午，聂莛宇回了趟别苑换衣服，发现所有人都在家，就是不见席锦书。

聂莛宇找福妈问了下："小聂太太呢？"

福妈停下手中的活计，回他："少奶奶行里有急事，去行里了。"

聂莛宇点点头，转身要走。

福妈又喊住他："先生，你要留下来吃午饭吗？"

"不了，我还有事，你们在家好好照顾世恩。"聂莛宇摇头。

从屋内出来，见到阿炳，聂莛宇打了声招呼，就要朝车走去，发现阿炳一直跟着他。

他停下脚步，困惑地问："你有事吗？"

"少奶奶说你厂子被烧了，怕你有事，让我跟着你。本来你不回来，我也打算擦完刀去厂里寻你的。"阿炳晃着他手中几十斤重的大刀说道。

聂莛宇吃惊地看了眼那把关公刀，吞了吞口水，想说不用了，后想起席锦书说过阿炳武艺很好，留下来晚上说不定能派上些用场，便改口道："你跟着可以，但你把刀留下，或者换把小点儿的，这么大一把，也太招摇了。"

阿炳憨憨地"哦"了声，直接把刀扔在了院子里，跟着聂莛宇走到车旁，自动坐到驾驶位上。

"你不带点儿其他武器？匕首短剑手枪之类的。"聂莛宇坐在车后头说道。

阿炳木着脸发动车子："先生，我以前是练铁砂掌的。"

聂莛宇想起喝醉那晚阿炳单手拎他上楼时的情形，瞬间没声了。

好吧，当他没问。

【4】

聂莛宇向江丙买存纱的事不到半天的工夫就在上海滩的纺织圈传了个遍，大家都知道那江丙的纱买不得，这种烂纱，平时送给聂莛宇都未必要，没想到这次他竟然会愿意花钱买。

可想而知他纱厂之前被烧的那批纱布一定价值不菲，不然聂莛宇是不会置纱厂一贯以来的好口碑于不顾，也要用劣质纱重做纱布继续贩卖的。

据他纱厂内部的人说，这批纱布是重庆医院购买的。

重庆那一带现在战事不断，受伤的人到处都是，医院里的伤员们都在等着纱布来包扎，那边的人就算收到货后发现纱布质量不行，也肯定来不及要求纱厂重做，只能认栽，先给伤员们用上。

所以说，聂莛宇这"上海滩头号大奸商"的称号并不是浪得虚名，只要有钱赚，他完全不顾别人死活，简直就是毫无人性，恶毒无耻，这种人以后铁定不得好死。

所有人一边在咒骂聂莛宇，一边又在暗暗地羡慕他钱那么好赚，而那个被骂猪狗不如的人正躺在他办公室的沙发里，一脸惬意地在睡午觉。

他这一睡就睡了好几个时辰，直到老李进来喊他才醒。

"几点了？"聂莛宇揉了揉惺忪的睡眼问。

"四点一刻，我到您说的点就来喊了。"老李恭敬地说。

聂莛宇点点头，从沙发上坐了起来，将原本盖在身上的大衣穿回了身上，随手理了理衣襟，出了办公室。

"人都到了吧？"聂莛宇边走边低声问老李，路上遇到工人跟他打招呼，他便噤了声，只微笑点头作回应。

老李跟他一样，小心翼翼地回："早吩咐下去了，按您的意思，请的都是道上的人，身手数一数二，嘴又严，就算出事了也跟咱们厂子毫无关系。"

聂莛宇侧过头白了他一眼，没好气道："你就不能说几句吉利的话？"

老李恨不得立刻扇自己一嘴巴，懊恼地说："聂先生，对不住，我嘴笨，您别放在心上。"

老李是聂莛宇建厂时招进来的员工，也算是给纱厂打江山的元老，他虽不会说话，有时候脑袋还一根筋，可胜在忠心耿耿，因而聂莛宇没有跟他再计较。

两个人一前一后走出了纱厂，看到了在马路对面等候的阿炳。

阿炳是厂里的生人，又长得虎背熊腰的，杵哪儿都显眼得很。聂莛宇怕他跟在身边惹人生疑，就让他先去纱厂附近的茶馆坐着打发时间，等到点了再来纱厂接他们。

看到聂莛宇他们出来，阿炳坐在驾驶室里摇下了车窗，没有鸣笛。

聂莛宇带着老李走了过去，拉开车门上了车。

"先去吃个饭。"坐在车后座，聂莛宇靠着车垫，懒洋洋地说。

阿炳快速地发动车子，按聂莛宇的吩咐，去了离汇丰银行较近的一个餐馆。

到那儿后，一行人下了车，聂莛宇带头进去点了几个菜，又让伙计打包了几个热菜送去汇丰银行。

下午他让阿炳来银行打听了下，说席锦书还在行里上班，没有回家，席世恩由福妈跟家庭医生照看着。

她这个人只要忙起工作来，都不好好吃饭，所以才会那么瘦。以后有他在，定要将她养得健康又白润。

吩咐完伙计，聂莛宇跟阿炳他们一同上楼，路过隔壁的包厢，包厢里几个男人看到他都站了起来，鞠了个躬。

聂莛宇微微点了下头，若无其事地进了自己的包厢。

这段饭吃了约莫一个钟头，待隔壁包厢的人走了半个钟头，聂莛宇他们才慢悠悠地吃完，结账准备离开。

出门前正好看到厨房伙计端着给席锦书打包的鸽子汤出来，聂莛宇喊住了他，给了他两块钱小费，俯首凑在他耳边低语了几句。

那伙计脸上堆着笑，朝他保证道："聂先生放心，我一定完成任务。"

聂莛宇挥了挥手，让伙计离去。

晚上五点半，天都快黑了，席锦书才从会议厅跟几个股东开完会出来，回到了自己办公室，给福妈打了个电话，说她晚上还得接见个客户，要晚点儿回去，让她帮忙照顾好孩子。

电话刚打完，秘书就领着个年轻伙计走了进来。

伙计一手拎着个食盒，一手抱着个汤盅子，笑吟吟道："聂少奶奶，我是粤记餐厅的伙计，聂先生在我们这订了餐，让我给您送来。"

席锦书微愣了下，随后对伙计道了谢，看着小伙计把餐盒一一摆放在她的办公桌上。

都是她爱吃的菜，看来的确是他点的。

席锦书松了口气，坐在了办公椅上，秘书给她拿了专用碗筷过来。

忙活完，那小伙计又变戏法般地从腰后拿了一朵百合花出来，递给席锦书，笑着解释："聂先生特意吩咐的，让我给聂少奶奶买朵花，并让我转告您，你在他的心里就如同这花一样高雅、圣洁、美丽……"

"你别听他的，他净胡说八道。"伙计还没把溢美之词说完，席锦书已经红着脸打断了他的话，接过了他手中的花。

伙计揶揄地笑着，客套道："那聂少奶奶慢慢吃，我先走了，等明日我再来收盘子。"

席锦书点点头，让秘书送伙计出去。

白炽灯下，奶白色的百合花开得正好，阵阵清香飘荡开来。

这么多菜，就算把秘书叫过来一起吃，也吃不完。

虽觉得他这是在浪费粮食，但席锦书的心里还是感到了一丝甜蜜。

不知道他纱厂的事处理得怎么样了……

欢喜的同时，席锦书不免有些担忧。

冬日的夜黑得快，刚过七点，天就完全黑了。今日无星光也无月明，想必明日会是个阴天。

聂莛宇让老李把车停在了离大江纱厂一条街远的一个隐蔽的胡同里，然后带着阿炳趁着夜色，偷偷摸摸来到了大江纱厂的后门，动作敏捷地前后跃上了屋顶，趴在了房顶上。

在离他们不远处的地方攒聚着两颗脑袋，听到动静，齐刷刷地朝他们这边看了过来，对方发出了一声布谷鸟叫，当作暗号。

是先前在饭馆遇到的那批人，接到了聂廷宇的命令，提前在这里守着。

聂廷宇让阿炳也回了句鸟叫，自己密切注视着院子里的仓库，观察动静。

厂里生意不好，前阵子江丙忙着清盘，把工人们都遣散了，就留了个老头看仓库。他这里没什么值钱的玩意，就算有贼，也未必愿意过来偷。要不是今日聂廷宇要来看纱，江丙他自个儿也不会来厂里了。

聂廷宇走后没多久，江丙也就走了。晚上跟几个兄弟在百乐门里消遣，一想到即将要到手的钱，心里高兴得很，完全不担心纱厂会出什么纰漏。

他在舞厅玩得高兴，聂廷宇这边的滋味却不怎么好受。

寒露在瓦上形成的冰碴子，被他们压在身下融成了水，浸透了衣服，钻入肌肤，那叫一个刺骨。

就连阿炳这种老江湖，也觉得身上寒得很。

阿炳冷不丁地打了个哆嗦，看向身旁的聂廷宇，只见他毫无感觉似的，俊秀的脸上表情十分淡定，看不到丝毫不耐，一双凤眼亮得跟星辰似的一直紧紧地盯着仓库的方向，不敢有任何懈怠。

阿炳内心不由得对这位聂先生刮目相看起来，之前他觉得聂廷宇是个不着调的浪荡公子，除了会耍点儿小心眼做点儿生意外，没其他能耐。弱不禁风的，身上瘦得都没几两肉，这会儿一看，看来是自己看错了。

就聂廷宇现在这副淡定样，阿炳觉得这聂三公子定是个深藏不露的人。

一连守了几个小时，就看到看门的老头抱着棉被进了仓库，其他什么可疑人都没见着。

其他人也等得有些不耐烦了，有几个守在树上的，都快等得睡着了，差点儿从树上摔下来，闹出了不小动静，还把那看门老头给吵醒了。

老头披着衣服出来看了下，还好聂廷宇机灵，学猫叫了几声，老头才又骂骂咧咧地回了仓库。

掏出怀表一看，快午夜了。聂廷宇皱眉，难道是他估计错了，烧他仓库的人不会再来了？

对方烧他的纱，若是为了破坏他与重庆那边的合作，那肯定还会来江丙这里烧，怎么可能不出现呢？

难道他猜错了，不是日本人干的，烧他纱的另有其人？聂廷宇心中困惑，眉头越皱越紧，阿炳突然用胳膊肘撞了他一下，低声道："先生你看！"

聂莛宇一惊，顺着阿炳的视线望去，只见远处的屋檐上跳下来两个蒙面人，两人身手了得，几下就跳到了仓库顶上，一人放哨，一人掀开砖瓦，点燃手中的火折子就要往里扔。

四周盯着的其他人也发现了动静，皆呈戒备状态，看向聂莛宇这边，就等着他发号施令。

"上！"

待那人将火折子扔下，聂莛宇终于一声令下。所有人倾巢出动，直扑那两个蒙面人而去。

那两人反应极为迅捷，看到有人出现，立刻转身跃檐而去。聂莛宇的人中有人擅长使用暗器，见人要逃，抓了两支飞镖射去，一人被击中，跌下了屋顶，顺着街道继续逃跑。

聂莛宇让几个人下去追那人，另外的人跟着他一起追另一个。

"抓活的。"聂莛宇命令道。

众人领命而去。

聂莛宇带着人一路追到了长江边的一处竹林，那蒙面人拐进林子就没了踪影。

林子黑得很，又无月光照路，阿炳的心紧张地跳着，张开双臂护在聂莛宇的身前提醒道："聂先生，这人身法古怪得很，像是故意引我们来此，此刻他在明，我们在暗，我觉得再追下去不安全，要不……"

没等阿炳把话说完，林中突然飞下来七八个黑衣人，皆穿着黑色的夜行衣，动作极快地朝他们飞了过来，他们的手里都拿着弩箭。

"聂先生小心！"阿炳大呼，一支弩箭朝他射了过来，他自顾不暇。

与此同时，聂莛宇突然伸手抓过一旁的竹子，借着竹子的力量，将自己弹到了半空，伸出脚，将朝他扑来的一个黑衣人踹了下来，直接抢过了那人手中的弩箭，朝旁边的黑衣人射去。

"嗖嗖"几声，几支弩箭从聂莛宇的手中飞射出去，一连击落了三个黑衣人。

阿炳他们见状，来不及惊叹，人已经冲了上去，与掉在地的黑衣人打了起来。

终究双拳难敌四手，聂莛宇一人拿着弩箭，可在空中的黑衣人还有四五个，那些人似乎瞧出了端倪，都围攻起聂莛宇来。

黑暗中只能通过声音来分辨弩箭的方向，敌人射箭速度之快，防不胜防，聂莛宇最终还是招架不住，一不注意，前胸中了一箭。下一秒，他整个人掉了下来，跪倒在地上，嘴角溢出鲜血。

黑暗中，他脸色苍白，表情阴鸷得很。

空中几个黑衣人顿时都朝这边飞了过来，一副要群殴聂莛宇的架势。

"聂先生！"阿炳大叫一声，带着其他人过来营救，拦住了几个，但还是漏了一个。

那人拿着弩箭就要朝聂莛宇射去。说时迟那时快，聂莛宇捂着胸口的右手突然从怀中掏出一把手枪，扣动扳机朝来人射了过去。

一声枪响，惊动了林中的鸟儿。

黑衣人中枪，身形抖了抖就要倒地。他的同伙见了，赶紧冲了过来将他拉走。

黑暗中又飞下来数十个同样穿黑衣的人，将聂莛宇他们包围了起来，所有人的弓箭都对准了他们。

阿炳扶着聂莛宇，额头上都有了汗。

看来今天要命丧这里了。

众人绝望之际，竹林中突然亮起了几簇明火，随后是几声枪响。几只巡捕房的警犬突然冲到了他们面前，随之而来的是几十个穿着巡捕房制服的人。

李红星带人将那些黑衣人围了起来，抱歉地朝聂莛宇笑道："不好意思，聂先生，我们来晚了。"

聂莛宇没有回头看他，只是眯着眼，舔了舔嘴上的鲜血，看着那些黑衣人道："我要活的。"

李红星明白，吩咐手下就要抓人。那些黑衣人见状，突然扔下几颗烟幕弹。

一团烟雾升起，众人乱作一团，待烟雾散尽，那些人已经消失得无影无踪。

李红星气得骂了句脏话，回头再看聂莛宇，他的心顿时提了上来。

这聂三公子的脸色不大好看啊！

李红星吞了吞口水，打着哈哈朝聂莛宇笑了笑，然后转头朝手下道："给我追！"

"不用追了。"聂莛宇拦住他们。

"不追了？三公子你不是要抓烧你厂的凶手吗？这不追怎么抓啊！何况那些人还伤了你！他们人那么多，训练有素，手段又歹毒，这里面定有大阴谋啊！"李红星不解地说。

聂莛宇白了他一眼，没有说话，不是他不想说话，而是他中箭的地方疼得厉害，刚才受伤还使了劲，这会儿嘴里全是血腥味，一说话估计就得喷血。

聂莛宇朝阿炳挥了挥手，阿炳明白了他的意思，朝李红星道："先送聂先生去医院吧，恐那箭有毒。"

闻言，李红星也紧张了起来，当即让手下去把车开过来，送聂莛宇上车。

到了车上，聂莛宇终于把憋了一会儿的血吐了出来，看了下颜色，红的。

还好，没毒。

他松了口气，声音有些疲惫且虚弱地让李红星送他去长江纱厂。

"不去医院了？"李红星再度惊讶地问。

聂莛宇无语地看了他一会儿，他总算是明白这人为什么干这么多年，一直就是个巡捕房的探长了，这问话总问不到点子上。若不是他担心有诈，保守起见，请了李红星，以枪声为信号，他实在不想找这个人帮忙。他本想悄无声息把事做了，可看来对方并不想就此放过他。

不过他纱厂被烧，他找巡捕房帮忙也是无可厚非的事。

见聂莛宇不再说话，李红星也心里没底，只好先听他的，送他回长江纱厂。

还未到纱厂，他们就看到了纱厂里的火，前方人声鼎沸，江丙正带着人救火。

聂莛宇只看了一眼，就让李红星掉转车头，去了老李停车的地方。

那儿被他留下去追击另一个黑衣人的人都等在了那里，看到聂莛宇，他们皆有些抱歉。

"对不起，聂先生，人给跑了。"

"跑了就跑了，没事。"聂莛宇捂着胸口淡淡地说道。

老李见他受伤，吓得赶紧下了车，紧张地问："聂先生，您怎么样啊？伤得厉害不？我们得赶紧去医院啊！"

"这会儿去医院就真闹大了，老李，你过会儿去请个手术科的医生到厂里，我们回厂里。其他兄弟请回吧，忙了一晚上，辛苦了。"说完，聂莛宇在阿炳的搀扶下回到了自己车里。

被晾在一边的李红星有些手足无措地喊住他："聂先生，那我呢？你找我来是叫我抓犯人的，现在又说不抓了，我总不能拿你钱不办事吧？"

聂莛宇看他这苦大仇深的模样，嘴角扬了扬，从怀中掏出一块令牌亮给他看："这是我刚在一个黑衣人身上偷来的，李探长看看这个玩意儿，这犯人你还敢抓吗？"

李红星看着令牌，瞬间变了脸色，为难地说："这……"

"这是日本武士馆的令牌。"聂莛宇眯着眼解释道。

李红星噤声。

"这犯人看来李探长是惹不起了，所以此事还是由聂某自己处理吧。李探长也不必内心不安，给你的钱你尽管拿好，若不是李探长及时出现，莛宇的小命可得交待在那儿了。"

"聂先生，你这是说的什么话，维持租界治安，保护租界市民是我们巡捕房的职责。"李红星尴尬地说。

聂莛宇笑了笑，没再理会他，只是白着脸朝阿炳道："回厂里吧。"

阿炳急急忙忙发动车子。

李红星站在原地，无奈地看着他们离开。

不是他不愿意继续帮聂莛宇追寻犯人，而是这聂三公子不知怎么得罪的是日本人，他一个小小巡捕房探长，哪儿惹得起。

【5】

老李奉了聂莛宇的命令，连夜请来了医生。那人是仁济医院手术科退休的大夫，姓谭，名子谦，对方听说聂三公子受了伤，没多问，直接就跟他过来了。

手术就被安排在聂莛宇的办公室，谭医生一过来就先给聂莛宇查看伤口，判断了下弩箭入肉的深度，确定没伤到要害后，他让老李去烧热水，只留了阿炳在旁帮衬，自己拿着手术刀准备给聂莛宇取箭。

现今就连大医院也是麻药紧缺，谭医生那儿自然是没有。

动手前，他先知会了聂莛宇一声："聂先生，应该会有些疼。"

聂莛宇脸色有些发白地看了他一眼，点点头，拿了一块毛巾咬在嘴里，示意开始。

之前又不是没受过伤，上次给席锦书抢烟土，他被日本人用武士刀砍了一下，也是谭医生给他治的伤。谭医生是玫瑰介绍他认识的，也是中共地下党一员，对于此人的医术，聂莛宇算比较了解。

此人下刀准而快，撑一会儿就好了。

"那谭某得罪了。"谭医生打完招呼，没再看聂莛宇，目光落在聂莛宇右胸上侧偏肩胛骨的方向，双眼微眯，手已经伸了上去，找准位置，下了刀，几下剖开皮肉，露出了弩箭箭头。

聂莛宇痛得咬紧了牙关，嘴里全是血腥味，就连额头上也全是冷汗，但没有吭一声。

阿炳在旁看着，跟着他一同皱紧了眉头。

约莫十分钟，谭医生就把那只弩箭从聂莛宇的身上取了出来，扔在了一边。正巧老李端着烧开的热水走了进来，谭医生给聂莛宇缴了一条热毛巾，给他敷了一会伤口，给他上了药。

上的是金疮药，还是他祖上留下来的，清朝时期宫里人用的，药效极好。

做完这一切，看聂莛宇的脸色由白转青，又转回了白，谭医生才从凳子上站了起来，对着聂莛宇叮嘱："这几日严防伤口感染，其他无大碍。我给你配些替换的药，一天换一次，若你自己可以则最好，若不行，还是去医院吧。"

聂莛宇应了声，伸手给自己穿衣服，老李过来帮他。

"阿炳，送老先生回去。"聂廷宇抬眼朝阿炳说道。

阿炳对谭医生做了个请的手势。

待两人离开办公室，老李担忧地对聂廷宇道："聂先生，你不去医院真的没关系吗？"

"都这个点了，就算去医院，也未必有医生在。谭医生是个老医生，医术靠得住。"知他担心什么，聂廷宇忍着痛给他解释。

老李看着他肩上的伤口还是有点儿心有余悸。

聂廷宇从沙发上站了起来，指了指扔在一旁的大衣。老李明白，赶紧拿衣服给他穿上。

"聂先生，您这是还要去哪里？不先休息休息。"老李发愁地问。

"家里孩子也伤了，先前忙着抓纵火犯，都没顾得上照顾他，所以还得回去看看，不然就算小聂太太嘴上不说，心里估计也会埋怨我。"聂廷宇笑着道，想起小聂太太，他的伤口似乎没那么疼了。

老李欲言又止。

聂廷宇继续道："嘴里血腥味太重了，你去给我倒点儿热水，我漱漱口，等阿炳来了，我就走。"

老李连忙去给他倒水，放着凉了一会儿，待不烫嘴了，聂廷宇才拿着喝了几口。

老李终究还是忍不住，问他："先生，那纵火犯的事现在咱们该怎么办？那些日本人为什么要烧我们的货啊！我们又没有招惹他们，他们未免也太猖狂了。"

想到那批被烧的货，老李心里就痛得紧，再看聂廷宇为了抓犯人伤成这样，更是恨极了那些日本人。

聂廷宇又喝了口热水，恢复了些元气，朝老李道："这事你就别管了，明天让工人们不要再赶这批货了，做其他的去吧。"

"那这事就这么算了？"老李愤愤地说。

聂廷宇将茶杯放下，起身捋了捋身上的大衣，嘴角上扬，反问道："你说呢？"

老李不懂他什么意思。

聂廷宇眼神骤冷了下来："当然不可能就这么算了。"

老李脊背一阵发寒，还想说点儿什么，阿炳回来了。

聂廷宇把老李留了下来，自己跟着阿炳上了车，离开了纱厂，回了别苑。

到家已经快凌晨三点，进屋前，聂廷宇拉住阿炳叮嘱："回头见了太太跟福妈都不要说起我受伤的事，知道吗？"

阿炳憨厚地点点头。

屋内一片漆黑，所有人都睡了。阿炳回了自己屋，聂莛宇也轻手轻脚地上了楼，到了自己的卧室。

卧室的门没关，似乎料到他会回来，她特意给他留了门。

聂莛宇勾了勾嘴角，拧开门把，进了房间。

床头柜的台灯还亮着，旁边还堆着几本账本。其中一本半开着，应该是席锦书看了一半睡着了，忘记合上了。

聂莛宇走了过去，把账本收拾了一下，脱下衣服，从衣柜里拿了套睡衣出来换好，才又回到了床边，掀开被子，钻了进去，将窝在被窝里埋头酣睡的她轻轻挪进了自己的怀里。

想偷抱媳妇的，结果媳妇手一动，正好打到了他的伤口，聂莛宇吃痛地倒吸了口凉气，没想到把她给吵醒了。

"你回来了。"席锦书睡眼惺忪地睁开眼看了他一下，转过身想要伸手开灯，被他给拦了下来。

"别动，就这样让我抱会儿。"聂莛宇将她禁锢在怀里，不要脸地说，"你身上暖，让我靠靠。"

席锦书脸皮薄，听不得他说这种话，脸颊当即发烫起来。

本想推开他，手不小心碰到他裸露的脖颈，冷得她一阵瑟缩。席锦书顿时一阵心疼，手上没了力道，任由他抱着揉着，窝进了他的怀里。

她也算是个新式女子，既然已经是他的人了，也没必要再扭扭捏捏了。

她热脸贴着他的冷脸，人也慢慢清醒了。

"现在几点了？"她问。

"大概三点多吧。"聂莛宇闭着眼，闻着她的发香答道。

"怎么这么晚才回来？"她有些嗔怪地说。

聂莛宇不答，扯开话题："鸡汤好喝吗？花呢，喜欢吗？"

"你还没有回答我的问题。"

那种暧昧的情话她说不来，即使喜欢，她也不会放嘴上说。

聂莛宇"嗯"了声，垂下眼眸，眼神暗了下来，坏坏地将冷得冰一样的手伸进了她半敞开的睡衣中，贴在了她热乎乎的胸口："你不说，我摸摸就知道了，看有没有长肉。"

"你……"

简直是得寸进尺。

席锦书气急，双手被他钳制着，打不得，只能张嘴骂他。他却趁机俯下头来，吻住

259

了她。

她要骂的话都被他逼得吞进了腹中。

他的唇很冷，跟他的身子一样，他今天冷得不像样子。他一边不急不缓地吻着她，一边整个人贴了上来。

席锦书被他这番揉捏，一颗心噗噗地狂跳着，为之癫狂的同时，又忍不住感到一阵心慌。

"你怎么了？身上为什么这么冷？"得以喘息间，她紧张地问他。

聂莛宇依旧没有回答，继续在她的身上胡作非为。

席锦书无奈，只得由着他，伸手将他紧紧抱住，试图将体温传递给他。双手无意间伸进了他的睡衣口，指尖触及一层布料。席锦书下意识地皱起眉头，刚想发问，他人已经压了上来。

她的脑袋里一片空白，莹润的眼眸里只剩下了他，她想要求饶，却又不愿开口乞求。

聂莛宇最爱她这副脆弱又骄傲的模样，他俯下身，薄唇啃啮着她的脖颈，慢慢移到了她小巧的耳垂上，轻咬着。

"叫我的名字。"他痛苦又兴奋地央求她，发冷的身体终于烫了起来。

席锦书哭着细细地喊他："莛宇，莛宇……"

她的哭音带着柔软的江南腔，跟她平日里故作严肃的嗓音完全不同，软软的，糯糯的，听得他整个人都要酥了。

他也是不久前才发现，自己爱极了她哀求时的模样。

聂莛宇的内心得到了极大的满足，他抱着她，亲吻着她的眼泪，笑着哄着，无赖又真挚地求着："小聂太太，给我生个孩子吧。"

席世恩很好，很乖，很聪明，可他毕竟不是他们俩的孩子。

他想要一个完完全全属于他的，由她所生的孩子。

不管是男孩还是女孩，他都会很喜欢。

席锦书瘫在他的怀里，也没有说好，也没有说不好。孩子她自然也是喜欢的，也是想要的，可眼下，他身子刚好，她工作又忙得不可开交，他纱厂那边还惹了事，这会儿要孩子确实不大妥当。

想到纱厂，她从他怀里抬起头，伸手摸着他精致的下颚，问："你纱厂的事处理好了？"

聂莛宇疲惫地闭着眼，轻微地"嗯"了声。

刚看到她没忍住，心里是爽了，可扯到了伤口，这会儿有点疼。

果真是自作孽不可活。

【6】

"你这么晚回来，是不是抓到放火的人了？是谁？他为什么要烧你的仓库？"席锦书激动地起身，手臂压在他的胸口问道。

她这一压，正好压到他的伤口，聂珏宇就算想忍也忍不住了，嘴里"嘶"了一声，眉头蹙成了麻花。

"怎么了？"席锦书迷惑地看着他，目光落在他的胸前。

不等他阻拦，她伸手快速地扒开了他的睡衣，看到他前胸包着的纱布跟绷带时，她眼睛都瞪大了。

"聂珏宇你……"她看着他，气得说不出话来。

都受伤了，为什么还要做这种事！

聂珏宇坐起身来，朝她讨好地笑着，伸手要抱她，被她一把推了开来。

"说清楚。"席锦书冷着脸，没好气地瞪着他。

她发现，她果然不能对聂珏宇这人太纵容。三天不骂，给点儿好脸色，他就要上房揭瓦了。

聂珏宇无奈，只得将晚上的事一五一十都给席锦书交代了一番，当然关于他受伤的细节，怕她担心，他轻描淡写地讲了下。

即使他没细说，席锦书看着他伤口处微微渗出的红印，也知他这次伤得不轻。

好好的一副身子，如今落得到处都是伤。

席锦书是既心疼又恼恨，心疼他不好好爱惜自己的身体，恼恨他做事喜欢瞒着她，明明她跟他说过的，说好以后有事要一起面对的。

"所以是日本人烧了你的仓库？聂珏宇你是不是背着我又做了什么事，不然好好的，日本人为什么又突然要找你麻烦？"席锦书表情失望地质问聂珏宇。

她心里突然有些难受，只要一想起他过去对她隐瞒自己与共产党的联系，想起他们新婚当日，他为了救芍药，让她以身涉险，她胸口就憋得慌。

以前她不是一个不淡定的人，她遇到再大的事都不慌的，可是自打他硬生生地闯进她的心里，自打她以为他们是对正常的夫妻了，可以坦诚相待，携手进退，她就左右不了她的心了。

她很怕他又像上一次一样，被抓进牢狱里遭受酷刑，很怕她没有办法再救他，她不想他出任何事，受任何伤。她只想跟他在这乱世里，太太平平地过日子。

因为有了爱，有了贪念，有了想要跟他一起守护这个家的念头，她变得脆弱了，胆怯了，她怕了。

心里一阵酸楚，她突然又有了落泪的冲动。

不想再在他眼前掉泪，席锦书快速地背过身去，伸手擦了擦眼睛。

看她这副模样，聂珏宇觉得心疼，他伸手，上前搂住她，低声安抚："小聂太太，是我不好，害你担心了。"

席锦书现在吃不进他这一套，她冷静了下来，回过头，看着他："你直接点儿告诉我，日本人之所以烧掉你的那批货，是不是跟共产党有关？我仔细想想，日本人不会无缘无故突然为难你，你是不是又在替共产党做事？"

聂珏宇知道席锦书一贯聪明，他想瞒住她并不容易，所以他也没打算继续隐瞒。

"那批货是运去重庆的，说是给重庆医院的。这批医用纱布对他们很重要，所以日本人才会放火烧我的仓库，不让货运出去。"

听他坦白，席锦书的心里舒服了许多，她仔细地想了想，又觉得不对："日本人怎么会知道这批货是运往重庆的？"

聂珏宇看着她笑了起来，伸手刮了下她的鼻子："不愧是小聂太太，一下子就发现了里面的问题，这批货除了我跟老李，厂里并没有其他人知道是运去重庆医院的，就连你，我也没说。"

"所以你的意思是，老李出卖了你？"

"这倒不是，老李没这个胆，而且他也不是那种人。"聂珏宇解释道。

席锦书认同地点点头："之前你不在上海的时候，我也给哈尔滨医院那边寄过物资，怕被盯上，我还特意安排那些货走的水路，也就老李知道货的去向，但并没有出什么事。所以……"

"所以问题并不是出在老李身上，应该是重庆那边有人泄了密，出了内奸。"聂珏宇帮她接下去道。

席锦书吃了一惊，紧张地追问他："那这样的话，你不就暴露了吗？"

"我有什么好暴露的？我就是个做生意的，只要对方出得起钱，不管什么人，我都会卖货给他们。谁都知道我聂珏宇认钱不认人，就算他们认为我通共，也得有证据！他们若有证据，都不需要偷偷放火，直接就可以把我抓了。不过先前你拿席家那么大的产业救我，就算他们想再把我抓进去，还得征询你的意见。现在打仗都需要钱，像我家小聂太太这样的人物，哪方都想拉拢，他们不会贸然为了抓我就来得罪你的。"聂珏宇无所谓地笑着道。

席锦书心里还是觉得不踏实："聂珏宇，你告诉我，你到底是不是共产党？之前你说你不是，那为什么你要为共产党做到这个地步，你是不是在骗我？其实你没必要骗我，就算你是共产党，我既然嫁给了你，我也会尽我所能保你周全的。我希望你以后有什么事都能告诉我一声，我不想你出事才知道发生了什么事。"

聂莛宇看着她，拉着她的手道："之前我说不是，那就是不是。我帮共产党，是因为我与共产党的信仰一致，都想让中国变好。一天不把日本人从中国赶走，中国就一天不会太平。对不起，先前隐瞒你，是我的错，但这次纱厂的事，我不是有意要瞒你，我只是不想你为我担心，你是我的妻子，我不舍得你再为我涉险。"

席锦书呆愣愣地看着他，没了言语。

她仔细地分析着他说的每一句话，良久才开口："所以，过去的事你都已经想起来了？我们结婚是因为契约，你心里并没有……"

"那些都不重要，重要的是，你现在是我聂莛宇的太太，你是我的女人。我们是夫妻，我们将会一起携手走很长很长的路，我们将来会有自己的孩子，我们会一起给我们的孩子一个和平美好的未来。"未等席锦书把话说完，聂莛宇打断了她的话。

"还有，我这里有你。"他握着她的手，将其放在了自己心脏的位置，满脸真诚地说。

席锦书看着他，眼眶不禁再度红了起来。

她不知道自己是该哭还是该笑，她以为他现在对她的喜爱都是因为记忆缺失，因为她救了他感动才会这样的，可是他说他都想起来了，说他心里有她。

"你是因为我救了你，所以你才对我……"

"先前说你是傻姑娘你还不承认，小聂太太，你觉得我聂莛宇是那种会为了一点儿恩情就以身相许的人吗？"聂莛宇伸手一把搂住了她的腰，将她抱进怀里，眼神深邃地望着她道。

床头的台灯发着昏黄的光，照在她的脸上，她脸色潮红，六神无主。

爱情对她而言，是她最不擅长的东西。

"我不知道。"她慌乱地回道，别过头去，想要逃开。

他捏住了她的下巴，迫使她继续看他，惩罚似的在她的唇上轻咬了一口，见她依旧愣愣的，他无奈地笑了笑，低下头加深了这个吻，手指再度拉开了她身上的睡衣。

"爱这个东西，嘴上说不清楚，倒可以用其他方式表达出来。小聂太太，你感受到了吗？"他将她压在了身下，笑着道。

席锦书眼里顿时就只剩下了他含笑的模样。

她双眼迷离地看着他，伸手慢慢地搂住了他的脖子，生涩又主动地亲吻了他。

他说他爱她。

她亦是。

第十一章

歌不尽乱世烽火

【1】

结婚到现在，他们夫妻难得有这般交心的时候。

席锦书躺在聂莛宇的怀里，听他讲述这几日发生的事跟往后的筹谋。

虽已知晓是日本人烧了他的仓库，但要找背后的人还得费些功夫。就算找到了，他也未必能拿日本人怎么样。

可是若就此息事宁人，白白吃了这个亏，他又担心会助长日本人的气焰，让他们行事更为嚣张。

聂莛宇有些发愁，席锦书跟着皱起了眉头。

就这件事，她是不想他继续追查下去的，这次他命大只是受了伤，那下次呢？

可就像聂莛宇说的，倘若放任此事不管，今天日本人可以来放火，明天说不定就是杀人了。

想到这，席锦书心里动了动，俯在聂莛宇的身前，眼眸亮亮地看着他，说出了自己的计策。

聂莛宇听罢，不禁笑出声来，一把搂住她的腰，刮了刮她挺俏的鼻尖，笑着说："还是小聂太太懂得审时度势，原本我想着实在咽不下这口气，就暗地把几个日本公馆烧了算了，没想到小聂太太这招更绝，既能让我把损失要回来，也避免了矛盾激化。"

"也省了你再受皮肉之苦。"席锦书瞥了眼他胸肩上绑着的纱布，没好气地加了句。

聂莛宇笑，侧头亲了亲她的脸，低声道："心疼了？"

席锦书没答，推开了他，背过身去，忽又想到了一事，她困惑地问："有个问题我一直想不明白，王老爷先前那么恨我们席家，就算现在他不愿与我们这种小辈计较，可你们到底是竞争对手，他犯不着冒这么大的风险来帮你，你是答应了他什么条件吗？"

说完，席锦书又回过身，紧紧地盯着他。

聂莛宇正在玩弄她的头发，闻言，手指微顿，但他很快又恢复了那副吊儿郎当的样子，低头用牙齿轻轻地啃着她裸露的香肩，声音模糊不清地说："王老爷怎么说也是个生意人，之所以愿意给我走这单，自然是因为钱。我这次可算是血亏了，所有钱都掏出来了。"

"给了他多少？"席锦书有些不相信。

聂莛宇对她比了个手掌："原利润的五倍。"

席锦书眉头又蹙了起来，他当真是饱汉不知饿汉饥，这么多钱，怪不得王老爷愿走这一单了。

"那你现在是不是没有钱了，纱厂以后的运营怎么办？"席锦书一脸心痛地问他。

"走一步是一步吧。"聂莛宇不以为意。

席锦书无奈地叹了口气，握着他的手臂："要钱不够你尽管跟我说，虽然我也没那么多的闲钱，但席家名下的几家店铺生意都不错，用来给你周转应该够的。"

聂莛宇笑，伸手抚平了她眉心的褶皱："好了，别想了，厂子我会经营好的，实在不行，璨恒那边也会帮忙，那厂子也有他的股份。你的钱你自己留着，往后需要钱的地方还很多。"

席锦书还想说点什么，聂莛宇没再给她开口的机会，俯首又吻住了她。

她脸颊一阵发烫，想起他今晚的孟浪，急着伸手阻止他。

他笑了笑，吻了一会儿便主动放开了她，将她圈在怀里，盖上被子："天都要亮了，快睡吧，我也累了。"

席锦书耳朵发烫，不敢再动，低头缩在了被窝里。

"今天别去上班了，陪我多睡会儿。"他的声音从上方传来。

席锦书闭着眼，没有说好也没有说不好。

冬日的清晨，寒露颇重，从被窝里爬起来极需要勇气。到了上班的点，床头柜上的闹钟响了两声就被人按停了。

看了眼身旁熟睡的某人，席锦书想要起床，但最终还是放弃了。倒不是她真的沉迷这温柔乡，而是他的四肢像无尾熊一样紧紧地箍着她，她想起床都很难。

若大力挣脱，一怕碰到他的伤口，二怕吵醒他。

他近天亮才睡着，席锦书实在不忍心打扰他休息，只好继续躺着。

这一躺就到了中午，楼下突然传来吵闹声。

"先生，有人来找。"等福妈上楼来敲门的时候，聂莛宇已经被吵醒了。

穿好衣服，简单地洗漱完，没有等席锦书装扮好，他先下了楼。

到了楼下看到一脸焦急的江丙，聂莛宇让福妈沏了壶茶来，自己招呼江丙坐下。

"江老板怎么突然跑我这别苑来了？"聂莛宇明知故问。

江丙很明显也是一夜没睡好，急得两只眼睛都红了，哪还坐得住，他激动地说："聂老板，我也是没办法才过来的，昨天你刚跟我买纱，我那放纱的仓库晚上就被人给烧了，我灭了一晚的火，这会儿才得空过来，这纱无缘无故被烧了，剩下的钱怎么个算法？你若还需要纱，我问过岑老板那边，他还有存纱，我买来再倒手给你，你看成不？"

这话说完，连江丙自己都觉得不要脸了，可是若聂莛宇剩下的钱不给，他的厂就真的完了啊！

聂莛宇没有直接回答他，正巧福妈端了茶上来，他给自己沏了一杯，慢条斯理地放嘴边吹着，抿了一口，才淡淡地说道："既然纱已经被烧了，那就不必麻烦江老板了，这笔生意回头我跟客户说不做了，亏了就亏了。"

"不做了？"江丙惊得额头上全是汗，"聂老板，这生意你总不能说不做就不做吧！要不是你来我这里买纱，我早就把厂子抵押给银行了，现在仓库莫名其妙起火，又得花钱去修葺，救火的人工费也得出，你多多少少得给我些尾款啊！"

聂莛宇笑了，瞥了江丙一眼："江老板莫不是说笑吧，火又不是我放的，我纱没收到，我都没让你退我定金，你怎么还问我要起尾款来了。"

江丙很急，脑子却很清醒："话不能这么说啊！我那破厂子一直没出事，怎么你一来买纱就起火了呢？很明显烧我厂子的人跟烧你厂子的是一帮人，定是你聂老板得罪了人，我才跟着一起遭殃的，你怎么着也得赔我损失啊！"

聂莛宇哂笑，放下茶杯，伸手示意江丙坐下："江老板莫急，你这损失吧，的确值得讨，但不是问我讨。你看，这枚纽扣跟这块令牌是我分别在我厂里仓库跟你厂附近找到的，都是日本人的东西，想必就是放火的人身上掉的。我准备一会儿去日本武士馆问个明白，江老板若有空，可以跟我一道去，咱们一起去讨要个赔偿，你看如何？"

看着聂莛宇从口袋里掏出的两样东西，江丙震惊地瞪大眼睛，良久，他才反应过来，恨恨地扑过去，揪着聂莛宇的衣领道："你什么时候去过我厂的？难不成你早就知道有人会在我仓库放火？聂莛宇，你原来根本就没想从我这里买纱，只是在利用我是不是？"

聂莛宇一把拂开了江丙的手，眼神冷了下来，看着江丙道："江老板这说的什么话！这笔生意是你自愿做的，定金我也付了，你也拿了，出了事就来质问我，早干吗去了？我说了，你要赔偿可以跟我一块儿去日本武士馆，在这儿跟我闹什么？我的损失可比你大多了！"

江丙踌躇了一会儿，最后恼恨地说："聂莛宇，你当我傻啊！那日本人是好惹的吗！要去你自个儿去，既然纱已经烧没了，那咱俩的交易也就作废了，回头你出什么事，可别带上我。至于那赔偿，我也不要了，算我蠢，偏偏又上了你的当。"

说完，生怕日本人过来找他麻烦似的，没等聂莛宇挽留，江丙便慌慌张张地出了别苑。

聂莛宇望着他的背影，摇了摇头。

江丙刚走，席锦书也梳洗完下了楼。

看到聂莛宇在喝茶，她走了过去，给自己倒了一杯："江老板走了？"

聂莛宇"嗯"了声。

席锦书顿了顿道："先前江老板来我银行咨询过厂子倒闭折算的事，他开那厂也挺不容易的。大家都是一个圈里的，以后免不了还要碰面，你没必要把事做得那么绝。他厂里的损失还是赔给他吧，起码让他把工人的钱给结了。"

"小聂太太，你倒是体恤他们，可他们都巴不得你丈夫我早死早超生呢。"聂莛宇笑着跟她打趣道，"不过你放心，我跟江丙没仇，没打算把他逼上绝路，等现在这事了结了，我打算把长江纱厂收购了，到时候江丙也能拿到一笔钱。"

席锦书点点头，没有多说什么。

福妈端了吃食上桌，席锦书上楼把席世恩给抱了下来，一家三口坐在餐桌前吃饭。

吃完饭，聂莛宇换了衣服准备出门。她送他到门口，叮嘱他万事小心。

外面下雪了，这是初冬的第一场雪。

几片雪花飘落下来，聂莛宇笑了笑，伸手捡走了落在她长发上的雪花，俯身亲了亲她的脸颊："乖乖在家等我回来。"

她听话地点点头，目送他上了阿炳的车。

待车彻底消失在她的视野里，席锦书才回了屋，上楼去陪席世恩睡午觉。

难得翘班在家，她突然觉得不工作的感觉也挺好的，能有足够的时间守着丈夫跟孩子，不再像个机器，而像个活生生的人了。

这个时候，她倒有点儿羡慕起聂太太那种女性来。

【2】

自从升职后，陈贺军这日子过得可谓是春风得意。

上午他去了趟情报科的审讯室，审了几个地下党，出来的时候觉得身上血腥味难闻，便带着手下去大三元蒸了个桑拿，顺便吃了顿午饭，等他回到情报处的时候，已经是下午一点多了。

陈贺军神采奕奕地从大门口进来，还没走到自己办公室，就看到自己的副手端着咖啡壶从他的办公室里走了出来。

他觉得不对劲，伸手将人拦了下来。

"小张，你进我办公室做什么？我都不在，你这咖啡是给谁喝的？"陈贺军挑着眉毛问副手。

副手赶忙回答："陈处，您别误会，是聂先生来了，他说有急事找您，我看您还没回来，就先招呼他进办公室坐了。"

"聂先生，哪个聂先生？"陈贺军警觉地问。

"就是那个聂三公子聂莛宇。"

听到聂莛宇的名字，陈贺军疑惑地皱皱眉。

这聂莛宇好端端的怎么跑来他这里了？

陈贺军困惑着，遣退了副手，伸手推开了他办公室的门。

一进门，就看到了坐在他新买的真皮沙发上悠闲地喝咖啡的聂莛宇，陈贺军眼神凛了一下，面上堆出笑来，伸手招呼道："今日是吹了什么风啊，竟然把聂三公子吹到我这儿来了。"

聂莛宇放下手中的咖啡杯，从沙发里站了起来，同样面带微笑地回握了下陈贺军的手，客套道："陈处长升了职后果真成了大忙人，想见你一面真不容易。"

聂莛宇这话听起来有些嘲讽的意味，但陈贺军还是不露声色地继续笑着道："听说聂三公子有急事找我，不知是什么事？"

聂莛宇也没有工夫跟这人拐弯抹角，他将放在一旁茶几上的纸袋子扔给陈贺军，然后坐回沙发上。

陈贺军一头雾水地接了过来，打开一看，里面放着一粒被烧得半焦的金属纽扣，还有一块日本武士馆的浪人令牌。

他不明所以地看着聂莛宇："聂先生这是什么意思？"

"不知道陈处长有没有听说我纱厂被人放火的事？我今日来找你，就是为了这件事。"聂莛宇重新拿起了咖啡杯，喝了一口说道。

"略有耳闻，不过这跟聂先生给我的这些东西有什么关系？有人恶意纵火，聂先生应该找巡捕房才对啊！来我们情报处做什么？"陈贺军有点儿困惑。

聂莛宇看着他，似笑非笑地说："正是巡捕房管不了这事，所以我才来找陈处长了。我这纱厂在上海滩有些年头了，一直没出过事，突然仓库失火，着实蹊跷，我便设了局想抓人，结果人没抓到，捡到了这两样东西。"

"这两样东西有什么特殊吗？"陈贺军不解地问。

"你仔细看看。"聂莛宇没有回他。

陈贺军拿着东西又看了几眼，突然变了脸色。

聂莛宇呵了一声，嗤鼻道："我查过了，那令牌日本武士馆的浪人们人手一块，而这纽扣，跟日本士兵身上穿的制服纽扣是一样的花纹。现今日本武士馆跟日军都归石原将军所管，陈处长，我可否认为是石原将军派人烧了我的纱呢？"

"聂先生，这话可不能乱说。"陈贺军激动地说。

聂莛宇憋屈地耸了耸肩："我有没有乱说，陈处长你心里有数。这场火灾，我损失惨重。我家小聂太大气得一晚没睡，说她把家产都捐给了政府，就连陈处长坐到这个职位，也是沾了那事的光，可如今我们利益无故受损，你们却不替我们讨个公道，多令人寒心啊！以后我们还怎么心甘情愿地给政府捐钱啊！你说对吧，陈处长？"

聂莛宇一通话说完，陈贺军的脸都绿了，他有种被羞辱到的感觉。

先前聂莛宇纱厂被烧的事，他也有耳闻，但他觉得走水不过一件寻常事，所以并没有放心上，可现在听起来，这事不寻常得很。

如果真的是石原正信授意的，那他是为什么呢？

看聂莛宇一直盯着自己，陈贺军两侧太阳穴跳了几下，道："聂先生，按理说这事不归我们情报处管，但涉及你跟石原将军，为免造成误会，我这就给石原将军打电话，让他过来一趟，咱们仔细地说说这个事，你觉得如何？"

聂莛宇一脸无所谓："陈处长安排就好，我既然来了，自然是要讨到公道才回去的。"

看他一副泰然自若的样子，陈贺军在心里白了他一眼，拿起电话，拨通了石原将军府的电话。

听说聂莛宇来情报处"兴师问罪"后，石原那边很干脆地答应会过来。

陈贺军松了口气，挂了电话，跟聂莛宇复述道："石原将军这就赶过来，聂先生且耐心等候。"

聂莛宇对他回了个笑脸："陈处长，我有的是耐心，但也希望别让我等太久了，不然我赶不回去跟我家小聂太太吃晚饭。你也知道我们家那位脾气的，她可没我那么好说话。"

瞧这话说的，这是在暗暗地威胁他呢。

陈贺军暗自恨恨地又翻了个白眼，咬牙切齿地望着聂莛宇，但又不好发作。

若不是席锦书上次捐了那么多钱，他的上级不愿放弃她这棵摇钱树，不想惹怒席锦书，这聂莛宇早就被他弄死千万遍了。

看在钱的分上，陈贺军就算是再厌恶聂莛宇，脸上依旧堆着笑，抽了根雪茄递给他："聂先生消消气，其中定有误会，等石原将军来了，我帮你好好问问他。若他真罔顾协议，伤害到了你的利益，我定会为你争取，让他做出相应的赔偿来。"

"那最好不过咯。"聂莛宇微笑。

陈贺军咬得牙都疼了。

电话打过去后不到一刻钟，石原带着十几个日本宪兵队的人冲进了情报处。

陈贺军看到他这一大阵仗，脸阴了下来："石原将军你该知道这里是谁的地盘吧？谁允许你带兵进来的？"

"陈处长莫惊慌，我晚上还得去部队验兵，这些士兵是要跟我一起去部队的，所以唐突了。我马上让他们出去！"石原跟陈贺军解释道，一双眼却一直冷冷地盯着聂莛宇。

聂莛宇依旧镇定地坐在沙发里，手臂撑开，两只手放在沙发上，微笑着看着石原正信，朝陈贺军说道："既然石原将军来了，那陈处长你也可以坐下来了，咱们好好聊聊我纱厂仓库被烧的事。"

陈贺军闻言，坐到了聂莛宇的身旁，把聂莛宇的来意跟石原正信解释了一遍。

见石原脸色越来越难看，陈贺军一头冷汗，故作轻松地调解道："我想其中定有误会，可能是有人蓄意要破坏我们与石原将军的关系，所以故意烧了聂先生的仓库，还留下了所谓的证据。为了找出这个图谋不轨的人，石原将军可否让我的人先去将军的人里查查有没有人掉了令牌跟纽扣的？"

"不必查了。"石原正信拒绝道，表情阴冷地看着聂莛宇，坦然承认道，"火的确是我让人放的，今日就算聂先生不来找我，我也准备亲自上门拜访聂先生。刚刚陈处长你问我为什么放火烧聂先生的仓库，那你得先问下聂先生，他仓库里放的那批纱布是要寄往哪里的。"

陈贺军闻言，正襟危坐，看向聂莛宇。

聂莛宇目光紧紧地盯着石原正信："那批纱布是重庆医院订的，不管运去哪里，石原

272

将军都没资格烧我的货吧？"

"你给重庆运货？"陈贺军震惊地问聂莛宇。

聂莛宇没有理会他，眼眸发冷地继续盯着石原正信。

石原正信看着他，微眯了下眼睛："据我们日本宪兵队掌握的情况，聂先生这批货是重庆中共地下党订的，他们要在重庆建根据地和兵工厂。我们的人在忙着围剿他们，可聂先生却堂而皇之地给重庆运送医疗物资，陈处长，你说这件事如果被你的上级知道了，会怎么想？聂先生先前就有通共嫌疑，如今又这么做，不得不让人怀疑他的立场。"

"石原将军，说话要讲证据，你说这货是共产党订的就真是共产党订的？如果我真的通共，陈处长早就把我抓了，你们还跟我坐在这里谈什么？石原将军说自己收到了情报，那陈处长，请问这情报你收到了吗？你们情报处的情报比石原将军的还慢，我可很为你们担心啊！"聂莛宇将祸水引向了陈贺军。

陈贺军阴着脸看着他跟石原正信，深思了会儿，朝石原引道："石原将军，重庆那边传来的所有消息，我们情报处都盯得很紧，倘若聂先生真通共，我们必定会知晓。但据我们掌握的情况来看，重庆那边因为战事，医院里伤员遍地，不管那些人中是否有共产党，他们绝大部分是普通的老百姓，不该死。如果重庆医院真的向聂先生下了订单购买纱布，聂先生出货没有任何问题。至于聂先生，为了洗清你通共的嫌疑，我希望你把跟重庆医院签订的买卖合同交给我，若真是他们医院下的订单，那合约上肯定会有王成敬院长的签名。"

陈贺军说完，眼神凌厉地看向聂莛宇："不知聂先生的合约能给吗？"

聂莛宇微笑了下，低头喝了口茶，然后将茶杯放到了一边，起身朝陈贺军道："我能打个电话吗？我让人把合约送来。"

陈贺军警惕地盯着聂莛宇，跟着他站了起来，走到办公桌前，拿起电话，对聂莛宇说了声："请。"

聂莛宇在陈贺军与石原正信的注视下走了过去，面色沉静，慢慢地拨通了电话。

陈贺军在旁暗暗地记下了那串号码。

电话接通后，聂莛宇简短地把合约的事说了下，挂了电话，坐回沙发上。

"聂先生这合约什么时候到？"陈贺军问聂莛宇。

聂莛宇嘴里叼着陈贺军刚给他的雪茄，从口袋里掏出个火柴盒，歪着头点燃，吞吐烟雾："我要赶回家吃晚饭，石原将军要去练兵，我们都不急，你急什么？"

陈贺军咬牙嗫了声，内心恨恨的：聂莛宇你最好真有那合约，不然就算有席锦书也保不了你。

半个小时后，一辆黄包车停在了情报处门口，下来一个人，把一个黄皮纸袋放到了前台，让前台转交给陈贺军。

没多久，门被敲响，陈贺军的副手拿着黄皮纸袋走了进来。

陈贺军焦急地拆开袋子，里面放着的是聂莛宇与重庆医院签署的买卖合同。

陈贺军向副手使个眼色。

副手走出了办公室，几分钟后，他又走了进来，手里抱着一个文件夹。文件夹里放着全国各地各大院长的派遣令，以及他们的签名。

陈贺军找到了王成敬院长的签名，拿着比对起来。

石原正信也凑到了他的身旁。

签名竟然一模一样！

"看来聂先生没有撒谎。既然合约是真的，那石原将军你那边能否给出一些证据，比如你的情报是从哪里得来的，能否把你安插在重庆的情报员提交给我，让我来审一下呢？"陈贺军将合约放在一旁，朝石原问道。

石原的脸色变得很是难看，他怎么可能把自己的情报资源交出来。

陈贺军看到石原这样子，态度更坚定了些。他们情报处自然也不会容忍日本人偷偷攫取他们的情报。

见双方僵持不下，坐在一旁的聂莛宇微笑了下，站起身来，朝两人道："既然陈处长排除了我的通共嫌疑，那么希望陈处长能维护我的利益，赔偿我相应的损失。而我为了表示我的忠诚，也为了彻底洗清我的通共嫌疑，我会停止跟重庆医院的交易，反正纱布烧没了，我也来不及赶新的，石原将军把钱赔给我就行了，我这个要求不算过分吧？"

陈贺军跟石原正信一同看向了他，没有说话。

最终还是石原正信先开了口，他的脸色缓和了些，眯着眼笑道："聂先生既然愿意停止这交易，又有合约自证清白，那看来是鄙人这边收到的情报有误，误会了先生。放心，所有的赔偿都将由鄙人承担，三日内，我会让人把钱送到聂先生的府上。"

"如此甚好，那石原将军跟陈处长你们慢慢聊，我先走了。"聂莛宇笑着朝他俩说完，伸手推开了陈贺军办公室的门。

陈贺军让副手去送聂莛宇，然后转头看向石原正信。

石原的目光一直盯着聂莛宇的背影，直到聂莛宇彻底消失，他才收回视线，迎上陈贺军的目光："陈处长，我们也算有所交情，切莫因为这种小事伤了和气，你说是吧？"

陈贺军笑，石原看来是不想交出他的情报网了。

陈贺军眼神冷了冷，笑着回石原："石原将军说得是。为了我们的友谊，对于聂先生的赔偿，我会向上级言明，帮忙分摊一些。"

"那我就先谢谢你了，不过有句话我还是要说，不管我的情报有没有错，陈处长还是防着点儿聂先生为好，毕竟他是有过前科的人。"

"石原将军请放心，这一点我有数。"陈贺军道。

石原意味深长地看了他一眼，没有再多言，带着他的人离开了。

待所有人都走后，陈贺军回到办公桌前，望着桌上聂廷宇拿来的合约，拨通了聂廷宇先前拨的电话。

他倒想看看是谁给聂廷宇送的这份合约。

很快电话就接通了。

没等陈贺军开口，那边先出了声："陈处长，我家廷宇回来了吗？"

席锦书清冷的声音传来，陈贺军愣在了原地。

"席小姐，怎么是你？"陈贺军怔愕地问。

"不是我该是谁呢？刚廷宇打来说陈处长要看合约，我刚让人送过来，怎么，陈处长这会儿打来是合约没送到？还是说陈处长收到了合约还要扣押我的人？我很久没跟你的上司通过电话了，这事若陈处长做不了主，我自己打给上面说一说，可好？"席锦书有条不紊地说道。

陈贺军捏了把冷汗，急道："席小姐别担心，这事已经解决了，聂先生已经回家了，上面还是我去说吧。"

"哦，这样啊！那就麻烦陈处长了。"

"不麻烦，是我应该做的。"陈贺军呵呵道。

席锦书又跟他客套了两句，然后才挂了电话。

陈贺军长长地叹了口气。

人人都说这聂三公子惧妻，怎么就不听人说这席大小姐护夫呢！

【3】

聂廷宇回到家时，福妈正在厨房做晚饭。

听到有人进屋，她从厨房走了出来，搓着双手问聂廷宇："先生，太太说落雪过冬了，让我给大家温几壶酒，你要喝什么酒，家里要没有的话，我让阿炳出去买。"

纱厂的事解决了，聂莛宇心情正好，他笑着反问福妈："家里都有些什么酒？"

"只有阿炳常喝的绍兴米酒，不是什么好酒，估计不合你的口味。"福妈答。

"酒无所谓好坏，关键是看跟什么人一起喝。没事，你去温吧，外面要下雪了，让阿炳去生个火炉，一家人围着一起吃饭。"聂莛宇说着，朝楼梯走去。

福妈应了声，遣阿炳去酒窖拿酒。

聂莛宇手里拿着东西噌噌地上了楼去找席锦书。主卧里没人，想她应该在席世恩的房间，他便转身走到隔壁房间敲门。

席世恩刚输完液，这会儿已经睡着了。

席锦书陪着孩子躺在床上，也眯了一会儿。迷迷糊糊听到有人敲门，怕吵醒孩子，她轻手轻脚下床去开门，看到聂莛宇，嘴角不由上扬起来。

下午他突然打电话回家让她把他放在书桌里的合约送去情报处，她一开始还不明白什么情况，他在电话里也没细说，她恐他身边有人，不敢多问，直接去了书房，果真被她找到了一份聂莛宇与重庆医院的交易合约。

但那份合约上只有聂莛宇的签名跟印章，没有重庆医院那边的签名，席锦书当即猜到这合约是伪造的。

聂莛宇是听了她的建议找陈贺军去告石原状的，结果突然要起合约来，席锦书料想他那边应该是出了什么变故，这合约可能起到了关键性的作用。

电话里，聂莛宇特意提到了医院院长的名字，而这合约上恰好就少了医院的签名，席锦书立刻就明白了他的意思——这份合约的真假，就看王成敬院长的签名。

王成敬院长远在重庆，要他签名并不是件容易的事，这也是为什么聂莛宇伪造了合约，唯独少了签名。

不过这难不倒席锦书，她从小研习书法，擅长临摹人的字迹，只要找到王成敬院长以前的签名，她就能模仿得一模一样。

可眼下，她去哪里找王成敬的签名？

聂莛宇不可能毫无准备就打电话问她要合约的，席锦书冷静地又翻找了一会儿，果然在抽屉里找到了一张王成敬当年被派去重庆当院长的派遣令，上面有王成敬的签名。

她拿了钢笔墨水出来，在合约上把签名临摹好，将其装在文件袋里，让福妈坐黄包车送去聂莛宇那儿。

陈贺军是情报处处长，不可能只因为一份合约就彻底打消怀疑，席锦书恐他会用聂莛宇打的电话来盘问，遂一直守在电话机旁。

果真如她猜测的那样，陈贺军打来了电话。

席锦书强装镇定地与陈贺军周旋了一番，实则心里一直在打鼓。直到聂廷宇离开情报处后给她回了个电话，说事情解决了，她才松了口气，有心情小憩了。

"我给你们买了桂花鸡还有蛋糕。"聂廷宇倚在门口，笑眼弯弯地朝她提了提手中的东西。

席锦书从房内走了出来，轻轻地带上门，小声地说："世恩刚睡着，别吵醒他了。"

聂廷宇点点头，牵着她的手往他们的房间走去。

"都快吃晚饭了，吃了这些，回头饭都吃不下了。我还让福妈热了酒，想给大家驱寒。"席锦书蹙着眉头说。

聂廷宇按着她的肩膀，让她坐到了阳台内的藤椅里，把手里的东西放在椅子前的小桌子上。

"晚饭可以晚点儿吃，今日甜品屋出了新点心，我看模样做得很是好看，就买了一些带回来给你和世恩，你可不能不领情。"聂廷宇佯怒道，手指灵活地拆开了蛋糕盒。

席锦书被他这语气逗笑，顺着他的手朝盒中望去，发现里面装着好几个动物模样的糕点，皆是圆脸的憨厚模样，看上去可爱得紧。

聂廷宇从中拿了只用巧克力做的"狗狗"出来，送到了席锦书的嘴边："尝尝。"

席锦书目光贪恋地看了眼盒子中其他的小动物，有点儿嫌弃地看着聂廷宇手中的蛋糕道："我能吃小兔子吗？"

说完，就要伸手拿那小兔子蛋糕。

聂廷宇一把打掉她的手，她有点儿生气地瞪着他，模样倒是难得的灵动。

聂廷宇心动了一下，勾着手指，刮了下她的鼻梁："那是留给世恩的，他最喜欢小兔子了。"

没想到他会记得世恩的喜好，席锦书心里涌出些许感动。

她舒展眉头，微微一笑说了声："谢谢。"

聂廷宇眼神幽深地盯着她："谢我什么？"

"谢谢你对世恩这么好。"她说，被他盯得脸颊一阵发烫，赶忙低下头去，掩饰性地咬了一口他手中的蛋糕。

浓浓的巧克力中带有一股酸甜，很对她的口味。

她眼里闪过一丝惊喜，抬起头，正对上他温柔带笑的眼眸。

"好吃吗？巧克力布朗尼口味的。"他说。

席锦书点点头，忍不住又咬了一口。

"好吃就都吃了吧。"他看着她笑着说。

席锦书本来想说够了，她胃小，吃完晚饭肯定吃不下了，但是看他欢喜的样子，便又多吃了几口。

突然，牙齿像咬到了什么硬物，她"唔"了声，捂着嘴，将吃到的硬物吐了出来。

聂莛宇赶忙伸手去接，从口袋里掏出手帕，一边将其擦干净，一边抬眼看她："你嚼得那么慢，我真怕磕坏了牙，没事吧？咬疼了吗？"

席锦书双手捂着两颊没有回答，一双杏眼好奇地盯着他手中的东西。

竟然是一枚戒指。

聂莛宇伸手握住她的手，将戒指慢慢戴在她的无名指上。

"这是和田玉中的羊脂玉，白如截脂，滋蕴光润，刚中见柔，很像你。先前我们结婚，我只拿了家里给的黄金戒指给你，我看你不怎么戴，想你应该是觉得俗气。之前我陪璨恒去挑戒指，看到这枚玉，突然想到你，就让老板按你的尺寸做了一枚戒指。喜欢吗？"他握着她的手，声音柔柔地说道。

席锦书定定地看着他，眼睛有些发酸，瓮声瓮气地说："那黄金戒指不是我觉得不好看才不戴的，是尺寸大了，我怕戴着不小心掉了，所以一直收着。我……"

她还没有说完，聂莛宇一个倾身上前，吻住了她。

聂莛宇的心酸涩得厉害，原来他的小聂太太是个有心事只会藏在心里难受的小可怜。

他承认刚结婚时，他心里并没有多少她的分量，婚戒婚礼都是家里长辈安排的，就连婚宴当天，他还因为芍药对她做了那么过分的事。他的确委屈了她，所以现在他想尽全力地弥补她。

"尺寸大了不会说，还说自己不是傻姑娘。"他笑着调侃她，伸手将她抱进怀里，两个人一同跌进了他刚坐的那张藤椅里。

她由他抱着，头靠在他的肩上，手指珍惜地抚摸着手上的玉戒指，难掩欢喜地笑道："说了不就没这么贵的戒指戴了吗？"

他将脸埋进她的脖颈，闻着她的发香，笑着打趣道："你喜欢就好，为夫就算倾家荡产也值了。"

她侧过头看他，表情极为认真地说："你要是没钱了，我养你啊！"

换以前，这种话聂莛宇听起来会觉得有种被看轻的感觉，哪有男人靠女人养的道理，传出去不是被人笑话吗？可现在竟觉得她护着他的样子莫名地让人欢喜，心里甜得很。

"那你可得说话算话，回头石原那边不赔我钱，我就真没钱了——所有钱都给王老爷了，还得收江丙的厂子。"他朝她哭穷道。

席锦书点头，又问："那石原正信会给你钱吗？"

"怎么，真要你养了，你就不舍得钱了？"

"不是，就是他能给最好啊，不要白不要嘛！我们赚钱也很辛苦的。往后花钱的地方还很多，世恩也还小，以后还要有孩子，咱们得省着点儿花。"席锦书忙着解释。

聂家祖上就是名门贵族，一向不缺钱，他才这般花钱大手大脚。但他们席家是靠她父亲白手起家的，到她手上也经历过大起大落，现在所拥有的一切都来之不易，所以她比他更在意钱。

如今他们是一家人，他既然想为国家做贡献，支持共产党，那需要钱的地方就多了，他不节省怎么办？

聂莛宇扑哧一声笑了出来，眼睛亮亮的看着她。

"你笑什么？你是不是没在听我讲什么？"席锦书佯怒地瞪着他。

他笑着将唇贴着她的耳畔，道："听见了，你说你要给我生孩子。"

席锦书一阵脸红，羞涩地推开了他，从他怀里跑了出来。

他被她推了一把，扯到伤口，吃痛叫了一声，委屈道："小聂太太，你弄疼我了。"

她看着他既心疼又生气，咬着唇睾着不上前。

先前觉得她生性冷淡，高傲得很，现在发觉，她跟那些二十出头的小姑娘没什么两样，娇俏起来别有一番味道。

他站起身来，搂着她哄："好了，别气了，说正事，我想给世恩换个新学校。先前那个学校学生太杂，学校管束不严，拿砖头砸人这种事都能发生，对世恩有弊无利。等世恩伤好了，我想把他送去我跟大哥以前读的子弟兵小学，那儿虽然条件差了点儿，但是挺锻炼人的。"

子弟兵小学席锦书听说过，去那儿的都是些世家子弟，学校教官都是军人出身，教育很是严苛。

聂莛煊那样子倒很像那种学生出身的，可聂莛宇……席锦书看了眼对自己微笑的男人，虽看似柔弱，一副吊儿郎当的样子，但她心里明白，聂莛宇能不靠聂家势力走到今天，定是藏了不少本事的。

"男孩子吃点儿苦也好，就当磨炼心志了。我回头跟世恩说下，劳你费心了。"她接受了。

聂莛宇不喜欢她这般客气地跟她说话，伸手捏了把她的脸，道："我儿子我不费心谁费心！"

席锦书睁着杏眼瞪了他一会，嘴角微微扬起。

两人嬉闹间，门外传来福妈的声音，是要吃晚饭了。

席锦书他们应了声，停止打闹。两人携手，一同下了楼。

【4】

晚上七点，石原正信带着两名士兵走进一家日本武士馆，一群正在大堂里练功的日本武士一见他，都立刻停下了手中的动作，对他行鞠躬礼。

石原正信目不斜视，直接穿过大堂，绕过硕大的屏风，走进了后院。

冬夜寒冷，漆黑的夜幕下，白雪皑皑。

院子中央立着十多根木桩，上面皆绑了人。那些人都光着上半身，皮肤被冻成了绛紫色，身上全是鞭痕，数名武士正拿鞭子抽打着他们。

石原走了过去，抢过一人手中的鞭子，表情狰狞地就朝绑着的其中一人挥了过去，嘴里用日语骂着。其他几位施刑者都停了下来，噤声站在一旁，识相地低下了头。

石原狠狠地抽了那人几鞭还是不解气，索性从腰间掏出配枪来，对着眼前的几人一通射杀。待杀光全部人后，他才感觉痛快了些，朝身后的人命令道："把他们都拖出去，我们皇军只准死，不准失败，我这里不留无用之人。"

"是，将军。"身后传来齐声的回应。

那些死掉的人都被从架子上解了下来，拖出了院子。地上的雪堆上，血影斑驳。

转角的廊檐下传来一个慵懒的声音，颇有些幸灾乐祸地指责石原："我一开始就跟你说了，要想阻止那批纱布进重庆，有很多种方法，与其放火烧货，还不如直接除去那人，以绝后患。"

石原恶狠狠地瞪向他，朝他走过去："仓永君话说得轻巧，他兄长的职位不低，聂莛宇是聂家的人，你以为是想杀就能杀的吗？何况，席锦书护他护得紧，若贸然杀了他，她不会善罢甘休的，到时候我们就别想拉拢她了。"

"不过是个弱女子，若软的不吃，就给她来硬的，你还怕她不妥协吗？"仓永朝一不以为然地说道。

石原正信不屑地呵了一声，冷眼盯着他："那是你不了解她，席小姐非比寻常，远比我们想象的还要有价值。只有她心甘情愿为你做事，她才会给你带来源源不断的金钱。战争需要钱，谁得到了她的心就得到了源源不断的财富。"

"石原君对席小姐如此青睐有加，那不除掉聂莛宇，你又如何得到席锦书的心呢？"

仓永朝一调笑着问石原正信。

石原一时没了声音，阴鸷的双眼里闪出一丝凶狠："聂莛宇自然要除，但不能由我来除，我已经找到了个好的棋子，相信他会为我除去聂莛宇。"

仓永朝一笑道："那我拭目以待。"

石原正信没再理会他，带着手下离开了院子。

仓永朝一微眯着眼望着石原离去的背影，脸上的笑容慢慢冷了下来。

上级让他来支援石原正信，他们虽是同僚，也是竞争对手。石原有自己的棋子，而他也拥有一枚比石原更好的棋子。

半夜又下起了雪。冷风从窗户缝中灌进了屋内，躺在雕花大床上的人翻了个身，忽而又剧烈咳嗽起来。

周垚玉摸索着开了灯，捂着嘴，下了床，踩着双棉拖鞋，一边咳嗽一边颤巍巍地走到书桌旁，拉开抽屉，从里面拿出一个药剂盒，掏出一瓶小药水，打开，急急地往嘴里倒去。

吃了药，他又咳了一会儿，躺在一旁的沙发上，捂着胸口，微微地喘息。

为了就近照顾儿子，周太太的卧房就安置在他隔壁，听到声响，她披着外衣走出了房间，敲门来问："垚玉，你怎么了？好几天不咳了，怎么突然又咳了？我去喊医生过来给你看看。"

周垚玉调整了下气息，待咳嗽轻缓了些，才缓缓回道："我自己就是学医的，没必要再喊其他人了。许是今日降雪，寒气入了体，所以咳了。刚吃了药，好受多了，您回去休息吧。"

周太太还是不放心，又敲了两下门。

周垚玉开了门，面色苍白地站在门口，捂着嘴对她道："您让阿香去给我烧点儿开水，泡壶热茶吧。其他的就不必麻烦了，我喝点儿茶，看会儿报纸，就睡了。"

周太太探询地看着他，见他的咳嗽的确好了些，才松了口气："我这就让阿香去泡茶，你快去床上躺着，别冻着了。"

"嗯，没事。"周垚玉朝她微笑了下，见她守着不走，他便只好先回床上坐着。

也不怕吵醒宅子里其他人，周太太就站在周垚玉的门口，直接朝楼下喊了几声"阿香"。

阿香穿着衣服急忙跑了出来，周太太对她吩咐道："你快去给少爷泡壶热茶。"

阿香哎了声，转身进了厨房。

待茶水上来，周太太端着送进了儿子的房内。

周垚玉当着周太太的面又喝了一点儿茶，拿了份报纸躺在床上看着。他睡眠本就浅，刚又咳得厉害，这会儿一点儿睡意都没有了。

周太太看他不咳了，也便放宽了心，将剩下的茶水放到一旁，离开了。

别苑内，席锦书蜷缩在黑色的大床里，睡得有些沉。迷迷糊糊间，她做了一个梦。先是梦见自己在去英国的轮船上，身旁站着周垚玉。她在甲板上吹风，周垚玉拿了条披肩给她披上。她回头看他，本想对他说"你身子不好，就别陪我一起吹风了"，可话到了嘴边，她忽然发现周垚玉的气色好得很，神采飞扬，并不像个病人。

她隐隐感到有些迷惑，突然一个海浪朝他们扑来，似乎要将她吞没。

她来不及张口呼救，画面又跳转到了一片黑色的荒野，她独自一人站在那里，看不到一个人影，只看到四周一双双幽蓝的眼眸在盯着她，像是狼眼睛，又似乎不像。

她一阵心惊，想要逃，却发现根本无路可走，四面八方的眼睛都朝她涌了过来，在极度的压抑与恐慌中，她尖叫着从梦里惊醒，出了一身的汗。席锦书疲惫地喘了几口粗气，伸手拉开了床头的电灯，发现身旁空空如也，聂莲宇不在房间里。

闹钟上的时间显示凌晨两点多，席锦书蹙着眉头下了床，离开房间，想要去楼下取点儿热水泡个茶提下神，顺便问下福妈有没有见到聂莲宇。

人刚走到楼梯口，就听到不远处的书房内传来轻轻的说话声，席锦书感到太阳穴刺疼了两下，转而朝书房走了过去。聂莲宇似在跟人打电话，只是听不清内容。

他没有出门？席锦书走到书房门口，刚要伸手敲门，突然里面的声音停了下来，门被拉开，聂莲宇一脸警觉地出现在了门口。席锦书的手停在半空中，愣愣地看着他。

看到是她，聂莲宇的面色瞬间缓和了下来，从书房内走了出来，带上门，小声问她："你怎么出来了？"

"有点儿口渴，想去喝点儿茶。"席锦书含糊道，没有提她做噩梦的事。

她探询地瞥了聂莲宇一眼："你刚跟谁在打电话？是不是厂里又出什么事了？"

"哦，是重庆那边，说是王老爷的货已经成功上了船，过几天就到了。"

聂莲宇微笑着跟她说，手揽着她的肩膀，朝房间走："外面太冷了，你先回床上躺着，我去给你拿热水，是想喝茶对吗？"

席锦书点了点头，还想说点儿什么，却被他一把按坐在床上。

"乖，等我回来。"他说。

席锦书无奈，只得听话躺在床上。刚身上出了汗，出门又吹了点儿冷风，她背上有点儿生寒。

看她瑟缩了下，聂莲宇给她盖上被子，有点生气，道："让你瞎跑，冻着了吧，有事就不能喊我下？"

"我以为你又出门了。"席锦书温声说。

聂莛宇看她脸色有点儿发白，伸手摸了摸她的头，还好，不烫。他松了口气，继续道："好了，快躺着，我泡完茶就回来。"

席锦书嗯了声，顺着他的意思躺进被窝里。

聂莛宇又出了门，匆匆下了楼。

席锦书望着他离去的背影，有些担忧。许是做了那噩梦的缘故，她感到有些心慌。为什么会做那样的梦呢？是不是垚玉那边出什么事了？席锦书想着，再无睡意。

从卧室出来，聂莛宇先回了一趟书房，把未来得及收拾的记事本给收了起来，锁进了底下的一个抽屉里，而后才下了楼去给席锦书泡茶。

他倒也不算是在骗她，刚才那通电话的确是跟重庆那边有关系，但不是跟重庆的人打的。是他打给玫瑰的，告诉她重庆的燃眉之急已解，让她放心，并让她先别回上海，石原他们未必彻底打消了对他的怀疑，为了安全起见，他们应该减少联络。

玫瑰明白，嘱咐他自己小心的同时，让他去查一个人。

这个人叫仓永朝一，是日本的细菌研究学家，现今出现在上海，原因未明。

中共地下党一是想探明他来上海的目的，二是想趁机将其除去。而这些，他们都需要聂莛宇的帮忙。虽已经答应席锦书不再对她隐瞒，但这件事聂莛宇并不打算告诉她。

不是聂莛宇不相信她，而是仓永朝一这人太危险，他若想伤害一个人，法子可比石原的手段残忍得多，也隐蔽得多，让人防不胜防。

就连玫瑰他们对这个人也还未完全了解，所以他没底气让席锦书陪着他一起去冒这个险。他可以为了救国做出任何牺牲，唯独无法牺牲她。

对他而言，他的小聂太太与他的信仰同等重要。

【5】

按照约定，石原正信果真在三日之内将赔偿款送到了聂莛宇的别苑。

聂莛宇算了算，石原给了他五万大洋，差不多能抵上这次事件的全部损失，就是他身上的伤算是白受了。想到这，他心里就有些不悦。

瞥了眼在大厅里站了有一会儿的石原正信，聂莛宇故意伸手捂了捂受伤的左肩，颇有些抱歉地说："这大雪天的，难为将军亲自跑一趟，我理应该好好招呼将军一番，不过真是不巧，我们家小聂太太在上班，女佣又出去买菜了，家里就我跟阿炳两个大男人，我前些日子因为追纵火犯身上受了伤，还在养着，不方便下厨干活，将军要不嫌弃，我让阿炳给诸位沏壶热茶暖暖身子，可好？"

说完，他伸手招了招阿炳："你快去厨房烧壶热水，再去我书房把我私藏的雨前龙井拿下来，给石原将军泡壶茶。"

阿炳摸了摸后脑勺，一脸懵懂地问他："先生，雨前龙井长什么样？福妈说你那茶叶很多，我分不清。"

阿炳这话也没瞎说，他是个粗人，平素又不爱喝茶，确实不怎么认得茶叶品种。

"这……"聂莛宇哑然，内心夸赞了阿炳一番，一脸无奈地转头看向石原："石原将军，您看要不这样，我请你去外面茶馆里坐坐？"

石原正信自然看得出来聂莛宇并没有真心想请他喝茶，他来这里就是来送个钱，本想借故见见席锦书，既然席锦书不在家，那他也没有闲工夫在这多逗留，于是冷着脸道："聂先生的好意，鄙人心领了。先生既然身上有伤，那就在家好生休养着，切莫让伤口感染了。我们日本武士的弩箭杀伤力极大，聂先生一个生意人，却能在箭下死里逃生，可谓是深藏不露，改日有空，待先生伤好，鄙人定要与先生切磋一番，愿先生成全。"

"石原将军言重了，我们聂家祖上都是军人，我会点儿拳脚功夫也是应该的，不过我这功夫只能保命，与将军切磋还是免了吧，不然回头我伤到哪儿了，我大哥来找将军兴师问罪，坏了彼此的友谊就不好了。"聂莛宇笑着朝石原正信说道。

石原的脸更冷了些，聂莛宇这是认定了自己不敢动他，才拿聂莛煊说事。

"既然这样，那切磋的事改日再议，我还有事要处理，今日先不叨扰了。"石原盯着聂莛宇说道。

聂莛宇对他做了个"请"的手势，眯着眼笑："那我送将军出门。"

石原默不作声，拂袖离去。

送走石原正信，聂莛宇让阿炳把钱送去纱厂给老李，还给江丙也送了一部分。昨天他跟江丙说了要买他厂的事，江丙答应了。

长江纱厂本就名存实亡，就算聂莛宇不买，江丙也保不住这个厂。如今聂莛宇愿意出钱买，对江丙来说，也算是件好事了，起码他还能得到一些钱。

吩咐完，聂莛宇搓了搓冻僵的双手，上楼去了。

石原正信说得没错，他这伤是得好好养着。如今仓库被烧的事解决了，纱厂那边平日里有老李看着，不会出什么事，他可以安心在家养伤。唯一美中不足的是，席锦书还得天天去上班，不然他可以每天跟她腻在一起，抓紧生个胖娃娃。

若她给他生了个孩子，倘若日后就算他有什么不测，还有孩子替他陪着她。

只不过这孩子啊不像烧饼，说有就有的。想到这，聂莲宇躺在床上就很是惆怅。

年关将至，物价都比往日上涨了几分，所幸席锦书用来开老记包子铺连锁店的铺子已经装修好，现在只剩下招牌上的字没题，席锦书打算让老记亲自过来提，让席二爷买点儿东西去找老记。席二爷倒不是不愿意去，只是生怕老记不愿意题，毕竟先前老记可不同意卖他的招牌。席锦书让他先去，回头不行了再说。席二爷这才作罢。

处理完连锁店的事后，席锦书坐在办公室里又批了一上午的文件。快到新年了，年底很多商行老板要给工人结钱，都赶着来银行办贷款。这个时间段一向是他们银行最忙的时候。

一直忙到中午，席锦书终于喘了口气，准备去外面吃个午餐，刚出办公室就看到秘书带着一个受伤的男人朝她走了过来。那男人约莫二十出头的年纪，穿着黑色中山装，这么冷的天连件袄子都没穿，鼻青脸肿的，嘴角还带着血。

一见到她，男人便急急扑了过来，抓着她的手道："聂少奶奶，出事了，一伙人突然闯进了我们……"

"小娟，你先去帮我沏壶热茶来。"不等男人继续说下去，席锦书打断了他的话，朝身旁的秘书说道。秘书识相地离去。

席锦书拉着年轻男人进了自己的办公室，关上门。

"秉盛，你别慌，先喘口气，再慢慢告诉我你是怎么搞成这样的。"席锦书变了脸色，担忧地朝男人问。

这男人是王湛林大学的学长，比王湛林高一届，姓潘。王湛林研发飞机时，他跟其他几位志趣相投的学生一同来到了上海，在席锦书安置的位置搞研究。

看到潘秉盛这副模样来找她，席锦书的心当即沉了下来。

潘秉盛深吸了口气，平复了下情绪，红着眼眶跟席锦书说："今早下雪，大家伙都窝在厂里吃火锅，突然冲进来二十多个男人，二话不说就把我们给绑了，还用布蒙住我们的眼睛，押上了一辆车，把我们带去了一个码头，逼着我们上了一条船，我趁他们没注意，撞倒了其中一个人跑了出来，直接来找你了。"

"湛林呢？"席锦书听着，神色严肃地问道。

"湛林他已经好几天没有露面了，先前图纸有问题，何平去王公馆找他，王公馆的人说他去外地办事去了，可是何平偷偷地打听了下，得知湛林根本就没有离开王公馆，他是被王老爷关在家里了。"潘秉盛回道。

席锦书的眉头皱得更紧了些，沉默了会儿，她安抚潘秉盛道："你先别慌，我打个电话让席公馆派个人来接你，这阵子你就住在席公馆，旁人问你什么，你就说是我大学师弟，留学回国，家里败落，于是来上海投靠我的，关于建造飞机的事，你一个字都不要提。"

"那其他人呢？"潘秉盛着急地问。

"放心，他们没事。"

"聂少奶奶，你怎么知道他们没事，绑走他们的那些人虽然没下杀手，可看上去也不像是好人啊！难道说，聂少奶奶你知道是谁绑走了他们？"

潘秉盛一脸期待地看着席锦书，席锦书没有回答他。她走到办公桌前，拿起电话机，拨通了席公馆的电话。

陈管家很快就带着司机来汇丰银行接走了潘秉盛。送走潘秉盛后，席锦书顾不上吃饭，直接喊了辆黄包车，跟着离开汇丰银行，去了法租界的王公馆。

王老爷不在家，王家的用人们见到她来都变了脸色。

席锦书没有拐弯抹角，向他们直言："我来找王五少。"

"我们五少爷不在家，他到外地给老爷办差事去了。"回答的是王公馆的管家。

席锦书不以为然地坐到客厅的红木椅上，看向众人，目光微冷，嘴角噙笑："那我等王老爷回来，许久不见王叔叔了，他虽对我有气，但我还是怪想念他的。今日正好我有空，便来找他叙叙旧，谈谈生意什么的。"

众人闻言，皆面露尴尬之色。

最后还是荣管家先发了话，朝女佣道："快去给聂少奶奶上壶热茶。"

"荣叔，我还是喜欢你喊我席小姐。"席锦书看着他笑着说。

听她叫自己叔，荣管家有点儿动容，有些惭愧地对她说："聂少奶奶怕是折煞我了，我一个下人，哪配得上你叫一声叔。"

荣叔这般说话，席锦书听着心里怪难受的。以前席聂两家交好的时候，王家人待她就像是待自己人一样。每次她跟着席晨怀来王公馆看王三小姐，荣叔总会给她一些糖果。知道她喜欢喝茶，也常备着上好的茶叶等她来。若不是后来她帮助哥哥私奔，席王两家也不会闹到如此田地。说来说去，终究是她对不起王家，也对不起席家。

今天这般贸然来王公馆，回头王老爷见着她，势必会恼怒不已。

"聂少奶奶，你听我一声劝，回去吧，五少爷你是见不着的，你也别等老爷回来了，你知道他脾气的，王席两家好不容易关系没那么紧张了，你可别让大家又伤了和气啊。"

荣管家忧虑地劝席锦书。

席锦书叹了口气，恳求荣管家："荣叔，我来真不是吵架的，我是真的有急事要找湛林，见到他，问一些事，问完我就走，我知道他在家。"

荣管家有些犹豫不决，突然王太太的声音从楼上传了下来。

"让她上来吧。"

席锦书跟荣管家一同抬头看向二楼站着的女人，没了声音。

【6】

席锦书上了二楼，王太太领着她朝王湛林的房间走。

"锦书，我也算好些年没有见到你了，果真是女大十八变，你这模样比以前标致了不少，就是太过清瘦了，工作再忙，也得注意身子啊。"王太太笑着跟席锦书说道。

席锦书恭敬地跟在她的身后，心里有些许怆然，嘴角依旧噙着笑："是许久没见了，太太还是老样子，光彩照人。"

"瞧你这话生分的，你喊荣管家叔，到我这儿怎么就喊太太了，还是跟以前一样，叫我一声绣姨吧。"王太太和蔼地握着席锦书的手道。

席锦书心头一暖，看向王太太的目光变得有些愧疚："绣姨，当年的事都是我不好，我……"

她还未说完，王太太打断了她："陈年旧事就不要提了，不然湛林又要说我了。前头就是湛林的房间，我不陪你过去了，我知你是有分寸的孩子，找他必然有急事。很多事我做女眷的不好说，也劝不得丈夫孩子，你自个儿去找湛林说去吧。"

说罢，王太太将一把钥匙放到了席锦书的手中。席锦书对她颔首道了谢，转身拿钥匙打开了那扇门。屋内很暗，长长的落地窗帘被拉得很严，不见一丝光线透进来。席锦书隐约看见床上侧躺着一个人，但看不清楚是谁。她伸手在墙壁上摸索了一番，打开了灯。

眼前突然一片明亮，王湛林觉得刺眼，闭上了眼睛，有些恼怒地伸手扯过一旁的枕头就朝门口扔了过去，气急败坏道："我说了谁都不要来烦我，谁让你们进来的！看来这个家我是一点主都做不了是吧！"

席锦书侧了下身子，避开了那个枕头，几步向前，伸手将蜷缩在床的王湛林扯到地上，恼怒道："王湛林，你看看，是我！"

听到她的声音，王湛林顿时一惊，抬起头来，惊愕地看着她，像个小孩子般立刻缩到一旁的角落里，低着头小声地问："书姐，你怎么来了？"

他这副丧气的模样，席锦书看着就来气，当即语气冷淡地喝道："你说我为什么来？厂里出了事，大伙儿都被抓了，就潘秉盛一个人逃了出来找到了我。他说你许久没出现了，你应该是知道些什么吧？"

王湛林抱着头，不说话。席锦书气得蹲下身来，用力地捶了他一下，扳过他的肩膀，迫使他看向她。

"湛林，你是个成年人了，你不能一遇到事就像孩子一样去逃避，飞机的事只有我们这群人知道，地址是我选的，很隐蔽，一般人不可能找到那里，你告诉我，是谁干的？是不是你爹？你被囚禁是不是也是因为这件事？"席锦书冷着脸问王湛林，一双眼眸黑不见底。

王湛林难堪地咬了咬嘴唇，红着眼，满脸愧疚地看着她，哽咽道："对不起书姐，都是我的错。那天我带着新图纸去厂里，没想到被我爹的人跟踪了。我一回到家，我爹就抢走了我的图纸，还把我关在家里，我都没有机会通知你。这几日我过得浑浑噩噩的，我爹烧毁了我这些年做的所有机械模型，硬是逼着我跟他去做生意，可我不想变成他的傀儡！书姐，我现在很痛苦，我不知道该怎么办才好！"

王湛林很是绝望地撕扯着自己的头发，席锦书默默地看着他，最终无奈地叹了口气，将他的双手扯了下来，阻止他继续自残。

"湛林，现在不是你自暴自弃的时候。无论造飞机这件事要不要继续下去，我们都得先知道你爹把其他人送去了哪里，要确保他们的安全。当初是我鼓励你遵循自己的心，做你想做的事的，如今你搞成这副模样，我也有一定的责任。你先起来，把自己收拾一下。你是王家的五少爷，不管发生什么事，生活再难，都要保持体面，不能丢了王家的脸。"席锦书劝说着，将王湛林从地上扶了起来。

"对不起书姐，我知道错了。"王湛林伸手擦了把眼，吸溜了一下鼻子说道。

席锦书看着他进了卫生间洗漱后，才走到窗前，伸手把那遮得密不透风的窗帘给拉了开来。光线射进来的那一刻，席锦书压抑的心瞬间得到了舒缓。她深深地吸了口气，打开窗户，由着冷风呼呼地灌进屋内。

从王湛林的房间出来，席锦书下了楼，看到王太太坐在客厅里喝茶。

她走了过去，坐到了王太太身旁的沙发上。

"湛林怎么样？他一向最听你的话。"王太太问她。

席锦书叹了口气，无奈地扯了扯嘴角，说："绣姨，王老爷什么时候回来，我想留下来等他。不管是为了湛林，还是为了我自己，我都得见他一面。"

王太太惊讶地看着她，有些为难。

"锦书，你若想知道那些人被送去了哪里，等回头我帮你旁敲侧击地问问他。你跟湛林私造飞机的事太过危险，若被传了出去，定会牵连全家。你王叔叔知道后，气得要死，你还是别撞他枪口上了！我虽不知道你为何想造飞机，但还是要劝你一句，女人再厉害终究是女人，你既然已经嫁给了聂三公子，就别老自己往前冲，多多依赖他一些，知道不？"

席锦书抿着唇听着，良久喃喃地说了一声："绣姨啊，这事不一样，这事他不知道。"

纪云绣看着她，欲言又止，但最终没再说下去，因为王老爷回来了。

王老爷之所以绰号叫王老虎，那都跟他的暴脾气有关。整个上海滩的人都知道王老爷这人不好惹，可偏偏席锦书就惹了他。

进门一看到坐在客厅里的席锦书，王老爷的脸当即拉了下来。

王太太忙上前安抚他，帮他脱去积了雪的大衣，笑着缓和气氛道："锦书正好路过这里，来看看我，我看外面雪大，就留她喝了杯茶。正巧，刚聊了会儿，你就回来了。"

王老爷没理会她，像没看见席锦书一样，直接朝楼上看了眼，问道："湛林呢？"

"在楼上。"王太太刚说完，王湛林已经换好衣服，穿着白衬衫，配着黑灰色格子马甲，外面还有件灰色大衣，模样俊俏地从他的房间走了出来，激动地跑向楼梯，嘴里喊着："书姐……"后面的话还没有说完，王湛林瞥到了楼下表情阴森的王老爷，顿时噤了声，愣在了楼梯上。

"回房间去！"王老爷板着脸朝王湛林怒喝一声。王湛林攥紧拳头，咬着牙不愿动。

席锦书从沙发里起了身，朝王老爷走了过去，恭敬地打招呼："王老爷好。"

王老虎目光狠厉地瞪了她一眼，甩手道："你跟我过来！"

席锦书暗自吸了口气，跟着他进了书房。王湛林要跟着一同过去，被王太太给拉住了。

王老爷的书房内，檀香烧得正旺。浓重的香味袭来，席锦书忍不住打了个喷嚏，用手捂住鼻子掩饰住了失态。王老爷瞥了她一眼，自个儿坐到太师椅里，没有请她就座，冷声问道："聂少奶奶突然来此所为何事？"

席锦书直着身子站在他的面前，不惧地迎上他威严的目光："王老爷，我来这里只为一件事，就想知道您把那些学生都送去哪儿了。私造飞机是我的主意，那些学生是因为相信我才来上海的，我有义务保证他们的安全。至于湛林，他有他的理想与抱负，倘若您能支持他，给他正确的引导，我相信他日后定大有出息。但您若禁锢他，一直将他关在家里，您只会毁了他。"

"所以你承认是你怂恿湛林建造飞机的？席锦书，我以为你是个聪明人，你知不知道不能私造飞机啊！你想害你们席家没关系，你拖我们王家入火坑干什么！"王老爷气得直拍桌子。

席锦书没有为自己辩驳，她眼神深邃地盯着王老爷，不卑不亢道："王老爷，从我打算做这件事开始，我就想过后果。我也知道您阻止，并不是怕王家受牵连，您是舍不得湛林，怕他受到伤害。可是您就不问问我们为什么要做这么危险的事吗？"

"我对你们的理由不感兴趣！"王老虎不屑道。

"您不想知道，可我要说。我们连一架自己造的飞机都没有，敌人在天上打我们时，我们只能躲。这样的战争，赢面太小了。中国要想赢，就得拥有自己的战斗机，不能因为一个人怕死，两个人怕连累，就没人做这件事，这就是我跟湛林造飞机的理由。我席锦书可以死，我们席家可以亡，可中国必须胜利。所以我在这里恳求王老爷，告诉我们那些学生的去向，不是我席锦书需要他们，而是这个国家需要他们。"席锦书说完，朝王老爷跪了下去。

王老虎震惊地看着她，久久没了言语。有那么一瞬间，他在席锦书身上看到了逝去的席广兴的影子，同样的从容镇定，同样的心胸广阔。

突然，他心生愧意。这种事该由他这一代的人去做，而不该由席锦书这样的女子来做。

他是中国人，也有一颗中国心，他也痛恨入侵者，痛恨鸦片，他也希望把那些人都从中国这片土地上赶出去，可是他却没有为这个理想做多大努力，只是守着一方田地，求个安稳。而他的儿子却比他要勇敢，要无畏。

自战争打响的那一刻起，就有了牺牲。前方上阵杀敌的战士也是别人家的孩子，别人家的丈夫与父亲，他们的命也是命，为什么他们用血肉去拼搏去牺牲，他却不可以让他的儿子去做他想做的事，去让中国变得更强大呢？！

"那些人不是我抓的，你得去问聂莛宇。先前我答应帮他走重庆那批货，他答应帮我阻止你们在上海继续建造飞机。因为我不想湛林恨我，所以我只好拜托他。是我糊涂了，对于我做的事，我感到很抱歉，聂少奶奶，希望你能接受我的道歉。"王老爷长叹一口气，伸手将跪着的席锦书扶了起来，说道。

席锦书惊愕地看着他，脑子里一直回荡着聂莛宇的名字。

"您说是莛宇干的？"她喃喃地问。

王老爷点了点头："是。"席锦书皱了皱眉头，眼里闪过一丝痛苦。

为什么是他？他为什么会答应做这样的事？他的心难道不是跟她一样的吗？他不是答应不会对她隐瞒了吗？为什么又要背着她抓走那些学生？

告别了王老爷，席锦书失魂落魄地离开了王公馆，叫了黄包车，去了别苑。

第十二章

莫多情，情伤己

【 1 】

回到别苑，席锦书快步走进屋找寻了一番，发现聂莛宇不在家。

福妈在厨房里忙着和糯米做团子，看到她回来，连忙将手搓了搓，走了出去："太太，您今天怎么这么早就下班了？"

席锦书没有回她，只是压抑着情绪，问道："先生呢？"

"他跟阿炳出去了，百乐门的李先生找他有点儿事。"福妈解释说。

席锦书眉头又皱了下，站在原地愣了一会，后又匆匆出了门。

离开前，她朝福妈说："等聂先生回来了，你让他立刻去行里找我。"

一番折腾下来，已是下午三点，银行里的事还没有处理完，席锦书也不好在家里逗留太久。等她一回到汇丰银行，秘书立刻迎了上来，将早就准备好的会议资料递给了她。

席锦书一边翻看着，一边朝会议室走。

今天是周一，按照惯例，他们行里每周一都要开个总结会议。

因为心里有事，这场会议席锦书简单走个流程就匆忙结束了，她心神不定地离开会议室，恍惚间听到秘书对她说了一声："席小姐，办公室里有人在等你。"

席锦书回过神来，料想是聂莛宇，揣着一颗沉甸甸的心，疾步朝办公室走去。

推开办公室的门，席锦书抬眼看到站在办公室里的人，她愣了一下，赶忙平复好情绪，脸上带着笑，朝来人道："张小姐，你怎么来了？哦，不对，现在我应该叫你李少奶奶才是。"

张苑茗穿着一件米色狐裘大衣，手里拎着只精致的镶钻小包，微笑着朝她颔首："聂少奶奶你没必要跟我这般客气，我就是出来逛街，恰好路过这里，想着许久没见你了，就进来看看，我没有打扰到你工作吧？"

席锦书看着她，微微地眯了下眼睛，脸上依旧保持着微笑。

她这一带的街道都是各大银行商行，没什么可逛的，张苑茗若是真出来逛街的，定不会经过她这里，可想而知张小姐找她定是有事。

席锦书心里明白，弯了弯唇角道："听我秘书说我们银行附近开了家新的咖啡馆，里面的甜品很可口，李少奶奶若不嫌弃，我请你去喝杯咖啡吧。"

张苑茗红着脸，别扭地说："我看咱们还是别少奶奶、少奶奶地叫了，聂少奶奶你直接叫我苑茗就行了。"

席锦书笑了起来，道："苑茗你也可以直接叫我的名字，我稍大你些，你叫我声书姐也行。"

"书姐。"张苑茗脸上的表情终于放松了些，对着席锦书甜甜地叫了一声。

席锦书笑着看她："那咖啡馆还去吗？还是你想在我这儿喝茶？"

"还是咖啡馆吧。"张苑茗捏紧自己的手包道。

席锦书领着她离开汇丰银行，去了街对面的咖啡馆。

点了两杯蓝山，又要了两份甜点，席锦书端着托盘朝窗户那边走去。

张苑茗拘谨地坐在沙发里，两只手绞在一起，不安地扭动着，眼神有些飘忽，显得心事重重。

席锦书将咖啡跟甜品放到了张苑茗的面前，自己坐了下来，问道："苑茗，你是否有什么心事？"

张苑茗小声地"啊"了声，慌乱地看着她，有些难以启齿。

席锦书安抚她："我知你不是凑巧逛街来找我，既然你喊我一声书姐，有什么话就直说吧，是因为资金上的困难吗？"

席锦书知道张苑茗婚后就辞职了，专心在家做全职太太。以李家的产业，她不大可能会缺钱。但是张父是做古董生意的，现在世道乱，古董生意不好做，有资金需求也是可以理解的。

她以为张苑茗找她是因为张父，张苑茗却摇了摇头，咬了下嘴唇，艰难地说道："书姐，倒不是因为钱的事，就是我想跟你咨询下感情问题。这种事我也不知找谁讲，思来想去，我就来找你了。"

"是璨恒对你不好？"看张苑茗红了眼眶，席锦书轻皱眉头，问道。

张苑茗再度摇头，表情很是纠结："也不是，他对我倒是挺好，钱上也是慷慨得很，就是……就是……"

张苑茗说到一半突然顿住了，从沙发上站起身来，她俯身凑到席锦书的耳边，说了几句悄悄话。

张茗名说李璨恒结婚到现在还没有碰过自己。

席锦书的脸跟着她一道红了起来。

"聂先生对你也是这样的吗？"张苑茗嘁着嘴，坐回沙发里说道。

席锦书哑然，不知道该怎么回答她这个问题。

她和聂莛宇的情况，跟张苑茗与李璨恒的情况不一样，没法比较。他们先前生疏，是因为他们是契约结婚，但是张苑茗跟李璨恒是相亲结的婚，两个人在一起，怎么可能没有一点儿感情呢？

李璨恒对张苑茗一点儿都不上心，那他为什么要娶她呢？难道李璨恒就为了张家在上海滩的影响力，就为了那所谓的门当户对，才娶的吗？那样对张苑茗来说不是太残忍了吗？

张苑茗叹了口气，颓然道："一开始，对于结婚的事他挺积极的，我以为他多少是有点儿喜欢我的。可是结婚这么久，就算他舞厅里生意忙，也不至于每天都不回家吧。"

张苑茗越说越委屈，说到最后都忍不住流起了眼泪。

席锦书怜惜地看着她，坐过去，伸手拍着她的肩膀安慰。

"苑茗，你先别难过，你们结婚时间还短，婚姻都需要一段时间的磨合期，你再给璨恒一点儿时间，也许他这阵子真的是太忙了呢。你若觉得他不回家，你心里难过，那你就去找他。你是他妻子，他几日不回家，你去看望他也是正常的！"席锦书提议道。

"书姐，这样做真的可以吗？万一我去找他了，他正在忙，我打扰他怎么办？他回头更不想见到我了呢？"张苑茗丧气地问。

席锦书无奈地伸手刮了下她哭红的鼻子，笑着道："傻瓜，他是你丈夫，凭什么讨厌你？他娶你本该是宠着爱着的，不然你为什么要嫁给他！上海滩优秀男子那么多，他李璨恒也不是唯一一个，他若讨厌你，你就踢了他，谁怕谁啊！"

席锦书这话不仅把张苑茗逗笑了，就连自己也跟着笑了起来。

本来就是，如今的社会已经不是那个男尊女卑的旧社会了，男女平等，没有谁必须依附着谁。

强扭的瓜不甜，她的感情观一向如此。这也是为什么当初她跟聂莛宇结婚后，也从不向他表达自己心意的原因。

他若对她无情，她也不会拿自己的感情去强迫他。而他若对她有情，她必会倾心相待。所以哪一天，他的心不在她身上了，她也不会去挽留，去强求。

"谢谢你，书姐，跟你聊了一下，我心里好受多了。那我回去准备下，反正也快过年了，我得给公婆准备礼物，正好可以借机找他问问意见。"张苑茗擦了下眼睛，高兴地说道。

席锦书"嗯"了声。

张苑茗目光瞥到她戴在手上的戒指，忍不住羡慕道："如果我跟璨恒也能像书姐跟聂先生那么恩爱就好了。"

听她提到聂莛宇，席锦书脸上的笑容淡了下去，她不经意地抽回了戴戒指的那只手，没有说话。

席锦书陪着张苑茗又坐了会儿，张苑茗的心情慢慢由阴转晴，最后又变成了那个话多的可爱姑娘。席锦书偷偷看了下手表上的时间，本想回去，但又不好意思开口。

张苑茗突然又提出来让席锦书陪她去百货商店买件新衣服，她想穿新衣服去见李璨恒。

她看席锦书穿的衣服虽简单，却十分衬她，觉得她眼光好，就想让席锦书给她挑挑衣服。

席锦书找借口拒绝了一次，但碍不过她再三请求，只得陪着她又去了百货商店。

从咖啡馆出来，她找借口回银行拿包，特意找秘书问了下聂莛宇有没有来过。

秘书回答说没有，席锦书的心又沉重了几分。

【2】

霞飞路的常胜赌坊一天到晚都人流不断，这是李璨恒手下生意最好的一家赌坊。楼上是大烟馆，楼下是赌场，来这儿的什么人都有。

聂莛宇从来不碰烟、赌这两样生意，一般李璨恒约他谈生意，也从不约在这里。

可今天，李璨恒突然约了他来这里。

聂莛宇以为自己听错了，心里虽疑惑，但还是让阿炳开车把他送了过来。

从车上下来，进了赌坊，聂莛宇脱下帽子，眯着眼往里看了看，找寻李璨恒的身影。

赌厅内的几张桌子旁都围满了人，来这儿的都是些赌徒，只关注桌上的牌九，没心思去看旁人，所以没人注意到他来了。

倒是赌坊的伙计唐勇先发现了他，提着茶壶迎了上来，恭敬地道："聂三公子，您来了，我们老板在后院等你。"

聂莛宇点了点头，不用唐勇带路，自己穿过赌坊，朝后院走去。阿炳要跟着一道去，被唐勇给拦了下来。

"咱们老板说只见聂先生一个人。"唐勇笑着解释说。

阿炳看着聂莛宇，聂莛宇让他留了下来。

常胜赌坊的后院，聂莛宇先前也来过几次。这里没什么东西，就两个库房，里面放着二楼烟室客人需要的大烟，还有一些茶叶跟洋酒专提供给三楼的一些常住客们。

这常胜赌坊的三楼跟一二楼不一样，可以住人，不仅可以住人，里面还养了姑娘，说简单点儿，就是个窑子。

聂莛宇走到后院，发现这院子跟先前来时有些不同。

不大的院子里，廊檐下竟然站了十多个守卫，很不像李璨恒的作风。

聂莛宇心里一动，料想李璨恒这次找他谈的生意定不简单。

刚想着，一个高瘦个儿从靠角落的一间库房里走了出来，笑吟吟地看着他，朝他招了招手。

聂莛宇表情松动了下，扬起笑，轻松地走了过去。

"突然找我来这什么事？"聂莛宇走到李璨恒的身边微笑着问。

"去屋内说。"李璨恒一脸神秘地拉着他出了院子，上了二楼，推开一间无人的烟房，走了过去。

一个绾着发髻的丫鬟凑了上来，要给他们烧烟。

聂莛宇脸上的笑容淡了去，一旁的李璨恒见状，笑着对那丫鬟道："聂三公子不抽烟，你烧一根就行了。去抽屉里拿盒雪茄出来，那个三公子爱抽。"

说罢，李璨恒侧躺在烟榻上，一边等着丫鬟烧烟，一边手撑着头，细细地打量着聂莛宇："听说你前些天追烧你仓库的凶手受伤了？伤哪儿了？严重不？我看你这气色不大好，你家小聂太太没给你好好补补啊！也对，聂少奶奶是个大忙人，哪有工夫照顾你啊！要我说啊，你这会就该回聂公馆，让书涵她们好好给你养养身子，这石原的伤，没那么容易好。"

聂莛宇默默地听着，待丫鬟拿了雪茄过来，抽出一根，拿火柴点燃，抽了一口，乜斜着眼看李璨恒："你怎么知道我受伤？还知道是石原派人伤的我？"

李璨恒表情恨恨地看着他，眼神有些阴骛，不大高兴地说："我李璨恒在上海滩绰号叫什么？百晓生。这上海滩的事就算你不告诉我，也没有我不知道的。你以为巡捕房那些人的嘴有多严？要我说，你就不该惹石原，这次是你命大，捡回了一条命，下次呢？何必为了一个小仓库这么拼命。"

"哎，璨恒，你这话说得就不对了，不是我惹他，是他先惹的我。我好好地开厂做生意，他突然派人来烧我的东西，硬说我的货是共产党订的，烧我东西就算了，还给我扣通共的帽子，这就过分了。再说了，若我没咬着一点儿线索追着不放，我能知道是他干的吗？不过现在的结果还好，他赔了我钱，我除了受了点儿皮外伤，也没太吃亏。"聂莛宇笑着道。

李璨恒不以为然地摇了摇头，吸了口手中的大烟，吐了层烟雾出来："石原的钱，你以为拿了就没事了？你白坑了他这么多钱，他不会放过你的。"

"那又怎样？现在拿都拿了，难道他还敢杀了我不成？"聂莛宇不屑地说。

李璨恒哼了一声，白了他一眼，身子坐直了些，继续道："你以为他不敢？你坑了他的钱，他能咽下这口气？自打你跟那席小姐结婚后，啥事也不愿跟我商量了，你不拿我当兄弟，我却不能眼睁睁看着你去寻死。我今个儿找你来，就是说的这个事。"

"你找我不是为了谈生意吗，怎么净说这个事了？"聂莛宇不解。

李璨恒放下手中的大烟，又瞪了他一眼，没好气道："生意要谈，这个事也得说，因为这个生意就是因为你这个事接的。"

聂莛宇不是很明白他的话，突然沉了声音："璨恒，你什么意思？"

李璨恒没有直接回答，他起了身，屏退了屋内的丫鬟，走到一旁的书桌那，拉开抽屉，从里面拿了一个纸包出来，随后又走回烟榻，将那纸包放到聂莛宇面前。

"你打开看看？"李璨恒说。

聂莛宇探询地看了他一眼，伸手打开那纸包。

里面放着一堆黑色的粉末。

聂莛宇困惑地皱起眉头，伸手抓了一些粉末，在指尖捏了捏。闻到那粉末散发出的硫黄味，他顿时变了脸色，一脸愤怒地瞪向李璨恒："这是火药！你为什么会有这种东西？"

对于他的斥问，李璨恒很是不以为意："你这么激动做什么？你们聂家几代军人，看到点儿火药你至于这么大惊小怪吗！"

聂莛宇恢复镇定，面无表情地看着桌上的纸包，冷声问李璨恒："你给我看这些，到底想说什么？你别告诉我，你找我要谈的生意跟这火药有关。"

李璨恒兴奋地拍了下桌子："我就知道这事找你准没错。你是军校毕业的，对火药武器什么的铁定了解。你刚不是说想赚钱吗，现在最赚钱的就是这军火生意，各地战事不断，火药是急需品，我提供原料，你提供技术，我们可以私造一些火药拿出去卖，一个单子就能抵得上你纱厂一年的利润。正好昨天我见了石原将军，得知了你跟他的事，你是我兄弟，你的事就是我的事。我跟石原将军说好了，只要我们供应给他需要的火药，他可以原谅……"

"够了！不要再说了！"聂莛宇喝住李璨恒，面色铁青地站起身来，"璨恒，你知道你刚都在说什么吗？我早就跟你说过，有些钱可以赚，有些钱不可以。私下制造军火，有违国法。你还想把火药卖给日本人，日本人拿这些火药干什么？是打仗用的。他们打谁？打我们中国人！你这样做，跟卖国有什么区别！得罪日本人的是我，我的事用不着你来操心，你如果还把我当兄弟，火药的事就此打住。"

"聂莛宇，你在我面前装什么清高，你说我卖火药给日本人是卖国，那你呢？你家小聂太太呢？那个大名鼎鼎的席小姐呢？你可别忘了，她是在洋人的银行上班，给洋人工作的，她先前把席家的全部财产送出去，谁不知道日本人也分到了一杯羹？那些钱难道没席锦书的份吗？那她是不是也卖国了？我们做生意的，只要谁愿意出钱，卖给谁不是一样卖！你卖纱，我卖火药，本质上有何不同？"李璨恒恼怒地说。

"你真是不可理喻！"聂莛宇气急，差点儿要跟李璨恒动起手来。

二十多年的交情了，他一直知道李璨恒顽固，但不知他竟执拗至此。

"你要真铁了心做这种生意，我拿你没办法，我只能告诉我大哥，让政府来处理，你这批火药要么被充公，要么被销毁，没有第三种可能。至于你，他们会怎么处置你，你自己想想。你如今已经跟张家小姐成了婚，以你们两家的财力，你也不差钱，明明可以过安心日子，为何要这般不安分呢！"聂莛宇痛心疾首。

李璨恒冷笑："我不安分？你聂莛宇就安分了？当初你父亲跟大哥不让你做生意，要你跟他们去北平，你为何不去？如果没有我支持你，你能开那纱厂吗？你能有今天吗？我把你当兄弟，你想做什么，我都支持你。如今我想做什么，你为什么不支持我？"

"你卖烟土，开赌坊，这些我都没有说过你，就唯独这一件事不行。璨恒，我求你听我一句劝，收手吧。"聂莛宇深吸了口气，红着眼看着李璨恒。

李璨恒本来是高兴地找他来商讨一起赚钱的，没想到会闹成现在这个样子，虽也知这事没有聂莛宇的支持，光他一个人做很冒险，但他今日偏就不信那个邪，不信没了他聂莛宇，他李璨恒这事就做不成了！

"你要告诉谁都可以，但我也告诉你一声，聂莛宇，这批火药日本人已经要了，不管你跟不跟我一起做，我都会继续做下去。一旦我出什么事，日本人那边本来就把你视为眼中钉，肯定不会放过你。你可以不怕，但你别忘了，你也是有家室的人，你家有人出了什么意外，到时候可别怨我！"李璨恒咬着牙发狠地说。

聂莛宇上前用力地拽住他的衣领，表情狠厉："你威胁我？"

"是你先威胁我的！"李璨恒吼道。

聂莛宇目光冰冷地看了他一会，放开他，什么也没说，拿起帽子戴在头上，闷着头离开了烟室。

李璨恒望着他决然离去的背影，咬牙切齿地攥紧拳头，抬脚朝身前的炭火炉踹了过去。

【3】

张苑茗拉着席锦书一直逛到了天黑，还有些恋恋不舍，孩子气地说："书姐，都这么晚了，你就不能不回银行吗？我好久没出来玩了，你就再陪陪我吧，我们一会儿去望春园看戏吧，要回去晚了我让司机送你。"

席锦书拍了拍张苑茗的手，苦笑："苑茗啊！不是我不想陪你，着实出来的时间有些长了，我还有点儿事没有处理完，改天我有空再陪你好不好？"

张苑茗无奈，只得点头，拽着席锦书的手臂道："那咱们说好了，回头书姐你放假了，我们再一起逛街。"

席锦书笑着允诺，张苑茗招呼了自家司机过来，拉着席锦书一同坐进了车里，送她回了汇丰银行。

已经过了下班时间，行内的人都走光了，里面黑漆漆的，只有门卫室那还发着幽幽的光。

席锦书匆匆回到三楼的办公室，有条不紊地做完今日的余下工作，拿了几个商行老板新送过来的资产证明放进公文包中，准备带回去继续看。

从办公室出来，已经是晚上七点多了。

整个汇丰银行都笼罩在夜色之中，走道里的声控灯不知怎的坏了，席锦书摸着黑，借着窗外透过来的月光一边小心翼翼地从楼上下来，一边紧张地呼唤着门卫的名字。

"忠叔，你还在吗？灯坏了，你帮我拿个手电过来！"

"忠叔！"

一连唤了几声都没有回应，席锦书的心不禁提了起来。

忠叔有点儿耳背，门卫室在一楼，她在三楼喊，他听不见也正常。

席锦书安抚着自己，摸着楼梯的扶把继续往楼下走。

黑暗包裹着恐惧，一点一点地袭上了她的心头，她的呼吸不由得紧了几分。

好不容易摸黑到了二楼，忽而远处响起脚步声。

"忠叔？"

她警觉地又唤了一声。

没有人回答，可那脚步声却又近了几分，且急切了许多，远处隐在黑影中的人似乎就要朝她扑来。

席锦书紧紧地望着右侧楼梯处，一阵毛骨悚然，压抑住要尖叫的冲动，她想都没想，直接快步朝身后的楼梯跑去。

行内两侧都有楼梯，还好那人跟她走的不是一个楼梯。不管来人是谁，这么晚来汇丰银行都不正常。

越往下，月光越照射不到，楼梯越黑。

席锦书根本看不清眼下的路，只能凭着感觉一路往下跑去，身后的脚步声越来越近。

突然脚下一空，她整个人从楼梯上摔了下去。

"啊！"席锦书一声惊呼。

惊恐之际，忽然一道人影从她的上方跃了下来，一双手及时地搂住了她的腰。

黑暗中，她看不清那人的脸，但已经闻到了他身上的熟悉的香水味。

席锦书的心稍微安定了些，人直直地撞进他的怀里。

他紧紧地抱着她，快速地掉转方向，下一秒，两人一同摔了下去。坠地声起，那人吃痛地闷哼了声，席锦书压在他的身上，一颗心狂跳不止。

来不及问他怎样了，一道手电光从远处照了进来，忠叔的声音自远处响起。

"聂先生，找到席老板了吗？"

"嗯。"身下那人低低地应了一声，抱着席锦书的手松开了。

借着光，席锦书终于看清了底下那人，他狼狈地躺在地上，眼神无奈地看着她笑，脸色却白得很，额间隐隐透着些许汗光。

席锦书看着他一时哑然，明明今天见他是要发难的，可看他这副模样，她一下子又没脾气了。

见她一直愣着，聂莛宇忍不住提醒她："小聂太太，你能先起来吗？你压着我伤口了。"

席锦书目光落在他的肩膀上，这才猛地醒悟过来，连忙从他的身上爬了下来，又急又恼地要将他从地上拽起。

远处的忠叔也过来帮忙，两个人合力将聂莛宇扶了起来。

"聂先生，你还好吧？没受伤吧？"忠叔看了眼聂莛宇苍白的脸，担忧地问道。

聂珏宇对他摇了摇头，转头看向了一旁沉默的席锦书，眸光微暗了下，朝忠叔笑道："既然人找到了，那我就先带小聂太太回去了，忠叔你也快去看看电闸吧。"

忠叔"哎"了声，跟席锦书也打了声招呼，然后拿着手电筒，匆匆朝配电室的方向跑去，转眼就没了身影。

席锦书没有说话，捡起地上的公文包，默默地往银行大门走去。

聂珏宇忍着肩膀上的痛，想牵她，手刚碰到她，就被她用力地打了开来。

聂珏宇愣了一下，索性不管身上的伤，还要牵她，她依旧打开。

几次下来，他也有些恼了，直接大步上前，追了上去，一把拽过她，将她压在墙上，皱眉头问："你怎么了？突然发什么脾气？是不是哪里摔疼了，我看看？"

说着，就要上手摸她的手，看看有没有擦伤。

月光洒进了屋内，大堂内一片明亮。

席锦书默默地看着他手上的擦伤，顿时鼻尖一阵发酸，正要别开头，他却已经发现了异样，伸手一把掰过她的脸，看着她发红的双眼，眉头皱得更紧了。

"怎么哭了？好了好了，别哭了，是我不好，我不该凶你，不该刚才不出声吓到了你。都是我不好，你看，我一听说你找我，我就过来了，看我这么听话的分上，我们小聂太太大人有大量，原谅我好不好？"他手指轻轻地摩挲着她的下巴，温柔地哄她。

席锦书的眼泪一下子没止住，她就受不得他这样，嘴上说着好听的话，背地里却干着伤害她的事。

想到那些学生，席锦书的心顿时又硬了起来，一把推他，快速地抹掉脸上的眼泪，冷冷地看着他，问："你把那些学生送去哪里了？"

聂珏宇要给她拭泪的手一下子停在半空中，他惊愕地看着她，脸上的笑容慢慢消失了。

"你都知道了？"他淡淡地问道，脸上带着抹苦笑，"你有什么想知道的，问吧，我都告诉你。"

"你每次都是这么说，每次都说不骗我了，可结果呢？你一次又一次地背着我做那些事。聂珏宇，你的话有几句是真的，几句是假的？你还要骗我几次才满意？你抓那些学生到底要干什么呢？"席锦书气得忍不住质问他。

"小聂太太，你先不要激动，那些学生很安全，我已经让人将他们送出上海了。我知道瞒你是我不对，可是我如果直接要你停止造飞机，你会答应吗？你不会。这事太危险了，王老爷能发现，那就说明其他人也能发现。你是我的妻子，我不想你置自己于危险之境。"聂珏宇看着她，表情真挚地说道。

301

席锦书红着眼对他摇了摇头，倔强地问："那你为什么不问问我为什么非要做这件事？"

聂莛宇心疼地看着她，叹了口气，伸手要抱她。她依旧推他，他却强硬得很，用力地抱住，不管她怎么捶他打他，就是不放手。

"小聂太太，我知道你心里在想什么，你是个心怀大义的人，你是为了中国能强大起来，才冒险做这件事。可你是我太太，这些事要做也应该由我来。造一架战斗机不是那么容易的事，光靠你跟王湛林以及那些学生，想要避人耳目，造出一架可以飞行的飞机，几乎不可能，或许还会赔上自己的性命。"聂莛宇贴着她的耳畔沉重地说道。

他的声音很低，带着些许沙哑，竟然有点哽咽。

席锦书任由他抱着，眼泪又一次滑落了下来："我不能因为怕死，就不去冒任何险。我哥嫂死在了日本人手里，就留了世恩一个人。可死掉的人何止我哥一个人，有的孩子比世恩还小，有的还在母亲的肚子里。还有那些在前线战斗的士兵，他们都是爹生娘养的，他们都不怕牺牲，我为什么要怕……"

说到最后，她已经泣不成声。

黑夜中，偌大的汇丰银行只有他们两个人。灯未亮，忠叔还在配电室里忙着维修。没人会听到他们在说什么，也没人会来打扰他们的这次谈话。

"先前我帮郑先生他们逃跑，不是因为怕他们伤害我，而是我被他们的大义感动到了。跳江的时候，水很冷，我也怕淹死，可我从未后悔过。我把家产都捐出去，一是为了救你，二是希望能通过政府把侵略者赶走。莛宇，你该懂我的，就像我从不阻止你忠于你的信仰一样，你也不该阻止我。"席锦书望着聂莛宇，眼眸含泪，语气铿锵地说道。

聂莛宇被她说得有点儿动容。

"诚然，在国家存亡面前，一个人的生死并不重要。但若必须要牺牲，牺牲得有意义才行。小聂太太，你是上海新的经济掌舵人，你就算要死，也不该是因为这件事而死。你的生命，远比你想象的还要有价值。共产党那边有专门的军事研究部门，他们有专业的科研团队去研造战斗武器，我把那些学生中不怕死的，送给了共产党地下党的接应人，怕死的，我送他们回了家。对于这样的安排，你可满意？"聂莛宇抱着她，柔声说。

席锦书望着他，没有回答。

或许真的是她还不够成熟，想得不够周全。

见她不说话，聂莛宇脸上再度漾起了笑容，知她是服软了，低头亲了亲她红肿的眼睛，笑着问："还生我气吗？"

席锦书羞恼地瞪了他一眼，别过头去不想看他。

他又笑了起来，得寸进尺地俯首亲了亲她的嘴唇。见她不再闪躲，他闭上眼眸，加深了这个吻。

黑暗中，两人唇齿相缠，只有月光洒在他们的身上。

【4】

接下来的几天，聂莛宇都很安分，大部分时间他都待在家里养伤，偶尔他会带席世恩去南京路新开的甜品店喝下午茶，顺便帮席锦书张罗一下老记包子铺连锁店准备开张的各种事宜。

小孩子的复原能力到底比大人强，席世恩头上的伤口养了几天就好了，去医院拆完线，他又开始活跃起来。

聂太太好几日不见孙子想得紧，打电话过来说要把席世恩接回去，正好快圣诞了，看法租界里的洋人们都在迎圣诞，聂太太也有了兴趣，说过个洋节，嚷嚷着要给孙子扮圣诞老人。

夫妻俩商量下，决定圣诞节回聂公馆送孩子，顺便把年礼一并送过去，因为元旦他们得去席公馆吃饭。

席老爷走了，席太太一到过年就特别思念丈夫，去年新年聂莛宇不在上海，席锦书一直住在席公馆，理所应当留在那儿陪母亲一道跨年。今年聂莛宇回来了，去哪家吃年夜饭自然免不了一番斟酌。现聂太太提出要过洋节，倒解了席锦书的烦恼。

圣诞去聂公馆，元旦回席公馆，这样安排倒也不错。

只是聂太太知晓这安排后，提了个要求，他们小夫妻俩可以不回家过年，但孙子是他们聂家的，必须得回来。

这边席太太听闻这件事后，心里虽有苦，可也没法说。她心里知道席世恩是席家的独苗，如今却被聂家霸占着，又是改姓，又是不让回来，若不是看聂家人真疼这孩子，她可受不了。

安排妥当，接下来就等过节了。

汇丰银行是洋行，新年自然过的是洋节。圣诞节那天，大班麦克林给所有员工放了一天假。席锦书终于得空，一早就跟聂莛宇收拾好东西，带着席世恩回了聂公馆。

聂老太太想吃火锅，用人们一上午都在忙着备菜，聂家两位太太拉着聂老爷跟聂书涵围在一起打麻将。天冷，聂老太太的身子骨受不了久坐，所以没跟他们一块儿打，在房间里休息。

看到聂莛宇他们回来，聂太太高兴极了，急着要逗小孙子玩，便让聂莛宇替自己打。

聂莛宇笑着，将席锦书推上了麻将桌。

席锦书拘谨地推脱，说："我不会打这个。"

"没关系，我教你，上海滩的太太哪有不会打麻将的。"聂莛宇笑着道。

聂二太太看他们这样，忍不住笑着打趣："都说儿子随老子，你们爷俩都爱教人打麻将，我这麻将还是老爷教我的呢！不过教会了徒弟饿死了师傅，自从我学会打麻将后，老爷跟我们打就没赢过，你们看看他的脸，一直板着，就怕打错牌。"

说罢，旁边的人都跟着笑了起来。

聂老爷虽严厉，倒也很宠这位姨太太，所以被她说几句，也没见生气。倒是聂太太听这话觉得不大舒服，不过她现在怀里抱着小孙子，孙子一口一个"奶奶"地叫她，她也就没讥讽聂二太太。

"坐下来打吧，让莛宇教你。都是自家人，打输打赢，钱都是进的自家人口袋的。"聂老爷难得地发话了。

席锦书看了下身旁的聂莛宇，暗自吸了口气，在他鼓励的目光下，坐到了聂太太原先的位置。

再推托下去，就要扫大家的兴了。不过真不是她矫情，她什么都会，就是不会打麻将。主要是席太太素来不爱这个，她从小没地方学。

刚上场，席锦书连牌都不会放。聂莛宇站在她的身后，俯身过来，脸凑在她的耳边，手把手地教她。

"筒万条可以做三门，风向可以单独做一门。越是门数少，和的越大，单剩一门就叫清一色。"聂莛宇的声音贴着她的耳畔徐徐道来，磨得她耳朵有点痒。

她脸跟耳朵都不由得烫了起来，打出的牌更是乱得无章法可循，最后别说和牌了，她局局都在放炮，没一会儿就把聂太太放在台板上的钱输了个精光。

席锦书很是过意不去，想要去包里拿钱，被聂莛宇按住。

他朝她笑了笑，道了声："算我的，你继续打，心思别乱。"

席锦书被他说得脸更红了。

坐对门的聂二太太早就看出了门道，捂嘴偷笑："还不是你在旁一直扰乱她，不信你让锦书自己打，她定不乱。"

聂莛宇光笑不说话，依旧靠在她身旁就是不走。

接着打了一会儿，席锦书又输了不少钱。

终于撑到饭点，用人们把饭菜跟火锅炉端上了桌，聂老爷道了声解散，其他人纷纷离了牌桌。

聂廷宇拿钱帮席锦书结了账，剩下的都给了席世恩当零花钱。

席锦书在旁看着，小声数落他太宠孩子，回头把孩子宠坏了。

他看着她笑，趁人没注意，偷偷牵了下她的手，揉捏着她细嫩的指尖，用只有他俩听得见的声音道："我不宠你吗？"

她脸皮薄，当即脸红得跟关公似的。

聂廷宇看着，忍住了要上前亲她的冲动，拉着她去了餐桌。

有一段时间没一家人聚在一起吃饭了，大家都很高兴，就连聂老太太看席锦书也觉得顺眼了许多。

聂太太带头先话起了家常，这一次聂老爷倒没说她吃饭话多。

一家人，总归是要多聊聊，关系才会更亲近。

不知怎的，聂家几位太太都提到了聂书涵的婚事。聂书涵年纪不小了，与席锦书是同岁，就是月份上聂书涵稍小了一些。

席锦书"儿子"都这么大了，她跟聂廷宇结婚也有一段时间了，但书涵还没出阁呢！

倒不是没有好的男孩子邀媒人来说亲，只不过书涵她没有看上眼的。聂家就她一个小姐，平素里聂老太太很依赖她，她做事细心，性子又好，家中大小事务她都操办得井井有条的，聂家几位长辈自然舍不得她早早嫁出去，所以见她没遇到如意的，就没勉强她。

可时间不等人，转眼一年又要过去了，聂书涵还不嫁人，就要成老姑娘了，前些天聂老太太提了一嘴，聂太太便上了心。

趁吃饭的时候，聂太太随口问席锦书道："锦书啊！你在银行上班，平日里见的人多，接触的老板也多，你看看你手里有什么出身好的、品行也不错的有为青年，给我们书涵介绍一个。"

聂太太这要求可不低，席锦书默默听着，脸上带着笑，回道："先前我没留心过，等回头我好好想想，要有合适的就带书涵认识认识。"

说完，她朝聂书涵看了一眼，只见这姑娘羞涩地低着头，有些恼地朝聂太太娇嗔道："大娘，你就别麻烦三嫂了，我还不想嫁人。"

"女孩子家哪有不嫁人的，再过两年你就二十五了，就不好挑了。趁现在你还年轻，咱们可以多看看。"聂太太不以为然地说。

聂书涵无助地看向她身旁喝汤的聂廷宇，抓着他的手臂求救："三哥，你帮我说说话啊！"

聂莛宇放下汤勺，往椅子里一靠，一只手搭在席锦书的肩上，把玩着她的发丝笑："这事我可不掺和，回头你遇到喜欢的，我让你别嫁，你会听我的吗？"

"书涵倒真能遇到喜欢的也好，可这丫头脸皮薄，就算喜欢人家也不爱说。我看上次她跟锦书出门参加什么舞会，玩得挺高兴的，说认识了几个新朋友，后来都过去好几天了，她还在跟我唠叨个不停，八成是其中有她喜欢的。锦书啊，那天我们书涵都认识谁了？"聂老太太突然朝席锦书发话道。

席锦书握着筷子的手顿了顿，朝聂莛宇看了过去。

那天聂书涵在陆公馆接触的人只有王湛林、李璨恒还有张苑茗。聂书涵跟李璨恒可谓是从小就认识了，她一直把李璨恒当兄长，所以硬要说她对其中一人有意思的话，除了湛林，她也想不到其他人了。

她之前的确有意想要撮合湛林跟书涵，但是先前她跟聂莛宇提过一次，还被聂莛宇给否决了，现今聂老太太又提起这回事，她不知道该不该说。

她正犹豫间，聂二太太把话茬接了过去，微笑着说："是那次陆小姐举办的相亲舞会吗？书涵回来还跟我聊了。我听她提得最多的就是王公馆的那个王五少，叫什么王湛林来着。我要没猜错的话，我们书涵应该喜欢那王少爷吧。"

"二娘，你乱说什么呢！"聂书涵红着脸，朝聂二太太怪罪道。

聂二太太笑得花枝乱颤："瞧，还害羞呢！被我说中了吧！"

"若真是王公馆的少爷，那跟我们家也算是门当户对了。"聂老太太道，忽而她又皱起了眉头，"不过王湛林这名字我怎么觉得甚是耳熟呢？"

"王湛林就是先前跟锦书传绯闻的那个王家小少爷啊！"聂二太太多嘴道。

她这话一出，四周的氛围一下子变得凝重起来。

聂二太太恨不得抽自己一个耳刮子，真是哪壶不开提哪壶。

席锦书坐在椅子上，如芒在背。即使她低着头，也能感受到对面聂老太太投过来的冷冷目光。

手上一暖，是聂莛宇握住了她的手。

席锦书愕然地抬头看着他，他在对她笑，示意她放宽心。

"我都跟你们说了好几遍了，那些记者就爱捕风捉影。早些年老爱写我，现在又爱写小聂太太。我不过就是去了趟浙江，他们都快把我写的妻离子散了。这不，我一回来，你看还有人敢乱写吗？那王湛林自幼就跟锦书认识，两人以姐弟相称，走得近些也正常。就

306

像我跟书涵，虽然她是抱养到我们聂家的，可我们关系比亲兄妹还好。所以啊，旁人说什么都不如自己眼见为实，奶奶你说是吧？"聂莛宇笑着朝聂老太太说道。

聂老太太虎着脸没吭声。

一旁的聂书涵听着他这话，知道聂莛宇是无心的，但还是免不了被戳到了痛处。虽说聂家没有人把她当外人，但她心里清楚，自己终究不是聂太太亲生的。

聂书涵心中一阵酸涩，脸上却还是带着笑，帮忙调解道："是啊，三哥说得没错，那些花边小报上写的哪能当真。"

"就是，那些人就是看不得我们聂家好，巴不得我们莛宇跟锦书散了才好。"聂二太太也帮着说话。

最后还是聂太太说了句中肯的话："今天大家聚一起是来过节的，没必要为一些小事不开心。书涵的婚事不急这一时半会儿，若那王五少真好，书涵又对人家有意思，改明儿我去约王太太打场麻将，探探她口风不就得了，多简单的事。"

"那王家小少爷年纪比书涵小，女大终归不大好，还是别问了。"聂老爷突然说道。

他这话一出，聂书涵的小脸顿时白了，其他人也不作声了。

先不管王家人愿不愿意，这聂老爷不同意，那这亲事定是成不了的。

聂老太太是真心疼书涵这丫头，看孩子这副模样，也猜到了姑娘是真瞧上那王湛林了，便清了清嗓子道："女人大点儿有什么不好的，老话还说女大三抱金砖呢！我这个封建老古董都无所谓，你乱插什么嘴，关键得看书涵的意思。"

聂老爷被骂了也没顶嘴，只是默默地离了席。

这种儿女婚事他素来不擅长处理，还是让她们一桌子女人出谋划策去吧。反正对他而言，他这一生中只有儿子，没有女儿。甭管是不是亲生的，他都懒得关心女儿家的婚事。

看聂老太太态度软了下来，聂太太们也跟着高兴起来，继续商讨聂书涵与王湛林的事。

席锦书插不上嘴，也不想插嘴，但又不好离席，只有坐在那儿默默地听着。

而聂莛宇却是越听越头疼，冷不丁地泼了众人一盆冷水："我看你们在这讨论得高兴，到时候万一那王五少没那个心思，你们不是祸害了书涵吗？"

他说这话的时候，故意看了席锦书一眼。

席锦书知道他什么意思，恨恨地瞪了他一眼。

上次他还说王湛林喜欢她来着，他这是生怕聂家人不够讨厌她不是，硬要给她拉仇恨。

看她这副气急的模样，聂莛宇笑得更欢了。

那头聂太太们还在说："有没有心思，见几次面不就知道了嘛。"

"就是，反正锦书跟那王五少熟得很，让她帮书涵约下王湛林不就行了。现在都是新社会了，年轻男女约个会再正常不过了。"聂二太太附和道。

眼看那几位女眷的目光又要齐刷刷地盯向席锦书，聂莛宇无趣地站起身来，拽起一旁的席锦书，嬉皮笑脸地说："午饭吃饱了就容易犯困，你们慢慢聊，我跟小聂太太去楼上休息了。"

聂太太还想说什么，聂莛宇直接拉着席锦书朝楼梯走去。

"这孩子！"聂太太无奈地摇了摇头。

聂书涵坐在椅子里，望着聂莛宇他们离去的背影，没了声音。

【5】

腊月的雪一场接着一场，不见个消停。都说瑞雪兆丰年，来年是个什么世道，没有人知晓，倒是这大街上的年味儿越来越浓了。

转眼就到了新年。

照约好的，席锦书一大早就将聂莛宇从温暖的被窝里拽了出来，两人拾掇一番，开车去了席公馆。

到那儿不过才早上八点，席二爷跟席三爷他们都已经起床了，因是新年，席二爷请了个戏班子到府内唱戏。

席锦书跟聂莛宇拎着礼品进公馆的时候，戏班的人已经来了，正在前院搭戏台，席二爷在旁盯着。

席锦书领着聂莛宇走上前去，跟席二爷打了声招呼。

席二爷看到她回来了，脸上自然堆满了笑。打从席锦书让家中亲戚都搬进席公馆后，席家的人关系都变得亲密许多。

席二爷看了聂莛宇一眼，直接忽视了他，拽着席锦书冰凉的小手，皱眉问："早饭吃了吗？没吃的话，我让下人给你下点儿酒酿圆子。"

"吃了，不麻烦了，我妈呢？"席锦书笑着道，将手中的礼品递给了走过来的陈管家。

"太太说头有点儿疼，在楼上休息。"陈管家回道，说话的时候偷偷朝聂莛宇瞅了一眼，眉眼间稍有些不悦。

席锦书没注意，跟席二爷随便聊了几句话，就借口上楼去看席太太。

聂莛宇深知席家人一向不待见自己，所以要一道上去，席二爷立刻朝屋内的几位小辈

308

使了个眼色。

席锦书的几个堂兄弟走了过来,拉着聂莲宇道:"聂少爷好久不见了,陪咱哥几个推会儿牌九吧。"

聂莲宇对推牌九不感兴趣,但难得来一次席公馆,也不想拂了众人的意,便半推半就地被他们拉去了。

席锦书上了二楼,到了席太太的房间,敲门走了进去。

席太太知道她来了,忙让丫鬟扶着从床上坐了起来,朝席锦书淡淡道:"你回来了?"

"妈,你怎么了?哪里不舒服?怎么脸色这么难看?叫医生了吗?"席锦书见席太太这副模样,忍不住凑到床前,紧张地问。

席太太摇了摇头,神情恹恹的:"没事,不是病。"

席锦书蹙眉,不放心地要让用人去喊医生,席太太拉住了她。

"请过医生了,就是吹了些冷风,没大碍。这会儿看到你,妈心里高兴,头也就不疼了。对了,世恩呢,没一道过来啊?"

席锦书苦笑:"聂太太疼得紧,不放人。"

席太太点点头,深叹了口气道:"她们如今疼他紧,那是不知真相,若以后知道了世恩是我们席家的孙子,也不知会如何待他。你爹不在了,席家不同往昔。你虽争气,可终究是一个人。你二爷他们现在待你好,但实际也帮不了你多少,一切都得你自己扛着。若以后我走了,留下你跟世恩在这儿,我好不放心。"

席锦书心知她是身体不舒服,多愁病犯了,便握着她的手安抚:"妈,你头疼就别想太多,有我在,不会亏待世恩的。你还年轻,连五十都没到,往后的日子还长着呢。"

席太太"哎"了声,眼眶有些发红。

席锦书陪着她又说了一些体己话,席太太的神色这才渐好。

聊了一会儿,聊到聂莲宇,席太太小心翼翼地问:"你跟莲宇现在处得怎么样了?还是跟以前一样吗?"

席锦书略带羞涩地回母亲:"挺好的。"

"挺好是有多好?你这孩子,跟妈说话也绕弯子。"席太太嗔怪道。

席锦书笑了笑,拍着她的手背:"挺好就是很好,我们打算要个孩子。"

听到"孩子"两个字,席太太惊讶了下,但很快紧锁的眉头舒展开来,抓着席锦书的手臂,双眸发亮,激动地说:"你们要孩子了?要孩子好,你俩年纪都不小了,要一直走下去,总得要个自己的孩子。等你有了孩子,妈就放心了。"

席太太絮絮叨叨了一会儿，说着说着竟哭了起来。

席锦书不由得惊问："妈，你到底怎么了，今天怪怪的？"

席太太摇头，破涕而笑："妈就是老了，一个人，情绪敏感得很。你二婶子说我是那更年期来了。没事，听你说过得好，妈就啥事都没有。你说要孩子，那现在孩子有了吗？"

席太太说完，目光看向席锦书的肚子。

席锦书红了脸，低声道："这又不是烧饼，说有就有的。"

"你工作也别太忙了，席家店铺的事都让你二爷他们去干，回头我再给你配几服汤药给你补补身子，趁年轻，抓紧生一个。生完了，妈给你带。"席太太一下子来了兴致，整个人都容光焕发起来。

席锦书哭笑不得，突然听得门外有人喊她。

是陈管家，说聂莛宇钱包落她包里了，问她拿。

席锦书知道聂莛宇这是又不得劲了，临走前，她明明看着他衣兜里藏了钱，八成是牌九推得无聊了，来消遣她了。

席锦书猜得没错，聂莛宇就是无聊了。前段日子她除了上班，一直跟他腻在一起。这会儿她稍在他眼皮底下消失一会儿，他就像丢了什么东西似的，心里空落落的。外加席锦书那几位堂兄弟今日不知怎的，一个劲儿地笑着问他跟席锦书处得如何。他料想这是席家人不放心他，担心席锦书，也没在意，就是怪想媳妇的。

这不，遣了陈管家过去，席锦书没多久就下楼来了牌室，坐在聂莛宇身旁，稍瞪了他一眼。这一眼瞪得他浑身舒坦，趁人不注意，聂莛宇在桌下偷偷地握住了她的手。

待席锦书走后，席太太在床上又躺了会儿，等吃午饭。

陈管家要跟着席锦书离去，席太太喊住了他，低声问："问问二爷，报纸上的新闻压下来了吗？"

陈管家摇头："问过了，压不下来。大小姐在上海滩名声响，聂少爷跟上一任的事当年又闹得满城风雨，这个新闻几家报社都抢着要。若不是二爷有人在报社里，提前通知我们干预，这会儿已经被曝出来了。"

席太太听着再度叹了口气，无奈道："压不下就压不下吧，这事锦书早知道比晚知道要来得好。只希望那些照片都是捕风捉影，聂三跟那女的没纠葛才好。不然……哎……"

"儿孙自有儿孙福，大小姐一贯聪明，自有分寸。太太不必太过担心，为了这事伤了身子不划算。"陈管家安慰她。

席太太点头，闭着眼躺在床上，示意他退下了。

牌九一直推到了中午，陈管家喊了大家去吃饭。

一顿饭一大家子人坐在一起，说说笑笑吃了两个小时才散。

午饭过后，戏台子也搭成了。一群人聚坐在院子里听戏，陈管家让用人备了瓜子果品过来，又沏了几壶热茶。

席锦书跟聂莛宇坐在前排最中间的主位上，两人一边看戏，一边耳鬓厮磨，看起来恩爱得紧。

后面几排人看着，说是看戏，但多半都在探究地看着他们。也不知这聂三少对他们席大小姐有几分真，几分假。

两场戏刚演完，天公不作美，又下起了雪。戏子们停了戏，陈管家让用人们把板凳桌椅都搬进了屋，一群人聚在偌大的宅子里听两个角儿唱评弹。小辈们都听烦了，又喊聂莛宇去推牌九。这次聂莛宇却是怎么说也说不动，一个劲儿地嚷着中午喝多了，头疼，想要睡觉。

众人见拖不动他只得作罢，自个儿玩去。聂莛宇则笑吟吟地跟着席锦书上了楼，去了她的闺房休息。

席老爷走后，她就搬去了席家主卧睡了。主要为了方便她在偏房办公。自己原本的闺房一直空着，只有聂莛宇来的时候，他俩才回那个屋。

倒不是她不让聂莛宇去主卧睡，而是他不愿意，他可没忘记第一次见席锦书，席老爷就死在那张雕花大床上。

一想到两个人温存的大床躺过死人，哪怕是他的丈人，他也受不了。

席锦书知道他心里的这些小九九，从未点破他。

即使有段时间没住人，席锦书的闺房依旧整洁清爽得很，席太太知道女儿爱干净，所以吩咐用人经常过来打扫晾晒。

聂莛宇一进屋就坐到了床上，席锦书跟在他后头进来，轻轻地带上了门。

他躺在床上，一手枕着头，一手拍了拍身旁的空位，双眼微眯地看着她，声音沙哑："过来。"

她不动，耳根子红着，微恼地瞪着他："不是说头疼吗？赶紧睡吧。"

"你过来陪我躺一会儿。"他笑着撒娇道。

席锦书依旧不动，料到他不怀好意，脸都红了起来。他看着心里一动，忍不住下床来，一把将她拽到怀里，捧着那张嫣红的小脸，用力地亲了上去。

311

"别闹！"她恼道。

他不理，将她压倒在床上，快速地解开了她的大衣扣子，手伸了进去。

她又羞又恼地抓着他乱动的手，低声制止："还是白天。"

他头贴在她的耳畔嗤笑一声，暧昧道："你想我还不想呢！楼下那么多人，我没那个兴致。"

席锦书整个人都炸了，伸手要推他，他却翻身将两人裹进被窝里，麻利地脱掉她的外衣扔出了被子。

"不想你还……"席锦书气恼，后面的话羞得说不下去了。

聂莛宇看着她这副模样，内心又是一阵荡漾，俯首在她的唇上又亲了一下，低笑道："我就想抱抱你，乖，睡觉，再不睡，说不定真的想了。"

看出他是在存心逗他，席锦书暗自松了口气，恨恨地瞪了他一眼，闭着眼不再说话。他将她抱进了怀里，盖好了被子。她习惯性地往他身上贴近了些，柔细的双手搂住他的腰。

除了那晚他受伤，其他的时候他的身上总是很暖，像个火炉。自从有了亲密接触之后，席锦书就喜欢窝在他怀里睡，闻着他身上淡淡的香水味，很好入眠。

她的手轻轻地抚摸着他胸前的箭伤，伤口恢复得不错，已经结痂了，但还未掉痂。席锦书轻声问："还疼吗？"

聂莛宇笑着握住她的手，藏进被窝："不疼，不过再摸就疼了。"她当即不敢再乱动。

聂莛宇笑着，抱着她细细地亲吻。

窗外雪花飞舞，屋内却像烧了炭火。冬日的湿冷跟烈火的炙烤一并席卷了她，她在他的身下浮浮沉沉，一声声的"莛宇"都被他吻进了口中，吞入腹去。

天不知何时暗了下来……

【6】

节假过后，银行最是忙碌，上午紧锣密鼓一连开了好几个会，席锦书实在有些疲了，她踩着牛皮短靴往办公室的方向走，想借午休补个眠，却在办公室门口看到了早已等候在那儿的周垚玉。

自从席世恩出院后，席锦书有一段时间没见到周垚玉了。最近除了工作，她每天还忙着照顾家里一大一小两个伤员。本想趁元旦假期买点儿礼品去探望下周垚玉的，但恰逢席太太身体不大好，她在席公馆多待了两天。这会儿看到周垚玉拎着水果出现，她自己倒先不好意思起来了。

"垚玉，你怎么来了？是找我有事吗？"席锦书脚步微顿了下，然后大方地笑着，搓着冻冷的双手，朝周垚玉走了过去。

周垚玉穿着黑色的呢大衣，一只手拎着个水果篮子，一只手插在衣兜里，微笑着看着她："没什么事，陪同事来银行存笔款，正好来看看你。听说你母亲病了，我本想去席公馆探望下，然而自己又是个病人，怕去了冲撞了她，就买了点儿时令水果，回头你给她带过去。"

一席话说完，周垚玉用手捂着嘴，又咳了几声。

席锦书赶忙走上前去，推开办公室的门，拉着周垚玉走了进去。

"你吹不得风，快别杵在外头了，进来坐会儿。"席锦书担忧地说道，然后自己又转头出了办公室，在门口喊了秘书，让她沏壶热茶来。

等她回来，周垚玉已经将水果放在茶几上，自己也在沙发上坐下了。席锦书将室内的窗户都关紧，在他的身旁坐了下来。

秘书端着热茶走了进来。

席锦书给周垚玉倒了杯热乎乎的茶，递到他的手边，没好气地数落道："你看你，才多久没见，又瘦了不少，脸色这么差。周家又不缺钱，你这身子何苦还要去医院挣那点儿钱，在家养着不好吗？近来风大，雪又下个不停，寒气易入骨，伤风感冒的人太多，我妈都病了，你这身子更不应该出来乱跑。同事来银行办事，你跟来瞎凑什么热闹！"

看着周垚玉那青白的脸色，席锦书越说越气。

周垚玉又咳了几声，看着她，不怒反笑地安抚道："人人都说这席大小姐性子高冷，除了做生意免不了与人打交道外，鲜少话多。我看啊，是那些人不了解你。锦书，你还是跟以前一样，爱唠叨。"

"我这也是心疼你，换作其他人，咳死病死跟我有什么关系。"席锦书佯怒道。

周垚玉咳声停了下来，目光温柔地看着她，沉默了会儿，沉吟道："你的好意我都清楚，本以为回了国，你嫁了人有了自己的生活，就不在乎我这个外人了。如今看到你还这般紧张我，锦书，我心里很是高兴。"

他望着她的眼神充满了深情，席锦书被他看得有些不自在。

她将视线移到了茶几上的水果，连忙笑着扯开话题："你能想到我妈就很好了，还买什么水果，我们席公馆又不差水果。"

"谁说你们差了，来的路上看到个老人推了一箱水果在卖，我看着新鲜，又瞧那老人衣衫单薄，恐他在外受风冻着，便心软给买了下来，又送去礼品店包装了一番，看起来高档而已，此话我就跟你说，你回头可别在席太太面前卖了我。"周垚玉开玩笑地说道，眉宇间露出一股上海浪荡公子的轻佻样。

若非他常年身子不好，他这副清隽慵懒的模样，不知要迷倒多少上海小姑娘。

席锦书手指摆弄着水果篮子，目光瞥到篮子把手上裹着的报纸，她好奇地将那报纸拿了下来，随意翻看着。

"是今天刚出的《淞报》，你用来垫手真是浪费。"席锦书看着报纸咕哝。

周垚玉瞥了一眼她手中的报纸，低着头喝了口热茶，随意地回道："礼品店老板裹的，怕我被篮子割伤手，特意裹了几层。"

席锦书心不在焉地"唔"了声，专心地看手上的报纸，脸上的表情慢慢冷凝起来。

报纸最中央放着几张黑白照片，照片上是一对男女亲昵相处的模样，有一起吃饭谈笑的，有林间漫步的，也有站台相拥的。

席锦书的手指按在最后两张照片上，上面的男人穿着件长款的黑色呢大衣。

这件大衣席锦书很熟悉，昨天她刚让福妈去洗衣房把它拿回来，现在正挂在她房间的衣橱里。

穿着大衣的男人脸上带着她熟悉的笑容，含情脉脉地望着站在他眼前戴着面纱黑帽的摩登女子。那女子穿着打扮很洋气，妩媚的脸上化着精致的妆。

女子细长的双手搂着男人的腰，脚尖轻轻踮起，红唇在男人的脸上印上了一个吻。

照片上方赫然写着几行大字——聂莛宇居杭养伤，私会前妻沈妍筠，两人旧情复燃；席锦书心知肚明，独留在上海，只要钱不要人。

席锦书沉默地看着眼前的那些照片，面上毫无表情，只有握着报纸的双手在不自知地发着抖。

"锦书，你怎么了？"周垚玉见她这副样子，赶紧倾身向前，扶住她的肩膀。

席锦书挣开他的手，没有说话，将手中报纸扔在地上，身子僵直地从沙发上站了起来，走到自己的办公桌旁。

周垚玉弯腰将报纸捡了起来，快速地看了下报纸上的内容，然后惶恐地抬眼看下席锦书，气愤地说："这聂莛宇简直就是个王八蛋，他怎么能这么对你！锦书，你别难过，我这就去找他给你出气！"

"不用，不过是几张照片而已，说明不了什么。先前报纸上还没少写我跟湛林，照片也贴了不少，清者自清，我信他。"

见周垚玉就要甩手离去，席锦书赶忙出声拦住他，从办公桌的抽屉里拿了一沓纸钞出来，塞进一个牛皮信封里。

"我过会儿得去趟老记包子铺，老记先生答应给我的连锁店招牌题字了，我得把酬劳给他。垚玉你若没其他事的话，就先回去吧，我不送你了。"她对他下了逐客令。

周垚玉一脸惊讶地看着她，双手用力攥紧，道："锦书你都不生气吗？聂莛宇骗你去浙江养身体的，结果却是跟他的前妻在厮混。你赔了整个席家来救他，他倒好，竟然在外面瞎搞！这口气你能忍，我不能忍！没有人能这么对你！"

席锦书定定地看着他，良久，才淡淡地开口，表情漠然地说了一声："垚玉，这是我们夫妻的事。"

她看着他的目光冷得像把刀，狠狠地刺进周垚玉的心口。周垚玉一口血哽在喉咙中，没有再说下去。

聪明如她，怎会猜不到那报纸是他故意让她看见的。周垚玉知道自己再说下去，以席锦书的脾气，她不跟聂莛宇吵，但先会跟他吵起来。

她做人素来坦荡，待亲人朋友皆如此。

她宁愿周垚玉直截了当地告诉她报纸上的这个新闻，也不想他这般迂回地让她看到这些。这让她感觉他好像早就知道这个事了，就等着看她的反应。

《淞报》是上海滩卖得最好的报纸，也是最有影响力、最具真实性的报纸，她明白那些照片跟她先前和王湛林被拍的完全不一样，毫无疑问，她看到后很震惊，很愤怒，有一瞬间，她甚至觉得自己很可笑。

从头到尾，她都全心全意地待那个人，把整颗心都掏出来给他了。他呢，一次次保证不再骗她，可是他去浙江见了那个女人，他为何从不跟她提起呢？若他心里没鬼，为什么不说？报纸上说他们待在一起好几个月，他们都做些什么呢？喝茶，散步，还有什么？

就连分别，他们都如此难舍难分，他们在站台拥抱时，他身上穿的那件大衣还是他刚回上海时穿的那件。他怎么能在拥抱完那个女人后，回来再拥抱她呢？怎么能像什么事都没发生过的那样，一回来就在咖啡馆亲吻她呢？怎么能那样对她呢？

亏她还以为他就算记忆受损，可还是真心实意爱她的。

她何时变得这么蠢了！他连沈妍筠都记得，怎么可能忘记他跟她席锦书结婚是为了什么。他若真爱她，就不会一而再再而三地瞒她，骗她。

这段日子里的耳鬓厮磨，温存疼爱，也是他在虚情假意吗？

这一次他又是为了什么？想要利用她什么？竟然不惜跟她假戏真做。

315

席锦书知道，这张报纸一出来，外面会有无数双眼睛盯着她，等着她走出这个办公室，走出汇丰银行，他们就像周垚玉一样，等着看她做何反应。

她不能生气，更不能自乱阵脚。

撇开她是聂莛宇太太的身份，她还是上海第一银行的经理，还是席家的顶梁柱。

在整件事没有弄清楚之前，她不会做出任何反应。

"记先生还在等我，我不能让他等急了。我让秘书给周公馆打个电话，让他们派车来接你，你可以先在我办公室里再坐一会儿。"席锦书朝周垚玉挤出抹微笑。

周垚玉上前拉住她的手，道："我跟你一道去，你这样走，我不放心。锦书，不管我做什么，你要相信我，我不会害你的。"

席锦书推开他："垚玉，你若真为我好，就让我一个人待会儿。你了解我的，我席锦书从来就不是个软弱的人。"

"可……"周垚玉还想说点儿什么，最终还是噤了声。

席锦书不再理会他，转身拿着牛皮纸包离开了办公室。

见她从楼上下来，汇丰银行的员工们都在偷偷看她。

上海滩从不缺花边新闻，像席锦书跟聂莛宇这样的人物，花边新闻一向不少，他们没必要大惊小怪。但让他们感到惊讶的是，这一次新闻的女主人公不是别人，而是那个曾惊艳整个上海滩的交际花沈妍筠，聂莛宇的前妻啊！

她可是聂三少不顾世俗眼光，不惜跟父母决裂也要娶回家的女人啊！

沈妍筠家世虽比不上席锦书显赫，可胜在她那张脸长得好啊！

席锦书虽然也算是个美人，可跟沈妍筠一比，还是逊色了些。

也难为了这聂三少，这两个女人放在一起，肯定是这个也要，那个也抱，一个都舍不得放手了。

打仗打了那么久，上海滩可是好久没有好戏看了。

众人暗自唏嘘之余，席锦书已经走出汇丰银行，站在街上，随手拦了辆黄包车坐了上去。

"去老记包子铺。"她说，清丽的脸上笑容渐渐淡去。

第十三章

几段唏嘘几段悲欢

【1】

自圣诞节那天大伙儿聚在聂公馆吃完饭后，聂太太便对聂书涵的婚事上了心。正好租界内开了个慈善拍卖会，聂太太在会场碰到了王太太，她便托人引荐结识了王太太，假装无意间跟她提起了儿女的婚事。

得知对方是席锦书的婆婆，纪云绣倍感亲切，听聂太太问她手上有没有好的小伙子，旁边的人顺手推了王湛林出来，她没多想，直接笑着说了句："湛林比书涵小了两岁，怕不太合适。"

聂太太不以为然，道："也就大两岁，没大多少，合不合适，得相处了才知道。"

纪云绣觉得她说得有道理。

王湛林也到了适婚的年纪，看聂太太热情得很，席聂两家又是亲家，纪云绣想着说不定可以借此机会，让席王两家重修旧好，遂也乐于撮合。

只不过有王三小姐与席晨怀的前车之鉴，纪云绣难免担忧，道："书涵这姑娘我虽没见过，不过大家都说聂大小姐秀外慧中，人好得很。我自然是很想让她成为自家人，可婚姻大事，关键还得看双方意愿。聂太太要不我们先各自回去探探孩子意思，你觉得如何？"

聂太太闻言当即开心地回道："书涵的心思我知道，上次锦书带她去参加舞会，她见过你家湛林一次，回来后一直念叨，肯定是有意的，所以我才厚着脸皮来找你说这件事。

318

至于王少爷那儿，你去问他未必会说，就像我们家莛宇，喜欢什么姑娘他从来不说，跟锦书那事也是先斩后奏，男孩子可没女孩子那般爱跟父母说小秘密。"

"聂太太说得没错，男孩子确实没女孩子贴心，但我不去问，就怕他没那个心，回头误了书涵就不好了。"纪云绣忧虑道。

聂太太安抚她："这好办，让锦书去问下好了。我听说她跟湛林关系亲近得如同亲姐弟，我看这事就让她去安排吧。"

"还是别麻烦锦书了，她银行工作又忙，还得打理席家的产业。"纪云绣疼惜道。

聂太太无所谓地笑道："这有什么好麻烦的，自家妹子的事，她就算再忙也会理的，再说席家那边现在都是我们莛宇给她打理，她空闲得很呢！"

聂太太这话纪云绣听得不大舒服，内心有点儿为席锦书不平，可她一个外人又能说什么呢，只能微笑地沉默着。

聂太太没觉得有何不妥，她拉着纪云绣又聊了会儿家常，待慈善会结束，两人才依依惜别。

纪云绣本以为这事就是聂太太心血来潮随口一提，没想到当晚，她就接到了席锦书的电话，说自己买了两张电影票，约王湛林去新开的京华影院看电影。

不用问纪云绣也知道肯定是聂太太跟席锦书说了些什么，她才会突然打电话过来。

纪云绣想着席锦书应该是要探王湛林对这门婚事的态度，便爽快地允诺，跑去王湛林的房间，跟他说了这事。

王湛林本来还在因飞机建造停止的事郁郁寡欢，对席锦书心怀愧疚，不敢去找她，听闻席锦书主动约了他，内心的阴霾顿时一扫而光，整个人都来了精神。

到了约定的那天，王湛林起得很早。纪云绣让他好好装扮下，他换了套新衣服，特意开车去了理发店剪了个头发，修理下仪容后，兴致勃勃地去了京华影院。

手表上的时间刚过九点，王湛林抵达影院。

他停好车，对着车镜整理下发型，然后紧张地下车，刚走到电影院门口，他就看到了等候在检票口的纤瘦女子。

那姑娘身上穿着件鹅黄色的大衣，头上戴着白色绒毛的帽子，脚上踩着双中跟的棕色皮鞋，手上戴着黑色皮手套，手里攥着个镶钻的红色手包。

席锦书素来不喜这般明艳的装扮，王湛林心里感觉不对，未等他出声，背对着他的女人听到脚步声，转过身，看到他，精致的小脸上露出一抹害羞的笑容来。

"王先生你好。"聂书涵微笑着跟王湛林打招呼道。

王湛林微愣，不自在地回了她一笑，尴尬地问："聂小姐这么巧，你也来看电影吗？"

聂书涵红着脸朝他走近，小声地解释说："是三嫂让我来的，她说这里今天有新电影上映，给了我两张电影票，我以为是她要来陪我看，没想到是你。"

王湛林惊愕地看着她，瞬间明白了席锦书的用意，原本雀跃的心一下子沉到谷底，他的脸上依旧保持着微笑，道："书姐一贯很忙，哪有时间看电影，只有我这闲人才有空。是放什么电影，要开始了吗？"

闻言，聂书涵手忙脚乱地从手包里掏出两张电影票，红着脸递给王湛林，低声说："《三个摩登女郎》，还有十分钟就开场了。"

王湛林接过电影票看了一眼，是部不错的电影，但他此刻兴趣索然。

"这个时间点没什么人，我们应该是包场了，先进去吧，外面冷。"王湛林拿着电影票朝里面看了一眼说道。

聂书涵点点头，拘谨地跟着他一同走进了电影院。

王湛林说得没错，他们的确是包场了。

直到电影开始，都没有其他人进来。

出于礼貌，王湛林去外面给聂书涵买了点儿零食，然后一直沉默地陪着她看完了整场电影。

他本就是个看人说话的性子，遇到合得来的，话就多，合不来的话就少。

他仅在陆公馆见过聂书涵一面，对她谈不上喜欢还是讨厌，只能说没多大感觉。

事到如今，他已经很清楚此番与聂书涵见面，是一场有预谋的相亲了。

他是个接受过高等教育的青年，一向反感旧社会的包办婚姻，虽然王太太没有强制性让他接受聂书涵，可一想到今天的这场"相亲"是由席锦书促成的，他心里就难受得紧。

他知道席锦书已经嫁给聂莛宇了，他这辈子只能当她的弟弟，不可能跟她有其他更进一步的关系了，可他心里就是放不下她。

他在席公馆的花园里第一次见到她时，就喜欢上她了。此后这么多年，他的心里再也容不下其他女子。

他喜欢她，从未奢望过她能给他一丝一毫的回应，只希望她幸福。哪怕只站在她身旁默默地看着，他也觉得内心快乐又满足。

可是，她却亲手把他推到别的女人的怀抱，她当真一点儿都不需要他，她真的只把他当成了弟弟。

意识到这一点，王湛林感到前所未有的痛苦。

黑暗中，他心痛地闭上眼睛。

察觉到王湛林的沉默，聂书涵在旁偷偷地看着他，明媚的笑容隐了下去，她双手不安地绞在一起，想要说点儿什么打破这死一般的寂静，可任凭她往昔再巧舌如簧，哄得长辈们欢心，现今也是一句话也说不出来。

即使已经是人人口中的聂大小姐了，可那刻在骨子里的自卑深深地折磨着她，聂书涵能感觉到王湛林似乎不大喜欢自己，可是她不知道是自己哪里做得不好，让他不喜欢。

聂书涵想问又不敢问，她怕答案太伤人，她接受不了。

一个半小时的电影，仿佛过了一个世纪那么久，让两人都倍感煎熬。

终于看完从电影院里出来，身为一个绅士，王湛林提出送聂书涵回家。

聂书涵鼓起勇气，不顾羞涩，主动邀请他一起吃午餐。

王湛林本能地想拒绝，但现在正好到了饭点，姑娘都提了吃饭，他若拒绝，让对方饿着肚子回家，那太没风度了，回头席锦书知道定又要说他，便遂了聂书涵的愿，两人选了附近的一家西餐厅进食。

他们刚走到餐厅门口，一个穿着破烂的报童正好从餐厅内走了出来。

看到有人，报童从布袋里抽了份报纸出来，朝王湛林讨好地问道："先生，要买报纸吗？最新的《淞报》，全是大新闻。"

王老爷喜欢看报，家里订了一整年的各大报刊。王湛林只要回家就能看到，换平常，他会怜惜报童，做他一次生意，但他现在急着吃完饭，早点儿送聂书涵回家，就没想到那茬。

他不耐地对那报童摆了摆手，迈步走进餐厅。

报童不死心地追上来，再度向他推销："先生买一份吧，都是劲爆大新闻，聂三少出轨前妻、席大小姐被戴绿帽，往日交际花高调夺夫……都是大新闻，买一份看看吧。"

王湛林的脚步猛地顿住，他脸色阴沉地回过头，看着报童："你刚说谁出轨？"

报童被他吓了一跳，往后跟跄了几步，眨巴着眼睛："聂三少，聂莛宇啊！"

轰隆一声，像有爆竹在王湛林的耳边炸了开来。

未等他回过神来，聂书涵已经拿钱给了报童，然后激动地抢过报纸，紧张地翻看起来。

报童小心地将钱收进衣兜，热心地指着背后的大版面："就是这，还有照片呢。"

聂书涵眉头紧锁地看着最后那页上的报道，双手不由得颤抖起来。

"不会的，三哥不会做这样的事了，他去浙江是养伤的，怎么会跟那个女人搅和在一起？"聂书涵难以置信。

王湛林凑过头来，看着她手中的报纸，表情冷了下来，恨恨道："枉书姐为他牺牲了

321

那么多，他竟闹出这种新闻出来，简直是在羞辱书姐！什么叫席锦书心知肚明，只要钱不要人！这是哪个记者写的，简直是胡说八道！"

王湛林越往下看越愤怒，最后实在是忍不了，丢下聂书涵甩手就走。

聂书涵急着问："王先生，你要去哪里？"

"去《淞报》报馆，我要把那无良报馆给砸了。"王湛林恼恨地说，不等聂书涵追上来，他已经上了车，掉转车头，离开了西餐厅。

聂书涵拎着报纸留在原地，望着他离去的背景，一下子红了眼眶。

她隐约猜到了王湛林这般愤怒的原因，心里难受极了，可是眼下又不是她难受的时候，不知道这份报纸聂太太她们看到没有，若看到了，聂家又要闹翻天了。

聂家的人除了聂莛宇外，都对沈妍筠这个女人深恶痛绝。现在先不管报纸上写的聂莛宇跟她的事是不是真的，若聂家的长辈们得知聂莛宇在浙江又跟那女人在一块儿了，肯定要被气个半死。

聂老太太这两年身子骨大不如前，可经不起这么大的刺激。

聂书涵越想越害怕，也顾不得自个儿伤心，直接拦了辆黄包车，拿着报纸回了聂公馆。

【2】

聂书涵火急火燎地回到聂公馆，果真如她所料，整个宅子都乱作一团。

聂太太他们原本在家中麻将打得好好的，外头多事的人一个打电话打到聂公馆，询问聂太太报纸上的事。

聂太太原本还不知道怎么一回事，听人说到沈妍筠，心里当即打了个激灵，连忙挂了电话让用人出去买了份《淞报》回来。结果不看还好，一看聂太太的高血压立刻犯了，她还没晕，聂老太太率先晕死了过去。聂老爷气得去书房拿了枪，怒吼着要把聂莛宇给毙了。

聂书涵刚进家门，正好看到聂太太扶着聂老太太哭着叫下人们去喊医生，聂二太太则抱着聂老爷阻止他出去杀儿子。

聂书涵连忙走上前，跟用人们一起将昏迷不醒的聂老太太抬到楼上的房间，然后急得搓着两手，在房间里来回踱步。

聂太太坐在聂老太太的床上不停地哭，嘴里一直在问聂书涵医生什么时候到，聂书涵跟着红了眼，一个劲地哄她："快到了，大娘，你别慌，奶奶会没事的。"

聂太太这会儿哪镇定得了，楼下还不断地传来聂老爷砸东西的声音，还有聂二太太那尖厉的嗓音。

"老爷，你消消气，别砸了，这些都是你从张先生那买回来的古董啊，都是钱啊！"

"老爷，你坐会儿，别气坏了身子，求求你了。"

"……"

聂太太听得脑袋欲裂，哭得没力了，她才终于停下来，转头朝聂书涵问："你三哥人呢？让人找了吗？都要出人命了，他还不快滚回来看看！"

聂书涵帮聂太太顺着背，哄道："刘管家已经出去找了，他厂里和别苑的电话也都打过了，两边都说了见着他就让他回家。"

聂太太"嗯"了声，丝毫没有觉得安慰，一直等到家庭医生匆匆赶来，帮聂老太太打了针，说她没生命危险后，她才稍微松了口气。

医生被留了下来照顾聂老太太，聂太太拉着聂书涵去楼下看聂老爷。

聂老爷发了一通火后，精疲力竭地握着把手枪瘫坐在地上。

聂二太太坐在他身后紧紧地抱着他，就怕他一个失心疯，跑出去杀人。她那双魅惑的小眼睛直勾勾地盯着地上的古董碎片，那叫一个肉疼。

这得摔了多少钱啊！

聂太太领着聂书涵他们朝他走了过去。

聂老爷看到聂太太瞬间又来了气，指着她鼻子大骂："都是你教出来的好儿子！你看看他都干了些什么事！他这是要活活把我气死才甘心！"

"好了好了！莛宇现在又不在家，你骂再多他也听不见。事情已经闹出来了，你与其在这儿发疯，为难我们几个弱女子，倒不如想想这事该怎么处理，给锦书还有席家一个交代。"对比聂老爷，聂太太先恢复了冷静。

提到席锦书，在场的所有人都噤了声。

堂堂席家大小姐，上海第一银行的经理，不仅下嫁给他们聂家，还给他们聂家生了个儿子，却落得个被丈夫背叛的下场，如今不知道要多少人戳着他们聂家的脊梁骨骂呢。

"先把那混账东西叫回来，问个清楚。不管事情是否属实，让他都不能认。再去打点一下各大报馆，出个澄清新闻。至于浙江那女的，得好好教训一下了，这女人活着一天，我们聂家就一天不得安宁。"聂老爷眼神发狠地说。

聂太太双手紧攥默认了他的安排。

对于他们这种家庭来说，家族名声实在太重要了。

聂太太回头朝聂书涵说："书涵，你出去看看刘管家回来了吗？找到你三哥没有？若没有再派点人手出去，尽快喊他回来。"

"是，大娘。"聂书涵领命而去。

其他人依旧留在厅里沉默着。

与聂公馆的紧张气氛相比，聂莛宇这边倒惬意得很。

此刻，他正坐在日本武士馆对面街道的一家咖啡馆里，点了杯极品蓝山，一边喝着一边观察着对面的动静。

最近一段时间他经常待在咖啡馆里消磨时间，一是为了养伤，二是替玫瑰他们查探下居住在日本武士馆里的那个仓永朝一的情况。

为了不被人怀疑，他并不是只来这间咖啡馆，附近几条街的咖啡馆他都去过，偶尔还会带上席世恩。

聂公馆的人不知道他有喝咖啡的雅兴，所以一时半会儿难以找到他。

据近几日聂莛宇对日本武士馆的观察，他发现这个仓永朝一很狡猾，几乎从不离开日本武士馆，一直躲在里面不怎么露面。

聂莛宇就见过他两次，还都是石原正信去日本武士馆，他出来站在门口送石原离开，聂莛宇这才遥遥地见过他的脸，对比玫瑰寄给他的照片，才知道他就是仓永朝一。

聂莛宇暗地里查过这个日本武士馆，里面居住的除了仓永朝一，其他的都是日本武士。那些日本武士听命于石原正信，先前来他仓库放火的就是这批人。

聂莛宇意外的是，来日本武士馆找仓永朝一的人，除了石原正信，还有一个中国人，这个人他还认识，正是周公馆的大少爷周垚玉。

他让玫瑰查过周垚玉与仓永朝一的关系，得知周垚玉是去年认识仓永朝一的，他们第一次见面是在英国的一家医科大学里——两人都在那儿听一个英国有名的药剂师的讲座。

也就是去年，周垚玉被确诊得了肺痨晚期，西方医学上称这病为肺结核晚期。

医生诊断周垚玉活不过一年。可如今一年过去，周垚玉依旧活得好好的，他的精神气色甚至还比他一年前在英国时好得多。

报告上说是仓永朝一治好了周垚玉——自从两人认识后，周垚玉每隔一段时间就会从仓永朝一那儿拿药，两人的关系也很密切。

几个月前，周垚玉突然跟随仓永朝一离开英国，去了日本，随后，他们两人又相继回到了上海。

以现在的医学水平，周垚玉的病情已经严重到肺腑受损，很难有回天之力，仓永朝一一个细菌研究学专家，怎么可能治得好他？其中定有隐情。而仓永朝一为何来上海，个中原因也很值得去一探究竟。

要想解决这一切疑惑，周垚玉或许是个不错的突破口。

不知不觉间，天色已晚。

冬日的夜黑得比较早，席锦书五点多下班，他还得赶去银行接她。

喊服务员过来结了账，聂莛宇起身准备离开咖啡馆，服务员追了过来，给了他找零并送他一份报纸。

聂莛宇微笑着说了声："谢谢。"

服务员礼貌地回了他一句"不客气"，然后特意提醒他："聂先生，今天报纸上有你的新闻。"

"哦？"聂莛宇好奇地翻开报纸，快速地浏览了一番。

服务员直接让他去看最后一页。

聂莛宇翻到那一页，看到上面的照片，脸上的笑容瞬间凝固了，眼里闪过一丝狠戾。

"聂先生，你的找零没拿……"等服务员再度喊他时，聂莛宇已经沉着脸，大步离开了咖啡馆。

他直接开车去了汇丰银行找席锦书，当时他脑子里只有一个想法，就是得立刻见到她，告诉她这一切都不是真的，他可以解释。

一路疾驰到汇丰银行，聂莛宇没见着人，秘书说席锦书下午就出去了，临走前她交代今天有事不回银行了。

他问秘书席锦书去了哪里，秘书答不知。

聂莛宇无奈，凤眼微眯，只得先离开银行，驱车回了别苑。

"小聂太太回来了吗？"一进门，聂莛宇便焦急地问福妈。

福妈搓着手从厨房出来，摇头："还没有，先生。不过聂公馆来了电话，那边说有急事，让您赶紧回去。"

聂莛宇了然，已经猜到聂公馆找他回去所为何事了，但他现在只想见到席锦书。

他心里清楚，这个时间点席锦书不可能回家，她就算不待在银行，也会在外忙着见客户之类的。

他这是慌了，不过冷静下来想想，席锦书没回来说不定是件好事，她可能还未看到报纸。不然以她的脾气，应该会立刻来找他质问，就像上次他送走那些学生的事一样。

虽然知道闹出这种事，他还指望她不知情这种想法有些可耻，可聂莛宇这时候不得不自我欺骗。他了解她，若他一而再再而三地欺瞒她，她定不会原谅他。

沈妍筠的事他早晚都是要跟席锦书说个清楚的，只不过他没想到这一天会来得这么突然，让他一点儿准备都没有。

"先生，要回聂公馆吗？我让阿炳去备车？"见他一副呆愣愣的模样，福妈上前来低声问他。

聂莛宇回过神来，阻止道："不用，我在这儿等太太，你让阿炳去汇丰银行，看到太太回银行的话，让他立刻载她回来。"

"那聂公馆那边该怎么说？"

"就当还没找到我，先不必理会他们。"聂莛宇沉着地吩咐。

福妈明白，出去喊阿炳。

聂莛宇在沙发上坐了一会儿，一直等到晚上六点半，也不见阿炳将席锦书带回家。他有些坐不住了，猛地从沙发里站起身，拿着车钥匙要出门。

人刚走到别苑门口，突然一个人冲了进来，对着他就是一拳。

聂莛宇没有防备，直接被打倒在地。他用手捂着被打肿的左脸，抬头看向来人。看到李璨恒那张盛怒的脸时，聂莛宇的眼眸顿时暗了下来，从地上爬起来，拍了拍身上的尘土。

"你怎么来了？"聂莛宇一脸平静地问李璨恒。

李璨恒伸手一把用力地攥住聂莛宇的衣领，咬牙切齿道："你明知故问！她人呢！你在杭州见过她，为什么不告诉我？你明知道我一直都在找，你跟她在一起几个月，却只字不提，怎么，怕我来跟你抢她不成？"

聂莛宇挣开了李璨恒的手，皱着眉头，冷声道："这事等我回来再跟你解释，我现在要出门，没工夫和你纠缠。"

"去哪里？我告诉你聂莛宇，你不告诉我沈妍筠在哪里，你今天就休想出这个门！"李璨恒挡在大门口，发狠地说。

聂莛宇眼神阴鸷地看着他，动怒道："你知道你现在在做什么吗？李璨恒，你别忘了你已经结婚了，你有什么资格跑来这里问我沈妍筠在哪儿？你把张小姐置于何地？"

李璨恒听着他这话，直接笑了，对着聂莛宇嘲讽："我没资格？你聂莛宇就有资格了？别忘了，你不仅结婚了，还有一个孩子！你不也是照样跟沈妍筠在杭州你侬我侬地待了好几个月，到我这儿，我竟连问她在哪都不能问了？"

聂莛宇脸一阵发白，伸手推开了挡在门口的李璨恒："我不跟你吵，这件事等我回来再说。"

李璨恒又将他拽了过来，固执地说："我说了，你不告诉我沈妍筠在哪儿，你就别想出这个门。我知道你要出去找席锦书，怎么，现在急了？怕席大小姐生气了，你这软饭吃不成了？早知现在，又何必当初呢！你就算现在出去找席锦书，也未必能见到她。"

"你什么意思？"聂莛宇沉下脸来，看着李璨恒问。

未等李璨恒回答，阿炳突然驱车回到别苑，下了车，焦急地朝聂莛宇喊："不好了，聂先生，街上有人说太太被巡捕房的人抓走了，已经有一会儿了。"

"出什么事了？"聂莛宇惊呼。

"老记包子铺的掌柜死了，他们说是太太杀的。"阿炳解释道。

聂莛宇变了脸色，猛地挣开李璨恒的手，将他反甩在地上，自己朝车跑了过去。

"聂莛宇，你！"李璨恒气愤地从地上爬起，还没骂完，聂莛宇已经开着车跑没影了。

【3】

临近晚上七点，法租界的巡捕房内依旧是灯火通明，没有人敢下班。

今日情况特殊，巡捕房里来了位特别的犯人，正是赫赫有名的汇丰银行经理席锦书，席大小姐。

今天中午十二点多，席锦书坐车到老记包子铺找老记给连锁店的匾额题字。

老记跟着她一道去了连锁店，中间老记不满席锦书对连锁店的新式装潢，硬要其按他们老店的样子开铺子，不然就不给题字，两人为此起了争执，不欢而散。

老记气愤地回到自己的老店，走之前他曾威吓席锦书，若她不顺从他的想法，他就毁约，不让她把分店继续开下去。

席锦书在分店里逗留了会儿，在两点的时候又去找了一趟老记，约他去茶馆喝茶，就连锁店的事再好好商议一番。

两点半，老记赴约，与席锦书在小何茶馆碰面，茶水喝了一半，有小厮听见他们的茶水间又传来老记愤怒的质问声，还有席锦书的苦劝。

茶馆掌柜的认识老记，知道他这人心眼不坏，但直性子，脾气又暴，动起怒来有时候喜欢打人。掌柜的怕席锦书吃亏，就自个儿上楼，借着续茶的机会想做个和事佬。结果他拎着茶壶刚走到楼上包厢，就听见"哐当"一声，似乎有人撞倒了桌凳。

他一惊，赶忙推门进去，就看到老记倒在地上，嘴里痛苦地吐着白沫跟血沫，一双老眼暴怒地瞪着一旁的席锦书。

席锦书吓得面如土色，愣在一边。

掌柜的连忙上前扶老记，老记抓着他的胳膊挣扎了一会儿，就没了反应。掌柜的伸出手指探他的鼻息，发现老记已经断气了。

掌柜立刻喊小厮去巡捕房报警。

没多久巡捕房的李探长就带着人赶到茶馆，封锁了现场，询问了一番情况，然后将席锦书以及老记的尸体一并带去了巡捕房。

昏暗的牢房里，席锦书沉默地坐在潮湿阴冷的窄床上。

李红星抱着一条薄被走了进来，抱歉地笑："找了老半天只找到一条干净的被子，席老板若不嫌弃就先将就盖着。"

闻言，席锦书抬起头来，急忙下了床，接过李红星手中的被子，感激地说："麻烦李探长了，我能冒昧地问一下，老记的死亡原因查到了吗？"

"初步推测是中毒，具体是中什么毒，还得等解剖了才知道。席老板不必太担心，这个案子看起来你是最大嫌疑人，但我认为凶手不是你。凭你的身份，你若真要杀老记，定不会选择用这么愚蠢的方法。我们把你们包厢里的所有茶水茶器都检查过了，没有找到任何有毒物质。老记应该是在来茶馆之前就已经中毒了，至于是谁给他下的毒，还得细查。在查明真相之前，只得委屈席老板先在巡捕房待上几天。"

"谢谢你，李探长。"席锦书低声道，神态有些疲惫。

李红星理解她此刻的心情，今日的《淞报》在上海滩掀起了不小的风雨，席锦书都没来得及回应，又惹上了一场凶杀案，纵使她再能干，也难免心累。

看席锦书这副模样，李红星突然想到等在巡捕房办公室的人，赶紧跟席锦书说道："对了席老板，聂先生来了，他想看看你。虽然我们巡捕房有规定，未经上头批准，不得让任何人见重大凶杀案的犯人，但是我可以为你破个例，明天我再去跟上头报告。"

听到聂莛宇的名字，席锦书的脸色晦暗许多，沉默一会儿，她冷声拒绝："不用了，李探长，你还是按规矩来吧，让他回去吧，告诉他，我在这儿挺好的，没事。"

"好吧。"李红星无奈地回了声，继续道，"那席老板晚上有什么需要尽管喊我们，我先走了。"

席锦书点点头，站在牢房门口，目送李红星离开。

待李红星走后，她抱着被子又回到了那张小床上。就像李红星说的那样，这被子薄得很，裹在身上也感觉不到多少暖意。

她已经习惯夜晚窝在他温暖的怀里，如今这寒意让她险些招架不住。

一阵冷风从敞开的通风窗吹了进来，她打了个寒战，身子裹在被子里，毫无睡意。

黑夜里，只有桌上的煤油灯发着微弱的光。

丝丝痛意自她的胸口悄无声息地蔓延着，她脸色苍白，紧咬着牙，目光定定地望着桌上那摇曳的烛火，许久许久，都没有发出一丝一毫的声音。

今晚，真冷啊！

李红星回到巡捕房办公室，发现聂珏宇还站在原来的位置等他。

灯光下的他，穿着件驼色大衣，低着头，神色看不分明。

像聂珏宇这种名门公子，有三两个女人是正常的，要只有一个才稀奇了。

对于今天的新闻，李红星很是淡然，就是替席锦书感到有些可惜，倒不是因为聂珏宇辜负了她，只是觉得她若没嫁人，定比现在更加大放异彩，估计整个上海滩的男子都会为她的才干所倾倒。

李红星曾在百乐门见过沈妍筠几次，这个女人确实是个绝色美人，跟聂珏宇那张倾国倾城的脸倒也相配。她虽是交际花，可身上却有一股名门小姐都没有的傲劲，冷艳迷人。

在容貌上，席锦书的确比不上沈妍筠，可是她与生俱来的那股淡定从容，临危不惧的气场却是许多女子都没有的。

就像老记死了，他们巡捕房把她当成犯罪嫌疑人抓了，换作其他人定会大哭大闹，喊个冤什么的。她没有，她一直很冷静地配合他们的工作，处境再难都没失了她席大小姐的风度。

听说她被抓，席公馆的席二爷当时就带着人赶到了现场，嚷着要李红星他们放人。席锦书非但没有跟着他们一块儿闹，反而还安抚席二爷，让他回家先安抚好家里人，特别是席太太，她这边没什么事。

李红星见过很多姑娘，但是头一次见到席锦书这般沉着冷静的。即使关在牢里，她还是那副宠辱不惊的样子。

但李红星知道，越是这般平静安然的人，越能爆发雷霆之势，她不做反应，是因为还未到她的绝路。

"聂先生，你怎么不坐会儿？"叹了口气，李红星走到聂珏宇面前，笑着说道。

聂珏宇回头看他，清俊的脸上稍显焦急，问道："小聂太太她答应见我了吗？"

李红星干笑了下，有点为难地说："聂少奶奶说她今日累了，要休息了，让你先回。"

聂珏宇静静地听完，眼里闪过一丝痛苦。

其实在来的路上他就想过了，若她不想见他，说明她看过那报纸了，生他气了。若她愿意见他，那他就跟她说个清楚，然后想办法先救她出去。

巡捕房的牢房阴冷，她体弱，待久了恐寒气入骨，病了就不好了。

他知她恼他怨他，等回家了她要打要骂都可以，但就是别不理他。不然他心里慌得很，他是见过她以前模样的，一旦狠起来，绝情得要命。

他们好不容易走到了今天，就算她舍得不要他，他也不舍得放开她。

本来他还心存侥幸，希望她还没看到报纸，如今听李红星这么一说，他的心凉了半截，但还是强打起精神来，问李红星："她人没受什么伤吧？"

"没有，挺好的，我们也不敢让她受伤啊！"李红星苦笑。

聂廷宇稍微松了口气，眸色黯了黯，继续道："你刚送过去的被子太薄了，她盖着会冷的，我让用人送床厚被子来，回头你再给她送去。她肠胃不好，你们这儿的食物吃不惯的，每顿我都让人煮了给她送来。刚你不在，我找你同事问了下这个案子，老记的儿子跟老婆都不同意解剖尸体，看来要找出真凶需要点儿时间，这几日你姑且帮我好好照顾她，老记的死因我去查。"

李红星听了他的话本来挺感动的，听到最后倒有点儿不高兴了："聂先生这是不相信我们巡捕房的办案能力？"

"不是。"聂廷宇直接否定道，眼眸森冷地看着李红星解释，"她在这里多待一天就多受一天苦，我见不得我家小聂太太吃苦，我亲自去查就不会把时间浪费在无用的事上。"

李红星哽住，瞧这话说的，不知道的还以为他有多爱他太太呢！那今日的桃色新闻又是怎么回事！

李红星暗自翻了个白眼，听到聂廷宇继续道："两天之内我给你找到给老记下毒的真凶，你帮我保她毫发无损。她要有任何闪失，你了解我脾气的，你这探长的位置不坐也罢。"

说完，不等李红星出声反驳，聂廷宇大步走出门，离开了巡捕房，开车又一次没入夜色之中。

他想起来之前，李璨恒对他说的一句话——"你就算现在出去找席锦书，也未必能见到她！"李璨恒不是那种爱说无用废话的人，他来找自己是来询问沈妍筠在哪儿的，突然提这么一句，定是知道些什么。

聂廷宇眼神发暗，朝百乐门疾驰而去。

【4】

李璨恒猜到聂廷宇会来找他，所以他一早就等着了。待舞厅里的服务生领着聂廷宇上楼时，他正坐在二楼包厢的椅子上，手握着一块热毛巾敷脸。

先前在别苑门口，他与聂莛宇争执，那厮猛地推了他一把，他把脸给磕着了。

说起李璨恒这张脸，虽没有聂莛宇来得精致，但也可以算得上一张俊脸了。所谓男生女相，说的就是他那张脸，相较于其他男子，他面相多了几分女性的阴柔。

聂莛宇没有敲门，直接推开门走了进去。

听到声响，李璨恒抬眼乜斜了来人一眼，装作没看见一样，转过头继续敷脸。

服务生识相地退了出去，给他俩带上了门。

"小聂太太被抓的事跟你有关？"聂莛宇一进屋便开门见山地问他。

李璨恒气愤地甩下毛巾，道："聂莛宇，你这话说的，可把咱俩二十多年的交情都给说没了。我即使不喜欢席锦书这个人，但还不至于故意杀个人来陷害她。你这么精明的一个人，怎么在她的事上就没了脑子了呢。"

他这副装腔作势的语气听得聂莛宇格外不舒服，他没工夫跟他绕弯子，几步上前，双手揪住李璨恒的衣领，将他从椅子上提了起来。

"你之前说的话是什么意思？你早就知道锦书会被抓且一时半会儿放不出来？老记的死你知道多少？你他妈赶紧给我全说出来！"聂莛宇难得急躁地朝李璨恒吼道。

李璨恒不悦地挑起眉毛，目光落在聂莛宇的手上，撇了撇嘴："你就这么求我帮忙的？"

聂莛宇凤眼微眯，紧紧地盯着李璨恒，一会儿松开了手，从大衣口袋里掏出一根雪茄出来，点燃，叼在嘴里狠狠地吸了一口，这才慢慢恢复镇定，道："璨恒，有件事你得搞清楚，我来这里可不是来求你的，你有你想知道的东西，我也有我想知道的，我是来跟你做交易的。"

"不愧是聂老板，什么事都可以拿来做交易。好，聂莛宇，既然你都这么说了，那看在过去我们兄弟这么多年的分上，你只要告诉我沈妍筠在哪儿，我就告诉你一条重要线索，帮你找出杀害老记的真凶。"李璨恒扬起嘴角，说。

"你果然知道。"聂莛宇表情平静地看着他，眼神有些冷。

李璨恒不以为意："我就问你答不答应做这个交易。"

聂莛宇吞吐了口烟，将手中的雪茄掐灭在桌上的烟灰缸里，看着李璨恒："我可以告诉你，但是你知道了又能怎样？你难道打算带她回上海？"

"只要她沈妍筠愿意跟我，她过去有过多少个男人我都无所谓。我怎么安置她是我的事，用不着你来操心，你还是多操心一下怎么跟席锦书解释你跟妍筠在浙江的事吧。席大小姐可不是那么好忽悠的人！"李璨恒讥诮地说。

聂莛宇阴沉着脸把话听完，不做反驳，抬眼继续问李璨恒："张苑茗那边你打算怎么

331

交代？"

"她跟席锦书不同，只要我对她好点儿，她就会对我听之任之。可你就不同了，先别说席锦书未必同意你领妍筠进门，就你们聂公馆的人也不会让妍筠跟你的。你跟妍筠不可能再在一起了，你为何还要招惹她？"李璨恒句句带刺。

聂莛宇不以为然地站起身来，看着他："我可以告诉你她在哪里，但她愿不愿意跟你回来我不能保证。她的性格脾气你比我还要清楚，她就算跟你回上海，也未必在你身边待得住。璨恒，我希望到时候你能尊重她的选择。"

"尊重？我就是因为尊重她，当年才放任她嫁给你。就算她有千般不是，也是你聂莛宇先招惹她的，你们聂家的人怎么可以那么狠心地把当时还在生病的她送出上海。"李璨恒一脸痛心地说。

聂莛宇眼神复杂地看着他，内心波涛汹涌，面上却依旧很是平静。

他知道李璨恒对沈妍筠的感情有多深厚，但他还是无法告诉璨恒这些事情的所有真相。并非他不信任李璨恒，而是直到现在他还把李璨恒当兄弟，他是为了保护他。

四周空气沉寂半晌，最终聂莛宇才再度开口，低声跟李璨恒说了个地址。

李璨恒望着聂莛宇难掩激动："妍筠她就在那里？你没骗我？"

"我离开时，她还住在那里。事关小聂太太的安危，我不会骗你。现在该你了，你都知道些什么？"聂莛宇严肃地说。

李璨恒很是高兴，几步上前，搂住聂莛宇的肩，在他耳边小声说道："今天早上，我在街上正巧碰到记学兵，看见他去了承天药铺买了一包东西出来。"

"那能说明什么？"聂莛宇不解。

李璨恒神秘地一笑："起初我也没放在心上，直到下午听说老记中毒死了，就起了疑。"

"你认为是记学兵毒死了老记？动机呢？记学兵为什么要杀他爹？他又是什么时候给老记下的毒呢？"聂莛宇一连问了好几个问题。

李璨恒朝他挑挑眉毛，得意地说："早在上半年前，记学兵就没少往我的赌坊跑，累积起来欠了我几十万大洋了。前阵子我要造火药，需要资金，就逼他还钱。他问老记要，结果被他爹从家里打了出来，他给不出钱，我下手自然重了些，他吃不消，又回了几趟家里，偷了点儿钱出来，但还不够抵利息的。我没了耐心，只给了他三天时间，三天内他再交不出钱，就剁他一只手。所以今天他又回去了，结果没多久老记就死了。我觉得你可以顺着这条线索去查，应该会有不少收获。"

聂莛宇静静地听完，想了会儿，最后说了声："谢谢。"

李璨恒很是受用地扬起下巴。

聂廷宇没有再继续耽搁下去，告别李璨恒，匆匆离开了百乐门。

他先回了趟别苑，家里没人，一片漆黑，聂廷宇料想是阿炳开车送福妈去巡捕房给席锦书送东西了。

进屋开了灯，他直接上了二楼的书房，给浙江那边去了个电话。

电话很快就被接通，里头传来熟悉的女声："喂，哪位？"

"是我，小聂太太被抓进了巡捕房，我得救她出来，拿你跟璨恒做了交易，他应该很快就会来浙江寻你，见不见他你自己决定。"聂廷宇简明扼要地说道。

那头停顿了下，平静地说："席小姐的事，上海那边的人一早就通知我了。你放心，不管席小姐所涉的案件是无意被牵连，还是有人蓄意加害她，我们都会帮你救她出来。我近期本就打算要回上海了，李璨恒来找我也好，我跟他回去，日后不管发生什么事，也免去了你的嫌疑。"

"什么意思？"聂廷宇皱起眉头问。

"我们在浙江抓到的偷拍者身份被证实了，他是个日本浪人。从你离开上海来浙江，日本人就没打消过对你的怀疑，一直派人监视着你，这也是我们在浙江装作情侣的原因。今天关于我们的新闻上特别提到了席小姐，我想日本人之所以紧盯着你不放，多半是为了席小姐，他们想破坏你跟席小姐的关系，借机拉拢她。席小姐的存在对各方来说都尤为重要。我们不能让她落入其他人的手中。我已经露了脸，不能再在杭州潜伏下去，身份暴露是早晚的事。组织命令我在身份暴露之前回到上海，完成一个重要任务。"

"什么任务？"

"刺杀石原正信。"

"太危险了，现在外面都是日本人的军队，你要刺杀石原正信，简直是自寻死路。"聂廷宇激动地说。

那头传来女子无畏的笑声："廷宇，人固有一死，关键是死得其所。几年前要不是你娶我进门，帮我隐瞒身份，我早就死了。这一次就算我刺杀失败，没了性命，也都是赚了的。我是一个中国人，理应爱国、护国。要成大业，牺牲必不可免，若以我一人之血能让千千万万人少流血，那是值得的。"

"我能为你再做些什么？"聂廷宇眼眶微微泛红，喉间有些哽咽。

"不用，你做得已经够多了，倘若我牺牲了，请你保护好自己，保护好席小姐，你们的性命比我们更重要。"女子笑着说。

"妍筠。"聂莛宇终于忍不住唤了一声她的名字。

坐在浙江小院的沈妍筠笑了笑:"还是叫我玫瑰吧。"铿锵玫瑰,虽柔亦刚。

晚上九点,承天药铺的掌柜刚准备关门,外面突然冲进来两个人。一人将他按在地上,一人随手给他带上了门。

阿炳从巡捕房回来后,聂莛宇带着他直接来到了承天药铺。

承天药铺是个小药铺,店里就只有钟掌柜跟他老婆两个人。

钟掌柜看到来人后瞬间噤了声。

倒是他的妻子在楼上听到响动,披着衣服走下楼来,看到钟掌柜被一个高大魁梧的壮汉压在地上,当即害怕得要喊救命,一把手枪顶在了钟掌柜的太阳穴上。

"你要敢喊人,我立刻毙了他。"聂莛宇拿着枪指着钟掌柜,神情阴鸷地朝钟太太威胁道。

钟太太吓得不敢再出声,哆嗦着跑下楼来,跪在聂莛宇的面前,哭着哀求:"聂先生,你大人有大量,不管我家老钟怎么得罪了你,求你饶他一命。"

"是啊,聂先生,我与你无冤无仇,你为何要这么对我啊?"头贴在地上的钟掌柜一脸不解地说。

聂莛宇随手拽了张椅子坐了下来,拿枪指着钟掌柜:"你跟我有没有仇,得看你接下来怎么说。我问你,老记包子铺的少东家今早在你这买了什么?"

听他提起记学兵,钟掌柜的脸顿时灰了下来,他趴在地上,眼睛眨巴了两下,道:"就是普通的风寒药,说是他母亲染了风寒,让我给配点儿药。"

"你确定?"聂莛宇双眼危险地眯起。

"确定确定。"钟掌柜要点头,发现脑袋被枪抵着,他只得重复。

聂莛宇弯下身来,如鹰隼一般紧紧地盯着他,枪往他的太阳穴上压了压:"我这人没什么耐心,你要说不出我想听的话,我只好把你们夫妻俩都杀了,也没有人知道我来过。不过我还是得奉劝你一声,记学兵给你再多钱,他都不如我有钱。只要你实话实说,他给你多少,我给你双倍,并留你一条命。"

"聂先生,我……"

"到底说不说?"

"说,我说。"钟掌柜还未回答,他老婆先激动地抓住聂莛宇要扣动扳机的手说道,"是砒霜,记少东家在我们这里买了砒霜。因为砒霜是禁卖药,所以我家老头子才不敢说。何况现在记家又闹出了人命,我们就更不敢说了。"

聂廷宇眉头微微松动，将枪收了回来，塞进大衣里，又从里面拿了一沓钞票出来，扔在他们面前。

"不够再来我家取。"聂廷宇冷声道，让阿炳放开钟掌柜。

钟掌柜捡起钞票，拉着老婆对着聂廷宇磕头，一把鼻涕一把泪地说："谢谢聂先生。"

聂廷宇没再理会他们，抬腿走了出去。

阿炳紧跟上去："先生，我们接下来去哪儿？"

"你去漕帮喊几十个人过来，去记家抓人。"

"抓谁？"阿炳道。

聂廷宇冷眼看他："你说呢？"

【5】

夜晚生寒，记家大门敞开着，门口拉起了白帘，两只大白灯笼高高挂起，马路边停了好几辆汽车。

老记死得突然，丧事办得很仓促，很多客人都没通知到，今日来的都是些近的亲戚朋友，过来吃个晚饭，陪着老记的老婆儿子哭了一会，有的自个儿组织去院中打牌了，有的去休息了，只留下几个关系亲密的亲人围坐在老记的棺材前守夜。

聂廷宇带着人冲进去的时候，众人吓了一跳。

在场的大多数人都认得聂廷宇，也都关注了今天的新闻，对于聂廷宇此番前来记府究竟是何目的，各有猜疑，但没有一个人敢上前询问。

最后还是记学兵最先坐不住，看到聂廷宇领着人走进灵堂，他立刻从凳子上站了起来，黑着一张脸走到聂廷宇的身前，厉声质问道："聂先生这么晚到我们家来做什么？难不成是想为尊夫人求情来着？"

"求情？"聂廷宇低笑一声，凤眼微眯，扫了记学兵一眼，神情骤冷下来，"记少东家这话是提醒我了，是得求情，但不是我。"

"聂廷宇，你什么意思啊？"记学兵皱眉。

聂廷宇朝身后的手下勾了勾手指，两个面相粗壮的男人走了上来，一边一个，擒住了记学兵。

"你们干什么？放开他！放开我儿子！"记太太见状，激动地扑了过来，朝聂廷宇大吼道。

阿炳上前拦住她。

"聂先生，你这是在做什么？你太太杀了我丈夫不算，你们还想害我儿子吗？我们记家到底哪里对不起你们了，你们要这么害我们！我家老头子刚死，你们就来我家里绑我儿子，天理何在！天理何在啊！把我儿子放了！快把我儿子放了！来人啊！报警啊！"记太太歇斯底里地哭嚎着，旁边的人光看着，不敢轻举妄动。

聂莛宇面无表情地从怀里抽出一张纸，打开，送到记太太面前。

"记太太，我今日来此就是为了跟你讲讲这个天理！老记是中毒而死，在他死之前，有人看见你儿子从承天药铺买了东西。我去承天药铺问过钟掌柜，他说令公子买的是砒霜。哪有这么巧的事，记少东家刚买了砒霜，老记先生就中毒死了？为了让老记先生死得瞑目，也为了还我家小聂太太一个公道，记太太只要在这张巡捕房的解剖同意书上签个字，待尸体一解剖，查明到底是中了什么毒，案子就可以结了。"

聂莛宇说完，四周的人都倒抽了一口冷气。他们只听说老记死了，还不知道记学兵买过毒药。难道是记学兵杀了老记？不会吧，亲生儿子杀老子，这是有多恨啊！

记太太听完，震惊得不得了，红着眼下意识地看了记学兵一眼。

记学兵拼命地挣扎着，朝聂莛宇大喊道："聂莛宇，你胡说。我什么时候去买砒霜了，你别为了救你太太，就在这血口喷人。"

"我有没有胡说，你们签个字，等解剖完尸体不就清楚了。"聂莛宇不耐道。

"死者为大，我爹都死了，你们还要解剖他的尸体，让他死都得不安宁，你们也太狠毒了。就算我爹跟席锦书意见不合，你们夫妻俩也不该这般害他吧！"记学兵慌了，当即哭着叫了起来。

旁边看戏的人听着也觉得不可，终究是死者为大，聂莛宇先来葬礼上闹，后又要解剖人家尸体，确实不太妥当。

"聂先生，您看现在记家还在办丧事，要不这事你等丧事办完再说。老记走了，记太太跟记少东家心里都不好受呢，你就暂且别刺激他们了。"一个年长的老人实在看不过去，站出来劝阻聂莛宇道。

聂莛宇不以为然地呵了一声，冷笑道："诸位心里觉得不好受，那我太太无辜被抓，这会儿还在巡捕房那冰冷的牢房待着，她就好受了？今日诸位说我聂莛宇怎样都好，我要做的事谁也别拦。阿炳，让他们签字！"

"是，先生！"阿炳应道。

一人拿了印泥过来，阿炳抓着记太太的手就往同意书上按去。

记太太隐约已经猜到其中的隐情，痛心之余还是舍不得放弃自己的儿子，拼命地挣扎着不愿按印，但她毕竟是个弱女子，力气哪有阿炳大，挣扎了几下，还是在纸上按下了手印。

阿炳放开了她，如法炮制让记学兵也画了押。

待家属在同意书上签完字，聂莛宇从衣内抽出几张大额钞票，递给葬礼收账的管事当作白包，然后让人将记学兵押走。

记太太瘫坐在地上，见记学兵要被带走，顿时心急如焚，知晓他这一走便再也回不来了。她已经死了丈夫，可不想儿子也没了。虽这儿子让她操碎了心，可毕竟是她的亲骨肉啊！

想到这，记太太顾不得其他，连忙从地上爬起来，疯了似的要去那几个壮汉手中抢人，结果被其中一个壮汉推倒在地上。

"求求你们，放了他！放了他！"记太太哭嚎着。

在场的宾客见此惨状，不知内情的壮着胆来拦阻，指责聂莛宇道："聂先生，你不能这样，死者为大，你不能在丧礼上做这种事啊！"

"是啊！聂先生，看在老记先生的分上，你就放了记少东家吧！"

"聂先生……"

"……"

纵使那些人说得再多，聂莛宇依旧是态度强硬地带走了记学兵。

出门前，身后传来凄厉的哭吼声，是记太太发出来的。

"聂莛宇，你这般毫无人性，以后肯定不得好死！"

聂莛宇脚步顿了顿，精致的脸上闪过一丝阴云，但很快就消散了。他无所谓地笑了笑，冷下眼神，大步从记府的大门跨了出去。

王家小少爷以一己之力把《淞报》报馆砸了个稀烂，逼着负责人告诉他聂莛宇出轨的那则新闻是谁投的稿子。

上海那些大大小小的报社刊登这些花边新闻的不少，先前也没少登他王五少跟席大小姐的，但都没见王湛林这般来闹过。

《淞报》报馆的人起初也没当回事，任凭王湛林怎么闹，就是不说谁拍的照片，但后来看这小少爷没有消停的意思，报馆要被砸得差不多了，只得告知王湛林他们确实是不知道谁拍的照片，就接到一个匿名电话，让他们去一家书店拿照片。他们的人去了，找到了照片，没看到举报的人。

这个解释太过牵强，王湛林自然不会相信，最后《淞报》的负责人唐先生实在没办法，只好给巡捕房打了电话。

下午的时候，李红星还在负责席锦书的案子，就遣了手下过去处理，他们把王湛林带回了巡捕房，又通知了王家人过来赎人，并给《淞报》报馆赔偿损失。

王家的人都知道王湛林是去跟聂书涵看电影去的，但没想到他竟然约会途中还去惹事。

王老爷当即是气不打一处来，上次私造飞机的事他刚给王湛林压下，如今王湛林又给他闹出这事来。王老爷越想越气，扬言这儿子他不救，让王湛林自己惹出的事自己负责，巡捕房想关他多久就关多久，用刑也无所谓，他王老虎都不计较。最好让王湛林多吃点儿苦，他以后才好长记性。

所有人都知道王老爷这说的是气话。

纪云绣深知丈夫脾气，没好说他，只得让荣管家去账房提了钱出来，自己带着人先去了《淞报》报馆跟唐先生核算损失，不仅赔了钱，还帮忙把报馆打扫了一遍，最后又请整个《淞报》的人吃了顿晚饭算作赔礼道歉。

听说王湛林是为了今日聂莛宇的新闻才去报馆大闹的，纪云绣的心不由得沉了下来。

她当然知道王湛林此番前去的理由定是替席锦书打抱不平。

王湛林跟席锦书自幼感情好，像是亲姐弟，这一点纪云绣心里是清楚的。可是就算是感情再好，王湛林也不至于犯浑到这地步。

这孩子平素总是一副温暾软糯的样子，连说话都很少大声，干出这种事来，着实不大正常。

细细思索了一番，纪云绣的眉头越皱越紧。

她什么都不担心，就担心湛林这孩子犯浑犯过头了。他莫不是心里有锦书了吧？

纪云绣深吸口气，当务之急，是把王湛林从巡捕房里保释出来。

吃完饭，送走唐先生他们，纪云绣这才跟荣管家两个人去了巡捕房，拿着唐先生给的和解书，要求保释王湛林。

纪云绣也是到了巡捕房才知道席锦书被关入狱之事，她一下午光忙着给王湛林收拾烂摊子，也没机会听说这个事。这会儿听到后，她的心不由得哆嗦了下。

荣管家跟着巡捕房的人去牢房领王湛林，她坐在外头跟李红星询问席锦书的案子。听完全部细节，她稍微放下心来。

以她的推测，席锦书杀人的可能很小，应该是老记先中了毒，只不过在跟她喝茶的时候正好毒发了。

说来说去，就是席锦书倒霉，也不知道这孩子到底触了什么霉头，一天工夫怎么能遇到这么多糟心的事。席家现如今除了席锦书，没个顶事的，还好聂莛宇不算全无良心，虽外面有人，还晓得关心席锦书，不然她都不知道这种时候席锦书怎么挨过来。

纪云绣又一次心疼起席锦书来。

走廊里传来脚步声，纪云绣料想是王湛林他们来了，连忙叮嘱李红星道："席小姐的事一会儿别在我们家湛林面前提起，不然指不定又要闹出什么幺蛾子来。我家老爷在气头上，可不能让他再惹事了，趁他还不知道，我先带他回家。回头锦书的案子有什么进展了，你打个电话到王公馆，让我也知晓下。"

"好的，王太太。"李红星恭敬地答道。

刚说完，荣管家就领着狼狈的王湛林进了巡捕房办公室。纪云绣交了罚金，装模作样地在李红星他们面前数落了儿子几句，然后带着人走了。

一路上纪云绣走得很急，生怕王湛林回头，听到巡捕房的人说点儿什么，万一知晓了席锦书的事，又不愿跟她回去了。

纪云绣打心眼里对席锦书喜爱得紧，可是席锦书就算再好，她都是聂莛宇的妻子。

王湛林可以犯很多错，王老爷到最后都会原谅他。可是他若真喜欢席锦书，犯糊涂跟聂莛宇抢妻子，做出那档子事来，那么王老爷这辈子都不可能原谅他。

王家可以丢任何东西，唯独不能丢了脸面，被人在背后戳脊梁骨。

这也是纪云绣同情席锦书的原因，因为对席锦书来说，席家的脸面同样很重要。而今天《淞报》上的这则新闻，就让席锦书丢尽了脸面。

同为女人，纪云绣明白，最伤席锦书的不是被冤枉入狱，而是丈夫的欺瞒与背叛。

此刻，聂莛宇虽在为席锦书到处奔走，可不管他能不能救席锦书出来，这对夫妻之间总免不了要离心了。

纪云绣叹了口气，拉着王湛林的手，上了车。

李红星这边刚送走纪云绣，还未休息多久，聂莛宇让人将被打晕的记学兵抬进了巡捕房，然后从怀里拿出老记的解剖同意书，放在李红星的办公桌上。

李红星望着纸上两个鲜红的手指印，愣住了："聂先生这是？"

"记学兵欠了百乐门老板的巨额赌资，被他父亲赶出了家。今日他回家之前去承天药房买了一包砒霜。你现在即刻让人去给老记验尸，若他中的毒是砒霜，那么凶手应该就是他。回头对他进行审讯，不信他不招。"

"聂先生此言当真？"李红星震惊道。

买毒杀父这种事可不是一般人干得出来的。

聂莛宇面无表情地看着李红星："你觉得我会拿小聂太太的安危跟你开玩笑吗？"

李红星了然，立刻喊了验尸官进来，让他去给老记验尸。

聂莛宇将昏过去的记学兵扔给李红星，道："先把他给关起来，别让他跑了。"

李红星照做，喊了两个手下过来，将记学兵送去了牢房。

解剖验尸需要好几个时辰，李红星回头问聂莛宇："时候不早了，聂先生要不先回去睡一觉，等明早再过来？"

聂莛宇摇了摇头，找了张椅子坐了下来，从怀里掏出雪茄盒，抽出一根："我在这儿等着。"

李红星无奈地摊手，闭上了嘴。

不知道过了多久，整个巡捕房留下来加班的人都睡了，聂莛宇还坐在原地抽着烟。

李红星迷迷糊糊地从办公桌上抬起头，听到聂莛宇声音沙哑地问他："你说她睡着了吗？"

她？李红星蒙了会儿，反应过来，不知如何回答。

聂莛宇似乎也不在乎他的回答，他依旧沉默地抽着烟望着窗外。月光透过窗户照在他的身上，在地上落下了一道影子。

分开之后，聂莛宇才发现原来往昔抱着她睡的每一晚，都是那么的温馨。

【6】

老记的尸体连续解剖了四五个小时才解剖完，验尸官松了口气，困倦地伸了个懒腰，拿着验尸报告出了门，来到巡捕房办公室，将尸检结果交给了李红星。

李红星醒了过来，接过报告一看，脸顿时沉了下来，他朝身旁的聂莛宇看了一眼，道："聂先生，你猜得没错，老记体内的毒的确是砒霜。"

聂莛宇早就料到是这个结果，他脸上并没有显露出多少惊讶来，只是淡淡道："那接下来的事应该不用我教了吧。"

"聂先生放心，我这就让人即刻去审问记学兵。只要记学兵招了，我们彻底排除了席小姐的嫌疑，您就可以把小聂太太领回去了。"

聂莛宇低头看了眼手表，已经凌晨三点多了，也不知道这记学兵嘴硬不硬，得多久才撬得开。眼下他也没有更好的法子，只能继续等下去了。

"别废话了，你快去吧。"聂莛宇冷着脸催促。

李红星也不敢再耽搁，将外头几个睡着的巡捕都叫了起来，带着他们去了牢房提审记学兵。

这一审又是好几个小时，李红星本以为像记学兵这种小少爷，必然挨不了多久，很快就会招了，可没想到这个记少东家骨头比他想象的要硬得多。几番刑讯下来，他身上都没块好肉了，却依旧死咬着自己没下毒。

他这般视死如归的样子，让李红星都快要怀疑是聂莛宇的判断错了，然而李红星不知道的是，巡捕房的刑讯再厉害，都不如赌坊那群人下手狠毒。

记学兵是遭受过一次李璨恒的人毒打的，所以今日自然能熬。他赌李红星他们不敢打死他，只要他死咬着不认罪，那么就还有一线生机，因为若他被打死了，就算聂莛宇跟席锦书在上海滩的势力再大，也难逃悠悠众口，所以聂莛宇不会那么干。而他一旦认了罪，才是真的再无活路可言了。

要不是被李璨恒逼上了绝路，他不得已回家偷钱，被老记发现了，老记扬言要把他送进巡捕房来，他是绝不会动手杀老记的。

谁叫那老头心那么硬，对亲生儿子都可以见死不救。他一天不死，记学兵就休想再从家里拿钱。赌坊那边又逼得紧，他连个媳妇都没娶呢，可不想就此断手断脚。

迫于无奈，记学兵这才买了砒霜，中午在他的茶水里下了毒。

一连打了好几个小时，记学兵身上的衣服都被打得渗满了血，人也昏迷了过去，却还是没认罪。李红星觉得这样打下去要闹出人命，便回到办公室找聂莛宇，跟他说了记学兵的事。聂莛宇沉默不语。

巡捕房门口又在吵闹个不停，记太太连夜召集了大批亲人天一亮就跑来巡捕房喊冤了，要求李红星放人。

聂莛宇在老记葬礼上抓走记学兵的事已经被传开，上海那些新闻报馆的记者也都闻讯涌了过来。

席二爷一早听说记家人去巡捕房闹了，他就怕舆论对席锦书不利，便也带着家中子弟匆匆赶到了巡捕房。

聂公馆那边自然也来了人，原本聂太太还在为聂莛宇幽会沈妍筠的事发愁，一直等着聂莛宇回家，但人没等着，倒听说席锦书被冤枉杀人入狱了，便也一早遣了聂书涵过来巡捕房打探情况。

记太太披着麻衣带着人在巡捕房门前一边哭一边喊冤，说自己命苦，丈夫被奸人毒死了，儿子还被奸人男人给抓了。说席家聂家财大势大，欺压他们小百姓。哭得那叫一个声嘶力竭。街道两边围满了看戏的人，虽不知内情，但人性素来同情弱者，自然而然地认为是席聂两家有错，杀了人还反过来冤枉人。

席二爷看这样不是个办法，带着人堵记太太他们的嘴是不可能的，他灵机一动，遂也跟着卖惨起来，拉着儿子媳妇，还有席家的其他子弟，也学着记太太的样子在人前哭了起来。

他哭的是席老爷死了，席家全凭锦书一个姑娘操持着，每天起早贪黑上班、做生意，忙得像狗一样，但看见哪家人有事哪家人惨，她都会暗地里让人送点儿钱财过去帮衬一下。这上海滩受了席大小姐恩惠的人数不胜数。她这么好的人，怎会杀人。她好的时候，人人都喊她席小姐，现在她入狱了，却没有一个人来帮她。

原本席二爷也只是做戏给人看的，可哪知后来越哭越伤心，直接变成了倒苦水，从席老爷只身一人背井离乡来上海滩打拼，到席锦书下嫁给聂家，又为了救聂莛宇倾家荡产，从头再来，好不容易席家又活了过来，席锦书又被冤枉成了杀人犯……

席二爷哭席家的时候，也不忘数落起聂家的没良心，特别是聂莛宇，他们家锦书为他儿子都生了，被他毁了名声，还掏光了家财，他倒好，竟然还在外面养女人！真是够没良心的！

一路哭下来，几乎是听者伤心，闻者落泪，这席大小姐确实不容易啊！看戏的顿时风口风又变了，都觉得席小姐是被冤枉的，这记少东家也可能是冤枉的，杀老记的定是另有其人。只有这聂三公子没冤枉他，果真他还是老样子，如传言中一样，为达目的，不择手段。

聂书涵在外头听了一会儿，几乎都是骂他们聂家的话，她实在听不下去了，但又不好上前跟那些人理论，只得从后门进了巡捕房去找李红星探长。

没想到在办公室内她见到了聂莛宇，聂书涵稍有些惊讶，后又暗自庆幸，还好三哥在这里，不然他这会儿若人不见了，外头的那些人又不知道怎么骂他没良心了。

"三哥，三嫂她没事吧？"聂书涵问。

聂莛宇摇了摇头，眉头紧锁，朝李红星道："拿冷水泼醒了继续审，我就不信这记学兵真不怕死！"

"可再审下去，我就怕他撑不住。万一他还没招供就闹出了人命，瞧外面那架势，我们巡捕房有嘴也没法说清啊！"李红星担忧地说。

"外面人骂你一句了？骂的都是我聂莛宇，你怕什么？出什么事都有我担着，我不管你用什么法子，总之必须让他承认罪状，尽快把这案子结了，把小聂太太放出来。"

"可……"李红星心里还是有点儿不安，还想继续劝说聂莛宇，突然外面传来清脆的汽笛声。几辆汽车停在巡捕房的门口，从里面下来一队带着枪的日本宪兵。

围观的群众看到日本人，吓得一下子都跑没了影，记太太跟席二爷他们也停止了哭闹，惊惧地站在一旁，生怕惹怒那些日本人。

那队日本宪兵分成两列，分别站在了巡捕房门口的左右两侧。

排在最前面的汽车上走下来两个人，两人皆戴着眼镜，穿着白大褂，其中一人手中拎着个箱子。

李红星跟着聂珏宇探出头望去，就看到周垚玉跟一个日本人朝他们走了过来。

李红星先前见过周垚玉，席锦书被抓的当天下午，这周大少也来过他们巡捕房询问过情况，所以他并不眼生。只是他身旁的日本人他倒是头一次见，看外面那些守着的日本宪兵，李红星猜测此人来头不小。

在上海能调动日本宪兵队的只有石原正信，何时又来了个新的大人物？

李红星不觉蹙起眉头，瞥了身旁的聂珏宇一眼。

聂珏宇双眼微眯着，脸上的表情让人看不透。

"李探长，我听闻你们把记少东家给抓了，说是有人证明他买砒霜毒死了记老先生，不知现在他认罪了没有？"周垚玉一进门就直截了当地朝李红星问道。

李红星木讷地点点头，从聂珏宇身后走了出去，回周垚玉道："是承天药房的掌柜作的证，解剖报告上也说死者是砒霜中毒致死的，只是记学兵一口咬定说他买砒霜是想自己寻死、逃避赌债的，并没有毒死他爹。我们在他身上也没有搜到剩余砒霜，所以打算去其他地方查查有没有新的线索。"

李红星说完，偷瞄了几眼跟着周垚玉一同前来的日本人，脸上堆着笑，小心翼翼地问道："周少爷，请问这位先生是？"

"哦，这是日本来的仓永朝一先生，是我的朋友。他发现了一点儿线索，我想应该对席锦书的案子有帮助，就立刻带着他过来了。"周垚玉介绍道，自始至终他都没有理会一旁的聂珏宇，仿佛没看见那个人一样。

反倒是仓永朝一进屋后先是快速地打量了番四周，最后眼睛一直盯着聂珏宇看。听到周垚玉提到自己，他才收回目光，微笑着对李红星弯了弯腰："李探长，久仰大名。"

李红星一下子手都不知道该往哪里放了，他虽未见过仓永朝一，但也听说过这个名字，知道这人心狠手辣，犯下了不少令人发指的罪行。

但李红星就算内心再痛恨他，面上还是摆出了一副怯懦的样子，毕竟这人不是他这种小探长惹得起的。

李红星恭敬地朝仓永朝一伸出手来，装作未识破对方身份，握了下仓永朝一的手："不知仓永先生都发现了什么，可否一说？"

仓永朝一朝周垚玉看了一眼，然后目光继续落在聂珏宇身上。

聂珏宇坐回椅子里，跷着二郎腿抽着烟，一脸微笑地看着他们表演。

聂书涵站在他的身旁，有些害怕地将手放在他的肩上。

"仓永君中文不大好，还是由我来说吧。"周垚玉道，放下手中的箱子，打开，里面露出一只死猫来。

聂书涵当即吓得尖叫起来，直往聂莛宇身边躲。

聂莛宇轻轻地拍了两下她的背，安抚了一番。

"今早仓永君在老记家附近吃早餐，看到一个女佣鬼鬼祟祟地从记家后门出来，将一个纸包扔到附近的垃圾桶里。一只野猫误食了纸包里的东西，当场就死了。他前去查探，发现纸包里放着的是砒霜。想到老记的死，他立刻跑来告诉了我，我听说记少东家买过砒霜被抓了，就赶了过来。"

周垚玉说着，从白大褂的口袋里拿出一个用塑料袋包裹好的纸包，继续道："这应该就是记学兵买的剩下来的砒霜。眼下我们只要问清楚记学兵一共买了多少克砒霜，再减去剩下的，再核算下老记跟猫体内的砒霜致死量，差不多能确定记学兵是不是杀害老记的真凶了。在药剂的估量方面，你放心，仓永先生是专家，他可以帮你们计算。"

李红星接过周垚玉手中的纸包，朝仓永朝一道："那就有劳仓永先生了。"

仓永朝一点头，跟着李红星拎着死猫一道朝解剖室走去，周垚玉也一同前去。

办公室内只剩下了聂莛宇与聂书涵两人，见他们走了，聂书涵才敢从聂莛宇怀中探出头来，松了口气，心有余悸地说："三哥，刚那只死猫真吓死我了，他们怎么敢拎这么可怕的东西。"

"你都不小了，怎么还这么胆小？不过是只死猫，要是见了死人你怎么办？"聂莛宇微笑着调侃她，望着他们离去的方向，眼神变得高深莫测。

"三哥，照刚才那个周少爷讲的，三嫂是不是有救了？"聂书涵再度问道。

聂莛宇"嗯"了声，一脸不以为意："有你三哥在，你三嫂一定有得救。只不过现在她领谁的情就不知道了。"

"三哥，我知道你不喜欢别人问这些，可家里人都急疯了。你跟那沈妍筠是不是真的还……"

"打住，书涵。"聂莛宇收起笑，冷着脸喝住聂书涵，"这些事三哥心里都有数，你让三哥自己处理，让家里人别管太多，免得事情越生越多。"

"可大娘担心三嫂那边……"聂书涵看了眼聂莛宇越发阴冷的脸，不敢再往下说。

其实她心里也清楚，这种感情上的事，聂太太就算要管也是管不住的。就是不知道席锦书放出来后会怎么处理聂莛宇与沈妍筠的事，聂书涵担心之余倒也有几分好奇。

第十四章

从此山水不相逢

【1】

经历了一系列的调查审问，记学兵毒杀亲生父亲证据确凿，他自己也已经认罪，即刻被关押入狱，等候判决。

巡捕房外，记太太听说了这个消息后，当即晕厥了过去。死了丈夫，儿子又是杀人凶手，这事换谁都承受不住！

众人唏嘘不已，在旁偷听的席二爷倒是很高兴。

记学兵认罪了，这就说明席锦书很快就会被放出来。席二爷将其他人留在了门口，自己试探着走进了巡捕房。

门口站着的那两队日本宪兵没有一个出来阻拦他，席二爷赶紧撒欢儿地进了门，一路跑进巡捕房办公室，嘴里还嚷嚷着："锦书丫头，你可算出来了，把二叔我都要担心死了。"

席二爷做戏似的跑进办公室，里面的人都木着脸看着他。席锦书并不在其中。

席二爷吞了吞口水，干笑了下，一双小眼偷偷地打量了下四周，看到聂莛宇那张熟悉的脸时，他暗自松了口气，朝聂莛宇凑了过去，摆出席家长辈的架势，表情倨傲地问聂莛宇："你怎么也在这儿？锦书呢？不是说真凶抓到了吗，怎么还不放人呢？"

聂莛宇从椅子里站起身来，微笑着叫了他一声"二叔"。

席二爷鼻子里哼了一声，就听聂莛宇回他："李探长已经去带人了，一会儿就出来了。

您放心，家里的女佣福妈一晚上都在里面陪着她，照顾得好着呢！"

"放心？你话倒说得轻巧，又不是你被冤枉坐牢，我家锦书长这么大第一次受这么大的委屈。你当丈夫的，平素上不上心也就罢了，这会儿还是这个样儿。"席二爷不满地说完，目光触及一旁站着的周垚玉跟仓永朝一，瞬间噤了声，只敢拿眼细细地瞅着那两人。

他是亲眼见到他俩从日本人的车上下来的，席二爷生性胆小，给席锦书出气骂骂聂莛宇还行，让他去跟日本人说话，他是没那个胆的。

周垚玉倒是客气，主动上前找他搭话："这位应该是席二爷吧，我是周垚玉，周勤是我父亲，锦书在英国念书的时候，我是她的校友，且我们同住在一栋公寓里。"

席二爷听着愣了下才反应过来，惊喜地跟周垚玉握手："原来是周大少，先前锦书常跟家里提起你，但一直没有机会见你。当初席家被抄，若不是你仗义相助，帮锦书开了那个租车行，我们席家哪儿还有今天这样的光景。"

席二爷说到当初的事，还特意回头瞪了聂莛宇一眼。

聂莛宇笑笑不说话，聂书涵倒气得很，想要上前理论，被聂莛宇给拦住了。

"我与锦书关系亲厚，她有难，我帮忙是应当的。"周垚玉饶有深意地说。

席二爷仔细地打量了周垚玉一眼，联想起之前听到的一些跟周垚玉有关的传闻，大致猜到了一些。想必是这周大少对他们家锦书有意，可惜席锦书先嫁给了聂莛宇。

想到聂莛宇闹出的那个大丑闻，席二爷心里就是一肚子气，为席锦书叫屈的同时，又忍不住多看了周垚玉几眼。

人人都说周大少是个病公子，可他瞧着精气神都不错啊，不像是那种行将就木的人，模样虽不比聂莛宇那般精致好看，但气质很是斯文儒雅，跟他家锦书倒也相配。倘若聂莛宇真背弃了席锦书，两人分开，席锦书跟了周垚玉也不错。

席二爷自个儿在旁盘算着，看着周垚玉的双眼里堆满了笑。

周垚玉也对他笑着，指着身旁的仓永朝一跟席二爷介绍："席二叔，这位是我的朋友，仓永朝一少将。"

"少将？"席二爷喃喃，看着仓永朝一的目光多了几分畏惧。

刚瞧外面那两边日本宪兵的架势，席二爷料想到此人身份非比常人。这会儿听说是日军少将，他心底不由得发起毛来，哆嗦地跟仓永朝一握了下手，打了声招呼，连忙脚步跟跄地往后退了几步，站到聂莛宇的身旁，试图寻求一些支撑。

聂莛宇含笑看着他，将他按在一旁的椅子里："二叔您先坐会儿，我去看看锦书他们怎么还不出来。"

席二爷傻傻地"哎"了两声，两手抱住聂莛宇的手臂，瞅着对面朝自个儿微笑的仓永朝一，有些发怵："莛宇啊，我跟你一道去啊！"

现在知道喊莛宇了！聂书涵无语地翻了个白眼，跟着聂莛宇他们一道出门了。

还真别说，这日本人虽说脸上一直挂着笑，但眼神总让人觉得阴森森的。席二爷怕，聂书涵她也怕。

聂莛宇对周垚玉还有仓永朝一点了点头，然后带着另外两个人走出了办公室，还未往前走几步，就看到李红星领着席锦书还有福妈从走廊尽头走了过来。

昨晚来送被子时，福妈请求放她进去陪着席小姐，不过是个用人，李红星就做了个顺水人情，破例将福妈放进去了。

席锦书晚上有福妈陪着，睡得还算安稳，早上跟中午阿炳送了燕窝跟鸡汤给她吃，实际上也没太遭罪。

只是一番折腾下来，本就瘦弱的她此时更显苍白无力，寒风从风口灌了过来，打在她的身上，若不是有福妈搀扶着她，聂莛宇都有点儿担心她要被风给吹走了。

察觉到前方有人，席锦书停下脚步，抬起头来，朝聂莛宇他们望了过来。

凛冽的寒风中，她依旧穿着昨日的米色羊绒大衣，衣服上能清晰看到好几处污渍，有昨日被巡捕房的巡捕们推来推去留下的脏手印，也有在牢房那潮湿的床铺上沾染的霉斑。

她的头发凌乱地散在肩上，衬得她的脸更加小巧苍白，乍一看，颇有点儿《红楼梦》里林黛玉的味道，唯有那双眼眸依旧泛着清冷的光。

她平静地看着聂莛宇，脸上的表情看不出喜怒，没有出狱的快乐，也没有看到对背叛自己的丈夫的愤怒。

她就这么静静地站着，由着黑色的发丝迎风飞舞。

聂莛宇望着她，心陡然一痛，嘴角漾起一抹苦笑。

她表现得越是平静，聂莛宇心里就越是难受。因为他知道她需要耗多大的力气才能让自己保持这般冷静。

他宁愿她像普通女子一样跟他大吵大闹，闹过了再跟他撒个娇，也好过现在这样平静，像看陌生人，没有温度，没有感情。

他鼓足勇气，微笑着走向她，在她的身前停下，伸手握住她冰冷的小手，心疼地问："小聂太太，你还好吗？"

席锦书看着他，嘴角微微扬起一个弧度，低声说了声："没事。"

她的眼里依旧没什么温度，说完，她不经意地将手从他的掌心抽出，绕过他，来到席二爷面前寒暄："二叔您也来了，家里还好吗？"

席二爷知道她在担心什么，连忙安慰她："大嫂偶感风寒还未好，这几日一直宅在家里休息都没出过门。按你的意思，我特意嘱咐了家里人谁也不准跟她提起你这次受难的事，免得她担心，所以一切都好。"

"嗯。"席锦书点点头，松了口气，"那就好，这次辛苦您了，我听李探长说了您带了不少家里人过来。我这现在没事了，您带大家先回去吧。"

"听你的，我这就让他们走。不过锦书，你是跟我们一块儿回席家，还是……"席二爷话说了一半，看了聂莛宇一眼。

聂书涵连忙上前接话："席二叔您还是先回家吧，三嫂自然是跟三哥一块儿走。聂公馆那几位长辈已经备了酒水跟炭火盆，就等三嫂回家给她去了这一身的霉味，是吧，三哥？"

说完，聂书涵朝聂莛宇眨眨眼。

聂莛宇站在席锦书身旁，看了席锦书一眼，没有说话。

聂书涵有些着急，席锦书笑着道："就听书涵的吧，二叔你们先回去。"

"锦书，可是他们聂家……"席二爷还是不放心。

席锦书打断他的话："垚玉他们还在外头等我，人家多少帮了我，我得先去感谢一下，二叔，有什么话等我日后回了席家再说吧。"

席二爷知道席锦书要恼了，便识相地住了嘴。

席锦书他们随着李红星一起回到了巡捕房办公室，周垚玉跟仓永朝一还在那里等着。

见席锦书出来，周垚玉率先走上前去，紧张地问："锦书，你怎么样？没吃什么苦头吧？"

"垚玉，劳你费心了，我一切都好。"席锦书微笑着回答，后又将目光移到不远处的仓永朝一身上，而后从容地走上前去，客套道："这位想必就是李探长说的仓永先生了，锦书的事多谢先生帮忙，今日家中长辈还等着我回去，改日我再与我先生设宴好好招待仓永先生。"

说完，席锦书转身看向身后的聂莛宇。

聂莛宇隐约猜到她意欲何为，同样面带微笑地走上前来。

待他走进，席锦书立刻挽住他的手臂，对着仓永朝一介绍："仓永先生，这是我先生聂莛宇。"

仓永朝一眯着眼，含笑看着他们，点了点头，然后微微地朝身旁脸色铁青的周垚玉看了一眼，笑着回席锦书："席小姐不必客气，能帮上您是我的荣幸。想必今日席小姐也累了，就先回家休息吧，改日我来做东，请席小姐与聂先生一道来我府上吃个便饭，不知席小姐意下如何？"

席小姐笑道："仓永先生这般好意，我若推托那就是我不识抬举了。这样吧，时间先生定，我们夫妇来做东，您看如何？"

仓永朝一点头道："倒也可以。"

席锦书笑着朝聂莛宇看了一眼，聂莛宇接收到信号，装作随意地说："时候不早了，家里人还等着锦书回去，我们就不久留了。今日实在是谢谢周大少跟仓永先生了，就这么定好了，改日我们几个人再喊上李探长一道吃个饭，庆祝一下。"

说完，聂莛宇挽着席锦书往巡捕房外走。

周垚玉再也忍不住，追上前来，一把拽住席锦书的手，怒道："锦书你不能跟他走，他背着你都做出那种事了，你怎么还能跟他回家？我送你回席公馆！"

在场的所有人顿时都停下了脚步。

仓永朝一一脸看好戏的表情看着他们。

聂莛宇冷下脸，伸手要拽开周垚玉抓着席锦书手臂的手，被周垚玉推了开来。

聂莛宇意欲对周垚玉动手，外面守着的日本宪兵听到动静，竟然全都涌了进来，将席锦书一行人团团围住。

聂莛宇皱起眉头，警觉地看向一旁看戏的仓永朝一，微眯了下眼睛。

席锦书眸光一闪，微微一笑，暗暗用劲将手臂从周垚玉的手中挣脱开来，对着周垚玉摇了摇头："垚玉，不管莛宇在外头做了什么，我都是他的太太。我们的婚姻不是旁人说几句就可以散了的。他是我选择的男人，只要我席锦书不说放手，他就算再有胆，他也不敢不要我。不信你问他，不管是沈妍筠也好，还是其他女人也罢，这小聂太太是不是只有我席锦书可以当！"

"是！"未等周垚玉开口，聂莛宇就抢先回答道。

他目光灼灼地看着席锦书，眼里充满了深情。

就是这样的一双眼，让她无法决绝地放开他。

看到那则新闻后，没多久她就被关进了巡捕房，这一天一夜，没有工作打扰她，没有人在她面前说三道四，她很冷静，趁这个时间，她仔细地想过出来后如何面对聂莛宇。

若跟聂莛宇一同被拍的女人是其他人，席锦书也许会更愤怒，而这个女人是沈妍筠，她虽然生气，但却不是气他与沈妍筠又纠缠在了一起。

在嫁给聂莛宇之前，她就知道他跟沈妍筠的过往，可她还是嫁给了他。如今他就算真跟沈妍筠有什么，也不过是应了她最初最坏的打算，他心里有人，没有她罢了。

只要她还是小聂太太，大不了她变回最初的席锦书，两人继续相敬如宾，演戏过活。毕竟她嫁给他的初衷也只是为了给世恩一个体面的身份，并帮她执掌席家大权。现今她想要的都实现了，她也没有什么好计较的。

她真正感到生气的是，他一再跟她保证不会再欺骗她，隐瞒她，可最终还是一次次欺瞒了她。

是他不了解她，还是他不相信她？

他的隐瞒比他亲口告诉她，他心里的确有沈妍筠，还要伤她。

她做不到和一个女人共享一个丈夫，但她可以扮演好她的所有角色，不管是聂公馆的少奶奶，还是聂莛宇的小聂太太，或者席家大小姐、汇丰银行女经理……

只要她退回到原点，收起自己的心，做好她该做的事，什么也伤不了她。

"锦书……"周垚玉还想劝说。

席锦书打断了他的话，回头看向身旁的聂莛宇："我累了。"

她疲惫地说道，明明脸上带着笑，可聂莛宇看着心揪得更紧了。

他当然知道她在盘算着什么，这也是他最害怕的。她想跟他回到最开始那样，在人前演戏，人后疏离，可他不想，一点儿都不想。

可就算他不想，他这会儿也得配合着她在仓永朝一他们面前把戏给演下去。

寒风吹过，她冷不丁地打了个哆嗦。

聂莛宇冷着脸，脱下身上的大衣披在了她的身上，将她裹紧，一把抱了起来。

她轻轻地将头靠在了他的肩上，闭上了眼。

聂莛宇表情沉重地看了她一眼，然后转身朝周垚玉他们道："不好意思了，两位先生，小聂太太累了，我们得先走了。"

周垚玉脸色发白地僵在原地，这一次他没有阻拦。

【2】

席锦书随着聂莛宇回到聂公馆，聂太太他们果然已经备好了火盆。她在聂莛宇的搀扶下过了火盆，又去楼上洗了个澡，换了身干净的衣服。

再次下楼，聂太太他们已经备好酒菜，笑吟吟地招呼她来吃。

席锦书脸上同样带着笑，大方地坐到餐桌旁，像什么事也没发生过一样，神色平常地与众人吃饭。

聂莛宇坐在她的身旁，时不时地给她夹着菜，她一一接了，但没吃多少。

聂莛宇眼神黯淡，没有出声。

其他人见席锦书笑吟吟的样子，都猜不出她心里在想什么，也不敢主动提沈妍筠这个人，只是你看我，我看你，谁也不敢乱说话。

平素都是话多的几个人，突然都不出声，气氛很是尴尬。一顿饭莫名吃得有些压抑，席间只有聂老爷随口问了席锦书几句老记的那个案子，还有她在牢里的情况，有没有受刑之类。

席锦书都耐心地笑着答了，没有看出有何不悦。

吃完饭，席锦书又一次说自己累了，聂莛宇便找了话，跟聂家人提他要回家的事。聂太太他们有话要叮嘱聂莛宇，碍于席锦书在，也没找到机会说。

着急间，倒是聂二太太突然插了一句，朝席锦书说道："锦书啊，老太太先前听说你入狱了，急得都病倒了，一直躺在房间里休息，你要不上楼去看看她？"

回来的路上，席锦书就听聂书涵说起聂老太太中风的事，念及那位老太太对她的态度，席锦书猜想她病了也不是因为担心自己，多半是被聂莛宇的新闻给气到了。

她猜得到聂家人此刻遣走她的用意，也没有点破，顺了大家的意，由聂书涵领着，去了聂老太太的房间。

聂老太太人已经醒了，只是精神不大好。看到席锦书进来，她只是眼皮抬了一下，没有说话。

聂书涵帮她解释道："奶奶差点儿中风了，这几日吃饭都是用人们端上来的，说话力气都没有，三嫂你别在意。"

席锦书笑笑表示理解，坐到聂老太太的身旁，握着老人苍老的手，安抚道："奶奶，我没事，您尽管安心养病，家里都挺好的，我跟莛宇也挺好的，您莫担心。"

听她提到聂莛宇的名字，聂老太太侧着头看着她，呆滞的眼突然有了点儿光。她紧紧地回握住席锦书的手，似要说点儿什么，但最终没说。

聂书涵知道，聂老太太虽不喜席锦书，可是比起那沈妍筠，她自然是更偏向这位嫂子的。

席锦书自然也明白聂家的人在想些什么，她又不是傻子，自从那次聂莛宇出事，聂家人对她的态度一直很冷，今日突然这般热情，想想也知道是因为什么，多半是怕她看了新闻气跑了，让人看笑话。

他们这种大家族的人最怕被人看笑话，不管是聂家还是席家，所以从某一点上来讲，席锦书此刻与聂太太他们是一根绳上的蚂蚱，她不会弃她们而去，不仅是因为聂莛宇是她的丈夫，为了聂家的声誉，也为了他们席家的声誉。

在所有人等着看好戏时，处变不惊，才是她席大小姐该有的态度。

聂老太太似乎听懂了她话中的意思，紧绷的脸终于稍微缓和了些，她紧紧地握着席锦书的手，老眼里有了泪光。

"锦书……"聂老太太声音嘶哑地开了口，极为少见地叫了一次她的名字。

席锦书笑了笑，俯首用脸贴了贴聂老太太的面。

隐隐的，席锦书的眼眶也有些泛红。她是个很有家庭观念的女人，这一点她像极了已故的席老爷。

所以纵使当初席二爷他们做得那般过分，她还是没有放弃席家的那些亲眷。因为她明白，她放弃了席二爷他们，席家就只剩下她跟席太太两个人了，偌大的上海滩，空荡荡的席公馆，若只剩下两个女人，总是孤单的。

而今，她待聂家人也是一样，不管聂廷宇怎么对她，只要她还是聂公馆的少奶奶，聂家的人也是她的亲人，她一视同仁。

料想聂太太他们还未跟聂廷宇说完话，席锦书又陪着聂老太太聊了一会儿，直到聂廷宇上楼来喊她，她才退出了聂老太太的房间。

夫妇俩跟长辈们告完别，开车回了别苑。

夜路漆黑，迷雾重重，只有车灯发出迷蒙的光。

席锦书手支着额头，望着窗外发呆，聂廷宇开着车，两个人谁也没有说话。

良久，聂廷宇才忍不住打破沉默，问她："你在奶奶房里都聊了些什么？"

他不过是没话找话，随便问问，然在席锦书听来却成了套话。

她转过头来，似笑非笑地看着他，反问道："你觉得呢？"

聂廷宇垂下眼眸，没了声音。他不是很喜欢她这般样子看着他，就跟他们刚认识那样，彼此试探，没有一点儿真情，这让他感觉很不好受。

"小聂太太，我们……"他几乎是恳求般地向她开口，然话还未说完，就被她打断："我先睡会儿，你专心开车。"

话被她就这么堵在了喉咙中，他侧过头看了眼闭目养神的她，无奈地叹了口气。

回别苑才十多分钟的车程，他却故意开了很久。她就像真睡着了一样，再也没有睁开眼瞧过他一眼。

自从搬去别苑，她留在聂公馆的衣服很少，而且她也不爱买衣服，所以大半的衣服都是他给她买的。此刻她身上穿的那套还是聂书涵在他们主卧的偏房内找到的，是件红色呢子大衣，里面是条黑色的蕾丝连衣裙。

书涵以为这衣服是他给买的，随意就挑了这一套。席锦书什么也没问就穿了。但聂莛宇觉得她心里什么都清楚。

他知道她不喜欢颜色艳丽的东西，所以从未给她买过这种衣服，这套衣服还是他当年给沈妍筠置办的。

想着沈妍筠如果跟他回聂公馆，有身衣服替换，结果聂家门都没让她进过，那衣服也就一次都没穿过，留到了现在。

聂书涵并不知情，要怪就怪聂莛宇平时没少给席锦书买衣服，她以为这也是他买的。他每次买回来衣服都是丢给书涵去整理，自己鲜少翻衣柜，席锦书更是不爱翻，所以谁也没料到这套衣服还在。

不知为何，聂莛宇看着席锦书穿着这套衣服酣睡的样子竟然有种心痛的感觉，明明她第一次穿这种颜色，其实她穿着很好看，可他就觉得刺眼得很。

他知道她其实心里是明了的，看她的眼神就知道她知道穿的谁的衣服，可是她一直笑着，一直装作不知道，然而她的笑就像一根刺深深地扎在他的心上，好疼。

"对不起，小聂太太。"别苑到了，他将车停了下来，俯首凑过去，轻轻地抱起她，低声说道。

她像是没听到一样，依旧双眼紧闭着睡得香甜，睡梦中，她的嘴角也依旧上扬着，似乎做了个好梦。

然若仔细看，便能发现她垂在身侧的手指细微地抖动了一下。

福妈跟阿炳还未睡，在等他们。

看到聂莛宇抱着席锦书进屋，福妈赶忙迎上前去。

聂莛宇看了她一眼，示意她去休息，然后抱着席锦书直接上了楼。

进了卧室，生怕吵醒她，他连灯都未开，借着月光摸到了床上，小心翼翼地将她放在了床上。她嘟囔了一声，翻了个身，背对着他，似乎未醒。

聂莛宇紧张地吸了口气，轻手轻脚地去柜子里拿了睡衣出来，然后俯下身子给她脱掉了身上那套碍眼的衣服，穿上了睡衣。

他的手指有些冷，不小心触碰到她的皮肤，却发现她比他更冷。

聂莛宇的心紧紧地揪了起来，他再也顾不得其他，脱掉自己身上的衣服，钻进被窝，赤身裸体地抱住她冰冷的身体，试图去温暖她。

她在睡梦中感觉到束缚，伸手推着他，似乎要挣开他的怀抱。她越是逃，他越是抱得紧。

一推一揉之间，他身上的皮肤烫得厉害。他一只手钳制住了她乱动的小手，一只手伸进了她的领口，轻轻地亲吻着。

他的唇滚烫，他的吻火热，可她的胸口却冷得没有一点儿温度。

他发狠似的亲吻着她，似乎想要将她的心重新吻热。

她的身体终于暖了起来，几乎是本能一般，她开始回应着他。这让聂莛宇内心一阵激动，他像个愣头小伙子一般，打起精神，忽而，头顶上传来低笑声，然后是她冷得不带一点儿温度的声音。

"你们在一起的时候，她也是这么回应你的？"

聂莛宇猛地停下动作，抬起头来，惊愕地看着她。

月光照在她的脸上，她双眼睁着，望着头顶的天花板，脸上没有丝毫表情。

似乎觉得他没听见，她又特意重复了一遍："这样的回应让你很激动，你似乎很喜欢。"

像一盆冷水直接从他的头上浇了下来，一股冷意袭遍全身，脑袋仿佛要炸了一般，黑暗中，他静静地望着她那张高冷得不带一丝情欲的脸，不自知地红了眼。

他张了张嘴，想要反驳说不是的，不是她想的那样，可喉咙就像被堵住了一样，发不出任何声音。

不是他不想解释，而是他知道他解释了也没用。

席锦书在意的根本就不是他有没有背叛她跟沈妍筠在一起，她在乎的是他又一次的隐瞒、欺骗，不管出于何种原因。

而这的确是事实，他确实从未告诉她在浙江发生的一切。不是他不信任她，怕她知道沈妍筠的身份，怕玫瑰暴露，而是他不想牵连她进来。

他知道她的脾气，若她知道真相，就算会恼他，也定然还是会选择继续支持他，可是他不愿意她再为他做任何牺牲。

他原本想给她最好的，原本只想让她做他的小聂太太，他不想，从来也不曾想到他们之间会变成现在这样。

时间静静地流逝着，他沉默着从她的身上下来。

她坐起身来，背对着他整理自己被扯乱的衣物，淡淡地说："我们分房睡吧。"

他脊背僵直了会，没有说好，也没有说不好，几乎是逃也似的，快速穿好自己的衣服，下了床，开门走出了卧室。

席锦书安静地坐在床上，望着敞开的卧室门，没有出声。

没多久，她就听到了楼下汽车发动的声音。

他走了。

席锦书微微地扯了扯嘴角，脸上湿漉漉的。

【3】

聂莛宇这一走，好几日都没有回过别苑。而席锦书却像个没事人一样，从巡捕房回来后，她只休息了半天，就又去了银行上班，到了下班时间再通知阿炳去接她。

往日她是不需要阿炳接的，一是聂莛宇空闲在家，二是也没有那么多八卦小报的记者一天到晚守在银行门口，就等着她出来问东问西。

要说那些记者都问些什么，当然不是老记那个案子。

老记那个案子自打记学兵招供后就差不多结了。记太太受不了这个巨大的打击，在记学兵认罪的当晚就在老记的棺材旁拿刀要寻短见，还好被人拦住了，才避免了血溅当场。

最后还是席锦书出面解决了此事，虽说这个事她也是受害者，原本与她无关了，她没必要再理会，可老记包子铺毕竟是跟她合作的，她的连锁店还没开，合伙人就搞得家破人亡，对她连锁店以后的发展也有很大影响。

记太太作为老记的发妻，理应站出来守住老记的招牌，继续完成与席锦书的合作，享受应有的红利。

老记的事起初在上海滩闹得沸沸扬扬的，之后很快就沉寂了下来。

对于法租界那些闲得没事的名流们来说，一个老记的生死根本不值得他们关注，他们更好奇席锦书与聂莛宇的婚姻走向。

那些记者们也深知这一点，为了市场，为了赚钱，成天蹲在汇丰银行门口堵席锦书，甚至还有不顾脸面直接上去问她的。

倒不是他们不怕席锦书发怒，而是他们就怕她不发怒。

他们急啊，新闻都讲究时效性，听说那沈妍筠前几日就被百乐门的李老板接回了上海滩，甚至还在百乐门里又当起了舞小姐。

很多人不敢相信，当年她跟聂莛宇的事闹得满城皆知，走之前还染了一身脏病，都这么丢脸了，她怎么还好意思回来。

可沈妍筠就是这么回来了，不仅回来了，她还像没事人一样，大大方方地在百乐门挂起了牌子。

很多男人为了看她一眼，都争先恐后地往百乐门跑。

沈妍筠起初几天来者不拒，谁的面子都给，只要她有时间。后来就不行了，因为聂莛宇来了。

也不知道这聂三公子是不是得了失心疯，以前还是个"妻管严"，沈妍筠一回来，他就跟吃了熊心豹子胆一样，不仅不留在家里陪席大小姐，还夜夜在这百乐门里醉生梦死，花重金包沈妍筠的场包了足足一个月。

沈妍筠愿意给谁唱歌、跟谁跳舞，李璨恒从来不管，在百乐门里，他给了她绝对的自由。可是唯独聂莛宇包她，李璨恒第一个不答应。

据说聂莛宇出现在百乐门的第一晚，刚说要包沈妍筠的场，李璨恒就跟他打了一架。

整个上海滩的人都知道这两兄弟当年为了争个沈妍筠闹得有多凶，如今两人都有了家室竟然还这么肆无忌惮，那些来看沈妍筠的人瞬间都变成了看客。他们很好奇这场闹剧如何收场。

两人足足打了有一个钟头，双方都被打得鼻青脸肿的，后来不知道谁喊来了李璨恒的太太张小姐。张小姐来了百乐门，委屈地哭了一顿，把她爹也喊来了。

李璨恒再混账也不敢不给老丈人面子，这时沈妍筠站了出来，主动站到了聂莛宇那边。她扶着受伤的前夫，冷脸讥诮李璨恒道："璨恒你求我回上海的时候说好的，只要我愿意回这百乐门，接不接客人，接什么客人都依我。可现在你在做什么，莛宇来找我，我都没说不接他，你犯得着吗？既然你这百乐门不欢迎我们，那我们走就是了。"

沈妍筠这番话让李璨恒颜面尽损，他若再挽留，倒显得他太没自尊了，所以他只能红着眼，发狠地看着沈妍筠扶着聂莛宇毅然决然地朝百乐门的大门走去。

在场的所有人与李璨恒一同望着百乐门的门口，他们倒不是目送沈妍筠跟聂莛宇这对野鸳鸯离开，而是在等一个人出现。

这么好的戏，张小姐都来了，怎么不见另一位呢？

派人去通知张苑茗的那位老板很是不解，道："不对啊，我明明也让人通知了聂少奶奶啊！这男人都快要被拐跑了，席大小姐怎么还坐得住！"

旁边的人笑着回他："席小姐在忙着赚钱呢，那些跟她谈生意的人都说她完全不受此事影响。也是，反正除非席锦书自己不愿当这聂少奶奶，不然聂家谁敢不要她？那可是金库啊。"

"哎，这人比人也真是气死了，也不知道这聂莛宇上辈子积了什么德，既能与沈妍筠这种令人销魂的女人颠鸾倒凤，还能娶到席锦书这种只赚钱、不管人的大气老婆，我家那位要像席小姐这样，我早遍地开花了。"

众人你一句我一句，说得好不欢乐。

李璨恒听着这些话，脸越来越沉，在他身旁站着的张老先生与张小姐脸色也没好看到哪里去。

最后见那些人越说越不像话，张老先生发了火，当着众人的面怒气冲冲地问李璨恒："听说人是你接回来的？"

李璨恒没有否认，张苑茗的眼眶更红了。

张老先生看了女儿一眼，继续骂李璨恒："你眼里还有我张成广这个人吗？李璨恒我告诉你，你李家虽在上海滩有些影响，我张成广也不是好欺负的，你要敢对不起我女儿，我第一个饶不了你。"

"苑茗，我们走。"张成广向女儿喝道。

张苑茗立在原地，红着眼，死咬着嘴唇，没动。

张成广怒瞪了她一眼，张苑茗一脸委屈地看着李璨恒，带着哭腔叫了声丈夫的名字："璨恒。"

堂堂一个收藏家的女儿竟如此卑微，在场的许多人都看起了热闹。

张苑茗抓着丈夫的衣袖不放。

李璨恒无奈，叹了口气，低着头朝张成广他们道："我送你们回去。"

张成广哼了一声，甩手离去。

李璨恒携着张苑茗一同跟了出去。

主角都走光了，舞台上重新换了一批歌女，舞厅内音乐又响了起来，可没有人再有兴致跳舞听歌了。

不知为何，大家看到张成广为女儿出头这一幕，都不禁想起了已故的席老爷起来。若席广兴没死，聂莛宇还敢做出今日之事吗？

席小姐再厉害也只是席小姐，没了爹娘护着，所有苦只得自己往肚子里咽。

她没有父亲，没有兄长，如今连这丈夫也要没了。除了装糊涂不过问，让自己显得体面一些，她还能做些什么呢？

同是女子，那些太太小姐们忍不住同情起这位上海滩的奇女子来。

所以啊，女人再能干又有何用，没有个男人为其撑腰，总是可怜的。

聂莛宇自从带着沈妍筠离开百乐门后就在丽都大饭店开了间月租房，天天跟沈妍筠腻在那房间里，很少出门，偶尔出门两人也是如胶似漆地一起逛街，看戏。至于家，那是一次都没回过。

外头的人都在议论此事，说这聂莛宇着实太过分了，就算席锦书不吵不闹，他也没必要这般高调。还有那沈妍筠，也太不要脸了，抢人家男人还这么明目张胆的，果真是风尘女子不要脸。

这消息传到聂公馆后，聂老太太又一次气病了，聂太太他们本以为上次看小夫妻俩恩爱，以为这事过去了，而且席锦书也说了会妥善处理此事，可她说的妥善处理竟然是置之不理。

聂太太真是又气又恼，聂老爷更甚，直接带着人到了丽都大酒店，扬言要将聂莛宇绑回家，结果竟被堵在酒店门口，连聂莛宇的面都没见着。

堵他的是巡捕房的李探长，可能是知道聂老爷会来闹事，聂莛宇一早就向巡捕房申请了保镖保护他与沈妍筠的人身安全。

聂老爷被他这番操作气得差点儿吐血，但又不能拿他怎么办，只得嚷嚷着跟这逆子断绝关系。

聂太太见聂莛宇像是铁了心要跟沈妍筠一起过，只得跟席锦书做思想工作，若席锦书出面，说不定聂莛宇愿意回家。

于是聂太太就遣了聂书涵去了别苑劝席锦书，为了搞清楚席锦书的想法，她索性让聂书涵直接搬去那儿住了。

席锦书自然也晓得聂书涵跑来她家住的原因，只是笑着让书涵多住几天，当自己家，其他不表态。

聂书涵急得很，每天在席锦书耳边给她这位三嫂洗脑，让她看在世恩的分上，把聂莛宇喊回家。

席锦书总是淡淡地微笑，回她一句："随他吧。"

好一句"随他"，难不成席锦书真像外面的人说的那样，只要钱不要人，她只把聂莛宇当作生育工具？现在儿子都有了，她无所谓有没有这个丈夫了？

聂书涵恨恨地想，但又不敢直接去问席锦书。

转眼一个月过去了，聂莛宇跟沈妍筠窝在酒店已有一月，就连除夕那天，聂莛宇也没有回家。

而席锦书这边，汇丰银行这一年业绩涨了30%，除夕那天，她的"老记包子铺"的连锁店正式开张，上海人同情老记的遭遇，都纷纷前来捧场，当天生意很是兴隆。席二爷他们忙着赚钱，也没工夫管那聂莛宇了。既然席锦书都不在乎，他们还在乎什么。

连锁店开业当天，周垚玉带了仓永朝一过来，一同给席锦书送了贺礼。席锦书留他们吃了晚饭，算是感谢他们先前救她出狱。

席间一道陪同的还有王家的小少爷王湛林。

王湛林也是巡捕房回家后好几天才知道席锦书被冤枉入狱的事，懊恼自己没帮上什么忙。

通过此事，王老爷跟王湛林进行了一番深入的交谈，王湛林受益匪浅，觉得父亲说得很有道理，他纯粹只有一腔热血，与席锦书比起来，自己实在是太年轻，太幼稚了。

在大难面前，他根本帮不了任何人，除了添麻烦。他不如聂莛宇狠厉，也没有周垚玉的从容，他就是个没长大的孩子，一直活在父母亲的庇护之下，没有独当一面的力量。

深刻反思过后，王湛林决定开始跟王老爷学做生意。对于他这个决定，王老爷第一时间表示支持。他给了王湛林一笔资金，让他自己去投资。王湛林找了席锦书商量，想拿这笔钱投资她的连锁店。这笔钱虽不多，但对于王湛林来说，投给席锦书比投给其他人可靠得多。

席锦书自然愿意接受他的投资，与他签订了合作协议。

店开业那天，王湛林与她站在一起剪彩，对于王湛林而言，那是他多年没有过的激动心情。他终于能跟她并肩站在一起。

虽然此刻的他还是很稚嫩，没有经验，但他在内心种下了一个梦想，他要让所有人都看到，是他们错了，席锦书并不是一个没有人可以依靠的孤独女人，他会变成能与她并肩战斗的男人，甚至成为更强的那一位，成为她的仰仗。

第二天，上海各大报纸都刊登了席锦书名下十几家连锁店同时开张的新闻，开业当天她从容接待来客，以及与几位股东并肩合影的照片比比皆是。

有人看到王湛林跟她一起剪彩，王老爷还亲自送了贺礼来，都在感慨有生之年竟然还能看到席王两家重修旧好。

上海所有的权贵几乎都来了，就连李璨恒也被张苑茗拉着一道过来了，唯独少了席锦书的丈夫聂莛宇一人。

在这样重要的时刻，他原本是最应该与席锦书站在一起的人，但他没有出现，反而与一个风尘女子在酒店里厮混。

众人此刻连提都不想提他，因为这实在是太让人难以启齿了。

也许报纸上写得没错，席锦书要钱不要男人未必不是好事，她这样的女子，要什么男人没有？还要男人干什么？

丽都大饭店 403 号房，数十份报纸由服务员送进了房中。

360

房间内，落地窗帘拉得很紧，屋内的灯光有些昏暗。

聂莛宇坐在窗前的欧式沙发中，一只手夹着根雪茄，一只手翻看着报纸上的新闻，仔细地阅读着，没有错过一点儿消息。

一个穿着黑色皮衣的女人从卫生间里走了出来，伸手扯掉了头上的棕色大波浪卷发，露出一头利落的短发，然后捡起沙发上的贝雷帽戴上，从一旁的抽屉里拿了两把枪出来别在腰间。

"后悔了？"收拾妥当，女人微笑着朝沙发里愁眉紧锁的男人问道，她长得很美，笑起来的时候，整个人就更美了。

这张脸谁都不陌生，她就是这段时间在上海滩掀起巨大波澜的沈妍筠，她也是中共地下党的重要情报员，代号玫瑰。

聂莛宇一双凤眼依旧盯着手中的报纸，摇摇头："这就要走了？"

"等天黑就行动，芍药他们已经潜伏在了常胜赌坊附近，今晚石原正信会去那里与李璨恒交易火药，这是最好的刺杀机会。我不在的时候，可得麻烦你继续演戏了。"

聂莛宇"嗯"了声，抬头扫了眼前的女人一眼，沉默半响，最终只说了一句："一切小心。"

沈妍筠动容地望着他，内心无限感慨，道："其实如果原本像我们之前约定的一样，我回上海来，你不要来找我，我这次就算牺牲了，也没什么后顾之忧。现在闹成这样，万一我被抓，我恐你的嫌疑洗不掉。"

"璨恒不是傻子，你让芍药装成你偷偷去过他赌坊的事，他早晚会发现。若他起了疑，真要查起来，你们根本等不到今天的刺杀，身份就会被暴露。我与你做戏，是掩护你们身份最好的办法。至于以后，我知道不管你会不会被抓，你都已经想好了后路，不会拖累我，不然你不会与我演这场戏。"

"你倒是懂我，革命数年，入党至今，能遇到你是我沈妍筠的幸运。莛宇，如果有机会，我希望你入党的那一天，是我迎接的你。"沈妍筠微笑着说，眼眸含泪。

聂莛宇起身，过来拥抱了她一下。

"会有那一天的，我等你回来。"

沈妍筠含笑点头，再度致歉道："造成这么大的影响，你太太那边我很是过意不去。如今仓永朝一又殷勤地想与她交好，我恐你不去解释，她……"

"小聂太太是个深明大义的女人，她有自己的抱负，绝不会走向仓永朝一那边。与仓永朝一交好，只不过是她的缓兵之计而已，她素来隐忍，这点儿事对她来说，并不算什么。有时候我真希望，她能别那么能忍就好了，就像现在，她如果能像张小姐那样来吵吵倒也不错，但她不会的。"聂莛宇缓缓地说，想到她，他眼里顿时有了光。

"她不来这里是因为她相信你，不相信我们的绯闻吗？"沈妍筠好奇地问。

聂莛宇摇头，转头看向了被扔在一旁的报纸，上面席锦书从容的面容赫然在目。

"不，是因为她还不想放弃，倘若她来了，说明她要跟我彻底了断了。"聂莛宇的脸上露出一抹苦笑。

沈妍筠沉默了。

当晚九点，霞飞路的常胜赌坊发生了一起巨大爆炸案，日本军官石原正信被刺，赌坊老板李璨恒被炸伤，两人均生死未卜，现在在上海圣玛丽医院抢救。

赌坊打手与日本宪兵队共发现疑凶七名，五男二女，五位男子当场被击毙，一女被抓，还有一女中弹逃脱。

夜越来越深……

【4】

深夜十点多，圣玛丽医院门口被日本宪兵队围得水泄不通。仓永朝一穿着黄绿色的军衣从车上走了下来，瘦削的脸上表情严肃。他匆匆地走进医院，身后还跟着群日本士兵。

二楼抢救室门口，石原正信的一位参谋长焦急地等候在门口，看到仓永朝一前来，立刻向其行了个军礼。

仓永朝一回了他一个军礼，目光冰冷地朝手术室的门口望了一眼，愤怒地说："谁干的？"

"那些人穿着普通老百姓的衣服，看起来像是江湖打手，又像是杀手，没来得及问身份，就死了，不过留了两个活口下来，一个女人现在被我们关了起来，另一个女人中弹逃了，我们的人跟情报处的陈贺军处长正在一起搜捕。"参谋长详细报告道。

仓永朝一的眼微微眯了起来："被抓的那个在哪里，立刻带我去，我要亲自审问她。"

参谋长拦住了他。

仓永朝一眉头皱起，不解地问他："你什么意思？"

参谋长抱歉地说："石原将军昏迷前吩咐了，人得留着他来审。"

仓永朝一不悦地说："你们不相信我？"

"不是的，仓永将军，是石原将军说了，你们各司其职，还是互不干扰为好。"参谋长硬着头皮解释道。

仓永朝一收起了怒容，平静地问："那石原什么时候醒来？"

"石原将军的胸前中了一枪，但所幸没有伤及要害，等医生取完弹，应该很快就会醒来。"参谋长继续回道。

仓永朝一沉吟片刻，没有再说什么。他留下来陪着参谋长一起等石原正信的手术结束。

另一边，陈贺军带着手下在霞飞路那一带搜了个遍，都没有找到那个受伤逃走的女子。

他闻讯赶来的时候，爆炸已经发生，石原的人和赌坊打手跟那些人交过手了，那女子已经跑了一段时间了，说白了就是他来晚了。

石原正信被刺杀是大事，不管他有没有生命危险，日本人肯定会向政府问责，所以，他务必得赶在日本宪兵队之前将逃走的人抓到，搞清楚那些杀手的身份，以此来平息日本人的怒火。

陈贺军让人牵了猎犬过来，顺着常胜赌坊那的血迹一路追踪着。爆炸案发生后，赌坊受伤的人不少，有的受了重伤被送去了医院，有的轻伤则直接逃了，光凭血迹很难查到他们要找的人，但即使是这样，他也得查下去，宁可错杀一千，也不能放过一个。

比起陈贺军大海捞针般的寻找，日本宪兵队的人则要有效得多。石原进常胜赌坊前，留了一队兵在赌坊外。那人逃跑的时候，那队兵正好撞见，追了上去。

虽然夜深雾重，那女人身手又矫捷，但还是中了追来的日本宪兵一枪，有人看见她中枪后掉进了湖里，再也没浮起来过。

日本宪兵队的人在湖里搜了大半夜，连半具尸体都没捞着，显然那女人并没有死在湖中，已经逃了。

日本人一边骂着，一边沿湖展开了地毯式的搜捕。

这注定是一个不平静的夜晚，爆炸声、枪声、狗吠声……声声不断，上海滩没有一个人睡得安稳。

日本宪兵队将驻扎在上海的所有同僚都聚集了起来，搜遍了小半个上海，依旧一无所获。

天渐渐亮了起来。

各大街道上全是日本士兵，看这情形，仿佛要打仗似的。街边的小贩们都怕得躲在了家里，生怕这会儿出去，不小心挨枪子。沿街的店铺也都纷纷停止营业，那些掌柜伙计们只敢趴在窗口偷偷地往外瞄。

早上六点多，陈贺军这边突然停止了搜捕，带着人去了南京路的一家名为"福禄堂"的珠宝店。原因是他派去清理常胜赌坊的人在被炸毁的赌坊后院的泥里捡到了一串红玛瑙手链，手链中间的搭扣被做成紫荆花。这是福禄堂今年新出的款式，所有首饰搭扣都这么设计。

去常胜赌坊的大多是男人，不会有这么精致的女人手链。福禄堂是上海滩最好的首饰店，里面的东西都价格不菲。

赌坊的二楼是烟馆，三楼养的姑娘。但那些姑娘大都是穷人家的女子被卖过来的。其中也有姿色好，被大老板包了过上好日子，买得起几件好首饰的，但陈贺军已经派人去审问过了，三楼就出了一个有福气的姑娘，一年前就被山东一个烟商买走，去做姨太太了，其他人都是买不起这手链的。爆炸一发生，楼上的姑娘也炸死了不少，有几个存活的，都吓得不行，也不敢说谎。

跟其他店一样，福禄堂今日也没开门，陈贺军带着人直接破门而入。

掌柜的见是情报处的人，吓了一跳，赶忙上前迎接："陈处长，今儿个什么风把您给吹来了？"

陈贺军没有理他，伸手从口袋里掏出那串被洗干净的红玛瑙手链，直接扔给了掌柜："这手链是你家卖出去的？"

掌柜的接过手链细细瞧了一会，点点头："是我家的东西，这是我们今年元旦刚出的款式，柜台里还有，您要看看吗？"

陈贺军随他去了柜台，往里瞄了一眼，果真看到了同样款式的手链。

"我听说你们这所有首饰卖出去都留了客户信息，你去把所有买过你这条手链的客户信息拿给我看一下。"陈贺军道。

掌柜的不明他用意，但还是笑着回："不用拿，我知道这条手链是谁的，这是我们店里定制发售的限量款，你看这搭扣是紫荆花做的，花瓣上可以刻姓名首字母。现在不是流行洋文吗，小年轻都爱刻这个。一朵花刻男方的名字，一朵花刻女方的名字，分开叫相思，合在一起就是团圆了呗。这条链子上也刻了字'LCH'跟'SYJ'，就是李璨恒跟沈妍筠。这条链子是百乐门的李老板不久前来我这买的，说是送给沈小姐的，要说这李老板也真够痴情的……"

掌柜正想感慨一番，还未说完，陈贺军一把抢过他手中的那条手链，眼神发狠："你说这链子是沈妍筠的？"

"是李老板买来送给沈小姐的。"掌柜的纠正，"不知道有没有送出去。"

听那掌柜的说，李璨恒很是重视那条链子，不可能把他扔在烂泥里。不管这链子是李璨恒不小心丢了的，还是别人弄丢了的，这个沈妍筠他都得去查查。

逃走的那个人是女的，又有这条手链，沈妍筠一回来石原正信就遭到了刺杀，她跟聂莛宇的关系……聂莛宇先前有通共嫌疑……

陈贺军双眼危险地眯起。

哪有这么巧的事!

"走,去丽都大饭店。"陈贺军恶狠狠的地朝手下道,一群人跟着他浩浩荡荡地离开了福禄堂,只留那掌柜还不明所以地愣在原地。

今天是周六,席锦书不用去银行上班。昨晚被外面的声响吵了一夜,她睡不着,便看了一夜的账本,直到早上才眯了会儿。刚睡没多久,门外就传来聂书涵焦急的声音。

"三嫂,三嫂,你起了吗? 出事了! 你快起来啊!"

席锦书悠悠转醒,随手披了件披肩,趿着拖鞋去开门。

门一开,聂书涵便急急地闯了进来,拉着席锦书的手,语无伦次地说: "不好了,三嫂,我刚跟福妈上街买菜,看到陈处长带着他手下的那些人去了丽都大饭店,说要抓沈妍筠,说她是刺杀石原将军的凶手。可那沈妍筠不过是个风尘女子,哪儿有本事刺杀日本人?他们一定是搞错了啊。三哥现在跟她在一块儿,万一他们把三哥也抓了怎么办……"

聂书涵越说越着急,说到后头急得眼泪都掉下来了。

席锦书按住她的手,沉下脸: "你说谁被刺杀了?"

"是石原正信,他昨天去了璨恒哥的赌馆,然后被刺杀了,赌馆还发生了爆炸,璨恒哥都受伤了,现在还在医院里抢救,不知道人怎么样了。"

"石原正信被刺杀,陈贺军去抓沈妍筠?"席锦书松开了聂书涵的手,皱着眉头喃喃道。

聂书涵看她不慌不忙的样子,眼泪又流了下来,抓着她的手,激动地催促: "三嫂,三哥是对不起你,可你知道那些人的手段的,三哥若落在他们手里,不管他有没有涉案,准又要吃尽苦头,他受过一次了,我怕他再来一次吃不消!"

席锦书看了她一眼,目光定了定: "你先去让阿炳备车。"

说罢,不等聂书涵再说,她立刻转过身,脱掉身上的披肩,去衣柜随手拿了套衣服换上。

聂书涵迅速地下楼去喊阿炳。

几分钟后,席锦书出现在了别苑门口,阿炳已经将车备好。聂书涵跟着她上了车。

路上聂书涵一再催促阿炳开快点儿,坐在她身旁的席锦书却是出奇地沉默。

丽都大饭店,席锦书早晚是要去的,但她原本没打算现在就去。

聂莛宇跟沈妍筠不可能一辈子住在饭店里,而她也不可能一直装作这件事没发生一样由着他们肆意妄为。

她给自己定了个时间,等她对聂莛宇的激情彻底淡下去了,她不会再因为他感到难受了,他若还不回家，她就去饭店找他们，然后这件事该怎么处理就怎么处理，她席锦书绝不会拖泥带水。

可计划赶不上变化，谁刺杀的石原正信她根本不关心，陈贺军要抓沈妍筠她也不在意，但偏偏这两件事又跟聂莛宇牵扯在一起了，她就坐不住了。

人人都说沈妍筠给聂莛宇下了迷魂药，可席锦书只想知道，聂莛宇对她下了什么迷魂药，她为何一次又一次，明知道他可能利用了她，还要去帮他。

陈贺军说沈妍筠刺杀石原正信？陈贺军不是那种会无缘无故冤枉人的人。

若沈妍筠真刺杀了石原，是为何呢？她跟聂莛宇到底是什么关系？他们两人在浙江偶遇纯粹是巧合吗？如果当年的传言是真的，她既然背叛了聂莛宇，又为何要回上海来？

席锦书从来都不相信沈妍筠回上海是像报纸上说的跟她争聂少奶奶的位置，那个女人若真稀罕当聂少奶奶，当初也不会那样自毁名声离开，更何况沈妍筠若真是这种女人，聂莛宇定然也瞧不上她。

席锦书已经隐隐猜到聂莛宇跟沈妍筠之间并不是旁人说的那般简单，他突然离家带着那个女人去住饭店，全然不顾她跟长辈们的感受，一定是有原因的。

而这原因也许就跟石原正信被刺杀有关。

他是不是也参与了这次刺杀？

他不愿意告诉她，是为了保护她吗？

席锦书低下头来，轻轻地摸着手指上的戒指，眼神深邃。

眼前全是他过去对着她微笑时的模样，他亲昵地喊她小聂太太，他温柔地亲吻她，他说我们生个孩子……

就算他知道世恩不是他的孩子，知道了他们的契约婚姻，他还是那么爱与她亲近，似乎真的很爱她。

但那都在沈妍筠出现之前。

直觉告诉席锦书，聂莛宇是真的爱她的，可理智又提醒着她，他的爱或许别有目的。

为什么他去了一次浙江，见了沈妍筠之后，回来就突然对她感情升温了？

到底是为什么？

一个答案在席锦书的脑子里呼之欲出，但她不想承认。

她的呼吸变得有些困难，她难受地闭上了眼睛，不想让聂书涵他们发现她的异样。

她在赌，赌他的一颗真心。

只要他是真心的，她可以不计较他跟沈妍筠的过去，只要他对她真心。

聂莛宇，你最好别再让我失望了！

【5】

丽都人饭店 403 号房。

沈妍筠一脸苍白地躺在卧室的大床上，白皙的额头上满是汗，她嘴里死死地咬着块毛巾，时不时地发出很轻的闷哼声。

聂莛宇坐在床前，俯着身子，眼神专注地给她缝后背上那个可怕的创口。旁边的脸盆里放着一粒被取出来的弹头，弹头上还带着血。

细针没入皮肤，来回穿梭着，就像是在缝一块布，滴滴鲜血从针眼处渗出来，没有麻药，只能硬缝。

别说沈妍筠有多疼了，就连聂莛宇缝着的时候手也有些发抖。

"再忍忍，快好了。"聂莛宇低声安抚她道，目光一直盯着她背上的枪眼，没有瞥向其他地方。

沈妍筠唔了声，咬着牙，没说话。

中枪后，若不是她脱了外衣扔进湖里，使了个障眼法，趁那些日本宪兵搜湖的时候，借着夜色跑了，她估计都没命回到这饭店里来。

回来之前，她先去了趟百乐门，换了衣服。

十点多，百乐门的姑娘回去的回去了，不回去的都在大厅里陪着客人跳舞。

怕被人发现，她从后门溜了进去，趁没人在化妆间里换了套衣服，又将血衣烧了扔进垃圾桶中，最后给自己化了个妆，掩盖了下难看的脸色，故意去了大厅找了几个要好的姐妹询问了下李璨恒的情况。

常胜赌坊被炸，李璨恒受伤，百乐门里的人正好在谈论此事，见她过来，以为她也是听说了消息担心李璨恒才特意过来的。

沈妍筠装作伤心的样子，跟那些人聊了几句后，就借故离开了，坐着黄包车回到了丽都大酒店。

平素她跟聂莛宇出去看戏也有回来很晚的时候，所以前台小姐见她回来得晚也没感到有多稀奇。就是有些奇怪今日聂莛宇怎么没跟她一道。

沈妍筠看出了前台小姐的疑惑，主动上前打招呼："小妹，你这里有火柴不？我出去买了包烟，火柴忘记买了。"

前台小姐连连说道："有，沈小姐你等一会儿，我这就找给你。"

沈妍筠拿到火柴，笑着说了声谢谢，然后扭着腰肢，回到了自己的房间。

聂莛宇一开门，她便再也支撑不住地朝他倒了过去。

走廊里正好站着几个烟客，看她这副模样，不由得暗暗骂道，真是一对狗男女，腻歪不进房间去，真不害臊。

聂莛宇已然发现她的异样，连忙将她抱进了屋。

她背上的子弹很深，若再偏一点儿，就要打断她的脊梁骨，那样的话，她连站都没法站。

聂莛宇将她放到床上，立刻给她烧火，烫刀，撕开她后背的衣服给她取弹头。他并不是医生，但眼下沈妍筠的情况显然是没法叫医生的，只能由他给她取弹头。

他没有问沈妍筠在李璨恒的赌坊内发生了什么，但看她伤得这般严重，他已经猜到此次刺杀行动并不顺利。

还好他早就想到过这个结局，所以前几次陪沈妍筠出去踩点，他特意买了些伤药回来，以备不时之需。

中弹的位置不好，他取弹的时候很小心，一直到天亮才帮沈妍筠将弹头取了出来，而她早已痛晕过去。

可能是他缝针的手法重了些，沈妍筠再度痛醒，咬着毛巾，一副强忍着疼痛的模样。

前后缝了二十多针，才将她背上的创口完全缝合，他给她上了些金疮药，又用纱布包扎好，然后给她盖上被子，声音略显疲惫："睡一会儿吧。"

沈妍筠痛得说不出话来，只是无力地闭上了眼睛。

聂莛宇拿着脸盆去了卫生间冲洗，把所有痕迹都清理干净后，他回到客厅，找到了烟盒，拿了根香烟出来，点燃，坐进沙发里，望着墙壁上的挂钟出神。

远处的狗叫了一晚上还未停歇。

聂莛宇吐了口烟，眼眸眯了起来。他知道，今天注定不会安宁。

果然，时针刚指向七点，楼下就传来一阵杂乱的脚步声。

聂莛宇从沙发上站了起来，走到窗前，掀开窗帘朝外看了一眼，陈贺军领着一群人进了丽都大饭店。

床上的沈妍筠也听到了动静，警觉地睁开眼，忍痛直起身，拿了件红色丝绒睡袍穿在了身上，手指伸向放在床头柜里的枪，小声地问聂莛宇："谁来了？"

"陈贺军。"聂莛宇道，将窗帘放下，转身朝卧室走去，一边走一边快速地脱身上的衣服。

沈妍筠猜到他要做什么，很是配合地躺回床上，盖上被子，让个位置给他。

聂廷宇背着她脱下衣服，钻进被子里，静静地听着外面的动静。

沈妍筠将枪藏在被子底下。

不到两分钟，房门就被重重敲响，随即传来的是饭店服务生战战兢兢的说话声。

"聂先生、沈小姐，你们醒了吗？情报处的陈处长有事要找两位。"

聂廷宇目光定定地看着房门，故意等了一会儿，才装出一副没睡醒的语气，不耐烦地回道："这才几点啊，都睡着呢，你让他在外头等着！"

说完，他朝沈妍筠看了一眼。

沈妍筠心领神会地将身子靠在了他的怀里，聂廷宇手腾空半搂着她，尽量不触碰她后背的伤口，拉过被子盖在了两人身上。

外头传来说话声，聂廷宇心里默数着时间，才数到五，房门就被人用力地踹开。

陈贺军带着他的人一窝蜂涌了进来，直奔卧室。

"聂廷宇，你他妈给我别装了！沈妍筠在哪儿？"陈贺军怒气冲冲地朝床上的人吼道。

聂廷宇睡眼惺忪地从被子里钻出头来，看到陈贺军闯了进来，又惊又怒："陈处长你这是做什么？谁给你的胆，我的房间你都敢随便闯？"

陈贺军没有理会他，恶狠狠地问："沈妍筠人呢？把她交出来，老子有话问她！"

聂廷宇看了眼身旁被盖住的女人，眼神凌厉地反问："我的女人，你说能在哪儿？"

陈贺军拿枪指着沈妍筠："你让她出来。"

"你先把你的人带出去，出来总得穿衣服吧，你们一大帮子男人看着，她怎么出来？"聂廷宇冷笑道。

"聂廷宇，石原将军昨晚被刺了，我正在抓凶手，没空跟你在这儿闹。你们不出来是吧，好，我请你们出来！"陈贺军发狠道，拿枪对着沈妍筠那头的床头柜就开了一枪。

沈妍筠吓得抱着头连忙从被窝里钻了出来，尖叫道："你干什么啊！吓死人啊！"

她身上就穿着件红色 V 领睡衣，头发凌乱，酥胸微露，脸上带着微微的潮红，一脸愤怒地说。

陈贺军一行人见她这副模样，再看上半身赤裸的聂廷宇，当即猜到了两人先前都在床上做了些什么，顿时脸色都不大好起来。

"看什么看！陈贺军你真是活够了！"见那一双双眼睛都在盯着沈妍筠瞧，聂廷宇装作愤怒地朝陈贺军暴吼一声，伸手扯过被子，遮住了沈妍筠半敞的胸口，然后当着众人的面，不顾形象地捡起地上的裤子直接往身上套。

"聂先生果真是年轻，一个月了还不腻，大清早就跟沈小姐在被窝里干这种事，你可真为席小姐长脸啊！"陈贺军见聂莛宇这副样子，忍不住嘲讽道。

听他提到席锦书，聂莛宇的手微微顿了下，然后很快地穿好裤子，裸着上身，转过身朝陈贺军道："陈处长什么时候管这么宽了，连别人什么时候做事都要管了？怎么，羡慕啊？"

"聂莛宇你……"陈贺军没想到会被他反讽一顿，气得一时说不出话来。

"你什么你！我告诉你陈贺军，今天你这般兴师动众地带着人闯我房间，不给我说出个所以然来，我跟你没完！你别以为当了个处长，就觉得我聂莛宇好惹了，吃公家饭的可不止你陈贺军一个人啊。要论远近亲疏，我大哥就在北平，而你在上海，论职位，你也不如我大哥。烦请你惹我之前，先掂量掂量自己的分量吧。"聂莛宇扯过床边的衬衫，穿在身上，一边扣着纽扣一边说道。

陈贺军咬了咬牙，将捡到的红玛瑙手链拿了出来，对着缩在被窝里的沈妍筠道："沈小姐，可还认得这条手链？"

沈妍筠探出头来，看了眼陈贺军手中的东西，心里咯噔一下。

这是她刚回上海后李璨恒送给她的手链，她先前去常胜赌坊踩点的时候弄丢了，怎么会在陈贺军的手里？

沈妍筠隐隐有种不好的预感，但面上依旧看不出丝毫痕迹。片刻后，她佯作惊讶："这是我的手链啊！丢了好一阵子了，怎么会在陈处长你的手里？"

"丢了好一阵子？"陈贺军怀疑地说，"你确定不是昨晚才丢的吗？"

"怎么可能是昨晚，上个月就丢了。不信你去问璨恒，手链丢了之后我还跟他说了。这手链款式我喜欢，颜色又很衬我的肤色，我还让他再给我买一条呢。"沈妍筠娇俏地说。

陈贺军仔细地看了她一会儿，似乎在判断她是不是在说谎。

沈妍筠一脸镇定地与他对视，眼神很是无辜。

陈贺军突然笑了起来："沈小姐想知道这条手链我在哪里捡的吗？"

"哪里啊？"沈妍筠好奇地问。

"常胜赌坊，昨晚有人在那刺杀了石原将军。"陈贺军一字一顿地说出这句话来。

沈妍筠愣了会儿，赶忙惊慌地摆手道："陈处长你别乱说呀，这常胜赌坊是璨恒开的，那儿人杂得很，璨恒跟莛宇都不喜欢我去那里，所以我从来都没有去过，这手链肯定不是在那儿捡到的，如果是的话，那肯定不是我的手链。"

"这手链是福禄堂的限量版，每条手链上都刻了名字。沈小姐难道不知道你的手链上也刻了名字吗？这条手链名叫相思，上面不仅有你的名字，还有李老板的。沈小姐现在跟聂先生这般恩爱，可真是辜负了李老板一片深情啊！"

"我跟莛宇的事，璨恒早就知道，我们三个人关系一直很好，陈处长你别瞎挑拨。你说这手链上刻了字，我怎么不知道？璨恒没跟我说。"

陈贺军双眼微眯，拿着手链朝沈妍筠走去："有，我指给沈小姐看。"

说罢，陈贺军的手朝沈妍筠袭了过去，一把就拽掉她身上的被子，还想要拽开她的睡衣，看她身上是否有伤。

说时迟那时快，聂莛宇几乎是同一时间朝沈妍筠扑了过去，在陈贺军手伸到沈妍筠睡衣的那一刻，伸手将沈妍筠搂进怀里，脸色铁青地朝陈贺军吼道："陈贺军，你莫不是没听懂我刚才说的话！谁的衣服你都敢拽，你活腻了！"

"聂莛宇，你以为我真怕你？我直接跟你说吧，昨晚石原将军在常胜赌坊遭到刺杀，我们抓了一个活的，跑了一个女的，那女的背上中了一枪。沈妍筠的手链掉在赌坊后院，而且她刚回上海石原就遭到刺杀，哪儿有那么巧的事？她到底是美艳交际花，还是冷血杀手，只要扒了她的衣服，让我看下她后背有没有枪伤就行了。"陈贺军不以为意道。

"莛宇……"沈妍筠被吓得靠在聂莛宇怀里哭了起来。

聂莛宇抱着她，表情冷峻地看着陈贺军，额头上青筋暴起："你敢？"

"你看我敢不敢！来人，上去把她的衣服给我扒了！"陈贺军朝手下命令道。

那群人闻言，立刻就要上前将沈妍筠从聂莛宇的怀中抢过来。

突然……"住手！"

一个脆生生的声音从门外传了进来。

众人齐齐朝门口望去，看到来人，皆变了脸色。

席锦书面无表情地站在门口，目光扫过聂莛宇还未来得及扣好的衬衫与沈妍筠微露在外的皮肤，最后落在聂莛宇那张怔住的脸上，她微微地眯了下眼睛。

聂书涵站在席锦书的身旁，一脸羞愤地瞪着聂莛宇以及她怀中的沈妍筠，要不是陈贺军他们在，她都想上前帮席锦书打这两个不要脸的人了。

她们在外头站了有一会儿了，聂莛宇刚说的那些混账话她们俩都听得一清二楚。纵使她这般柔软的性子，听到那些混账话时都忍不住要冲进去，席锦书却拦住了她。

有时候聂书涵也搞不懂这席锦书心里在想些什么，她难道真的一点儿都不在乎聂莛宇吗？还是说，她根本就不爱聂莛宇？

不然，为什么会这么淡定？

她如何能忍住的！

"聂少奶奶，您怎么大清早地跑这儿来了？"陈贺军一脸看好戏的表情瞥了聂莛宇一眼，脸上堆起笑，转头朝席锦书问道。

"陈处长你这不是明知故问吗？我丈夫在这里，我来这里看看，很奇怪吗？"席锦书冷冷地答道，眼睛却一直盯着沉默的聂莛宇。

她带着聂莛涵走了进来，停在众人面前，目光从聂莛宇的身上移到沈妍筠的脸上。

"这位想必就是沈妍筠沈小姐吧，你好，我是席锦书。"席锦书唇角微扬，朝沈妍筠伸出手，自我介绍道。

沈妍筠惊愣地站在原地，望着席锦书伸过来的那只手不知道该做何反应，她抬头看向身旁的聂莛宇。

在席锦书出现的那一刻，聂莛宇的手几乎是本能地从沈妍筠的腰间挪开了。

对于席锦书这态度，他并没有过多惊讶，只是微笑着朝沈妍筠道："妍筠，这就是我先前跟你提起过的小聂太太，怎么样，百闻不如一见吧？瞧她身上的气场，什么叫不怒自威，说的就是小聂太太这样的人。她刚简简单单几句话就能把咱们的陈处长呵斥得服服帖帖的，屁都不敢放一个。有她在，你放心，陈处长不敢把你怎么样的。"

说完，不等沈妍筠回应，聂莛宇又将头转向了席锦书，眼神深邃地问："是不是啊，小聂太太？"

席锦书正视着他的眼睛，没有回答。

聂莛宇盯着她的脸，语气颇有些委屈地继续道："我住在这里都一个月了，可小聂太太今天才第一次来，还是抽的周六不上班的时间。看来别人说得没有错，我家小聂太太果真很忙，忙着开连锁店，忙着给汇丰银行增长业绩……她哪儿有时间管我这个丈夫晚上睡哪儿、跟谁睡呢，是吧？"

瞧这话说的，陈贺军一个看戏的外人都听不下去了。明明是聂莛宇这王八蛋出轨在先，他竟然还能反咬席小姐一口。

陈贺军愤愤地上前，意欲打断他们，他来这里是有正事要做的。

他刚准备开口，就听到席锦书轻笑一声，抬头反问聂莛宇："聂莛宇，你当真希望我来这里吗？"

聂莛宇脸色黯了下去，沉默地看着她。

陈贺军没了耐心，凑过头去，跟席锦书打招呼："聂少奶奶，我理解您现在的心情，但我今日来此是来抓捕刺杀石原将军的犯人的。既然这件事与聂少奶奶无关，我希望聂少奶奶不要插手，让我先把事情给办了。"

说完，陈贺军又要挥手示意手下将沈妍筠抓起来。

沈妍筠脸色变了，聂莛宇护在了她的身前。

席锦书伸手再度拦住了陈贺军等人。

"陈处长，我刚在外头听了会儿，对于石原将军被刺一事我深表遗憾。不过只凭一条沈小姐不慎遗失的手链，你们就说她是刺客，要扒她衣服验伤，同为女人，我觉得我有必要为她说几句公道话。陈处长要一群男人给沈小姐验伤，若验出伤，还说得过去，若验不出，你们让她以后怎么出去见人。沈小姐不管怎么说都是莛宇的女人，你们当着他的面扒她的衣服，传出去，聂三公子还有什么威信可言？就现在而言，聂莛宇还是我席锦书的丈夫，陈处长你堂而皇之地打他的脸，不就是在打我的脸吗？"席锦书一脸淡定地朝陈贺军慢慢说道。

站在她身旁的聂莛宇微微地扯了下嘴角。

陈贺军被她说得一愣一愣的，一时之间找不到话来反驳她："那按聂少奶奶的意思我该怎么做？要不这样吧，我们先把沈小姐带走，等到了办公室找个女同事给她验一下，您看成吗？"

"不用这么麻烦。"席锦书道。

陈贺军不解地看着她。

席锦书的目光再一次落在沈妍筠那张"吓"得血色全无的脸上，她掷地有声地说道："我来给她验。"

"不行！"陈贺军想也没想拒绝道。

席锦书回头看他，不悦地皱起眉头："陈处长这是不相信我？"

陈贺军真是有苦不能说，他能相信吗？这聂莛宇可是有过通共前科的，上一次席锦书能为救他倾尽家产，若这次她仍执意要救他的话，帮沈妍筠撒个谎又有多难！

"聂少奶奶，我不是这个意思，只是这件事事关重大，不是你我能掌控的事，我觉得您还是不要插手为好。"陈贺军直言道。

席锦书冷笑："说来说去，陈处长就是不相信我。那如果我偏要管呢？"

看着席锦书毫不畏惧的样子，陈贺军深知今日这事她是管定了。

要当着席锦书的面强行带走沈妍筠已经是不可能的事了，他只能先稳住眼前这位大小姐，姑且顺着她的意吧。

反正如果沈妍筠背上真有枪伤，这伤口也不是几天就能凭空消失的，回头把这丽都大饭店封锁起来，沈妍筠就算插翅也难逃。只要日后找到确凿证据，他不愁抓不到人。

　　想到这，陈贺军脸上立刻堆起笑容，朝席锦书道："那就麻烦聂少奶奶了。"

　　席锦书没有理他，她看着沈妍筠道："请吧，沈小姐。"

　　沈妍筠看了看她，又朝聂莛宇看了过去。

　　聂莛宇对她点了点头，她这才一副娇柔害怕的样子，跟着席锦书走进卧室。

　　聂书涵跟了上去，帮她们关上卧室的门，守在门口，防止陈贺军他们闯进去。

　　陈贺军恨恨地看了一眼卧室的门，扭头朝聂莛宇走了过去。

　　聂莛宇再度坐到沙发里，点燃一根雪茄，叼在嘴里。陈贺军走到他的身旁，不客气地从他的雪茄盒里拿了一根烟。

　　"聂先生真是好本事啊，外面彩旗飘飘，家里红旗不倒，佩服，佩服。"陈贺军闻着雪茄味，一脸讥诮地调侃聂莛宇。

　　聂莛宇笑，瞥了他一眼："羡慕吗？"

　　陈贺军呵呵一笑。

　　娶到上海滩最有钱的女人，谁能不羡慕！

　　"羡慕也没用。"聂莛宇一把抢过陈贺军手中的雪茄，冷着脸道，"这烟不适合你抽。"

　　陈贺军气得咬牙，却又拿他无可奈何。

　　卧室内，沈妍筠神情疲惫地坐在床上，席锦书站在床边。

　　"聂少奶奶。"沈妍筠头上冒着汗，难堪地看着她，欲言又止。

　　席锦书道："脱吧，现在只有我能帮你们，你只能告诉我真相。"

　　沈妍筠了然，先前站了那么久，她的身体已经到了承受的极限。她不敢设想若席锦书晚来一步，陈贺军的人强行给她验伤，她还能不能继续隐瞒下去。

　　此刻，她除了去相信席锦书，别无他法。

　　她颤巍巍地伸手去解身上的睡衣，额头上的汗越来越多。

　　席锦书看着她白得没有一点儿血色的嘴唇，眸光微动了下，她上前抓住了沈妍筠冰冷的手，低声道："还是我来吧。"

　　她帮沈妍筠脱下了那件大红色的睡衣。

　　其实不用脱衣服，看沈妍筠现在这副模样，席锦书已经知道她背上肯定有伤。她在外面那般娇揉造作，不过都是演给陈贺军看的。

　　然而真的当衣服脱下，沈妍筠姣好的身材暴露在寒冷的空气中，亲眼看到她背上那已经被鲜血染红的纱布时，席锦书沉默了。

"还有干净的纱布吗？"很快席锦书恢复理智，问沈妍筠。

"床底下有个医药箱。"沈妍筠回道。

席锦书弯腰拿了医药箱出来，从里面找到了纱布跟消毒水。她伸手轻轻地将沈妍筠背上那块被血浸透的纱布揭了下来，一道缝合好的，像蜈蚣般狰狞的伤口顿时显露在席锦书的眼前。席锦书当即皱起了眉头。

沈妍筠很白，身材也很好，她的身上没有一点儿赘肉，皮肤摸上去滑得跟锦缎一样，后背却是伤痕累累。

除了这处枪伤外，她的背上还有很多打斗留下的瘀青，还有几处陈年旧伤。不过最难看的还是那道枪伤，那弹孔太深了，伤口可能太大，聂莛宇的缝合手法也不到家，缝线处的肉一点儿都不平整，有的还翻了出来，血红血红的，还能看到血迹。

席锦书胃里一阵翻涌。

原本看到沈妍筠背上的枪伤，她该是愤怒的，因为这个伤验证了她来之前的猜想——沈妍筠果然另有身份，石原正信被刺确实跟她有关。

聂莛宇果然又有事瞒着她，他跟沈妍筠住在丽都大饭店并不是在偷情，而是另有隐情。

即使沈妍筠还未告诉席锦书她的身份，席锦书已经猜到了沈妍筠应该是一位共产党员。

她深吸了口气，闭上了眼睛。沈妍筠是共产党，那么一切都能解释了。

所以，聂莛宇会如此支持共产党，是因为她是共产党，所以他也爱她的信仰？还是说因为他们信仰一致，所以他才会那么爱她？

席锦书笑了，她本来该发火的，该恼怒的，可是她却笑了。

因为她发现她的爱，她的婚姻，在沈妍筠这道丑陋至极的伤口面前，在这么一个美丽的女人不惧生死的大无畏牺牲精神面前，在沈妍筠跟聂莛宇完全不在乎个人声誉，被万人唾弃也要坚持他们的信仰面前，是那么渺小，那么地不值一提。

她想到了当年刺杀加藤的爱国义士团，想起了与郑先生在船上的那番谈话，想起了席二爷说家中那个平平无奇的虎子是共产党，在菜市场被枪毙时还带着笑，她突然觉得自己与那些人相比，很浅薄，很世俗。

她所谓的爱国，只是力所能及地帮助一些可以帮助的人。她可以牺牲钱财，但是她舍不得牺牲性命。她做不到无惧生死，她甚至舍不得她爱的任何一个人去死。

她没有沈妍筠他们那么崇高的信仰，即使她知道自己爱聂莛宇。

她没有沈妍筠他们那么勇敢，超脱。

所以，是她输了，是她输给了他们的信仰。

【7】

"席小姐，我知道现在跟你说这些很唐突，但我没有其他办法。我是中共地下情报员沈妍筠，我的代号是玫瑰。我的生死不重要，席小姐大可推我出去，把我交给他们，只求你保全聂先生。"待换好纱布，沈妍筠激动地抓着席锦书的手，恳切地低声道。

席锦书帮她重新穿好衣服，淡淡地说："沈小姐，我今日就想问你一句话。聂莛宇在浙江杭州时是不是跟你说起过我？"

沈妍筠愣了下，不懂她为何这么问，但还是点点头："是的，席小姐。我们很希望将席小姐拉到自己的阵营。"

"我明白了，沈小姐。"席锦书眼眸微冷地笑了笑，从床上站了起来，那双黑亮的眼眸里隐隐有了光。

原来是这样啊。

聂莛宇去了浙江一趟，回来突然与她那般亲近，只是为了帮沈妍筠他们拉拢她啊！

是啊，还有什么比让一个女人死心塌地爱上你，更能拉拢她的呢？

她真想跟他说一声，不必，大可不必那般委屈自己，那么违心地去爱她，骗她。

根本没必要。

他老实告诉她，该帮的她还是会帮，他就是不该这么骗她。

倘若没有那些欺骗，她的爱情还是很美好的，即使没有回应，还是很好的。

她还会记得那年的大雨天，在王公馆门前，他毫无杂念地赠了她一把伞。

她爱的是那个纯洁少年，是那份纯洁无瑕的温暖啊！

"沈小姐，你放心，我今日既然来了，就是打算好要帮的。好了，我们出去吧，别让陈处长他们等久了。"席锦书朝沈妍筠凄然一笑，几步走到门前，拉开了门。

陈贺军看到她出来，立刻迎了上去，焦急地问："聂少奶奶，怎么样？有伤吗？"

席锦书瞥了他一眼，目光冷冷地看向了从沙发里站起身的聂莛宇，面带讥笑："伤没有，其他倒是痕迹不少，聂先生果然很疼爱沈小姐啊！"

聂莛宇料想她已经看到沈妍筠的伤口，并知道了沈妍筠的身份，她这么说应该是在跟陈贺军演戏，但他不明白的是，她演戏完全可以说点儿其他的，为何突然说这种让人误会的话。

他心里莫名地有些慌，红着脸怔怔看着她，似乎想要看出点儿什么。但是席锦书的语气带着她从来没有过的尖酸，好像她说的是真的，聂莛宇真对沈妍筠做了那种事，而她被刺激到了。

"聂少奶奶您这话什么意思？"陈贺军装作听不懂，还想亲自进去看沈妍筠。

席锦书伸手拦住了他的路，脸上带霜，冷冷地朝陈贺军道："什么意思还用我来给你解释吗？沈小姐是我席锦书有生以来最大的耻辱，但我席锦书的耻辱，可不是随便谁都可以看的。陈处长，适可而止吧。"

陈贺军被席锦书身上散发出来的凛然所吓到，他是见过席锦书这副样子的，那还是聂莛宇被抓，她来找他。那会儿她也是这个样子，冷冰冰的，做出的事让人难以招架。

陈贺军猜想可能席锦书说的是真的，她这副模样真像是被聂莛宇跟沈妍筠给刺激到了。

也是，像她这么骄傲的女人，亲眼看到丈夫在其他女人身上留下的欢爱痕迹，肯定会崩溃，还能保持理智已经很厉害了。

但万一她是装的呢？

陈贺军有些犹豫不决，忽又听到席锦书当着众人的面，朝聂莛宇道："你跟她老住在饭店也不是个长远的事，又不是没有地方住，何必？你怕聂公馆的长辈们吵，那我就来替你们做个主，你将沈小姐领回别苑吧，我准许你娶她进门。"

席锦书刚说完，在场的所有人都惊呆了。

聂莛宇一脸震惊地望着她，似乎根本没有料到她会说出这样的话来。

聂书涵更是激动地朝席锦书叫道："三嫂，你不能这样！三哥绝对不可能娶那个女人。老太太他们会……"

"我说可以就可以。"席锦书厉声打断聂书涵。

聂莛宇有些急了，几步走到了席锦书的面前，一把拽住了她的手，半恳求半安抚地说："小聂太太，我知道是我不好，你生气，但娶妍筠的事，我们还是回去再商量下好不好？"

他偷偷捏了下席锦书的手，示意她见好就收。

就算要在陈贺军面前做戏，这种话也不是能乱说的，若他顺着席锦书的话答应了，回头还怎么收场。

席锦书像没收到他的信号一样，挣开聂莛宇的手，表情冷峻："没什么好商量的，这事就这么决定了，你们可以做野鸳鸯，我席锦书可丢不起这脸。"

她这样子不像是做戏，聂莛宇蒙了，心里越来越慌，他不顾陈贺军等人在场，拽过席锦书的肩膀，认真地看着她，问："你真要我娶沈妍筠？我娶了她，那你呢？"

席锦书低笑一声，伸手推开了挡在身前的聂莛宇，朝门口走了几步："我让律师拟份离婚书，明天送过来。我们，离婚。"

离婚两个字像针一样生生地刺在聂莛宇的心上，他不敢相信地转过身来看着她，面色苍白地喃喃道："你刚说什么？"

席锦书背对着他，没有回答，只是朝陈贺军道："陈处长，看我的笑话看完了，你可以带着你的人走了吗？"

说完，不等陈贺军反应，席锦书率先走出了403号房间。

"三嫂！你别走啊！三嫂！"聂书涵急得朝席锦书喊道，但席锦书没有回头。

"三哥，你快追出去看看啊！"聂书涵哭着朝聂莛宇道。

聂莛宇像没听到似的，一动不动地站在原地，拳头攥得紧紧的。

陈贺军是来抓刺客的，没想到听了席锦书要跟聂莛宇离婚的消息。他心里是又喜又激动，先前他就看那聂莛宇不爽，好了吧，现在玩大了吧。

知道在这里再待下去，席锦书说不定要迁怒于他，陈贺军便不敢继续逗留下去，于是带着他的人赶紧跟着席锦书走了。

从丽都大饭店出来，陈贺军吩咐手下将四周包围起来，还是按他一开始的打算，不管沈妍筠是否参与了刺杀，先把人看住再说。

见聂莛宇不动，聂书涵只得离开，自己去追席锦书。她绝不能让席锦书就这么跟聂莛宇离婚。

待人都走没了，沈妍筠回到客厅。

聂莛宇依旧保持着原来的姿势立在那里，她朝他走了过去。

"你都跟她说了些什么？她刚为何突然要我娶你？为什么会提离婚？"聂莛宇低着头，望着脚下的大理石地板，有一阵眩晕的感觉。

沈妍筠也是不解地摇了摇头："我只向她表明了身份，还有我们想邀请她加入我党的意愿。我没有跟她说过我要嫁给你啊。你难道从来没有跟她解释过我们的婚姻是假的吗？"

聂莛宇沉默着，停顿了会儿，他再度问道："她有跟你说点儿什么吗？"

沈妍筠回想了下，沉吟道："她只问了我一个问题。"

"什么问题？"

"她问我，你在杭州时，我们是不是聊过她，我说是。"

冷风从窗户的缝隙间吹进来，室内一股寒意袭来。

聂莛宇沉默地抽着烟，良久都没有说话。

指尖轻轻地拂过报纸上那张清冷的脸庞，却再也感受不到她的体温。烟蒂掉了下来，落在了他好看的手背上，留下了焦痕，他却一点儿都不觉得疼。

锦书，再等等，再等等。

你没错。

我的人是你的，我的心也是你的，我的爱也只属于你。

是我错了。

是我太自以为是，以为我能守住你，守护你我的山河。

席锦书从丽都大饭店回来后的当天下午，她就搬出了聂莛宇的别苑，回到了席公馆居住。

翌日，一位洋人律师来到了丽都大饭店的 403 号房，将一份离婚协议书递给了聂莛宇，上面有席锦书的签名。

很快，席大小姐要与聂三公子离婚的消息传遍了整个上海滩。

有人惊叹，有人唏嘘，有人欢喜，有人悲愁。

一周后，被刺杀的石原正信跟被炸伤的李璨恒在医院双双醒来……

第十五章

满目山河空念远

【1】

许是被席锦书的离婚宣言给震慑住了，聂莛宇跟沈妍筠这对野鸳鸯再也不似往日那般高调。

以前两个人还经常外出，手牵着手看看电影，听听戏曲什么的，现在除了偶尔下楼在丽都大饭店的舞厅溜达几圈，他们几乎不出这丽都大饭店了。

一个是到处都是流言蜚语，没少数落他俩的，还有一个就是陈贺军的人天天守在饭店门口，盯着他俩，他们走到哪儿跟到哪儿，很让人扫兴。两个人就算再想出去玩，也没了兴致。

唯有一次出门，还是沈妍筠和聂莛宇一起去了趟圣玛丽医院，探望被炸伤的李璨恒。

李璨恒伤得挺重，半边脸毁了，张苑茗一直在医院里陪着他。

他们去的时候，李璨恒还未醒来，张苑茗将这两人拦在了病房外。

张苑茗一向对沈妍筠这朵交际花看不上眼，现在更是厌恶至极。

这女人先是偷了她丈夫的心，后又抢了席锦书的男人，现在还敢挽着聂莛宇的手来看李璨恒，实在是太不要脸了。

张苑茗与席锦书一贯交好，若她不是大家小姐，怕人说她仗着家大业大欺负沈妍筠这个风尘女子，她真想上前撕了沈妍筠那张楚楚可怜的脸。

席锦书要跟聂莛宇离婚的消息被传得沸沸扬扬，她听到后当时就气得不行。

没有谁比她更明白席锦书所受的委屈，之前她得知李璨恒将沈妍筠领回了上海，她心痛得要死，也恨不得跟这个男人分手了算了。

可真让她去离婚，她又没那个魄力。

离婚在彼时上海滩本就是稀奇的事，虽然现在都主张婚姻自由，爱情自由，可真离婚了，吃亏的还是女人。

谁愿意娶个二婚的女人啊？你就说李璨恒那么爱沈妍筠，但他不会娶沈妍筠，顶多让她当个情人，因为一旦娶回家，所有人都会笑他捡了聂莛宇的破鞋。对李璨恒来说，爱情再重要，也不如脸面重要。可偏偏有些人，就是不要脸，宁愿抛妻弃子，也要与那野花纠缠不清。

张苑茗愤怒地看着沈妍筠跟聂莛宇那两张让人惊艳的脸，想起病房内被毁容的李璨恒，心里又是一痛，璨恒醒来，定是要崩溃的。

想到这，张苑茗当即眼泪掉了下来，根本没有心情理会聂莛宇他们，直接板着脸对两人道：“你们走吧，这里不欢迎你们。”

沈妍筠拿着水果篮子还要往前送，被张苑茗一把打在地上，里面的进口水果滚了一地。

沈妍筠弯腰要捡，聂莛宇拦住她，将她拉了起来。

张苑茗见他这护着她的模样，顿时怒火中烧，红着眼，凶巴巴地骂聂莛宇：“聂先生，你倒是护这女人护得紧，怪不得书姐要跟你离婚，活该你只配找这种女人，你根本就配不上我们家书姐。”

她的话骂得很难听，但聂莛宇像没听到似的，平静地扶着沈妍筠的手，对张苑茗客气道：“既然璨恒还没醒来，那我们改日再来看他。李太太，我们先走一步。”

说罢，不管张苑茗又骂了些什么，他搂着柔弱得快要倒下去的沈妍筠走了。

张苑茗站在病房外看着两人离去的背影，恶心得都快吐了。你看吧，狐狸精都是林黛玉，风一吹就能倒，非得男人扶着才能走路。呸！

张苑茗气呼呼地要回病房，忽然眼角的余光瞥到掉在地上的水果，她眉头微微一皱，弯下腰将一个橙子从地上捡了起来，看到上面的红色印迹，她伸手擦了擦，竟然是血。

她猛地将那橙子又扔在了地上，吓得打了个激灵。

怎么会有血？

难道她刚推沈妍筠的时候，把那女人给伤了？

没有吧，她明明没用劲啊！

张苑茗奇怪地摇了摇头，眼前浮现出沈妍筠那张苍白的脸，还有她那虚弱的样子，心里又是一阵恶心，她嫌恶地喊了个护士过来，吩咐道："你赶紧帮我把这些水果给扔出去，有多远扔多少。"

另一边，聂莛宇扶着沈妍筠回到车内。陈贺军的人依旧跟在他们的车后头。

两人像不知道似的，继续开着车往前走。

路上，聂莛宇瞥了眼沈妍筠流血的手腕，蹙眉："伤口又裂开了？"

"没想到张小姐看起来娇俏，力气倒不小。"沈妍筠苦笑，从大衣口袋里掏出一方锦帕，将手上的血迹擦了。她背上的伤口不小，一裂开，她都能感觉到鲜血不断地往下流，顺着她的背，浸透了衬衫，有的灌进衣袖，直接流到了手腕。

"这样下去不是个办法，你得去看医生，免得伤口感染。"

"你将我送去南京路的西饼铺，谭医生在那儿等我，他有消炎药跟止痛剂。我还得把今天查到的石原正信的病房号告诉他，让他转告给芍药。"沈妍筠面色苍白地说。

"非要这么做吗？现在圣玛丽医院外面都是日本宪兵队的人，让芍药一个人去无非是送死。"聂莛宇不认同。

"石原必须死。就算同归于尽，我们也不能让他活下去，不然我们的牺牲就毫无意义了。我受伤了，留在上海的地下党也已经很少了，上次执行任务我们牺牲了好几个人。如今芍药一个人去，方便掩人耳目，不易被察觉，她可以扮作护士，借着去给石原换药的机会，在他的药物里注射毒剂。"

"就算芍药能成功毒杀石原，但石原一死，日本人也不会放她离开医院。这是一场必死的刺杀。"聂莛宇声音悲怆。

沈妍筠默认了。

若能以一人之死，换千千万万人不死，这死便重于泰山，死得其所。

聂莛宇被玫瑰他们的牺牲精神所感动，若真到了不得不牺牲的那一天，也许他也会像他们一样，无所畏惧地献出自己的生命，来保全他想保全的人。

车停在西饼屋，聂莛宇扶着沈妍筠下了车，像情侣一样，两人笑吟吟地走进了店内。陈贺军手下的人依旧等候在外面。

约莫半个小时，两人从西饼屋走了出来，手里拎着一袋糕点，又一次回到了丽都大饭店。

自那天之后，他们又有好几天没出过饭店。

按理说席锦书都已经放言让聂莛宇娶沈妍筠了，她自己也从别苑里搬了出去，聂莛宇完全可以把沈妍筠领回家住，可聂莛宇并没有这么做，因为他压根就没想跟席锦书离婚。

负责打扫饭店的小厮跟人说，他先前在聂先生房间的垃圾堆里看到一份被烧了一半的离婚协议书，看来聂莛宇是不想离婚的。

想想也是，有点儿脑子的人都不会跟席锦书离婚的，一离婚，聂莛宇的金库就飞走了，现在不离，他不娶沈妍筠，就这么不清不楚地腻歪着也不错。

果然人不要脸，天下无敌。

陈贺军派人在丽都大饭店守了好几天，也没见沈妍筠有什么异样，北平那边打了好几通电话过来询问情况，他渐渐等得不耐烦了，打算就这么冲进去把沈妍筠抓起来审问时，日本宪兵队那边突然来了消息，说逃跑的女刺客抓到了。

日本宪兵队的监狱大牢内，两个女人被绑在两根木桩上，她们衣不蔽体，浑身被鞭子打得皮开肉绽。一人的身上已经发出了腐臭的味道，一人还在口吐着鲜血骂。

石原正信穿着军装坐在那个骂着的女人面前，看着手下的士兵对其施行着各种各样的酷刑。

这是他们昨晚刚在圣玛丽医院抓到的刺客，这女人很有本事，竟然能逃过那么多日本宪兵的搜捕，成功混进医院，假扮成一名护士，来给他换药。若不是他发现了这女人手上粗糙的枪茧子，及时制服了她，他估计难逃一死。

被抓的女人后背上有一处子弹擦伤，身形与当晚在常胜赌坊刺杀他后逃跑的女刺客一致，因此日本宪兵队的人判定这人就是他们追捕的女刺客。

在经历了诸多惨无人道的逼供后，这女的已经毫无人形，但她依旧没有交代自己的身份以及同伙。

最后，陈贺军的人发现这女人是周公馆的一名女佣，名字叫芍药。她在圣玛丽医院准备注射给石原的药剂是高浓度的氯化钾，氯化钾是西医用的药物，浓度超过 2500mg/kg 便可致死。西药在国内本就很紧缺，一般人根本拿不到这么高纯度的氯化钾，但药剂师可以。

周公馆的大少爷周垚玉是留洋归来的药剂师，他不仅与席锦书关系好，又与仓永朝一关系很亲近。之前就有传言，说中共的人渗入了日军之中，石原正信不得不对这个周大少产生了怀疑。

几天后，石原正信带人闯入了周公馆。周老爷在国外做生意，常年不在家，家中只有卧病在床的周大少和周太太以及几个用人。

周大少遭到日本宪兵的殴打，当场吐血，周太太护子心切，拿花瓶砸石原正信，竟被当场击毙，周大少当场昏厥，其余活口则被带去了日本宪兵队大牢。

当夜下了一场大暴雨，席锦书在主卧里睡得极不安稳。近几日她觉得身子都不大舒服，

385

身上像是染了湿疹，腰间、背上痒得不行，找医生看了下，说她是过敏，连药都未给她开，只让她忌口。

这一晚，她又被痒醒，隔壁屋里传来席太太稀稀落落的咳嗽声。席太太这一次伤风后都咳了一个多月了，西医中医都看过，说她这不是普通的感冒，有点儿像是流感。

过去西班牙闹过一次大型流感，听说死了不少人。近日上海阴雨不断，伤风感冒的人很多。也有好些像席太太一样，吃药一直不见好的，西医都说是流感，让家属把病人隔离起来。

席太太本就喜静，让她隔离也无所谓，平素就一个人待在屋里，医生来才接见一下。就连席锦书想看看她，她也不给看，就怕把病传给了女儿。

窗外雨下得很大，时而伴随着雷鸣声，席锦书背上痒得睡不着，索性从床上起身，到书房练字去了。

写了一会儿，她有些倦了，披着衣服出门回到主卧，站在窗前，将窗户推开了些透了会儿气。

雨越下越大，席锦书出神地望着，想到了去世的席老爷，还有兄长席晨怀，依稀记得，席晨怀跟林小小私奔的那天也下着雨，也跟今日一般大。

她又想起了当年被席老爷赶去王公馆赔罪，也是这么大的雨，想着想着，又想到了那个人。

席锦书苦涩地一笑，伸手关上了窗。

【2】

天一亮，外面的雨还未停歇，席锦书的房门就被人重重地敲响。

她起床拉开门，席二爷一脸焦急地跟她说周公馆那边出事了。

等席锦书带着人匆匆赶去周公馆，只看到巡捕房的李红星探长吆喝着手下在清理现场。

雨下了一夜，院子里的血已经被冲刷得差不多了，只有大厅的大理石地板上还残留着些许未干涸的血迹，周太太跟两个女佣的尸体被放在担架上。

席锦书看着地上的尸体，通体生寒，她往后踉跄了几步，险些摔倒，李红星见状连忙扶住了她。

"聂少奶奶，你还好吧？"李红星关切地问，即使知道席锦书要跟聂莛宇离婚了，他还是没习惯改称呼。

席锦书紧紧地抓着李红星的手臂，白着脸，激动地问："垚玉呢？怎么不见垚玉？周公馆里的其他人呢？谁干的？到底是谁杀的人？"

李红星深深叹了口气，如实道："是日本宪兵队的人，石原将军亲自带的队，周少爷跟其他人应该都被带走了。周老爷在美国做生意，好几年没回来了。电报我已经让人给他发了过去，但不知他能不能收到。"

席锦书的心跳得很快，追问道："周家在上海滩地位不低，他们怎么敢随便抓人！还杀了人！这事没人管吗？你们巡捕房不做事吗？陈贺军呢，他也不管吗？"

李红星按住躁动不安的席锦书，安抚她："聂少奶奶你先别激动，这事不是我不想管，是我没办法管。事关重大，你可以去找陈处长说说，看他怎么处理这件事。"

席锦书听了李红星的话，慢慢冷静下来。

"李探长，你知道日本人为什么突然抓垚玉他们吗？"席锦书蹙着眉头问李红星。

"我听说是跟石原将军被刺一案有关，不久前他们抓了个逃跑的女刺客，据说是周公馆的人。那女刺客听说石原将军没死，又去医院刺杀了一次，被当场逮住。她手里有违禁药品，那药品只有西医才可能拿到。周大少又正好是药剂师，在医院药剂科工作。所以，可能日本人怀疑是周大少授意那女的刺杀的石原将军吧。"李璨恒回答道。

"不可能！"席锦书当即否定了他的话。

上次刺杀石原正信的是沈妍筠，她跟聂莛宇还待在丽都大饭店内，以她的伤势，根本无法再次行刺，那人肯定不是沈妍筠。

可她知道，不管那被抓的女刺客是谁，石原被刺这件事肯定跟周垚玉无关。

日本人竟然不问缘由，仅有一点怀疑就来周公馆抓人，还把周太太给……

席锦书又望了一眼地上周太太的尸体，眼眶红了。

虽然周太太一贯不喜欢她，但周垚玉待她不薄，每次出事，只要周垚玉知道，都会帮她一把。如今他平白受此磨难，她怎可见死不救。

周垚玉身子不行，哪受得住严刑拷打，席锦书就怕他挺不过去。

席锦书越想越心急，她吩咐李红星好好安置周太太他们的尸体后，转身就朝外走。

回到自己车内，席锦书对一同前来的陈管家道："陈伯，你去汇丰银行帮我请个假，我要去见一下石原正信。"

陈管家闻言变了脸色，劝阻道："大小姐，你可别冲动啊，那人不好惹，你找他干什么？我们可以再想想其他办法救周大少啊！"

"事到如今，还能找谁救他？"席锦书一脸沉重地说。

387

"姑爷估计有办法,你要不去找下他商量商量。"陈管家提到了聂莛宇。

席锦书沉默了,放在膝盖上的双手捏紧了些,她没法告诉陈管家这事找聂莛宇最没用。

石原正信现在怀疑刺杀事件是周垚玉主导的,对聂莛宇他们来说是件好事,这样沈妍筠就能彻底洗脱嫌疑了。医院被抓的女刺客偏偏是周公馆的用人,周垚玉这一次又是跟仓永朝一一起回国的,席锦书想,也许这一切是聂莛宇他们早就计划好的。

她虽不喜周垚玉跟仓永朝一搅和在一起,也不清楚他跟仓永朝一之间到底是什么关系,她只知道,作为朋友,她不能眼睁睁地看着周垚玉无辜惨死。当然,她不会违背自己对沈妍筠的诺言,她要救周垚玉,但也不会出卖沈妍筠他们。

一路想着,目的地到了。

席锦书下了车,报了姓名。很快,就有人出来接见了她,将她带到石原正信的面前。

石原正信坐在沙发里,跷着二郎腿嬉笑着望着她。他似乎知道她会来,对她做了个邀请入座的手势,然后指了指茶几上早就准备好的热茶:"席小姐,喝茶吗?"

席锦书没动,她站在原地,直接对石原正信说明了来意:"石原先生,垚玉是我朋友,我可以用人格担保,他跟这次刺杀案毫无关系,我请求你放了他,他身体很差,染病数年,根本无法承受你们的折磨。何况你杀了他母亲,这样的打击对他来说太大了。"

"席小姐能来这里,我很高兴。我知你与周少爷感情深厚,但仅凭你的一面之词,是证明不了周少爷清白的。若不是掌握了足够的证据,我也不会贸然去周公馆抓人的。"石原正信眯着眼笑着说。

"我知道,我听李探长说,你们捕获的女刺客是他府上的人。但石原先生,垚玉他并没有刺杀你的动机啊,与其大费周章杀你,他去杀仓永先生不是更方便吗?他跟仓永先生在英国就相识,他都没有下手,何苦这般受累回国,就为了杀你呢?你因为一个用人就怀疑垚玉,那你为何不怀疑仓永先生呢?"席锦书反驳道。

没想到她会突然提到仓永朝一,石原正信微微一怔。他与仓永朝一是劲敌,本来他们两个人井水不犯河水,各司其职,但仓永朝一突然来了上海,这让石原内心很是不安。

自从加藤死后,石原正信在上海并未给日本做出多少贡献,也没能成功拉拢席锦书,上头对他的能力表示怀疑。如今仓永朝一又被派遣到上海,这让石原不禁猜测,上级是准备让仓永朝一替代他。

但是仓永朝一即使要替代他,也犯不着让周垚玉搞这场刺杀。上级一向不喜他们自相残杀,若真是仓永朝一要杀他,这事传到上头,仓永朝一也没好果子吃。仓永朝一不是那么蠢的人。

起初他怀疑周垚玉是中共派来潜伏在仓永朝一身边的地下党，但在席锦书来之前，仓永朝一就已经先来过了。从仓永朝一提供的线索里，他已经知道周垚玉是无辜的，但是他还不打算放人，不过是想把席锦书引来罢了。

说来说去，周垚玉的性命并不重要，重要的是席锦书——掌管着上海经济命脉的人。

"席小姐说得没错，我既然怀疑周先生，自然也该怀疑仓永君，可若共产党使的就是一石二鸟之计，一想刺杀我，二想离间我跟仓永君，席小姐你说可不可能？"石原正信意味深长地朝席锦书说道。

席锦书愣住，不是很明白石原的话。

石原笑着从沙发上站起来，走到她的面前，继续道："席小姐真想救周先生也不是不可，只要洗清他共产党的嫌疑就行了。席小姐说拿人格替周先生作保，你我自然是相信的，可我的上级未必相信，毕竟口说无凭。所以，能不能救周先生，关键得看席小姐的决心有多大了。"

席锦书这次总算听懂石原正信的意思了，她冷漠地扫了石原正信一眼，讥诮道："原来你们抓垚玉，不过是为了我。我席锦书何德何能，让石原将军这般惦记。"

"席小姐最擅长的就是钱生钱，您是上海滩最会赚钱的人，您对我们所有人都很重要。"

"石原将军缺钱，找我做什么？我席家底下那么多张嘴要吃饭，能有多少钱剩？"

"席小姐误会了，我们要的不是钱，我们要的是你这个人。你的经济头脑，你的赚钱能力，你的智慧，才是我们最需要的。"石原正信凑过脸来，目光灼灼地盯着席锦书说道。

他离她很近，他的呼吸都扑到她脸上了，席锦书胃里翻涌欲呕。

"能不能救周先生，席小姐考虑考虑吧。"石原正信直起身，往后退了几步，似笑非笑道。

席锦书脸上没了血色。

当初她拿席家换聂莲宇是迫不得已，如今若日本人问她要钱，让她换下周垚玉，她也可以考虑。但是日本人要的不是她的钱，而是她的人身自由，她的精神信仰，他们要她叛国。

这一点席锦书绝对不可能答应。可是不答应的话，她就无法救周垚玉。

她陷入了两难之中。

告别了石原正信，席锦书步伐沉重地离开了日本宪兵队。外面的雨依旧未停，乌云压顶，那些云朵像是直接压在她的身上，让她有些喘不过气来。

司机一脸担心地透过车后镜看她，问："大小姐，你没事吧？要去医院看看吗？"

席锦书摇了摇头。

也许是最近不顺心的事太多，她心理压力太大，身体才会各种不舒服。

等席锦书离开后，仓永朝一从房间内走了出来，坐到了石原正信面前。

石原正信笑着问他："你觉得席锦书会答应与我们交易吗？"

仓永朝一眯着眼回他："那得看周垚玉这颗棋子在她心中有多重要了。"

"你当初结交周垚玉，就是为了今天吧？但我觉得你还是小看了席锦书，她不会用卖自己救周垚玉的。你的方案一开始就是错误的，战争靠权谋是没用的，只有铁血才能让人恐惧，让人屈服。"石原正信不以为然道，"你把周垚玉交给我，你就不怕席锦书还未答应，他就先撑不住死了吗？你应该最清楚他的身体情况的。"

仓永朝一无所谓地一笑，眼眸发着阴冷的光："棋子本来就是用来牺牲的，周垚玉就像你手中的李璨恒，你想用李璨恒拉拢聂莛宇，借机拉拢席锦书，可你却没有料到其中有个让他们离心的沈妍筠，所以你输了。但我从未想靠周垚玉来拉拢席锦书，只是想看看席锦书的心里都装了些什么。若你想要一个人，却得不到她的心，那唯一的办法就是把她心里在乎的东西——清除出去，让她有一种空落落的感觉，然后你再往她的头脑里灌输你的思想，这样她就容易接受多了。战争，头脑比蛮力更重要。"

石原正信听着仓永朝一的话，不悦地咬了咬牙。两人又一次不欢而散。

席锦书回到席公馆时，陈管家已经先她一步回来了。看到她进屋，陈管家急忙迎了上去，将席太太交代给他的话，又跟席锦书复述了一遍。

原来是聂公馆那边来了人，聂太太带着聂书涵过来了，打着来探望席太太的幌子，借机说了席锦书要跟聂莛宇离婚的事。

席锦书不在家，席太太戴着西医给的口罩接待了她们。

聂太太全程脸上带着笑，面上客气得很，但笑里又藏着刀。

聂太太的意思是考虑到两家的名誉，不希望他们离婚。但席锦书若真要离，他们聂家也勉强不了。只不过世恩是聂家的孙子，得留下。

聂太太是不知席世恩的身世，所以一直当其是自己孙子，当然不愿放手。席太太是个有着旧思想的女子，虽然她也心疼女儿受的委屈，但并不希望席锦书真的离婚，所以她顺从了聂太太的意思，答应会好好劝女儿。

聂太太听到席太太的允诺后，很是高兴，在席家逗留了没多久，就带着聂书涵回家了。

席太太送走她们之后就回了自己屋，喊了陈管家过去。

听说聂太太来过，起初席锦书只是静默着，没做任何反应，当听到聂太太说她要离婚可以，但世恩不给她时，席锦书血往上涌，她刚想说点儿什么，忽然一阵眩晕，眼前一黑，整个人直接朝后倒去。

陈管家见状，连忙紧张地扶住她。

再醒来时，天已经黑了。

席锦书躺在主卧的大床上，身上盖着柔软的鸭绒被，老中医跟陈管家正守在她的床头，两个人在小声地说话。

看到她醒来掀开被子要下床，陈管家赶紧走上前去，俯着身子，拦住她："大小姐，你可别再乱动了，快回床上躺着，大夫说你怀孕了，孩子都两个多月了，你最近身子各种不舒服都是怀孕的症状，你今日受了刺激，还到处奔波，孩子要受不住的。头三个月胎最不稳，你得好好卧床休养，保胎才是。"

席锦书怔怔地看着陈管家，许久才反应过来他说了什么。她下意识地看向自己平坦的小腹，有种难以置信的感觉。偏偏在这种时候，她竟然怀孕了！

【3】

"我怀孕的事先不要说出去。"席锦书神色凝重地说道。

陈管家脸上笑意隐去，但想到她许是有自己的考量，他便也不敢多言，只是朝身后忙活的老中医道："黄医生是老爷的故友，也不是个话多的人，大小姐既然不想让别人知道，你便不会说的，是吧，黄医生？"

那姓黄的老中医收拾着医药箱，微笑着说："老张里有个说法，孩子不到三个月都不说的，席小姐的担忧我明白，放心，我嘴很牢。倒是眼下最要紧的是席小姐的身子，这阵子得当心，少劳累，切勿受寒。"

席锦书沉默着点点头，看了陈管家一眼。

陈管家心领神会，拿了诊金给黄医生，问了句："那需要开点儿药什么的补补吗？"

"药就不开了，是药三分毒，但得注意滑胎，回头若要有见血的症状，得立刻来找我开保胎药。"黄医生低头凑在陈管家的耳边小声地说。

陈管家对黄医生做了个"请"的手势，送他出了门。

待他们走后，席锦书独自待在房内，手摸着肚子，陷入了深思。

丽都大饭店内，自从陈贺军的人撤走后，聂廷宇与沈妍筠又恢复了自由。

这日一早，沈妍筠用饭店内的电话给她最近常去的西饼店打了个电话，要了些糕点。

上午八点多，西饼铺的老板娘遣了丈夫将一袋子西饼送了过去。听到敲门声，沈妍筠快速地走去开门，将前来送西饼的谭医生迎进了屋。

那西饼屋是谭医生的妻子开的，那儿也是他们中共地下党在上海的一个秘密联络点。

房间内，聂莛宇坐在沙发上在看今日的报纸。

谭医生跟着沈妍筠进了卧室帮她治疗后背的伤口，十多分钟后，两人再度回到客厅，一同坐进沙发里。

聂莛宇给谭医生递了根烟，谭医生拒绝了。

"今日我陪太太去买菜，看到菜市场那儿吊了一具女尸，是我们先前被捕的那名女同志。她的死状惨烈极了，我当时恨不得身上绑满炸弹，冲去日本宪兵队把那些禽兽全部给炸死。"老谭气愤地说道。

沈妍筠听着红了眼眶，即使她没有亲眼看到，但从老谭的描述中，她已然能想象得出那是多么惊悚惨烈的画面。她想到了接替她去医院刺杀石原正信而被捕的芍药，顿时一阵痛心。

"若不是因为我没能完成任务，芍药就不会……"沈妍筠一阵哽咽，眼泪止不住地落了下来。

老谭同样红着眼眶，安慰她："妍筠，那不是你的错，我们都知道这次刺杀任务有多难，所以才会提前安排芍药在周公馆接替我们。只怪石原正信太过狡猾阴险，光凭我们几个人，实在难以斗过他们。不过幸好，在芍药去医院刺杀前，我在她的背上做了个子弹擦伤的伤口，即使她的刺杀任务没有完成，不幸被抓，也能转移石原正信和陈贺军对你的怀疑，不过一旦芍药熬不过日本人的逼供都招了，情况对我们来说就会变得很不利。"

老谭深深地叹了口气，看着沈妍筠他们继续道："上海已经不适合我们继续待下去了，连着两次刺杀失败，石原正信必定会更加小心，我们再想找机会下手几乎是不可能的事了。眼下，趁芍药将敌人的注意力转移到了周公馆的人身上，上头命令我们尽快撤离上海。"

对于上头的这个决定，沈妍筠并不感到有多惊讶，但她还是忍不住担忧地说："若我们走了，仓永朝一那边怎么办？为了搞清楚他来上海的目的，我们才安排芍药潜伏在周公馆内。之前，芍药发现周垚玉将不少难民送去了仓永朝一那里，之后那些人就再也没出来过，她怀疑仓永朝一拿那些人做了人体实验。最近上海不少人患了感冒，一直不见好，西医都说是流感，我怀疑这次流感与仓永朝一有关。所以，我想留下来，继续追查此事，粉碎仓永朝一的阴谋。"

"不行。"在旁一直默默听着的聂莛宇突然出声反对道。

沈妍筠跟谭医生都惊讶地看向他。

聂廷宇合上手中的报纸，朝沈妍筠道："陈贺军对你存有怀疑，即使他们抓走芍药，未必说明他打消了对你的怀疑。你继续留在上海，不好开展工作，也存在极大的暴露风险。还有，你的身体很虚弱，一旦发生打斗，你很容易被捕。革命需要牺牲，可不需要无谓的牺牲，我觉得你最好的选择就是跟老谭他们一同离开上海。至于你说的仓永朝一实施的流感病毒计划，我会尽快找到那些被他带走的失踪难民，一有消息就通知你们。"

"我认为聂先生说得没有错，既然敌人已经盯上了你，妍筠，你再留在上海，不仅自己会暴露，也会连累聂先生。既然聂先生答应会帮我们处理这件事，我相信以聂先生的能力，绝对比你单打独斗强。"未等沈妍筠发表意见，谭医生附和道。

"可是廷宇还未正式入党，直接由他来执行这么危险的任务，万一出什么意外，他连个名字都没有……"

沈妍筠的话并没有说完，但谭医生跟聂廷宇都明白了她的意思。

没有正式加入共产党，若牺牲了，就算有功，历史上也未必会留下他的姓名。也许后人说起他，也只会说起他的那些荒唐事，而他的那些英勇之举，没有人会知晓。

四周顿时安静了下来。

沉默良久，聂廷宇低笑一声，不以为意道："我做这些事本来就不是为了留什么名，不管我的身份是什么，我都是中国人，人都是活在当下的，只要活得通透，谁还管后世怎么评价。好了，就这样吧，我尽快找个机会，送你们离开上海。"

沈妍筠敬佩地望着他，没了言语。

一旁的谭医生忽然想到了什么，激动地说："差点儿忘记说了，昨天聂少奶奶去找过石原正信，想必是为了周公馆的事。原本我们都以为周垚玉是给仓永朝一办事的，日本人不会太为难他。可现在石原正信不仅枪杀了他的母亲，还抓走了整个周公馆的人，我仔细想了想，也许日本人抓周垚玉的最终目的并不是为了抓刺杀石原的同伙，而是为了聂少奶奶。石原正信一直想拉拢她，先前算是客气的，如今看来是要软硬兼施了。"

听到谭医生提到席锦书，聂廷宇的眉头当即皱了起来。

沈妍筠率先问道："那席小姐对此有何反应？"

谭医生摇头，瞥了眼身旁的聂廷宇："暂时未见她有何反应，她跟周垚玉交情很好，我就怕她像救聂先生那样……"

"那不同，救聂先生，她只需要花钱，可这次不一样，对方要的不是她的钱，而是要她叛国。席小姐是个深明大义的人，她知道该做什么。"沈妍筠打断了他的话。

"你就这么相信这个席小姐？"谭医生怀疑道。

沈妍筠笑，转头看向聂莛宇，笃定地说："对，我相信聂先生的眼光，他看上的人绝不会差到哪里去，何况她是席晨怀的妹妹，有其兄必有其妹嘛！"

"那是有其父必有其女，你这是偷换概念。"谭医生打趣道。

"一样的。"沈妍筠笑着说。

两人相视一笑，屋内的气氛稍微缓和了些。

聂莛宇坐在沙发内，沉默不语。

突然，急促的电话铃声响起，三个人的神经都紧绷了起来。

沈妍筠跟谭医生同时看向聂莛宇，聂莛宇沉着脸，从沙发里站起来，走到电话机旁，拿起了电话。

是聂公馆打来的电话，若非迫不得已，聂太太实在不想打这个电话，她对聂莛宇有气，又恼恨沈妍筠这个狐狸精，生怕打电话被这女人接了，她恶心。

可现在她也是没办法了，原本席太太答应她会好好劝席锦书，让她不要跟聂莛宇离婚的，可谁知她昨天刚去了席公馆，今天席锦书就来聂公馆说要接孩子回席公馆住一阵子。

现在这个节骨眼，聂太太就怕席锦书把孩子接走，就再也不送回来了，她哪儿敢同意啊！

所以，别说席锦书想接席世恩回席公馆了，她就连席世恩的面都没见着——聂太太一看到她来，就让管家偷偷去席世恩的学校把他接走，送到聂太太的本家去了。

见不到孩子，席锦书自然不愿走，聂太太这会儿也不敢跟她闹，更不敢说难听的话惹怒她，只得一边笑脸哄着，一边让人给聂莛宇打电话，让他赶紧回聂公馆来。

他如果还要老婆，就他自己来哄。

聂莛宇听说席锦书去了聂公馆，先是愣了下，然后紧绷的脸一下子缓和下来。

她还愿意去聂公馆，是不是说明……

像是密布的乌云突然被拉开了一道口子，有阳光照射了进来，聂莛宇似乎看到了些许希望，他嘴角微扬，对着电话另一头回了声"好"，然后干脆地挂了电话，拿过椅子上的外套，穿在身上。

"我回聂公馆一趟。"他微笑着朝沈妍筠他们道，难掩喜悦。

好几日没见他笑过了，沈妍筠顿时明白了他这好心情从何而来，受他感染，笑着道："聂先生，祝你好运。"

聂莛宇笑："祝我们都好运。"

【4】

聂公馆内，席锦书陪着聂老爷在客厅下棋，聂太太站在一旁，看了眼墙壁上的挂钟，然后笑吟吟地朝席锦书道："锦书，都快十点了，你中午就别回去了，留下来吃午饭吧。"

"不了，等世恩回来，我们就走了。家里备了午饭，我母亲近日身体不好，格外想念孩子，还是别让她等久了。"席锦书微微一笑，回道，手上落子，拿"车"吃了聂老爷一个"炮"顿时两"车"逼近，离将军就差一步了。

聂老爷的脸色不是很好看，但还是压下脾气道："再来一局。"

席锦书没有拒绝，继续陪着他们耗时间。

听席锦书执意要接走孩子，聂太太脸上的表情有点儿僵，她实在笑不出来了，直接朝席锦书问："锦书啊，昨天我去你家探望过你母亲，我看席太太精神气色都挺不错，我们坐着聊了好几个时辰，我没听说她想见世恩啊！是不是你误会了，你来之前，你妈没有跟你说点儿什么吗？"

席锦书当然明白聂太太的意思，聂太太以为席太太总会劝席锦书几句，但席锦书今日来聂公馆席太太并不知情。

她想接席世恩回去不过是担心日后万一她出了什么事，一家人聚在一起，她好做安排。

虽说聂太太他们也很疼爱席世恩，只要世恩的身世不被揭穿，聂家肯定会护着这个孙子的。可现在聂莛宇跟沈妍筠在一起，陈贺军已经怀疑沈妍筠了，沈妍筠的身份一旦暴露，聂莛宇也难脱干系，聂家能不能护住世恩就得两说了。

该帮的她都帮了，现在她自身都难保，石原正信显然早已经盯上了她，所以这次才会拿周垚玉来逼她就范。

让她给石原正信卖命，那是绝不可能的事，可是要她眼睁睁看着周垚玉去死，她也做不到。她欠了周垚玉许多，如今周家落难，她岂能坐视不理。

其实昨日从石原正信的办公室出来，席锦书心里已经有了打算，所以今早才特意来聂公馆接席世恩。若真到了迫不得已那一步，她不能让整个席家的人陪着她一起冒险，她要把大家都送出上海。一旦她身边没有羁绊，谁也拿她没办法。

她出什么事都没关系，只要席家不绝后就行。在这一点上，不能说席锦书的思想旧，而是因为她先前在席老爷病床前发过誓的，不管往后出什么事，她都会保住席家，保住席晨怀留下的最后一点儿血脉。

只可惜，她的计划出了一点儿纰漏，她什么都算计好了，就是没有算到自己怀孕。

细长的手指轻轻地抚过自己平坦的小腹，席锦书微微地愣神了下，席老爷拿"炮"吃了她两个"兵"。

她沉思了会儿，准备反击，忽而听到一个女佣急急地说了声："三公子回来了。"

席锦书握着象棋的手指顿了顿，聂老爷收起了棋，朝她道："去看看吧。"

席锦书没吭声，聂家人在打什么算盘，她心里很清楚。

长辈们都不希望她跟聂廷宇离婚，就算聂家人再不喜欢她，对他们而言，她这个席大小姐总归比沈妍筠这个风尘女子上档次些。

如果她不知道沈妍筠的身份，不知道聂廷宇与她情深义重，她或许也愿意睁一只眼闭一只眼，哪怕是装也继续跟聂廷宇装作是夫妻，就像她先前答应过聂老太太的那样。

可现在不一样了，她什么都知道了。她可以容忍聂廷宇不爱她，也可以容忍他心里藏着另一个女人，但是她无法容忍他拿她对他的感情来算计她。

自从结婚后，她嘴上说是协议婚姻，可实际上她事事以他为先。她永远把他放在第一位，他这么聪明的人，即使她从来不说，他哪会看不懂她对他的情谊呢？可他呢，一开始不回应，见完沈妍筠回来就对她热情起来。不过是跟其他势力一样，想要拉拢她这个人。

唯一不同的是，他的手段比其他人高明，他是攻心。

席锦书宁愿聂廷宇像其他人一样直接说出对她的诉求，也不要像现在这般与她玩心机。他凭什么认为在她得知所有真相后还会无动于衷呢？他就这么笃定她爱他？舍不得离开他？爱又怎样？她爱他就该被他一次又一次地利用，欺瞒吗？

爱是会冷却的。

席锦书一动不动地坐着，直到聂老爷轻轻地拍了下她的肩膀，她才慢慢地从沙发上站起来，表情木然地望着从门口走进来的某人。

聂廷宇一走进大厅就看到了她，见她朝他转过身来，他不由得停下脚步，立在原地，干笑着与她打招呼："我听说小聂太太你来了，所以就过来看看。"

都什么时候了，他还叫她"小聂太太"。他以为拿着婚姻协议书不签字，这婚就离不成了吗？

呵！席锦书嘴角漾起抹冷笑，她低头看了眼聂廷宇空空如也的双手，秀眉微蹙，抬起眼眸朝聂廷宇道："听说你把我上次给你的离婚协议书给烧了，正好，现在你我都在，我皮包里刚好有一份备用的，就当面一道签了吧。"

席锦书说完，聂廷宇脸色一阵难看，他强硬地拒绝："我来这里不是跟你签字的，小聂太太，我们需要谈谈。"

一旁的聂太太刚听说席锦书要签字吓出了一身冷汗，帮忙劝道："是啊，锦书，既然回家来了，你们俩就好好聊聊。夫妻之间有什么话说开了就好了，别动不动说什么离婚不离婚的！"

"你们要离婚，就都先给我滚出这个家！"聂老爷黑着脸发飙道。

聂莛宇赶忙上前几步，伸手拽住席锦书的手臂，再度恳求："小聂太太，的确是我不好，但是你再给我一次机会好不好？我们坐下来好好谈一下，如果谈完之后你还要离婚，我定不反对。"

"谈什么？"席锦书语气冰冷地问他。

聂老爷显然不想看到他们这副模样，气得拉着聂太太回楼上房间去了。

聂书涵跟聂二太太听到动静分别从房间里走了出来，站在扶梯旁偷偷地看着他们，就连家里的用人也都在偷瞄着这两人。这场世纪联姻会如何收场，所有人都很好奇。

这里不是说话的地方。

"我们出去说。"聂莛宇果断说道，手上一用力，根本不给席锦书挣扎的机会，他直接拽着她快步走出聂公馆。

阿炳坐在车里等席锦书，他是看到聂莛宇开车回来的，所以这会儿看到聂莛宇拉着席锦书走他也没阻拦。

都说当局者迷旁观者清，聂莛宇虽然跟沈妍筠有染，但是他平日对席锦书如何，其他人不清楚，可阿炳跟福妈一直都看在眼里，聂先生是疼聂少奶奶的，那种浓情蜜意不是靠装就装得出来的。

作为下人本不该管主子的事，可阿炳还是希望聂先生跟聂少奶奶能好好的。

别苑很温暖，他好不容易有个家，可不想就这么散了。

聂莛宇直接拉着席锦书上了他的车，然后载着她去了黄浦江畔。

车停在岸边，湖边风很大，吹得人有些冷。

未等席锦书伸手去开车门，聂莛宇突然凑了过来，一手搂住她将她禁锢在怀里，一只手快速地锁住车门。

"聂莛宇，你做什么？你快放开我！"席锦书整个人被他紧紧地抱在怀里，脸贴着他身上皮风衣的衣襟，她恼怒地朝他吼道。

聂莛宇像没有听见一样，非但没有放开她，反而还低下头来，用力地吻住她的唇。

骂人的话顿时被他封在喉咙中，席锦书拼命地用拳头捶他，她越是挣扎，他吻得越用力。

席锦书看穿了他的心思，最后索性不再挣扎，任由他胡作非为。

终于他吻够了放开她，她的唇被他吻红了，但那张脸却冷得像罩着一层霜。

"你这样有意思吗？在饭店里跟沈妍筠腻歪，跑来我这又搞这名堂，聂莛宇你还要脸吗？"席锦书一脸讥诮地问他。

这一次聂莛宇没被她的话刺激到，他微笑着伸手捧起她的脸，不顾她的反抗，笑着道："我就说你之前还好好的，为什么见了一次妍筠，就非要跟我离婚。原来是吃醋了！别气了，小聂太太，都是我不好，不该隐瞒我跟沈妍筠的事，但我跟你发誓，我跟她不是你想的那样。沈妍筠是中共地下党，我去浙江是为了跟她交换情报。在杭州，我们被人盯上了，为掩饰她的身份，才不得已扮作情侣。跟当初我为帮她留在上海娶她一样，我与妍筠的关系从来都是虚假的，我们没有过任何的举动，不仅她，之前那些莺莺燕燕，也都是幌子。说起来你可能不信，但小聂太太，我聂莛宇这一生真的只有过你一个女人。"

聂莛宇说完对席锦书举着手发誓。

"你有几个女人跟我有什么关系？说得好像我还得感谢你跟我结婚之前洁身自好了？难道我跟你在一起之前，我有过其他男人吗？"席锦书冷冷地看着他，不为所动。

聂莛宇知道她又恼了，连忙抱住她，继续哄道："好了好了，都是我不好。说来说去都怪我不该瞒着你，但是小聂太太我这么做也是为了你好，我不想把你扯进来，才不告诉你真相的。"

席锦书推开他，嘲讽道："到底是为我好还是怕我知道真相了，你再也骗不了我？事到如今，坦白点儿吧，聂莛宇，你这次又想哄我为你做些什么？你要不一次性说完了，我能做的都替你做了。是不是只要我站到你们的阵营里，你就同意离婚了？"

"你为什么非要离婚？我跟你的婚姻，跟我们的政治信仰没有关系，不管你是什么身份，你都是我太太，我只希望你好好的。"

"聂莛宇，你怎么好意思说我们的婚姻跟政治信仰没有关系？不是你先拿我们的婚姻做你政治信仰的筹码的吗？你可别忘了你当初跟我结婚的原因！你先对我置之不理，从浙江回来后却对我百般讨好，不也是听了沈妍筠的建议，为了你的政治信仰，才改变对我的态度的吗？"席锦书悲愤地说道，她的脸因为激动涨得通红。

聂莛宇自知理亏地望着她，伸出手，轻轻地擦了下她眼角滑落的泪珠，心疼道："我承认，一开始，我是把这场婚姻只当作一场交易。但后来你为我做了那么多，我都看在眼里。我从浙江回来后对你好，并不是因为沈妍筠跟我说了什么，是因为死里逃生后，我更觉得生命可贵，觉得你可贵，我不想跟你错过，所有我才想跟你做一对真夫妻。让你委屈让你难过，我都很心痛，但这皆非我所愿。我说这么多，不是想让你原谅我的所作所为，而是想告诉你，我对你的爱是真的，它虽然迟了些，但绝对是真的，不信你可以摸我的心。"

聂莛宇抓着席锦书的手放到自己的心口。

席锦书沉默地感受着手心里他心脏的跳动，良久，她才抬头定定地望着他，凄然道："聂莛宇，就算你说的都是真的，那也已经不重要了。也许你是爱我，可你对我的爱在你的信仰之后，你甚至可以为了掩护沈妍筠，而选择伤害我。因为你们的事，外面多少人在嘲笑我，等着看席家的笑话？这婚我要不离，会有多少人看轻我，我以后要如何在上海滩立足？你说爱我，自以为是地要保护我，却将我置于现在这种境地，你要我怎么办？我还能怎么办？"

聂莛宇听着她的控诉，眼眶也跟着红了起来。

他被她问得无力反驳，她说得一点儿都没错，如今他们三个人的事闹得沸沸扬扬，这事要就此平息下去不可能的，总归是要有个结果的。

"如果你觉得跟我离婚是最好的选择，我可以接受。但是离婚时间得由我定，这里不是国外，离婚没有特定程序办理，所以得去发声明。你得答应我这声明要由我发，什么时候发也由我决定。"聂莛宇深深地吸了口气说。

"你什么意思？"席锦书不解。

他看着她，一阵苦笑："刺杀石原正信失败了，留在上海的地下党必须紧急撤离。现在风声紧，我打算过阵子送沈妍筠离开上海，留下来她只有死路一条。可送她走得找个合适的理由，不然陈贺军那边不好应付。这事只有你能帮忙，只要你答应先不离婚，搬回别苑，我也搬回去，我们做回夫妻的样子，时间一长，人们只会当我舍不得你，弃了沈妍筠。这次的事闹那么大，沈妍筠若被我抛弃了，也不好再回百乐门。到时候以你的名义将她送走，就合情合理了。"

"所以前面铺垫那么多，这才是你今天回来的真实目的？"席锦书静静地听完，她终于忍不住嗤笑起来，"是不是我帮你送走沈妍筠后，你我之间就再无瓜葛了，你就同意离婚了？"

"离婚的事，聂公馆的人肯定不会答应，主要是舍不得世恩。这事我还得从中斡旋，所以我才说时间由我定。你放心，就像我们最初那样演戏，你若不愿意，我不会强碰你。"聂莛宇看着她，卑微地说道。

席锦书深深地看了他一眼，低下头来，双手放在自己的小腹上。

她思索了片刻，最终无奈地问了一声："那到底得等到什么时候？"

她就怕时间太久，她的肚子藏不住。若他知道了这个孩子，以他的性格，这婚还能离吗？

"也许很快，也许要等我死了之后。"听出她语气中的妥协，他压抑的心情稍微转好了些，微笑着道。

听到"死"这个字眼，席锦书心里咯噔一下，她有些恼怒地瞪了他一眼，不耐道："既然该谈的都谈完了，送我回去吧，我还有事要忙。"

聂廷宇似乎知道她要去做什么，不紧不慢道："如果你打算去银行拿钱，然后去找陈贺军救周垚玉的话，我劝你还是打消这个念头吧。"

席锦书震惊地望着他，不禁问了出口："你怎么知道的？"

"周垚玉对你有恩，你不可能见死不救。石原正信的要求你不会答应，所以你除了找陈贺军帮忙，别无他法。但这一次跟上一次你救我不一样，石原正信要的不是你的钱，而是你的人。他们要你成为他们的傀儡，以此来掌握未来整个上海滩的经济。说到这事，你上次为了救我，散尽家财，你觉得这钱花得值吗？"

"不管你觉得值不值，我从未后悔当初做了那个决定。"席锦书闷声道。

聂廷宇看了她一眼，心中一暖，嘴角再度勾起笑。

"你的钱可以有很多用处，造子弹、步枪、炮弹、买战斗机等，它们可以用来打日本人，救中国人，而不该是仅仅用于救我，或者救周垚玉。以周垚玉一人换数十人乃至数百人的性命，不是更有意义吗？"聂廷宇循循善诱。

席锦书再度沉默。她怎会不懂其中的利害关系，可当年席家落难，若不是周垚玉对她施以援手，席家未必能有今天。然而就像聂廷宇说的那样，石原正信要的根本就不是她的钱，她给再多又有何用。

"你若觉得不救周垚玉心里过不去，那我就再做一次小人，向你告一个状——周垚玉抓了许多难民，送去让仓永朝一做病毒研究，至今那些人都没有下落。近期上海多了不少流感病人，想必跟此事有关。若这事是真的，周垚玉就是一个禽兽，死了也不足惜。这样你心里是不是好受点儿？"聂廷宇看出了席锦书在想什么，再度说道。

席锦书愕然，久久说不出话来。

聂廷宇咬了咬唇，忍不住伸手揉了揉她的头发，语气缓和下来，安抚她："放心吧，就算你不救，仓永朝一也不会让周垚玉死的，因为他还有利用价值。但是你一旦妥协，死的就不止一个周垚玉了。"

席锦书感到一阵头痛，肚子也开始有些不舒服，她难受地闭上眼睛，脸色铁青地说了声："我累了。"

聂廷宇没有再说下去。

两人就这么静默地坐在车里，吹着黄浦江畔的缕缕春风。

三月了，开春了。

席锦书侧对着他，心绪不宁地望着江边翻飞的白鸽，双手轻轻地揉着作痛的小腹，低下头来，眼泪再度从眼角滑落。

她该做点儿什么，她的孩子才能活在一个没有战乱的年代？

她能做些什么呢？

【5】

聂太太他们故意藏起孩子，席锦书到最后都没见到席世恩。

有了聂莛宇的承诺，席锦书没有跟聂家的人闹，但也没有留下来吃午饭。她直接从聂公馆出来，让阿炳载她去银行上班。

聂莛宇跟着她一道离开，他的车一路跟在他们后面。

席锦书看到了也装作没看见。他闲得没事干，爱跟就让他跟去吧。

到了汇丰银行，席锦书让阿炳等下班了再来接她。阿炳领命驱车离去，她转头大步走进银行，看都不看聂莛宇一眼。

聂莛宇苦笑着坐在车内，见她平安走进银行后，才将车熄火，从口袋里掏出一盒雪茄，拿了一根。在席锦书面前，聂莛宇极少抽烟，倒不是她会说什么，而是他觉得烟味熏在她的身上不好闻，她身上本就有股淡淡的清香，闻着正好。

虽然席锦书没有对他关于离婚的提议做出回应，但聂莛宇知道她是答应了，不然她绝不会在没见到席世恩的情况下那么轻易地离开聂公馆。

说来说去他家这位小聂太太就是个嘴硬心软的主。她嘴上说怨他，气他，要跟他离婚，可聂莛宇知道她对他还是有感情的，不然她也不会相信他那种"时间他来定"的屁话了。

他来定，那就是不离，除非他死了，她随便离，不然只要他活着，她只能是他聂莛宇的太太。说他无赖也好，无耻也罢，他是让她受了委屈，是伤了她的心，可是他可以用整个余生去弥补她，宠爱她，然而让他放开她，他做不到，起码现在他舍不得放手。

先前没见她，他还忍得了，现在见了面，聂莛宇发现原来自己有好长一段时间没见过她，没抱过她了。他无比怀念她身上的味道，怀念她坐在他怀里含情脉脉看他的眼神，怀念他们先前在别苑时恩爱的日子。

他真想她早点儿下班，早点儿去席家收拾行李跟他回家。

怀揣着这样的想法，聂莛宇坐在车内极富耐心地等着席锦书下班。倒不是他真像席锦书说的那样闲得没事干，他要忙的事很多，可他就是想任性这么一回，要等她。

如今他们四周风云暗涌，阴谋诡谲，他只想珍惜眼下的时光，哪怕看不到她，在她很近的地方守着也好。

然而让聂莛宇没想到的是，他等了一下午，没等到席锦书出银行，倒等来了另一位稀客。

王湛林的车停在了汇丰银行门口，他快步下车，没有注意到一旁车内的聂莛宇，急匆匆地走进银行。

聂莛宇皱了下眉头，朝三楼席锦书办公室的方向望了一眼，沉思了会儿，也下了车，跟着进了银行。

席锦书正坐在办公室里看最新的财务报表，当秘书领着王湛林走进来的时候，她不免感到有些惊讶。

自从老记包子铺的连锁店开业后，王湛林就一直在几家店铺里来回穿梭，帮她打理。包子铺里面不仅卖包子，还卖各种上海小吃，来吃的客人很多，王湛林最近都忙得很，若非有急事他不会突然来此。

"湛林，你来这找我，是店里出什么事了吗？"席锦书站起身，朝王湛林问道。

王湛林顾不得与她寒暄，直接说了他的来意。

原来南京路的老记包子铺里的几位伙计突然都感冒了，他们店是小吃店，这么多人生病，很影响生意。他找了西医给大伙儿看了下，医生说这不是普通感冒，是传染性极强的流感。这流感病毒来得蹊跷，店里第一个得病的人怀疑自己是被一个流浪汉给传染的。

王湛林当即带着医生去找了那流浪汉，结果发现那流浪汉发着烧，早已病得不省人事。

他让潘秉盛送流浪汉去了医院，自己则过来找席锦书，打算跟她商量下，先将南京路那家店关了，把患病的伙计聚集在一起，进行隔离治疗，免得传染更多的人。

"你确定大家得了流感吗？"席锦书听完，脸沉了下来。

"西医是这么说的。"

席锦书沉默着，突然想起上午聂莛宇同她说的话，她打了个激灵，回过神来，问王湛林："那个发烧的流浪汉呢？在哪家医院？"

"宝隆医院。"

"走，我们去看看。"席锦书道，扯过一旁衣架上的外套，披在身上，率先走出办公室。

王湛林连忙跟上她。两人刚出门，就看到了等在门口的聂莛宇。

席锦书微愣了下，身后的王湛林见到来人，当即没了好脸色。

"聂先生今日怎么有空来这儿了？不需要陪沈小姐吗？"王湛林嘲讽道。

聂莛宇知道王湛林是在为席锦书鸣不平，也没跟他置气，只是朝席锦书道："我跟你们一起去。"

席锦书看了他一眼，没有阻拦："走吧。"

见她不反对，王湛林的脸更沉了。

没多久，三人到了宝隆医院。王湛林找到了潘秉盛，几个人跟着他来到了那个流浪汉的病房。那是间单独的隔离病房，进门前，医生凯瑟琳给所有人都发放了口罩，并提醒道："这病人的病情特别严重，没有必要的话，我建议你们不要进去见他，以防被传染。"

王湛林的脚步顿了下，看向身旁的席锦书。

席锦书眸光微动，看着病房的门道："我进去问他几个问题，你们在外面等我。"

说完，未等席锦书上前推门，聂莛宇一把拦住她，将她拉回王湛林身边。

他戴着口罩不悦地瞪她，指责道："你没听医生说那人身上有很多病毒？你身体抵抗力又差，进去做什么？"

"可是……"席锦书还想说点什么，目光落在自己的小腹上，她最终没有再说下去。

的确，她现在不是一个人，不能随便冒险。

她抬头看了聂莛宇一眼。聂莛宇叹了口气，安抚她："我知道你想问什么，我去问，你们去楼下等我，我问完就出来。"

席锦书没说话，眼里不禁流露出担心的神情来。

聂莛宇笑了笑："不过是流感病毒，虽传染性高，但看现在的发病率、致死率，应该并不高，你不用怕，乖乖在外头等我。"

说完，不等席锦书回应，聂莛宇朝王湛林使了个眼色，自己转身走进了流浪汉的病房。

在他推门的那一刻，王湛林跟潘秉盛直接拉走了席锦书。

三人到了楼下，潘秉盛毕竟是个年轻人，好奇心强，忍不住问席锦书道："席小姐，你跟聂先生这算是和好了？先前不是说要离婚吗？"

他刚问完，就被王湛林给瞪了一眼。

王湛林急着跟席锦书道歉说："书姐，你别生气，秉盛师哥他就是个直脑筋，说话有时候不过大脑，你别放在心上。我看聂先生今天来找你，应该是谈离婚的事吧？"

说到这，王湛林不由得愤愤然起来："我看他肯定是不想离婚，要缠着你。但是书姐你可别再被他给骗了，那个沈小姐现在还住在丽都大饭店里呢，他想两边都吃，真是想得美。反正书姐，你别心软，早点儿跟他断了吧，他这种人配不上你。"

"对，席小姐，我也觉得这聂三公子配不上你，像你这么优秀的新女性，你放心吧，就算离婚，也有大把人要，不用怕嫁不出去的。"潘秉盛也连忙附和道。

王湛林又白了他一眼，不会说话就不要说话。

席锦书沉默着，想起聂莛宇刚才拦着她不让她进病房的情景，不由得微微一怔。

其实撇开他的信仰，在其他事面前，他的确很护她。

只是，当涉及他的同伴，他的信仰，她似乎又变得没那么重要了。

席锦书暗自叹了口气，她没有理会王湛林跟潘秉盛都说了些什么，安静地走到了医院的花坛边坐下。

约莫等了快一个小时，也不见聂莛宇出来，最后凯瑟琳医生走了过来，向他们转达了聂莛宇的话。聂莛宇还需要一段时间出来，他身上得消毒，还得等人送衣服过来换，让他们先走。

王湛林跟潘秉盛本就等得有些不耐烦，闻言，如获大赦，急着要走。

席锦书心里虽好奇聂莛宇都问到了些什么，但又不好在王湛林他们面前表露太多，毕竟关于聂莛宇暗地里做的那些事，以及仓永朝一研究流感病毒这事，王湛林他们毫不知情，而她也不想他们知道。

突然，席锦书有些理解聂莛宇先前的做法了。

他隐瞒她，跟她隐瞒王湛林跟潘秉盛一样，同样是不想把他们拉扯进危险中来，也许这就是他说的"知道得越少越安全"。

流感病毒这件事跟她先前与王湛林潘秉盛他们私造飞机不一样，若她要干涉，那就是与仓永朝一为敌，等于直接向仓永朝一宣战了。

如今仓永朝一已经盯上了她，不管她宣不宣战，她的立场都很被动。

不过上海滩不是只有她席锦书一根经济支柱，整个国家也不止她一个经济方面的人才，就像王湛林、潘秉盛这类的爱国知识分子，就像王老爷这样的经济大亨……若她没了，其他人还能保全，那国家就一直有希望。

其实湛林说错了一句话，不是聂莛宇配不上她，而是她配不上他。

在爱情与婚姻上，他的确是对不起她。

可是在守护国家上，他对得起任何人。

席锦书无意识地伸手摸了摸自己的肚子。

她现在只希望，这个孩子能平安出世。只要在她宣战之前这个孩子能保住，只要她将席家的那些人平安送走，她就什么都不怕了。

席锦书起身，跟着王湛林他们一道离开了医院。

从医院出来后，席锦书跟王湛林、潘秉盛一起回到了汇丰银行。他们三个人坐在办公室里边商量事边等聂莛宇回来。结果一直等到下午五点多，银行都要下班了，也没见聂莛宇再出现。

王湛林彻底没了耐心，起身朝席锦书道："书姐，我看那聂先生应该是不会过来了。我跟秉盛先回去处理关店的事，再去药店买些艾草之类的把店熏熏杀菌，等明天天一亮我自个儿再去趟宝隆医院替你看下那流浪汉。你想问那流浪汉什么先告诉我，我回头帮你都问下。"

"湛林，医院那边你就不用去了，回头我要个凯瑟琳医生的电话，有事我就直接问她吧。店里就按你说的办吧，不过尽量避免跟店员接触，记得戴好医生给的口罩。"

"知道了书姐，那我们走了，你也收拾下，别忙了，我送你回家吧。"王湛林提议道。

席锦书摇了摇头，拿起办公桌上的文件："你们先回去吧，我再加会儿班，等忙完我让阿炳来接我就行了。"

王湛林看得出席锦书确实很忙，就连下午她跟他们谈事，也是一边工作一边说话来着。

王湛林有些心疼地看了席锦书一眼，无奈道："那书姐我们就不打扰你了，你也早点儿回去。换季了，容易感冒，你注意身体。"

席锦书点点头，待王湛林他们走后，她又继续干活，时不时地看看墙上的挂钟。

约莫又过了一个多小时，聂莛宇依旧没有出现。

天都黑了下来，席锦书叹了口气，决定不再等了，她给席公馆去了个电话。二十多分钟后，阿炳开车到银行来接她。

等她回到席公馆，家里的那些人差不多都吃完饭了，席锦书一向回来得晚，从不让他们等自己。

让陈管家热了下菜，席锦书习惯性地站在席太太的房门外陪母亲聊了会儿天。

席太太近日风寒好了许多，那些流感的症状都消失了。之前西医都怀疑她是流感，治疗的时候按流感来治，加重了药量，又结合了中医的疗法，效果很好。

母女俩隔着房门聊了许久，陈管家将热好的饭菜端了上来。席锦书直接坐在席太太的门前把晚饭吃完了。

这几日席太太说得最多的自然是席锦书与聂莛宇的婚姻，无论她怎么唠叨，席锦书也都默默听着，一点儿都不厌烦。

席太太还不知道她怀孕的事就一直在劝她别离婚，要是知道了，铁定更要维护女婿了。

席锦书微笑着将席太太的话一一听着，但做事依旧按自己的想法来。跟席太太聊了一个多小时，她回到主卧，在书房待了一会儿，将席二爷送过来的那些席家产业的最新账目都过了一遍，等她忙完，又到深夜了。

陈管家还未睡，给她送了补汤来，担心地劝慰她："大小姐，你如今有了身孕，身子跟以前不一样了，还是别太辛苦了。"

许是有了孩子的缘故，席锦书最近有点体会到长辈们那种为儿女操心的心情了。她孩子还没生，她就担心着他的未来了。

陈管家是席家的老人，从年轻时就跟着席老爷，席锦书也当他是自己长辈，她笑着听他数落了几句，将鸡汤喝完了，然后听话地合上账本喊了女佣进来，洗漱一番上了床。

因为睡前喝了碗汤，她这一晚睡得比较安稳。

一觉睡到天亮，席锦书一早起来吃了饭又去上班，忙到晚上，她依旧未见到聂莛宇。

今早上班前她给凯瑟琳医生打过一个电话，凯瑟琳说聂莛宇昨天问完话就走了，走的时候她帮他全身都消毒了，没见他有何异常，她还以为他出来就去找席锦书他们了，哪知道没有。

席锦书听着心里像压了块大石头，闷闷的，她又开始情不自禁地担心起他来。

回去的路上，她坐在阿炳的车内，直接问阿炳："你昨天下午到现在看到聂先生人了吗？"

自从她搬出别苑，阿炳跟福妈两个人待在席公馆里就没多少事干了，福妈是女人倒还好，闲着没事还可以做做女红，可阿炳就待不住了。

席锦书知他脾气，平素除了早晚让他接送外，其他时间都让他随意分配。但是你让阿炳去玩，他也不愿意的，所以她就给他出了个主意，让他实在没事去盯着聂先生也行。

这个阿炳乐意，二话不说就答应了。

听到席锦书的询问，阿炳如实回道："见是见到了，但没说上话。聂先生似乎很忙，他昨天从医院出来去见了巡捕房的李探长，后来坐巡捕房的车走了，不知道去了哪儿，我怕先生生气又想到很快就要接你下班，便没跟上去。不过我接完你后，到街上买酒，看到先生的车停在了丽都大饭店门口，他应该是又去找那个女人了。"

阿炳说完，透过车后镜偷偷地看了席锦书一眼，就怕自己说错话惹她生气了。

席锦书没生气，他稍微松了口气，听到她又问道："他人还健全吗？"

"健全"这两个字说的……

这席小姐还是生气了啊！

阿炳吞了吞口水："我今天上午还看到他人了，感觉挺好的，没缺胳膊少腿的。"

"嗯。"席锦书应了声，没再说话，悬着的心稍微放下了些。

今天她下班早，回到席公馆正好赶上一大家子围在一起吃晚饭。

席锦书习惯性地坐到主位，扫了一眼，见少了几个人，随口问道："今天怎么没见二叔一家呢？"

席三爷赶忙接话道："你二叔得了风寒，今天打了一天的喷嚏，傍晚还发起了烧，请了医生在看呢。锦钰这孩子也是，发了两天烧了。最近这天不知道怎么了，得风寒的人特别多，光席家就好几个了，听说咱们连锁店里的小厮也都病了，真是让人发愁。"

席锦钰是席二爷的儿子。

席锦书听着不禁皱起眉头："家里有几个人病了？什么时候开始的？"

"你二叔一家，还有四房那边也开始有了反应。怕不是最近流行的那个流感吧？"席三爷继续道。

席锦书的眉头皱得更紧了，虽说上海的确出现了不少流感病人，可他们席家的得病率也太高了，席锦书隐约觉得有些蹊跷，她停下碗筷转头喊了陈管家过来。

"陈叔，你吃完去药房买点儿艾草之类的过来，把家里都熏一遍。然后让生病的几个都好好在家隔离养着，少出去接触人。我恐二叔他们得的是流感，大家还是小心点儿。至于三叔，你回去后让锦堂把二叔家管的几家店都先关了，店铺内同样用艾草熏下。"

"关店不必吧，现在生意正好，要关了，你二叔得急死，他会闹的。"席三爷反对道。

"你跟他说，他店内的损失由我这边给他贴出来，让他安心养病。生意不急这一时，最苦的时候咱们都熬过来了，怕什么。"席锦书凛然道。

席三爷噤了声。

饭吃了一半，院子里传来电话铃声。陈管家去接，没多久，他又回了饭厅，在席锦书耳边低语了几句。席锦书神色一凛，放下筷子去接电话。

是聂莛宇打来的。

拿起电话，席锦书冷淡地"喂"了一声。

那头听到声音就知道是谁，聂莛宇嬉笑一声道："现在好了，连名字都不叫了，叫起喂了。小聂太太，你这样可不厚道。"

席锦书没有心情跟他开玩笑，直接问道："你找我有什么事？"

"你说呢？"聂莛宇反问她。

席锦书抿紧唇不吭声。聂莛宇无奈，言归正传，跟她讲述了他这两天调查到的情况。

昨天他在病房内问过那流浪汉了，得知数日前，周垚玉从难民区带走了三十个身体相对好的年轻人，将他们三三两两关进了黑屋子里。每天会有专门的人给他们送饭发钱，还有例行打针。最初大家都觉得很好，后来陆续有人身上开始发烧，出现流感症状。之后这个流浪汉跟其他几个病得最重的人被蒙上黑布送了出来。等流浪汉醒来就发现自己躺在脏兮兮的巷子里了，其他人不知去向。那流浪汉烧得糊涂，也不知道具体被送出了几个人。

　　聂莛宇没办法，只好去找了李红星，让他带人到各个弄堂去找。从昨晚到现在，他们共找到五个流浪汉，其中三个已经死了，一个就是医院救治的那个，还有一个被找到时也奄奄一息。重要的是这五个传染病人被发现的地方都在席家的店铺附近，聂莛宇怀疑，这是仓永朝一故意让人送过来的，目的可能是想通过这次传染性的流感牵制席家，从而牵制席锦书。

　　听完聂莛宇的话，席锦书脊背一阵发寒。若聂莛宇说的这一切都是真的，那她简直是无路可退了。石原正信拿周垚玉来逼迫她，仓永朝一又暗地里在席家的店铺后巷投放流感病人。席家现在这么多人生病，看来她想全身而退有些难了。

　　席锦书一阵沉默。

　　聂莛宇继续道："当务之急，我们得尽快找到仓永朝一关押那些流浪汉的地方，救那些人出来，将仓永朝一的阴谋彻底瓦解，不然，以这样的速度传染下去，这次流感也许会成为一场瘟疫。"

　　"我得再去见垚玉一面，找他问清楚，他如何能做出这样的事！"

　　"周垚玉现在在石原正信手里，你与其找周垚玉，不如去找陈贺军，把这事转告他，兹事体大，他不可能不管的。你让陈贺军出力，我跟玫瑰也会帮忙，一起努力，总归比你强出头强。还有，现在与席家有关的那么多人病了，你不能再在席公馆住下去了。你让福妈把你行李收拾下，我接你回我们自己家。"

　　席锦书依旧沉默。

　　那头聂莛宇顿了顿，声音变柔了些，连哄带骗道："小聂太太，这次你得听我的。相信我，我不会害你。"

　　席锦书伸手摸着隐隐作痛的小腹，良久，她才低声道："你今晚来接我吧。"

　　"好。"那头爽快地答应了。

　　席锦书深深地叹了口气，她略感无力地闭上眼眸，挂断了电话。

第十六章

以我血骨，换你太平

回到别苑，已经是晚上八点多。

阿炳跟福妈将三人的行李先搬进屋，席锦书跟聂莛宇走在他俩后头。

"聂少奶奶，先前怕你生气我都没敢跟您说，现在您跟聂先生好好的，我可要说了，我想着咱们早晚会回来的，所以就让阿炳隔三岔五来这晒被褥，这不，正好，我们回来就有暖被窝睡了。"福妈提着行李箱到了客厅，转过头来高兴地朝席锦书说道。她年过半百，独身一人，早把这里当成自己家了。

席锦书脸上没什么表情，她说不出来是高兴还是不高兴。

若非她怀了身孕，担心对孩子不好，席家就算流感病人再多，她也不会搬回来的。

一旁的聂莛宇看出了她的心思，知道她面子上过不去，连忙安抚她道："好了，别难为自己了，都是我不好。回头别人说起来，你就说是我死皮赖脸把你求回来的，事实也确实如此。你累了一天，时候也不早了，早点儿上楼吧，我让福妈给你烧点儿热水，你洗个澡睡个好觉，其他的都不用想了。"

席锦书没吭声，聂莛宇很有耐心地朝忙着整理行李的福妈喊道："福妈，你先别管行李了，去给太太烧热水。"

"晓得了，先生。"福妈用上海话回他。

聂廷宇没再多说，拉着席锦书上楼，回了房间。

开灯，关上门，卧室里就只剩他们两个人。

自从那晚他不告而别之后，聂廷宇也很久没回这个房间了。在丽都大饭店里，为了避嫌，他都是睡的沙发。再高档的沙发，也没有自家的床舒服，他已经习惯性地晚上抱着席锦书睡了，她不在，他睡觉的时候总觉得心头冷冷的。

席锦书站在床边沉默不语。

聂廷宇转身，从衣柜里给她拿了睡衣出来，放在床上，殷勤地笑着说："福妈也不知道什么时候烧好水，你可以先把睡衣换了，去床上躺着舒服点儿。"

席锦书漠然地看了眼那张黑色的大床，她那天从聂公馆穿回来的那件红色连衣裙被福妈烫好了，就挂在床边的衣架上，她看着觉得刺眼，移开视线，淡淡道："今晚我睡客房吧。"

一句话像炸雷一般生生地劈在聂廷宇的头顶，他脸上的笑顿时僵住了。

他表情颓然地走到她的面前，抓着她冰冷的手，弯下腰，脸凑在她的面前，半哄半哀求地问："小聂太太，我该做点儿什么你才会开心？我知道之前的事是我不好，你伤心你可以打我可以骂我，但是你别疏远我成吗？既然回来了，别闹了好不好？我是你丈夫，我怎么可能让你去睡客房？"

"那你去睡客房？"席锦书抬眼看他。

聂廷宇被她说得一口气哽在喉咙口，他目光深深地看了她一会儿，见她依旧那副淡漠的样子，他心头一狠，想都不想，一把将她搂进怀里，低头用力地吻了上去。

这一次席锦书早有防备，她猛地将他推开，手朝他的脸狠狠地扇了一巴掌。聂廷宇的半边脸瞬间红了起来，他肤色本就白，如今被扇了一下，左脸上五根手指印特别明显。

他红着眼看着她，不说话，上手捧着她的脸继续亲。她再打，他再亲。

几番下来，他两边的脸都被她打得一片通红，脸上火辣辣的，就连嘴角也开裂了，可他还是没有放手。打死都不放。不就是被自己媳妇打几个巴掌吗？刀子都被她捅过了，他怕个啥！

最后还是席锦书怕了，她手上打得没了力气，嘴唇也被他亲得发肿，她又气又恨地红了眼，噘着嘴瞪着他，喘着气手抚着肚子道："你别碰我了，我肚子疼。"

聂廷宇被她这副倔强又示弱的模样逗笑了，他不再戏弄她，直接拦腰将她抱起放在床上，手轻轻地揉着她的肚子低声问："哪儿疼？这里，还是这里？"

他小心翼翼地摸着她的小腹，席锦书呆呆地看着他，眼泪不由自主地往下掉。她怎么就嫁了一个这样的男人，他不理你时，你不知道被他甩到哪里去了，理你了，又把你放心

411

尖儿上宠。

肚子里的孩子明明很小，但就像有感应似的，似乎知道爸爸跟妈妈打架，刚肚子一阵痉挛，现在他摸了几把，又不疼了。

席锦书看着认真帮他揉肚子的聂莛宇，想生气又不知道该怎么生气。她能感受到他心里有她，他是爱她的，可她确实也受不了他每次嘴上说爱她，实际上却总在欺瞒她，利用她。

她要的很简单，只是一段彼此坦诚的婚姻，苦一起吃，甜也一起尝。

她不要他把一切都安排得好好的，然后将她蒙在鼓里，也不要他为了他的信仰，冲锋陷阵，毫不在意自己的生命。他是她的男人，他的生死该经过她的同意啊！

就像先前沈妍筠去刺杀石原正信，他帮她掩饰身份，若她完全听信了外面的那些风言风语，没去那丽都大饭店替他们解围，他现在还能在这嬉皮笑脸地惹她逗她吗？

他只想着他要死了不连累她就好了，可有没有想过她是他太太，他要有个三长两短，她怎么可能无动于衷。现在，她又有了他们的孩子，他要出事，她的宝宝就没有爸爸了。

"聂莛宇……"她流着泪望着他，突然哽咽着叫了声他的名字。

他抬头，看到她泪眼模糊，一阵错愕，他俯身凑到她的身前，将她搂进了怀里，轻轻地拍着她哭得颤抖的脊背安抚："怎么哭了？很疼吗？我让阿炳去叫医生？"

席锦书摇头，靠在他的怀里，哭得更厉害了。也许是怀孕后容易情绪化，她突然间变得不像以往的自己。她很难受，这段时间她心里憋了太多的委屈、压力、害怕、惊慌……

她很想把这一切都发泄出来，她再也不想一个人全憋在心里了。她想告诉她的丈夫，她的彷徨不安，想告诉他，她的压力与恐惧，告诉他，她的身体不舒服，她有了他们的孩子……

她有很多想说的话，可到了嘴边一时不知该从哪里说起。

"聂莛宇，我……我……"她像孩子般哭得一阵抽搐。

聂莛宇心揪了起来，慌张地一边给她擦眼泪，一边急着道："你这到底怎么了啊？福妈你快上楼来一下！"

他朝门外喊了几声，没有人回应。

聂莛宇急着要起身去开门喊福妈，席锦书一把拉住了他的手，努力地平复好情绪，说："我没事，我就是心里难受。"

聂莛宇红着眼看她，心里一阵抽疼，他俯下身，蹲在她的面前，攥着她的手放在唇边轻轻吻着："都是我不好，不要难受了，小聂太太，你这样我看着心疼。"

席锦书看着他，眼泪猛掉，说不出话来。

良久，她才哽咽着开口，抓着他的手，放在了自己的小腹上："莛宇，我有……"

话还未说完，福妈急匆匆地跑上楼，敲门道："先生，您刚喊我做什么？我在楼下接电话，是找您的，说有急事。"

聂莛宇皱眉，松开了席锦书的手，哄道："你先躺会儿，我去去就来。"

席锦书愣愣地望着自己的手，没有出声，也没有动，只是眼睁睁地看着他离开了房间。

时间一分一秒地过去，五分钟过去，聂莛宇没有再回到楼上来。

院子里突然传来汽车发动的声音，席锦书走下床，去了阳台，看着他驱车离开。

她沉默地站在风中，静静地望着他的车尾灯消失在黑夜之中，她心痛地闭上了眼睛。

福妈走了过来，小心翼翼地喊她："太太，热水烧好了，您要洗澡吗？"

席锦书没回她。

福妈不知道该怎么办，忽而听到她问自己："是谁打的电话？"

福妈脸上露出惊慌的表情，她欲言又止，不知该不该回答。

席锦书转过身来，目光微凉地看着她。

"是丽都大饭店打来的。"福妈低着头说道，不敢去看她的脸。

丽都大饭店，不就是沈妍筠吗？她就说嘛，她要的聂莛宇永远都给不了她。事关他的信仰，他的立场，他总会不顾一切地去处理，而她总是被抛下的那一个。

他给不了她想要的安全感、信任感。再爱又如何？

三天后，席锦书在办公室里接到一个电话，是石原正信打来的。

她几天都没回信，石原那边显然没了耐心。

"席小姐，我想问您，上次关于我的提议，您考虑好了没有？"电话中，石原耐着性子问席锦书。

席锦书停顿了片刻，故意道："不好意思，石原将军，我最近太忙了，差点儿忘记您说的那件事了。先生不打这个电话，我也打算这两天抽空去找先生一趟，一是为了回复先生，二是有件事需要先生替我解惑。"

石原正信"哦"了声，问："席小姐有什么疑惑？尽管提。"

"不瞒您说，近日我救了个感染了流感病毒的流浪汉，从他口中我意外得知，前段时间他和一批流浪汉受了周垚玉的雇佣，被带去了你们的一个秘密基地，做什么病毒实验。而后来，这些流浪汉病人陆续出现在我们席家的地盘，想必是有人有意为之，要与我席锦书作对了。倘若这事真跟垚玉有关，石原将军您告诉我，我还有救他的必要吗？"

石原正信从席锦书说的话中隐约猜到了仓永朝一背着他干了些什么，但是他又不好在席锦书面前承认此事确实是他们所为，他只得先安抚她道："席小姐，您说的这件事，我并不知情，但是若真有此事，我可以帮您去查，你放心，我们对席小姐您一向尊重，我们不会随意侵犯您的利益。您若想知道真相，等您把周先生救出来了，直接问他不就行了。"

"看来石原将军您还没听懂我的意思。众所周知，周垚玉患上肺结核很多年了，他的身体撑不了多久。石原将军您为何觉得我会为了一个快死的人而出卖自己？还有，我与将军说秘密研究的事，只是告诉将军一声，兔子急了也会咬人的，人不犯我，我不犯人，若你们先在我的地盘上搞事，我席锦书也不会坐以待毙的。"

"席小姐您这样说的话，那就太不近人情了。其中定是有什么误会。"石原正信心里憋着气道。

"这中间有没有误会，我不清楚。但有一点，石原将军恐怕是误会了，我席锦书本来就是个不近人情的人，不然您觉得我一个女流之辈靠什么周旋在上海滩那么多男人之间，与他们做生意？所谓与虎谋皮，您觉得我凭的是什么？人情吗？不，是双方利益。任何交易要想达成，必须双方都能受益，而您这买卖，太亏了，恕我做不了。"

"席小姐，你……"

"石原将军若没其他事，我先挂了，我还有事要忙。"未等石原正信说完，席锦书便打断了他的话，将电话给挂了。

石原正信愣愣地站在原地，握着电话的手不由得攥紧了，他发狠地朝身旁的参谋长道："仓永朝一人呢？把他给我喊过来！"

一个小时后，仓永朝一出现在日本宪兵部的牢房里。石原正在拿皮鞭抽打着一个骨瘦如柴的年轻男人。男人身上都是伤，早就丧失了神志，有没有气还是未知数。

仓永朝一站在外头看着暴怒的石原正信，许久，他才缓缓开口道："你就算打死了周垚玉，席锦书也不会再受你摆布，有何意义。"

"有没有意义不用你来说。刺杀我的人潜伏在他的府邸，他理当为这件事买单！"石原咬牙道。

仓永朝一冷笑："你我都知道，周垚玉跟你的刺杀案毫无关系。他是我的人，你这样对他，不就是对我有气吗？我们是同僚，石原将军有话还不如直说。"

石原正信突然挥着鞭子朝仓永朝一打来，发狠道："好一个直说，你与周垚玉在上海搞秘密研究为什么没有告诉我？是谁授意的？"

仓永朝一动不动地站在原地，看着打来的鞭子，冷冷道："是谁授意的不重要，重要的是你在上海行事屡次失败，上头对你已经没了信心。本来我还想再给你一次机会，但现在看来没这个必要了。这是我来上海之前，山田上将给我的特别行动权，上面有你的职位卸任说明以及我在上海的任务。如果我是你，现在最好是把鞭子收起来，老老实实去收拾行李，回日本谢罪去吧。"

"不可能！山田将军不会这么对我的！"石原正信一脸不敢相信地抢过仓永朝一手中的信函，急忙拆开。

待确认了事实，他脸上现出了崩溃的表情。

"不……不会的……"石原望着信函上的文字，嘶吼着。

仓永朝一朝身后的人示意了下，立刻有两人上前擒住石原："石原将军，请跟我们走吧。"

石原不甘心地瞪着一脸平静的仓永朝一，但又无可奈何。

待石原正信被押着离开，仓永朝一才看着牢房内被绑在木桩上的周垚玉，朝一旁的士兵道："把他给放下来，送去日本武士馆，好生救治。"

"是！"

吩咐完，仓永朝一不再逗留，快步离开了牢房。

坐车经过菜市场时，仓永朝一看到了之前刺杀石原正信的那个女刺客的尸体。

在石原正信的酷刑下，这个名叫芍药的女刺客终于承认了自己的身份，她是中共地下党。关于其他信息，她没说就咬舌自尽了。

石原正信将她放在菜市场，试图引出潜伏在上海滩的其他共产党，他的行为在仓永朝一看来，可谓是愚蠢至极。谁会冒死来救个死人？示众的行为除了激起民愤，毫无意义。

他们不需要一个没有脑子的首领。仓永朝一摇了摇头，叹了口气。

当晚，士兵宪兵队内传来一阵惊呼——石原正信剖腹自杀了。

【2】

芍药的尸体被吊在菜市场三天了，日本士兵依旧乐此不疲地每天拿刺刀刺着她。

老百姓们只能偷偷地看着，敢怒不敢言。

福妈买菜回来，义愤填膺地在餐桌上跟众人说了菜场上发生的事。席锦书沉默地听着，旁边同样沉默坐着的还有聂莲宇、沈妍筠。唯有老谭妻子在不停地抹眼泪。

芍药被捕后，敌人在整个上海滩进行了一次地毯式的搜查，老谭跟其他几个还未撤离的地下党被抓了。

聂莛宇从别苑急忙赶去丽都大饭店的当晚，是因为沈妍筠通知了他老谭被抓的消息，老谭妻子在她那儿。

老谭与西饼店老板娘是夫妻的事，极少人知道，所以老谭被抓的时候，西饼店的老板娘还未暴露。但是所有人都知道敌人的审讯手段有多可怕，万一老谭扛不住，他妻子和沈妍筠暴露都是早晚的事。

留给沈妍筠的时间不多了，她必须尽快安排剩下的同志离开上海。

她跟聂莛宇商量了一下，老谭妻子与其他几位同志倒是好安排，明日就有去山东的轮船，他们只要上了船，中道再绕路去重庆与组织会合就行，而她要走则需要席锦书的配合。

聂莛宇是经过了席锦书的同意，才将沈妍筠跟老谭妻子带到了别苑的。

按他跟席锦书原来的计划，他跟席锦书先不离婚，席锦书假装听取了双方长辈的意见，让了个步，跟他回了家。而她话已经放出，同意聂莛宇娶沈妍筠进门，所以也让聂莛宇将沈妍筠领回了家，等选个日子，再让聂莛宇纳沈妍筠为二房姨太太，而西饼店老板娘则先装扮成沈妍筠请的帮拿行李的用人，跟她一道来别苑。然后席锦书再借用漕帮的力量，第二天送西饼店老板娘以及其他几位中共地下党离开上海。

至于沈妍筠需要在别苑再住几天，她跟席锦书同为上海滩的奇女子，一个喜静，专心搞事业，一个喜欢玩，在家待不住，一有空就要拉着聂莛宇往外跑，聂莛宇不愿去，她也可以一个人去百乐门玩。所以这两人肯定合不来，几天下来就有了矛盾，沈妍筠闹了脾气，放话说不愿当这姨太太了，要走，而聂莛宇看席锦书脸色，也不敢挽留沈妍筠。沈妍筠下不了台，觉得脸面全无，只得狠心说要离开上海，跟洋人去国外结婚。

席锦书在汇丰银行上班，给她安排个英国人接应很简单，这样沈妍筠就顺其自然地离开了上海。只要她登上了去英国的邮轮，就算陈贺军他们发现端倪，想去追也来不及了。

这计划实施起来还算顺利，第二天，席锦书就安排漕帮的人将老谭妻子等人先送走了。

沈妍筠继续留在别苑里养伤，席锦书照常去银行上班，并打电话催促陈贺军为她查找那些带着病毒的流浪汉。

聂莛宇一边跟巡捕房的人继续搜寻街上未被接收的流浪汉，一边殷勤地接送席锦书上下班，想方设法拍她马屁，一副讨好大老婆的架势，偶尔陪沈妍筠出去看个电影。

众人都说这聂三公子真是命好，做出这般荒唐事，席锦书非但原谅了他，还帮他把小的请进了门，这么大度也不愧是席大小姐了，做大老板的女人心胸就是跟别人不一样。

也有人说不是席锦书大度，是她孝顺，聂家老太太因为聂莛宇跟沈妍筠的事都气倒了，席太太也愁得得了病一直不好，席锦书是为了让两家长辈省心才不得不委屈自己，硬吞下了这口气。

还有说席锦书是看在儿子的分上，因为儿子跟聂莛宇关系好，儿子哀求她，这才心软饶了聂莛宇这一回。

说什么的都有，最后竟然还有人说是席锦书又怀孕了……

对于旁人的那些议论，席锦书早有预料，所以她听到时都一副不以为意的样子，倒是听到别人说她怀孕时，她才微微地皱了下眉头。

与他相比，聂莛宇听着这些倒很是高兴，他倒想席锦书真怀孕了，是男是女他都喜欢。

这些话说来说去都是说席锦书怎么有情有义，聂莛宇怎么谄媚讨好，别人说着高兴，可作为第三者的沈妍筠听着自然就不高兴了。她跟聂莛宇两天一小吵，三天一大吵的，吵到最后把聂莛宇给吵烦了，索性不理她了。

她一不高兴，自个儿跑去百乐门跳舞，都不回那别苑了。

俗话说狗改不了吃屎，这沈妍筠本就是水性杨花，人家去百乐门是消遣，她则是去招蜂引蝶，几天下来，她就勾搭上了一个英国佬，那英国佬还说要带她去英国结婚。沈妍筠当即就把聂莛宇给踹了，嚷着要跟老外去英国了。

不过是一个风尘女子，谁真的在意她嫁给谁？不过是闲得无事拿她作谈资罢了。如今她这般做法，谁都知道她这是在退而求其次。那聂莛宇的二房是这么好当的？别看席大小姐不声不响，一副大度的样子，可她让娶，聂莛宇真敢吗？不然你看，为什么沈妍筠说要嫁洋人，他拦都不拦的？

野花再娇再艳，终究是朵野花，上不得台面。

老百姓们说了几天他们的事也就不说了，最近流感病人又多了不少，席家的店铺也关了好几家，大家都在说那流感的事。

陈贺军本来还留了心关注那沈妍筠，但最近发生的事情太多，他忙得焦头烂额。好不容易抓到了几个地下党，还没审出个所以然，就听说石原正信被撤了职，仓永朝一替代了他。

他还没时间去问个究竟，流感病毒又来了，据席锦书告知，是周公馆的周少爷联合仓永朝一抓了人在做秘密研究。这周少爷不是刺杀石原正信的同党吗？

陈贺军是一个头两个大，他去医院见了席锦书救治的那个流浪汉，从他嘴里得知了周垚玉与仓永朝一所做的事。

席锦书又跟他说了先前石原正信拿周垚玉威逼她卖国的事，她估摸是因为自己没答应石原正信的要求，所以仓永朝一才在他们席家店铺附近集中投放病人，试图逼她就范。

陈贺军听完心里一咯噔，当即把席锦书所说的两件事都上报了，静待通知。

陈贺军一边等着上级的命令，一边又忙着安抚席锦书，虽未直接去跟仓永朝一摊牌，但也派了人手去追查那些失踪的流浪汉所在，同时他还得审问那些嘴很严的共产党，所以他哪有工夫去在乎沈妍筠这朵交际花。

4月1日，西方的愚人节，沈妍筠终于跟她的英国男友在十六号码头一同登上了前往英国的邮轮。

席锦书跟聂莛宇分别坐在银行与家中等待她平安抵达的消息。

本以为他们的计划天衣无缝，谁料沈妍筠刚上船就遭到了七八个杀手的追杀，她掉入了深海之中。

【3】

周公馆内，一片寂静萧索，周太太的灵台被安置在大厅中央，四周燃满了白色蜡烛。公馆内的用人们一个都不在，只有周垚玉一人拄着拐杖站在周太太的灵位前面。

他没有屈膝下跪，不是他不孝顺，是他的腿被石原正信打残了，他连下跪的力气都没有。

他也没有流泪，不是他不伤心，而是流泪没有办法让他的母亲复活，也没法让他有机会亲手惩治石原正信这个杀人凶手。

他被抓的那几天，跟他一道被抓的那些周公馆的用人死的死，残的残，没有人在乎他们，在石原正信眼里，人命如草芥，错杀一个两个根本不当回事。

他们说他府里藏了刺杀石原的女刺客，说他是同党，纵使他拼命解释，也毫无用处。原本他以为他是要死在那儿了，直到他醒来，发现自己躺在仓永朝一的房间，他才知道自己又活过来了。

从仓永朝一口中他得知，仓永接手了石原在上海的职务，石原不堪耻辱自杀了。仓永已经让人安葬了周太太他们，对于周垚玉所受到的伤害，他会尽力去弥补。

弥补？周垚玉要的不是弥补，再怎么弥补也换不回周家那么多条性命。他好恨啊！但这恨却不知道向哪里发泄！

他只能抓着仓永朝一的衣服，崩溃地问："仓永君，这一切到底是因为什么，我们周家为何会突然遭此横祸？"

仓永朝一叹了口气，一边安抚他，一边将所有事情的来龙去脉跟他叙述了一番。

刺杀石原正信的女刺客是中共地下党，也是周公馆的女佣。石原正信怀疑周公馆与此事有牵连，这才抓了周公馆的人。但是他最终的目的是拿周垚玉要挟席锦书，希望席锦书能为他效力，但是席锦书没有答应石原正信的要求，石原大怒，要处死周垚玉，若非仓永朝一及时赶到，周垚玉已经是死人一个了。

"共产党为什么会潜伏在我家？我家一向安分守己啊！"周垚玉不解地问。

仓永朝一停顿了会儿，道："你还记得我给你的聂珏宇与沈妍筠在杭州会面的照片吗？那是我们的情报员拍到的。之前加藤君被杀，山田将军命我来协助石原正信彻查此事。尽管席锦书倾尽家产救出了聂珏宇，可我对聂珏宇的身份一直存有怀疑，就让人偷偷监视他，结果在浙江我们发现他与沈妍筠见了面。"

"仓永君，聂珏宇跟前妻幽会，与我们周家又有什么关系？"

"中共潜伏在上海的人中，有一名女地下党，代号玫瑰，她窃取了我们许多重要的机密。她潜伏在上海的时间，正好是聂珏宇娶沈妍筠的时候。之前有次行动，她差点儿暴露，我们的人就要抓到她了，结果她突然消失了，而沈妍筠也被传出得了脏病，被送出了上海。这时间太过巧合，所以我怀疑沈妍筠就是玫瑰。"

"光凭过去发生的事，先生如何断定沈妍筠就是玫瑰呢？"周垚玉继续问道。

仓永朝一微眯了下眼睛："她刚回杭州，石原就遭到了刺杀。情报处的陈处长曾怀疑她就是逃跑的女刺客。陈贺军是个办事能手，若不是找到了些证据，他是不会贸然去饭店抓人的。所以这个沈妍筠很可疑。"

"可是后来不是说女刺客是我们周公馆的人吗？"

"那是共产党的计谋。在上海潜伏的地下党肯定还有不少，他们趁我们把注意力放在沈妍筠身上时，又让人实施了第二次刺杀。倘若刺杀成功，最好，就算刺杀失败，他们也能用新的女刺客清除我们对沈妍筠的怀疑，保住玫瑰，嫁祸给周公馆。"

"周公馆与他们无冤无仇，他们为何要害我们！"周垚玉痛心道，剧烈地咳嗽起来，嘴里吐出几口鲜血。

仓永拿手巾递给他，继续解释道："当然是为了席锦书。谁都知道你与席锦书关系亲密，而你又与我走得很近。中共若想拉拢她，势必要除掉你。他们故意让人潜伏在你家，又让其实施刺杀，一可以借石原之手铲除你，二也能离间我与石原的关系，可谓用心险恶。"

"倘若真如仓永君你所说，那沈妍筠真是地下党，那这一月聂珏宇一直与她住在一起，他岂会不知她的身份？还是说……"

周垚玉没有说下去，他一脸怔愕地望着仓永朝一。

仓永朝一深深地叹了口气，认同了他的猜测："谁能想到聂家会出一个共产党呢。当年加藤遇刺一事，恐怕也是他一手策划的，若非席锦书力保他，他兴许早已暴露了，又何来现在之事，真是苦了周兄了。"

仓永朝一的话像刀一般扎在周垚玉的心上，一想到席锦书倾尽家产救聂莛宇，却将他弃之不顾，周垚玉心痛得再度呕出几口鲜血来。

"所以……所以……聂莛宇是共产党，他接近锦书，跟她成婚，都是在利用她。枉锦书待他一片真心，他竟……咳咳……仓永君，这事锦书未必知情，她这人最痛恨欺骗隐瞒，若知聂莛宇这样对她，定不会容忍……咳咳……你莫伤害她……"

"周兄不必激动，我知席小姐是被奸人迷惑，我是不会害她的。可是聂莛宇太狡猾，倘若我们不将他除去，我恐席小姐还会被他蒙骗。只是无奈我们没有实质性的证据，无法说服席小姐相信我们。聂莛煊又身居要职，我们也不好直接抓聂莛宇审问，倒是沈妍筠……"仓永朝一顿了下，饶有深意地看了周垚玉一眼，"如果证实她就是玫瑰，那聂莛宇也就难脱干系了。"

周垚玉瞬间明白了仓永朝一的意思，他是要他帮忙抓沈妍筠。

碍于沈妍筠与聂莛宇的关系，仓永君若要抓沈妍筠，得连带着一起抓聂莛宇。但没有确切证据之前，席锦书定是不会由着他们抓走聂莛宇的。仓永朝一还不想破坏他们与席锦书的关系，所以抓沈妍筠一事只能暗地里操作。

在上海，只要愿意出钱，找几个人为你卖命很容易。

周家虽遭此横祸，可周垚玉并不缺钱。

他原本以为只要席锦书喜欢，他可以容忍聂莛宇。可是现在，他只恨自己优柔寡断，没有早做决断，不然周家岂会落得家破人亡的下场？

周垚玉知道自己没多少时间可活了，他也不再幻想能拥有席锦书，可是他不能让锦书再被聂莛宇利用欺瞒下去，他一定要为她做点儿什么，他一定要让她看清楚聂莛宇的真面目。

就算是死，周垚玉也要带着聂莛宇一起死。不然此仇不报，他死不瞑目。

黑暗中，几个黑影跳入了院中，进入厅内，站到他的身后。

周垚玉眸色幽暗，苍白的手颤抖地拄着手中的拐杖，转过身来，面色惨白地望着来人，鼻梁上的金丝边眼镜下的眼睛散发出阴冷的光。

"人抓到了没有？"

"没有，她受了伤掉进海里了，估计难逃一死。不过可以确定，这女的身手很好，不是寻常舞女。"来人回禀道。

周垚玉表情冰冷地站在夜色之中，沉默良久，缓缓道："没抓到也没关系，起码可以确定她身份是假的，说明仓永君的猜测没有错。聂公馆那边呢？都给我盯紧了吗？"

"有人盯着，周老板放心。"

"好，那我们就先给聂三公子送个惊喜吧。"

"是。"那人领命而去。

周垚玉背对着周太太的灵位，眼里闪过一丝寒光。

他要让聂莛宇跟他一样，也尝一下那家人惨死的滋味。

十六号码头，一艘渔船悄悄上了岸，一个穿黑色西装的男人抱着个浑身是水的女人从渔船上走下来，钻进了岸上停着的私家车内。

沈妍筠不知道自己昏迷了多久，等她醒来的时候，发现自己躺在一张硕大的欧式床上，落地窗帘拉紧，只有床头的小台灯发出微弱的光。

她身上原本穿的英式洋装不知被谁换了下来，此刻她穿着的是一件火红色的睡裙，衣服是她平素爱穿的款式，就连尺寸也完全符合她的身材，很明显，给她换衣服的人很了解她。

她还记得自己在船上遭到了追杀，跟她一起的那个英国佬一开始就被杀了，她拼命逃，可船已经驶离海港，她只能跳海才有一线生机。没想到竟然给她赌对了，她真的没死。

是谁救了她，难道是聂莛宇？他发现了有人要暗杀她，所以……

门外突然传来一阵脚步声，随后响起敲门声。

"聂先生，是你吗？"沈妍筠连忙从床上下来，朝门口问道。

对方没有回应，几秒钟后，门被人从外面推了开来，一个熟悉的身影出现在沈妍筠的眼前。

"怎么是你？"沈妍筠震惊地问。

"救你的不是聂莛宇，你很失望？"李璨恒冷冷地注视着她，讥诮道。

他的半边脸上戴着面具，隐约可以看到疤痕，那是炸弹留下的。

沈妍筠看着他，顿时哑然。

李璨恒拎着药箱走进了屋，关上了门，反锁住："过来，我给你换药。在水里那么久，你身上的伤口都快烂了。"

沈妍筠一动不动地站在原地，探询地看着他，皱眉问道："你为何救我？难道船上那批人是你派的？你知道我的身份了？"

"怎么，知道你的身份了，我就得杀你吗？妍筠，你对我狠心，我对你还是很上心的。当我从医院醒来，知道你把我送给你的手链扔在赌坊时，我就知道你一直在骗我，利用我，

421

你的心里从来没有过我。不过这一切我都不在乎，我只要你的人。知道你的真实身份，我还挺高兴，因为这就说明你跟聂莛宇也是假的，你们一直在演戏。现在好了，你跳海了，所有人都当你死了，你就乖乖待在这里，做我的女人好了。"李璨恒无所谓地笑着，伸手就要扒沈妍筠的睡衣。

沈妍筠惊恐地避开，紧张地朝李璨恒道："璨恒你疯了，你都知道我的身份了，知道我骗你了，你还救我干什么？既然那些杀手不是你派的，说明我的身份已经暴露了，你救我，被人发现了怎么办？"

"那就不要让人发现好了，你不出去，你不说，谁知道？嗯？"李璨恒一把搂过她的腰，俯下头去，深深地在她的颈窝里吸了一口说。

沈妍筠一阵毛骨悚然，她想挣扎，但身上没有一点儿力气。

"你对我做了什么？"她惊恐地问道。

李璨恒眸色发冷，微笑道："给你吃了点儿药，防止你逃跑。毕竟你跑了，我救你的事就得暴露了。妍筠，我虽舍不得你，可也不想这么早就死了。"

"你……"沈妍筠气急，身子被他揉在怀里，感到越来越无力。

"璨恒，你放开我，这是哪里？我不能待在这里，我得出去。就算死，我也得出去！我还有我的职责，你放开我！你放开我啊……"

李璨恒全然不顾她在说什么，见她渐渐瘫软在他怀里，他凶狠地，直接脱掉了她身上的睡衣，将她压在床上，忘情地吻了上去。

"妍筠，我一腔深情，你却将我害成这样，你看看我的脸，毁了，都毁了。你怎么能一点儿补偿都不给呢，是不是？"李璨恒一边说着，一边吻着沈妍筠。

"不要，璨恒……"沈妍筠哀求，眼泪落了下来。

【4】

4月1日晚上，聂莛宇在所住的别墅里接到了一个电话，对方告知他玫瑰并未如期上岸，恐出事，让他注意安全。

聂莛宇表情沉重地坐在书房内，久久都没有出来。

席锦书在主卧里忙完工作后觉得肚子有些饿，怀孕后她的胃口好了不少，福妈他们已经睡了，她不想惊扰人，准备自己去楼下拿点吃的。

出门，发现书房的灯还亮着，席锦书脚步顿了下，最终还是下了楼。

她找到了福妈藏在柜子里的小酥饼，就着热茶若有所思地吃了几口，忽而听到外面传来一阵脚步声。她以为是福妈来了，还未出声，就看到聂莛宇顾长的身影站在厨房门口。

　　似乎也没料到她会躲在这里吃东西，聂莛宇微愣了一下，眼眶有些发红地走进厨房，站到她的身边，泡了一杯咖啡。

　　她给他让了位置出来，低着头，没有说话。

　　聂莛宇抿了一口咖啡，声音沙哑地问她："你怎么还没睡？"

　　"上个月的账还没有看完。"她简短地回道，放下手中的酥饼，表情不大自在。

　　自从她回来后，他们一直都分房睡，不是他不愿意，是她不想。

　　有些东西一旦有了裂缝，想要弥合不是件容易的事。

　　聂莛宇暗自叹了口气，沉重地说："玫瑰她出事了。"

　　席锦书心里咯噔一下，她惊愕地抬头看他。

　　聂莛宇低头继续道："玫瑰出事，说明我被盯上了，往后的路会变得很难走。谭医生他们的尸体今天也被挂在了菜场，我不知道留给我的时间还有多少，先前我答应你离婚，说时间我来定，本来我是在忽悠你的，我没想要跟你离婚，但现在我觉得我们分开也许更好，你……"

　　聂莛宇苦涩地笑着，还未说完，席锦书突然上前，紧紧地拥抱住他。

　　聂莛宇喉头哽了一下，双手僵在空中，红着眼，声音沙哑地唤她："小聂太太？"

　　席锦书没回答，她脸贴着他的胸口，听着他强有力的心跳，方才那一瞬间的心慌稍微缓解了些。她闭着眼，低声道："你要不想离就不离了，只要你像现在这样，把心里话都说给我听，不再瞒我，前面路再难，我都陪你一起走。"

　　聂莛宇内心一阵激动，他愣愣地看着怀中瘦弱的女人，笑道："这种时候说什么傻话呢！你陪着，我心里有顾忌，做事放不开手脚。现在仓永朝一紧盯着你，你与我断干净，在上海陈贺军会护住你。共产党如今在上海滩的势力有限，我没有能力能保住你。"

　　"你只想着保住我，那你呢？"席锦书抬眼看他，眼眶跟着发红起来。

　　聂莛宇无所谓地对她笑了笑："我已经写好入党申请书了，保家卫国是我这一生的夙愿，若保不了国，起码我得护住一个家，不然枉为男人。听话，明天让福妈他们收拾东西回席家吧。趁陈贺军在查流感病人的事，仓永朝一暂停在席家店铺附近投放带病毒的病人，你可以先安心回去，离婚协议书你让律师再起草一份给我，我立刻给你签字。"

　　"聂莛宇，你这是过河拆桥！"席锦书听着，生气道，"先前你要送沈妍筠离开，需要我帮忙，就要我搬回来。现在人都走了，你又要我回去。聂莛宇，你不觉得你这样太不要脸了吗？"

"你又不是第一天认识我，才知道我不要脸？"聂莛宇笑着说，眼眸一片晶亮。

席锦书见他这副模样，料他定是做了什么不好的打算，才会舍得离婚，她当即忍着心里的酸楚，一把握住他的手，放到自己微微隆起的肚子上，气愤道："你以为离婚咱们就真能断干净了吗？聂莛宇，枉别人都说你精明睿智，我看你也不过是个傻子，妻子有孕你都看不出来，你这么蠢的人还谈什么保家卫国。"

聂莛宇的笑容僵在了脸上，他惊愕地望着她泛红的双眼，喃喃地问："你说什么？"

席锦书别过头去，不看他。

聂莛宇的目光落在她的小腹上，手指轻柔地摸了摸，心里一时五味杂陈，他忍不住笑了笑，眼里闪着泪花，难以置信地问她："几个月了？"

席锦书抬头道："快三个月了。"

"快三个月了，为什么我才知道？"聂莛宇咧着嘴道。

席锦书恨恨地瞪了他一眼，一把推开他的手："你还好意思说？这几个月你都在干什么？你口口声声说要保家，可哪儿有家的概念，你就只想做你的大英雄。说要护我，结婚到现在，到底是你护我还是我护你啊？你说得冠冕堂皇，其实不过是为了掩饰你的不负责任。"

席锦书恼怒地将这阵子心中积压的委屈全都朝他发泄出来，她越说越激动，最后难受得直掉眼泪。虽然嘴上说着狠话，可席锦书知道此刻她内心太脆弱了。她太害怕了，她刚听他讲那些丧气的话，她心里就发慌。明明他让她受尽了委屈，明明她不是他心中最重要的人，可她还是舍不得他啊！他不仅是她的丈夫，也是她孩子的父亲，他若牺牲了，孩子就没了父亲。

"聂莛宇，我警告你，你可以有你的信仰，但是你得留着你这条命。不然你死了，我不仅要改嫁，我还要你孩子叫别人爹。"她哭着威胁他。

聂莛宇动作轻柔地抱着她，一边亲吻她，一边哄："都是我不好，都是我的错，小聂太太你别激动，别哭了，小心伤着孩子。"

席锦书终于崩溃了，这段时间她太压抑了，心里压着无数的想法，表面还得装出镇定自若的样子，还得照旧工作，维系席家的产业，还得应付仓永朝一，还得陪着聂莛宇他们演戏，她太难受了，太累了。

她活了二十多年，感觉从来都没有这么辛苦过。可她又骄傲，聂莛宇不跟她交心，她也不主动说，所以越憋越难受。一阵胸闷，她有些喘不过气来。

聂莛宇见状，直接打横抱起她，疾步朝楼上走去，将她放在卧室的大床上，小心翼翼地给她顺气。

过了一会儿，哭累了，她的情绪才平复下来，由他抱着，双眼呆呆地望着头顶的天花板，疲惫地说："莛宇，自从我嫁给你，我受你影响颇深，我尊重你，我也甘愿受委屈，可我只有一个请求，你答应我，不要再让我感到害怕了。父亲死后，我的一根弦紧绷到了现在，我没法再承受过多的打击了。你想守住山河，我想守住席家，可我内心最想守的还是我自己的家。你、我，还有我们的孩子，我们的父母兄长，我们自己的家。你一定得答应我，你不能再抛下我，我宁愿陪你一起上战场，我也不想再孤军奋战。"

第一次，她将她内心的脆弱与胆怯都暴露在他的面前。

聂莛宇一阵心痛，他用力地抱紧她，低头饱含深情地亲吻着她。

房间里没有开灯，只有一点点月光照进了窗内。

他抱着泪眼婆娑的席锦书，真诚地发誓，余生，他定当对她不离不弃。哪怕余生很短，哪怕生死难测，他们要死也要死在一起，因为他们是夫妻。生当同寝，死当同穴。

黑暗中，他们的手握在一起，彼此望着对方的双眼，许下永不相负的诺言。

当清晨第一缕阳光洒下，席锦书又变成了那个雷厉风行的女强人，她照旧去了银行上班，而聂莛宇又成了那个阴险狡诈的奸商，他去了纱厂做生意。

就像什么事都没有发生过一样，他们的生活又回到了正轨。

没人再提沈妍筠的生死，没人再提党派，只有流感病人在上海不断地增加，老百姓的生活更加艰难了，其他似乎什么都没有改变。

但聂莛宇与席锦书都知道，在这看似平静的生活下面，正有无数双眼睛虎视眈眈，就等他们露出马脚，然后，将他们一网打尽。

聂公馆内，即使王太太已经不再提王湛林与聂书涵的婚事，可聂太太还未死心。看沈妍筠走了，席锦书与聂莛宇和好了，她又操心起聂书涵的婚事来。

大上海不止王湛林一个好小伙子，聂太太打算学着陆公馆，也给聂书涵操办个相亲舞会。在舞会开始前，她带着聂书涵去裁缝铺定做了好几件新衣服。

衣服做好后，裁缝店打了电话过来，让聂书涵去试。

那一天，聂书涵离家后，一直都没有回来。聂太太本以为她是去逛街了，毕竟是姑娘家，可是等到了晚上也不见人回来。她终于急了，找了聂莛宇说了此事。

聂莛宇直觉不对劲，派人去巡捕房报了警，自己先带人去找，结果在黄浦江边找到了聂书涵出去坐的车。司机死在了车内，而聂书涵消失了，车后座只有她留下的血迹。

潮湿阴暗的牢房里，一个发烧的流浪汉被抓了出去，他的头上被人套上了麻袋。黑暗中，他被带去一间干净的屋子，屋子的大床上绑着个昏睡的女人。

那流浪汉按照吩咐脱掉身上的衣服，颤颤巍巍地上了床，脏手朝那女人摸了过去。

一会儿，房间内传来女人痛苦恐惧的尖叫声。

房门外，周垚玉坐在小木屋外的凉亭里，跷着二郎腿，心情愉悦地喝着茶。

李红星带着人与聂廷宇他们找了一夜，都未找到失踪的聂小姐。

翌日，一个衣衫破烂、头发凌乱的女人光着脚，疯疯癫癫地走在大街上，朝长江大桥的方向走去。

路上流浪汉多了，起初谁也没有在意这个女人，直到她爬上桥，决然地从桥上跳了下去，有人才惊呼起来："有人跳江了！"

【5】

"聂小姐找到了。"

到了下班时间，席锦书收拾好东西从银行出来，在门口等候多时的阿炳急忙告知了她这个消息。席锦书悬着的心顿时放了下来，她弯腰上车，问阿炳："什么时候找到的，聂先生知道吗？"

"聂先生一早就接到通知了，现在人在聂公馆里。"阿炳回道。

席锦书点点头，忽而又觉得哪里有些不对，追问道："先生说晚上回来吃饭吗？"

"他没说，我看他走得比较急。现在还没回来应该是不回来了。"阿炳说着，透过车后镜看了一眼席锦书，停顿了会，继续道，"太太，那聂小姐被人发现的时候精神不大好，她从桥上跳了下去，若非救得及时，恐怕已经淹死了。您要去看看吗？"

"你说书涵跳河了？"席锦书惊诧道，脸当即白了，激动道，"你刚怎么不早说？算了，先别回别苑了，去聂公馆。"

阿炳任由她训斥了几句，掉转车头，朝黄浦江畔驶去。

到聂公馆时，天都黑了，公馆内灯火通明，用人们在忙着做晚饭，不见主人下楼来。

席锦书领着阿炳走进馆内，刘管家一见她立刻迎了上来，招呼道："三少奶奶，您来了？"

"书涵呢？我听说她回来了，人怎么样了？"席锦书急急问道。

听她提起聂书涵，刘敏的眼眶当即红了起来，唏嘘道："小姐她情况不大好，受了刺激，还在发高烧，嘴里一直在说胡话，太太先生们都在楼上陪着她。"

"我去看看她。"席锦书听完，心不由得沉下，说道。

刘管家点点头，给她让开道。

席锦书走到三楼，还未走到聂书涵的房间，就见聂莛宇从卧室里走了出来。

看到她过来，聂莛宇急忙拦住了她。

"书涵怎么样了？"席锦书担忧地问。

聂莛宇的脸色不大好看，他将她拉到走廊尽头，低声道："命是留住了，医生说她遭到了凌辱，估计是因为这样，她才会想不开投河自尽。"

聂莛宇说完，叹了口长气。

席锦书惊愕地听着，内心震惊不已。她当然清楚聂书涵说的是什么意思，聂书涵是个未出阁的黄花大闺女，遇上这样的事跟要她的命没什么区别。

席锦书静默了会儿，问道："知道是什么人干的吗？"

"不管是什么人，只要被我查到，我定让他求生不得，求死也不能。"聂莛宇发狠地说道。

席锦书看着表情阴鸷的丈夫，心头一寒，她朝聂书涵的房间看了一眼，继续问道："你怎么没在房间陪着？我听刘叔说她在发烧，严重吗？"

"书涵脸皮薄，出了这种事，这会儿她看到男人就抓狂，刚医生给她检查身体，她都大呼小叫的，得几个人按着她才行。我毕竟是个男的，为了不刺激她，就没进去。"

"那你在外等着，我去看看她。"席锦书道，自要去看聂书涵。

聂莛宇再度拉住她，劝阻道："你还是别去了，你现在不比以前，要是她受到刺激发起疯来，把你碰着撞着就不好了。有我妈她们守着，医生也在，她暂时不会有事的。"

席锦书想了下，觉得他说得有道理，这种事对女孩心理刺激特别大，聂书涵肯定不想更多的人知道她出了事，少一个人知道，对她的伤害就少一分。

夫妻俩在走廊里站了一会儿，看到聂老爷沉着脸提着枪从书房出来，聂莛宇朝席锦书使了个眼色。席锦书当即心领神会，上前劝慰了聂老爷几句，从他手中夺走了枪。

三人下了楼，用人们把晚饭做好了，过来问聂老爷什么时候用餐。几个人都没什么胃口，但聂老爷还是让用人送了些饭菜去了聂书涵的房里，省得聂太太她们下楼来了。

聂莛宇跟席锦书留下来简单地陪聂老爷吃完晚饭便匆匆告别了。

他们待在这里也帮不了什么忙，还不如去巡捕房那边打探下消息，看看害书涵的贼人有没有抓到。

敢动聂公馆的人，这贼人定是有备而来。从被杀死的司机身上，李红星他们找不到多少线索，要想抓人，还得找聂书涵询问才好。但眼下聂书涵情绪不稳定，要她回答案发经过几乎是不可能的。聂莛宇跟席锦书只得暂且作罢，两个人心情沉重地回到别苑。

找了聂书涵一天一夜，聂莛宇身上出了一身汗，都没顾得上换衣服。知道席锦书有了身孕，他怕熏到她，刚到家，他就让福妈烧了热水洗了个澡。

等他收拾妥当，穿着睡衣出来，发现席锦书不在屋内，阳台的门敞着，微风吹了进来。聂莛宇眼眸黯了黯，朝阳台走了过去。

席锦书坐在阳台上的藤椅里，手里拿笔跟记事本在写着什么，那堆她从银行带回来的文件袋被她随意地扔在身前的小圆桌上，桌子中央放着壶热茶。

聂莛宇凑到她的耳后朝她手里看了一眼："你在写什么？"

席锦书皱着眉头，没有避讳地摊开手中的记事本给他看："我把近期发生的事都理了一下，觉得有些奇怪，日本人一直想要我为他们工作，可石原死后，仓永朝一非但没有找过我，他还放了垚玉。沈妍筠出事，害她的只可能是情报处跟日本宪兵队的人。不管是哪一方做的，沈妍筠暴露，陈贺军肯定会来找你麻烦，可他没有。如果不是这两者做的，又会是谁做的？"

"这一点确实奇怪。"聂莛宇认同道。

"还有书涵，除了日本人，在上海没人敢动她。可是日本人想拉拢我，他们没必要伤害书涵啊？如果是因为怀疑你，想要铲除聂家，也没必要对书涵下手啊！这里面肯定有隐情。"席锦书皱眉说道。

聂莛宇安抚地拍了拍她的肩，坐到一旁，倒了杯茶，意味深长地说："仓永朝一想动手的话，未必需要亲自做。"

"你什么意思？"

"周垚玉是将死之人，仓永朝一为何要保他？只因为他们之间的友谊？"

"你的意思是垚玉动的手？不，不会，垚玉没理由做这种事，他知道我脾气的，是他做的话，我定会跟他翻脸的。"席锦书不认同道。

聂莛宇道："倘若仓永朝一跟他说了些什么呢？周家惨遭横祸，他心中定有怒火，若他认为是我跟妍筠害了他们，做这些也不无可能。究竟是不是他做的，很容易验证。周垚玉能动用的势力，不是日本人，就只有那些江湖人。我明天让漕帮跟青帮打听一下。"

"就算垚玉要报复你，毁了书涵对你也造成不了多大伤害啊。"席锦书还是觉得不大可能。

聂莛宇沉吟道："其中定有其他阴谋，所以我们才得更小心。"

席锦书心情沉重地喝了口茶，没再说话。

夜色深沉，天上繁星点点，忽而起了一阵凉风。

聂莛宇起身，道："回屋吧，外面冷，别冻着了。"

席锦书摇摇头，坐着不动："我没那么金贵。"

聂莛宇无奈，将她从椅子上抱了起来，嬉笑道："我儿子金贵。"

将人放到床上，席锦书还要起身，被聂莛宇按了回去。

"我还没有洗漱。"席锦书道。

"昨天洗澡了，今天就别洗澡了，这气温一天一个样，要病了不大好。我去给你打点儿热水，擦擦身子就好了。"聂莛宇拦住她，自己走去了卫生间。

不一会儿，他端着盆热水回到床前，单膝跪在地上，伸手拉过她纤细的脚踝，放进水中。

"水温合适吗？"他问。

席锦书愕然地看着低头伺候的他，心里一暖，不再挣扎，只是微微笑道："正好。早知道你晓得有孩子后会是这个模样，就早点儿告诉你了。"

聂莛宇抬起凤眼瞪了她一眼，哼哼道："你还知道后悔啊？有孩子了还想着跟我离婚，但凡我脸皮薄点儿，我不就老婆孩子一并没了。"

她光笑，不说话。

他再度低下头去，跪在地上，认真地给她揉捏着双脚。

世家公子，在她面前完全没了架子，她看着很是感慨。

给她洗完脚，聂莛宇又去换了盆热水，拿着毛巾给她擦下身子，让她躺进被窝里。

知她睡不着，他又把她带回来的文件袋扔给她，让她看，自己则下楼给她煮了点儿吃食，生怕她半夜饿。等他忙完，躺到床上时，她已经把被窝都暖好了。

两人有段时间没同床了，聂莛宇抱着她躺在床上，一颗忐忑的心终于得到了片刻安宁。

她靠在他的怀里专心工作，他在旁耐心看着，并不觉得无趣。

墙上的挂钟指向八点半，看了一会儿，他下巴枕在她的肩上，突然地问："如果，我是说如果，刚才我们说的事真是周垚玉所为，你准备怎么办？"

席锦书拿钢笔的手顿了下，目光闪烁，道："虽然我亏欠垚玉，但那些事若真是他所为，就单单书涵被辱这事，我就不会原谅他。不过这事还未有证据，我们别妄自揣测了，等李探长消息吧。"

"你倒是公道得很。"聂莛宇嬉笑道。

席锦书回头扫了他一眼："我一向如此，若你做的事违背了道义人伦，我也同样会大义灭亲。我爹从小就教导我跟我大哥，说人只有心正了才能站得稳。我们席家人可以没本事，但心不能是坏的。"

听她突然提到席晨怀，聂莛宇想到沈妍筠曾经交给他的那份入党申请书，他起身下床，去行李箱中将那封书信拿了出来，给了席锦书。

"这是什么？"席锦书不解。

"你大哥的东西。"聂莛宇道。

席锦书一头雾水，拆开了那个信封。

入目的是她年少时熟悉的字迹，席锦书当即鼻子一酸，眼眶热了起来。

她快速地将信上的内容看完，抬起头，惊讶地看着聂莛宇："我大哥……他什么时候加入的共产党……"

聂莛宇坐回床上，伸手给她擦掉眼泪："他跟杨小小很早就入了党。被捕前，他若向席家求助，你爹定不会弃他于不顾，他们夫妇还是有一线生机的。但他没有，应该是不想连累席家吧。他一直留在战地，替党收集情报，同时救治伤员。后来他不幸被日本战斗机投下的炸弹击中，牺牲了。那会儿杨小小带着席世恩在医院做护工，逃过了一劫。可没过多久，她还是被抓了……"

聂莛宇没有继续说下去，席锦书已然猜到都发生了什么。

席晨怀死讯传来的时候，席锦书从来不敢去想他是怎么死的。她无法承受她最爱的兄长被残忍地杀死，可是她不去想，不代表她害怕的事没发生。

在北方，没有人认识席晨怀，没有人知道他是上海滩赫赫有名的席家大少爷，他跟所有难民一样，只是个普通人。可就是这么一个普通人，却有着不怕死的勇气，即使知道自己身处险境，也没有向家里求援过，更没有向日军屈服过。

这就是她的兄长。与席晨怀相比，如今与日本人虚与委蛇的她，则显得太过没有傲骨了。

可她做不到席晨怀那般决然无畏，因为她跟他不一样，她现在是席家的掌权人，她可以不在乎自己的生命，可是她得在乎席家上下几十口人的性命。

她得替父亲，替兄长守住这个家。

席锦书的眼泪落了下来，握着信纸的手指微微颤抖，她哽咽着问聂莛宇："你能跟我讲讲你们的党吗？"

聂莛宇抱着她，微笑："当然。"

男人低沉的嗓音响起，席锦书在聂莛宇不紧不慢的叙述中，似乎看到了滚滚山河中，中国人那用血肉建出来的城墙。

不知不觉，天渐渐亮了，一同亮起的还有席锦书那颗渐渐变得清明的心。先前笼罩在她心头的阴霾慢慢散去，她似乎知道了往后的路她该怎么走了。

第二天一早，聂莛宇送完席锦书上班，带着阿炳去了青帮跟漕帮，让他们找绑走聂书涵的人，之后他又按席锦书的意思，找李红星侦查此案，对于聂书涵被玷污的事，他没有提及。

可这事终究是纸包不住火，不消一天，关于聂书涵的流言就在上海滩流传开，最终传到了聂老太太耳朵里。

聂老太太是个老古板，自然听不得这种话。聂书涵虽非他们聂家亲生，但她一向当亲生孙女看待，如今出了这档子事，别说想把她嫁给王湛林了，就算给她挑个清白的人家也难。

聂老太太跟聂太太商量了下，决心等聂书涵精神好了，送她去浙江的亲戚家养病，给她一笔钱，让她就算不嫁人，也能衣食无忧。

对于聂家这种好面子的人家，这诚然是个不错的解决办法，可聂书涵的身体一直不见好，高烧不退。几天下来，不仅一直贴身照顾她的女佣病了，发起了烧，就连聂太太他们也都咳嗽起来。

聂莛宇得知这个消息时，立刻请了凯瑟琳医生去聂公馆给众人做检查。结果一查，他的心凉了半截，聂书涵身上携带了流感病毒，把聂公馆的其他人都给传染了。

聂莛宇一阵后怕，庆幸席锦书来看聂书涵的当日，他将她拦了下来，不然他都不敢想象那后果。

聂书涵被绑架，遭人玷污，回来还得了流感……

不用等青帮漕帮的消息，聂莛宇心中已经有了答案，他可以确定当初绑走聂书涵的就是周垚玉的人。

看来周垚玉果真将周公馆遭遇的事怪在了他的头上，所以才用这种方式来报复他。他应该是想让聂莛宇跟他一样，家破人亡吧。

还好发现及时，除了聂书涵外，聂公馆的其他人病情都比较轻，聂莛宇通过电话跟家里人说了此事，他决定将聂书涵送去凯瑟琳医生那儿隔离，又给席世恩所在的学校老师打了电话，让他们照顾席世恩一阵子，而聂公馆即刻做封馆处理。

聂书涵被送到医院后，直接进了隔离区，聂莛宇去医院给她办了住院手续，又拜托凯瑟琳医生好好照顾书涵，有什么需要尽管打电话找他。

凯瑟琳医生答应了他的请求，并告诉他之前送过来的流浪汉病情已经好转，她有信心能治好聂书涵。

聂莛宇听了稍微松了口气，然而他这口气还未彻底松下，当晚他就接到了凯瑟琳医生的电话，说聂书涵醒来看到与她一同隔离的流浪汉，受到了极大的惊吓，从医院里逃走了。

聂莛宇连忙穿好衣服喊了阿炳，一道出去寻人。

夜色漆黑，迷雾几重，站在萧索的院子里，聂莛宇心中泛起一股深深的无力感来。一时之间，他竟然不知道该去哪里寻找他这个命途多舛的妹妹。

【6】

空中轰隆几声巨响，一道雷电从半空中劈了下来，随即哗哗的大雨倾盆而下。聂书涵拖着发烧的身子从医院里跌跌撞撞跑出来，不知道该去哪里。

聂公馆是回不得了，聂太太她们受她的连累，都被传染了，聂公馆封了。

此刻，她就算回去，聂家人也未必会开门。

她是个很守旧的女子，出了这档子事，就算回去了，也不可能再做回她的聂大小姐了，聂老太太也说了，等她好了，就要送她去浙江。

去浙江也好，她这样子再待在上海，不仅聂家人丢脸，她自己也会活不下去的。

可是她哪晓得从医院一醒来，旁边的病床上睡着一个男人，跟侵犯她的流浪汉一样，他们身上都有着一样的腐臭味道。

凯瑟琳医生说，医院暂时还没有设立独立病房，所以只能将她与这位得了流感的流浪汉放在一起，两张床之间隔着个夹板，平时也有医生护士看护，让她不用害怕。

可聂书涵哪能不害怕，她只要一看到那男人，就忍不住地想起她人生中那个最黑暗的晚上，想起那人用他的脏手抚摸她的身子，他的嘴里还散发着腥臭味。她只要一想到，就不由得作呕，几乎崩溃。

她知道她这样在医院里继续待下去只有死路一条，就算不被那传染病给折腾死，她自己也要被逼疯。她太绝望了，所以只能逃跑。可她跑啊跑啊，雨水浇在她的身上，她烧得更厉害了，耗尽了全部力气，她终于跑不动了，可怜兮兮地摔在地上，哭号着，不知道怎么办才好，宁愿先前跳江死了才好。可现在没死，她又没了再去投江的勇气。

绝望中，一辆私家车在她的身旁缓缓驶过，车上的人似乎认出了她，往前行驶了一段距离，停了下来。没多久，一双棕色的皮靴停在她的眼前，有人俯下身来，震惊地问她："聂小姐，你怎么在这儿？"

熟悉的嗓音传来，聂书涵吃力地睁开双眼望着来人，望着一身精致打扮的王湛林，她如同被扒光了一样，一股强烈的耻辱感涌了上来，她尖叫起来，疯狂地抱住自己的身子，蜷缩起来，将脸埋在双膝中，痛苦地哭吼："别看我，我不是聂小姐，求求你别看我！"

对于聂书涵的事，王湛林略有耳闻，对于她的反应，他很能理解，他同情地对聂书涵伸出手，安抚道："聂小姐，雨下得太大了，你这样躺在地上对身子不好，我送你回医院好吗？"

一个"回"字生生地刺痛了聂书涵的神经，她警觉地抬眼死死地瞪着王湛林，浑身剧烈地颤抖起来。

他说回？他是知道了？他也知道她病了，她被隔离了？也知道她被侵犯了？

不……不可以……

被喜欢的人知道了自己最不堪的经历，聂书涵完全承受不住这样的打击，她凄厉地朝王湛林嘶吼一声："不，我不要回医院，我不是聂小姐，你别管我……你走……你走啊……"

"聂小姐……你怎么了？聂小姐！"

王湛林想要制止她，与他同车的潘秉盛见状，也从车上走了下来，撑着伞过来，拉住王湛林要拉聂书涵的手，劝阻道："湛林，听说聂小姐病得厉害，你口罩都没戴，还是少说话了，直接将人送去医院吧。"

王湛林无奈地回头看了聂书涵一眼，要抱聂书涵起来，潘秉盛再度拦住他。

"对面就是电话亭，还是直接给席小姐打电话，让她通知凯瑟琳医生，让医院来人接吧。咱们都没做防护措施，万一被传染了……"虽说这话有点儿残忍，但潘秉盛还是说了出来，只是后面的话他没有说完。

王湛林明白他的意思，但还是觉得不妥："还是别麻烦书姐了，万一她心软把人接回自己家，被传染了就不好了。我直接打去宝隆医院吧，让凯瑟琳医生来一趟。"

"你有凯瑟琳医生的号码？"

"大约记得，我先试试打一下，你替聂小姐撑着伞。"王湛林看了眼躺在地上似乎昏过去的聂书涵道，然后转身冲进了雨中。

潘秉盛无奈地给聂书涵撑着伞，但就怕传染，他离她隔了蛮远的一段距离，只把伞遮在她的头上，而自己宁愿被雨淋湿，也不愿再靠近她一分。

聂书涵躺在地上，虽眼闭着，可方才王湛林他们所说的话她都听到了，她的身上很烫，可是她的心却冷到了极点。

先前与王湛林接触过几次，她不是看不出来他对她没有意思，也不是看不出来王湛林对席锦书的在意，可是她没有想到，她如今这副模样了，王湛林还能说出这么冷酷的话来。

他刚要自己送她去医院，他都不怕自己被传染，竟然怕席锦书被传染。

这话里的意思太明显不过了，聂书涵躺在地上呜咽几声，转头看向站在马路对面电话亭里说话的清俊男人，顿时心如死灰。

未等潘秉盛察觉，聂书涵用尽全身的力气从地上爬起来，朝反方向跑了。

"聂小姐！"潘秉盛大呼，追也不是，不追也不是，他只能朝王湛林喊："湛林，你快点儿，人跑了！"

凯瑟琳医生的电话还未接通，王湛林听到潘秉盛的喊声，发现聂书涵没了踪影，他当即心一沉，从电话亭里跑了出来，拉着潘秉盛上车去追聂书涵。

雨太大了，如瓢泼般。夜又很黑。

视线模糊，聂书涵跑进雨里，不一会儿就没了踪影。

不知道是不是雨雾挡住了视线，还是她躲了起来，王湛林跟潘秉盛驱车寻了一会，也没再见着她。无奈之下，他们只好先去通知聂廷宇。

聂书涵躲在街边的垃圾筐里，目光涣散地看着他们渐渐远去的车子，泪流满面。

对于王湛林的离开，她不知道该感到庆幸还是悲哀。

原本，她想着他就算心里没有她，两个人也可以当个朋友。可是如今，她最狼狈不堪的一面他都见着了，他怕是永远不会看上她了。

是啊，本来就是她在妄想，她在强求。堂堂王家小少爷怎会看上她这样出身的女孩！就算她是聂家的养女，可养女终究不是亲生的，若是亲生的，出这种事，得了这种病，就算被传染，也舍不得将她送走的。

从篮子里爬了出来，聂书涵失魂落魄地在雨中走着，身上烫得如火烧，心却越来越冷，她流着泪，绝望地走着，到最后连眼泪都流不出来。

什么时候倒下去的，聂书涵自己也不知道，她只记得昏迷前，有车灯照在了她的身上，一个男人一手拄着拐杖一手打着伞朝她走了过来。

他戴着一副眼镜，俯下身来，问她："聂小姐，需要帮忙吗？"

聂书涵无力地看着他，没有拒绝。

他没有像避瘟神般躲开她，这一点竟然让她感到些许安慰，哪怕这个男人害了她。

她管不了那么多了，这时候只要谁来救救她，都好。

死过一次的人对生反而有了更深的渴望。

别苑外，王湛林与潘秉盛将车停下。

王湛林下车敲门，福妈出来了。

认出是王五少，福妈有点惊讶，要去喊席锦书，王湛林拦住她，只问道："聂先生在吗？"

"聂先生出去找聂小姐了，说是她从医院跑出来了。"福妈回他。

聂莛宇已经知道了？

王湛林顿了下，但还是跟福妈说了一声在街上碰到聂书涵，但她又跑了的事，并将她跑掉的位置大致说了一下，让她回头转告聂莛宇一声。

说完，怕打扰席锦书，王湛林跟福妈道完别，直接与潘秉盛离开了。

百乐门附近的街角处停着一辆蓝色小汽车，一看就是娇小姐喜欢的颜色。

张苑茗坐在车内，一脸担忧地盯着百乐门舞厅的门。

今天大暴雨，百乐门的生意不怎么好，来的客人稀稀落落的没有几个，但李璨恒一直没有出来。

这几日李璨恒一直没回过家，张苑茗知道他的脾气，她要过问太多，他会更厌烦她。可是作为他的太太，她又觉得自己理当知道他在干些什么。先前她去百乐门跟赌坊问过那里的人，李璨恒是不是留下过夜了，那些人都说没有。

男人晚上不回家，他能去哪儿呢？

张苑茗隐约感到不对劲，她本想找席锦书请教下，可又想席锦书近来心情定也不好，她又不是小姑娘了，不能一有事就去麻烦书姐。可这种事，她也不能跟娘家人说，不然她和李璨恒的关系会更僵。

之前张成广带着张苑茗来舞厅闹的那次，李璨恒虽说跟他们回家了，可之后对张苑茗的态度可谓是冷到了极点。若非他后来被炸弹炸伤，毁了容，她一直对他不离不弃，细心照顾他，他估计连话都不会跟她说。

李璨恒虽然毁容了，可张苑茗不在乎，她看中的本来就不是他的脸，她想只要他能对她好点儿，心里有点儿她的位置，她就满足了。可现在，好不过两三天，他又不把她这个妻子放在眼里了。

一直等到了晚上十点多，就连司机也有些困了，李璨恒的身影才出现在百乐门门口。

今晚生意冷清，他比往日早些离开了舞厅。

见他驱车离开，张苑茗立刻拍醒快要睡着的司机，让他跟上李璨恒的车。

这换以前，李璨恒未必发现不了张苑茗的车跟着他。他一直是个心思细腻的人，她的车颜色又打眼。可今晚雨太大了，前面五米的距离都看不清，别说车子的颜色了。就连张苑茗也只能模糊地看到李璨恒的车尾灯。

一路跟着转了几条街，最后李璨恒的车停在一栋小洋楼前。

张苑茗看了下附近的路标，这是李璨恒跟她结婚时买的别苑，本来是说婚后她要住的话给她住。可张苑茗习惯了跟李璨恒父母住在李公馆，这栋楼便一直空着，没有人住。

好端端的，李璨恒为什么要来这里？

难道⋯⋯

女人的第六感一向是准的，张苑茗的心一下子沉了下来，她让司机将车停下，自己偷偷跟着李璨恒进了别苑。

她没这里的钥匙，所以只能跟他跟到院中，被关在门外再也进不去了。

雨水浇在她的身上，她下车急，忘记了拿伞。

李璨恒已经进了屋子，上了楼，二楼的卧室内灯亮着。

张苑茗抬头朝那屋子望去，果然屋内的窗户上映着两个人影，一个是她丈夫的，另一个是个女人。

女人那头卷发很清楚地映在窗户上。

张苑茗忽然感到一阵窒息。

那女人不知道跟李璨恒在吵什么，两人的身子缠在一起，你推我搡的，可在张苑茗看来就像是在打情骂俏。

虽然嫁了人，可她的心性还是个小姑娘，受不了这种委屈，当即眼眶一热，哭着跑出院子，上了车，催促司机离开。

今夜的雨越下越大，完全没有要停歇的意思。

聂莚宇出去后一夜未归，席锦书躺在床上一夜未眠。雨像打在她的心上，她的心一直悬着，怎么也放松不下来。

冥冥之中，席锦书有一种不好的预感。

第十七章

历史会记得

【1】

聂莛宇找了聂书涵两天，周垚玉才派人告诉他聂书涵在周公馆养病。

说是她在逃出医院的路上晕倒了，周垚玉正好碰见，作为医生的他做不到像聂公馆那些人一样见死不救，所以就将她带了回去。看聂莛宇找人找得急，就通知聂莛宇一声，说人在他那儿。

聂莛宇心里清楚聂书涵被害成这样都是周垚玉一手造成的，如今他将书涵留在周公馆，定不安好心。聂莛宇当下就带人去了周公馆要接聂书涵。

周公馆门前挂着白灯笼，家里发生惨事的氛围还未过去，用人们又请了一拨。

看到聂莛宇上门，周垚玉坐在客厅里，一脸微笑地迎接了他。

聂莛宇纵使心中不快，但现在不是跟周垚玉撕破脸的时候，遂也同样摆出副笑脸，做戏道："周少爷，你救了我妹妹，我很是感激。但我妹妹得了流感，为了不连累你，我还是接她回去吧。"

"聂小姐在休息，那天我在街上碰见她，本想将她送到你那儿，但她不愿意，只好将她先带回了这儿。现在她愿不愿意跟你走我也不确定，要不聂先生你自己上楼去问问她？"周垚玉笑着说道，眼里带着戏谑。

跟聂莛宇一道过来的阿炳听着心头冒火，但又没法发脾气。

这聂小姐病情极为严重，聂先生都没做防护措施，就算戴着口罩，也难保不被传染。要是以前，聂莛宇冒个险也无事，可现在不同，阿炳从福妈那听说席锦书有了身孕，顾及孩子，聂莛宇会格外小心。

周垚玉这般说，无非是在存心刁难聂莛宇罢了。

聂莛宇沉默了会儿，最终还是从口袋里拿了个口罩，直接上了二楼。

他人都来了，周家哪怕是龙潭虎穴，他也是要闯的。

原本他就打算接书涵回去后，跟她一起隔离，与席锦书分开一阵子，待书涵病好再回家的。流感病毒虽可怕，但也不是人人都会感染的，他相信自己的身体素质，同样也相信凯瑟琳医生他们的医术。

周垚玉见他决然地上楼，愣了一下，然后笑着朝聂莛宇指了指聂书涵的房门。

聂莛宇走过去，伸手敲门，道："书涵，是我，你醒着吗？三哥来接你回去。"

里头没有声音，聂莛宇恐她病得厉害，无法出声，心急地又敲了两下。

屋内传来窸窸窣窣的声响，不一会儿，房门被拉开，聂书涵同样戴着口罩出现在门口，冷淡地叫了聂莛宇一声："三哥。"

聂莛宇惊愕地看着她，不说其他的，就聂书涵的气色明显比她在聂公馆时好了许多，人也精神了许多。

"你身体还好吗？能跟我走吗？还是三哥抱你下楼？"聂莛宇问她。

聂书涵眼眶一热，红着眼望着他，往后退了几步，抗拒道："三哥你走吧，我在这里挺好的，周少爷是医生，给我打了针，我身子好多了。你既然把我送走了，就别管我了。我本就是个苦命人，回去也没有家，你就让我自生自灭好了，你走吧。"

"谁说你没有家了？书涵，之前三哥送你去医院不是嫌弃你，是为了你好，在家里得不到好的治疗，凯瑟琳医生有治疗这病的经验。你要不愿待医院没关系，三哥给你重新置办个宅子，我来照顾你。等你病好了，想留在上海，有三哥在，没人敢说你什么。你听话，三哥抱你走。"说罢，聂莛宇就要弯腰抱聂书涵。

聂书涵突然往后猛退几步，手里拿出一把水果刀，指着聂莛宇，声嘶力竭地哭吼："你不要过来，我说不回去就不回去。我不是你亲妹妹，你现在话说得好听，等我真回去了，谁知道会发生什么。三哥，你难道还不明白吗？我变成这样，都是因为你啊！你要不把周家害成这样，我会有今天吗？从小到大，你做事只想到自己，从来不考虑旁人怎么想。我说得好听点儿是聂家小姐，实际上就是个听话的用人，不然怎会我一得病，你们就都不要我了？"

聂莛宇一脸震惊地望着她，片刻，他眼神狠厉地朝楼下看戏的周垚玉瞪了过去，厉声道："周垚玉，你对书涵到底都说了些什么？"

周垚玉无辜地摊手道："聂先生这说的是什么话？抛弃聂小姐的是聂家，把她当用人使唤的也是你们聂家，如今她怨你，跟我又有什么关系？"

"够了，周垚玉，到底谁把书涵害成这样的，你心里有数！是不是非要我让李探长把你的人带过来，你才承认是你让人绑的书涵？"聂莛宇怒气冲冲地朝周垚玉喝道。

周垚玉不以为意地一笑："是我又怎样？聂小姐也知道是我，她不是依旧求我救她吗？怎么，聂莛宇你觉得很愤怒？很恨我？既然这样，我们把账摊开算算，我们周家十几口人的性命，哪个不比聂小姐无辜？哪个又是十恶不赦了？我又该恨谁？你跟沈妍筠算计我的时候，有没有想过'冤有头，债有主'这句话？"

聂莛宇眼眸微眯地望着他，没有接他的话。

他要接了，就等于承认他跟沈妍筠他们有关联了。谁知道这周公馆背后是否还藏着其他人，他不能暴露自己。

"我听不懂周先生的话，周家遭祸，我很遗憾，但杀人的是石原正信，周先生要算账该找他算，而不是找我。今日我来是带书涵走的，你派人绑书涵在先，这事你想赖也赖不了。"

"哦？那聂先生打算拿我怎么办？"周垚玉皮笑肉不笑地说道。

他刚说完，巡捕房的李红星探长领着捕快冲进了周公馆，朝周垚玉道："周先生，我们有证据证明你派人绑架了聂小姐，杀害了聂公馆的用人，我需要你跟我回巡捕房一趟。"

"是吗？什么证据？"周垚玉冷笑道。

李红星命人将人带了上来，正是周垚玉花钱雇来绑走聂书涵的人。

那人看到周垚玉，便低下了头。

周垚玉轻笑一声，拿起茶杯继续喝茶："李探长跟聂先生口口声声说我绑架了聂小姐，既然人证在，聂小姐也在，那不妨让聂小姐自己说说我有没有人派人绑她？"

周垚玉突然将话头扔给了聂书涵。

聂莛宇皱眉，刚想阻止，聂书涵已然从房间内走了出来，站在聂莛宇的身旁，面无表情地说："李探长您误会了，周少爷的确派人接了我，但没有绑我。是我自愿跟他走的，他的人也没有杀司机，凶手是谁你们还得另查。周先生没有伤害我，所以你们不要抓他。"

"这……"李红星顿住。

聂莛宇皱着眉头问聂书涵："书涵，你知道你在说什么吗？"

聂书涵回头看他，凛然道："我知道，是三哥你们弄错了，我是自愿跟周先生的人走的，

440

因为我仰慕他，他没有伤害我。我没有被玷污，我得病也只是寻常感冒，有周先生救治，我病已经好了很多了。"

聂廷宇听着聂书涵胡说八道，沉默了。

"既然当事人聂小姐都证明我的无辜了，李探长你还要抓我回巡捕房吗？"周垚玉微笑着问李红星。

李红星朝楼上的聂廷宇看了一眼。

聂廷宇对他摇了摇头，冷下脸来看向聂书涵，再度问道："书涵，你真不打算跟三哥走？"

聂书涵转身走回房间，背对着他道："三哥，走好。"

聂廷宇眉头皱得更紧了，但终究无可奈何。

"聂小姐身子还未好，需要好好休息，若聂先生跟李探长没其他事，那我就不送你们了。"周垚玉下了逐客令。

聂廷宇攥紧拳头下了楼，一声不吭地带着阿炳离开了周公馆。

李红星也跟着他一道撤离。

从周公馆出来后，李红星追上了聂廷宇，无奈道："聂先生，这聂小姐的事恕我无能为力，她都这么说了，我也没办法抓人。"

聂廷宇理解地点头："没事。今天麻烦李探长白跑一趟了，一会儿我请你跟兄弟们吃饭。"

"这是我应该做的，饭就不吃了，我们还有案子要处理，就不打扰聂先生了。"李红星拒绝道。

聂廷宇没有强求，看着他们离开后，他跟阿炳回到了自己的车上。

"聂先生，我们这会儿去哪里？"

"去凯瑟琳医生那儿，我先去消个毒。"聂廷宇疲惫地说。

阿炳知道他此刻定是心情不好，也不敢再多问。

聂书涵铁了心要留在周垚玉那儿，聂廷宇暂时没法动周垚玉了。

沈妍筠失踪后，他在上海成了只孤雁，他还未正式入党，因此也未有新的人过来接应他。

他答应过沈妍筠会帮她摧毁仓永朝一的病毒计划，现今当务之急是找到仓永朝一在上海的秘密研究场所，救出其他被关押的流浪汉，以防病毒再度扩散，聂书涵的事只能先放一下了。

聂廷宇头疼地闭上眼睛，靠在椅背上，许久都没再说话。

几日过去，李璨恒依旧夜夜不归家，张苑茗终于忍无可忍，趁李璨恒晚上去百乐门上班，带着司机再度来到别苑，直接拿李父给的钥匙开门，去找那个被李璨恒养着的女人。

她气势汹汹地来到二楼的卧室，打开门，刚要骂，结果看到那人的脸时，她震惊得张大了嘴。

"你……你怎么在这儿？你不是去英国了吗？"张苑茗一脸惊愕地问沈妍筠道。

沈妍筠被绑在床上，她的嘴里塞着布团，脸比上次张苑茗见她还要憔悴消瘦。她的身上只穿着件睡衣，裸露的胸口与小腿上能看到许多瘀青。

张苑茗都不敢相信这人是沈妍筠，她简直被折磨得都快不成人形了。

李璨恒不是很爱沈妍筠的吗？他怎么会这么对待她？

见到张苑茗，沈妍筠先是愣了下，然后很快打起精神，朝她呜呜说着什么。

张苑茗明白这是她想要说话，她心里乱得很，但又顾不得其他，上前给沈妍筠拿走布团，暂时没给她松绑。

未等张苑茗摆出正宫的架势发问，沈妍筠已经急切地说道："李太太，求你帮我一个忙，放我出去，我有急事需要找聂先生。"

"你竟然还要找聂先生！"张苑茗听得气急，当即骂道，"你这女人好不要脸啊！你都跟外国人走了，竟然还敢回来，还要找聂先生！聂先生现在跟我书姐好好的，你又去找他做什么？"

沈妍筠知道张苑茗是误会了。

她看了眼张苑茗身后跟着的司机，犹豫了会儿，但最终还是豁了出去，做好了牺牲的准备，跟张苑茗坦白道："李太太，我交际花的身份是假的，我真正的身份是共产党在上海的情报员。现在上海正面临一场劫难，仓永朝一在上海投放流感病毒，试图用病毒毁掉上海，聂先生是为了掩护我的身份，才一直与我做戏。如今我失踪，他在上海孤立无援，我必须出去，联系我的上级，通过他们的帮忙，找到仓永朝一在上海的秘密研究所，在流感病毒彻底暴发之前，粉碎仓永朝一的计划。"

张苑茗原本以为沈妍筠会为自己狡辩，但没想到这个女人会告诉她这么令人震惊的事。她一时有些难以消化，但她毕竟是个接受过西式教育的女子，知道流感病毒是个多么可怕的东西。

先前席家的店铺附近被人蓄意投放流感病人，她有耳闻，可没想到真相竟是这样。

张苑茗能跟席锦书处得好，是因为两个人骨子里是相似的。张苑茗外表看似是个单纯

442

活泼的小姑娘，可内心也很嫉恶如仇。

她仔细地将沈妍筠说的话想了想，觉得她应该是没有骗自己。如果沈妍筠是个真正的舞女，她怎么知晓这么大的事？她能说出这番话来，想必不是假的。

"李太太？求求你帮帮我！"沈妍筠再度请求道。

张苑茗狠下心来，伸手给她松绑。

手脚被松绑后，沈妍筠急忙下床，谁知脚刚落地，她就腿软地摔在地上。李璨恒怕她跑，在她的食物里下了药，她身上一点儿力气都没有。

张苑茗见状，赶忙朝身后的司机示意，让他将沈妍筠抱起来。

"金哥是我们张家自己的司机，跟了我爹很多年，你放心，靠得住的。沈小姐你要去哪里，我送你过去！"

沈妍筠感激地朝她点点头，让张苑茗送她去老谭妻子曾开的那家西饼店。

在西饼店的地下室里有部无线电，她可以用来给组织那边发电报。

李璨恒关她时，每天回来都会跟她讲最近上海的动态，他讲的最多的就是聂莛宇。从李璨恒口中，沈妍筠猜到聂莛宇还未找到关流浪汉的地点，他应该也是处于束手无策的状态。

所以，她必须逃出来，哪怕是暴露自己，也要竭尽所能地阻止仓永朝一的计划。

他们有个同志一直潜伏在敌人队伍里，代号雷雨。不到万不得已，他们不能动用雷雨，因为一旦动用，雷雨就将面临被暴露的危险。而现在，就是不得不动用雷雨的紧急关头了。

她这次逃出来，李璨恒绝不会放过她，而她也已经做好了赴死的准备。

到了西饼店，沈妍筠找到了那台无线电，给雷雨发了密报。

等待对方回复消息的这一个小时，对沈妍筠来说，仿若一生那么漫长。

雷雨终于来电，传达给沈妍筠一个重大消息，正是仓永朝一的秘密研究基地的地址。

沈妍筠激动地快速将地址记下，收好无线电，出去找等她的张苑茗他们。结果她刚从地下室出来，就看到了金哥的尸体。

张苑茗浑身颤抖地趴在地上，满眼含泪，她的身旁站着一脸阴鸷的李璨恒。

沈妍筠一个激灵，她知道，她的路走到头了。

"过来。"李璨恒用他最后一点儿耐心朝她招了招手。

沈妍筠慢慢地朝他走去。

经过张苑茗的身边时，沈妍筠俯身将她扶了起来，偷偷在她的手里塞了个字条，然后继续向李璨恒走去。

"我不是说过，你若跑了，我就把你跟聂莛宇的事都抖出去，你们谁也别想活吗？你怎么还敢跑！"李璨恒手里握着把枪，指着沈妍筠道。

沈妍筠凄然地朝他一笑，柔声叫了下他的名字："璨恒。"

李璨恒微愣了下，说时迟那时快，一把刀快速地从沈妍筠的手中飞出，直中李璨恒的心脏，而同一时间，枪声响起，一粒子弹射进了她的胸膛。

张苑茗还未来得及反应过来，这两人一同朝地上摔了下去。原本杀死金哥的那把水果刀，如今握在沈妍筠的手里。

鲜血不断地从李璨恒跟沈妍筠身上涌了出来。

张苑茗吓得一直在发抖，一句话都说不出来。

"妍筠，你果真对我一直很……很狠……"李璨恒拼命地抓着沈妍筠的手，吃力地说完最后一句话，然后闭上了眼睛。

子弹贯穿沈妍筠的胸膛，枪声很快就会引来人。

沈妍筠借着最后一口气，朝六神无主的张苑茗道："有人要来了……张小姐……你快去把字条……交给……聂先生……不要让别人发现。"

"谢谢你……"说完最后三个字，沈妍筠捂着胸口的手无力地垂了下去，她双眼睁着，脸上带着笑容，断了气。

张苑茗颤抖着从地上爬起，努力平复了情绪，手中紧紧攥着沈妍筠给的字条。良久，她将字条塞进胸口，含着泪跑出西饼店，冲进了滂沱的大雨中。

【2】

巡捕房的人听到枪声，冲进了西饼店。

张苑茗躲在街角不敢上前，她知道她不能立刻就去找聂莛宇，李红星他们很快就会来家里通知她李璨恒身亡的消息，为了避免人怀疑，她得先回到家里去。

想了下，她沉下心来，开着车，朝她所居住的公馆驶去。

翌日，一大早聂莛宇就接到了李家的电话，通知他李璨恒死了，一道死了的还有本该去英国的沈妍筠。

聂莛宇与李璨恒是至交，李璨恒死了，李家自然是要通知他的。

隐约猜到了些什么，聂莛宇匆匆换好衣服，跟席锦书商量完，他先去李公馆查探情况，接待他的是李太太张苑茗。

席锦书照旧去银行上班，李家今天开始办丧事，吊丧的客人都是晚上去吃的宴席，她打算下班后再去，届时聂莲宇会来接她。

屋外雨势滂沱，夹带着电闪雷鸣。街道上看不到一个人影，偶有几辆车疾驰而过，经过处水花四溅。

上午席锦书一直待在自己的办公室里没有出门。

忙到中午，吃过午饭，她躺在沙发里想小憩一会儿，耳边是雨点打在窗户上的声音，她听着心里慌慌的，闭上眼，想睡，可就是睡不着，脑子里一直在想李公馆的事。

聂莲宇说李璨恒与沈妍筠的尸体被发现在西饼店，一同死掉的还有李家的司机。

三个人是怎么死的，谁也不得而知。

沈妍筠为什么会跟李璨恒在一起，更无人知晓。

但席锦书预感到危险正朝他们袭来。沈妍筠死了，她背上的枪伤很快就会暴露，若陈贺军知道这事，确定了沈妍筠地下党的身份，聂莲宇就明显有通共嫌疑，这一次不知道该怎么糊弄过去。

想到这，席锦书顿时睡意全无，她猛地从沙发里坐起来，试图继续工作，转移自己的注意力。

看来只能等今晚聂莲宇回来，问问他到底什么情况，两人再做打算了。

不知不觉又工作到了下午两点，墙上的时钟"咚"的一声，准点响了一下。席锦书被吓了一跳，觉得自己越发沉不住气了。

她刚想叫秘书进来给她沏壶热茶压压惊，门外忽然传来脚步声。

秘书推开门，领着周垚玉走了进来，道："席小姐，周先生说有事找你。"

周垚玉拄着拐杖站在门口，面带微笑地看着席锦书。他的脸像被浆水染过了一样，惨白异常。外面在下大暴雨，即使是打伞，他下车时明显是淋了些雨，此刻黑色的西装上湿了一大片。

他原本就瘦，又经历了此番折磨，如今更瘦了。

剪裁精细的西装穿在他的身上，又大了一大圈。

从席锦书的视线远远望去，他仿佛是个鬼，露着森森的牙，朝她笑着。

席锦书打了个寒战，回过神来，从椅子里站起来，起身招呼道："垚玉，你怎么来了？"

"找你自然是有事要谈。"周垚玉淡淡地笑着，突然忍不住捂着嘴咳了几声。

席锦书让他进屋，秘书退了出去，给他们合上了门。

周垚玉坐到沙发上，席锦书站在一旁看着他瘦得只剩皮包骨的双手，内心一阵感慨。

昔日好友，再度相见，竟然有种恍如隔世的感觉。

暗自叹了口气，席锦书抬眼对上了周垚玉那双阴恻恻的眼，内心的那种不适感又加深了。

转身走，坐回到椅子里，她毫不避讳地说道："听说你被放出来了，我本想去看看你，但你一直在日本武士馆养病，席家这阵子店铺又出了大麻烦，我自顾不暇，所以没能过来，对于周家发生的事，抱歉，垚玉，我没能出上什么力。"

周垚玉听着，摇摇头，微笑道："都过去了，锦书，我们之间没什么好说抱歉的。石原拿我逼迫你，本就是他在异想天开，就算你愿救我，我也不忍你因我一个将死之人陷入险境。不过今日我来找你，的确也跟周家的事有关。石原死了，可周家的仇还未报，今日来找你，也不是来听你说抱歉的。有些事，发生了我总要寻个说法的，我不怪你，不代表我不怪其他人。周家的血债，总得要人偿还的，你说是吗？"

席锦书假装没听懂他的意思。

周垚玉继续道："我来是想告诉你聂莛宇的真实身份，他是个地下党，他一直在利用你。不仅他，还有那个沈妍筠也是个地下党，他们先前在一起让你蒙羞，不过是为了掩饰身份，借机刺杀石原。我们周家人被杀，也是因为他们把同伙安插在周公馆，想要嫁祸于我。不过现在沈妍筠死了，一个小时前，她的尸体被陈贺军带走了，一旦证明沈妍筠共产党的身份，那聂莛宇就赖不掉了！锦书，你就在这儿陪我等着，相信陈贺军很快就能把聂莛宇的面具给撕下来！"

"垚玉，你在胡说八道什么，我都听不懂。"

听说沈妍筠的尸体被带走了，席锦书的心很乱，但她还是强装镇定地对周垚玉道："垚玉，我知你心里恨，可周公馆出事跟莛宇一点儿关系都没有，你就算要报仇，也该找日本人，你为难莛宇做什么？今日你不来，我也是要去找你的，你老实告诉我，书涵被绑是不是你授意的？之前有人见你带走了不少流浪汉，书涵又被得了流感的流浪汉玷污得了病，传染给了整个聂家，这一切是不是跟你有关？你回答我！"

"是！是我做的，那都是因为聂莛宇！是聂家咎由自取！"周垚玉激动地从沙发里站了起来，身形晃了晃，红着眼嘶吼道。

"够了！垚玉！"席锦书愤怒地喝住他，看着他的眼神失望至极。

"起初我也只是怀疑，没想到竟是真的。现今暴发的流感，果真是你跟仓永朝一一起搞出来的！垚玉，你糊涂啊！那些流浪汉虽没有家，可都是活人啊！你让好好的人生了病，你这是在残害生命啊！书涵又何其无辜，你这般害她！你嘴上说我们是朋友，为我好，可你知道这次流感多少席家人被传染了？仓永朝一没有告诉你，那些携带病毒的流浪汉都被投放在了席家店铺附近了吗？你这么聪明的人，就从没想过仓永朝一到底为什么要做病毒研究吗？他是为了逼我就范，逼我们上海不战而降！"

"不，不是的，我们是为了医学发展。就像医学上有解剖一样，人们解剖青蛙兔子，也是在杀生，可谁站出来说他们是错的？我们做病毒研究，是因为流感曾经害死了许多人，为了防止此类灾难再发生，我们才需要活人实验，研究抗病毒的疫苗。那些流浪汉每年冻死饿死的有许多，就算我不拿他们做研究，他们也活不下去。仓永先生是著名的医学家，他帮助了许多人，还救了我的命。我的病所有医生都说治不好，在英国我就要死了，可你看我，我不仅活得好好的，还比以前健康。这就是医学的伟大，医学是无止境的。锦书你不是医生，你不懂这些我不怪你，但是你放心，等我们疫苗一研究出来，我可以保所有人都没事，我已经给聂书涵用过解毒疫苗了，疗效很好。"因为激动，周垚玉一边咳嗽一边说道。

"你那都是歪理！"席锦书暴喝道。

看着疯魔的周垚玉，她感到可怕，摇了摇头，漠然道："垚玉，你别再执迷不悟了！周公馆出事后，李探长从你床头搜出来不少吗啡。仓永朝一哪里是治好了你的病，他只不过是用吗啡吊着你的命。其实你心里比谁都清楚，你的病无药可救！拿活人做研究，那是要遭天谴的。而周公馆的灾难就是你的报应！你不跟仓永朝一狼狈为奸，那个女共产党芍药就不会潜伏在周公馆刺探消息，周公馆也不会受此拖累。所以周公馆出事是你一手导致的，跟沈妍筠、聂莛宇没有一点儿关系！"

席锦书句句如刀刃，凌迟着周垚玉。

周垚玉眼神惶恐地看着她，不愿承认她说的事实，他突然像疯了一样，不知道哪里来的力气，扑向席锦书，扼住了她的喉咙。

他的手冷得像腊月的冰。

席锦书被他扼着喉咙，没法再说话，一股窒息感袭来，但她还是目光强硬地注视着他，没有丝毫胆怯。

她了解周垚玉，他不会杀她。

而周垚玉也了解席锦书，这个女子看似瘦弱，但她一身傲骨，难以屈服。

喉间一阵腥甜，周垚玉突然猛咳起来，一股鲜血从他的口中喷出，他无力地松开了钳住席锦书的手，痛苦地捂着胸口一顿咳，鲜血滴滴喷射在大理石地板上。

"吗啡对人的身体伤害极大，你已经是强弩之末了。原本你好好养，或许还可以活得更久一些。"席锦书没有像过去一样上前查探他的病情，只是一脸冷漠地站在原地，看着他说道。

周垚玉咳了许久，几乎要将整个肺都咳出来，才停了下来。

他吃力地直起身子，脸色苍白，嘴角带血，看着席锦书，突然自嘲地笑了起来，手指从西服口袋里掏出一张照片，扔在席锦书的面前，声音微喘道："话我都已经说尽了，你还是选择相信聂莛宇，那我也没办法。锦书，你可以对我如此绝情，但我做不到。我就算死，也不会让聂莛宇好过。我知你脾气倔，所以你以为我会什么都不准备的吗？"

"你什么意思？"席锦书微诧道，弯下身，去捡地上的照片。

照片上，聂书涵牵着席世恩的手，正从席世恩的学校里走出来。

像被针刺了一下，席锦书当即目光凌厉地瞪向周垚玉，质问道："你把世恩怎么了？"

"你放心，我只是让聂小姐去接他放学！还有，聂小姐的流感已经好了，你不用担心世恩与她接触被传染。"周垚玉微咳道。

席锦书捏紧手中的照片，眯着眼问他："你到底想怎样？"

"跟聂莛宇离婚，他是生是死，不要再管他。只要你答应，等仓永君的计划完成，他会保你一世平安，席家会如你所愿，成为上海滩最大的家族。"

"你们可真会逼我！"席锦书冷笑，面无表情地走向周垚玉，"我问你，世恩在哪里？"

周垚玉笑而不答。

"你把他交给仓永朝一了？"席锦书继续问。

周垚玉默认了。

席锦书握紧拳头，一股寒意从她的脚底直接贯穿到了全身，她一阵眩晕，勉强站住，眼神发狠地看着周垚玉，眼里再也看不到一丝情意："垚玉，我们认识这么多年，我以为你最了解我，原来你还是不懂我。世恩是我的底线，你跟仓永朝一都不该碰。"

说完，席锦书没再理会周垚玉，急匆匆地走出办公室，喊了行内的司机过来。

她坐车离开了汇丰银行，路上经过电话亭，她打了一个电话。

日本武士馆内，十几个日本武士围在池塘边，仓永朝一脸色铁青地站在最前面，看着一具孩童的尸体被人从池塘里捞了出来。

气氛非常压抑，仓永朝一脊背狠狠地颤抖几下，下一秒，他手中的枪直接朝着周围的人一顿扫射。

几个日本武士都齐刷刷地被他击毙在地。

参谋长站在一旁，安抚道："仓永将军，孩子的死是意外。他一直被关在房间里，我们的人也都在门口守着，一刻都没有松懈。是他自己半夜爬后窗跑了出来，不慎掉进了池塘。就死了个孩子而已，你怕那席锦书做什么？她不过就是个女商人，能做什么。就算没有她的经济支撑，我们照样可以侵占上海。"

仓永朝一慢慢恢复冷静，闭上眼睛，摇摇头："她虽是个女人，可她的经济价值抵得上好几座城。罢了，事已至此，她与我们合作再无可能，再好的棋子，不能为我所用，只能放弃。"

刚说完，一个日本武士匆匆走进了院中，朝仓永朝一报告道："将军，席小姐来了。"

仓永朝一猛地睁开眼，目光如利刃，嘴里吐出来几个字："拦住她。"

【3】

雨水打在车窗上，窗户模糊一片。日本武士馆的大门紧闭着，席锦书脸色铁青地坐在车内。

司机撑着伞，从日本武士馆内走了回来，站在车窗前对她说道："席老板，里面的人说仓永将军不在，让我们改日再来。"

席锦书的脸更冷了些，垂在腿上的双手不由得攥紧，她抬头看了眼淋得湿漉漉的司机："你先上车吧，我们在车上再等会儿。"

司机合上雨伞上了车。

席锦书的车就停在马路边，约莫又等了半个多钟头，日本武士馆那边也不见有人进出。

雨太大了，一阵风刮过，雨水直倒。

看门的人索性把大门给关了。

席锦书不相信仓永朝一不在里面，他定是有意不见她。可这毕竟是日本人的地盘，她来的时候匆忙，就带了司机一人，没法硬闯。

暗自叹了口气，席锦书耐着性子继续等了一会儿，看了下手腕上的表，已经快下午两点了，她已经等了一个小时了。

来之前她给李公馆打了电话，让他们转告聂莛宇今晚不用来银行接她了。

她原本跟聂莛宇约好会去参加葬礼的，突然变卦，他定能猜到她这边出了事，会去银行找她，所以她也给秘书留了信，让她见到聂先生通知他到日本武士馆对面的咖啡馆等她。

可是这么久过去了，别说聂莛宇了，街上一个人影都见不着。她不知道李公馆的人有没有给聂莛宇把话带到。

席锦书眸光黯了黯，这样干等下去不是个办法。她既担心聂莛宇那边，又担心世恩在日本人那儿被吓着，思考了会，她让司机开车，去了陈贺军所在的情报处。

下午两点二十分，陈贺军正坐在办公室里盯着沈妍筠的那份尸检报告发呆。

他先前怀疑沈妍筠是刺杀石原正信的女刺客，可那会儿聂莛宇跟席锦书都保她，他没法看到沈妍筠身上是否有日本人留下的枪伤。后来石原那边又抓到了个女刺客，背上有枪伤，证明她就是逃跑的那个，沈妍筠的嫌疑算是洗清了。可直觉告诉陈贺军，沈妍筠的身份一定不简单。

而今，本该跟英国佬上了渡轮的沈妍筠却与李璨恒一同死在一家西饼店中，那西饼店的老板娘不久前刚回老家，说是家里人病了，要回去探亲。店铺外头有她贴的转让店铺的信息，可是店还没来得及转出去，她就急着走了，那家西饼店就此一直关着。

巡捕房的人听到西饼店有枪声响起时，急忙赶过去，一共发现了三具尸体，分别为的沈妍筠，还有百乐门老板李璨恒，以及李家的一个司机。

这三个人去西饼店做什么？李璨恒跟司机分别死于利刀之下，沈妍筠是中弹身亡，杀死她的那枚子弹来自李璨恒的手枪。

陈贺军暂且认为沈妍筠当初随英国人离开是个障眼法，她压根儿没有打算离开，听说这家西饼店关了，她半路下了船，回到上海，然后一直躲在店里，继续潜伏，但不料被痴迷她的李璨恒发现了行踪。李璨恒携着司机找到西饼店，发现了沈妍筠的身份。沈妍筠为此不惜杀人灭口，用西饼店的水果刀杀了李老板跟他的司机，而李老板又为自保开枪射杀了沈妍筠。

得到此结论，陈贺军很是兴奋，他激动地找巡捕房要走了沈妍筠的尸体，只要确定她背上的枪伤，他就能证实他的结论——沈妍筠是共产党，而聂莛宇也难逃通共罪名。

可是，当陈贺军真拿到沈妍筠的尸体，进行了一番检查后，陈贺军迷惑了。

沈妍筠的背上的确有伤，不仅她的背，她全身上下都是伤。有鞭子抽打的，有蜡烛油烫过的，还有烟头灼伤的。她脊背中心有块肉凹了进去，各种伤痕堆积，已经看不出原本是什么伤痕了。陈贺军无法确定那是不是子弹留下的。

而更让他崩溃的是，他们的军医从沈妍筠的身体里提取出了大量蒙汗药的成分。这种药物能使人脱力，沈妍筠若真是躲在西饼店潜伏的共产党，她不可能自己给自己注射这样的药物，而且按她死之前体内的药物成分，她连行走都吃力，怎么可能有力气杀死两个健壮的男人呢？

与其说她是女杀手，她的尸体显示出来的情状，她更像是被人囚禁了，而囚禁她的人很有可能就是李璨恒。

陈贺军找李公馆的人询问过情况，说李璨恒这段时间一直夜不归宿，他妻子张小姐也哭着说丈夫在外面有女人了，她曾跟踪过李璨恒，亲眼看见他去了别苑，透过窗户玻璃看到李璨恒跟一个女人抱在一起。她没看到脸，就气跑了。

巡捕房那边，李探长一早就带人到李璨恒的别苑搜查过，在那里确实有女人生活过的痕迹，也有李璨恒平素的换洗衣物。

关于沈妍筠跟李璨恒的死，李红星的推断跟陈贺军所想的完全不一样。

李红星认为沈妍筠不是共产党，她就是朵水性杨花的交际花，一边钓着李璨恒，一边钓着聂莛宇，两相权衡，她再度选择了聂莛宇，无奈席锦书这个正房太过强大，她见上不了位，只得识相地找个英国佬将就下，想要出国。但不料半路被怀恨在心的李璨恒绑走，囚禁在别苑里。李璨恒因为毁容，心里变得扭曲，每天都凌辱折磨沈妍筠。沈妍筠受尽屈辱，想方设法蛊惑了李璨恒的司机，逃了出去，藏在西饼店，但是被李璨恒发现。李璨恒拿刀杀了司机，要沈妍筠跟自己走。沈妍筠挣扎，两人发生了冲突，最后沈妍筠中弹身亡，李璨恒中刀而死。

李红星的推断有理有据，陈贺军也找不到证据来反驳他。仅凭陈贺军的怀疑，无法判定沈妍筠就是共产党，他也无法去抓聂莛宇。

想到这，陈贺军就很是懊恼。原本他以为可以通过这件事，让聂莛宇原形毕露，但终究还是无能为力。难道真的是他猜错了？正当陈贺军左思右想着，他的副手敲门走了进来。

"处长，聂少奶奶来了。"

"哪个聂少奶奶？"陈贺军刚说完，恨不得立刻打自己一个巴掌，还有几个聂少奶奶。

未等副手通报，席锦书已经踩着皮靴快步地走进陈贺军的办公室。

陈贺军见到她，连忙起身迎了上去，笑吟吟道："席小姐，今天这大暴雨的，您怎么来我这儿了？是又有人在您的店附近投放流感病人啦？"

席锦书没有心情跟他绕弯子，神色严肃地直接道："陈处长，我儿子被人绑了，我希望你立刻带人将我儿子带到我面前来。"

陈贺军闻言，立刻收住笑，皱着眉头问："令公子被绑架了，这事席小姐您怎么不去找巡捕房的李探长？席小姐过来找我是因为……"

陈贺军隐约猜到了绑架席锦书儿子的人并非一般人，果然，未等他说完，席锦书便急急地打断他的话道："周垚玉将世恩交给了仓永朝一。关于日本人对我的企图，我想陈处长应该很清楚，他们带走我儿子，无非是想逼我就范。我席锦书在上海滩不过就是个弱女子，

451

靠做点儿生意站稳脚跟，但如果谁要逼我的话，我也不会坐以待毙。我今天来，只问陈处长一句话，你能不能把我儿子带回来？"

"您是说仓永将军带走了令公子。"陈贺军道。

"是。"

席锦书一贯冷静从容，陈贺军也是头一次见她这般激动，他瞬间感到了事态的严重性。虽然席锦书没有言明，他也很清楚仓永朝一在对席锦书打着什么样的算盘。

各方势力都如此看重席锦书，不仅仅是因为她是上海第一银行的经理，掌控着整个上海滩的经济命脉，更在于她背后的席家这数十年来累积的庞大人脉。只要席锦书不倒，席家就不会倒，那么席家所能提供的钱财就是用之不尽的。说简单点儿，席家就是个小银行，而席锦书就是那个银行行长。席锦书在国外主修经济学，入学第二年就拿了好几个奖。当初汇丰银行能聘请她这一个年轻姑娘做经理，才不是因为她父亲，而是因为她本身的能力在那儿。

没有谁愿意与钱过不去，所以这也是为什么日本人和陈贺军都会捧着席锦书。

而今仓永朝一竟然带走了席锦书的儿子，显然是前线战事吃紧，他们急于拉拢席锦书，见软的不行，只好来硬的了。

陈贺军明白其中的利害关系，他也明白席锦书这会儿能来找自己，说明她现在还是更愿意亲近他们这一方的，因而他当即向席锦书保证道："放心吧，席小姐，您先回家等消息，我这就召集人去仓永将军那儿给您接人。"

虽然陈贺军这人极其看重利益，但席锦书不得不说，越是这样的人，只要给他足够的利益，他越能给自己卖命。

有了陈贺军这句话，席锦书悬着的心稍稍放下了些，她深深地看着陈贺军道："只要陈处长将我儿子完好无损地带回来，我必有重谢。"

陈贺军了然地朝席锦书点了点头。

该说的话都已经说完，席锦书离开了陈贺军的办公室，按陈贺军的意思回去等消息。

【4】

席锦书直接回到了别苑，没有再去银行。

席世恩对她来说太重要了，仓永朝一的企图她是知道的，她不敢保证若她不妥协，仓永朝一会不会伤害世恩。

世恩还是个小孩子，万一说错了什么，得罪了仓永朝一，她无法想象后果……

此刻席锦书的心乱作一团，根本无心工作，可她脸上还是得保持着镇定，等着陈贺军将世恩送还给她。

席锦书又给李公馆打了电话，是那头的用人接的。

席锦书询问她："聂先生在吗？"

对方答："还在，聂先生在帮忙置办丧事用品。"

席锦书眉头微皱，道："我先前让你们传达的话，你们传达给聂先生了吗？"

对方停顿了会儿，很是抱歉地回道："对不起，聂少奶奶，今天我们大家都太忙了，我忘记转达了，我这就去找聂先生，帮您跟他说一声。"

果然……还没传到话，怪不得聂莛宇没出现。

席锦书叹了口气，拦住了用人："先不急，到了饭点，你见着聂先生，你让他直接到别苑接我，不用去银行了。"

席锦书算了下时间，丧事晚宴一般五六点开始，今日是第一天，又恰逢大雨天，丧礼还在准备中，客人去得少，晚宴估计会延迟一些，可能会六七点开宴。现在是下午三点，距离开宴还有三四个小时，不知道陈贺军能不能把世恩给她带回来。

席锦书坐在家中的大厅里，一边等着席世恩回家，一边思考着以后的路该怎么走。

时间一分一秒地过去，福妈陪着她一同等着。屋子里很安静，只有她们两个女人，谁也没有说话，只有时钟发出滴答滴答的声响。

时间过得很慢，每一分每一秒，对席锦书来说，都是煎熬。

随着时间的流逝，她内心的不安感再次涌了上来。

席锦书不习惯这样的感觉，这种失控的感觉让她接近崩溃。

她从未有过这样的感觉，她也不知自己怎么了，难道是因为怀孕了？她才会变得如此多愁善感……

她过去从来不会失去耐心，不管多难，她都不会。就连当初席老爷突然去世，她都可以把事情安排得好好的，她从来不会乱，不会……

轰隆一声，一道闪电把天空划开了一道口子，划开了半边天，紧接着天黑了。

福妈被吓了一跳，席锦书的心也跟着抖了一下。那种不好的预感又涌了上来。

这时，屋外传来汽笛声，随后是一串急促的脚步声，别苑的大门被人敲响。

席锦书紧张地从沙发里站起身来，让福妈去开门。

来人正是陈贺军。

席锦书还未来得及做出反应，她的目光便落在了陈贺军身后站着的几个手下身上。

那几个人手中抬着一口黑色的小木棺。

"席小姐……"陈贺军走到席锦书的面前，艰难地唤了她一声，终究没有把话说下去。

席锦书身子猛地晃动了一下，她隐约猜到了那黑色的小棺木里放着的是什么，但她不敢相信。她艰难地扯了扯嘴角，朝陈贺军笑着问："陈处长，我家世恩呢？"

陈贺军难堪地回头看了眼棺木。

席锦书继续道："我儿子呢？"

陈贺军用力地攥紧拳头，咬牙道："对不起席小姐，我去晚了。小少爷在仓永将军那儿游玩，不慎掉入了池塘，等有人发现救上来时，人已经没了。我去的时候，仓永将军正将小少爷安置在棺木里，他让我转告您一声，对于令公子的意外死亡他很抱歉，若席小姐需要赔偿，尽管找他商议。"

说完，他小心翼翼地拿眼偷瞄了一下席锦书，只见她脸色煞白，死死地咬着嘴唇，瘦弱的身体剧烈地颤抖着，眼睛直直地盯着那口小棺材，眼泪无声地从她眼里落了下来。

福妈在旁听着也一道落了泪。

席锦书双眼一直紧紧地盯着那口黑木棺材，双脚像被钉住一样，她没有勇气上前去打开它。

"意外……他竟然说世恩的死是意外……"她嘴里喃喃着，眼泪簌簌地直往下掉，然后红着眼看向陈贺军，低声问道，"陈处长，你相信这是意外吗？仓永朝一害死了我的儿子，你觉得这是意外吗？赔偿？他能拿什么赔偿世恩的命？"

陈贺军哑然，低下了头。

泪泪鲜血从席锦书的大腿根处流了下来，落在花岗岩地面上。

四月天，她穿的是一件墨绿色的长旗袍，外面披着米白色的开衫。

血浸湿了她的长筒丝袜，福妈见状，吓得急忙冲上前扶住了她，惊叫一声："太太！"

席锦书倒了下来，脸色发白地躺在福妈的怀里，眼睛依旧盯着那口棺木，如木头一般。

伴随着雷鸣，她的声音再度响起，沉缓又压抑，带着她全部的力量，她朝众人宣告："我席锦书今日在此对天发誓，此仇不报，我枉为人母。此生，我与倭寇不共戴天！"

聂莛宇从用人那得知席锦书的留言，立刻赶回别苑，刚到家门，就看到了情报处的车。

他料到出事了，急忙跑进屋，就看到席锦书瘫倒在福妈怀里，含泪发誓。陈贺军一行人抱着个黑色小棺木站在一旁。

虽未知晓前因后果，但是从席锦书的话中，聂莛宇已然猜到那棺木里放着的是什么，未等他上前察看，就看到席锦书腿上流出的鲜血，他瞬间变了脸色，大步冲了上去，扒开了陈贺军的人，冲到席锦书的面前，将她从地上抱了起来，红着眼朝众人大吼一声："你们还愣着干什么？叫医生啊！"

福妈立刻回过神来，跑去屋里给医生打电话。

聂莲宇急忙将席锦书抱到楼上，放在床上，不停地搓着她冰冷的手，红着眼安抚她："锦书，你挺住，我知道你伤心，但是你一定要给我挺住！答应我，你会没事的，我们的孩子也会没事的！一切都会好起来的，答应我！"

席锦书已经有些缓不过气了，她没力气说话了，只是歪着头，目光呆滞地看着他，眼泪不断地从她的眼中流出来。

聂莲宇摸着她的脸，眼泪也落了下来。

不到片刻，医生便匆匆赶了过来。当初聂莲宇买这栋别苑就是看中它离医院近，方便年老了，好找医生。

医生一来，先给席锦书打了保胎针，安抚住席锦书的情绪。随后老中医也来了，给席锦书把了脉，给她开了几副安胎药，叮嘱福妈煎药。

一行人都在忙进忙出，陈贺军杵在外头不知道该怎么办。他让手下继续抬着席世恩的棺木，不敢贸然送进屋，就怕触了霉头，他只好上楼，站在主卧门口，小心翼翼地问了聂莲宇一声："聂先生，小少爷的棺木该如何处理？"

陈贺军也知道自己这会儿问这个问题很讨打，可是他又不好让他手下一直抱着这棺木吧。

听他提起席世恩的遗体，聂莲宇的眼眶又红了，但如今席锦书动了胎，受不得刺激，这些事就该他来处理。虽然席世恩不是他的孩子，可是对聂莲宇来说，他早已将其当成了亲生儿子看待。他如何能不伤心？可眼下不是伤心的时候。

他从席锦书的床前站起身来，朝陈贺军道："麻烦陈处长先将我儿遗体送去聂公馆吧，那边会有人安置的。"

席世恩名义上是聂家重孙，送去聂公馆安置是理所应当的。

躺在床上的席锦书闻言，突然伸手拉了拉聂莲宇的衣袖，嘴唇发白地摇了摇头，虚弱地说："送席公馆。"

聂莲宇明白她的意思，席世恩是席晨怀的儿子，是席家血脉，应该入席家的宗祠。

关于世恩姓席还是姓聂，先前席聂两家就争执不休，如今出了这种事，如果世恩入了席家祖坟，聂太太他们准要大吵一番。

但聂莲宇顾不得这些，眼下，他只想席锦书好好的。

"好，听你的。"他轻轻地拍了拍席锦书的手，回头朝陈贺军道，"陈处长，麻烦你送世恩去席公馆。"

陈贺军觉得不妥，哪有儿子死了入母亲家宗祠的，席聂两家还是大家族，这样做要被人笑话的。可仔细想想，陈贺军觉得也可以理解，聂公馆现在人都得了流感，被封馆了，也没能力操办孙子的丧事。而且席锦书嫁给聂莛宇本来就是下嫁，儿子以母为尊也说得过去。更何况，席世恩死在日本武士馆，这消息一传出去，谁还在乎他被埋在哪家祖坟，都在关注席锦书的反应了。

想到席锦书刚才发誓的样子，陈贺军深深地吸了口凉气。

他虽替席锦书将儿子带了回来，可是带回来的是个死人，能有什么用？

陈贺军无奈，只能先行离去，将席世恩的棺木按照席锦书的吩咐，送去了席公馆。

当晚，席世恩身死的消息传开，整个上海滩都轰动了起来。

席公馆内哭声雷动，丧事被仓促地准备起来。席锦书跟聂莛宇一同回了席公馆主持儿子丧事。聂公馆在封馆中，为了防止聂太太他们闻讯暴动，不好好隔离，聂莛宇禁止所有人给聂公馆报告席世恩的死讯。

与当初席老爷的丧礼不同，席世恩的丧事办得很仓促。因为大暴雨的缘故，再加席锦书身体抱恙，这场丧礼只持续了三天就匆匆结束。席世恩下葬那天，依旧暴雨连连，仓永朝一派人送来了一座黄金打造的童子为其下葬，被席锦书当场扔了出去。

几日后，席锦书跟聂莛宇夫妇俩在各大报纸上发表声明，宣布抗日。

当晚，一队士兵封锁了席锦书所在的席公馆。领头的人不是陈贺军，也不是其他人，而是从北平特派回来的聂大公子聂莛煊。

【5】

下了数天的暴雨终于停了下来，窗棂上还能看到未干的雨珠。

街道寂静森严，席公馆门口站着数十个士兵。聂莛煊站在人群中央，低着头，点燃了一根烟。

席锦书有孕，席家的人在意得紧，不让人在屋内抽烟。聂莛煊跟他的那些兵若烟瘾犯了，只有到屋外来抽。

那些兵都自在惯了，哪儿受得了这种憋屈，起先都不大愿意，嘴里嚷嚷着就他们席家的最金贵。

如今世道变了，上头派他们来守住席公馆，话虽没有说明，可大家都知道这是什么意思。

席锦书跟聂莛宇发表的那则声明，煽动了民众的情绪，严重扰乱了社会秩序，上头这才派他们来封锁席公馆，以免那对夫妻又有什么过激举动。

不过监督聂氏夫妇，只是其一，此外还有两个目的——

其一，是为了保护和控制席锦书。

其二，如果真像席锦书所言，仓永朝一研制了流感病毒，正暗地里对上海实施病毒攻击，那么这将是对上海的毁灭性打击。所以上面才派了聂莛煊带那么多兵前来上海，明面上是来"守"席锦书，实际上也是为了查探日军的秘密研究所，找机会将其摧毁。

日本人先前待席锦书客气，是想拉拢她这个经济人才。现在席世恩死在日本武士馆，合作再无可能，既然不能为他们所用，日本人肯定不会再留着席锦书。但碍于席锦书在上海的身份地位，日本人就算要除去她，也不是件容易的事，所以他们只能暗地里实行。

席锦书知道，聂莛煊会带兵出现在这里，名义上是保护她的性命，实际是在变相软禁她。而席家人、聂莛宇跟她肚子里的孩子就是对方用来控制她的人质。

她如今的处境已经到了最艰难的时候，但是她依旧没有放弃，她在夹缝中努力地找寻着一条生路。

书房内，席锦书重重地叹了口气，继续拿笔写下了一封封书信。哪怕只有一线生机，她还是得博一下。

聂莛宇站在书房内，听着里面时不时传出来的叹气声，神情很是沉重。

他如何不清楚席锦书现在的处境，可是他能为她做的少之又少。

聂莛宇知道席锦书心里想的生路是什么，按现在的局势，她的确该撤出上海，最好是去香港，待上海局势好转，她再寻求机会回来。

可是她想要去香港，面临着重重阻碍。

他们都知道，与日本人的这场仗在所难免。

聂莛宇端着福妈给席锦书熬制的鸡汤在书房外站了许久，最终都没有上前去敲开书房那扇看不见却摸得着的隐秘之门。

那张由张苑茗转交给他，带着沈妍筠的鲜血的字条此刻贴着他的胸口，像火一样烫，他深吸了一口气，知道自己该为自己的妻子以及未出生的孩子，还有他的亲人同胞们做点儿什么了。他将鸡汤放在了桌上，决然地转身，离开主卧，敲开了聂莛煊所在的客房。

聂莛煊正坐在自己房中喝着咖啡看着新出的《淞报》，见聂莛宇进屋，他并未感到有多惊讶，只是微微地抬了下眼，问："你找我有事？"

自他带人封了席公馆后，聂莛宇就没跟他说过话，更别说单独与他见面了。聂莛煊知道聂莛宇怨他，但他是个军人，军人就得服从命令，不得徇私。

聂珏宇没有立刻回答他，他转身关上门，坐到聂珏煊的对面，给自己倒了杯咖啡。

他身上穿着质地考究，用进口面料缝制的黑色西装，而聂珏煊身上则穿着一件旧军大衣。兄弟俩面对面坐着，一个长相精致，一个举止粗犷。就连喝咖啡，一个喝出了雍容华贵的感觉，一个就像是在喝白开水。

可就算是外表气质完全不同，骨子里流淌着的东西是一样的。

聂珏宇抿了口咖啡放下，抬头问聂珏煊："聂公馆那边大家都怎么样了？"

聂珏煊本以为他来是想说席锦书的事，没想到先问了家中长辈，这让他有点动容，不由得笑着回道："你放心，家里无碍，几位长辈的病都好得差不多了，就是奶奶听闻世恩没了，颇受打击，至今卧床不起，好在得知锦书怀孕，他们多少能感到宽慰一些。"

聂珏宇点了点头，低头又喝了口咖啡，细长的手指摩挲着咖啡杯的杯壁，继续问道："你的上级有没有告诉你，席聂两家人你们打算如何处置？"

聂珏煊听出了他言语中的担心，叹了口气，道："我们会尽可能地保全他们的性命，因为只有这样，弟妹才会听话。"

"果然，他们是你们控制锦书的人质。"聂珏宇嘲讽道。

聂珏宇沉吟："珏宇，你没必要说得这么难听，只要弟妹不再折腾，我们不会为难席家的人。至于聂家，只要你听话，作为兄长，哥可以向你保证，只要我活着，我会尽全力守住我们家。"

"好了，我差不多明白你们的意思了。说白了，你们也要锦书，既然这样，哥，我们来做个交易吧。"

"珏宇，你的意思是？"

"我希望你能说服你的上级，护送锦书去香港。"

"不可能，香港太远，她一旦去了那里，我们无法掌控她。"聂珏煊当即回绝。

"我知道，所以我才说是交易。只要她去了香港，我可以替你们办一件事。"

"珏宇，这不是你在跟别人做买卖、谈生意。你无论做什么事，也是徒劳的。"聂珏煊皱着眉头道。

"是吗？如果我能帮你们毁掉仓永朝一的秘密研究所呢？"聂珏宇抬头，镇定地望着聂珏煊。

聂珏煊一脸震惊地看着他，眼神变得深邃起来，他打量了聂珏宇许久，表情冷峻地质问道："不可能，陈贺军翻遍了整个上海滩都没有找到，你如何找得到？除非你有我们不知道的途径，珏宇，你是不是背着我做了些什么？"

聂莛宇不置可否。

从他的反应中，聂莛煊已经证实了自己的猜想，他猛地从椅子里站了起来，走到聂莛宇的身旁，伸手拽过他的衣领，将他提了起来，咬着牙道："什么时候开始的？你就从来没有想过，万一你的身份暴露，你让我如何处置你！"

聂莛宇苦笑了一声，眼眸发狠，用力地挣开了聂莛煊的手，红着眼看着兄长："大哥，我们都是中国人。我今日站在这里跟你说这些，既是以中共地下党的身份与你谈合作，也是以弟弟的身份跟你说说心里话。"

聂莛煊被他说得哽住，一时不知道如何作答。

聂莛宇继续道："我知道你们也在找仓永朝一的研究所，但是始终找不到。但我可以，我知道地点，我也有把握去炸毁它。不过我有个条件，你得答应我送小聂太太跟席家所有人去香港。小聂太太是个优秀的女子，你们囚禁她等于杀她。她心中有一杆秤，只要是对国家有利的事，她都会倾囊相助。大哥，她不仅是掌握上海滩的经济命脉的人，她也是你的弟媳，是我的妻子，是我们聂家人。你刚说过的，只要你活着，你就会护住聂家所有人，那你也得护住她。"

聂莛宇的一番话说得铿锵有力，聂莛煊定定地看着眼前这个看似放荡不羁，其实深藏不露的弟弟，良久都说不出话来。

时间静静地流逝，聂莛宇背过身去，站在窗户前，沉吟片刻后，回头朝聂莛宇道："你要去炸秘密研究所？怎么炸？当初你们的人十几个刺杀石原正信，结果全死了，也没有成功。你凭什么能让我相信你可以炸掉那研究所？"

"凭我跟你一样，从小就在父亲的铁血训练下成长，凭我跟你一样，都是从军校一路打拼出来的。我说可以炸就可以！"聂莛宇自信地说。

聂莛煊看着他，咬牙切齿："好，就算你真成功了，你还有命出来吗？日本人不会放过你的。"

聂莛宇无所谓地笑笑，看着兄长："所以我才问你能不能替我护住席聂两家，护住我的妻儿。"

聂莛煊哽住，再度沉默。

约莫又过了几分钟，聂莛宇向聂莛煊确认道："哥，可以吗？"

聂莛煊攥紧拳头，背过身去，不再看他。良久，他才重重地叹了口气，痛苦地闭上眼："我试试。"

"好。"聂莛宇心满意足地笑道，朝门口走去。

临走前，他又回头朝聂莛煊央求道："不要告诉小聂太太我来找过你。"

聂莛煊明白他的意思，默默地点了点头。

【6】

入夜了，在书房待了两天两夜的席锦书终于从二楼的主卧里走了出来。院子里坐满了席家众人，在聂莛煊的首肯下，席锦书召集大家开了一个家庭会议。

会议结束，每家每户手里都拿到了一个信封，信封里有席锦书对他们今后生活的安排，其中包括他们即将要去的地方，每人分到的产业跟钱。

聂莛煊的兵还守在公馆外头，所有人都知道席家如今身处一个怎样的境地，但无人再出来责怪是席锦书给家里惹的祸，也无人因为财产分配的不均而嚷嚷。

所有人都很安静地听着席锦书的安排，大家一起经历了席家的浮浮沉沉，对他们来讲，眼前的女娃早已不是当年刚回国时的稚嫩少女，而是他们的希望。他们无比地相信她，就像相信当年的席老爷一样，相信他能让他们在上海扎根，也相信他能护大家一生周全。

"如今外面有多双眼睛在盯着我们，我们必须离开上海，若这么多人一起离开，目标太大，很难所有人都全身而退，所以以户为单位，一户一户地走，我已经通知了各方势力，他们答应会护送我们离开。一个势力会护送一户，等到了信上的地点，大家记得隐姓埋名，重新生活。我给你们的钱勤俭点儿花，够你们花一辈子。若来年有机会，我们都还在，倭寇被驱除，我们再齐聚在上海滩。若没有，切记，万难之下，良心之上，保命为先。"席锦书镇定地说完。底下的人都拼命地点着头，有人忍不住掉起了眼泪，但谁也不敢哭出声来，怕外面的人听见。会开完了，席锦书让大家散了。

席二爷拿着信封，红着眼凑上前来，担忧地问席锦书："锦书，大家都有地了，那你呢？"

席二爷虽平素看起来没什么脑子，可大事上也不糊涂，如今这个形式他也大概能看懂。

席锦书微笑着看着他，目光落在席二爷身后默默流泪的席太太身上，然后朝席二爷道："二叔，你们不用担心我，有莛宇陪着我，我什么时候都可以熬下去。倒是我妈，她跟你们一家一道走，等到了闽南，你替我好好照顾她。来日我得了自由，定会来接她的。"她话还未说完，席太太已经忍不住哭得脊背颤抖起来。席二爷的妻子连忙上前安抚她，帮她顺着背。

席锦书眼泪也一道流了下来，聂莛宇上前搂住她的肩膀，将她拉进怀里。

"别哭了，小聂太太，医生说了要你当心身子。"聂莛宇安慰道。

席锦书埋在他的怀里，微微地点了点头。

席二爷他们又哄了一会儿席太太，最终将瘦了一圈的她拉回了房间。席锦书跟聂廷宇也回到了二楼的主卧，两个人商量往后的安排。

聂廷煊已经将聂廷宇先前的提议转达给了上级，上头同意了，但要求是得等聂廷宇完成他的任务后，再安排席家的人离开上海。可聂廷宇这边等不及了，他不能让席锦书知道他要去做的事，若她知道了，她定会阻止。所以他只能求聂廷煊先送他们走。

面对弟弟的恳求，活了三十多年的聂廷煊第一次违背了上头的命令，答应他从明天开始让席家的人一户户以上街买东西的方式离开上海滩，这样不易被日本人和陈贺军的人察觉。

夜深了，第二天就要有人离开，这一晚，席锦书的肚子又开始隐隐作痛。聂廷宇让福妈给她煎了药，伺候她喝了之后，抱着她早早上了床。

明明已经显肚了，可她却比先前更瘦了。聂廷宇将她抱在怀里，她身上的骨头都能硌到他。一想到很快就要与她分别，再也不能见到她，也无法亲眼见到他们的孩子出生，聂廷宇的一颗心就酸得不行，一个七尺男儿就禁不住想要落泪。

她窝在他的怀里，嘴里还在絮叨着明日的计划，他就静静地听着，望着她的眼眶慢慢红了。

似乎感觉到了他悲伤的情绪，席锦书下意识地抬头，未等她看到他那双发红的眼眸，他已经俯下头来，深深地吻住了她的唇。

辗转，撕咬，似乎要将她吞入腹中一般，他舍不得放开她。

她听话地承受着他突如其来的温情，良久，知道她有些喘不过气来，他才将她放开。那张薄唇被他吻得红艳艳的，他莞尔一笑，伸手温柔地摩挲着她的唇角，继续轻轻地吻她。

"你怎么突然这样？"席锦书有些羞赧地问他。

聂廷宇笑着，搂着她，头埋在她的长发中，轻咬着她的耳垂："就是很想亲亲你，感觉好久都没亲过你了。"

席锦书被他说得一阵脸红，她没好气地瞪了他一眼："都什么时候了，你还想那种事，没个正经的。"

聂廷宇任由她数落，伸手掐着她柔细的腰肢，笑着反问："你才知道我是个不正经的？"

席锦书脸红了，转过身来，趴在他的身上，面对面地看着他，一双杏眼闪闪发光，她学着他的样子，主动地凑上前，孩子气地亲他的额头，鼻梁，还有唇。一个男人，竟然长得这么好看，额头光洁，鼻梁高挺，还有那唇，红得像樱桃，让人忍不住地想要啃上一口。

聂廷宇半躺在床上，睡衣的领口敞开着，由着她在他的身上胡作非为。他喜欢她的主动，若换作先前，这会儿准备压着她，但现在他觉得就这样很好，再也没有比这更好的了。

461

"小聂太太，你说我们的孩子叫什么名字好？"他突然笑着问她。

席锦书停下动作，趴在他的胸膛，蹙着眉头看着他："还有好几个月才生，干吗这么早就想名字。"

"没什么，反正现在也没事干，咱们先讨论讨论，还是说你不想讨论，想跟我玩其他的？"他不正经地笑道，手伸进了她的衣服里。

其他地方都瘦了，就这里胖了。

他满意地弯了弯眼。

席锦书脸一红，伸手打了一下他的手，换了个姿势，蜷缩进了他的怀里，抬头望着天花板，沉思了一会儿："也不知是男孩还是女孩，要是男孩的话就叫聂天明，女孩的话就叫聂天心，你觉得如何？"

"三个字孩子日后写自己名字费劲，倒不如取两个字的。"聂莛宇道。

"我们的孩子会很聪明的，三个字哪儿费劲啊？要是连写个名字都觉得费劲，他以后还有什么出息。"席锦书嘟囔一声。

聂莛宇笑，伸手揉捏着她的下巴："我倒不是指望我们的孩子很有出息，只要他开开心心地活着就好了。希望他活着的年代，没有战争，没有饥饿，世道太平就好。"

听出他语气里的感伤，席锦书握着他的手安慰："会好的，世道会好起来，我们也都能挺过去。就算为了这个孩子，你跟我都会努力，是不是，聂先生？"

聂莛宇望着她，目光灼灼："是的，小聂太太，我们都会努力的。"

"不知道能不能顺利到香港。"席锦书突然感慨一句。

聂莛宇搂着她："可以的，你会平安到香港的。"

没有注意到他只说了个"你"字，席锦书的心思在明天的事上，她想到了父亲曾经的凌云壮志，眼眶有些热了。

"明天开始，席家就要散了，也不知道何时我们才能回上海了，大家也不知能不能再见面。满目山河空念远，不如孩子就叫聂远吧。"

"好。"聂莛宇点头，轻轻地应了声。

她伸手回抱住了他。

寒风从窗户灌了进来，席锦书瑟缩了一下。

聂莛宇给她盖上被子："晚了，早点儿睡吧，明天还得早起。"

席锦书点头，头枕着他的胸膛，闭上了眼。

翌日一大早，席家的其他人陆续地以各种借口离开了席公馆，从出家门开始，一路上都有黄包车相送，到了码头车站也有伪装过的江湖势力陪同，不管途经哪个城市，都有当地的武装力量护送，一路抵达他们要去的地方。

席锦书这两天在书房打了无数个电话，就是在忙着安排这些事。能办成这些事，都得感谢席老爷当年积攒下来的人脉。这一次，不仅漕帮出了力，车夫组织，以及工人组织都提供了相应的帮助。几天下来，原本热闹的席公馆一下子冷清了下来，等仓永朝一他们察觉时，席公馆就只剩下了席锦书与聂莛宇两个人。

明天他们就要动身去香港了。

吃过晚饭，公馆外头传来了汽笛声，席锦书跟聂莛宇起身去迎接。下车的是几个英国人，是汇丰银行的麦克林先生跟他的几位同僚。他们将在明日陪着席锦书一同前往香港。

有他们在，日本人不敢明目张胆地拦他们。

席锦书邀他们进屋喝茶，没多久，王公馆那边也来了车。王湛林携着王老爷夫妇下了车，他们来给席锦书送别。

席锦书一走，王家也打算离开上海。这几年，王老爷的生意已经慢慢抽离上海，在朝其他城市发展。从席锦书身上，王老爷也看到了自己作为商贾大王的未来。他相信若他继续在上海壮大，他就会成为第二个席锦书。

倘若最后的结果都是离开，他倒不如在未到绝境之前，先离开。打仗需要钱，需要粮食，他想在还可以抽身时，去为那些需要帮助的人提供的帮助。

而他的小儿子王湛林，他打算把他留在席锦书夫妇身边，让他随着他们一同前往香港。

香港跟上海一样，也是个经济大都，且那里没有日本人。他们归根结底都是生意人，生意人需要赚钱，才能帮助想帮助的人，他相信席锦书去了香港，还是可以靠她的本事重新站稳脚跟。

席锦书向王老爷夫妇转达了她此去香港可能遭遇的危险，希望王老爷能让王湛林自己决定。但王湛林毫不犹豫地就接受了。

"是生是死，都是命，书姐，打从我跟着你开老记包子铺开始，我就已经认定这一生，我都将以你为目标，跟随你。"王湛林朝席锦书道。

席锦书回头看了眼聂莛宇。聂莛宇对她点了点头。王湛林跟在她身边也好，日后他不在，她身边至少有个伴儿。对于王湛林对席锦书的心思，聂莛宇心里清楚，他知道自己陪不了她一生，也不希望她孤独终老，有王湛林在她身边，起码他明日一别，就无什么后顾之忧了。

一行人坐在院子里说说笑笑，商量着明日的事。屋外车流不断，分别来自上海的各大帮派，还有许多商行老板自己派过来的打手保镖，他们都是准备明日来护送席锦书离开的。

463

生怕日本人偷袭，他们当夜就来了，想从门口开始就护着席小姐。

席锦书站在门口，一个个迎接着，脸上带着笑，眼里却有了泪。

"我何德何能啊！"她流着泪说。

聂廷宇站在她的身旁，手放在她的肩上，微笑："你看，过去你做那么多好事，嘴上不说，以为别人都不放在心上，其实，所有人都记得。小聂太太，不管你以后身在哪里，上海滩的所有人都会记得这里曾有个席小姐。"

"可我最终还是抛下了他们。"

"不，这不是抛下，你只是为了更好的将来。留得青山在，不愁没柴烧，离开这里，你可以救更多的国人。"

"可惜，我们还没有找到仓永朝一的那个秘密研究所。"席锦书突然感慨道。

聂廷宇的眼神微微闪烁了下，微笑道："放心，会有人找到的，你不相信我，也得相信我大哥，他可比陈贺军这人靠谱多了。"

席锦书嗯了一声，转头朝不远处的聂廷煊看了过去。

聂廷宇正在点兵，感觉到她的目光，回头看了她一眼，目光落在她身旁的聂廷宇身上，他的眼眸黯淡了下来，别开了头，不忍再看。

那一晚，上海滩上许多人都没有睡。街道看起来比往常还要安静，可是所有人都知道，在这安静的背后藏满了潜伏在路边的杀手。从法租界到十六号码头这一路上不知道会有多少埋伏在等着席锦书。

日本武士馆内，仓永朝一一脸杀气地站在大堂中间，他的四周围满了死士，外面也站满了人，一共有几百号日本武士等着他发号施令，他们只有一个目的，明日阻止席锦书上渡轮，在路上击杀她。日军可以失去席锦书这样的经济人才，但是中国不能留下她。这是上头的命令。

一声令下，一群人齐齐出动，向各大街小巷涌去。

周公馆内，周垚玉又咳了一盆的血，身边就只有聂书涵一个人。

她端着红铁盆，漠然地看着这个瘦得不成人形的男人，直到他咳得再也咳不出血来，聂书涵才拿着针管上前，道："周少爷，我给你打针吧。"

周垚玉伸手摆了摆，拒绝，他无力地躺在床上，气若游丝："不打了，就这样吧。打再多都没用，是命，是报应。聂小姐，我好像看到世恩了，他生我气了，不叫我叔叔了。"

聂书涵本来冷着张脸，听他说到席世恩，脸上的表情顿时柔和了些，她红着眼眶又恨又可怜地望着周垚玉，流下了眼泪："等我死了，见到他，他大概也不想叫我小姑姑了。"

周垚玉嘴角扯了扯，一滴泪从眼角滑落，喉结动了动，他想再说儿点什么，但没有力气了，那只骨瘦如柴的手突然地从床上垂了下去。

一阵凉风吹过，吹灭了他点在床头柜上的红烛。流在桌面上的烛油像是一个人的泪。

聂书涵静静地看了他好一会，最后才伸出手指在他的鼻尖探了探。

结束了！那个伤害她，害她变成现在这副模样的男人终于死了。

她想笑，却一点儿都高兴不起来。往后她的路该怎么走？如今她是聂家的罪人，她还能去哪里呢？还有谁会要她？十年豪门梦，一朝破碎。她从聂家三小姐，又变成了那个穷苦的渔家女，甚至比小时候还要更落魄，肮脏。

她无比嫌弃现在的自己，可是不再舍得死了。

最后她走了，走的时候，她卷走了周垚玉的一些钱和珠宝。

鸡鸣声起，天还未亮。席公馆的大门便开了，席锦书一行人从公馆内走了出来，她、聂莛宇以及王湛林每人一辆车，每辆车上再配个洋人同伴，一同朝十六号码头赶去。

连带行李，一共五辆车，车走得不快不慢，四周全是护送他们的人。往前走了一段路，路灯突然亮了起来，李红星带着巡捕房众人等候在外头，对着车辆行了个脱帽礼。然后巡捕房的人在前面开路，后面是漕帮、斧头帮、车夫团、打手……

车刚出租界，就遭到了黑衣人的埋伏。爆炸声、枪声、呐喊声、打斗声……此起彼伏，席锦书被麦克林压着低下了头，不敢看车外，但是不用看，她都能想象得出外面是多么惨烈的状况。

开车的司机中了枪，倒了下来，旁边的人见状，立刻将尸体拉了下来，自己顶上。如此循环，等一行人杀出重围，来到十六号码头时，已经是三个小时后。

天亮了。席锦书的背上全是汗，没有给她喘息的时间，有人催促她下车，她被拉了下来，被人簇拥着，上了汇丰银行去香港的私家渡船。

其他人纷纷跟着上了船，船上又免不了一番厮杀。

到达香港已经是十多日后了，下船的时候，只有席锦书、王湛林还有三个英国人，不见聂莛宇。没有人知晓他是什么时候消失的，但席锦书知道，他应该从未上过船。

聂莛煊的上司会答应让她离开上海，必然是聂莛宇跟对方做了某种交易。而这交易，很有可能就是日军在上海的那个秘密研究所。

在去住宅的路上，席锦书一直很平静，很从容，但只有王湛林发现，她的双手一直绞在一起，从未松开过。

她在担心聂莛宇。

跟聂莛宇同车的英国佬说，他俩在半路就被冲散了，后来混乱中他也没有看到聂莛宇上船。后面的话他没有说，但他想那位聂先生应该是凶多吉少了。经历过那段路的人都知道，那天日本人的攻击有多凶残。一路上死了多少人，马路上流了多少鲜血啊！

所有人都相信聂莛宇死了，可席锦书不相信，直到两个月后，她看到了张苑茗从上海发来的电报。电报上张苑茗告诉席锦书，上海的流感疫情结束了，在席锦书离开的当天，日本宪兵部的地牢被炸了，原来那里就是日军在上海的秘密研究所，一同丧生的还有日军上校仓永朝一。那些流浪汉被人提前救了出来，在凯瑟琳医生的救治下都已经痊愈。

陈贺军带人去清理被炸毁的日本宪兵部时，捡到了一块金色的怀表，里面放着一张席锦书的照片。照片上的她穿着素色锦衣，梳着辫子，笑容很干净。

那是他从那本银行大辞典上偷偷剪下来的。席锦书的眼泪落了下来。

后来，张苑茗将那块怀表与信件一同寄了过来，在书信中，席锦书得知，聂庭煊因为擅自放走了席家众人，被革职关押。聂公馆被封了，聂老太太没能挨过秋天就过世了，聂老爷带着聂家其他人回了老家。

关于那个人的信息，谁也没有再提过。为了避免不必要的恐慌，上海滩曾有过日军秘密研究所的消息并未泄露，除了张苑茗他们，谁也不知道那片废墟中，落有一块金色怀表。

原本以为去香港是活路，但迎接席锦书的侬日是变相囚禁。她的一举一动都在他人的监视下。

随着聂家没落，席家迁徙，上海滩上渐渐没有人再提起席聂两家，更没有人提起那风华绝代的聂三公子与那叱咤风云的席大小姐。

但是历史会替他们记得，所有人都会替他们记得，那些后人会替他们记得，那些前人用鲜血与生命为他们打下的山河。

那年深冬，席锦书在香港产下一女，取名聂远。

满目山河空念远。

十里洋场，六大世家，山河念远，最终都化成了硝烟里的一场绮梦。

可怜无定河边骨，谁是那深闺梦里人。

番外

斗转星移，之后的十几年里，王老虎携子捐献了大部分家产，支援当地政府抗日，救助受难群众，席锦书则来到南京，在当地一家中学任教。

学校广播里播放着抗战胜利的新闻，席锦书站在教学楼的廊檐下热泪盈眶。

十一岁的聂远抱着书从教室里走出来，看到流泪的母亲，驻足在她的身旁，伸手安慰她："他在天上也能听到的。"

席锦书回头，红着眼望着个头高挑的女儿，微笑："他一定很高兴。"

聂远点头，上课铃声响起，她没有继续逗留下去，抱着书进了教室。席锦书看了她一眼，转身回了办公室。

她的课已经结束，下一节是英语课。

聂远长得很像那个人，眉眼五官几乎跟聂廷宇一模一样，只有性子跟她相似。

她从小就喜爱看书读报，研习书法，做各种稀奇古怪的研究。十一岁的聂远，比许多同龄的孩子都要来得聪明。

席锦书曾为此担心过，她的孩子太过聪明不是好事。这十余年，她们娘俩一直活在别人的监视之下，行动处处受限。所幸聂远也明白自己的处境，小小年纪便已懂得在旁人面前收敛起锋芒，只敢在她面前偶尔坦露些她的小心机。

起初也有势力想要她为自己效力，可她已经十多年没有碰过生意了。就像聂远一样，她早就收起了自己全部的锋芒，她不做生意，不赚钱，也不去银行上班了。她唯一的生活

467

乐趣，就是去学堂教教孩子。

她想着，等她什么都不是了，也许那些势力就对她死心了。

她什么都没有了，他们也没有什么可以要求她做的了。就算要了她的命，她也还是什么也做不了。

当一个人失去了她所有的利用价值，她的生死都不重要了。

起初很难，对方威逼利诱，甚至拿聂远逼她去做生意，她的确听话地去做了，但是亏了不少钱。实在做不成了，他们也拿她没办法。

这么多年下来，他们渐渐地也就放弃她了。这世界不缺人才，每年都会有新的人才从学校里出来，那个曾赫赫有名的席大小姐，最终变成了私塾里一个平平无奇的老师，即使她身后依旧有眼睛盯着，但起码她跟她的孩子能得到些许生存的空间。

在这空间里，她可以尽可能地教导聂远，教导她的学生们，把她所学的知识都教给他们。也许再过十年、二十年，他们会比她更优秀。但不同的是，迎接他们的是一个崭新的中国，一个等待新鲜血液注入的中国。

对于共产党派人来找她，她由衷地表示了谢意，但同时又很抱歉，她不能为其做些什么。如今的她，只想当个普通的女教师。

她本以为对方会失望，但对方不以为意地笑着，深表歉意地对她说了一句："席小姐，这些年，辛苦你了。"

席锦书眼眶有些微热，她想说"你们才辛苦了"，可话还未说出口，又听得对方道："我来找你，是因为有人托我来寻你。祖国各地都回到了母亲的怀抱，所有人都可以团圆了。席小姐也可以。"

席锦书不是很明白那人的话，她感到疑惑地喃喃问道："是谁让你来找我的？"

那人笑着解释："聂先生他没有牺牲，我是曾潜伏在仓永朝一身边的地下情报员雷雨。当年我与聂先生配合，炸毁了日军宪兵队地下的秘密研究所。我们虽然都受了很重的伤，但还是逃了出来。聂先生本想来香港找你，但无奈那时形势所迫，就算到了香港也未必能带出你，于是我们选择了从军。这十余年，我们经历了无数炮火，无数的死里逃生，日子很艰难，有时候我都想放弃了，可聂先生这个贵公子倒是一声不吭地坚持下来。我知道，他心里怀着一个梦想，就是想等抗日胜利了，中国解放了，再次见见他的太太。本来他想亲自来的，但无奈他受了伤，现在在北京医院养着，所以就让我来接你……"

雷雨的话还未说完，席锦书的眼泪就控制不住地直往下掉。

她手握成拳，又哭又笑的，不知道该说什么好。

那一刻，她脑子里只有一个声音，那就是他还活着。

原来他还活着。

老天爷待她不薄。

等她再度恢复冷静，她跟聂远已经坐上了前往北京的火车。

几日后，他们终于抵达北京，她带着女儿在医院里见到了聂莛宇。

他变了许多，整个人沧桑极了，全身上下伤痕累累，胳膊还少了一只，一只脚绑着石膏，吊在病床上。

雷雨只说他在养伤，席锦书以为只是小伤，可亲眼看到了，她才知道自己有多天真。

在炮火中打滚的人，哪有一个受的是轻伤，活着已经很好了。

她用力地攥着聂远的手，良久，她才伸手擦了把眼泪，微笑着看着聂远，轻声说："你去敲门。"

聂远看着她，重重地点了点头，一双丹凤眼像极了他，女孩子红着眼，激动又颤抖地敲开了身前的门。

"进来。"聂莛宇正坐在床上用左手吃饭，头低着，在看今天新出的报纸。

即使不再是贵公子了，这些年他爱看报的习惯依旧在，只要有机会，他总会买份报纸看看。

以为是换药的护士来了，聂莛宇并没有抬头。

来人脚步轻轻地走近，站在他的身旁一动不动。

聂莛宇听到一阵轻轻的吸鼻子的声音，他感到疑惑，下意识地抬头，对上了一张与他十分相似的小脸。

他愣愣地眨了眨凤眼，刚想张口问女孩是谁，那小姑娘便一头栽进了他的怀里，紧紧地拥抱住了他。

"爹爹，我是阿远！满目山河空念远，我是你的女儿聂远啊！"聂远哭着喊道。

聂莛宇惶然抬头，朝门口望去。

那里果真站着一个人，面带微笑地望着他，眸眼沉静，眼眶泛红。

"小聂太太……"他哑着嗓子开口，眼红了起来，想说的话都哽在了喉咙里，说不出来了。

席锦书捂着嘴哭了起来，然后双脚迈开，朝他奔了过去。

聂远见状，识相地从父亲怀中抽离出来。

看到自己残废的身子，聂莛宇一时之间有些自惭形秽，他刚想逃避，席锦书已经奔到了他的身旁，伸手紧紧地抱住了她。

"聂先生，还能见到你，真好。"她说，眼泪落在他宽厚的肩膀上。

聂莛宇一阵唏嘘，看到一旁怂恿他的少女，他长叹一口气，微笑着用独臂拥住了席锦书。

他的梦想终得实现。

十年家国梦，所幸，山河还在，她还在。

山河念远

作者
阿Q

封面绘图
九千坊

封面设计
杨小娟

内文版式
严岩

图片总监
杨小娟

特约编辑
罗长敏

出版社
中国致公出版社

总出品
湖北知音动漫有限公司

制作出品
知音动漫图书·漫客小说绘

知音漫客 小说绘

图书在版编目（CIP）数据

山河念远：全两册 / 阿Q著. -- 北京：中国致公
出版社，2022

ISBN 978-7-5145-1973-0

Ⅰ．①山… Ⅱ．①阿… Ⅲ．①长篇小说－中国－当代
Ⅳ．①I247.5

中国版本图书馆CIP数据核字(2022)第072619号

山河念远（全两册）/ 阿Q 著
SHAN HE NIAN YUAN (QUAN LIANG CE)

出　　版　中国致公出版社
　　　　　（北京市朝阳区八里庄西里100号住邦2000大厦1号楼西区21层）
出　　品　湖北知音动漫有限公司
　　　　　（武汉市东湖路179号）
发　　行　中国致公出版社（010-66121708）
作品企划　知音动漫图书·漫客小说绘
责任编辑　罗长敏
责任校对　魏志军
装帧设计　杨小娟　严岩
责任印制　翟锡麟
印　　刷　武汉鑫嬈城印刷有限公司
版　　次　2022年12月第1版
印　　次　2022年12月第1次印刷
开　　本　16
印　　张　30
字　　数　560千字
书　　号　ISBN 978-7-5145-1973-0
定　　价　69.80元